스티븐 킹 단편집

스켈레톤 크루

(상)

스티븐 킹 단편집

Skeleton Crew 스켈레톤 크루

(상)

조영학 옮김

SKELETON CREW
by Stephen King

Copyright © Stephen King 1985
All rights reserved.

Korean Translation Copyright © Minumin 2006, 2014

The author gratefully acknowledges permission from the following companies to reprint material in their control: Famous Music Publishing Companies for lyrics from "That's Amore" by Jack Brooks and Harry Warren, copyright © 1953 by Paramount Music Corporation, copyright renewed 1981 by Paramount Music Corporation.

Sherlyn Publishing Co., Inc., for lyrics from "I'm Your Boogie Man" by Harry Wayne Casey and Richard Finch, copyright © 1976 by Sherlyn Publ. Co., Inc.

and Harrick Music Co. All rights reserved. Tree Publishing Co., Inc., for lyrics from "Okie From Muskogee" by Merle Haggard, copyright © 1969 by Tree Publishing Co., Inc. International copyright secured. All rights reserved.

Korean translation edition is published by arrangement with
Stephen King c/o The Lotts Agency Ltd. through Danny Hong Agency.

이 책의 한국어 판 저작권은 대니홍 에이전시를 통해
The Lotts Agency Ltd.와 독점 계약한 ㈜민음인에 있습니다.
저작권법에 의해 한국 내에서 보호를 받는 저작물이므로 무단 전재와 무단 복제를 금합니다.

차례

(상)

머리말	11
안개	**23**
호랑이가 있다	**242**
원숭이	**250**
카인의 부활	**311**
토드 부인의 지름길	**322**
조운트	**364**
결혼 축하 연주	**406**
편집증에 관한 노래	**433**
뗏목	**439**

(하)
신들의 워드프로세서 / 악수하지 않는 남자 / 비치 월드 / 사신의 이미지 / 노나 / 오웬을 위하여 / 서바이버 타입 / 오토 삼촌의 트럭 / 우유 배달부 1: 아침 배달 / 우유 배달부 2: 세탁 게임 이야기 / 할머니 / 고무 탄환의 발라드 / 리치

이 책에 쓰인 본문 종이 E-light는 국내 기술로 개발된 최신 종이로, 기존에 쓰이던 모조지나 서적지보다 더욱 가볍고 안전하며 눈의 피로를 덜게끔 한 단계 품질을 높인 고급지입니다.

이 책을 아서와 조이스 그린에게 바친다

사랑하나요?

머리말

기다려, 잠깐만. 할 말이 있어……. 너한테 키스하고 싶어. 기다려 줘…….

짧은 이야기를 몇 개 더 들려주고 싶다. 살아오는 동안 내내 쓰고 다듬어 온 이야기들이다. 가장 오래된 「사신의 이미지」는 내가 열여덟 살 때 대학에 들어가기 전 여름에 쓴 것이다. 사실 그 이야기는 메인의 웨스트 더럼 집 뒷마당에서 동생과 농구시합을 하다가 떠오른 것인데, 그 글을 다시 읽어 보니 옛 생각에 괜히 우울해졌다. 가장 최근 작품은 「고무 탄환의 발라드」로 1983년 11월에 마무리 지었다. 첫 작품을 쓴 지 17년이 되었다. 그렇다고 대단하다고 말하려는 건 아니다. 그레이엄 그린, 서머셋 몸, 마크 트웨인, 유도라 웰티 같은 작가들도 있지 않은가? 물론 17년이란 세월은 스티븐 크레인의 작가 생명보다 길고, H. P. 러브크래프트만큼은 되는 시간이다.

일이 년 전쯤에, 왜 이런 글들로 고민하는지 이해가 가지 않는다는 친구가 있었다. 그 친구는, 실제로 돈벌이가 되는 것은 장편소설이고 단편들은 죽을 쑤고 있다는 사실까지 언급했다.

"왜 그렇게 생각하나?"

내가 물었다.

그 친구는 《플레이보이》 잡지 최근호를 톡톡 건드렸다. 사실 이런 이야기가 나온 것도 그 잡지 때문이었다. 그 잡지에는 내 글이 한 편 실려 있었다.(「신들의 워드프로세서」라는 단편인데 이 모음집에도 실을 생각이다.) 사실 의기양양하게 잡지를 내민 것도 나였다.

"알고 싶나? 그 글로 자네가 얼마를 벌었는지 말해 준다면 알려 주지."

그래서 내가 말했다.

"얼마든지. 와이어트, 내가 받은 돈은 2000달러야. 그건 애들 껌값보다는 많다고 생각하네만."

(그의 이름은 와이어트가 아니지만 혹시나 그에게 성가신 일이라도 생길까 봐 가명을 쓴다.)

"아니, 자네는 2000달러를 받은 게 아냐."

와이어트가 말했다.

"아니라고? 자네 언제부터 내 통장을 뒤지고 다녔지?"

"뒤질 필요도 없어. 자네 대리인이 10퍼센트를 떼어 가니 자네 몫은 1800달러 아닌가?"

"맞는 말이군. 하지만 어쩔 수 없었어. 그 친구 《플레이보이》로

날 꼬셨거든.《플레이보이》에 한번쯤 이름을 올리고 싶었지. 그래, 내 몫은 2000이 아니라 1800이야? 맙소사."

"아니, 자네 몫은 1710달러야."

"뭐라고?"

"비즈니스 매니저가 순이익의 5퍼센트를 챙긴다는 얘긴 하지 않을 건가?"

"이런, 그렇군. 1800달러에서 90달러를 제해야겠군. 그렇긴 해도 1710달러가 작은 돈은 아니지."

"문제는 그것도 안 된다는 게지. 자네가 번 돈은 고작 855달러밖에 안 되니까."

친구는 가혹하게 몰아세웠다.

"뭐라고?"

"설마 그 악명 높은 50퍼센트 세금 갈고리를 잊은 것은 아니겠지?"

나는 할 말을 잊었다. 그 친구 말이 맞았다.

"게다가, 더 가혹하게 말한다면 대충 769.50달러가 될 거라고. 안 그래?"

친구의 목소리는 부드러웠다.

나는 고개를 끄덕일 수밖에 없었다. 메인 주는 나 같은 고액 납세자에게 연방세의 10퍼센트에 해당하는 수입세를 주정부에 바치도록 규정하고 있었고 855달러의 10퍼센트면 85.5달러이다.

"이 이야기 쓰는 데 얼마나 걸렸나?"

와이어트는 끈질기게 물고 늘어졌다.

"일주일 정도."

사실 거짓이었다. 두 번 교정을 보고 수정한 시간을 더한다면 2주에 가까웠지만 와이어트에게 솔직히 말할 용기가 없었다.

"그러니까 일주일 동안 769.50달러를 벌어들인 게군. 이봐, 스티브 오, 자네 뉴욕에서 일하는 배관공이 일주일 동안 얼마나 버는지나 아나?"

"얼만데? 자네는 안단 말인가?"

나는 나를 스티브 오라고 부르는 작자들을 싫어했다.

"물론이지. 세금 제하고 769.50달러쯤 벌지. 그러니 이런 식의 투고가 말짱 황이 아니고 뭐겠어?"

그 친구는 오랑우탄처럼 웃어 젖히더니 냉장고에 맥주가 더 있는지 물었다. 난 없다고 했다.

나는 쪽지를 넣어 이 책을 와이어트에게 보내 줄 생각이다. 그 쪽지엔 이렇게 쓸 것이다.

"이 책으로 내가 얼마나 벌었는지는 말하고 싶지 않네. 하지만 이 정도는 얘기해 주지. 「신들의 워드프로세서」로 벌어들인 수익은, 아니 정확히 순수익은 이제 2300달러를 넘어섰네. 물론 자네가 호숫가의 집에 놀러와 비웃었던, 그놈의 759.50달러는 뺀 금액임을 말해 두지."

그리고 끝에 스티브 오라고 서명할 생각이다. 그리고 추신도 쓸 것이다.

"추신: 사실 그때 냉장고엔 맥주가 있었네. 자네가 간 다음에 나 혼자 낼름 마셔 버렸지."

그런다고 그 친구가 정신을 차릴까?

어디 중요한 것이 돈뿐이겠나? 「신들의 워드프로세서」로 벌어들인 돈이 기껏 2000달러라고 치자. 하지만 《믿거나 말거나》에 「사신의 이미지」를 실었을 때 받은 돈은 40달러였고, 메인 대학의 문학지인 《위브리스》(나는 천성이 착한 사람이라 '위브리스'가 '휴브리스(Hubris, 17세기 풍자시의 제목. 삼류시 건달 등의 상징으로 쓰인다.—옮긴이)'의 사투리라는 생각을 하곤 했다.)에 「호랑이가 있다」를 실었을 때에는 원고료 대신 증정용 서적 열두 권을 받기도 했다.

물론 돈이 싫다는 말도 아니고 객쩍은 소리를 설파할 생각도 없다.(아직은 아니다.) 《카발리어》, 《듀드》, 《아담》 같은 남성 잡지에 정기적으로 단편을 기고하기 시작했을 때, 난 스물다섯이고 아내는 스물셋이었다. 우리는 아이도 하나 있었고 게다가 아내는 둘째를 임신 중이었다. 하지만 당시 나는 세탁소에서 주당 50에서 60시간을 일했고, 시급으로 1.75달러 정도를 받았다. 사실 예산이고 자시고 할 것도 없었다. 하루하루가 '바탄의 죽음의 행진'(제2차 세계대전 중 일본군이 포로 7만 명에게 강제한 행진. 1만 명 가까이가 행군 도중 사망했다.—옮긴이)과 다를 바 없었던 것이다. 접수가 아니라 출판일 기준으로 고료가 나오는 통에, 유아용 중이염 항생제를 사거나 전화요금 독촉분을 맞추는 것도 죽을 맛이었다. 가끔 황홀할 정도의 목돈이 들어오기도 했지만 그 돈은 금방 신기루처럼 사라져 버렸다. 『부적(The Talisman)』의 릴리 카브노프의 말처럼(이 말은 내가 아니라 피터 스트라우브가 만들어냈다.) "돈이란 게 항상 부족하거나 항상 넘쳐나는 것 아닌가요?" 행여 이 말이 와 닿지 않는다면, 아마도 넘치거나 부족해 본 적이 한 번도 없는 사람이리라.

 돈을 위해 일하지 마라. 그건 원숭이나 하는 짓이다. 손익계산을 따지는 것도 원숭이나 하는 짓이다. 시급, 월급, 연봉 따위에 연연하는 것도 원숭이나 하는 짓이다. 아무리 듣기 좋은 소리일지라도 사랑을 위해서도 일하지 마라. 일을 하는 이유는 일을 하지 않는 사람은 자살을 택한 것이나 마찬가지이기 때문이다. 게다가 아무리 어려운 삶이라도 선택에 대한 보상은 존재하기 마련이다. 물론 그것이 무엇인지에 대해 와이어트에게 말할 생각은 없다. 아무리 말해 주어도 그 친구는 이해 못 할 것이다.

 「신들의 워드프로세서」를 예로 들어 보자. 그 글은 내 최고의 걸작도 아니고 싸구려 트로피 하나를 안겨다 줄 작품도 아니다. 그렇다고 졸작이라고 생각하지도 않는다. 나름대로 재미도 있다. 한 달쯤 전에 워드프로세서를 구입했다. 왕(The Wang)사가 만든 것인데 주석도 멋들어지게 달아 준다. 그 정도면 최고 아닌가? 난 지금도 기계의 기능을 익히기 위해 이것저것 두들겨 보고 있는 중이다. 특히 매력적인 건 '삽입'과 '삭제' 버튼이다. 드디어 탈자 기호와 삭제 기호에서 해방된 것이다.

 어느날 나는 지독하게 앓아 누운 적이 있었다. 젠장, 그런 건 언제나 한창 때에 일어나는 법이다. 몸속의 장기 하나 하나가 들뜨고 끊겨나가는 고통. 상황은 너무나도 빠르게 진행되었고 저녁 쯤에는 정말 최악의 상태가 되었다. 오한, 발열, 관절통 등. 배 속이 온통 뒤집히고 등까지 쑤셨다.

 나는 그날 밤 응접실 침대에서 지냈다.(화장실까지 네 걸음이면 갈 수 있었다.) 9시에 잠이 들어 새벽 2시쯤에 깨었는데, 깨어 보니 아직 깜깜한 밤이었다. 나는 침대에서 일어나지 않았다. 너무나 아파서 일어날 수가 없었던 것이다. 나는 그냥 그렇게 누워 내 워드프로세서와, '삽입'과 '삭제'에 대해 생각하기 시작했다. '어떤 남자가 문장을 쓰고 난 뒤 삭제 버튼을 눌렀을 때 문장 속의 대상이 세상에서 정말로 사라져 버린다면 재미있지 않을까?' 내 이야기들은 항상 이런 식으로 시작된다. '그러면 재미있지 않을까?'라는 생각 말이다. 많은 사람들은 내 이야기가 무섭다고 하지만, 이야기의 결론과 상관없이, 나는 조금도 웃음을 유발하지 않는 이야기를 해 본 적이 없다.

아무튼 나는 삭제에 대해 상상하기 시작했다. 이야기를 만들어 낸다기보다는 머릿속에 떠오르는 그림을 지켜보는 식이었다. 나는 이 남자가(이야기가 실제로 글로 쓰어지고 이름이 생길 때까지 이 남자는 나에게는 언제나 거울 속의 타자(他者)로서만 존재한다.) 벽에 걸린 그림들과 거실에 놓인 의자들과 뉴욕시와 전쟁이라는 개념을 삭제하는 모습을 바라보았다. 그러고 나서 그가 사물들을 '삽입'하면 그것들이 뿅 하고 세상에 등장하는 모습을 떠올렸다.

내 상상은 조금 더 나아갔다. '자, 이제 그에게 끔찍한 악처를 선물해 보자. 물론 아내를 삭제하는 건 주인공의 몫이겠지. 그리고 다음에는 호의적인 인물을 하나 삽입해 보는 거야.' 그리고 나는 잠이 들었다. 다음 날 아침 일어났을 때 몸 상태가 훨씬 좋아져 있었다. 통증은 사라졌지만, 이야기는 그대로 남아 있었다. 나는 그 이야기를 글로 옮겼다. 처음 생각한 것과 다소 차이가 있기야 하겠지만, 안 그런 적이 한 번이라도 있었던가?

이제 더 설명할 필요는 없다고 생각한다. 돈을 위해 일하지 마

라. 당신을 행복하게 하는 일을 하라. 돈 따위에 굴복하는 사람은 그저 원숭이일 뿐이다. 내 이야기는 잠들 수 없을 때 자장가를 불러주는 방식으로 내게 보상해 준다. 그리고 나는 이야기가 원하는 대로 구체화함으로써 그 대가를 지불한다. 그 나머지는 모두 부산물일 뿐이다.

 이 책이 꾸준히 내 글을 사랑해 주는 독자들 마음에 들었으면 좋겠다. 물론 장편소설만큼 만족할 수는 없을 것이다. 대부분은 이미 단편소설의 진정한 맛을 잊었을 것이다. 멋진 장편소설을 읽는 재미는 지속적인 행복을 탐닉하는 것과 같다. 『크립쇼(Creepshow)』를 쓸 당시 나는 메인에서 피츠버그로 통근하고 있었다. 나는 비행공포증이 있는 데다 때마침 조종사들의 파업과 레이건 대통령의 강제 진압 등이 맞물려(그 조합이 폴란드에 있었다면 레이건 대통령이야말로 진정한 급진조합주의자가 되었을 것이다.) 주로 차를 몰고 다녔다. 그리고 거의 5주 동안 콜린 맥컬로우의 여덟 개짜리 『가시나무새』 낭독 테이프만 듣고 다녔다. 너무나도 행복했다.(내가 제일 좋아하는 부분은 사악한 노파가 죽은 지 열여섯 시간 만에 구더기들을 내뿜는 장면이다.)
 단편소설은 완전히 다른 차원이다. 그건 어둠 속에서 낯선 사람과 짧은 키스를 나누는 그런 맛이다. 행복까지는 아닐지 몰라도 입맞춤 역시 달콤한 것만은 사실이다. 게다가 짧아서 더 매력적인 게 아니겠는가?
 수년이 지났건만 단편을 쓰는 일은 조금도 수월해지지 않았다.

사실 더 어려워졌다. 글을 쓸 시간은 줄어들었지만 이야기들은 거꾸로 팽창하길 원했기 때문이다.(난 뻥튀기에는 별로 소질이 없다. 나는 뚱뚱한 여자가 다이어트를 하듯 글을 쓴다.) 게다가 단편소설은 이야기에서 목소리를 찾아내는 것도 훨씬 어려운 듯하다. 이야기에 종종 등장하는 '나'라는 작자는 뜬구름처럼 둥둥 떠다니기 일쑤였다.

아무튼 계속 노력할 밖에 다른 수가 없다. 포기해 버리느니, 도둑 키스라도 해 보는 편이 낫지 않겠는가? 나중에 뺨이야 몇 대 맞을지 모르지만 말이다.

이제 몇 사람한테 고맙다는 인사만 하고 끝낼 생각이다.(원하지 않는다면 이 부분은 읽지 않고 넘어가도 좋다.)

이 책을 쓰게 해 준 빌 톰슨에게 감사를 전하고 싶다. 빌하고는 첫 번째 단편집 『스티븐 킹 단편집(*Night Shift*)』를 냈고 이번 일을 생각해낸 것도 그였다. 지금은 아버 하우스 출판사로 옮겼지만 그 친구가 어디로 갔든 여전히 좋아한다는 말을 전하고 싶다. 이 세상에 아직 신사다운 출판업자가 있다면, 그가 바로 본보기일 것이다. 빌, 당신의 아일랜드산 감수성에 축복이 있길.

그리고 푸트남 출판사의 필리스 그란, 원고 독촉하느라 그동안 수고 많았어요.

내 에이전트 커비 맥컬리에게도 고마움을 전한다. 아, 이 친구도 아일랜드산이군. 커비는 이 이야기들 대부분을 팔아치웠고, 그 중 가장 긴 「안개」를 써 내라고 매일 내 목을 졸랐다.

이런, 이거야 아카데미 상 수상 소감을 말하는 것 같군. 하지만 아무려면 어떤가?

잡지사 편집자들에게도 감사를 하고 싶다. 《레드북》의 케이시 사간, 《플레이보이》의 앨리스 터너, 《카발리에》의 나이 윌든, 《양키》의 친구들, 오, 이런 《판타지와 SF》의 에드 페르만을 잊을 뻔했군.

모두에게 감사하고 싶다. 모두의 이름을 하나하나 불러 보고 싶지만, 여기에서 그만두지 않으면 정말로 벽돌이 날아들 것만 같다. 물론 이 책을 읽어 줄 독자들도 빼놓을 수는 없을 것이다. 결국 이 모든 것은 독자들을 위한 것이고, 독자 여러분이 없었다면 내 작업은 공염불이 되었을 것이다. 이 이야기들이 제 역할을 한다면 지루한 점심시간이나 비행기 안에서, 야구경기를 기다리는 동안 여러분들을 즐겁게 해 줄 것이다. 난 그걸로 족하다.

자, 광고 끝. 이제 내 손을 잡아요. 꼭 잡아야 해요. 지금부터 어둡고 끔찍한 공간 속을 헤매야 하는데, 내가 그 길을 알 것 같거든요. 그러니, 내 손을 놓지 말아요. 만일 어둠 속에서 내가 입을 맞춘대도 크게 놀라지는 말아요. 당신을 사랑하니까요.

이제, 우리 갈까요?

1984년 4월 15일
메인 주 뱅고어에서

스티븐 킹 단편집

Skeleton Crew 스켈레톤 크루

안개

폭풍이 밀려오다

사건은 이런 식으로 시작되었다. 북부 뉴잉글랜드 역사상 최악의 폭염이 있던 날 밤 메인 서부 전 지역에 최악의 뇌우가 몰아치기 시작했다. 그날은 7월 19일이었다.

우리는 롱 레이크에 살고 있었다. 최초의 태풍이 호수를 때리며 다가오는 광경을 본 것은 어두워지기 바로 전이었다. 한 시간 전만 해도 바람 한 점 없었고, 1936년 아버지가 보트 창고에 매달아 놓은 성조기도 맥없이 늘어져 있었다. 더위는 젤리처럼 딱딱하고 송진처럼 찐득거렸다. 그날 오후, 우리 셋은 물에 뛰어들기도 했지만, 호숫가의 물이 미지근한 바람에 별로 기분이 나아지지는 않았다. 스테파니와 나는 물 속 깊이 들어가고 싶었지만 빌리 때문에 그럴 수도 없었다. 빌리는 겨우 다섯 살짜리 아이였다.

5시 30분. 호숫가를 향한 베란다에서 햄 샌드위치와 감자 샐러드로 내키지 않는 저녁식사를 했다. 다들 펩시 말고 다른 음식을 먹고 싶어 하지 않는 것 같았는데, 펩시가 얼음이 담긴 철제 양동이 안에 들어 있었기 때문이다.

식사를 마친 후 빌리는 다시 밖으로 나가 한동안 정글짐에서 놀았다. 스테파니와 나는 조용히 담배를 피우며, 건너편 해리슨까지 이어진 거울 같은 호수면을 바라보았다. 동력선 몇 척이 이리저리 흔들렸고 상록수들도 왠지 더럽고 지쳐 보였다. 서쪽 하늘에서 커다란 보라색 적란운이 집합하는 군인들처럼 조금씩 모여들고 있었는데, 구름 속에서 번개가 번쩍거렸다. 옆집 브렌트 노턴의 집에서는 워싱턴 산 정상에서 송신하는 클래식 음악 방송에 맞춰진 라디오가 번개가 칠 때마다 잡음을 토해 내고 있었다. 노턴은 뉴저지에서 온 변호사이고 롱 레이크에 있는 집은 난방 장치가 없는 여름 별장이었다. 2년 전 골치 아픈 분쟁으로 인해 그와 지방법원까지 간 적이 있었다. 내가 승소했는데, 노턴은 자신이 외지 사람이기 때문에 진 거라며 투덜댔다. 그 사건으로 인해 우리는 계속 껄끄러운 사이였다.

스테파니가 한숨을 쉬며 홀터 사이로 가슴에 부채질을 했다. 그래 봐야 더 시원할 것 같지는 않았지만 나로서야 눈요기가 되니 마다할 것이 없었다.

"아무래도 한바탕 폭풍이 올 것 같지 않아?"

스테파니가 의심스러운 눈으로 나를 흘겨보며 대답했다.

"어젯밤에도 그제 밤에도 비구름은 있었어, 데이비드. 하지만 그냥 흩어져 버렸잖아."

"오늘은 심상찮은데."

"그래?"

"더 심해지기 전에 아래층으로 내려가는 게 좋겠어."

"얼마나 심각할 것 같은데?"

처음에 호수 이쪽에 살 집을 지은 것은 아버지였다. 더 이상 아이라고 볼 수 없을 나이가 되었을 무렵 아버지는 자신의 형제들과 이 자리에 여름 별장을 지었다. 그 집은 1938년 여름 태풍에 돌담까지 몽땅 무너져 버리고 달랑 보트 창고만이 남았다. 일 년 후 아버지는 그 자리에 커다란 집을 짓기 시작했다. 태풍에 가장 큰 피해를 입는 것은 항상 나무들이다. 나무가 늙으면 바람이 와서 쓸어 버리기 때문이다. 어머니 자연이 집을 청소하는 방법인 걸까?

"글쎄, 잘 모르겠어. 어쩌면 탈선한 고속열차처럼 집을 덮칠 수도 있겠지."

내가 대답했다.

1938년의 태풍에 대해서는 나도 들은 이야기들뿐이었다.

잠시 후 빌리가 돌아오더니 손에 땀이 배어 정글짐에서 놀 수가 없다고 징징거렸다. 나는 아이의 머리를 헝클어뜨린 다음 펩시 하나를 더 건네주었다. 치과 의사가 좋아하겠군.

먹구름이 다가오며 푸른 하늘을 먹어치우고 있었다. 폭풍이 오고 있다는 것은 이제 의심의 여지가 없었다. 노턴이 라디오를 껐고 빌리는 나와 스테파니 사이에 앉아 하늘을 바라보며 신기해했다. 천둥소리가 천천히 호수면을 구르다가 물러섰고, 그때마다 구름은 온몸을 비틀며 조금씩 다가섰다. 호수를 덮은 구름은 검은색에서 보랏빛으로 변하다가, 핏줄을 드러내고는 다시 먹빛으로 돌아가기도 했다. 구름 뒤로 빗줄기의 장막도 모습을 드러냈다. 아직은 먼 곳이었다. 아마도 볼스터스 밀즈나 노르웨이쯤 될 것 같았다.

바람이 불기 시작했다. 처음에는 발작하듯 깃발을 들었다 놓았다 하더니, 점차 거세지면서 스스로 모습을 바꾸기도 했다. 처음에는 시원하게 땀을 말려 주던 바람이 어느덧 차갑게 느껴질 정도가 되었다.

호수를 가로지르는 은빛 장막을 본 것은 그때였다. 장막은 순식간에 해리슨을 덮치고는 우리를 향해 곧바로 달려오고 있었다. 동력선들이 시야에서 완전히 사라져 버렸다.

"아빠, 저기 봐!"

빌리가 의자에서 일어나며 소리쳤다. 감독의 의자를 그대로 축소해 등받이에 아들의 이름을 새겨 놓은 의자였다.

"안으로 들어가자꾸나."

내가 이렇게 말하며 아들의 두 어깨를 감싸 안았다.

"하지만 저거 좀 봐, 아빠. 저게 뭐야?"

"물기둥이라는 거야. 들어가자."

스테파니가 놀란 눈빛으로 나를 보더니 빌리에게 소리쳤다.

"어서, 빌리. 아빠 말 들어야지."

우리는 미닫이 유리문을 열고 거실로 들어갔다. 나는 문을 닫고는 잠시 밖을 내다보았다. 장막은 호수의 4분의 3쯤 되는 곳에서 점점 낮아지는 먹빛 하늘과 호수면 사이를 유원지의 회전찻잔처럼 휘돌고 있었다. 호수는 하얀 크롬을 뒤집어쓴 납 빛으로 변해 폭풍우 몰아치는 대양처럼 들끓고 있었다. 높은 파도가 밀려들어

선착장과 방파제 높이 거품을 토해 냈다. 호수 가운데에서도 커다란 물마루들이 고개를 마구 흔들어 댔다.

물기둥을 바라보자니 마치 최면에라도 빠진 기분이 들었다. 물기둥이 거의 지붕 위까지 침범했을 때 번개가 내리쳤다. 번개는 어찌나 밝은지 30여 초 동안이나마 눈에 보이는 광경을 모두 역상으로 찍어 냈다. 전화가 팅 하고 비명을 질렀다. 아내와 아들이 커다란 유리창 앞에 서서 북서쪽으로 펼쳐진 호수의 장관을 넋 나간 듯 보고 있었다.

순간 끔찍한 영상이 떠올랐다. 남편과 아버지들을 위해 준비된 끔찍한 상상. 유리창이 퍽 하는 소리와 함께 터져나가고 날카로운 유리 조각들이 아내의 배와 아들의 얼굴, 목 등을 꿰뚫는다. 사랑하는 사람에게 닥치는 비극은 종교 재판의 공포도 초라하게 만들어 버린다.

"뭐 하는 거야? 어서 안으로 들어가지 않고?"

나는 아내와 아들을 안쪽 깊숙이 데리고 들어갔.

스테파니가 놀란 표정으로 나를 보았다. 빌리는 깊은 잠에서 아직 덜 깬 것처럼 멍한 눈으로 나를 바라보았다. 나는 두 사람을 부엌으로 몰고 가 불을 켰다. 전화기에서 다시 팅 소리가 울렸다.

폭풍이 닥친 것은 그때였다. 집이 막 이륙하려는 747비행기처럼 흔들렸다. 가늘고 음산한 휘파람 소리를 내던 바람은, 낮은 저음으로 으르렁거리더니 이내 소름끼치는 비명 소리로 변했다.

내가 스테파니에게 말했다.

"아래층으로 내려가."

이제는 고함을 질러야 의사 전달이 가능한 지경이었다. 우리 집

바로 위에서 천둥이 쳐 지붕이 들썩거렸고 빌리가 내 다리에 꽉 매달렸다.

"자기도 같이 가!"

스테파니가 외쳤다.

나는 고개를 끄덕이며 먼저 가라는 손짓을 했다. 우선 빌리를 떼어내야 했다.

"자, 엄마랑 같이 내려가야지. 아빠는 불이 나갈 경우를 대비해서 양초를 찾아야 해."

빌리가 엄마와 내려가고 나는 캐비닛을 뒤지기 시작했다. 양초란 놈들은 정말 웃긴다. 여름 폭풍에 전기가 끊길 줄 알고 매년 봄마다 양초를 챙겨 두는데도 막상 필요할 때가 되면 어디론가 사라져 버리는 것이다.

나는 네 번째 캐비닛을 뒤지기 시작했다. 안에는 4년 전 스테파니와 함께 사 놓고 거의 피우지도 않은 대마초 약간, 오번 노블티 가게에서 구입한 빌리의 태엽식 장난감 이빨, 미처 정리를 하지 못한 사진들이 있었다. 시어스 백화점의 카탈로그를 들어 보니, 프라이버그 축제에서 테니스볼 게임을 하고 상품으로 건진 대만산 큐피 인형들이 보였다.

양초는 번들번들한, 죽은 이의 눈을 가진 큐피 인형 뒤에 있었다. 셀로판지에 둘둘 말린 그대로였다. 양초를 집는 순간 전깃불이 모두 나가 버렸다. 이따금 하늘을 가르는 번개가 잠깐씩 실내를 밝혀 주었고 흰색과 보라색의 부엌 비상등들이 눈을 부라리며 달려들었다. 아래층에서 빌리의 울음소리와 아이를 달래는 스테파니의 낮은 속삭임이 들려왔다.

나는 다시 폭풍을 내다보았다.

물기둥은 이미 지나갔거나 해안에 닿으면서 소멸된 모양이었다. 물론 내가 볼 수 있는 시계는 20미터도 채 못 되었다. 수면은 끔찍하게 요동치고 있었다. 제서스 부부 것으로 보이는 도크의 지주들이 반복해서 하늘 높이 치솟아 올랐다 다시 용솟음치는 물속에 가라앉았다.

나는 아래층으로 내려갔다. 빌리가 달려와 내 다리에 찰싹 달라붙었다. 나는 빌리를 안아 올린 다음 촛불을 켰다. 그리고 가족들을 데리고 내 작업실에서 나와 복도를 지나 응접실에 자리를 잡았다. 우리는 깜빡거리는 노란 불빛에 비친 서로의 얼굴을 바라보며 으르렁거리는 폭우 소리를 들었다. 그리고 20분쯤 후, 인근의 거대한 소나무 하나가 무너지는 것 같은 굉음이 들렸고 잠시 후 비바람 소리가 잦아들었다.

"끝난 건가?"

스테파니가 물었다.

"글쎄. 잠시 소강 상태인지도 모르지."

내가 말했다.

우리는 각자 촛불을 들고 위층으로 올라갔다. 마치 저녁 미사를 드리러 올라가는 수사들 같았다. 빌리도 자신 몫의 촛불을 조심스럽게 운반했다. 촛불, 그러니까 불을 책임진다는 것이 아들에게는 대단히 큰일이었다. 덕분에 빌리는 두려움을 잊을 수 있었다.

집 주변이 너무 어두워 어떤 피해가 있는지 알 수 없었다. 빌리를 재울 시간이 지났지만 나도 스테파니도 빌리를 침대에 눕힐 생각을 하지 않았다. 우리는 거실에 앉아 바람 소리를 듣고 번개를 보았다.

한 시간쯤 후, 대기가 다시 꿈틀거리기 시작했다. 지난 3주간 기온은 32도를 넘었고, 포틀랜드 공항에 있는 국립 기상 센터의 보도에 따르면, 그중 6일은 37도를 넘어서기도 했다. 기이한 날씨였다. 혹독한 겨울과 늦봄을 겪은 사람들은 1950년대의 원폭실험 결과에 대한 케케묵은 소문들을 들먹거렸다. 세계의 종말에 대한 우려들. 가장 오래된 불안들.

두 번째 돌풍은 아주 강하지는 않았지만 첫 번째 공격으로 인해 이미 약해질 대로 약해진 나무들이 뽑혀 나가는 소리가 들렸다. 바람이 잦아들기 시작할 때쯤 무언가가 지붕을 때리는 소리가 들렸다. 마치 주먹으로 관 뚜껑을 두드리는 소리 같았다. 빌리가 벌떡 일어나 천장을 보았다.

내가 말했다.

"이제 곧 그칠 게다."

하지만 빌리는 초조한 미소를 지었다.

10시쯤 마지막 돌풍이 들이닥쳤다. 이번에는 무자비했다. 바람은 첫 번째 돌풍만큼이나 울부짖었고, 번개가 사방에서 번쩍거렸다. 나무들이 또 뽑혀 나갔다. 호숫가에서 무언가가 쪼개지는 듯한 굉음이 들려오자 스테파니가 낮은 비명을 질렀다. 빌리는 스테파니의 무릎 위에서 자고 있었다.

"데이비드, 무슨 소리지?"

"보트 창고 같아."

"오, 이런, 세상에."

"스테파니, 아무래도 아래층으로 내려가야겠어."

나는 자리에서 일어나 빌리를 받아들었다. 스테파니의 두 눈이 두려움으로 커졌다.

"데이비드, 우리 괜찮겠지?"

"물론이야."

"정말?"

"그래, 걱정 안 해도 돼."

우리는 아래층으로 내려갔다. 10분 후 돌풍이 절정에 이르자, 위층에서 뭔가 와장창 깨지는 소리가 들렸다. 전망창이 깨진 것이다. 결국 아까의 끔찍한 내 상상이 황당한 것만은 아니었던 것이다. 스테파니가 꾸벅꾸벅 졸다가 작은 비명을 질렀고 응접실 침대에 누운 빌리도 불안한 듯 몸을 뒤척였다.

"비가 올 텐데. 가구들은 다 어떡하지?"

스테파니가 물었다.

"내버려 둬. 어차피 보험도 들어 있잖아."

"그걸 말이라고 하는 거야? 자기 엄마 경대, 새로 산 소파……. 컬러 텔레비전……."

스테파니가 꾸짖는 목소리로 투덜거렸다.

"쉬이. 잠이나 자 둬."

내가 말했다.

"이 상황에 잠이 오겠어?"

그리고 5분 후 아내는 잠이 들었다.

나는 그 후로도 한 시간 삼십 분 정도, 촛불을 벗 삼아 문밖에서 천둥과 바람이 종알대는 소리를 들었다. 아침이 되면 호숫가 주민들은 일제히 보험 회사에 전화를 걸어 대고, 별장주들은 지붕을 덮쳤거나 창문을 부수고 들어온 나무들을 잘라 내기 위해 전기톱을 들고 진땀을 흘리고, 오렌지색 군용 트럭이 도로를 가득 메우겠지.

어느덧 폭풍도 잦아들고 돌풍의 기미도 보이지 않았다. 나는 스테파니와 빌리를 남겨둔 채 위층으로 올라가 거실을 살펴보았다. 미닫이 유리문은 그대로 붙어 있었다. 하지만 전망창이 톱니처럼 깨어져 있고, 그 자리를 벚나무 잎사귀들이 가득 메우고 있었다. 내가 태어나기 전부터 지하실 입구에 서 있던 고목이었다. 생전 처음으로 주인집을 찾아온 나무를 바라보며, 보험이 무슨 소용이냐고 한 스테파니의 말이 수긍이 갔다. 그건 내가 사랑한 나무였다. 수많은 겨울을 이겨 낸 노병이었고, 호수 쪽 나무들을 전기톱으로 잘라 낼 때에도 그 나무만큼은 건드리지 않았다. 바닥에 쏟아진 유리 조각들이 저마다 촛불을 퉁겨내고 있었다. 아무래도 스테파니와 빌리에게 슬리퍼를 신으라고 조심시켜야겠다. 아침이면 맨발로 총총거리며 다니는 것을 좋아했는데.

나는 다시 아래층으로 내려가 식구들과 함께 손님용 침대에서 잠을 잤다. 빌리는 스테파니와 내 사이에서 잤다. 신이 건너편 해리슨에서 호수를 가로질러 오는 꿈을 꾸었다. 덩치가 커서 허리 위가 몽땅 파란 하늘 속에 잠겨 있다. 신이 숲 속에 발자국을 만들 때마다 나무들이 뽑히고 잘려 나가는 굉음이 들렸다. 신은 호수 주변을 돌아 우리가 있는 브리지턴으로 오고 있었다. 주택, 방갈로, 별장들이 보라색과 흰색의 섬광을 내며 터져 나갔고 연기가 세상을 뒤덮었다. 연기는 마치 안개처럼 모든 것을 삼켜 버렸다.

폭풍이 끝나고 노턴과 함께 마을로 가다.

"와, 굉장하다!"
빌리가 외쳤다.
빌리는 노턴네 집과 우리 집을 구분하는 울타리 옆에 서서 진입로를 보고 있었다. 진입로는 비포장도로까지 500미터 정도 거리였고 그곳에서 1킬로미터 정도 더 달리면 칸사스 로(路)라는 이차선 아스팔트 도로가 나온다. 칸사스 로까지만 가면 브리지턴 어디든 갈 수 있었다.
나는 빌리가 보고 있는 것이 무엇인지 알고 질겁을 했다.
"가까이 가면 안 돼, 빌리. 뒤로 물러서."
빌리는 내 말대로 했다.
아침은 수정처럼 맑고 밝았다. 그동안 폭염으로 흐물거리고 몽롱하기만 했던 하늘도 지금은 가을 하늘만큼이나 깊고 푸르렀다. 진입로에서는 빛 얼룩들이 하늘하늘 춤을 추었고 산들바람도 불었다. 멀지 않은 곳에서 지지직 하는 소리가 계속해서 들려왔다. 잔디 위에 있는 것은 언뜻 보면 잔뜩 똬리를 튼 한 무리의 뱀처럼 보였으나, 그건 우리 집으로 이어진 송전선들이 약 3미터가량 끊어진 채 잔디 위에서 몸을 비틀고 있는 것이었다. 전선은 서서히 움직이며 위험 신호를 내보냈다. 폭우로 나무와 잔디가 젖지 않았다면 어쩌면 집이 폭발했을지도 모를 일이었다. 실제로 전선이 직접 닿은 자리에는 시꺼먼 자국이 선명하게 보였다.
"아빠, 저거 전기 올라?"
"그래, 그럴 거다."

"그럼, 어떻게 해?"

"그냥 둬야지. 보수반이 올 때까지 기다려야 해."

"언제 오는데?"

다섯 살짜리 꼬마는 하늘의 별만큼이나 궁금한 게 많았다.

"글쎄. 오늘은 그 사람들도 무척 바쁠 거야. 빌리, 아빠하고 저 앞에까지 갔다 오지 않을래?"

아들은 뒤를 쫓아오다가 멈춰 서더니, 다시 불안한 표정으로 전선을 바라보았다. 선 하나가 머리를 숙이더니 손짓하듯 천천히 흔들렸다.

"아빠, 전기가 땅에도 올라?"

좋은 질문이군.

"그래, 하지만 걱정 안 해도 돼. 전기가 원하는 건 땅이지. 네가 아니란다. 전선에 닿지만 않으면 괜찮아."

"땅을 원한다고?"

빌리가 이렇게 중얼거리고는 내게 다가왔다. 우리는 손을 잡고 진입로를 따라 걸었다.

상황은 생각보다 심각했다. 나무들이 넘어져 길을 가로막은 데만 해도 네 군데나 되었다. 작은 나무도 있고 중간 크기의 것도 두 개가 있었지만, 허리에서 잘린 부분만 거의 3미터에 가까운 고목도 있었다. 곰팡이 슨 코르셋처럼 이끼가 잔뜩 엉켜 붙은 나무였다.

반쯤 나뭇잎이 떨어져 나간 가지들도 짚단처럼 곳곳에 흩어져 있었다. 빌리와 나는 비포장도로까지 걸으며 잔가지들을 양 길가로 치워 놓았다. 문득 25년 전 내가 빌리만 했을 때의 여름날이 떠올랐다. 그때는 삼촌들이 모두 이곳에 있었다. 삼촌들은 도끼, 자귀, 긴 낫 등을 들고 숲 속으로 들어가 하루 종일 나무를 했다. 그리고 오후 늦게 우리 부모님이 만들어 놓은 평상에 모여 앉아 엄청난 양의 핫도그와 햄버거와 감자 샐러드를 먹어치웠다. 간셋 맥주가 수도처럼 넘쳐흘렀고, 루벤 삼촌은 옷에다 신발까지 신은 채 호수에 뛰어들곤 했다. 그때는 아직 숲 속에 사슴이 남아 있었던 시절이다.

"아빠, 호수에 가도 돼?"

빌리는 나뭇가지 치우는 일이 시큰둥해진 모양이었다. 아이가 지루해할 때 해 줄 수 있는 일은, 다른 일을 하도록 허락해 주는 것뿐이었다.

"그래."

우리는 함께 집으로 걸어갔다. 빌리는 전선을 피하기 위해 집 오른쪽으로 돌아갔고 나는 왼편의 차고로 향했다. 전기톱을 가져올 생각이었다. 예상대로 호수 위아래로 전기톱의 불쾌한 노랫소리가 들리기 시작했다.

나는 전기톱을 충전하고 셔츠를 벗었다. 막 진입로로 돌아가려는 참에 스테파니가 밖으로 나왔다. 스테파니는 진입로에 가로놓인 나무들을 걱정스러운 눈으로 보고 있었다.

"심각해?"

"내가 할 수 있을 거야. 안은 어때?"

"음, 유리 조각은 대충 치웠는데, 나무는 자기가 어떻게 해 줘야겠어. 저 거목을 거실에다 둘 수는 없잖아."

"그러게. 실내장식용으로는 조금 크겠지?"

우리는 아침 햇살 속에서 서로를 바라보며 키득거렸다. 나는 전기툽을 시멘트 바닥에 내려놓고 아내의 엉덩이를 바짝 끌어당기며 입을 맞추었다.

"안 돼. 빌리가 보잖아."

스테파니가 속삭였다.

그때 마침 빌리가 집 모퉁이를 돌아 나오고 있었다.

"아빠, 아빠, 저것 좀 봐!"

스테파니가 꿈틀거리는 전선을 보고는 빌리에게 조심하라고 외쳤다. 그렇지 않아도 전선과 멀리 떨어져 있던 빌리가 깜짝 놀라 멈춰 서더니, 왜 그럴까 하는 표정으로 엄마를 쳐다보았다.

"괜찮아요, 엄마."

아들의 목소리는 늙고 병든 부모를 달래는 투였다. 빌리는 우리 쪽으로 걸어와 자기가 무사함을 확인시켜 주었다. 스테파니는 여전히 내게 안긴 채 떨고 있었다.

"괜찮아. 저 애도 알고 있었어."

내가 아내의 귀에 속삭여 주었다.

"알아, 하지만 그래도 죽는 사람들이 있잖아. 텔레비전에서도 전선을 조심하라고 매일 떠들어 대지만 그래도 사람들은 다친다고. 빌리, 어서 안으로 들어가!"

"엄마, 괜찮다니까! 아빠한테 보트 창고 보여 줘야 한단 말이야!"

아들은 흥분과 실망으로 눈이 거의 둥그레졌다. 빌리는 폭풍 후의 폐허가 무척이나 마음에 들었고, 그 기분을 함께 나눌 사람이 필요했다.

"지금 당장 들어가! 전깃줄이 얼마나 위험한데 그래. 게다가……"

"전깃줄은 내가 아니라 땅한테 관심 있다고 아빠가 그랬단 말이야!"

"빌리, 너 말 안 들을래?"

"일단 가서 보기로 하자고. 당신도 같이 가."

팔을 통해 스테파니가 움찔하는 것이 느껴졌다.

"이봐, 꼬마 친구, 저쪽으로 돌아가야 해."

"네, 알았어요."

빌리는 우리를 지나쳐 집의 서쪽 모퉁이를 감아도는 돌계단을 두 칸씩 달려 내려갔다. 빌리는 옷자락을 펄럭이며 사라졌고, 곧 짧은 감탄사가 들려왔다.

"와!"

아마도 다른 볼거리를 찾은 모양이었다.

나는 아내의 어깨를 가볍게 끌어안으며 말했다.

"저 애도 전선에 대해서 알고 있어. 충분히 무서워하고 있으니까 걱정 마. 아무 일 없을 거야."

눈물 한 줄기가 아내의 뺨으로 굴러 떨어졌다.

"데이비드, 겁이 나."

"이런, 이제 다 끝났잖아."

"끝났다고? 지난 겨울이랑…… 올 늦봄……. 마을 사람들이 암흑의 봄이라고 부르는 거 몰라? 1888년 이후로 그런 일은 처음이라며?"

마을 사람들이란 분명 커모디라는 여자를 말하는 것이었다. 커모디는 브리지턴 골동품상이라는 작은 가게를 운영하고 있는데, 스테파니는 가끔 그곳에 들러 이것저것 뒤져 보는 것을 좋아했다.

빌리도 엄마와 함께 그 가게에 가는 것을 좋아했다. 어둡고 지저분한 뒷방에는, 금테 눈을 한 박제 올빼미가 날개를 활짝 펼친 채 광칠한 나뭇가지를 움켜쥐고 있고, 거울 조각으로 만든 긴 '개울'에서 박제 너구리 세 마리가 어슬렁거리고 있고, 좀이 먹은 늑대가 주둥이에 침 대신 톱밥을 문 채 오싹하게 으르렁거리고 있었다. 커모디 말로는 1901년 9월 스티븐스 계곡에서 내려온 늑대를 자기 아버지가 쏴 잡은 것이라고 했다.

커모디 골동품상으로의 원정은 아내와 아들에게 좋은 구경거리였다. 스테파니는 카니발 글래스(가열유리를 압축해서 가공한 제품─옮긴이)에 빠져들었고, 빌리는 박제라는 죽음의 세계에 빠져들었다. 하지만 무엇보다도 노파는 스테파니의 마음에 술수를 부렸다. 아내는 다른 모든 면에서는 실용적이고 고집도 있었지만, 노파는 아내의 정신적 아킬레스건을 공략했다. 사실 마을에서 커모디의 주술과 민간요법에 매료된 사람이 스테파니 혼자만은 아니었다.(노파는 항상 신의 이름으로 처방을 내렸다.)

남편이 술만 먹으면 손찌검을 한다고? 그럼 이 수액을 먹여 봐. 굼벵이처럼 얌전해질 게야. 겨울이 얼마나 추울지 알고 싶으면 6월에 애벌레 마디를 세 보면 돼. 가을 벌집 두께를 재 보든지. 그리고 이제…… 맙소사, 1888년 암흑의 봄이라니! (이 단어에는 느낌표가 열 개쯤은 붙어야 할 것 같다.) 그 이야기는 나도 들은 바 있다. 봄이 어찌나 추웠던지 호수의 얼음이 썩은 이처럼 까맣게 변했더라 하는 식의 얘기. 나불거리기 좋아하는 사람들의 입맛에 딱 맞아 떨어지는 그런 헛소리들 말이다. 물론 흔한 일은 아니다. 하지만 그렇다고 백 년에 한 번 있을까 말까 한 그런 사건도 아닌 것이다. 사람들은 그런 이야기를 잘 퍼뜨린다. 하지만 그들도 커모디처럼 확신에 차서 그 이야기를 할까?

내가 말했다.

"그래, 혹독하고도 긴 겨울이었어. 하지만 이제 뜨거운 여름이야. 폭풍우가 있기는 했지만 그것도 끝난 일이잖아. 스테파니, 너무 예민하게 받아들일 필요 없어."

"그냥 폭풍이 아니었어."

스테파니의 목소리는 여전히 거칠었다.

"그래. 그렇기는 해."

내게 암흑의 봄에 대해 말해 준 이는 빌 지오스티였다. 카스코 마을에서 주정뱅이 아들 셋과 함께 지오스티 모터를 그럭저럭 꾸려가고 있는 노인이었다.(그들이 곤드레가 되면 설상차와 고물 오토바이를 수리하는 것은 네 명의 주정뱅이 손자들 몫으로 떨어진다.) 빌은 올해 일흔이지만 여든 살로 보였고 건수만 생기면 스물셋처럼 마셔 댔다. 5월 중순에 느닷없이 폭설이 내려 30센티미터나 쌓인 눈에 막 싹트기 시작한 풀과 꽃이 졸지에 무덤에 묻히게 된 바로 다음 날이었다. 나는 빌리를 데리고 스카우트에 기름을 채우려고 그곳에 들렀다. 거나하게 취한 빌은 특유의 과장까지 섞어 가며 암흑의 봄에 대해 수다를 떨었다. 하지만 아주 가끔씩 5월에 눈이 내리기도 했다. 그리고 이틀 후 눈은 그쳤고 대수로운 일이 아니었다.

스테파니는 불안한 눈으로 끊어진 전선들을 훔쳐보았다.

"보수반은 언제나 올까?"

"곧 오겠지. 오래 걸리지는 않을 거야. 아무튼 너무 빌리 때문에 신경 쓰지 마. 그래 봬도 꽤 똑똑한 애라고. 가끔 옷을 놓고 오기는 해도 고압 전선을 밟고 다닐 만큼 바보는 아냐. 제 몸 다칠까 봐 얼마나 조심하는지 눈꼴이 다 실 정도라니까."

내가 아내의 입술 가장자리를 살짝 건드리자 아내는 살짝 미소를 지어 보였다.

"마음이 좀 놓여?"

"자긴 정말 태평하다니까."

아내가 이렇게 말해 나도 마음이 놓였다.

호수 쪽에서 빌리가 빨리 오라고 소리치고 있었다.

"자, 갑시다. 저 녀석이 도대체 뭘 낚은 건지 봐야지."

내가 말했다.

스테파니가 코웃음을 쳤다.

"그걸 보느니 차라리 집에서 텔레비전이나 보겠네."

"자, 우리 꼬마를 기쁘게 해 주자고."

우리는 손을 맞잡고 돌계단을 내려갔다. 첫 번째 모퉁이를 돌아서는데 빌리가 뛰어오는 바람에 하마터면 부딪칠 뻔했다.

"조심해."

스테파니가 인상을 찡그리며 꾸짖었다. 아마도 빌리가 미끄러져 전선에 닿을까 봐 불안한 것이리라.

빌리가 헐떡거리며 말했다.

"빨리 오라고 했잖아! 보트 창고가 완전히 뭉개졌어! 선착장이 바위 위에 올라가 있고, 창고 옆에 있는 나무는……. 우와, 세상에!"

"빌리 드레이튼!"

스테파니가 호통을 쳤다.

"미안, 엄마. 하지만…… 우와!"

하지만 아들도 지지 않았다.

"자기 할 말만 지껄이고 가 버리는 죽음의 사자 같군."

내 말에 스테파니가 다시 키득거렸다.

"여보, 진입로에 쓰러져 있는 나무들을 잘라 낸 다음에 포틀랜드 중앙 전력 센터에 갖다 올게. 괜찮지?"

비로소 아내의 표정이 밝아졌다.

"알았어. 언제쯤 가게 될 것 같아?"

이끼를 뒤집어쓴 거목을 뺀다면, 대충 한 시간 정도 작업하면 될 것 같았다. 거목까지 한다면, 11시나 되어야 몸을 뺄 수 있을 것이다.

"그럼, 점심 먹고 가. 그리고 가는 김에 장도 좀 봐 와요. 우유하고 버터도 없고, 또…… 나중에 목록을 적어 줄게."

재앙을 던져 주면 여자는 언제나 다람쥐가 된다. 나는 스테파니를 끌어안고 고개를 끄덕여 주었다. 그리고 모퉁이를 돌아서자마자 우리는 빌리가 저토록 흥분하는 이유를 한눈에 볼 수 있었다.

"세상에."

스테파니가 다 죽어가는 목소리로 말했다.

우리가 조금 높은 곳에 서 있었던 탓에 거의 500미터에 달하는 호수변이 한눈에 들어왔다. 왼쪽으로 비버네 사유지가 있고, 우리 집, 그리고 오른쪽이 노턴의 집이었다.

우리 선착장을 지키고 있던 커다란 소나무가 허리쯤에서 잘려 나가 뾰족하게 깎은 연필처럼 보였다. 세월과 날씨에 찌든 검은 껍질에 비해, 잘려 나간 나무 속살은 너무나도 창백하고 부드러워 보였다. 50미터 정도의 나무 윗부분은 선착장 아래로 반쯤 처박힌 형국이었다. 스타크루저호가 그 밑에 깔려 있지 않아서 너무나 다행이라는 생각이 들었다. 엔진에 문제가 생겨 지난주 나폴리 계류장에 보낸 터였다.

해안의 다른 쪽에서는 아버지가 지은 보트 창고가 다른 나무에 깔려 있었다. 드레이튼 가문이 지금보다 잘살았을 때에는 30미터급 크리스크래프트까지 보유했던 보트 창고였다. 보트 창고가 하필 노턴의 집 쪽에 서 있던 나무에 깔려 있었기 때문에 울컥 화가 치밀었다. 벌써 5년 전에 죽은 나무라 오래 전에 제거했어야 했다. 그런데 그 나무의 4분의 3 가까이가 끊어져 보트 창고에 기대 있고, 지붕은 술 취해 몸을 가누지 못하는 주정뱅이 꼴을 하고 있는 것이다. 보트 창고 지붕은 온통 구멍 투성이였고 걸레가 된 널빤지들이 산들바람에 흐느적거리고 있었다. 빌리의 "뭉개졌다"는 표현은 오히려 모자란 감이 있었다.

"노턴 씨 나무잖아!"

스테파니가 외쳤다.

나는 아내의 목소리에 담긴 속상함에 놀라 나도 모르게 미소를 짓고 말았다. 정작 고통스러운 것은 나인데 말이다. 깃대는 물 위에 떠 있었고 흠뻑 젖은 성조기도 꼬인 줄과 함께 옆에서 둥둥 떠다녔다. 노턴의 반응은 보지 않아도 뻔했다. 고소하면 되잖아.

"그래, 그렇군. 빌리야, 들어가서 깃발이라도 건져 오겠니?"

내가 말했다.

"그럴게요!"

방파제 오른쪽으로는 작은 백사장이 있다. 1941년 진주만이 피의 대공황을 겪고 있을 때 아버지는 사람을 시켜 트럭 여섯 대 분의 모래를 실어 날라 가슴 높이의 멋진 백사장을 만들었다. 사내는 당시 수고비로 80달러를 요구했다. 그리고 백사장은 아직 그대로 남아 있다. 알다시피 지금은 사유지에 백사장을 만드는 것 자체가 불가능하다. 별장 건설 사업이 한창일 때 폐자재로 인해 수많은 어종이 몰살당했고, 살아남은 물고기도 식용으로 부적합하다는 판정이 나왔기 때문이다. 결국 환경보호국(EPA)은 백사장을 만드는 것을 금지했다. 백사장이 호수의 생태계를 혼란시킨다는 것이 이유였다. 지금은 토지 개발업자만 하도록 규정되어 있다.

깃발 쪽으로 가던 빌리가 문득 자리에 멈춰 섰다. 그 순간 스테파니의 몸이 움찔했다. 나도 그랬다. 해리슨 쪽 호수가 사라진 것이다. 호수는 흰색의 길고 하얀 안개에 묻혔는데, 마치 깃털 구름이 땅에 내려앉은 것처럼 보였다.

전날 밤의 악몽이 되살아나고 있었다. 스테파니가 뭔가 물었을 때 내 입에서 흘러나온 소리는 "맙소사."였다.

"데이비드?"

해안선이 조금도 보이지 않았지만, 이곳에서 수년을 살아온 나는 안개에 가린 호수변이 기껏 몇 미터밖에 되지 않는다고 믿었다. 안개의 끝은 자를 대고 그은 듯 거의 일직선이었다.

"아빠, 저게 뭐예요?"

빌리가 외쳤다.

빌리는 무릎 깊이까지 물에 들어가 젖은 깃발을 향해 손을 뻗고 있었다.

"안개로 만든 제방 같군."

내가 말했다.

"호수에 무슨?"

스테파니가 믿지 못하겠다는 듯 물었다.

스테파니의 눈 속에는 커모디의 두려움이 들어 있었다. 망할 놈의 여편네.

반대로 내 불안감은 사라지고 있었다. 결국 꿈이란 믿을 만한 게 못 된다. 안개만큼이나 말이다.

"맞아, 전에도 호수에서 안개 본 적 있잖아."

"저런 건 처음인걸. 마치 구름 같잖아."

"햇빛 때문에 그래. 비행기 위에서 보면 구름이 더 짙어 보이는 것과 마찬가지라고."

"왜 저런 게 생겨? 안개는 원래 습한 날씨에 생기는 거잖아."

"그런 것도 아닌가 보지? 여기나 해리슨 쪽이나 구름 한 점 없어. 태풍 때문이 아닐까. 두 개의 기후 전선이 충돌해서 저런 막이 생긴 건지도 몰라."

"데이비드, 자기 이론, 믿을 만한 거야?"

나는 웃으며 스테파니의 목을 끌어당겼다.

"믿긴 뭘 믿어, 그냥 해 본 소린데. 내가 6시 뉴스 기상통보관이 되면 그때 가서 믿으라고. 자, 자, 가서 쇼핑 목록이나 적어 줘."

스테파니는 한번 더 나를 흘겨보고는 손을 들어 두 눈에 차양을 만들었다. 그러고는 잠시 안개벽을 바라보다가 고개를 저었다.

"아무래도 불안해."

스테파니는 중얼거리며 발걸음을 떼었다.

빌리는 더 이상 안개에 대해 호기심을 보이지 않았다. 빌리가 깃발과 노끈을 낚아 물 밖으로 끄집어냈고, 우리는 국기를 잔디 위에 넓게 말리기로 했다.

"아빠, 국기를 땅에 닿게 하면 안 된다고 들었어요."

아들이 이걸 당장 치우세요 하는 식의 사무적인 목소리로 말했다.

"그래?"

"네. 빅터 맥알리스터가 그러는데 사람들이 보면 열 받을 거랬어요."

"이런, 나중에 빅을 만나면 그 머릿속에 뭐가 들어 있는지 알고 싶다고 전해 주려무나."

"걔 머리엔 개똥만 들었어."

빌리는 똑똑한 아이지만 유별나게 진지한 것이 문제다. 도무지 심각하지 않은 것이 없었다. 어른이 되기 전에 그런 마음가짐으로는 세상을 살기가 어렵다는 사실을 깨달아야 할 텐데.

"네 말이 맞다. 하지만 엄마한테는 아빠가 그랬다고 하면 안 돼. 아무튼 국기가 마르면 얌전히 접어서 상자에 담아 두자꾸나. 그러면 아무도 뭐라고 하지 않을 거야."

"아빠, 창고 지붕을 고치면 새 깃대를 달 거예요?"

아들은 처음으로 염려스럽다는 표정을 지었다. 아마도 이 험악한 폐허에 기가 질린 모양이었다.

난 아들의 어깨를 토닥여 주었다.

"이런, 너 별 걱정 다 하는구나."

"아빠, 나 비버네는 어떤지 가서 보고 와도 돼?"

"대신 금방 와야 돼. 아마 그 집 사람들도 치우느라 바쁠 거야. 그럼, 괜히 짜증도 내고 그러거든."

나는 노턴을 염두에 두고 한 말이었다.

"알았어. 갖다 올게요!"

아들은 신이 나서 달리기 시작했다.

"어른들 방해하면 안 된다! 아참, 빌리!"

빌리가 돌아보았다.

"아까 그 전선 기억나지? 그런 게 있으면 빙 둘러서 가야 하는 것도 잊으면 안 된다."

"알았어, 아빠."

나는 잠시 그 자리에서 폐허의 현장을 둘러보고는 다시 안개 쪽으로 시선을 돌렸다. 안개가 더 가까워진 것도 같지만 확신할 수는 없었다. 만일 더 가까워졌다면 자연의 법칙을 거스르는 것이다. 바람이, 아주 부드러운 산들바람이 안개 쪽으로 불고 있었다. 그러니 절대 가까워졌을 리가 없다. 안개는 짙은 백색이었다. 마치 짙푸른 하늘과 극명한 대조를 이루며 인적 없는 들판에 쌓인 새하얀 눈 같았다. 햇빛을 받은 눈은 수백, 수천 개의 다이아몬드 빛을 뿜어낸다. 하지만 이 기이한 안개벽은 하얗고 깨끗하기는 했지만 빛나지는 않았다. 스테파니는 모르고 있었지만 밝은 날에도 안개가 생길 수 있다. 하지만 이렇게 짙은 안개라면 모인 수증기로 인해 무지개가 생겨야 한다. 그런데 왜 무지개가 없는 거지?

또다시 불쾌감이 밀려들 때쯤 어디선가 낮고 규칙적인 소리가 들렸다. 툴 툴 툴. 그리고 아주, 아주 작게 "젠장!" 하는 소리가 들렸다. 그 소리는 기계음에 맞춰 반복되더니, 잠시 후 세 번 째 기계음에는 "빌어먹을!" 하는 소리까지 섞여 나왔다. '그래, 나 엿 먹었다. 그러니 나더러 어쩌라고?' 하는 말투였다.

툴 툴 툴.

조용.

그리고, "니미럴."

나는 씩 웃었다. 선명하긴 했지만 전기톱 소리는 상당히 먼 곳에서 나는 소리였다. 물론 내 이웃이자 명망 있는 변호사이며, 호숫가 별장 주인인 브랜트 노턴이 내는 소리였다.

나는 방파제 위 부두 쪽으로 걸어가는 척하며 호수 쪽으로 좀 더 내려갔다. 이제 노턴의 모습이 보였다. 노턴은 칸막이 커튼이 달린 자기 집 현관 옆에서 장애물을 치우고 있었다. 페인트가 잔뜩 묻은 청바지에 하얀 줄무늬 티셔츠 차림이었는데, 발밑에는 엄청난 분량의 소나무 잎들이 카펫처럼 깔려 있었다. 40달러나 들였다는 머리는 엉망이었고 얼굴 위로 땀이 비처럼 흘러내렸다. 노턴은 한쪽 무릎을 꿇은 자세로 열심히 전기톱과 씨름하고 있었다. 노턴의 톱은 내가 구입한 79.95달러짜리 가정용 전기톱보다는 크고 멋있어 보였다. 사실 그 기계는 시작 버튼을 빼고는 거의 모든 기능이 다 있는 것 같았다. 노턴이 코드를 홱 잡아당기자 기계가 툴툴대다가 말았다. 노란 벚나무가 노턴의 야외 탁자를 둘로 쪼개 버린 모습이 왠지 보기 좋았다.

노턴은 엔진 코드를 힘껏 잡아당겼다.

툴 툴 툴 부르릉 부릉 부르르르르릉! 부릉! 툴 툴.

아이고, 이번엔 거의 성공할 뻔했는데.

다시 한번 힘껏 잡아당겼다.

윙 툴 툴 툴.

"이런, 제기럴!"

노턴이 멋진 전기톱에 대고 으르렁거렸다.

나는 집으로 돌아갔다. 오늘 처음으로 기분이 좋았다. 내 톱은 첫 시도에 엔진이 걸렸다. 나는 일을 시작했다.

10시 쯤, 누군가 내 어깨를 건드렸다. 빌리였다. 한 손에는 맥주가, 다른 손에는 스테파니가 적어 준 쇼핑 목록이 들려 있었다. 나는 목록을 뒷주머니에 구겨 넣고는 맥주를 받아들었다. 얼음처럼 차지는 않아도 그런대로 시원했다. 캔을 따자 맥주가 거의 반이나 흘러넘쳤다. 빌리가 짓궂게 장난을 친 것이다.

"빌리, 고맙구나."

"아빠, 나도 한 모금만."

나는 빌리에게 한 모금 마시게 했다. 빌리는 인상을 쓰며 캔을 돌려주었다. 나는 맥주를 마저 비운 후 캔을 찌그러뜨리려다가 움찔했다. 병과 캔을 분리수거한 지 벌써 3년이 지났건만, 아직도 옛버릇을 버리지 못한 것이다.

"엄마가 쇼핑할 목록 아래에다 뭐라고 적었는데, 난 뭐라고 썼는지 못 읽겠어, 아빠."

나는 목록을 다시 꺼냈다. 스테파니는 종이에 이렇게 썼다.

"라디오에서 WOXO가 안 잡혀. 태풍 때문에 방송이 잡히지 않는 건가?"

WOXO는 록 전문 지방 FM방송이다. 약 30킬로미터 떨어진 노르웨이(미국 내 지역명—옮긴이)에서 송출하는데, 우리 낡고 부실한 라디오가 잡아 내는 유일한 방송이기도 하다.

난 아들에게 질문을 읽어 준 후 이렇게 말했다.

"엄마한테 그런가 보다고 전해 다오. 엄마한테 포틀랜드 AM은 잡히는지 물어봐 줄래?"

"알았어. 아빠 읍내 갈 때 따라가도 돼?"

"물론. 엄마도 같이 가고."

"좋았어."

빌리는 빈 캔을 들고 집으로 달려갔다.

나는 거대한 나무를 상대로 씨름 중이었다. 전기톱으로 자르다가 지금은 스위치를 끈 상태였다. 톱에 무리가 갈까 봐 아무래도 조심스러웠다. 나무가 너무 컸던 것이다. 무리하지만 않으면 해낼 수 있을 것 같기는 한데. 칸사스 로드로 향하는 진흙길이 다 치워졌을까? 막 이런 생각들을 하고 있을 때 오렌지색 군용트럭이 우르릉거리며 지나갔다. 아마도 소로 끝으로 향하는 모양인데, 그렇다면 문제가 없다. 길은 다 치워졌고, 정오쯤이면 기술자들이 저놈의 전선을 어떻게든 해 줄 것이다.

나는 커다란 가지 하나를 잘라 진입로 가장자리까지 끌어낸 다음, 아래로 밀어 버렸다. 나무토막은 비탈길을 굴러 관목 숲 속으로 사라졌다. 오래 전에 아버지와 삼촌들이(그들은 모두 예술가였다. 우린 예술가 가족 드레이튼 가문이었다.) 완전히 쓸어 버렸는데 다시 많이 울창해져 있었다.

나는 팔로 이마의 땀을 닦으면서 맥주 한 잔만 더 했으면 하고 생각했다. 입을 얼려 버릴 것 같은 그런 맥주 말이다. 전기톱을 들어올리며 WOXO가 방송을 중지했다는 사실에 대해 생각해 보았다. 그쪽은 저 말 같지도 않은 안개가 진을 치고 있는 방향이었다. 게다가 셰이모어(이곳 사람들은 샤모어라고 부른다.)가 있는 곳이기도 하다. 셰이모어는 애로우헤드 프로젝트의 본거지이다.

애로우헤드는 소위 '암흑의 봄'에 대한 빌 지오스티의 이론이었다. 셰이모어의 서쪽 지역, 그러니까 스톤햄의 마을 경계에서 그리 멀지 않은 곳에 철조망으로 둘러싼 국유지가 있었다. 그곳엔 보초병과 폐쇄회로 카메라와…… 쳇, 무언들 없겠는가? 아무튼 나는 그렇다고 들었다. 셰이모어 구도로가 국유지 동쪽을 따라 2~3킬로미터 정도 이어지긴 하지만 내가 직접 본 적은 없었다.

애로우헤드 프로젝트라는 말이 어디에서 나왔는지 정확히 아는 사람은 없었다. 게다가 그것이 프로젝트의 진짜 이름인지도 정확하지 않았다. 프로젝트가 정말로 있다면 말이다. 빌 지오스티는 사실이라고 주장하지만 그 정보를 어디서 어떻게 알게 되었는지 물으면 대충 얼버무리며 컨티넨탈 전신국에 근무하는 조카가 들은 이야기라고 했다. 이런 식으로 이야기가 나왔다.

"원자랑 관련된 걸 거야."

그날 빌은 스카우트의 창에 기대 역겨운 파브스트 맥주 냄새를 내 얼굴에 뿜어 대며 이렇게 말했다.

"그 인간들이 거기서 하는 일이 그거라고. 하늘에 원자 머시기를 퍼붓고 있다니까 그러네."

그러자 빌리가 말했다.

"아저씨, 원래 대기는 원자로 가득해요. 니어리 선생님이 세상은 원자로 이루어져 있다고 그랬어요."

빌 지오스티는 내 아들 빌리를 한참 동안이나 노려보았고 결국 빌리는 눈을 돌리고 말았다.

"그건 종류가 다른 원자야, 이놈아."

"아, 예."

빌리가 포기한 듯 종알거렸다.

우리 보험 대행인인 딕 뮬러는, 애로우헤드 프로젝트가 정부 주도의 농업 혁신 계획일 뿐이라고 못을 박았다.

"재배 기간이 긴 토마토인데, 말 그대로 머리통만 하더라고요."

딕이 이런 식으로 선을 그어 버리고는, 내가 일찍 죽으면 가족들에게 어떤 도움이 되는지를 열심히 설명하기 시작했다. 우편물을 가져다주는 제니 로리스는 혈암유 탐사와 관련된 지질 검사를 하고 있는 거라고 했다. 제니가 이 사실을 어떻게 알았냐 하면, 전에 시동생을 고용한 사람이…….

그리고 커모디……. 커모디는 그 문제에 대해 빌 지오스티와 같은 편이었다. 그러니까 그냥 원자가 아니라 다른 종류의 원자라는 것이다.

나뭇가지 두 개를 더 잘라 내 진입로 바깥으로 밀어 버릴 때쯤 빌리가 돌아왔다. 두 손에 새 맥주와 스테파니의 쪽지가 들려 있었다. 달라진 점이 있다면, 빌리가 우편배달부 놀이보다 더 신나는 뭔가를 발견했다는 것이다. 그게 뭐지?

"고맙다."

내가 맥주와 쪽지를 건네받으며 말했다.

"한 모금만."

"딱 한 모금이야. 저번에 두 모금 마셨을 때 생각나? 아침 10시부터 해롱거릴 작정은 아니겠지?"

"아빠, 10시 넘었어."

아들은 탐욕스러운 눈으로 캔을 노려보며 말했다. 난 미소를 지었다. 대단한 농담은 아니었지만 빌리는 드물게 그런 식으로 나를 놀렸다. 나는 쪽지를 읽기 시작했다.

"JBQ 방송이 잡혔음. 마을 가기 전에 고주망태는 되지 말 것. 한 캔은 더 마셔도 되지만 점심시간 때까지 기다려야 함. 도로가 괜찮을까?"

스테파니의 쪽지는 항상 이런 식이었다.

나는 빌리에게 쪽지를 건네주고 맥주를 땄다.

"엄마한테 도로가 괜찮다고 말씀드려. 방금 군용트럭도 지나갔다고 말이야. 여기도 금방 치울 거야."

"알았어."

"이봐, 대장."

"왜?"

"엄마한테 걱정할 것 하나도 없다고 말해 주려무나."

아들은 먼저 자기 자신에게 말하듯 미소부터 지었다.

"알았어."

나는 빌리가 달려가는 모습을 지켜보았다. 두 다리가 통통 튈 때마다 언뜻언뜻 조리 끈이 보였다. 사랑스러운 아들. 다른 무엇보다도 나를 바라보는 아들의 얼굴과 눈빛이 만사가 제대로 되고 있다는 느낌을 주었다. 물론 사실은 아니다. 모든 일이 제대로 되고 있는 것도 아니고 제대로 된 적도 없었다. 하지만 아들은 내 거짓말을 스스로 믿게끔 만들었다.

나는 맥주를 조금 마신 다음 캔을 바위 위에 올려놓고 다시 전기톱을 켰다. 그리고 20분 쯤 일하고 있을 때 누군가가 내 어깨를 가볍게 두드렸다. 빌리라고 생각했는데, 브랜트 노턴이었다. 나는 전기톱을 껐다.

노턴은 평소와는 다른 모습이었다. 화가 나 있고 피로해 보였으며, 비참한 데다 당혹스러워 보이기까지 했다.

"안녕하세요, 브랜트."

내가 인사를 했다. 지난번 만났을 때 서로 좋지 않은 감정으로 헤어져 어떤 식으로 대해야 할지 애매했다. 우스꽝스럽게도 노턴이 벌써 5분 전에 와서 눈치를 보고 있었을 것이라는 생각이 들었다. 어쩌면 전기톱의 굉음 뒤에 숨어 열심히 목을 가다듬고 있었을지도 모른다. 이번 여름에 노턴을 볼 기회가 거의 없었다. 살이 빠진 듯 보였는데 별로 좋아 보이지는 않았다. 노턴은 전에 10킬로그램이 넘는 여분의 살집을 달고 다녔다. 당연히 살이 빠지면 좋아 보여야 하는데도 노턴은 그렇지 못했다. 노턴의 아내는 작년 11월에 죽었다. 애기 비버가 스테파니에게 전해 준 바로는 암이었다. 애기는 우리 마을의 부고 담당 수다꾼이다. 어디에나 그런 사람들은 있지 않나? 노턴은 툭하면 아내를 구박하고 멸시했다.(그자는 노련한 투우사가 늙은 황소의 너덜거리는 옆구리에 창을 쑤셔 박듯이 자기 아내를 괴롭혔다.) 모르긴 몰라도 노턴의 아내가 죽었을 때 제일 좋아한 인간이 바로 그자이리라. 올 여름쯤이면 자기보다 스무 살은 어린 여자를 껴안고 어디 성능 좋은 비아그라를 파는 데 없나 하는 표정으로 나타날 줄 알았는데, 예상 외로 노턴에게 는 것이라고는 주름살뿐이었다. 게다가 빠지지 않아야 할 곳의 살이 빠져서인지, 전반적으로 처지고, 늘어지고, 접힌 모습이었다. 순간적으로 노턴을 햇살이 비치는 나무 밑에 앉히고 내 맥주를 손에 쥐어 준 뒤 목탄으로 스케치라도 하고 싶다는 생각이 들었다.

"오랜만일세, 데이비드."

껄끄러운 침묵이 한참 흐른 후에야 노턴이 어설프게 인사를 건넸다. 전기톱의 소음이 없어서인지 침묵은 더욱 길고 깊게 느껴졌다. 노턴은 다시 멈췄다가 불쑥 이렇게 뇌까렸다.

"그 나무, 그 빌어먹을 나무 말이야. 미안하네. 자네가 옳았어."

나는 어깨를 으쓱했다.

노턴이 말했다.

"나무가 내 차를 덮쳤어."

"이런 안됐……."

말을 꺼내려는데 문득 끔찍한 상상이 떠올랐다.

"설마 티버드는 아니겠죠?"

"아냐, 맞아."

노턴에게는 1960년식 선더버드가 있었다. 안팎으로 짙푸른 색인데 겨우 4500킬로미터밖에 뛰지 않은 새 차였다. 노턴은 그 차를 여름에만, 그것도 아주 특별한 경우에만 몰았다. 그러니까 전동열차와 모형선박과 클레이 사격총을 애지중지하는 사람들이 있듯이, 노턴은 그 티버드를 사랑한 것이다.

"이런, 안됐군요."

내 말은 진심이었다.

노턴은 천천히 고개를 저었다.

"자네도 알다시피 차고에서 거의 꺼내지도 않았어. 그냥 스테이선왜건만 몰았지. 젠장, 차를 몰고 나가는데 빌어먹을 소나무가 덮친 거야. 지붕이 완전히 아작났어. 잘라 내야 하는데……. 그 나무 말이야……. 그런데 이 빌어먹을 전기톱이 말을 안 듣는 군……. 200달러나 주고 산 건데……. 망할…… 그래서…… 말인데…….”

노턴의 목에서 희미하게 딸각거리는 소리가 섞여 나왔다. 노턴은 이 없는 노친네가 대추를 씹는 것처럼 입술을 오물거리며 말했다. 나는 노턴이 길 잃은 아이처럼 울어 댈까 봐 불안해졌다. 다행히 다소 진정이 되었는지 어깨를 으쓱해 보이고는 시선을 다른 곳으로 돌렸다. 내가 막 잘라 낸 커다란 나뭇가지들이 부럽기라도 하다는 눈치였다.

“에, 일단 톱부터 보죠. 티버드, 보험은 든 겁니까?”

내가 말했다.

“그래. 보트 창고도 들었다고 했지?”

노턴이 말했다.

난 노턴의 말뜻을 알 수 있었다. 문득 보험에 대해 스테파니가 한 말이 떠올랐다.

“이봐, 데이비드. 자네 차 사브를 빌려 준다면 우선 마을에라도 갓다올 생각이야. 빵하고 고기가 다 떨어졌어. 아, 맥주……. 맥주도 잔뜩 사와야겠어.”

“빌리하고 스카우트를 타고 마을에 갈 생각입니다. 괜찮다면 같이 가시죠. 먼저 이 나무 조각들을 저쪽으로 치워 놓고요.”

“기꺼이 돕지.”

노턴이 한쪽 끝을 잡았지만 들어올리지조차 못했다. 결국 힘을 쓰는 건 내 몫이었다. 나무를 잡목 숲 속으로 밀어내고 숨이 멎을 듯 헐떡거린 사람은 우습게도 노턴이었지만 말이다. 노턴의 양볼이 보라색으로 질려 있었다. 조금 전 전기톱의 엔진 코드를 잡아당길 때에도 노턴의 심장이 불안해 보였다.

"괜찮습니까?"

이렇게 묻자 노턴은 여전히 숨을 몰아쉬며 고개를 끄덕거렸다.

"자, 우리 집으로 가죠. 호흡 곤란 정도는 맥주로 고칠 수 있을 겁니다."

"고맙네. 스테파니는 잘 있나?"

노턴이 다소 느끼한 목소리로 물었다. 정말 못 말리는 노인네로군.

"아, 예, 잘 있죠."

"자네 아들도?"

"물론 잘 있습니다."

"다행이군."

스테파니가 밖으로 나왔다. 아내는 내가 데려온 인간을 보고 잠시 이해가 가지 않는다는 표정을 지었다. 노턴이 미소를 지으며 눈으로 스테파니의 탱탱한 티셔츠를 훑어 내렸다. 개 버릇은 죽어도 남 못 주는 모양이었다.

"안녕하세요, 브랜트?"

스테파니가 조심스럽게 인사를 했다. 스테파니의 겨드랑이 사이로 빌리가 빼쭉 고개를 내밀었다.

"잘 있었소, 스테파니? 안녕, 빌리."

"노턴 씨 티버드가 폭풍에 당한 모양이야. 차 지붕에 커다란 구멍이 생겼대."

내가 아내에게 말했다.

"오, 이런."

노턴은 우리 맥주를 마시며 그 이야기를 반복했다. 나는 세 캔째 마시는 중이었지만 취하지는 않았다. 맥주를 땀으로 배출해 내는 능력이 남보다 뛰어난 것이 분명했다.

"우리하고 같이 마을에 갈 거야."

"그래요. 당분간은 당신이 필요할 것 같진 않아. 아마 노르웨이의 할인점으로 가야 할 거야."

"그래? 왜?"

"음, 만일 브리지턴이 정전이라면……."

"현금 인출기 같은 게 모두 전기로 돌아가잖아요."

빌리가 보충 설명을 해 주었다.

일리가 있는 말이었다.

"내가 적어 준 목록 갖고 있지?"

나는 뒷주머니를 툭툭 쳤다.

스테파니가 노턴에게 시선을 돌렸다.

"칼라 소식은 들었어요, 브랜트. 정말 안됐어요."

"고맙소. 정말 고마워요."

노턴이 대답했다.

다시 어색한 침묵. 그 침묵을 깬 것은 빌리였다.

"아빠, 지금 갈까?"

아들은 벌써 청바지에 운동화를 신고 외출할 준비를 마쳤다.

"그래, 그래도 될 것 같구나. 가실까요?"

"맥주 하나만 더 주게. 가는 길에 마시게."

스테파니가 이마를 찡그렸다. 스테파니는 길에서 술을 마시거나 버드와이저 캔을 가랑이 사이에 처박고 운전하는 치들을 경멸했다. 나는 아내에게 고개를 끄덕여 양해를 구했고 아내는 체념한 듯 어깨를 으쓱였다. 이제 와서 노턴하고 부딪치고 싶지 않았다. 스테파니가 맥주를 가져다주었다.

"고마워요."

노턴은 스테파니에게 이렇게 말했지만 정말로 고마워하는 것 같지는 않았다. 마치 식당의 여급에게 말하는 투였으니 말이다.

"앞장서게나, 맥더프."

"잠깐만요."

나는 이렇게 말한 다음 거실로 들어갔다.

하지만 노턴은 내 뒤를 따라와 자작나무를 보고 말았다. 뒤에서 노턴의 휘파람 소리가 들렸다. 그때 내 마음을 어지럽힌 것은 나무나 창문 수리비 따위가 아니었다. 나는 마룻바닥 위에 유리 조각을 토해 놓은 미닫이 전망창을 통해 호수를 보았다. 나무를 자르는 동안 시원한 산들바람이 불었고 기온도 5도 정도 상승했다. 그런데 당연히 사라졌을 것이라고 생각한 안개는 그대로였다. 아니, 더 가까이 다가와 있었다. 이미 호수를 반이나 잡아먹은……

"나도 봤는데…… 일종의 이상기온 현상일 거야."

노턴이 거드름을 피우며 말했다.

안개가 마음에 들지 않았다. 이런 식의 안개는 한 번도 본 적이 없었다. 먼저 저 안개의 앞면은 마치 두부 조각처럼 깎여 있지 않은가? 날카로움은 인간의 산물이다. 그리고 안개는 수증기의 반짝임도 없고 색의 변화도 없이 그저 눈부시게 새하얗기만 했다. 안개는 이미 800미터 앞으로 다가와 있었고 덕분에 파란 호수와 하늘과의 대비는 더욱 두드러져 보였다.

"빨리, 아빠!"

빌리가 내 바지를 잡아당겼다.

우리는 모두 부엌으로 돌아갔다. 브랜트 노턴은 거실을 침범한 거목을 한번 더 돌아보았다.

"차라리 사과나무였으면 좋았을 텐데, 그치? 엄마가 그랬는데 얼마나 웃겼다고요. 아빠도 웃기지?"

빌리가 밝은 표정으로 말했다.

"빌리, 네 엄만 정말 재미있는 사람이구나."

노턴이 말했다.

노턴은 손으로 빌리의 머리카락을 헝클어뜨렸지만 눈은 다시 스테파니의 티셔츠를 향하고 있었다. 정말 좋아할 수 없는 인간이 었다.

"스테파니, 함께 안 갈래?"

왠지 아내를 데려가고 싶다는 생각이 들었다.

"아니, 그냥 집에서 정원에 난 잡초나 뽑고 있을래."

스테파니가 노턴을 보았다가 내게 시선을 돌려 다시 말했다.

"오늘 아침엔 저 전기에 감전되지 않은 사람이 나밖에 없나 봐."

노턴이 큰소리로 웃었는데 너무 지나치다는 생각이 들었다.

아내의 말뜻은 알 수 있었지만 나는 한 번 더 졸랐다.

"정말 안 갈 거야?"

"응. 그냥 집에서 팔운동 몇 번 하는 게 낫겠어."

스테파니가 다시 한번 확실하게 대답해 주었다.

"알았어. 너무 햇볕에 오래 있지는 말고."

"밀짚모자를 쓰면 돼. 돌아올 때쯤 샌드위치를 해 놓을게."

"좋지."

스테파니가 얼굴을 들었다. 키스를 해 달라는 포즈였다.

"운전 조심해. 칸사스 로에 나무가 쓰러져 있을 수 있으니까. 알지?"

"조심할게."

"너도 조심할 거지?"

스테파니는 빌리의 뺨에도 입을 맞추어 주었다.

"알았어, 엄마."

빌리는 문을 쾅 닫으며 밖으로 뛰어나갔다. 방충망이 삐거덕 소리를 냈다.

노턴과 나도 빌리의 뒤를 따라 나섰다.

"집에 가서 티버드를 덮친 나무부터 치우는 건 어때요?"

내가 노턴에게 물었다.

갑자기 외출을 미룰 수만 가지 이유가 생각났다.

"싫네. 점심도 먹고 이것도 몇 개 더 따야 쳐다볼 마음이 생길 것 같네."

노턴은 맥주 캔을 들어 보였다.

"차는 이미 날 샜다네, 젊은 친구."

이런, 누구한테 친구라는 거야?

우리는 스카우트 앞좌석에 올라탔다.(차고 구석에 있는 망가진 제설판이 아직 오지도 않은 크리스마스 유령처럼 을씨년스러웠다.)

나는 후진기어를 넣어 태풍에 흩뿌려진 나뭇가지들을 짓밟으며 밖으로 나왔다. 스테파니는 우리 집 서쪽 끝에 있는 채소밭으로 향하는 길 위에 서 있었다. 장갑을 낀 한 손에는 커다란 전지가위가, 다른 한 손엔 제초 노루발이 들려 있었다. 헐렁한 모자 덕분인지 얼굴 위로 짙은 그늘이 드리워져 보였다. 내가 경적을 두 번 가볍게 울리자 아내는 노루발을 든 손을 흔들어 주었다. 나는 차를 출발시켰다. 그리고 두 번 다시 아내를 만나지 못했다.

칸사스 로로 가는 길에 한 번 멈춰 서야 했다. 파워트럭이 지나갔음에도 불구하고 꽤 커다란 소나무가 도로를 가로질러 쓰러져 있었다. 노턴과 나는 차에서 내려 스카우트가 지나갈 정도의 공간이 생길 때까지 소나무와 씨름했다. 양손에 온통 송진이 묻어 역겨울 정도로 끈적거렸다. 빌리도 도와주겠다고 했지만 손을 흔들어 물러나게 했다. 눈이라도 찔리면 큰일이다. 오래된 거목은 항상 톨킨의 『반지의 제왕』에 나오는 엔트족(나무 수호요정—옮긴이)을 생각나게 했다. 그것도 화가 난 나무들 말이다. 고목들은 적대적이다. 우리가 눈썰매를 타든, 크로스컨트리 스키를 즐기든, 그저 숲속을 산책하든 전혀 개의치 않는다. 고목들은 언제고 우리를 공격할 것이고 가능하다면 죽이려 할 것이다.

칸사스 로는 깨끗한 편이었지만 그래도 군데군데 도로가 붕괴된 곳이 있었다. 비키 린 야영지에서 1킬로미터쯤 지나자 뿌리째 뽑혀 도랑에 처박힌 전봇대가 보였는데, 그 주변에도 두꺼운 전선들이 메두사의 머리카락처럼 꿈틀거렸다.

"대단한 태풍이었어."

노턴은 전형적인 변호사처럼 말했지만, 지금은 거만하기보다는 침울한 쪽이었다.

"예, 대단했죠."

"아빠, 저기!"

아들이 가리킨 곳은 엘리치의 헛간 잔해였다. 지난 12년 동안 헛간은 토미 엘리치의 뒷마당에 방치되어 있었다. 그래서 해바라기, 골든로드 등의 잡초들이 허리까지 자라 있는 곳이었다. 매년 그해 겨울을 견디지 못할 것이라고 장담했지만 다음 해 봄이면 여전히 건재함을 과시하곤 했었는데, 지금은 아무것도 보이지 않았다. 부서지고 뜯어진 베니어판과 벗겨져 나간 지붕널이 전부였다. 뼈대가 완전히 드러나 불길하고 암울한 느낌이 들었다. 태풍이 모든 것을 쓸어 버렸다. 하지만 단지 그 때문일까?

노턴이 맥주를 비우고 캔을 우그러뜨린 다음 아무렇지도 않게 스카우트 바닥에 던져 버렸다. 빌리가 뭔가를 말하려다가 입을 다물었다. 잘했다, 애야. 노턴은 뉴저지 출신이고 그곳엔 분리수거 같은 것은 있지도 않단다. 사실 그런 식이라면 내 5달러짜리 맥주를 날려 버린 것도 용서해야겠지만, 정작 나 자신은 그럴 수가 없었다.

빌리가 라디오를 갖고 놀기 시작했고, 나는 방송이 잡히는지 봐 달라고 부탁했다. 빌리가 FM 92를 틀었지만 부 하는 소리뿐이었다. 빌리가 나를 보며 어깨를 으쓱거렸다. 이상했다. 다른 방송들은 어떨까?

"WBLM도 해 봐."

아들은 반대 방향으로 다이얼을 돌렸다. WJBQ FM과 WIGBY

FM은 평상시처럼 방송되고 있었다. 하지만…… 메인의 최고 프로그레시브 록 방송인 WBLM은 들리지 않았다.

"우습군."

내가 말했다.

"뭐라고?"

노턴이 물었다.

"아뇨, 그냥 혼잣말입니다."

빌리는 다시 다이얼을 돌려 WJBQ의 음악 방송에 맞추었다. 우리는 곧 마을에 도착했다.

쇼핑센터의 노지 세탁소는 잠겨 있었다. 정전 때문에 자동 세탁기를 돌릴 수 없었던 것이다. 하지만 브리지턴 약국과 페드럴 푸드 슈퍼마켓은 영업을 하고 있었다. 주차장은 거의 다 차 있었는데 한여름에는 늘 이랬다. 주 외곽에서 차들이 밀려들기 때문이다. 사람들이(여자는 여자끼리, 남자는 남자끼리) 군데군데 모여 태풍 얘기를 하고 있었다.

커모디 부인도 보였다. 박제 동물과 온갖 잡다한 미신에 정통한 여자 말이다. 커모디는 샛노란 바지 정장 차림으로 슈퍼마켓 안으로 미끄러져 들어갔다. 작은 샘소나이트 가방만 한 지갑이 겨드랑이에서 대롱거렸다. 야마하를 탄 얼간이가 지나가며 내 차 앞 범퍼를 박을 뻔했다. 청재킷에 선글라스를 썼는데 헬멧도 쓰지 않은 놈이었다.

"저런 미친 놈 좀 보소."

노턴이 으르렁거렸다.

주차장을 한 바퀴 돌았지만 빈 자리가 없었다. 주차장 끝에서 보도 쪽으로 느리게 차를 몰고 있을 때 다행히 빈자리가 하나 났다. 작은 유람선만 한 캐딜락이 슈퍼마켓 입구 쪽에 가까운 주차 칸에서 미끄러져 나와 어디론가 떠나고 있었다. 나는 얼른 차를 박아 넣었다.

나는 스테파니의 쇼핑 목록을 빌리에게 주었다. 다섯 살이지만 아들은 글을 곧잘 읽었다.

"카트부터 가져오렴. 아빤 엄마한테 전화 걸고 올게. 노턴 아저씨가 도와줄 게다."

우리가 차에서 내리자 빌리는 노턴의 손부터 잡았다. 주차장을 건널 때는 반드시 어른 손부터 잡으라고 가르쳤는데 습관이 제대로 붙은 것이다. 노턴은 잠시 당황한 듯 보였지만 곧 미소를 지었다. 노턴이 음흉한 시선으로 스테파니를 훑어본 일을 용서할까 하는 생각이 들었다. 두 사람은 슈퍼마켓 안으로 들어갔다.

나는 공중전화를 향해 걸었다. 전화는 약국과 노지 세탁소 사이의 벽에 붙어 있었다. 보라색 옷을 입은 여인이 땀을 흘리며 전화기 차단 스위치를 연거푸 누르고 있었다. 난 두 손을 주머니에 넣고 그 뒤에 섰다. 여자는 아직도 땀으로 번들거렸다. 도대체 왜 이렇게 불안한 거지? 스테파니 생각만 하면 저 망할 놈의 안개벽이 떠오르는 이유가 뭐냐고? 방송은 또 왜 안 잡히는 거야? 애로우헤드 프로젝트는 또 뭐고?

보라색 옷을 입은 여자의 살찐 어깨는 선탠이 되어 있었고 군데군데 주근깨도 박혀 있었다. 땀에 젖은 오렌지색 여자. 여자는 끝내 전화기를 쾅 하고 내려놓고는 약국으로 몸을 돌렸다. 여자가 나를 보았다.

"돈 아끼세요. 삐삐삐 소리만 나요."

여자는 이렇게 말하며 얼굴을 찡그리며 자리를 떴다.

미치겠군. 전화선이 어디에선가 끊어진 모양이다. 대개가 땅 속에 묻혀 있으니 어디가 문제인지 어찌 알겠는가? 아무튼 난 전화기를 들어 보았다. 이 지역의 공중전화를 가리켜 스테파니는 '사이코 공중전화'라고 했다. 동전을 집어넣지 않아도 다이얼 돌리는 소리가 들리고 전화가 걸린다. 하지만 누군가 전화를 받으면 바로 전화가 끊기는데 그 전에 동전을 넣어야 한다. 정말로 미친 전화기이지만, 오늘은 그 덕분에 동전이나마 건졌다. 그 여자 말대로 전화기에서는 삐삐삐 소리만 들렸다.

나는 전화기를 내려놓고 천천히 슈퍼마켓으로 향했다. 도중에 소소하지만 아주 재미있는 사건을 목격했다. 한 초로의 부부가 다정하게 잡담을 나누며 슈퍼마켓 안으로 들어섰다. 하지만 부부는 갑작스런 소음에 대화를 멈추었고 아내는 놀라 빽 소리를 지르기까지 했다. 그러다가 두 사람은 멍하니 서로를 바라보다가 키득키득 웃고 말았다. 결국 남편이 아내를 위해 낑낑거리며 문을 열어 안으로 들어갔다.(자동문이 얼마나 무거운 줄 아는 사람은 알 거다.) 전기가 나가면 언제 어디서든 놀랄 일이 생기는 법이다.

나도 문을 밀고 들어갔다. 처음 든 생각은 에어컨이 작동하지 않는다는 사실이었다. 여름이면 한 시간만 있어도 몸이 꽁꽁 얼 정도로 냉방이 잘 되어 있는 곳이 바로 슈퍼마켓이다.

다른 현대식 슈퍼마켓과 마찬가지로 페드럴 슈퍼마켓은 스키너 상자(쥐가 바를 누르면 먹이가 나오게 하는 실험상자—옮긴이)처럼 지어져 있었다. 현대의 마케팅 기술은 모든 고객들을 실험용 흰 쥐로 둔갑시켜 놓는다. 당연히 기본 식료품, 제빵류, 우유, 고기, 냉동식품 등 정말로 필요한 물건들은 모두 맨 끝에 몰려 있다. 우리는 그곳에 가기 위해 먼저 현대인에게 알려진 온갖 충동구매 유혹을 이겨내야 한다. 예를 들어 크리켓 라이터나 고무로 된 개 뼈다귀 같은 것 말이다.

입구를 지나면 먼저 청과물 코너가 나온다. 통로를 살펴보았지만 노턴과 빌리는 보이지 않았다. 문에 갇혔던 여자는 자몽을 살펴보고 있었다. 남편은 물건을 집어넣을 장바구니를 펼치고 있었다.

나는 통로를 지나 왼쪽으로 돌아갔다. 두 사람은 세 번째 진열대 통로에 있었다. 빌리는 젤리 상자와 인스턴트 푸딩 사이에서 심각한 고민에 빠져 있었고 노턴도 그 뒤에 서서 스테파니의 목록을 바라보고 있었다. 노턴의 난처해하는 표정을 보니 저절로 웃음이 나왔다.

나는 두 사람에게 다가갔다. 도중에 카트를 반 이상이나 채우고도 여전히 살 것을 고르는 손님을 지나쳤다.(사실 사재기 충동으로 고통받는 사람은 스테파니뿐만이 아니었다.) 노턴이 꼭대기 칸에서 파이 두 캔을 꺼내 카트에 넣었다.

"많이 샀습니까?"

내가 묻자 노턴이 얼른 돌아보았는데, 이제 살았다는 표정이 역력했다.

"아니, 별로."

"나도요."

빌리는 이렇게 말하고는, 이내 참을 수 없다는 듯 새촘한 목소리로 덧붙였다.

"아빠, 여기 이상한 글씨들이 있는데 아저씨도 모르겠대요."
"이리 줘 봐."
나는 목록을 받아들었다.
노턴은 변호사답게 두 사람이 찾아낸 항목 옆에 깔끔하게 표시를 해 두었다. 우유, 콜라 등등, 모두 여섯 가지였다. 아직 사야 할 물건이 열 개는 남은 것이다.
"청과물 코너로 가야겠는데? 토마토하고 오이도 조금 사오라고 썼네."
내가 말했다.
빌리가 카트를 돌리려 할 때 노턴이 말했다.
"계산대 먼저 살펴봐야 하는 것 아닐까?"
나는 입구 쪽으로 돌아가 상황을 엿보았다. 계산대 쪽은 특별한 기사가 없는 날 신문에 우스꽝스러운 표제를 달고 실릴 만한 풍경이었다. 계산원이 있는 곳은 단 두 곳뿐이라 사람들이 두 줄로 길게 늘어서 있었다. 아니, 행렬은 텅 비다시피 한 제빵 진열대에서 오른쪽으로 꺾어져 냉동식품 진열대까지 이어져 있었는데, 끝은 아예 보이지도 않았다. 현금 등록기는 모두 덮개가 씌어 있었다. 계산대에는 여자 아이 둘이 난감한 표정으로 휴대용 계산기를 두들겨 대고 있었다. 그 옆에 페드럴 슈퍼마켓의 매니저인 버드 브라운과 올리 위크스가 서 있었다. 나는 올리는 좋아했지만 버드는 그다지 마음에 들지 않았다.
버드 브라운은 자신이 마치 슈퍼마켓계의 샤를 드골이라도 되는 양 으스대는 작자였다.
여자 계산원들이 계산을 마치면 매니저들은 고객의 현금이나

안개

수표에 전표를 붙여 캐비닛 대용으로 쓰는 상자에 던져 넣고 있었다. 두 사람 모두 덥고 지친 표정이었다.

"아무래도 두꺼운 소설책이라도 가져올걸 그랬나 봐. 한참 걸리겠는걸."

어느새 노턴이 따라와 투덜거렸다.

나는 다시 스테파니 생각을 했다. 집에 혼자 있는데……. 또 불안해지기 시작했다.

"먼저 필요한 물건부터 사세요. 줄은 빌리하고 제가 설 테니까요."

내가 말했다.

"자넨 맥주 더 안 필요한가?"

그 생각도 해 보았다. 화해의 의식도 구미가 당기긴 했지만 오후 내내 브랜트 노턴과 해롱거리고 싶지는 않았다. 더욱이 이런 난장판 속에서 말이다.

"아뇨. 다음에 하겠습니다, 브랜트."

노턴의 얼굴이 약간 일그러졌다.

"알았네."

노턴은 이렇게 간단히 말하고 등을 돌렸다. 나는 그의 뒷모습을 바라보았다. 그때 빌리가 셔츠를 잡아당겼다.

"엄마한테 전화했어?"

"아니. 전화가 안 돼. 고장난 모양이다."

"엄마가 걱정돼서 그래?"

"아니. 걱정할 일이 뭐 있다고. 빌리, 너 엄마가 걱정되니?"

나는 빌리에게 거짓말을 했다. 사실은 걱정이 되어서 미칠 지경이었다. 하지만 왜 걱정하는 거지?

"아아아니……."

빌리도 거짓말을 했다. 얼굴에 그렇게 씌어 있었다. 그때 집으로 돌아갔어야 했다. 아니, 어차피 늦은 것이었을까?

안개의 기습

우리는 상류로 거슬러 오르는 연어처럼 다시 청과물 진열대로 돌아갔다. 그곳에서 몇몇 지인들을 만날 수 있었다. 시의원 마이크 헤이든, 초등학교 선생인 레플러 부인(대대로 3학년 아이들에게 마녀로 알려진 그녀는 메론을 노려보고 있었다.), 스테파니와 내가 외출할 때 빌리를 돌봐 주곤 하는 터먼. 그들 말고는 대개 피서객들이었는데, 요리할 필요가 없는 물건만 잔뜩 사 대고는 어떻게 저런 걸 먹고 사는지 모르겠다며 서로를 흉보는 그런 치들이었다. 냉동고기는 대폭 할인 판매를 하는지 아예 뭉텅뭉텅 썰어 손님들 손에 넘겨졌다. 남은 고기도 거의 없었다. 볼로냐소시지 몇 상자, 마카로니 쇠고기 약간, 그리고 남자 거시기같이 생긴 폴란드산 소시지가 달랑 하나 매달려 있을 뿐이었다.

나는 토마토, 오이, 마요네즈를 골랐다. 아내가 베이컨을 사 오라고 했지만 남은 게 없었다. 결국 볼로냐소시지를 사고 말았는데, 소시지 상자에 미량의 곤충 배설물이 들어 있었다는 미국식품의약국(FDA)의 보도가 있은 후로 한 번도 맛있게 먹어 본 적이 없었다. 비싸기만 비쌌지.

우리가 네 번째 코너로 돌아갈 때 빌리가 나를 불렀다.

"아빠, 저기 군인 아저씨들이야."

군인은 둘이었다. 밝은 색 여름 의상과 스포츠 의류 사이에서 칙칙한 군복은 쉽게 눈에 띄었다. 50킬로미터 저편에서 진행된다는 애로우헤드 프로젝트로 인해 이 근방에서 군복을 보는 것은 어렵지 않은 일이 되었다. 두 군인은 아직 면도할 나이도 안 되어 보였다.

스테파니의 목록을 보니 빠진 물건은 없었다. 아니, 하나가 남았다. 아내가 나중에 랜서스 한 병이라고 맨 아래 갈겨쓴 것이 보였다. 맘에 드는 주문이었다. 오늘밤 빌리가 잠든 후 스테파니와 와인 한 잔...... 나른하면서도 느긋한 섹스를 기대해 봄 직한 주문인 것이다.

나는 카트를 두고 와인 코너로 가 랜서스 한 병을 집어 들었다. 돌아오는 길에 저장고로 들어가는 커다란 여닫이문을 지났는데 그르렁거리는 대형 발전기의 소음이 문틈으로 새어나왔다.

저 정도 소리면 냉장칸의 온도를 유지할 정도는 될 거라고 짐작했다. 물론 자동문을 돌리거나 현금 등록기나 다른 전기 장비를 작동시킬 만큼 크지는 않겠지만 말이다. 마치 저장고 안에 오토바이가 있는 듯한 소리였다.

우리가 줄을 설 때쯤 노턴이 돌아왔다. 여섯 캔짜리 슐리츠 맥주 두 세트와 빵 한 덩어리, 그리고 조금 전에 본 폴란드산 훈제소시지가 들려 있었다. 노턴은 빌리와 내 옆에 끼어들었다. 에어컨이 꺼진 슈퍼마켓은 무척이나 더웠다. 출입구에 쐐기라도 박아 고정하려고 하는 직원이 하나도 없다는 사실에 짜증이 치밀었다. 저쪽 계산대에 붉은 앞치마를 입은 버디 이글턴이 보였다. 버디는 아무 일도 하지 않고 그저 앞치마만 만지작거렸다. 단조로운 발전기 소리. 머리가 아파 오기 시작했다.

"무거워요. 일단 이 안에 넣어 두세요."

내가 노턴에게 말했다.

"고맙네."

이제 줄은 냉동식품 코너까지 이어져 있었다. 사람들은 물건을 사기 위해 줄을 끊고 지나가야 했고 그 바람에 여기저기서 "죄송합니다." "실례합니다." 하는 소리가 들려왔다.

"엿 같은 날이군."

그 말을 듣고 나는 인상을 찌푸렸다. 빌리가 그런 상소리를 듣는 것이 싫었다.

줄이 앞으로 움직이면서 발전기 소리도 다소 잦아들었다. 노턴과 나는 아무 말이나 나오는 대로 떠들었다. 우리를 지방 법원까지 끌고 갔던 소유권 문제부터 레드 삭스의 승률이나 날씨 같은 쓰레기까지 주워담았다. 잠시 후 얼마 되지 않은 밑천도 바닥났고 우리는 결국 입을 다물어야 했다. 빌리도 옆에서 몸을 비틀어 댔다. 아직도 줄은 꾸불꾸불 길기만 했다. 오른쪽에는 냉동식품 코너가 있었고 왼쪽에는 좀 더 비싼 와인과 샴페인이 진열되어 있었다. 줄이 좀 더 값싼 와인 쪽으로 나아가면서 잠시 리플 병을 집을까 하는 고민을 해 보았다. 젊은 날의 불꽃과도 같은 와인이지만 포기하기로 했다. 어쨌거나 내 젊은 시절이 그다지 뜨거웠던 것 같지는 않았다.

"아빠, 왜 이렇게 오래 걸려?"

빌리가 물었다. 빌리의 얼굴에도 짜증이 가득했다. 그 순간 나를 휘감았던 불안의 안개가 걷히고 그 너머에서 무언가 끔찍한 것이 전광석화처럼 터졌다. 딱딱하고 차가운 공포의 얼굴. 하지만 그 얼굴은 순식간에 사라져 버렸다.

"조금만 참으려무나."

내가 말했다.

우리는 제빵류 코너에 도달했다. 줄이 왼쪽으로 꺾이는 지점이라 이제 계산대도 보였다. 열려 있는 계산대가 둘, 그렇지 않은 곳이 넷. 종업원이 없는 계산대에는 컨베이어 벨트가 멈춰 있었고 그 위로 "죄송합니다. 다른 계산대를 이용해 주십시오."라고 씌어진 안내판과 '윈스턴' 광고판이 보였다. 계산대 뒤에 있는 커다란 전면 유리로 주차장이 보였고 그 너머로는 117번 도로와 302번 도로가 보였다. 유리에는 특가품과 경품 등을 선전하는 하얀 광고판이 붙어 있었다. 언뜻 『자연 대백과사전』이라는 전집 광고가 눈에 들어왔다. 우리가 선 줄은 버드 브라운의 계산대로 이어져 있는 것 같았고 어림잡아도 30명은 기다려야 할 판이었다. 아무래도 눈에 제일 잘 띄는 사람은 진노란색 바지 정장을 입은 커모디라는 여자였다. 어찌나 노란지 마치 황달병을 선전하는 광고판 같았다.

그때 먼 곳에서 찢어지는 듯한 소음이 들렸다. 소리는 점점 커지더니 이내 경찰 사이렌 소리로 바뀌었다. 교차로에서 경적 소리가 터져 나오고, 곧이어 브레이크 밟는 소리와 타이어가 끌리는 소리가 들려왔다. 각도가 맞지 않아 보이지는 않았으나, 사이렌 소리의 크기로 보아 경찰차는 슈퍼마켓 근처를 지나는 것이 분명했다. 몇몇 사람들이 그 광경을 보기 위해 줄에서 빠져나갔지만 많지는 않았다. 다들 너무나 지쳐 있는 데다가 행여 자리를 빼앗길까 봐 불안했던 것이다.

노턴은 자리를 떴다. 노턴의 물건은 내 카트 안에 있었기 때문이다. 노턴은 잠시 후 다시 줄 안으로 끼어들며, "지방 경찰이네."라고 말했다.

잠시 후에는 소방차들이 경적을 울려 댔고 마찬가지로 그 소리도 커졌다가 점점 작아졌다. 빌리가 내 손을 단단히 움켜잡았다.

"아빠, 왜 그래?"

빌리가 이렇게 묻더니 곧 한마디를 덧붙였다.

"엄마, 괜찮은 거지?"

"칸사스 로에 불이 났다나 봐. 빌어먹을 전봇대 때문일 거야. 겁먹지 마. 소방차는 금방 지나갈 거야."

노턴이 나 대신 빌리에게 대답했다.

노턴의 말에 내 불안감은 더욱 뚜렷한 그림을 그리기 시작했다. 우리 앞마당에도 끊어진 전선이 있는데.

버드 브라운이 자신이 감독하고 있는 계산원에게 뭐라고 말했다. 계산원은 무슨 일인지 알아보려고 목을 길게 뺐다가 곧 벌겋게 달아오른 얼굴로 다시 계산기를 두드려 댔다.

난 이 줄이 싫었다. 갑자기 이 줄에 서 있는 것이 끔찍하게 여겨졌다. 그렇다고 이제 와서 줄을 벗어날 수도 없지 않은가? 줄이 다시 앞으로 움직이기 시작했고 우리는 담배 진열장까지 와 있었다.

누군가 입구를 밀고 들어왔다. 십 대 아이였다. 우리가 들어오다 부딪칠 뻔한, 그러니까 헬멧 없이 야마하를 몰던 그놈 같았다.

소년이 소리쳤다.

"안개예요! 큰일 났어요. 안개가 칸사스 로까지 쳐들어왔어요!"

사람들이 소년을 돌아보았다. 소년은 헐떡거리고 있었는데, 아무래도 먼 길을 쉬지 않고 달려온 모양이었다. 하지만 꿈쩍하는 사람은 아무도 없었다.

"나와서 보란 말이에요!"

소년이 다시 외쳤으나 이번에는 좀 더 자신 없는 목소리였다. 사람들이 소년을 보고 웅성거리기도 했지만, 지금 와서 줄을 포기하고 싶은 사람이 있을 리가 만무했다. 아직 줄을 서지 않은 몇 사람이 카트를 버리고 비어 있는 계산대 쪽으로 천천히 걸어갔다. 녀석이 왜 저 호들갑인지 궁금했던 것이다. 페이즐리 모자(바비큐 파티를 배경으로 한 맥주 광고가 아니면 어디서 저런 모자를 보겠는가?)를 쓴 덩치 큰 사내가 출구를 밀자, 10여 명이 그 뒤를 따랐다. 소년도 밖으로 나갔다.

"안개쯤이야, 에어컨만 틀면 다 날아갈걸요?"

군인 중 하나가 농담을 하자 군데군데서 키득거리는 소리가 들렸다. 나는 웃지 않았다. 이미 안개가 호수를 먹어드는 장면을 보았기 때문이다.

"빌리, 너도 나가서 보지 그러니?"

노턴이 말했다.

"안 돼."

나도 모르게 나온 소리였다.

줄이 다시 앞으로 움직였다. 사람들이 소년이 말한 안개를 보기 위해 기린 목을 했지만 보이는 것이라곤 청명한 하늘뿐이었다. 누군가 꼬마 놈이 수작을 부린 것이라고 하자, 다른 사람이 한 시간쯤 전에 롱 레이크에서 기이한 안개를 보았다고 대꾸했다. 다시 경적 소리가 비명소리처럼 크게 들렸다. 끔찍했다. 종말이 온다면 이런 식일 것 같다는 생각이 들었다.

더 많은 사람들이 밖으로 나갔다. 심지어 줄에서 빠져나간 사람도 있어 줄은 좀 더 짧아졌다. 그때 텍사코 역에서 기계공으로 일하는 존 리 프로빈이 문을 밀고 들어와 외쳤다.

"혹시, 카메라 있는 사람 없습니까?"

그러고는 슈퍼마켓 안을 둘러보더니 다시 밖으로 달려나갔다.

그 바람에 안은 다소 어수선해졌다. 사진을 찍을 정도면 대단한 구경거리란 말이 아닌가.

갑자기 커모디 부인의 쉰 듯하지만 단호한 목소리가 들렸다.

"나가면 안 돼!"

사람들이 커모디를 돌아보았다. 안개를 보기 위해 자리를 뜨는 사람들과 커모디를 피해 달아나는 사람들, 그리고 아는 사람들을 찾아다니는 사람들로 줄은 삽시간에 엉망이 되고 말았다. 크랜베리 색의 헐렁한 스웨터에 진녹색 바지를 입은 예쁜 여자 애가 흥미롭다는 눈초리로 커모디를 바라보았다. 자리에 남아 있는 사람들은 어떻게든 앞으로 나서기 위해 이리저리 눈치를 살폈다. 버드 브라운은 계산원이 다시 고개를 돌리려 하자 긴 손으로 그녀의 어깨를 잡았다.

"샐리, 하던 일이나 열심히 해."

"나가지 마! 나가면 죽어! 저 밖에 있는 건 죽음이란 말이야!"

커모디 부인이 소리쳤다.

커모디라는 여자를 아는 버드와 올리는, 그저 초조하고 화가 나 보였다. 하지만 커모디 근처에 있던 피서객들은 재빨리 거리를 두었다. 줄이고 뭐고 상관이 없다는 식이었다. 그들은 커모디를 마치 대도시의 집 없는 노파로 여기는 눈치였다. 그녀가 재앙이라도 몰고 온다고 생각하는 모양이다. 아닌가? 사실일 수도 있지 않은가?

그때부터 상황은 걷잡을 수 없이 악화되기 시작했다. 한 남자가 절룩거리며 문을 밀고 들어왔는데, 코에서 피가 나고 있었다.

"안개가 이상해요!"

그 남자가 비명을 질렀다.

빌리가 몸서리를 쳤는데, 피 때문인지 아니면 남자가 한 말 때문인지 알 수가 없었다.

"안개가, 안개가 존 리를 데려 갔소! 안개 속에 뭔가가 있어요!"

남자는 유리창 옆에 쌓아 놓은 잔디용 비료를 짚고 비틀거리더니 그 위에 털썩 주저앉았다.

"안개가 존 리를 데려갔어요. 그의 비명소리를 들었다고요!"

분위기가 바뀌었다. 폭풍 때문에, 경찰과 소방차의 사이렌 소리 때문에, 그리고 짜증나는 정전 때문에, 심란할 대로 심란해진 사람들이었다. 불안과 긴장이 갈수록 쌓여 가더니 기어이 무언가가 끊어지고 만 것이다.(이런 상황을 어떻게 표현해야 할지 사실 나도 모르겠다.) 이제 사람들이 무리지어 움직이기 시작했다.

날뛰며 달아난 것은 아니었다. 내가 그렇게 말한다면, 상황을 완전히 잘못 해석한 것이다. 패닉 상태도 아니었다. 사람들은 뛰지 않았다. 뛰는 사람은 거의 없었다. 하지만 사람들은 움직였다. 계산대 끝에 있는 커다란 쇼윈도로 가서 밖을 살피는 사람도 있었고 밖으로 나가는 사람들도 있었다. 버드 브라운이 아직 계산하지 않은 물건을 들고 나가는 사람을 보고 황급히 소리쳤다.

"이봐요! 돈 내고 가요. 저기, 손님! 그 핫도그롤 계산부터 하란 말이요!"

누군가가 비웃는 소리가 들렸다. 묘한 요들송처럼 들리는 그 웃음소리에 다른 사람들도 미소를 지었지만, 그렇다 해도 당혹스럽고 혼란스럽고 초조한 심경을 감출 수는 없었다. 또 다른 웃음소리가 들렸고 브라운의 얼굴이 벌게졌다. 화가 난 브라운이 자신의 앞을 지나는 여자 손님의 손에서 버섯 상자를 잡아챘다. 그때쯤 쇼윈도에는 사람들이 잔뜩 늘어서 있었는데, 마치 공항 대기실에서 가까운 사람을 기다리는 사람들 같았다.

여자가 비명을 질렀다.

"누구야, 내 물건 훔쳐가는 게!"

어이없는 상황에 옆에 서 있던 두 남자가 미친 듯이 웃음을 터뜨렸다. 이 모든 풍경이 영국식 정신 병원 같았다. 커모디는 밖으로 나가지 말라고 다시 소리를 질러 댔다. 소방차 사이렌이 숨을 헐떡거리며 울어 댔다. 집 안에 들어온 좀도둑에게 바락바락 악을 쓰는 성질 고약한 할머니의 목소리가 저럴까? 빌리가 마침내 울음을 터뜨리고 말았다.

"아빠, 저 아저씨 피 나. 저 아저씨 왜 피 나는 거야?"

"괜찮아, 빌리. 그냥 코피란다. 걱정 안 해도 돼."

"안개 속에 뭐가 있다고 하는 거지?"

노턴이 물었다.

노턴도 걱정이 되는지 얼굴이 잔뜩 굳어 있었다. 불안감을 나타내는 노턴식 표정이리라.

"아빠, 무서워. 빨리 집에 가자, 응?"

빌리가 훌쩍거리며 말했다.

누군가가 거칠게 치고 가는 바람에 하마터면 나가떨어질 뻔했다. 나는 빌리를 안아 들었다. 나 역시 무서웠다. 혼란 상태는 더욱 가중되고 있었다. 계산원 샐리가 자리를 뜨려 하자, 버드 브라운이 뒤에서 그녀의 유니폼 칼라를 잡아챘다. 칼라가 찢어져 나갔다. 샐리가 브라운을 향해 삿대질을 했고 브라운의 얼굴은 더욱 벌겋게 달아올랐다.

"어디다 손을 대고 지랄이야, 이 개자식아!"

샐리가 빽 하고 고함쳤다.

"이런, 망할 년이! 너 뭐라고 했어!"

브라운도 맞섰지만 목소리에는 당혹감이 가득 했다.

브라운이 샐리를 향해 다시 팔을 뻗자 올리 윅스가 황급히 끼어들었다.

"버드! 진정하게나!"

또 비명 소리가 들렸다. 상황은 점점 더 혼란스러워졌다. 문 양쪽에서 사람들이 밀치고 빠져나가기 시작했다. 유리가 깨지는 소리도 들렸고 안에서는 콜라 김 빠지는 소리도 들려왔다.

"도대체 이게 웬 난린가?"

노턴이 탄성을 질렀다.

어두워지기 시작한 것은 바로 그때였다……. 아니, 정확히 말하자면 그건 사실이 아니다. 그 순간 나는 어두워진 것이 아니라 슈퍼마켓의 불이 모두 나간 것이라고 생각했다. 나는 반사적으로 형광등을 올려다보았고 다른 사람들도 그랬다. 정말로 그런 줄 알았다. 그래서 조명의 밝기가 바뀐 줄 알았다. 하지만 불은 처음부터 꺼져 있었다. 우리가 슈퍼마켓에 들어왔을 때부터 정전이었지만 지금까지 어둡다고 느끼지 못한 것이다. 그리고 그제야 이유를 알 수 있었다. 창가에 있는 사람들이 손가락질을 하며 비명을 지르기도 전에 난 그 이유를 알고 있었다.

안개가 다가오고 있었다.

안개는 칸사스 로에서 주차장으로 들어왔다. 이렇게 가까운 데도 안개는 처음 호수 맞은편에서 목격했을 때와 전혀 달라 보이지 않았다. 밝은 흰색에 아무것도 반사되지 않는 안개. 안개는 천천히 다가와 태양을 전부 삼켜 버렸다. 태양이 있던 자리에는 겨울날 흐린 구름 사이로 보이는 보름달처럼 은동전만 한 흔적만 희미하게 남아 있었다.

안개는 서두르지 않았다. 문득 어젯밤에 본 물기둥이 생각났다. 자연에는 상상을 초월하는 거대한 힘이 있다. 지진, 허리케인, 토네이도 등. 그런 현상들을 직접 본 적은 없지만 그 모두가 천천히, 아주 천천히 다가온다는 사실 정도는 알고 있다. 어젯밤 스테파니와 빌리가 멍하니 전면 유리창으로 밖을 내다보던 것처럼 그들은 우리를 서서히 마비시키고 있는 것이다.

안개는 이차선 아스팔트를 천천히 먹어치우며 다가오고 있었다. 맥케온이 겨우 복구해 놓은 네덜란드식 건물이 지워졌고, 그 옆의 낡은 아파트 건물도 잠시 망설이다가 역시 사라져 버렸다. 입구에 있는 "우회전" 표지판과 슈퍼마켓 주차장 출구 표시들도 사라졌다. 더러운 흰색 바탕이 사라진 후에도 표지판의 검은 글자들은 지옥의 유령처럼 떠돌았다. 그리고 주차장의 자동차들이 차례차례 증발하기 시작했다.

"이게 다 무슨 일인가?"

노턴이 다시 물었다. 목에 뭔가 걸린 목소리였다.

안개는 천천히 다가오며 푸른 하늘과 페인트칠을 새로 한 검은 아스팔트를 아무런 힘도 들이지 않고 삼켜 버렸다. 잘 만들어진 특수효과를 보고 있다는 멍청한 생각이 들 정도였다. 윌리스 오브라이언이나 더글러스 트럼벨이 꿈꾸었을 그런 세상 말이다. 푸른 하늘이, 커다란 수건만 하던 하늘이 줄무늬로 바뀌었다가 다시 연필 선만큼 얇아졌고, 결국 기어이 사라져 지금은 형태도 없는 잿빛 괴물이 거대한 쇼윈도에 제 몸을 비벼 대고 있었다. 2미터 정도 떨어져 있는 쓰레기통은 보이기는 했으나 형체를 분간할 수 있을 정도는 아니었다. 우리가 타고 온 스카우트도 이제 범퍼만이 간신히 남아 있었다.

여자의 비명 소리가 들렸다. 신경을 긁어 대는 긴 비명 소리. 빌리는 내게 바짝 붙었는데 마치 고압 전류에 감전되기라도 한 듯 바들바들 떨고 있었다.

한 남자가 고함을 지르며 계산대를 지나 문 쪽으로 달려갔다. 그리고 그건 난장판 탈출극의 전주곡이었다. 사람들이 연이어 안개 속으로 질주하기 시작했다.

"이봐요!"

브라운이 외쳤다. 화가 난 건지, 겁이 난 건지 짐작이 가지 않았다. 어쩌면 둘 다일 수도 있다. 브라운의 얼굴빛은 거의 보라색에 가까웠다. 목덜미에 배터리 연결선만큼 두꺼운 핏줄이 불끈불끈 돋아 있었다.

"이보라고. 물건 가져가지 말란 말이야! 그거 가지고 당장 돌아와. 야, 이 도둑놈들아!"

사람들은 계속 앞으로 나아갔으나 그중에는 물건을 뒤로 던지는 사람도 있었다. 재미있는지 킥킥거리는 사람들도 있기는 했으나 아까에 비하면 극소수에 불과했다. 밖으로 나간 사람들은 순식간에 안개 속으로 빨려 들어갔다. 물론 슈퍼마켓 안에 남은 사람들은 다시 그들을 보지 못했다. 열린 문을 통해 희미하지만 시큼한 냄새가 밀려 들어왔다. 사람들로 문이 막히기 시작했다. 서로 밀치고 잡아당기느라 난장판이었다. 빌리를 안은 어깨가 저려 오기 시작했다. 이젠 아들을 안는 것도 옛날 같지가 않았다. 스테파니가 꼬마 황소라고 부르는 아이 아니던가?

노턴은 안절부절못했다. 노턴은 얼굴이 벌게져서 심각한 표정을 짓고 있었다. 노턴도 문을 향해 가고 있었다.

나는 빌리를 다른 팔로 바꿔 안은 다음 황급히 노턴을 막았다.

"안 돼요. 나가지 마세요."

노턴이 돌아보았다.

"뭐라고?"

"기다려 보는 게 좋을 것 같습니다."

"뭘?"

"그건 나도 모릅니다."

"자네 생각은……."

하지만 노턴의 말은 안개 속에서 들리는 비명 소리에 끊기고 말았다.

노턴이 입을 다물었다. 출구 쪽의 아우성이 순간 주춤하더니 사람들이 조금씩 뒤로 물러나기 시작했다. 비명과 소음이 잦아들고 대신 당혹스러운 웅성거림이 그 자리를 메워 나갔다. 문 쪽에 있던 사람들의 표정이 순식간에 무기력하고 창백하고 죽은 듯이 보였다.

비명 소리는 경쟁이라도 하듯 계속 터져 나왔는데 도저히 인간의 폐활량으로 가능할 것 같지 않은 소리였다.

"오, 맙소사."

노턴이 중얼거렸다. 그러고는 두 손으로 머리카락을 마구 헝클어 버렸다.

비명 소리는 순식간에 끝났다. 잦아든 것이 아니라 말 그대로 끝난 것이다. 한 남자가 다시 밖으로 나섰다. 치노 작업복을 입은 건장한 친구였는데, 비명의 주인공을 구출할 생각이었나 보다. 유리와 안개를 통해 보이는 남자의 뒷모습은 마치 우유 잔에 뜬 찌꺼기 같았다. 그리고(그 장면을 본 것은 나 혼자뿐인 것 같았다.) 좀 더 멀리서 무언가가 움직이는 듯 보였다. 온통 새하얀 곳에서 회색 형체가 보였다. 그리고 남자는 안개 속으로 달려가는 대신, 무언가에 놀란 듯 두 손을 휘저으며 안개 속으로 끌려 들어갔다.

한참 동안 슈퍼마켓 안은 쥐 죽은 듯 고요했다.

안개 속에 떠 있던 둥근 달무리들이 사라졌다. 주차장의 나트륨 전등들이 꺼진 것이다. 전선이 지하에 매설되어 있을 텐데…….

"나가지 마. 나가면 다들 죽어."

커모디가 까마귀 같은 목소리로 깍깍거렸다.

이젠 아무도 커모디의 말에 반박하거나 비웃지 못했다.

밖에서 또 비명 소리가 들렸다. 이번에는 좀 더 탁하고 아득한 소리였다. 빌리가 다시 움찔했다.

"데이비드, 도대체 무슨 일인가?"

올리 위크스가 물었다.

올리는 이미 자기 자리를 지키는 것을 포기했다. 그의 복스러운 얼굴에 커다란 땀방울들이 송골송골 맺혀 있었다.

"도대체 무슨 일이지?"

"저도 모르겠어요."

내가 말했다.

올리는 잔뜩 겁에 질린 모습이었다. 그는 하이랜드 레이크 상류에 있는 멋진 집에 살고 플레전트 마운틴에 있는 바에 자주 들락거리는 독신남이었다. 그의 왼쪽 새끼손가락에 사파이어 반지가 보였다. 바로 지난 2월에 복권에 당첨되었는데, 상금으로 산 반지였다. 나는 늘 올리가 여자들을 두려워한다고 생각했다.

"도무지 무슨 영문인지……."

올리가 말했다.

"안되겠다, 빌리, 이제 내려야겠다. 팔이 아파서 안 되겠어. 대신에 아빠 손을 꼭 잡고 있으렴. 알았지?"

"엄마……."

빌리가 중얼거렸다.

"엄만 무사하단다."

나는 그렇게 말했다. 달리 뭐라고 하겠는가?

존스 레스토랑 옆에서 중고상을 운영하는 노인이 우리 옆을 지나갔다. 그는 일 년 내내 낡은 대학 티셔츠 차림이었다. 노인이 큰 소리로 말했다.

"공해 구름의 일종이야. 럼포드와 사우스 파리에 공장들이 있잖아. 화학 물질 때문이야."

노인은 그 말을 남기고는 4번 코너 쪽으로 사라졌다. 비상 약품과 화장지가 잔뜩 쌓인 통로였다.

노턴이 자신 없는 말투로 중얼거렸다.

"여기서 나가자고, 데이비드. 이봐, 우리 이러는 게······."

그때 발밑으로 거대한 울림이 전해졌다. 마치 건물 전체가 1미터가량 털썩 주저앉기라도 한 것 같은 느낌이었다. 여기저기서 두려움과 놀람의 비명 소리가 들려왔다. 선반 위에서 병들이 쨍그랑거리더니 타일 바닥에 차례로 떨어지며 터져 나가기 시작했다. 정문 쇼윈도에서도 커다란 유리가 파이 조각처럼 깨져 나갔다. 무거운 유리를 물고 있던 나무 창틀이 심하게 뒤틀리며 유리 조각들을 뱉어 낸 것이다.

소방 경보가 울리다 곧 멈춰 버렸다.

그리고 사람들은 침묵했다. 또 다른 무언가를 기다리는 공포에 찬 침묵이었다. 나는 놀라서 꼼짝할 수 없었다. 그리고 불현듯 머릿속으로 옛날 일이 떠올랐다. 브리지턴에 달랑 교차로가 하나만 있을 때였다. 아버지가 계산대에서 잡담을 하는 동안 나는 유리창 너머로 1페니짜리 사탕과 2센트짜리 껌을 보고 있었다. 정월 해빙기인지라 가게 양쪽에서는 얼음이 녹아 아연 홈통에서 빗물통으로 물 떨어지는 소리가 쉬지 않고 들렸다. 딱딱한 사탕과 단추들과 팔랑개비, 파리들이 덕지덕지 붙은 파리지옥의 그림자를 천정으로 쏘아 올리는 노란 전구 불빛, 꼬마 아이 데이비드 드레이튼, 「외로운 크리스틴」이라는 그림을 백악관에 걸 정도로 유명한 화가이며 꼬마의 아빠인 앤드루 드레이튼. 사탕과 데이비 크로켓 풍선껌 카드를 바라보는 데이비드 드레이튼이라는 아이는 오줌을 참고 있었고, 창밖에서는 정월 해빙기의 짙은 안개가 물결치고 있었다.

그 기억은 천천히, 아주 천천히 머리에서 빠져나갔다.

"여러분! 다들 내 말 좀 들어보세요!"

노턴이 갑자기 외쳤다.

사람들이 돌아보았다. 노턴은 표창을 받는 경찰후보생처럼 두 손바닥을 활짝 펴고 있었다.

"밖으로 나가면 아무래도 위험할 것 같습니다."

노턴이 외쳤다.

"왜죠? 아이들이 집에 있어요! 집에 돌아가야 해요!"

한 여인이 큰소리로 대꾸했다.

"나가면 죽어!"

커모디 부인이 냉혹하게 받아쳤다. 커모디는 창문 아래 쌓아 놓은 10킬로그램짜리 비료 포대 옆에 서 있었는데 그동안 부풀기라도 한 듯 더 커 보였다.

그때 한 십 대 소년이 밀치는 바람에 커모디는 끙 소리를 내며 포대 위에 주저앉고 말았다.

소년이 발악하듯 소리쳤다.

"헛소리 하지 마, 미친 할망구야! 헛소리 하지 말란 말이야!"

"여러분, 제발요! 조금만 더 기다리면 안개가 걷힐 거고 그러면 우린……."

노턴이 이렇게 외쳤지만 웅성거리는 소리에 다시 말이 끊기고 말았다.

"그렇습니다. 침착하게 기다려 봅시다."

나는 시끄러운 가운데 내 목소리가 들리도록 한껏 목청을 높여 말했다.

"지진인 것 같아요. 정말입니다. 지진일 겁니다."

안경 쓴 남자가 말했다. 그의 목소리는 부드러웠다. 남자는 한 손에 햄버거 봉지와 빵 봉지를 들고 있었다. 다른 손으로는 작은 소녀의 손을 잡고 있었는데 빌리보다 어려 보였다.

"4년 전에 나폴리에서 지진이 있었소."

한 뚱뚱한 남자가 말했다.

"카스코였어요."

그의 아내가 끼어들었다. 남편의 말에 습관적으로 토를 다는 여인인 모양이었다.

"나폴리야."

뚱뚱한 남자도 고집을 부려 보았지만 어쩐지 자신감이 떨어져 보였다.

"카스코라니까요."

아내가 다시 한 번 주장하자 뚱보는 결국 물러서고 말았.

진동이든 지진이든, 그때의 충격으로 선반 가장자리에 걸쳐 있던 캔 하나가 뒤늦게 소란스럽게 떨어졌다. 빌리가 울음을 터뜨렸다.

"아빠, 집에 가고 싶어! 엄마 보고 싶어요!"
"애 입 좀 닥치게 해!"

버드 브라운이 외쳤다. 그는 부지런히 눈동자를 굴리고 있었는데 그렇다고 특별히 뭔가를 찾는 것 같지는 않았다.

"이봐요, 당신, 뚫린 입이라고 함부로……"
"이런, 데이비드. 진정하라고."

노턴이 짜증 섞인 말투로 나를 말렸다.

"저, 죄송하지만…… 죄송하지만, 전 여기 있을 수가 없어요. 집에 가서 애들을 봐야 하거든요."

조금 전에 비명을 질렀던 여성이었다.

그녀가 우리를 돌아 보았는데, 초췌하지만 매력적인 금발 여성이었다.

"완다가 동생 빅토르를 돌보고 있어요. 완다는 이제 여덟 살인데, 그 애는 가끔, 가끔 잊어버리기도 해요……. 빅토르를 봐야 한다는 것을 말이에요. 아시죠? 근데 빅토르는 스토브 버너 스위치를 켜곤 하거든요. 붉은 불꽃이 올라오는 걸 신기해해요……. 불을 워낙에 좋아해서……. 플러그를 잡아당기기도 하고요. 꼬마가 말이에요……. 그래서 완다는……. 그 애 보는 걸 싫어해요. 이제 여덟 살밖에 안 되니……."

여자는 말을 멈추고 다시 우리를 보았다. 여자의 눈에 비친 우리는 사람이기보다는, 무자비하고 냉담한 눈동자들에 지나지 않았을 것이다. 무심한 눈, 눈들.

"절 도와주실 분 안 계세요?"

여자가 외쳤다. 입술이 바르르 떨리고 있었다.

"아무도, 아무도, 숙녀를 데려다 주실 신사분이 없는 거예요?"

아무도 대답하지 않았다. 몸을 뒤척이는 소리가 들렸다. 여자는 초췌한 표정으로 사람들의 얼굴을 하나하나 살펴보았다. 뚱뚱한 남자가 주저하며 앞으로 나서려는데 아내가 뒤에서 홱 잡아당겼다. 아내는 남편의 팔목을 수갑처럼 채워 버렸다.

"선생님은요?"

금발 여자가 올리에게 물었다.

올리는 고개를 저었다.

"당신은요?"

여자가 버드에게 물었다. 버드는 텍사스제 계산기에 손을 올려놓고 아무런 반응도 하지 않았다.

"선생님?"

여자가 노턴에게 물었다. 노턴은 변호사 특유의 커다란 목소리로 대책도 없이 어떻게 저 밖으로 나갈 수 있겠느냐는 따위의 말을 하기 시작했다. 그리고 여자가 외면하자 말끝을 흐렸다.

"당신은요?"

여자는 내게도 물었다. 나는 대답 대신 빌리를 안아 올렸다. 빌리는 여자의 일그러진 저주를 막는 일종의 방패인 셈이다.

"다들 지옥에나 가 버려요!"

여자는 소리를 지르며 말하지 않았다. 끔찍할 정도로 지친 목소리였다. 여자는 출구 쪽으로 가서 두 손으로 문을 잡아당겼다. 그녀를 불러 세워야 한다고 생각했지만 입이 말라 아무 말도 할 수 없었다.

"이런, 아줌마, 잠깐만요!"

입을 연 사람은 커모디 부인에게 소리를 질러 댔던 십대 아이였다. 소년은 여자의 팔을 잡았다. 하지만 여자가 무심한 시선으로 소년의 손을 바라보자 면목없다는 표정을 지으며 팔을 놓았다. 문을 빠져나간 여자는 그대로 안개 속으로 들어갔다. 우리는 여자가 나가는 것을 보면서도 아무것도 할 수가 없었다. 안개가 여자를 휘감고 조금씩 빨아먹고 있었다. 그녀는 더 이상 인간의 모습이 아니었다. 세상에서 가장 하얀 종이에 목탄으로 사람을 그린 모습이 저럴까? 아무도 입을 열지 않았다. 완전한 백색 침묵 속에서 '우회전' 표지판이 살짝 떠올랐다. 여자의 팔과 다리와 헬쑥한 금발머리는 완전히 사라지고, 여름 원피스의 붉은 끄트머리만 잠시 하얀 림보춤을 추었다. 그리고 그마저 사라졌다. 아무도 말을 하지 않았다.

저장고. 발전기 고장. 아르바이트생의 비극

빌리는 히스테리 증세를 보이기 시작했다. 잔뜩 메인 목소리로 엄마를 찾으며 하염없이 눈물을 흘렸다. 마치 두 살배기 시절로 퇴행하는 것처럼 윗입술이 콧물로 범벅이 되었는데도 전혀 개의치 않았다. 나는 아들의 어깨를 감싸 안고 중간 통로로 데리고 갔다. 어떻게든 아들을 달래야 했다. 아들을 데려간 곳은 슈퍼마켓의 뒷면을 거의 차지하고 있는 정육 코너였다. 정육점 주인 맥베이 씨가 아직 그곳에 있었다. 우리는 가볍게 눈인사를 했다. 그 상황에서 더 이상의 인사치레는 무의미했다.

나는 바닥에 앉아 빌리를 무릎에 앉힌 다음, 꼭 안고서 가볍게 흔들며 말해 주었다. 최악의 상황에 대비해 부모들이 만들어 내는 온갖 거짓말들. 아이에게만 먹힐 완전 거짓말들. 하지만 나는 그 이야기들이 정말로 사실이라는 듯 아이에게 들려주었다.

"이상한 안개야. 정말 이상하지, 아빠?"

빌리가 나를 올려다보며 물었다. 빌리는 눈밑이 까맣고 얼굴에 눈물 자국이 나 있었다.

"그래, 그렇구나."

그것마저 거짓말을 하고 싶지는 않았다.

아이들은 어른과 다른 방식으로 충격에 맞선다. 열세 살 미만의 아이들은 본질적으로 반영구적 충격 상태이기 때문에 절대 충격을 거부하지 않는다. 빌리는 곧 졸기 시작했다. 곧 깨어날 거라고 생각하고 안고 있었는데, 빌리는 이내 깊이 잠들었다. 갓난 아기 때 이후로 처음으로 엄마 아빠와 한 침대에서 잔 거라, 어젯밤에 잠을 깊이 자지 못했을 수도 있다. 문득 불안감이 물밀듯 밀려들었다. 어쩌면 빌리는 무언가가 다가오고 있음을 감지했는지도 모른다.

완전히 잠이 든 것을 확인한 뒤 빌리를 바닥에 내려놓고 덮을 것을 찾아 나섰다. 사람들은 거의 모두 유리창에 달라붙어 저 두터운 안개 담요를 내다보고 있었다. 노턴은 약간의 청중들을 모아 놓고 주문을 거느라 바빴다. 아니면 그러려고 애쓰고 있었거나. 버드 브라운은 굳건하게 자기 자리를 지켰지만, 올리 위크스는 이미 다른 곳에 가 있었다.

통로에도 사람들이 있었다. 사람들은 넋이 나가 유령처럼 어슬렁거렸다. 나는 고기 진열용 냉장고와 맥주 냉장고 사이에 있는 커다란 여닫이 문을 열고 저장고로 들어갔다.

발전기는 베니어판 칸막이 뒤에서 단조롭게 으르렁거렸지만 뭔가 느낌이 이상했다. 디젤 냄새가 코를 찔렀다. 나는 숨을 얇게 들이쉬며 칸막이 쪽으로 다가갔다. 그러나 결국 셔츠를 벗어 코와 입을 막고 말았다.

저장고는 길고 좁았으며 두 개의 비상등만이 켜져 있었다. 여기 저기에 상자들이 쌓여 있었다. 한쪽에는 표백제가, 칸막이 맞은 편에는 음료 상자들이 놓여 있었다. 비파로니와 케첩 상자 하나가 넘어져 있었는데, 마치 마분지 상자가 피를 흘리는 것처럼 보였다.

나는 발전기실의 걸쇠를 열고 안으로 들어갔다. 푸른빛의 찐득한 연기 때문에 발전기가 희미하게 보였다. 아무래도 벽을 뚫고 이어진 배출 파이프가 바깥쪽에서 막힌 모양이었다. 발전기에는 단순하게 켜짐/꺼짐 스위치가 있었고, 나는 스위치를 내렸다. 발전기가 쿨럭쿨럭 기침을 하더니 곧 멈춰 섰다. 하지만 그러고도 한참동안 퍽퍽 하는 소음을 내뱉었는데, 노턴의 정신 나간 전기톱 같다는 생각이 들었다.

비상등이 꺼지자 나는 완전히 어둠에 휩싸여 버렸다. 버럭 겁이 났고 그 바람에 방향감각을 잃고 말았다. 숨소리가 마치 바람에 흔들리는 갈대처럼 느껴졌다. 나는 황급히 밖으로 빠져나가다가 베니어판에 코를 찧었다. 끔찍한 고통에 숨을 쉴 수가 없었다. 여닫이문에 창문이 몇 개 있었지만 무슨 이유에서인지 까맣게 페인트칠이 되어 있어 저장고 안은 암흑 그 자체였다. 나는 길을 잘못 들어 표백제 상자더미에 부딪혔다. 상자들이 와르르 무너져 내렸다. 그중 하나가 머리를 스치는 바람에 뒷걸음을 치다가 다른 상자에 걸려 넘어지고 말았다. 어둠 속에서 별까지 볼 만큼 쿵 하고 머리를 박고 쓰러졌다. 정말 장관이었다.

나는 머리를 문지르면서 그대로 누워 있었다. 입에서는 저절로 욕설이 흘러나왔다. 진정하자, 진정하자. 이대로 일어나 문을 열고 빌리에게 가면 되는 거야. 흥분할 것도 당황할 것도 없어. 중심을 잡고 정신을 차리면 된다고. 그렇지 않으면 닥치는 대로 부딪치고 무너뜨리고 난장판을 만들다가 완전히 돌아 버리고 말걸?

나는 조심스럽게 일어나 여닫이문에서 새어 나오는 실낱 같은 빛을 찾아보았다. 어둠 속에 희미하지만 분명한 실선이 보였다. 하지만 나는 그쪽을 향해 발을 떼려다가 멈춰 서고 말았다.

이상한 소리가 들렸다. 무언가 부드럽게 미끄러지는 소리. 소리가 멈췄다. 다시 들렸다. 어딘가에 부딪치는 소리도 들렸다. 갑자기 기운이 빠지며 머리가 멍해지는 기분이었다. 슈퍼마켓에서 나는 소리는 아니었다. 그건 등 뒤, 그러니까 밖에서 나는 소리였고 따라서 안개가 있는 곳이었다.

아니, 어쩌면 안으로 들어와 있는 걸까? 그래서 나를 찾고 있는 걸까? 금방이라도 발밑이나 목덜미 위에서 소리가 들릴 것만 같았다.

소리가 다시 들렸다. 분명 밖에서 나는 소리였지만 그렇다고 상황이 좋아진 것도 아니었다. 발을 옮기려 했지만 땅에서 떨어지지 않았다. 그때 다른 소리가 들렸다. 어둠 저쪽에서 바삭거리는 소리가 들렸다. 심장이 쿵쾅거렸다. 나는 실선처럼 가느다란 빛을 향해 몸을 날려 슈퍼마켓으로 통하는 문을 어깨로 밀쳤다. 얌전히 문을 열 틈이 없었다.

문 뒤에 서너 명이 서 있었는데, 모두 놀라 펄쩍 뛰었다.

올리가 가슴을 쓸어내리며 가느다란 목소리로 외쳤다.

"맙소사, 자네 누구 죽일 일……."

그때 올리가 내 얼굴을 보았다.

"이봐, 무슨 일이야?"

"못 들었어요?"

내가 물었다. 내 목소리가 너무나 낯설게 느껴졌다. 찢어지고 갈라진 목소리.

"아무도 못 들었습니까?"

물론 그 사람들이 들었을 리가 없었다. 그들은 발전기가 왜 꺼졌는지 보기 위해 왔을 뿐이니까 말이다. 올리가 그렇게 말했고 아르바이트생 하나가 가슴에 손전등을 가득 안고 달려왔다. 그는 호기심 어린 눈으로 올리와 나를 번갈아 보았다.

"발전기는 제가 껐습니다."

그리고 이유까지 덧붙였다.

"무슨 소리를 들었습니까?"

다른 사람이 물었다. 마을 백화점에서 일하는 짐 뭐라는 친구였다.

"모르겠어요. 뭔가 긁히는 소리하고 미끄러지는 소리였어요. 다신 듣고 싶지 않은 그런 소리였습니다."

"긴장해서 잘못 들은 거군요?"

올리 옆에 있는 사내가 말했다.

"아니, 잘못 들은 거 아닙니다."

"불이 나간 다음에 들은 건가요?"

"아니, 그건……. 하지만……."

나를 바라보는 눈초리 때문에 더 이상 말을 할 수가 없었다. 그 사람들은 더 이상 두렵고 비정상적인 나쁜 소식을 원치 않았다. 나쁜 일은 이미 충분히 일어났다. 단지 올리만이 내 말을 믿는다는 표정을 짓고 있었다.

"일단 들어가서 발전기를 다시 켜요."

아르바이트생이 손전등을 건네며 말했다.

올리가 망설이며 손전등을 받아들었다. 아르바이트생은 약간 비웃는 눈빛으로 내게도 하나 내밀었다. 열여덟 살 정도 되어 보였다. 나는 잠시 망설이다가 손전등을 받아들었다. 아직 빌리를 덮어 줄 물건을 구하지 못했다.

올리가 문을 열고 쐐기로 고정했다. 그리고 손전등을 안으로 길게 내밀었다. 반쯤 열린 베니어 칸막이 문 옆에 표백제 상자들이 아무렇게나 널브러져 있었다.

짐 뭐라는 친구가 코를 킁킁거리더니 말했다.

"썩은 냄새가 나요. 그래요, 발전기를 끄길 잘했군요."

손전등 불빛들이 캔 식료품과 화장지, 개 사료 상자 사이에서 춤을 추었다. 불빛은 막힌 배출구에서 역류된 가스를 훑고 다녔다. 아르바이트생이 맨 오른쪽 하역장 입구를 비추었다.

두 사람과 올리는 발전기실로 들어갔다. 그들의 불빛이 불안하게 앞뒤로 흔들렸다. 마치 아이들의 모험 소설 같았다. 나는 대학 시절 그런 소설에 삽화를 그려 준 적이 몇 번 있었다. 한밤중에 피

묻은 금화를 묻는 해적들, 시체를 훔치는 미친 의사와 조수 같은 것 말이다. 난무하는 손전등 불빛으로 왜곡되고 일그러진 그림자들이 벽 위에서 마구 춤을 추어 댔다. 발전기가 식으며 틱틱 하고 불규칙적인 소음을 뱉어 냈다.

아르바이트생이 손전등을 비추며 하역장 문 쪽으로 다가갔다.

내가 말했다.

"나라면 거기 가지 않겠어."

그러자 소년이 대꾸했다.

"물론 그러시겠죠."

한 남자가 말했다.

"올리, 지금 해 봐요."

발전기가 픽픽 소리를 내더니 금세 으르렁 돌아가기 시작했다.

"이런, 빨리 끄지 못해? 젠장, 냄새가 지독해!"

발전기가 다시 꺼졌다.

아르바이트생이 하역장에서 돌아올 때 발전기에 매달려 있던 사람들도 밖으로 나왔다.

누군가 말했다.

"무언가가 배출구를 막고 있어."

"할 말이 있어요."

아르바이트생의 목소리였다. 눈이 손전등 불빛으로 반짝거렸고 얼굴에 악마처럼 음흉한 표정이 나타났는데, 내가 모험 소설에 여러 번 그린 적이 있는 얼굴이었다.

"제가 하역장 문을 올릴 수 있을 만큼만 발전기를 가동시켜 주세요. 내가 돌아가서 막고 있는 것을 제거할 테니까요."

"노미, 그건 별로 좋은 생각이 아닌 것 같다."

올리가 불안한듯 말했다.

"저거 전기문인가요?"

짐이라는 사람이 물었다.

"그래요. 하지만 별로 좋은 생각이 아닌 것 같소."

올리가 말했다.

"에이, 괜찮아요. 내가 할게요."

또 다른 사람이 말했다. 남자는 야구 모자를 뒤로 젖혔다.

"아니, 이해를 못 하는 모양인데. 내 말은 누구도······."

올리가 다시 말했다.

"걱정 말라니까 그러네."

야구 모자를 쓴 남자는 자신이 다 책임지기라도 하겠다는 듯 올리의 말을 끊어 버렸다.

"이봐요. 그건 내 아이디어라고요."

이름이 노미라는 아르바이트생이 화를 내며 말했다.

어찌된 일인지, 사람들은 누가 그 일을 떠맡을 것인지에 대해 논쟁을 하고 있었다. 그 일을 해도 괜찮은지에 대해서는 생각조차 하지 않았다. 하지만 그중에 그 불길한 소리를 들은 사람은 없었다.

"잠깐만!"

내가 큰 소리로 외쳤다.

사람들이 나를 돌아보았다.

"이해를 못 하는 거요, 아예 이해할 생각이 없는 거요? 이건 그냥 안개가 아니에요. 안개가 들이닥친 이후로 슈퍼마켓에 들어온 사람도 하나도 없는 거 다 알잖아요? 저 문을 열면 도대체 뭐가 들어올지…….”

"들어오긴 뭐가 들어와요?"

노미가 열여덟 살다운 허세를 부리며 대들었다.

"무슨 소리인지는 모르지만 난 분명히 들었어."

"드레이튼 씨. 그건 아무도 모르는 일 아닌가요? 형씨께서 뉴욕과 할리우드에서는 대단한 유명인이라는 건 알아요. 하지만 어차피 지금은 독 안에 든 쥐 꼴 아뇨. 내 생각엔, 형씨가 여기 어둠 속에 갇혀 있었고, 내 말은 그러니까…… 헛소리를 들은 게 아니라고 어떻게 확신하냐는 말입니다."

짐이 말했다.

"어쩌면 그랬을 수도 있지요. 하지만 밖에 나가 객기를 과시하고 싶다면, 우선 아까 그 여자가 안전하게 집에 도착했는지부터 확인해야 하지 않을까요?"

짐이란 남자와 그의 친구와 철없는 노미의 태도에 나는 화가 났고, 또 불안했다. 세 사람은 쓰레기 소각장으로 생쥐 사냥을 나서는 개구쟁이들의 눈빛을 하고 있었다.

"이봐요. 누구보고 이래라 저래라 하는 거요?"

짐의 친구가 말했다.

"잠깐, 지금 당장 발전기가 필요한 건 아냐. 냉장고 물건도 열두 시간 정도는 버틸 테고…….”

짐이 퉁명스럽게 내뱉었다.

"다른 소리 다 집어치우고…… 내가 발전기를 가동할 테니까 네가 문을 올려. 냄새가 너무 지독하잖아. 나하고 마이론이 배출구 밖에 서 있을 테니까 막힌 게 제거되면 소리지르라고. 알았지?"

올리가 머뭇머뭇 끼어들었다.

"알았어요."

노미가 이렇게 대답하고는 신이 나서 저쪽으로 달려갔다.

"이건 미친 짓이야. 정작 여자는 그냥 보내 놓고……."

내가 말했다.

"하, 형씨께서 그 아줌마를 바래다주고 싶어 몸이 달은 줄은 몰랐군요."

짐의 친구 마이론이 말했다.

추한 벽돌색의 흥분이 그의 목덜미를 벌겋게 물들이고 있었다.

"지금, 저 하찮은 발전기 때문에 아이를 위험으로 내몰겠다는 건가?"

"이런, 제기랄. 아저씨 입 좀 닥치지 못해요?"

노미가 외쳤다.

"이보쇼, 드레이튼 선생. 똑똑히 들으쇼. 아직도 나불댈 말이 있다면 먼저 이빨 보험부터 들고 오시라고, 엉? 한 번만 더 아가리 놀리면 나도 책임 못 져!"

짐이 차가운 미소를 흘리며 말했다.

올리가 나를 바라보았는데 다소 불안한 표정이었다. 나는 어깨를 으쓱해 보였다. 이 작자들은 미쳤다. 무슨 이유에서든 균형 감각을 잃고 만 것이다. 그들은 매장에 있을 때만 해도 당황하고 겁에 질려 있었다. 그런데 이곳에 와 보니 문제가 너무나 분명하고 단순해 보였던 것이다. 말을 듣지 않는 발전기 한 대. 문제를 해결할 수도 있다. 그리고 이 문제를 해결한다면, 생소한 당혹감과 무력감도 어느 정도 해소될 것이다. 그래서 발전기를 고쳐야 했다.

짐과 그의 친구 마이론은 내가 완전히 졸았다고 제멋대로 단정 짓고는 발전기실로 들어갔다.

"노미, 준비됐냐?"

짐이 물었다.

"노미, 어리석은 짓 하지 마라."

내가 말했다.

"이러지들 말게."

올리도 거들었다.

노미가 우리를 돌아보았는데, 갑자기 그의 얼굴이 열여덟 살보다 훨씬 어려 보였다. 그건 어린 꼬마의 얼굴이었다. 노미의 성대가 발작적으로 꿈틀거렸는데, 난 그 애가 무서워 쓰러질 지경임을 알 수 있었다. 노미는 입을 열어 무언가를 말하려 했다. 나는 노미가 포기하겠다고 할 줄 알았다. 하지만 그때 발전기가 돌아가기 시작했고 곧이어 규칙적인 모터 소리가 이어졌다. 노미는 황급히 문 오른쪽의 스위치를 눌렀다. 문이 덜거덕거리며 강철 트랙을 따라 올라가기 시작했다. 발전기가 움직이자 비상등들도 다시 들어왔다. 발전기의 동력이 문을 들어 올리느라 비상등은 조금 어두운 편이었다.

그림자들이 돌아오고 있었다. 창고는 흐린 겨울날의 감미로운 하얀 빛으로 가득 찼고 다시 그 시큼한 악취가 나기 시작했다.

하역장 문이 50센티미터 정도 올라갔고, 다시 1미터 정도 올라갔다. 그 너머로 사방이 노란 줄로 둘러싸인 직사각형의 시멘트 플랫폼이 모습을 드러냈는데, 노란 줄 역시 2미터 이상은 보이지 않았다. 믿을 수 없이 짙은 안개였다.

"이봐요, 올려요!"

노미가 외쳤다.

안개의 갈퀴손이, 마치 하늘을 꿰뚫는 창처럼 날카롭고 하얀 손들이, 스물스물 안으로 들어오고 있었다. 공기는 차가웠다. 지난 3주간 끈적끈적한 더위에 시달린 후라 아침 내내 공기가 차다는 생각은 했지만 그건 여름날의 선선함 정도일 뿐이었다. 지금은 추웠다. 그것도 3월처럼 추웠다. 나는 몸을 부르르 떨었다. 다시 스테파니 생각이 났다.

발전기가 꺼졌다. 짐이 밖으로 나왔고 노미도 들어오려고 몸을 홱 숙였다. 그 순간 짐은 보았다. 나도 보았고 올리도 보았다.

콘크리트 플랫폼의 반대편 가장자리에서 촉수가 기어올라와 노미의 장딴지를 잡아챈 것이다. 난 입을 쩍 벌렸고 올리의 입에서도 짧은 외침이 터져 나왔다. 억! 촉수의 끝은 굵기가 30센티미터 정도였고(풀뱀만 했다.) 그 끝에 노미의 정강이가 매달려 있었다. 촉수는 끝에서부터 점점 굵어져 1미터에서 1.5미터에 달했는데, 그마저도 그 이상은 안개 때문에 보이지 않았다. 촉수의 위쪽은 짙은 암회색이었고 아래로 내려갈수록 점점 분홍색으로 변했는데, 밑바닥에 빨판들이 나란히 붙어 있었다. 오물거리는 수백 개의 작은 입들.

노미는 눈을 돌려 자신을 잡고 있는 것이 무엇인지 보았다.

"구해 줘요! 아저씨, 나 좀 살려 줘요! 오, 맙소사, 이 괴물 좀 어떻게 해 보란 말이에요!"

"오, 이런."

짐이 신음 소리를 냈다.

노미는 하역장 문 끄트머리를 잡고 괴물에게서 빠져나오려 했다. 그러자 마치 근육에 힘을 주듯 촉수도 두꺼워지기 시작했다. 강철 문을 붙들고 있는 노미의 목걸이가 딸그락거렸다. 촉수가 점점 굵어지면서 노미의 두 다리와 상체는 결국 뒤로 끌려가기 시작했다. 노미의 셔츠 자락이 바지에서 빠져나왔다. 노미는 턱걸이를 하는 사람처럼 온힘을 다해 버티고 있었다.

"도와줘요. 도와주세요. 제발요. 제발 살려 주세요."

노미는 흐느끼고 있었다.

"맙소사, 예수님, 성모 마리아, 요셉."

마이론이 온갖 성인의 이름을 주워섬겼다. 막 발전기실을 빠져나온 참이었다.

내가 하역장 문에 가장 가까이 있었다. 나는 노미의 허리를 부여잡고 있는 힘껏 끌어당겼다. 발뒤꿈치가 질질 끌려갔다. 잠시 내 쪽으로 끌려오기도 했지만 정말로 잠깐뿐이었다. 이건 마치 고무밴드나 태피를 잡아당기는 기분이었다. 촉수는 끌려오기는 해도 먹이를 놓치지는 않았다. 그리고 안개 속에서 촉수 세 개가 더 미끄러져 나왔다. 하나는 노미의 벗겨진 붉은 앞치마를(앞치마는 페드럴 슈퍼마켓 종업원들의 유니폼이다.) 잡아채 칭칭 휘감고는 다시 안개 속으로 돌아갔다. 옛날에 나와 동생이 사탕, 만화, 장난감 같은 것들을 돌려 달라고 하면 어머니는 늘 "너희들, 암탉이 깃발 달라듯 하는구나."라고 하셨다. 문득 그 말이 생각났다. 촉수가 노미의 붉은 앞치마를 흔들고 있다는 생각이 들어서 우습기까지 했다. 정말로 우스웠다. 하지만 내 웃음과 노미의 비명 소리가 다를 게 뭐겠는가? 물론 사람들은 내가 웃고 있다는 사실을 알지 못했다.
 다른 촉수 두 개는 잠시 동안 하역장 콘크리트 바닥 위를 훑고 다녔다. 내가 들었던 바로 그 소리였다. 무언가 미끄러지는 소리. 촉수 하나가 노미의 왼쪽 엉덩이를 찰싹 치고는 서서히 휘감기 시작했다. 촉수가 내 양팔을 스치고 지나갔다. 촉수는 따스했고, 부드럽고, 맥박까지 뛰고 있었다. 그 빨판이 나를 눈치 챘다면 난 즉시 안개 속으로 빨려 들어가고 말았을 것이다. 하지만 촉수는 내가 아니라 노미를 노렸고 이제 노미의 다른 발목을 감기 시작했다.
 이제 나도 어쩔 도리가 없었다.
 "도와줘! 올리! 이봐, 누구든 도와 달란 말이야!"
 내가 소리쳤다.
 하지만 그들은 오지 않았다. 뭘 하고들 있는지는 모르겠지만 아무도 오지 않았다.
 허리를 감싸고 있는 촉수가 노미의 살갗을 파고드는 모습이 보였다. 셔츠가 바지 밖으로 빠져나온 바로 그 부분인데, 빨판들은 말 그대로 노미를 '먹고' 있었다. 꿈틀거리는 촉수가 파 놓은 우물에서, 잃어버린 앞치마만큼이나 빨간 피가 쿨럭쿨럭 흘러나왔.
 나는 촉수의 힘에 밀려 문 가장자리에 머리를 박았다.
 노미의 두 다리가 밖으로 끌려 나갔고 신발 한 짝이 벗겨져 나갔다. 안개 속에서 촉수가 다시 나와 그 끝으로 운동화를 벗겨 낸 것이다. 노미는 사력을 다해 문 아래쪽 끄트머리를 움켜쥐고 있었다. 두 손에 힘이 남아 있다는 사실이 믿기지 않을 정도였다. 노미는 더 이상 비명을 지르지도 않았다. 아니, 그럴 수가 없었다. 그럼에도 불구하고 노미는 포기하지 않겠다는 듯 고개를 앞뒤로 흔들어 댔다. 노미의 긴 검은 머리가 격렬하게 펄럭거렸다.

노미의 어깨 너머로 더 많은 촉수들이 다가오는 것이 보였다. 열 개? 아니 더 많아 보였다. 대개는 작았으나 그중 몇 개는 엄청나게 거대했고, 이끼로 덮인 고목만큼이나 두꺼웠다. 오늘 아침 진입로를 가로막았던 그 고목 말이다. 커다란 촉수에 붙은 분홍빛 빨판은 거의 맨홀 뚜껑만 했다. 거대한 촉수 하나가 콘크리트 바닥을 때렸는데 쿠쿵 하는 거대한 소리가 들렸다. 촉수는 마치 앞을 못 보는 구더기처럼 우리를 향해 느릿느릿 기어왔다. 나는 있는 힘껏 노미를 당겨 보았다. 노미의 오른쪽 정강이를 잡고 있는 촉수가 조금 미끄러지는 것 같았지만 그뿐이었다. 촉수는 그 자세 그대로 노미를 먹어치우고 있었다.

촉수 하나가 아슬아슬하게 내 뺨을 스치고 허공을 휘저었다. 마치 삿대질을 하는 것처럼 보였다. 그때 빌리 생각이 났다. 빌리는 맥베이 씨의 하얗고 긴 고기 냉장고 옆 바닥에 누워 자고 있다. 내가 여기 온 이유는 아들을 덮을 담요 따위를 찾기 위해서였다. 행여나 내가 저 촉수에게 잡힌다면 누가 빌리를 돌봐 주겠는가? 노턴이?

나는 노미를 놓고 바닥에 무너지듯 무릎을 꿇었다. 나는 올려진 문 바로 아래 있었다. 촉수 하나가 내 옆을 스쳐 지나갔다. 촉수는 빨판을 다리로 해서 걷는 것처럼 보였다. 촉수 하나가 노미의 상박근 하나를 붙잡고 잠시 멈추더니 곧 칭칭 감기 시작했다.

이제 노미는 정신병 환자의 꿈에서나 나올 법한 모습을 하고 있었다. 붕대처럼 온몸을 칭칭 동여매고 있는 촉수들……. 내 주변에도 온통 촉수들이 꿈틀대고 있었다. 나는 어설프게 창고 안으로 미끄러져 들어간 다음 데굴데굴 굴렀다. 짐, 올리, 마이론은 여전히 그 자리에 서 있었다. 그들은 투소드 부인의 가게에 진열된 밀랍인형 같았다. 창백한 얼굴에 왕방울만 한 눈. 짐과 마이론이 발전기실 문 옆에 서 있었다.

"발전기 돌려!"

내가 소리쳤다.

아무도 움직이지 않았다. 사람들은 약에 취한 듯 멍한 눈빛으로 하역장 플랫폼을 바라보기만 했다.

나는 바닥을 휘저어 손에 닿는 물건을 집어 들어 짐에게 내던졌다. 그건 하얀 표백제 상자였다. 상자는 짐의 허리띠 버클 위 배꼽 부분에 닿았다. 짐은 끙 소리를 내더니 배를 움켜쥐었다. 짐의 눈빛이 어느 정도 정상으로 돌아왔다.

"발전기 돌리란 말이야, 이 병신아!"

나는 목이 아플 정도로 크게 소리쳤다.

짐은 움직이는 대신 자신을 변호하는 것을 택한 것 같았다. 안개 속에서 나온 말도 안되는 괴물에게 꼬마가 산채로 먹히는 것을 보며 이제 최후의 증언을 할 때가 왔다고 생각한 모양이었다.

"자, 잘못했습니다. 정말 몰랐어요. 그걸 어떻게……. 선생님이 들었다고 했지만……. 무슨 뜻인지 몰랐습니다. 자세히 설명해 주셨다면……. 어쩌면……. 난, 그저, 모르겠어요, 아마 새라고 생각했던……."

짐이 훌쩍거리며 말했다.

그때 올리가 움직였다. 올리는 짐을 튼튼한 어깨로 밀어 버리고 황급히 발전기실로 들어갔다. 짐은 세척제 상자에 걸려 넘어졌는데, 어둠 속에서 나도 그런 식으로 넘어졌더랬다.

"용, 용서해 주세요."

짐이 다시 말했다.

짐의 붉은 머리카락이 이마 위로 흘러내렸다. 양볼은 치즈처럼 창백했고 두 눈도 공포에 질린 꼬마 아이 같았다. 잠시 후 발전기가 쿨럭거리더니 다시 돌아가기 시작했다.

나는 하역장 문으로 돌아갔다. 노미는 거의 보이지 않았다. 하지만 여전히 더러운 손으로 문을 붙잡고 있었다. 촉수로 뒤덮인 노미의 몸에서 동전만 한 핏방울이 뚝뚝 떨어져 내렸다. 고개가 완전히 꺾인 채 안개 속을 바라보는 두 눈은 공포로 튀어나올 것만 같았다.

다른 촉수들도 안쪽 바닥을 탐색하기 시작했다. 문을 여닫는 스위치에는 너무나 많은 촉수가 달라붙어 있어 도무지 접근할 엄두가 나지 않았다. 촉수가 닿는 순간 상자들은 마치 깡통처럼 일그러졌고 화장지 상자가 터져 나가며 두루마리 화장지가 사방으로 튀었다. 셀로판으로 포장된 두 개들이 델지 화장지가 하늘로 튀어올랐다가 떨어지며 사방으로 굴러다녔다. 촉수들이 열심히 화장지를 쫓아다녔다.

커다란 촉수 하나가 안으로 미끄러져 들어왔는데, 멈춰 서서 끝을 들어올리는 모습이 공기 냄새라도 맡는 것처럼 보였다. 촉수가 마이론을 향해 다가가기 시작했다. 마이론은 잔뜩 겁에 질려 뒷걸음질 쳤다. 마이론의 눈동자가 미친 듯이 굴러다녔고, 헤 벌어진 입술에서도 강아지 신음 소리가 쉴 새 없이 흘러나왔다.

나는 주위를 둘러보았다. 저 꿈틀거리는 촉수들을 지나쳐 벽에 붙어 있는 닫힘 스위치를 누를 정도의 긴 물건이 필요했다. 다행히 쌓아 놓은 맥주 상자 옆으로 청소부가 사용하는 밀대가 보여 얼른 움켜쥐었다.

문을 잡고 있던 노미의 손이 풀려 나갔다. 노미는 콘크리트 바닥에 쿵 소리를 내며 떨어지면서도 필사적으로 바닥을 할퀴어 댔다. 노미의 눈이 잠시 나를 바라보았다. 너무나도 투명하고 맑은 눈. 노미는 이제 자신의 운명을 알고 있었다. 그 다음 순간 노미는 여기저기 부딪치며 안개 속으로 끌려 들어갔다. 짧게 비명 소리가 들렸다. 노미는 사라진 것이다.

나는 밀대 끝으로 스위치를 눌렀다. 모터가 돌아가며 문이 내려오기 시작했다. 문은 내려오면서 가장 두꺼운 촉수부터 건드렸다. 마이론이 있는 쪽으로 탐색해 나가던 촉수였다. 문이 내려오며 가죽을(살갗인가?) 짓누르더니 이내 파고들기 시작했다. 검은 체액이 뿜어져 나왔다. 촉수는 마치 생가죽으로 된 채찍처럼 미친 듯이 저장고의 콘크리트 바닥을 후려치며 돌아다녔다. 촉수는 잠시 납작해지더니 문 밑으로 빠져나갔고 다른 촉수들도 물러나기 시작했다.

들고 있는 2킬로그램짜리 게인스 개 사료 포대를 놓지 않으려던 촉수 하나는 기어이 문 밑으로 빠져나가지 못하고 둘로 잘리고 말았다. 잘라진 촉수 덩어리가 발작적으로 몸을 말아 대며 포대를 터뜨려 버렸다. 갈색 개 사료 알갱이들이 사방으로 날아다녔다. 촉수는 물에서 나온 물고기처럼 퍼덕거렸고, 몸을 말았다 풀었다를 되풀이했다. 그러고는 점점 힘이 빠지는 듯하더니 조용해졌다. 나는 밀대 끝으로 놈을 찔러 보았다. 길이가 약 1미터 정도 되었다. 잘린 촉수는 잠시 밀대를 끌어안기도 했지만 곧 힘을 잃고 화장지, 개 사료, 표백제 상자가 난무한 바닥에 뻗어 버렸다.

발전기 돌아가는 소리가 들렸다. 발전기실 안쪽에서 올리의 우는 소리도 들렸다. 올리는 두 손으로 얼굴을 감싼 채 의자에 앉아 있었다.

그리고 다른 소리도 들렸다. 부드럽게 미끄러지는 소리. 전에도 들은 적이 있지만 지금 그 소리는 열 배는 더 크게 들렸다. 하역장 문 밖에서 촉수들이 안으로 들어갈 틈새를 찾아 사방을 탐색하는 모양이었다.

마이론이 내 쪽으로 한두 발짝 다가와 말했다.

"이봐요. 이해하시리라 믿지만……."

나는 마이론에게 주먹을 날렸다. 마이론은 너무 놀라 방어할 생각도 하지 못했다. 내 주먹은 마이론의 코밑에 적중해 윗입술을 짓이겨 놓았다. 입에서 피가 흘러나왔다.

내가 소리쳤다.

"네놈이 그 애를 죽였어! 이제 알겠어? 너희들이 무슨 짓을 했는지 알겠냐고?"

나는 미친 듯이 주먹을 휘둘렀다. 대학 시절 복싱 수업 때 배운 것과 상관없이 두 주먹을 마구잡이로 휘둘렀다. 마이론은 뒷걸음질 치며 주먹을 몇 번 피했지만 몇 번은 바보처럼 맞고 말았다. 아마도 체념을 했거나 가책 때문이었을 것이다. 그리고 그 바람에 난 더 화가 치밀었다. 마이론의 눈 한쪽에 주먹을 먹이자 눈언저리에 금세 검붉은 멍이 나타났다. 난 멈추지 않고 턱을 갈겼다. 마이론의 눈이 흐려지며 정신을 잃은 듯 보였다.

"이봐요. 잠깐, 잠깐만요."

마이론의 말에도 불구하고 나는 연이어 아랫배를 때렸다. 마이론은 헉 하고 숨을 내뱉었고 더 이상 "잠깐!"이라는 말을 할 수가 없었다. 아마 누군가 내 팔을 잡지 않았다면 마이론이 죽을 때까지 두들겨 팼을 것이다. 나를 잡은 사람이 짐이기를 바랐다. 그놈도 죽도록 패 줄 생각이었다.

짐이 아니라 올리였다. 올리의 포동포동한 얼굴이 죽음처럼 창백했다. 눈물로 반짝거리는 눈만이 그가 살아 있음을 보여 주었다.

"그만하게나, 데이비드. 그만 때려. 때린다고 해결되는 것도 아니지 않은가?"

올리가 말했다.

짐은 한쪽으로 물러서 있었는데, 마찬가지로 거의 넋이 나간 표정이었다. 나는 마분지 상자를 짐이 있는 쪽으로 차 버렸다. 상자는 짐의 딩고 부츠에 맞고는 튀어나갔다.

"이 멍청한 개자식들, 죽여 버리고 말겠어."

내가 소리쳤다.

"진정해, 데이비드. 그만하라고."

올리가 슬픈 목소리로 말했다.

"네 두 놈이 꼬마 애를 죽였단 말이야, 나쁜 놈들아!"

짐은 딩고 부츠를 내려다보고 있었고 마이론은 배를 움켜쥔 채 바닥에 주저앉아 있었다. 나는 씩씩 숨을 몰아쉬었다. 온몸이 떨렸고 귀에서도 맥박이 쿵쾅거리며 뛰었다. 나는 상자 위에 주저앉아 머리를 무릎 사이에 처박고, 두 손으로 무릎을 힘껏 끌어안았다. 한참동안 그런 식으로 앉아 있었다. 차라리 정신을 잃거나 토하고 싶었다.

"알았어요. 이제, 됐어요."

내가 덤덤하게 내뱉었다.

"그래, 잘했네. 중요한 건 빨리 대책을 세우는 것 아니겠나?"

올리가 말했다.

창고 안에서 다시 역겨운 냄새가 나기 시작했다.

"발전기부터 꺼야겠군. 일단 그것부터 시작하지."

"예, 여기서 나가야겠습니다. 그 아이 일은 죄송합니다. 하지만 제 입장도 이해……."

마이론이 나에게 호소하는 눈빛으로 말했다.

"이해는 무슨 망할 놈의 이해야? 넌 네 친구 데리고 냉장고 옆에서 기다려. 아무한테도 입 벙긋하지 말고 말이야. 아직은 안 돼. 알아들었어?"

그들은 충분히 알아들었다. 말이 끝나기 무섭게 여닫이문을 빠져나간 것이다. 올리는 발전기를 껐다. 그리고 불빛이 꺼지기 시작할 때쯤 난 누비 담요 하나가 소다수 병 상자 위에서 펄럭거리는 것을 보았다. 아마도 깨지기 쉬운 물건을 운반할 때 쓰는 것인 듯했다. 나는 그쪽으로 가서 담요를 집어 들었다. 빌리를 덮어 줄 물건을 찾은 것이다. 올리가 발전기실에서 나오는 소리가 들렸다. 대개 비만 증세가 있는 사람들이 그렇듯, 그의 숨소리에도 쇳소리가 섞여 나왔다.

"데이비드? 자네, 아직 안에 있나?"

올리의 목소리가 가볍게 떨렸다.

"여기 있어요, 올리. 바닥에 표백제 상자가 있어서 위험해요. 조심해야 할 거예요."

"알았네."

나는 말을 해서 올리를 인도했고 30초쯤 후에 어둠 속에서 빠져나온 올리가 내 어깨를 잡았다. 올리가 긴 한숨을 뱉어 냈다. 바르르 떨리는 숨소리.

"맙소사, 어서 나가세나. 어두운 게……. 싫어."

호흡에서 올리가 항상 물고 다니는 휘산제 냄새가 났다.

"그래요. 그래도 1분만 참으세요, 올리. 할 얘기가 있습니다. 저 멍청한 돌대가리들이 없는 데서 말입니다."

"데이비드……. 저 사람들이 노미에게 억지로 시킨 건 아냐. 그걸 잊지 말게나."

"노미는 어린애고 저자들은 어른입니다. 그만 하죠, 이미 끝난 일인데. 사람들에게 말해야겠어요. 슈퍼마켓 안에 있는 사람들 말입니다."

"난장판이 될 텐데……."

자신감이 없는 목소리였다.

"그럴 수도 있고 아닐 수도 있죠. 하지만 적어도 나갈 생각은 하지 않을 겁니다. 안 그러면 걷잡을 수 없게 될 겁니다. 누군가 나가려 든다면 말이죠. 다들 저 밖에 소중한 사람들이 있으니까요. 저도 그렇고요. 밖으로 나갈 경우 어떤 위험에 처하게 되는지 알려 주어야 해요."

"알았네. 그래, 잠깐 다른 생각을 했었어……. 저 촉수들……. 오징어 같기는 한데……. 데이비드, 사람들이 어디로 끌려간 걸까? 그 촉수들이 어디로 끌고 간 거지?"

올리가 내 팔을 세게 잡으며 말했다.

"모르겠어요. 하지만 저 멍청이들이 얘기하게 놔두어서는 안 될 거예요……. 저자들은 사람들을 당황하게 할 거예요. 가요."

나는 주위를 돌아보았고, 곧 여닫이문 쪽에서 가느다란 수직 실선을 찾아내었다. 우리는 조심스럽게 그곳으로 걸어갔다. 상자들이 아무렇게나 발에 채였다. 올리는 두툼한 손으로 내 팔을 꼭 잡고 있었다. 문득 우리 모두 손전등을 잃어버렸다는 생각이 떠올랐다.

문에 다 왔을 때 올리가 말했다.

"우리가 본 건 불가능한 걸세, 데이비드. 그건 자네도 알겠지? 대형트럭이 와서 저 《해저 이만리》 대형 오징어를 싣고 가 보스턴 해양 수족관에 집어넣는다 해도 아무도 믿지 못할 걸세. 못 믿을 거라고. 내 말 알겠나?"

"예. 그래요."

"도대체 이게 무슨 일인가? 응? 어떻게 이런 일이 있을 수 있냐고? 저 망할 안개는 또 뭐야?"

"올리, 저도 모릅니다."

우리는 밖으로 나갔다.

노턴과의 논쟁. 냉장고 옆에서의 언쟁. 증명.

짐과 마이론은 문 바로 밖에 있었는데 둘 다 버드와이저를 들고 있었다. 빌리는 여전히 자고 있었다. 나는 담요 비슷한 깔개를 덮어 주었다. 아들은 가볍게 몸을 뒤척이며 무언가 중얼거리다가 다시 조용해졌다. 시계를 보니 겨우 12시 15분이었다. 믿을 수가 없었다. 아들을 덮을 물건을 찾기 위해 창고 안에 들어간 지 최소 다섯 시간은 지난 것 같은데 처음부터 끝까지 그 모든 악몽이 일어난 시간은 고작 35분이었다니.

올리와 나는 짐과 마이론이 서 있는 곳으로 갔다. 올리가 맥주를 꺼내 내게 내밀었다. 나는 캔을 받아 오늘 아침 나무를 자를 때처럼 단숨에 반 정도를 들이켰다. 맥주가 들어가니 다소 기운이 돌아오는 것도 같았다.

짐은 짐 그론딘이었고 마이론의 성은 라플로어였다. 아이러니컬한 성이군. 아무튼 꽃 가문의 마이론의 입술과 턱과 뺨에 화색이 사라진 것이 보였다. 주먹에 맞은 눈도 퉁퉁 부어 있었다. 크랜베리색 스웨터를 입은 소녀가 마이론을 의심스러운 눈초리로 쳐다보며 지나갔다. 불현듯 그 여자 아이에게 마이론이 만용을 증명하려고 하는 십대 소년들에게 매우 위험한 인물이라고 말해 주고 싶었다. 결국 올리가 옳았다. 비록 상식에서 벗어난 천박하고 난폭한 방식이기는 했지만, 그들은 자신들이 옳다고 생각한 일을 했을 뿐이다. 게다가 이제 내가 옳다고 생각하는 일을 하기 위해 그들이 필요하기도 했다. 문제가 될 건 없었다. 그들 모두 질겁한 후라 기가 완전히 꺾여 있었기 때문이다. 특히 마이론은 당분간 인형처럼 얌전할 것이다. 노미를 밖으로 내몰 때의 눈빛은 더 이상 보이지 않았다.

"저 사람들에게 말할 생각이네."

내가 말했다.

짐이 반대하려는 듯 입을 오물거렸다.

"만일 두 사람이 우리 말을 증언해 준다면 자네와 마이론이 노미를 내보냈다는 얘기는 하지 않겠어……. 우린 노미를 잡아간 괴물에 대해서도 말할 생각이야."

"알겠습니다. 맞아요. 우리가 말하지 않으면 저 사람들은 밖으로 나가려 할 거예요……. 그 여자……. 그 여자처럼요. 맙소사, 끔찍해요."

짐은 불쌍할 정도로 말을 잘 들었다. 그가 손으로 입을 훔치더니 재빨리 맥주를 들이켰다.

"데이비드. 만일에……."

올리는 말을 멈추었다가 겨우 입을 다시 열었다.

"만일에 놈들이 들어오면 어쩌지? 그러니까 촉수 말일세."

"불가능해요. 두 분이 문을 닫았잖아요?"

짐이 외쳤다.

"그래. 하지만 이 건물의 정면은 그냥 평유리일 뿐이라고."

올리가 말했다.

갑자기 심장이 20층 아래로 떨어지는 기분이었다. 물론 그 사실을 알고는 있었으나 지금까지 용케 잊고 있었던 것이다. 나는 빌리를, 빌리가 잠든 모습을 보았다. 촉수들이 노미를 휘감은 장면이 떠올랐다. 빌리에게 그런 일이 일어난다면?

"평유리라. 맙소사, 트럭에 깔린 오토바이 신세군요."

마이론이 속삭였다.

세 사람은 냉장고 옆에서 두 번째 맥주 캔을 마시기 시작했고 나는 브랜트 노턴을 찾아 나섰다. 노턴은 2번 계산대에서 버드 브라운과 다소 열띤 토론 중인 듯했다. 잘 빠진 회색 머릿결과 인심 좋아 보이는 중년의 노턴과 뉴잉글랜드 특유의 뚱한 인상인 브라운은 마치 《뉴욕커》의 만화에서 뽑아낸 콤비처럼 보였다.

이십여 명의 사람들이 계산대와 쇼윈도 사이를 불안한 표정으로 서성거리고 있었다. 하지만 대개의 사람들은 쇼윈도 앞에 늘어서서 안개 속을 노려보고 있었다. 다들 건축 공사장에 모인 잡부들처럼 보였다.

커모디는 계산대의 컨베이어 벨트 위에 앉아 로타르형 팔러먼트 담배를 피우고 있었다. 커모디가 나를 보았는데 내가 처한 곤경을 이해한다는 눈빛이었다. 그녀의 눈빛은 몽환에 빠져 있는 듯 보였다.

"브랜트."

내가 노턴을 불렀다.

"데이비드! 도대체 어디 갔었나?"

"그렇지 않아도 그 얘기를 할 겁니다."

"이런 맥주 도둑놈들 같으니! 냉장고 앞에 설치된 감시 거울로 다 보인다고요. 가서 막아야겠어요."

브라운이 화난 목소리로 말했다. 마치 교회 집사들 파티에서 X등급 영화가 상영될 예정이라고 말하는 것 같았다.

"브랜트!"

"잠시 실례하겠습니다. 브라운 씨."

"아, 예."

브라운은 팔짱을 끼고 다시 볼록 거울을 바라보았다.

"내 저놈들을 가만두지 않겠어."

노턴과 나는 가정용품과 잡화 코너를 지나 맥주 냉장고 쪽으로 갔다. 어깨너머 돌아보니, 거대한 사각 유리를 에워싸고 있는 나무 창틀이 심하게 비틀리고 일그러지고 조각나 있는 것이 보였다. 나는 마음이 무거워졌다. 일부가 깨어진 유리창도 있었다. 아까 쿵 하고 건물이 흔들렸을 때 파이 모양의 유리 조각들이 모퉁이에서 떨어져 나간 것을 보았다. 옷감 같은 것으로 구멍을 틀어막아야겠다. 와인 코너 옆에 있는 3달러 59센트짜리 여성용 상의 정도면 되겠지. 갑자기 이런 황당한 생각에 나는 얼른 손등으로 입을 막아야 했다. 트림을 막는 듯한 동작이었지만 사실은 멍청한 웃음소리를 막기 위한 것이었다. 노미를 데려간 촉수들을 고작 상의 몇 벌로 막을 생각을 하다니! 작은 촉수 하나가 개 사료 포대를 순식간에 날려 버리던 모습이 떠올랐다.

"데이비드, 자네 괜찮나?"

"예?"

"자네 얼굴, 아주 쌈박하거나 끔찍한 생각이 떠올랐을 때의 표정이야."

그때 진짜로 어떤 생각이 떠올랐다.

"안개가 존 리 프로빈을 데려갔다고 떠들던 남자, 그 남자 지금 뭐 하고 있죠?"

"코피를 흘리던 사람 말인가?"

"예, 그 남자 말입니다."

"기절했어. 그래서 브라운 씨가 구급 상자에서 염화암모늄을 꺼내 왔지. 그건 왜?"

"그 사람이 깨어나서 특별히 한 말은 없습니까?"

"헛소리들뿐이었네. 결국 브라운 씨가 위층 사무실로 데려갔어. 그 사람 때문에 여자들이 겁에 질려 있었거든. 그 사람도 가겠다고 했고. 그래, 창문 뭐라고 하더군. 브라운 씨가 매니저 사무실에 철창이 달린 조그만 창문 하나만 있다고 하니까 당장 가겠다고 했네. 아마, 지금 거기 있을 거야."

"그 사람, 헛소리를 한 게 아닙니다."

"말도 안 돼. 도무지 말도 안 되는 소리뿐이었다고."

"그럼, 아까 그 진동은 어떻게 생각하세요?"

"아니, 이보게, 데이비드……."

노턴은 두려워하고 있어. 난 속으로 중얼거렸다. 그를 몰아붙이지는 말자. 그렇지 않아도 오늘 아침 충분히 골탕 먹었고 그것이면 충분했다. 그 빌어먹을 부동산 건으로 날 고생시키긴 했지만 그렇다고 나까지 그럴 필요는 없지. 처음에는 선심 쓰는 것처럼 굴다가, 빈정거리다가, 결국 패색이 짙어지면 앞뒤 가리지 않고 추해지는 그런 인간은 되지 말자는 거다. 지금 우리에게는 이 자가 필요하다. 그러니 화내서는 안 된다. 다시는 전기톱을 들지 못할지도 모르지만, 지금 중요한 사실은 그가 서방 세계의 아버지상 같은 얼굴을 하고 있다는 것이다. 그가 진정하라고 말하면 사람들은 그의 말을 따를 것이다. 그러니 엿 먹이지 말자.

"저기 맥주 냉장고 옆에 여닫이문 보이죠?"

노턴이 인상을 쓰며 그쪽을 바라보았다.

"저기 맥주 마시는 사람, 이곳 부지배인 아냐? 위크스라던가? 브라운이 보면 당장 보따리 싸야 할 것 같던데……."

"브랜트, 내 말 듣고 있습니까?"

그는 무심코 나를 돌아보았다.

"뭐라고 했지? 미안하네, 데이비드."

아직 미안해할 단계는 멀었네, 이 친구야.

"저기, 저 문 보이죠."

"물론, 물론 보이지. 그런데, 그게 어때서?"

"건물 서쪽을 차지하고 있는 저장고로 들어가는 문입니다. 빌리가 잠들어서 뭔가 덮어 줄 만한 게 있나 해서 그 안으로 들어갔었죠."

나는 노턴에게 모든 얘기를 들려주었다. 물론 노미가 꼭 밖으로 나가야 했는지에 대한 얘기는 빼 버렸다. 안으로 들어온 것이 무엇인지도 말했고, 마침내 비명을 지르며 빠져나간 것이 어떤 괴물인지에 대해서도 말했다. 브랜트 노턴은 믿지 않으려 했다. 말도 안 돼. 그는 농담으로 받아들이는 것까지도 거부했다. 나는 노턴을 짐, 올리, 마이론에게 데려갔다. 물론 모두 내 이야기를 확인해 주었다. 비록 짐과 마이론이 반쯤 취해 있었지만 말이다.

하지만 노턴은 여전히 믿어 주지도 믿는 척하지도 않았다. 노턴은 "말도 안 돼."라는 말만 되풀이했다.

"말도 안 돼. 그건 말도 안 돼. 미안하네. 하지만 그건 말이 안 되잖아? 세 사람이 짜고 나를 엿 먹이려는 게 아니면……."

노턴은 그런 식의 농담이라면 자기도 얼마든지 할 수 있다는 식으로, 우리에게 웃어 보이기까지 했다.

"……세 분, 혹시 집단 환각에 빠지신 건 아닌가?"

난 치밀어 오르는 분통을 간신히 가라앉혔다. 평상시 난 침착한 편이었지만 지금은 평범한 상황이 아니었다. 빌리도 돌봐야 하고 스테파니에게 무슨 일이 일어나고 있는지도, 아니면 이미 일어났는지도 모른다. 그런 저런 일들이 내 참을성을 조금씩 갉아먹고 있었다.

마침내 내가 말했다.

"좋아요. 저 안으로 들어가 보죠. 바닥에 잘린 촉수가 있습니다. 문이 내려오면서 잘린 거죠. 게다가 소리도 들을 수 있을 겁니다. 지금 들어올 틈을 찾느라 사방을 훑고 있으니까요. 마치 바람에 날리는 넝쿨손 같은 소리지요."

"싫어."

노턴이 낮게 중얼거렸다.

"뭐라고요? 뭐라고 하셨죠?"

나는 잘못 들었다고 생각했다.

"싫어. 난 들어가지 않을 거야. 농담이 너무 심하군그래."

"브랜트, 맹세코 이건 농담이 아니에요."

"아니, 농담이야."

노턴이 단호하게 선언했다. 그리고 짐과 마이론을 훑어보고 잠깐 동안 올리 위크스를 응시했다. 올리는 담담한 태도로 브랜트의 시선을 받았다. 노턴은 다시 나를 노려보았다.

"이게 소위 자네 촌놈들이 '도시 놈 엿 먹이기'라고 부르는 놀이인가, 데이비드?"

"브랜트······. 설마."

"아니, 자네 먼저!"

노턴의 목소리가 법정에서처럼 톤이 높아지기 시작했다. 노턴의 목소리는 매우 전파력이 강했다. 초조하게 주변을 방황하던 몇몇 사람들이 무슨 일인지 궁금하다는 듯 몰려들었다. 노턴은 내게 손가락질을 하면서 말했다.

"함정을 만들어 놓았겠지. 바나나 껍질이 있고 난 그 껍질을 밟고 넘어져야 하는 건가? 자네들은 외부인이라면 이부터 갈고 달려들지, 그렇지 않아? 그 점에 관해서라면 당신들은 항상 한마음 한뜻이었어. 내가 내 물건을 되찾기 위해 자넬 고소했을 때에도 이런 식이었지. 물론 자네가 이겼어. 왜 아니겠나? 자네 아버지가 유명한 화가인 데다 이곳 토박이니 말이야. 나 같은 놈은 얌전히 세금이나 물고 돈이나 써 대면 되는 거 아니냐고!"

노턴은 연기하는 것이 아니었다. 법정에서의 절제된 음성으로 호통을 치는 것도 아니었다. 그건 비명이었고 통제력을 잃었음을 보여 주는 징표였다. 올리 위크스가 돌아서더니 다른 곳으로 가 버렸다. 그의 손에는 맥주가 들려 있었다. 마이론과 짐도 당혹스러운 표정으로 노턴을 바라보았다.

"내가 저리로 들어가서 90센트짜리 장난감에 희롱당하면 이 두 촌놈이 내 뒤에서 배꼽이 떨어질 정도로 웃는 그런 놀이인가?"

"이보쇼, 말조심 해. 누구보고 촌놈이라는 거야?"

마이론이 으르렁거렸다.

"네놈 보트 창고에 나무가 떨어져서 얼마나 쌤통이었는지 알아? 하, 솔직히 말해 하늘을 날 것 같더구만. 구멍이 아주 컸지. 안 그래? 멋졌어. 무슨 말인지 알아듣겠어? 당장 꺼지란 말이야!"

노턴은 악마같이 나를 비웃으며 말했다.

노턴은 나를 밀치고 떠나려 했다. 나는 노턴의 팔을 잡고 냉장고 쪽으로 밀어붙였다. 한 여성이 놀라 비명을 질렀고 여섯 개들이 맥주 두 세트가 떨어져 내렸다.

"귀 잘 파고 똑똑히 들어요, 브랜트. 사람들이 위험에 처해 있어요. 내 아들도 예외는 아니고요. 그러니 똑똑히 들으란 말입니다. 아니면 정말로 박살을 내 줄 테니까."

"얼마든지. 네놈이 얼마나 잘났고 용감한지 사람들한테 까발리라고. 하, 네 아비뻘 되는 심장병 환자를 때리고 얼마나 잘 사나 보자, 그래."

노턴은 여전히 비아냥거리고 있었지만, 그건 단지 히스테리로 인한 허세에 지나지 않았다.

"소원대로 해 주세요! 심장병 좋아하네. 저런 돌팔이 뉴욕 변호사한테 심장이 어디 있어?"

짐이 소리쳤다.

"자네도 조용히 해!"

나는 짐에게 외치고는 다시 노턴을 노려보았다. 문득 내 자세가 키스라도 하려고 달려드는 것 같다는 우스꽝스러운 생각이 들었다. 에어컨은 꺼져 있었지만 여전히 냉기가 솔솔 불어왔다.

"제발, 복잡하게 만들지 마요. 내가 거짓말하는 게 아니란 거 잘 알지 않습니까?"

"난…… 그런 것…… 몰라."

"만일 상황이 달랐다면 나도 상관하지 않았을 겁니다. 당신이 무서워하든 말든 내 알 바도 아니고요. 잘난 척이오? 이봐요, 나도 무섭단 말입니다. 빌어먹을! 지금은 당신 도움이 필요합니다. 알아듣겠어요? 도움이 필요하다고요!"

"이것 놔!"

나는 노턴의 셔츠를 붙잡고 흔들어 대며 말했다.

"도대체 무슨 생각을 하는 거예요? 사람들이 밖에 있는 저 괴물을 향해 걸어 나가려 하고 있어요! 맙소사, 그런데 뭐라고요?"

"이거 놓으란 말이야!"

"먼저 나하고 저 안으로 들어가서 직접 눈으로 보세요."

"싫어! 싫다고 했잖아! 속임수야! 함정이야! 내가 바보인 줄 알아?"

"할 수 없군요. 끌고라도 갈 수밖에."

나는 노턴의 어깨와 목덜미를 움켜쥐었다. 노턴의 셔츠 소맷자락이 부드러운 소리를 내며 찢겨 나갔다. 나는 노턴을 여닫이문 쪽으로 끌고 갔다. 노턴은 끔찍하게 비명을 질러 댔다. 열다섯에서 스무 명 정도 되는 사람들이 모여들었지만 더 이상 다가오지는 않았다. 아무도 간섭하고 싶지 않은 눈치였다.

"사람 살려!"

노턴이 외쳤다. 안경 너머 노턴의 눈이 튀어나올 것만 같았다. 단정했던 머리는 땀으로 범벅이 되어 귀 뒤에 찰싹 달라붙어 있었다. 사람들이 웅성거리며 우리를 지켜보았다.

"왜 비명을 지르는 겁니까? 장난이라면서요? 마을에 데려 달라 해서 데려왔고 주차장을 건널 땐 빌리의 손까지 맡겼습니다. 왜냐고요? 내가 이 재미있는 안개를 주문했거든요. 할리우드에서 안개 기계를 빌렸어요. 장장 1만 5000달러가 들었고 싣고 오는 데에만 8000달러가 들었습니다. 왜냐고요? 당신을 놀려 주고 싶었거든요. 제발 헛소리 말고 정신 좀 차리세요."

내가 노턴의 귀에 속삭였다.
"사……람…… 살려!"
노턴은 여전히 소리를 질렀다. 우리는 문에 거의 다다랐다.
"잠깐, 잠깐! 이게 무슨 짓이요? 도대체 뭐 하는 겁니까?"
브라운이었다. 브라운이 뒤뚱거리며 사람들을 비집고 나왔다.
"나 좀 풀어 줘요. 이잔 미쳤소."
노턴이 쉰 목소리로 말했다.
"아니. 미치지 않았소. 미치고 싶은 건 납니다. 그 사람이 아니고."
올리였다. 너무나 고마워 눈물이 날 지경이었다. 올리는 통로를 돌아와 브라운 앞에 섰다.
브라운의 눈이 올리가 들고 있는 맥주를 향했다.
"지금 술 마시고 있는 건가?"
"그래, 자넨 이 일로 일자리를 잃게 될 거야."
올리가 외쳤다. 놀란 듯한 목소리였지만 왠지 기뻐하는 것 같기도 했다.
"이봐요, 버드. 지금 규칙이나 따지고 있을 때입니까?"
내가 노턴을 놓아 주며 말했다.
"규칙은 상황을 따지지 않아. 난 이 일을 상부에 보고할 거요. 그게 내 임무니까."
브라운이 뻐기며 말했다.
그러는 사이에 노턴은 미꾸라지처럼 빠져나가 저만치 서 있었다. 노턴은 옷매무새를 가다듬고 머리를 손질했다. 브라운과 나를 바라보는 노턴의 눈이 크게 흔들렸다.

"잠깐만!"

갑자기 올리가 외쳤다.

그 소리에 매장 안에서 웅성거리던 소음들이 조금씩 잦아들었다. 덩치는 크지만 착하고 우유부단하기만 했던 부지배인의 목소리라고는 믿기가 어려웠다.

"고객 여러분! 이리 와서 이 소리를 들어 보십시오! 그러면 상황을 이해하실 겁니다!"

올리는 브라운을 무시한 채 침착한 시선으로 나를 보며 말했다.

"내가 잘한 거겠지?"

"예."

사람들이 모이기 시작했다. 노턴과 싸우고 있을 때 몰려들기 시작한 사람들은 이미 두 배, 세 배로 늘었다.

"여러분께서 아셔야 할 일이 있습니다."

올리가 말했다.

"당장 맥주를 제자리에 갖다 놓지 못해!"

브라운이 외쳤다.

"그 입 좀 닥치지 못해요?"

내가 이렇게 말하며 브라운에게 다가갔다. 그러자 브라운은 뒤로 물러서며 소리쳤다.

"도무지 당신들이 뭘 하려는지 모르겠지만…… 경고하건대, 본사에 다 보고하겠어. 모두 말이야! 고소라도 해서 손해배상을 모조리 받아낼 테니 그리 알라고!"

브라운은 누렇게 뜬 이로 양 입술을 굳게 깨물었다. 문득 브라운이 불쌍하다는 생각이 들었다. 무기력한 반발. 그가 할 수 있는 것은 그것뿐이었다. 노턴이 스스로에게 정신적인 족쇄를 채우듯이 말이다. 마이론과 짐은 발전기만 고쳐진다면 안개가 달아날 거라며 두려움을 허세로 극복하려 했다. 그리고 이것은 브라운의 방식인 것이다. 브라운은 가게를 지켰다…….

"그럼, 거기서 욕이나 퍼붓고 계시죠. 떠드는 건 그만 하시고요."

내가 브라운에게 말하자 그가 발끈했다.

"그래, 실컷 욕해 주지. 그래, 네놈 먼저 욕해 주마. 이…… 이, 개자식아!"

"데이비드 드레이튼 씨가 할 말이 있습니다. 집으로 돌아가시기 전에 먼저 들어 두시는 것이 좋으실 겁니다."

올리가 말했다.

나는 사람들에게 그동안 일어났던 일을 설명했다. 노턴에게 말한 그대로였다. 처음에는 여기저기서 비웃는 소리가 들리더니 말을 끝낼 쯤에는 다들 심각한 표정을 짓고 있었다.

"여러분, 거짓말입니다."

노턴이 말했다. 억지로 동정을 유도하려는 탓인지 목소리가 심하게 갈라져 나왔다. 저런 인간에게 사람들을 안심시킬 생각을 했다니. 이런 멍청이 같으니.

"거짓말이고말고. 미친 소리 말아요, 드레이튼 씨. 촉수라니 무슨 말 같지도 않은 소리를……."

브라운이 맞장구를 쳤다.

"나도 모릅니다. 하지만 중요한 건 그게 아닙니다. 놈들은 분명 이곳에 있고 또……."

"내 생각에는 저 맥주 캔에서 그 이야기가 나온 것 같은데요?

그렇지 않습니까, 여러분?"

이 말에 몇몇 사람들이 웃기 시작했다. 그리고 그 웃음은 커모디의 쉰 목소리에 의해 끊어졌다.

"죽어라, 이놈들아!"

커모디가 외쳤다. 그 바람에 웃음 소리가 뚝 끊어졌다.

커모디는 둥글게 둘러 서 있는 우리들 안으로 당당하게 들어왔다. 샛노란 바지가 마치 스스로 빛을 발하는 듯 보였다. 커모디의 거대한 지갑이 육중한 허벅지 위에서 대롱대롱 흔들렸다. 검은 눈동자는 저주를 퍼부을 듯 우리를 노려보았다. 까마귀의 눈처럼 어둡고 불길한 두 눈동자. 열여섯 살 정도 되어 보이는 예쁜 소녀 둘이 커모디를 피해 뒷걸음쳤다. 여학생들의 흰색 레이온 셔츠 위에 새겨진 "우드랜드 캠프"라는 글이 보였다.

"뚫린 귀로 듣지 못하는 놈들! 달고 다니는 대가리로 아무것도 믿지 못하는 병신들! 왜, 밖에 나가서 직접 확인해 보지 그래?"

커모디의 두 눈이 사람들을 훑다가 내게 고정되었다.

"그래, 당신은 어떻게 할 작정인데, 데이비드 드레이튼 선생? 당신이 뭘 할 수 있는데?"

커모디의 씩 웃는 모습이 노란 카나리아 두개골처럼 보였다.

"다 끝난 일이야. 모두 다 말이야. 최후의 순간이 온 거라고. 저 꿈틀거리는 손들이 안개 속에 이렇게 써 놓았더군. '드디어 땅이 열리고 그 땅의 저주가 시작되도다.'"

"제발 저 미친 여자 입 좀 막아 줘요. 무서워 죽겠어요!"

십대 소녀 중 하나가 소리쳤다. 소녀는 거의 울음을 터뜨릴 지경이었다.

커모디가 소녀를 바라보며 물었다.

"무섭니, 애야? 아냐, 무섭지 않아. 아직은 아냐. 악마가 이 땅에 풀어 놓은 저 더러운 피조물이 너를 찾아올 때……."

"그만 하세요, 커모디 부인. 이제 됐습니다."

올리가 커모디의 팔을 잡으며 말했다.

"내 손 잡지 마! 이제 종말이야. 맹세컨대, 이제 죽음뿐이라고! 죽음!"

"미친 년."

낚시 모자를 쓴 남자가 으르렁거렸다.

"그래요, 얼빠진 소리로 들리겠지요. 하지만 드레이튼 씨 말씀은 사실입니다. 내가 직접 봤으니까요."

마이론이 외쳤다.

"나도 봤어요."

짐이 말했다.

"저도 봤습니다."

올리도 거들었다.

그러자 커모디는 더 이상 말을 하지는 않았지만, 옆에 서서 커다란 지갑을 만지며 소름끼치는 미소를 흘리고 있었다. 사람들이 커모디를 피해 뒷걸음질 쳤다. 사람들은 서로를 보며 웅성거렸다. 여전히 믿을 수 없다는 눈치였다. 그들 중 몇 명은 벌써 불편한 시선으로 커다란 유리창을 바라보고 있었다. 그건 바라던 반응이었다.

"거짓말이야. 다 꾸민 이야기라고."

노턴이 말했다.

"도무지 믿을 얘기를 해야 믿지, 참 내."

브라운이 덧붙였다.

"여기서 탁상공론만 하고 있을 겁니까? 나하고 함께 창고로 들어가서 직접 보고, 또 들어 보면 될 것 아닙니까?"

내가 말했다.

"고객들은 창고에 들어갈 수……."

"버드, 함께 갑시다. 예? 진정하시고."

올리가 권했다.

"좋아. 드레이튼 씨, 그래 어디 그 미친 세계로 안내해 보시지."

브라운이 말했다.

우리는 여닫이문을 열고 어둠 속으로 빨려 들어갔다.

끔찍할 정도로 소름끼치는 소리. 악마의 소리.

양키 특유의 고집덩어리 브라운도 그 소리를 듣고는 즉시 내 손을 꼭 움켜잡았다. 그리고 일순간 숨을 멈추는가 싶더니 허겁지겁 거친 숨소리를 내뿜었다.

하역장 문 쪽에서 속삭이는 듯한 소리가 들려왔다. 거의 밀어 같은 소리였다. 나는 발로 바닥을 쓸어 손전등 하나를 찾아내었고 허리를 굽혀 손전등을 주워 들었다. 브라운의 얼굴은 딱딱하게 굳어 있었지만 아직 그놈들을 본 것은 아니었다. 그놈들을 직접 본 사람은 그가 아니라 나였다. 나는 그 포도넝쿨같은 촉수가 꿈틀거리며 주름무늬 강철문을 애무하는 장면도 그릴 수가 있었다.

"어떻습니까? 아직도 믿지 못하겠나요?"

브라운이 입술을 핥으며 바닥에 흩어진 상자와 포대 자루들을 훑어보았다.

"놈들의 짓이요?"

"대개는요. 이리로 와 보세요."

브라운은 미적미적 따라왔다. 나는 손전등으로 동그랗게 말린 촉수를 비추었다. 이제는 주름이 보일 정도로 수축되어 있었다. 브라운이 허리를 굽혔다.

"만지지 말아요. 아직 살아 있을지도 모릅니다."

내가 외쳤다.

브라운은 재빨리 몸을 일으켰다. 나는 대걸레의 걸레 부분을 쥐고 촉수를 찔러 보았다. 서너 번쯤 찌르자, 놈은 느릿느릿 몸을 펴더니 빨판 두 개와 세 번째 빨판의 일부를 드러내기도 했다. 그러고는 천천히 몸을 말더니 다시 조용해졌다. 브라운이 목에 명태 가시가 걸린 듯한 신음 소리를 흘렸다.

"다 봤습니까?"

"예. 밖으로 나가야겠소."

브라운이 말했다.

우리는 요동치는 불빛을 따라 문을 빠져나갔다. 사람들 모두 우리를 바라보고 있었고 이젠 중얼거림도 없었다. 노턴의 표정은 일그러진 치즈 같았다. 반면에 커모디의 검은 눈동자는 더없이 반짝거렸다. 올리는 다시 맥주를 땄는데, 슈퍼마켓 안은 서늘한 편이었는데도, 얼굴에 식은땀이 송골송골 맺혀 있었다. "우드랜드 캠프" 셔츠를 입은 두 소녀는 천둥에 놀란 망아지처럼 찰싹 달라붙어 있었다. 눈동자들, 너무나 많은 눈동자들이 있었다. 나는 그 눈의 의미를 안다. 소름끼치게도 그건 단지 눈동자일 뿐이었다. 얼굴도 없이 어둠 속에서 반짝이는 눈동자들. 나는 그들의 눈을 그대로 그릴 수 있지만, 아무도 그 눈이 살아 있다는 사실은 믿지 못할 것 같았다.

버드 브라운이 손가락이 긴 두 손을 마주 잡고 입을 열었다.

"여러분, 아무래도 커다란 문제가 생긴 것 같습니다."

또 다른 논쟁. 커모디 부인. 요새 구축. 골통클럽의 파멸.

이후 네 시간은 꿈처럼 흘러갔다. 브라운의 확인 후에도 지루하고도 발작적인 논쟁들이 이어졌다. 아니 어쩌면 생각보다 그리 길지 않았을지도 모른다. 사람들은 똑같은 정보를 가지고 씹고 또 씹었다. 개들이 골수를 빨아먹기 위해 뼈다귀 하나를 가지고 하루 종일 씨름하듯이, 가능한 모든 관점에서 문제를 살펴볼 필요가 있다고 생각하는 모양이다. 그래, 믿음은 쉽게 오지 않는다. 3월에 열리는 뉴잉글랜드의 마을 회의에서도 똑같은 풍경을 목격할 수 있으리라.

골통클럽도 있었다. 브랜트를 중심으로 목소리가 큰 사람들이 여남은 명 모여 있었고, 그들은 도무지 보고도 믿을 생각을 하지 않았다. 플랫 어스 소사이어티(Flat Earth Society, 아직도 지구가 평평하다고 믿는 국제 조직이다.―옮긴이)처럼 말이다. 노턴은 혹성 X에서 온 촉수 군단이 아르바이트생을 납치했다고 주장하는 목격자가 네 명뿐임을 계속 지적해 댔다.(그의 표현을 듣고 짧으나마 비웃음 소리가 있었지만 흥분한 노턴은 눈치 채지 못한 것 같았다.) 게다가 그 네 명 중 한 명은 개인적으로 믿을 수 없으며, 다른 두 명은 형편없이 취한 상태라는 사실을 덧붙였다. 노턴의 말은 분명 사실이었다. 짐과 마이론은 맥주 냉장고와 와인 진열장을 쉴 새 없이 들락거린 끝에 거의 고주망태가 되어 있었다. 노미의 참극을 목격한 점을 감안한다면 나무랄 수도 없는 노릇이었다. 하지만 술을 마신다고 잊을 수 있을까?

올리는 브라운의 비난을 무시하고 계속해서 마셨다. 잠시 후 브라운도 포기하고는 때때로 본사를 들먹이며 협박하는 정도로 만족했다. 그는 페드럴 식품회사가 브리지턴, 북부 윈드햄, 포틀랜드에 점포를 가지고 있고, 때문에 이미 파산한 것이나 다름없다는 사실을 인정하려 하지 않았다. 동부 연안은 더 이상 존재하지 않을 것이다. 올리는 계속해서 술을 마셨지만 취하지 않았다. 마시자마자 술을 그대로 땀으로 배출하고 있었다.

골통들과의 논쟁이 격렬해지자 마침내 올리가 입을 열었다.

"노턴 씨, 믿지 않으셔도 좋습니다. 대신 제안 하나 하죠. 지금 앞문으로 나가 뒤쪽으로 돌아가 보세요. 거기 가면 맥주와 소다수 공병들이 잔뜩 쌓여 있을 겁니다. 노미와 버디와 내가 오늘 아침 내놨죠. 빈 병 한두 개만 가져오시면 당신이 정말로 그곳에 갔다 왔다는 것을 우리도 알 수 있지요. 당신이 그렇게 하면 내 셔츠를 벗어서 삼키겠습니다."

노턴이 고함을 지르기 시작했다.

올리는 예의 부드럽고 단조로운 목소리로 노턴을 다그쳤다.

"당신은 말입니다. 용기는 쥐뿔도 없으면서 입만 나불대는 그런 족속이오. 이곳에 있는 사람들 대부분 당장이라도 집에 달려가 가족들이 무사한지 확인하고 싶을 겁니다. 내 여동생과 이제 갓돌이 지난 조카도 지금 나폴리의 집에 있소. 물론 저도 걱정됩니다. 하지만 만일 사람들이 당신 말만 믿고 집으로 가려 한다면, 그 사람들 모두 노미처럼 처참하게 당하고 말 거요."

올리는 노턴을 설득하지는 못했지만 몇몇 학생들과 방관자들의 동조를 이끌어 냈다. 그들을 움직인 것은 올리의 말이 아니라 뭔가에 홀린 듯 멍한 올리의 눈빛이었다. 하지만 노턴은 믿지 않기로 단단히 마음먹은 것이 분명했다. 아니, 적어도 믿지 않을 수 있다고 생각했을 것이다. 물론 건물 뒤로 가서 빈 병을 가져오라는 올리의 제안은 무시해 버렸다. 나가는 사람은 아무도 없었다. 아무도 나갈 준비가 되어 있지 않았다. 적어도 아직은 아니었다. 노턴과 골통그룹(이제 한두 명이 탈퇴해 버린)은 우리에게서 멀어져 조리 육류 코너 쪽으로 떠났다. 그중 한 명이 내 잠든 아들의 다리를 걷어차 빌리를 깨웠다.

내가 다가가자 빌리는 내 목을 끌어안았다. 내려놓으려 했지만 아이는 더 바짝 달라붙으며 호소했다.

"아빠, 안 내릴래. 제발요, 아빠."

나는 쇼핑카트를 가져와 빌리를 유아용 의자에 앉혔다. 의자는 아이에 비해 너무 작았다. 아들의 창백한 얼굴, 눈썹 위에까지 흘러내린 검은 머리카락, 슬퍼 보이는 두 눈, 이런 것들이 아니었다면 무척이나 우스워 보였을 것이다. 아마 빌리는 두 살 이후로 쇼핑카트의 유아용 의자에 앉아 본 적이 없었을 것이다. 아이들은 날마다 조금씩 커 간다. 하지만 그 변화는 눈치 채지 못하다가, 문득 그 변화를 깨달을 즈음에는 말 그대로 경악하고 마는 것이다.

골통클럽이 물러난 이후, 논쟁의 화살은 또 다른 대상을 찾아냈다. 그건 커모디였다. 당연한 일이겠지만 커모디는 혼자 외따로 서 있었다.

샛노란 바지와 레이온 블라우스를 입고, 납, 거북이껍데기, 경석으로 만든 달그락거리는 싸구려 장신구들과 연골 지갑 등을 잔뜩 걸친 채, 희미한 불빛 속에 서 있는 커모디는 마녀처럼 보였다. 담황색 얼굴은 굵은 주름살로 가득했고 회색 곱슬머리는 참빗을 이용해 뒤쪽으로 단단히 땋아 넘겼다. 그리고 입은 꾹 다물고 있었다.

"하느님의 의지를 막을 방법은 없어. 종말은 예정된 일이지. 난 오래전부터 계시를 받고 있었어. 여기 있는 사람들에게도 말한 적이 있지만 눈이 있어도 보지 못하는 멍청한 인간들뿐이었지."

"하고 싶은 말이 뭡니까? 뭘 어쩌자는 거요?"

마이크 하틀렌이 참다못해 외쳤다. 하틀렌은 마을 행정위원이었다. 지금은 요트 모자에 헐렁한 버뮤다 반바지 차림이라 전혀 그렇게 보이지 않았다. 그 역시 맥주를 마시고 있었는데, 이젠 대부분의 남자들이 손에 맥주 캔을 들고 있었다. 버드 브라운은 말리는 것을 포기하고 쉴 새 없이 욕설을 중얼거리기만 했다. 하지만 그렇다고 냉장고 문을 여는 사람들을 감시하는 일을 그만둔 것도 아니었다.

커모디가 으르렁거리며 하틀렌의 말을 되씹었다.

"어쩌냐고? 이제 하느님을 영접할 준비를 하면 되는 거야, 마이클 헤이든."

커모디는 우리 모두를 둘러보며 말했다.

"너희들의 신을 영접해라!"

"개똥이나 영접하라지. 할머니, 입이 달렸다고 할 말 못할 말 안 가리면 안 되지."

마이론이 잔뜩 취한 목소리로 지껄였다.

마이론의 말에 동조하는 목소리가 여기저기서 들렸다. 빌리는 불안한지 주변을 둘러보았고 나는 한 팔로 아들의 양어깨를 감싸 안았다.

"내 말 똑똑히 들어!"

커모디가 외쳤다.

커모디의 윗입술이 말려 올라가며 담뱃진으로 샛노랗게 변색한 고르지 못한 치아가 드러났다. 문득 커모디의 가게에 진열된 더러운 박제 동물들이 떠올랐다. 개울 역할을 하는 거울 가장자리에서 영원히 물을 마시는 동물 말이다.

"의심하는 자는 죽어서도 의심하라고 해! 하지만 괴물이 벌써 그 불쌍한 소년을 데려갔어! 안개 괴물이, 악몽의 피조물이 말이야! 눈 없는 괴물을 알아? 지옥의 위협을 겪어 보기나 했어? 그런 놈들이 감히 신을 의심하는 거냐? 의심스러우면 당장 나가 보라고! 나가서 인사라도 해 보란 말이야!"

"커모디 부인, 이제 그만 하시죠. 애가 무서워하잖습니까?"

내가 말했다.

작은 여자 애를 안고 있는 남자가 내 말에 고개를 끄덕였다. 뚱뚱한 다리에 펑퍼짐한 얼굴을 한 여자 애는 자기 아버지 배에 얼굴을 깊숙이 파묻고 있었다. 손에는 장난감 자동차가 몇 개 들려 있었다. 아직은 아니지만 빌리도 곧 울 것처럼 보였다.

"방법은 하나뿐이야."

커모디가 말했다.

"그게 뭐죠?"

마이크 하틀렌이 물었다.

"희생양. 피의 희생이 필요해."

커모디가 대답했다. 어둠침침한 가운데 커모디가 싱긋 웃고 있는 듯했다.

피의 희생. 그 단어는 잠시 허공을 맴돌았다. 상황을 더 잘 알게 된 지금도 나는 커모디가 누군가의 애완견을 뜻했을 것이라고 자위한다. 규정에 어긋나는데도 강아지 한두 마리가 슈퍼마켓 안을 돌아다니고 있었다. 그렇게 생각하고 싶다. 어둠 속에 가려진 커모디는 마치 뉴잉글랜드 청교도의 왜곡된 잔재처럼 보였다. 하지만 단순한 청교도 정신보다 깊고 어두운 힘이 커모디를 움직이고 있는 것 같았다. 청교도들에게는 어두운 조상이 있었다. 두 손에 피를 묻힌 늙은 아담 말이다.

커모디가 뭔가를 더 말하려고 입을 열자 키 작은 남자가 느닷없이 달려 나와 커모디의 얼굴을 때렸다. 붉은 바지와 말쑥한 셔츠 차림에 가르마를 왼쪽으로 바짝 잡아당겨 빗은 안경잡이였다. 차림새로 보아 여름 피서객이 분명했다.

"불길한 소리 좀 집어 치워."

남자가 부드럽고 단조로운 목소리로 말했다.

커모디는 입에 갖다 댄 손을 우리에게 뻗었다. 무언의 비난인 셈이었다. 손바닥에 피가 묻어 있었다. 하지만 커모디의 검은 눈동자는 기쁨으로 이글거렸다.

"아주 잘했어요! 나도 한 방 먹이고 싶더라고요."

한 여자가 소리쳤다.

"네놈부터 잡아갈 거야."

커모디가 이렇게 말하며 우리에게 피 묻은 손바닥을 보여 주었다. 주름진 입술에서 턱 아래로 흘러내리는 피는 홈통을 타고 내리는 빗방울처럼 보였다.

"어쩌면 오늘은 무사할 수도 있겠지. 오늘 밤, 어둠이 다가오는 오늘밤이야. 밤이 되면 그들이 와서 다른 누군가를 데려갈 거야. 밤이 오면 그들도 와. 그들이 오는 소리를 듣게 될 거야. 스르릉, 스르릉. 그들이 오면 너희들은 이 커모디 님께 무릎을 꿇고 살려 달라고 빌게 될 거야."

붉은 바지를 입은 사내가 천천히 손을 들어올렸다.

"그래, 어디 쳐 보시지."

커모디가 속삭이며 잔혹하게 싱긋 웃어 보였다. 남자의 손이 멈칫했다.

"어디 쳐 보라고."

결국 남자의 손은 아래로 내려갔고 커모디는 비척거리며 다른 곳으로 걸어갔다. 드디어 빌리가 울기 시작했다. 빌리는 아까 보았던 여자 아이처럼 내 가슴에 얼굴을 꼭 파묻었다.

"집에 가고 싶어. 엄마 보고 싶어."

빌리가 말했다.

나는 있는 힘을 다해 달랬지만 별로 소용은 없었다.

논쟁은 결국 덜 끔찍하고 덜 비극적인 방향으로 전개되었다. 사람들은 슈퍼마켓의 취약점인 전면 유리창에 대해 거론했다. 마이크 하틀렌은 슈퍼마켓의 다른 입구가 있는지를 물었고 올리와 브라운이 하나하나 열거했다. 노미가 열었던 문 말고도 하역장 문이 두 군데 더 있었고, 정문 출입구들, 매니저 사무실에 있는 창(강화유리에 철망까지 쳐진)이 있었다.

이런 문제들을 논의하는 것은 역설적인 효과를 가져왔다. 위험을 더 구체적으로 느끼게 하는 동시에 마음을 편안하게 해 준 것이다. 빌리조차 두려움을 잊고 사탕을 먹어도 되는지 물어왔다. 나는 사탕을 먹는 것은 좋지만 대신 저 큰 창문 쪽으로 가서는 안 된다고 말해 주었다.

빌리가 떠나고 마이크 하틀렌 옆에 있던 남자가 말했다.

"좋아요, 이제 저 유리창들은 어떻게 하죠? 아까 그 노파가 미친 걸 수도 있지만 어두워지면 뭔가가 들어올 거라는 말이 맞을 수도 있잖아요."

"그때쯤이면 안개가 걷히지 않을까요?"

한 여자가 말했다.

"그럴 수도 있겠죠. 아닐 수도 있고요."

남자가 대답했다.

"방법이 없을까요?"

내가 버드와 올리에게 물었다.

"저기요. 전 댄 밀러라고 합니다. 매사추세츠의 린에서 왔습니다. 절 모르실 거고 아셔야 할 이유도 없겠지만, 아무튼 하이랜드 레이크 쪽에 머물고 있습니다. 올해 별장을 마련해서 처음 왔는데 오자마자 이 모양이군요."

몇몇 사람들이 키득거렸다. 남자는 계속해서 말했다.

"아무튼, 저쪽에 비료와 잔디용 비료 포대를 쌓아 둔 곳이 있더군요. 대개가 10킬로그램짜리였습니다. 그걸 모래 자루처럼 쌓아 둘 수 있지 않을까요? 바깥을 볼 수 있게 감시창은 남겨 두고……."

사람들이 고개를 끄덕이며 웅성거리기 시작했다. 나는 무슨 말을 하려다가 그만두기로 했다. 밀러의 말이 틀린 것은 아니다. 포대를 쌓는다고 나쁠 것도 없을 것이다. 하지만 나는 사료 포대를 손쉽게 쥐어짜던 촉수를 떠올리고 있었다. 그보다 큰 촉수라면 10킬로그램짜리 비료 포대 정도는 우습게 터뜨려 버릴 것이다. 그렇다고 무작정 반대를 한들 무슨 도움이 되겠는가?

사람들이 그 일에 대해 논의하며 비료 코너 쪽으로 가려 하는데 밀러가 소리쳤다.

"잠깐! 잠깐만 기다려요. 다들 모인 김에 이것부터 해결합시다!"

사람들이 돌아왔다. 맥주 냉장고와 저장고 문 쪽에 있던 사람들과, 맥베이 씨가 소 내장, 돼지 등뼈, 양 곱창, 돼지 머리 따위의 인기 없는 상품들을 넣어 두는 육류 냉동고 왼쪽에 있던 사람들이 느릿느릿 다가왔다. 모두 오륙십 명은 족히 되어 보였다. 빌리가 다섯 살 아이다운 민첩한 몸놀림으로 사람들을 비집고 돌아왔다. 손에는 허쉬 초콜릿바가 들려 있었다.

"아빠, 이거 먹을래요?"

"그래, 고맙다."

나는 허쉬바를 받아 들었다. 맛이 달콤했다.

밀러가 다시 입을 열었다.

"어리석은 말일지 모르겠지만……. 먼저 구멍부터 메워야 할 것 같군요. 그리고 누구 무기 가지신 분 없습니까?"

잠시 조용해졌다. 사람들은 저마다 옆 사람을 바라보며 어깨를 으쓱해 보였다. 자신을 암브로즈 코넬이라고 소개한, 머리가 센 노인이 자동차 트렁크에 엽총이 있다고 말했다.

"필요하다면 가져오겠소."

그러자 올리가 말했다.

"지금은 어떤 게 좋은 생각인지 잘 모르겠습니다, 코넬 씨."

"나도 그렇구려. 아무튼 제안이라도 해야 할 것 같아 말해 본 거라오."

코넬도 툴툴거렸다.

"아니, 제 생각은 다릅니다. 제 생각엔……."

댄 밀러가 외쳤다.

"잠깐만요."

여자의 목소리였다. 크랜베리 색 운동복에 암녹색의 바지를 입은 여자였다. 여자는 지갑을 꺼내 중간 크기의 피스톨을 꺼냈다. 멋진 마술이라도 본 것처럼, 사람들이 우아 하고 탄성을 질렀다. 그렇지 않아도 상기된 여자의 얼굴이 더욱더 빨개졌다. 여자는 다시 지갑을 뒤지더니 이번에는 스미스 앤 웨슨 탄약 상자를 꺼냈다.

여자가 밀러에게 말했다.

"전 아만다 덤프라이스라고 해요. 이 총은…… 그러니까 남편 생각이었어요. 호신용으로 갖고 다니라고 했죠. 하지만 2년 동안 총알을 넣어 본 적은 없었어요."

"남편 분도 이곳에 계신가요?"

"아뇨, 그 사람은 뉴욕에 갔어요. 일 때문에요. 출장이 잦은 편이에요. 총을 선물한 이유도 그 때문이죠."

"아무튼…… 총 쏘는 법을 아신다면 가지고 계십시오. 뭐죠? 38구경인가요?"

밀러가 말했다.

"예. 하지만 사격장에서밖에 쏴 본 적이 없는걸요."

밀러는 총을 받고 이리저리 만지작거리더니 잠시 후 실린더를 열었다. 그리고 총이 장전되어 있지 않음을 확인하고 말했다.

"좋습니다. 이제 총이 생겼습니다. 총을 잘 다루시는 분은 없나요? 전 못합니다."

사람들이 서로의 눈치를 보았지만 나서는 사람은 없었다. 마침내 올리가 머뭇머뭇 앞으로 나왔다.

"타깃 사격을 많이 해 봤습니다. 콜트 45와 라마 25를 주로 다뤘지만요."

"자네가? 이봐, 어두워질 때까지 맨 정신으로 버틸 수나 있겠어?"

브라운이 이죽거리며 말했다.

"자넨 입 닥치고 보고서나 열심히 쓰지 그래?"

올리가 차갑게 대꾸했다.

브라운이 움찔하더니 뭔가 종알댔다. 그러고는 결국 입을 닥치기로 결심한 모양이었다.

"자, 총 받으세요."

밀러가 한 눈을 찡긋거리면서 말했다.

올리는 다시 한 번 총을 검사했는데 확실히 전문가다운 솜씨가 엿보였다. 올리는 총을 오른쪽 바지주머니에 넣고 탄약통은 가슴

주머니에 넣었다. 주머니가 담뱃갑만 하게 사각으로 불룩 솟아올랐다. 올리는 다시 냉장고에 기대섰다. 통통한 얼굴에는 여전히 땀이 배어 있었다. 올리가 다시 맥주 캔을 땄다. 보면 볼수록 매력 있는 사람이라는 생각이 들었다.

"감사합니다. 덤프라이스 부인."

밀러가 말했다.

"천만에요."

그녀가 말했다. 문득 내가 저렇게 눈이 파랗고 날씬한 여자의 남편이라면 난 죽어도 출장을 가지 않을 것이라는 생각이 들었다. 아내에게 총을 주는 것은 자칫 음란한 상상을 불러일으킬 수도 있는 법이다.

"이 질문도 어리석긴 합니다만……."

밀러는 이렇게 말하며 회람판을 들고 있는 브라운과 맥주를 들고 있는 올리를 번갈아 보았다.

"여기 용접기 같은 건 없나요?"

"오, 이런 제기랄."

버디 이글턴이 투덜거리더니 아만다 덤프라이스만큼이나 얼굴이 빨개졌다.

"왜 그러십니까?"

마이크 하틀렌이 물었다.

"그러니까……. 지난주까지 소형 용접기를 비치하고 있었습니다. 구멍 난 파이프를 때우고, 배출구를 수리할 때 쓰는 그런 것 말입니다. 브라운, 기억나지?"

브라운이 인상을 찡그리며 고개를 끄덕였.

"다 팔렸나요?"

밀러가 물었다.

"아뇨, 거의 안 팔렸습니다. 서너 개를 팔고는 다 반품해 버리고 말았죠. 이런 씨…… 아니 젠장."

물론 성냥은 있었다. 그리고 소금도.(누군가 그랬다. 거머리나 문어 같은 놈들은 소금 하나면 충분하다고.) 온갖 종류의 오세다표 걸레와 손잡이가 긴 빗자루도 있었다. 많은 사람들이 조금씩 고무되고 있었다. 짐과 마이론은 거의 인사불성이라 사정이 달랐지만 말이다. 나는 올리의 눈 속에 담긴 것이 차분한 무력감임을 알았다. 물론 그것은 공포보다도 나쁜 것이다. 올리는 나와 함께 촉수를 보았다. 소금을 뿌리거나 오세다표 대걸레 손잡이를 휘둘러 놈들을 물리친다는 발상은 너무나도 우스웠고…… 끔찍했다.

밀러가 말했다.

"마이크, 이 사람들 좀 맡아 주시겠소? 올리와 데이비드 좀 만나야 할 것 같아서요."

하틀렌이 댄 밀러의 어깨를 찰싹 때리며 대꾸했다.

"기꺼이. 누군가 맡아야 할 일입니다. 수고 많으셨어요."

"이러다가 세금까지 돌려받는 것 아닌가 모르겠군."

밀러는 농담까지 던졌다. 밀러는 키가 작고 마른 사내인데 붉은 머리카락이 조금씩 벗겨지고 있었다. 첫눈에 호감이 가는 남자였지만, 조금만 더 보면 금세 짜증이 날 것도 같았다. 뭐든지 잘하는 그런 사내이니 말이다.

"그럴 리는 없을 겁니다."

하틀렌이 웃으며 밀러의 농담에 대꾸했다.

하틀렌이 자리를 뜨고 밀러가 내 아들을 내려다보았다.
"빌리 걱정은 안 해도 됩니다."
내가 말했다.
"이봐요. 나도 일평생 이렇게 걱정해 본 적이 없다오."
밀러가 말했다.
"나도 그래요."
올리는 이렇게 중얼거리고는 냉장고에 빈 캔을 집어넣고 새 맥주를 꺼냈다. 칙 하고 김빠지는 소리가 들렸다.
밀러가 말했다.
"두 사람이 서로를 보는 시선을 알고 있소."
나는 허쉬 초콜릿바를 다 먹고 입가심으로 맥주를 들이켰다.
밀러가 말을 이었다.
"내 생각을 말하겠소. 우선 대걸레 자루를 천으로 이은 다음 노끈 같은 것으로 두 개씩 묶을 생각이오. 여섯 사람 정도가 필요한데. 그리고 목탄 등유 두 개를 마련해 그 깡통 끝을 뜯어낸다면 아마 꽤 괜찮은 화염방사기를 만들 수 있을 겁니다."
나는 고개를 끄덕였다. 좋은 생각이다. 노미를 끌고 간 놈을 본 처지라 환호를 지를 정도까지는 아니었지만 적어도 소금보다는 좋은 생각이었다.
"최소한 멈칫할 정도는 되겠군요."
밀러가 입을 앙다물었다.
"그 정돕니까?"
"어쩌면 더 할 수도."
올리는 이렇게 말하고 다시 맥주를 기울였다.

그날 오후 4시 30분까지 비료 포대를 쌓았다. 그 큰 유리창은 작은 감시 구멍만을 남기고 모두 막을 수 있었다. 각 구멍마다 감시원이 배정되었고 각 감시원 옆에는 목탄 등유와 대걸레 화염기 몇 개가 지급되었다. 구멍은 모두 다섯 개였다. 댄 밀러는 각 구멍마다 교대할 수 있는 초병들을 배정해 두었다. 4시 30분에 나는 감시창의 포대 위에 앉아 있었고 빌리도 내 옆에 앉혔다. 우리는 안개 속을 내다보고 있었다.

창문 바로 바깥에는 붉은색 벤치가 놓여 있었다. 물건을 산 사람들이 앉아서 차를 기다리던 곳이다. 그 너머는 주차장이다. 안개는 여전히 짙고 무거웠으며 끊임없이 소용돌이치고 있었다. 수증기가 모여 만들어졌음에도 안개는 너무나도 무미건조하고 암울해 보였다. 바라보기만 해도 겁나고 무기력해지는 안개.

"아빠, 무슨 일이 난 거야?"

빌리가 물었다.

"나도 모르겠어, 빌리."

내가 대답했다.

빌리는 입을 다물고는 무릎 위에 힘없이 놓인 두 손을 내려다보았다.

"왜 사람들이 구하러 오지 않아? 경찰도 있고 연방 수사국도 있잖아?"

빌리가 마침내 이렇게 물었다.

"모르겠구나."

"엄마는 괜찮겠지?"

"빌리, 아빠도 몰라."

나는 아들을 힘껏 끌어안았다.

"엄마가 너무 보고 싶어서 그래. 이제 엄마 말 정말로 잘 들을 거야."

빌리는 억지로 울음을 참고 있었다.

"그래, 빌리야."

이러면 곤란하다. 내 목에서 소금 냄새가 났고 목소리도 떨리기 시작했다.

"곧 끝나겠지? 아빠, 그렇지?"

빌리가 또 물었다.

"나도 모른단다."

아들은 내 어깨에 얼굴을 파묻었고 난 아이의 뒤통수를 끌어안았다. 짙은 머리숱 안으로 아이의 울퉁불퉁한 두개골이 만져졌다. 결혼식 날 저녁이 생각났다. 나는 스테파니가 예식 후 정장을 벗는 모습을 지켜보고 있었다. 그 전날 문에 찧어서 스테파니의 엉덩이에 커다란 멍이 들었다. 난 그 멍을 바라보며 멍이 든 스테파니도 여전히 스테파니라고 생각했다. 그건 일종의 경이와도 같은 감정이었다. 우리는 사랑을 나누었고 밖에서는 우울한 12월의 싸락눈이 내리고 있었다.

빌리가 울기 시작했다.

"쉬, 빌리. 쉿."

나는 빌리의 머리를 감싸고 달래 주었지만 아이는 울음을 그치지 않았다. 엄마가 있어야 그칠 울음이었다.

저녁 어스름이 슈퍼마켓 안을 부드럽게 녹이기 시작했다. 밀러와 하틀렌과 버드 브라운이 사람들에게 손전등 재고 분량을 모두 나누어 주었는데 스무 개 정도였다. 노턴이 큰 소리로 자기 그룹 몫을 요구해 그들에게도 두 개가 주어졌다. 손전등 불빛들이 여기저기에서 역겨운 유령처럼 흔들렸다.

나는 빌리를 꼭 끌어안고 감시창 밖을 내다보았다. 바깥의 투명한 우윳빛 조명은 거의 변하지 않았다. 마치 거대한 밀폐 공간이 슈퍼마켓을 완전히 감싸고 있는 기분이었다. 몇 번이고 무언가를 보았다고 생각했지만 그건 그저 느낌일 뿐이었다. 하지만 그때마다 나는 소름이 끼쳤다.

빌리가 트루먼 부인을 보고, 그리로 달려갔다. 트루먼 부인은 웬일인지 이번 여름에는 한 번도 우리 집에 오지 않았다. 그녀는 들고 있던 손전등을 빌리에게 건네주었다. 트루먼 부인이 자기만큼 반겨 주자 빌리는 금세 기분이 좋아졌다. 빌리는 냉동식품 진열대 유리에 불빛으로 자기 이름을 쓰는 장난에 열중했다. 해티 트루먼은 이제 붉은 머리가 조금씩 희끗해지기 시작한 중년 여인이었다. 가슴에 늘어진 목걸이에 안경이 매달려 있었는데 그건 오직 중년 여인에게만 허용된 스타일이었다.

"스테파니도 여기 있나요, 데이비드?"

트루먼 부인이 물었다.

"아뇨, 집에 있습니다."

트루먼 부인은 고개를 끄덕였다.

"알란도요. 교대 시간이 언제예요?"

"6시입니다."

"뭐, 보이는 건 있나요?"

"아뇨, 안개뿐이네요."

"괜찮다면, 내가 6시까지 빌리를 볼게요."

"빌리, 너도 괜찮니?"

"예, 아빠."

빌리는 손전등으로 천천히 천장에 호를 만드는 놀이를 하고 있었다. 트루먼 부인은 말하는 태도는 단호했지만 두 눈은 크게 흔들렸다.

5시 30분쯤, 가게 뒤편에서 커다란 말다툼 소리가 들렸다. 두 사람이 서로 말꼬리를 잡고 있었다. 그리고 누군가가 소리쳤다. 아마도 버디 이글턴인 듯했다.

"미쳤어요? 저길 나가려 하다니!"

몇 개의 손전등 불빛이 말싸움이 일어난 곳으로 모여들었고 그 불빛들은 다시 가게 앞쪽으로 움직였다. 커모디의 날카로운 비웃음 소리가 어둠을 가르고 들려왔다. 손톱으로 철판을 긁는 듯한 소리.

왁자지껄한 소음 속에서 노턴의 법조인다운 목소리도 들렸다.

"비켜 주세요. 미안해요. 좀 지나갈게요."

내 옆 감시창을 맡고 있던 사내가 소동에 흥미가 생겼는지, 자리를 벗어났다. 나는 자리를 지키기로 했다. 이유는 모르지만 그들은 내 쪽으로 다가오고 있었다.

"제발요. 얘기 좀 하자고요."

마이크 하틀렌이 말했다.

"더 이상 말하고 싶지 않소."

노턴이 선언했다. 이윽고 노턴의 얼굴이 어둠 속에서 빠져나왔다. 단호하고 초췌하며 지칠 대로 지쳐 버린 표정이었다. 그는 골통클럽에 제공된 두 개의 손전등 중 하나를 들고 있었다. 비비 꼬인 머리카락이 귀 뒤에 찰싹 달라붙은 것이 마치 오쟁이 진 남편의 뿔처럼 보였다. 노턴을 따르는 사람들은 이제는 열 명에서 노턴 자신을 포함해 다섯으로 줄었다.

"우린 나가겠소."

노턴이 고집을 부리자 밀러가 말했다.

"쓸데없는 고집 부리지 마세요. 마이크 말이 맞아요. 우선 얘기부터 하도록 하죠. 맥베이 씨가 치킨 바비큐를 만들고 있다고 하는데, 자, 다들 앉아 일단 요기라도 하면서……."

밀러가 길을 막아서자 노턴이 그를 밀어 버렸다. 밀러는 화가 난 듯 보였다. 얼굴이 벌겋게 상기되더니 표정도 딱딱하게 굳었다.

"그래, 당신 멋대로 하쇼. 경고하지만, 당신은 이 사람들을 죽음으로 내몰고 있는 거야!"

하지만 노턴은 이미 결심을 한 듯 고집을 굽히려 들지 않았다.

"우리가 구조대를 보내 드리지."

노턴이 말했다.

추종자 중 한 명이 맞장구를 쳤고 다른 사람들도 조용히 뒤를 쫓았다. 노턴과 이단자 네 명. 노턴에게는 그다지 나쁜 성과도 아니겠다. 예수도 겨우 추종자를 열두 명만 거두지 않았던가?

마이크 하틀렌이 말했다.

"이봐요. 노턴 선생, 아니 브랜트. 최소한 닭 요리라도 좀 들고 가시죠. 그래도 배 속이 든든한 게 좋지 않겠어요?"

"그러고 나서 또 우리를 설득하시겠다? 안 그래도 설득이라면 지긋지긋한 사람이 나요. 그런 식으로 우리 편을 반이나 빼내지 않으셨던가?"

그러자 하틀렌이 으르렁대듯 말했다.

"우리 편? 우리 편이라고? 맙소사, 별 미친 소리 다 듣겠군? 그들한테도 생명이 있어요. 게다가 이건 게임도 아니고 여긴 법정도 아니오. 저 밖에는, 뭐라고 불러야 할지는 모르겠지만, 분명 무언가가 있어요. 도대체 죽고 싶어 환장하는 이유를 모르겠군."

"무언가가 있다고? 저기 어디? 당신네들이 벌써 두 시간 동안 지켜보고 있던데, 그래 뭘 찾아내셨나?"

노턴이 대들었다. 목소리에 너 잘 걸렸다는 비아냥거림이 묻어 나왔다.

"이봐요, 그건······."

"아니, 됐수다. 저 바같은 짙은 안개뿐이오. 그러니 우린 나가 겠소."

노턴이 고개를 저으며 말했다.

"안 돼."

누군가가 이렇게 속삭였는데, 그 소리는 마치 10월 저녁 어스름의 낙엽 소리처럼 잔잔하게 울려 퍼졌다. 안 돼, 안 돼, 안 돼······.

"누가 우리 앞을 막는 거야? 누가 막겠다는 거야?"

이번엔 날카로운 목소리였다. 물론 노턴의 '편' 중 한 사람이었는데, 두꺼운 돋보기를 걸친 노파였다.

중얼거리던 소리는 더 이상 들리지 않았다.

"아뇨. 아무도 막을 사람은 없는 것 같군요."

하틀렌이 말했다.

나는 빌리의 귀에 속삭였다. 빌리가 놀란 표정으로 나를 바라보았다.

"자, 어서. 서둘러."

빌리가 뛰어갔다.

노턴은 양 손으로 머리카락을 헤집었는데, 그건 브로드웨이 배우들의 연기처럼 의도된 동작이었다. 아무도 없는 곳에서 욕을 퍼부으며 전기톱과 싸우는 모습이 차라리 더 낫다는 생각이 들었다. 전기톱을 들고 있을 때도 노턴은 확신에 차 있지 않았고, 그건 지금도 마찬가지이다. 하지만 앞으로 어떤 일이 일어날지 정도는 알고 있을 것 같았다. 그가 평생 동안 내뱉은 말뿐인 논리들이 결국 미친 호랑이가 되어 자신을 덮치고 말 것이다.

노턴은 불안한 듯 주변을 둘러보았다. 뭔가 더 할 말이 있는 듯 보였지만 결국 네 사람을 이끌고 그대로 계산대를 빠져나갔다. 노파 말고도 열두 살짜리 뚱보 아이가 있었고 어린 소녀와 골프 모자를 젖혀 쓴 청바지 차림의 남자가 있었다.

노턴의 눈이 나와 마주치더니 조금 더 커졌다. 하지만 노턴은 이내 고개를 돌리고 앞으로 나가기 시작했다.

"브랜트, 잠깐만 기다려요."

내가 말했다.

"더 이상 말하고 싶지 않아. 더욱이 자네하고는 싫어."

"알고 있습니다. 잠시 부탁할 것이 있어 그럽니다."

나는 주변을 둘러보았다. 빌리가 계산대 쪽으로 달려오고 있었다.

"그게 뭔가?"

노턴이 의심스럽다는 표정을 짓고 있을 때 빌리가 다가와 셀로판지로 감싼 보따리를 내게 내밀었다.

"빨랫줄입니다. 깁니다. 100미터 정도는 되니까요."

내가 말했다.

슈퍼마켓 안의 모든 사람들이 나를 보고 있는 것 같았다. 사람들은 현금 등록기와 계산대 여기저기에 줄지어 서 있었다.

"그래서?"

"밖으로 나가시기 전에 이 줄을 허리에 매 주셨으면 해서요. 그리고 줄이 팽팽해지면 주변에 있는 아무 곳에나 매 주세요. 아무거나 상관없습니다. 자동차문 손잡이도 괜찮고요."

"도대체, 뭣 때문에……?"

"적어도 여러분들이 100미터를 갔다는 사실은 알 수 있겠죠."

내가 말했다.

노턴의 눈에 순간적으로 불꽃이 일었지만…… 곧 사라졌다.

"싫어."

나는 어깨를 으쓱해 보였다.

"싫으면 어쩔 수 없지요. 아무튼 행운을 빕니다."

그때 골프 모자를 쓴 남자가 나섰다.

"내가 하겠소, 선생. 못 할 이유도 없지."

노턴은 그 남자를 비난할 생각으로 홱 돌아섰지만 골프 모자를 쓴 사내는 조용히 노턴을 바라볼 뿐이었다. 남자의 눈에는 흔들림이 없었다. 남자는 단단히 결심을 했고 조금도 의심하지 않았다. 노턴 역시 남자의 눈빛을 읽고 아무 말도 하지 않았다.

"감사합니다."

내가 말했다.

주머니칼로 포장을 찢자 단단히 말린 빨랫줄이 스르르 풀려 나왔다. 나는 한쪽 끝을 찾아내 골프 모자 사내의 허리에 느슨하게 묶어 주었다. 하지만 남자는 바로 줄을 풀어 재빨리 접친 매듭으로 더 단단히 허리를 묶었다. 매장 안은 쥐 죽은 듯 조용했다. 노턴만이 불안한 듯 앞뒤로 어슬렁거릴 뿐이었다.

내가 골프 모자 사나이에게 물었다.

"제 칼을 가지고 가시겠습니까?"

남자는 경멸하는 시선으로 나를 보며 말했다.

"나한테도 있습니다. 줄이나 잘 푸세요. 줄이 다 되면 줄을 한 번 흔들겠소."

다소 높은 목소리로 노턴이 외쳤다.

"자, 다들 준비되었소?"

뚱보 소년이 마치 엉덩이라도 걷어차인 듯 펄쩍 뛰었다. 아무도 대답하는 사람이 없자 노턴이 돌아서서 나가기 시작했다.

내가 손을 내밀며 말했다.

"브랜트, 행운을 빌게요."

하지만 노턴은 내 손이 의심스러운 이물질이라도 된다는 듯 한참 동안 물끄러미 내려다보기만 했다.

"구조반을 보내 주지."

노턴은 그렇게 말하고 출구를 밀고 나갔다. 예의 시큼한 냄새가 또다시 밀려 들어왔다. 다른 사람들이 그 뒤를 쫓았다.

마이크 하틀렌이 내 옆으로 다가와 섰다. 노턴 일행 다섯 명은 느린 속도로 흘러가는 우윳빛 안개 속에 섰다. 노턴이 무슨 말인가 했지만 안개에 방음 효과라도 있는지 겨우 한두 음절만 끊겨

들렸다. 마치 멀리서 들려오는 라디오 소리 같았다. 그리고 그들은 떠났다.

하틀렌은 문을 조금 열어 두었다. 나는 빨랫줄을 가능한 한 느슨하게 풀어 주었다. 줄이 다 되면 한 번 흔들겠다는 사내의 말 때문이었다. 아직 아무 소리도 들리지 않았다. 빌리도 내 옆에 서 있었다. 아들은 꼼짝도 않았지만 아마도 자신의 감정에 푹 빠져 있는 듯 보였다.

다섯 명이 아직 근처에 머물러 있을지도 모른다는 생각이 들었다. 언뜻 그 사람들의 옷을 본 것도 같았다. 아무튼 그 사람들은 사라졌고, 불과 수초 만에 사람들이 완전히 지워지는 것을 보며 안개가 얼마나 짙은지 새삼 실감이 났다.

나는 계속해서 줄을 내보냈다. 4분의 1이 나갔고 다시 2분의 1이 풀렸다. 그리고 줄은 그 자리에 멈춰 섰다. 손에서 술술 풀려 나가던 줄이 갑자기 미동도 하지 않았다. 나는 숨을 죽였다. 그리고 줄이 다시 움직이기 시작했다. 줄을 풀어 내는 동안, 아버지가 그레고리 펙이 주인공으로 나오는 영화 「모비딕」을 보여 주겠다며 브룩사이드로 데려갔던 때가 떠올랐다. 난 슬며시 미소를 지었다.

이제 줄이 4분의 3이 빠져나갔고 빌리가 발끝으로 밟고 있는 줄도 거의 끝이 보였다. 그리고 다시 줄이 멈춰 섰다. 줄은 5초 정도 꼼짝없이 누워 있더니 갑자기 1미터 정도가 홱 끌려갔다. 그러고는 왼쪽으로 격렬하게 쏠리며, 출구의 가장자리에 탕 소리를 내며 부딪쳤다.

7미터 정도의 줄이 급속하게 풀려나가는 바람에 하마터면 내 손바닥이 온통 벗겨질 뻔했다. 이윽고 안개 속에서 끔찍한 비명 소리가 들렸다. 비명을 지른 사람의 성별조차 구분할 수 없는 소리였다.

줄이 한쪽으로 쏠렸다. 그리고 다시 반대 쪽으로. 줄은 입구의 오른쪽으로 미끄러지듯 움직이다가 왼쪽으로 움직였고, 급기야 일이 미터 정도 앞으로 끌려가기도 했다. 안개 속에서 우 하는 동물들의 소리가 파동 치듯 들려왔다. 그 소리에 빌리가 끙 하고 신음 소리를 냈다. 마이크의 두 눈이 커지고 아래로 처진 입술이 파르르 떨렸다. 말 그대로 동상처럼 굳어 버린 듯했다.

짐승들의 울부짖는 소리가 갑자기 멈추었고 지옥 같은 침묵이 뒤따랐다. 그리고 노파의 비명 소리가 들렸다. 틀림없이 그 노파였다.

"놔 줘! 오, 이런, 날 놔 줘, 하느님, 제발……."

노파가 빽 하고 외쳤다. 곧 노파의 목소리도 끊어졌다.

내가 쥐고 있던 줄이 한꺼번에 끌려 나갔다. 손이 데인 듯 뜨거웠다. 줄은 완전히 느슨해졌다. 그리고 안개 속에서 끔찍한 소리가 들렸다. 그르릉. 그 찐득찐득한 소리에 입속의 침이 마르는 것 같았다.

한 번도 들어 본 적이 없는 소리였다. 아프리카 초원이나 남미의 늪지를 무대로 한 영화에서 들어 본 것 같기는 했지만 그것과도 달랐다. 그건 거대한 맹수의 울부짖음이었다. 모든 것을 찢어 발길 듯한 저음의 소리가 천지를 흔들다가 멈추었다가 다시 들렸다. 울부짖는 소리는 잠시 후 투덜거리는 듯한 소리로 가라앉더니 이윽고 완전히 멈춰 버렸다.

"문을 닫아요. 제발요."

아만다 덤프라이스가 떨리는 목소리로 외쳤다.

"잠깐만."

나는 이렇게 말하고 줄을 안으로 끌어당기기 시작했다.

줄은 안개 속에서 끌려와 발 주위에 아무렇게나 쌓였다. 하얀 줄 끝의 일 미터 정도가 빨갛게 물들어 있었다.

"오, 죽음이여. 내가 그랬지? 나가면 죽는다고."

커모디가 외쳤다.

줄의 끝은 씹혀서 완전히 누더기가 되어 있었다. 풀어진 실타래마다 피가 방울방울 맺혀 있었다.

아무도 커모디의 말에 반박하지 못했다.

마이크 하틀렌이 문을 쾅 하고 닫았다.

첫날 밤

맥베이 씨는 내가 열두세 살 정도 되었을 무렵부터 마을에서 정육점을 했다. 그래서인지 나는 멕베이 씨의 이름도 나이도 모른다. 맥베이 씨는 작은 환풍기 아래에 가스 그릴을 설치했다. 환풍기가 멈춰 있기는 하지만 그래도 약간은 통풍이 되는 것 같았다. 저녁 6시 30분쯤 닭 요리 냄새가 매장 안을 가득 채웠다. 브라운은 아무 불평도 하지 않았다. 닭은 분명 매장에서 파는 물건이었지만, 이제 고기와 야채류는 신선도가 떨어져 팔기가 어렵다는 사실 정도는 알고 있는 것이다. 냄새는 훌륭했지만 식욕이 당기는 사람은 별로 없어 보였다. 맥베이 씨는 그것마저도 개의치 않았다. 그는 아무 말 없이 종이접시에 닭을 한두 조각씩 담아 육류 계산대 위에 나란히 올려놓기 시작했다.

트루먼 부인이 나와 빌리에게 접시를 하나씩 가져다주었다. 델리 감자 샐러드가 가미된 요리였다. 나는 가능한 한 맛있게 먹으려 했지만 빌리는 손도 대지 않으려 했다.

"먹어야 해, 빌리."

내가 말했다.

"배 안 고파."

빌리가 접시를 치우며 말했다.

"아무것도 먹지 않고 어떻게 아빠처럼 크고 용감하게……"

빌리 뒤에 조용히 앉아 있던 트루먼 부인이 가만히 고개를 저었다.

"좋아. 뭐든 먹고 싶은 거 있으면 가져와 먹어라, 알겠지?"

내가 말했다.

"브라운 아저씨가 뭐라고 하면?"

"그러면 아빠한테 와서 말하면 돼."

"알았어, 아빠."

빌리는 천천히 저쪽으로 걸어갔다. 아들의 처진 뒷모습에 너무나 가슴이 아팠다. 맥베이 씨는 계속 음식을 만들었다. 음식에 손을 대는 사람은 불과 몇 명 되지 않았지만 개의치 않고 요리에 온 정성을 기울였다. 전에 말했듯이 사람들이 고통을 극복하는 방법은 너무도 다양하다. 그럴 리 없다고 항변하는 사람도 있겠지만 분명한 사실은 우리가 원숭이와 다를 바 없다는 것이다.

트루먼 부인과 나는 구급의료품이 진열되어 있는 통로의 중간

쯤에 앉았다. 다른 사람들도 몇 사람씩 그런 식으로 앉아 있었고 혼자 있는 건 커모디뿐이었다. 마이론과 짐도 함께였지만 둘 다 맥주 냉장고 옆에 대자로 뻗어 있었다.

지금은 교대한 여섯 명의 남자가 감시창을 지키고 있었다. 그 가운데 올리도 있었는데, 올리는 닭다리 하나를 씹으며 맥주를 마시는 중이었다. 감시초소마다 대걸레 화염방사기가 비스듬히 세워져 있었고 그 옆에 목등유 통도 놓여 있었다……. 하지만 아무도 그 햇불을 전처럼 신뢰하지는 않았다. 이제 끔찍한 울부짖음 소리를 들었고 피가 뚝뚝 떨어지는 너덜해진 빨랫줄도 보았다. 사람들은 밖에 있는 것이 어떤 괴물이든 놈이 자신들을 원하고 있다고 생각했다. 놈은 우리를 삼키고 말 것이다. 놈이 아니라 놈들일까?

"오늘 밤엔 어떨 것 같아요?"

트루먼 부인이 물었다. 목소리는 차분했지만 눈동자만큼은 피곤하고 겁에 질려 있었다.

"해티, 저도 몰라요."

그녀가 마른 웃음소리를 내뱉었다.

"빌리는 내가 데리고 있게 해 줘요. 데이비, 난…… 난 너무 무서워요. 그래요. 사실 무서워요. 하지만 빌리와 함께 있으면 괜찮을 것 같아요. 그 애를 위해서라도 용기를 내야 하니까요."

트루먼 부인의 눈동자가 촉촉이 젖기 시작했다. 나는 몸을 숙여 어깨를 토닥여 주었다.

"알란이 너무 걱정돼요. 그 사람은 죽었겠죠, 데이비? 아직 살아 있다고 믿기가 어려워요."

"해티, 우린 아직 아무것도 몰라요."

"하지만, 사실일 거예요. 당신도 스테파니에 대해 느끼는 게 있지 않나요? 최소한…… 예감 같은 거라도?"

"아뇨."

나는 이렇게 대답했지만 물론 누구도 믿지 않을 뻔한 거짓말이었다.

자신의 목에서 목이 멘 듯한 웃음소리가 새어나오자 트루먼 부인은 화들짝 놀라 손으로 입을 막았다. 트루먼 부인의 안경에 어스레한 불빛이 반사되었다.

"빌리가 와요."

내가 중얼거렸다.

아들은 복숭아를 먹고 있었다. 해티 트루먼은 자기 옆의 바닥을 두드렸다. 그리고 빌리에게 복숭아를 다 먹으면 복숭아 씨와 실로 작은 인형을 만들어 주겠다고 했다. 그 말에 빌리가 씩 웃었고 트루먼 부인도 함께 웃었다.

오후 8시. 여섯 명의 남자가 교대를 했고 올리가 내 옆으로 다가왔다.

"빌리는 어디 있나?"

"트루먼 부인하고 저 뒤에 있어요. 만들기 놀이를 하고 있어요. 복숭아 씨 남자랑 쇼핑백 가면이랑 사과 인형을 만들었어요. 그리고 맥베이 씨가 담배 파이프 청소기로 사람을 만드는 방법을 가르쳐 주고 있지요."

올리는 맥주를 꿀꺽꿀꺽 들이켜고 말했다.

"놈들이 주변을 돌고 있네."

나는 올리를 노려보았다. 올리는 내 시선을 피하지 않은 채 말했다.

"안 취했어. 취하고 싶어도 안 되는군, 데이비드. 차라리 취하고 싶은데."

"놈들이 주변을 돌고 있다는 게 무슨 뜻이죠?"

"확실히는 몰라. 월터에게도 물어봤는데, 나랑 같은 생각을 하고 있더군. 그러니까 안개 한쪽이 갑자기 어두워지는데, 때로는 얼룩처럼 보이기도 하고 때로는 멍 자국처럼 큰 검은 공간이 생기기도 해. 그러다가 다시 회색으로 돌아가. 그리고 그놈이 꿈틀거리며 주위를 맴돌아. 아르니 심스도 밖에 뭔가 움직이는 것 같다고 하더군. 그 사람, 박쥐만큼이나 시력이 안 좋은 사람인데 말이야."

"다른 사람들은요?"

"다른 사람들은 외지인들이라, 나도 모르네. 묻지도 않았지."

올리가 대답했다.

"그게 그놈이라는 걸 어떻게 장담할 수 있습니까?"

"확실해."

올리는 그렇게 말하며 통로 끝에 혼자 앉아 있는 커모디를 향해 고개를 끄덕였다. 그녀는 이 세상에 식욕을 해칠 수 있는 것이 아무것도 없는 사람처럼 보였다. 접시 위에는 닭 뼈 무덤이 만들어져 있었고 손에는 피처럼 짙고 붉은 V8 주스가 들려 있었다.

올리가 말했다.

"저 노파 말이 맞는 것도 있네. 알게 될 거라고 했잖아. 어두워지면 알게 될 거라고."

하지만 어두워질 때까지 기다릴 필요도 없었다. 놈이 왔을 때 트루먼 부인이 빌리를 얼른 뒤에 세웠기 때문에 빌리는 그놈을 조금밖에 보지 못했다. 바깥을 감시하던 남자 한 명이 갑자기 비명을 지르며 허겁지겁 뒷걸음질 쳤을 때 올리는 내 옆에 앉아 있었다. 시간은 8시 30분에 가까워지고 있었다. 진주빛 안개가 11월 새벽의 어스레한 암회색으로 짙어져 가고 있었다.

무언가가 감시창 밖에서 유리를 때렸다.

감시창으로 밖을 내다보던 남자가 비명을 질렀다.

"맙소사! 여기서 나갈래! 날 나가게 해 줘!"

남자는 허겁지겁 달아났는데 너무 놀라 두 눈이 마치 튀어나올 것만 같았다. 짙어 가는 어둠 속에서도 입 언저리에서 흘러내린 침이 반짝이는 것이 보였다. 남자는 냉동식품 칸을 지나 복도 끝 쪽으로 달아났다.

여기저기서 비명 소리가 들려왔다. 무슨 일인지 보기 위해 앞쪽으로 움직이는 사람도 있었다. 하지만 대개는 바깥쪽 유리를 기어 다니는 것이 무엇인지 알고 싶지도, 보고 싶지도 않은지 뒤로 물러나는 쪽을 택했다.

나는 감시창을 향해 나아갔다. 올리도 내 옆을 따랐다. 올리의 손은 덤프라이스 부인의 권총이 들어 있는 주머니 안에 있었다. 다시 감시자 한 명이 비명을 질렀다. 이번에는 두려움보다는 혐오에 찬 소리였다.

계산대를 빠져나가자 남자를 놀라게 했던 괴물이 보였다. 정체를 파악할 수는 없었지만 적어도 볼 수는 있었다. 그건 보슈의 자극적인 벽화에 나오는 괴물처럼 생겼다. 괴물은 끔찍할 정도로 코믹하게 생겼는데, 비닐과 플라스틱으로 만든 이상한 장난감, 유리 같은 데 던지면 찰싹 달라붙는 싸구려 장난감하고 비슷해 보였다……. 노턴의 말대로 내가 그 작자를 놀리기 위해 정말로 저장고에 뭔가를 묻었다면 아마 그런 괴물을 묻었을 것이다.

그건 약 70센티미터 정도의 두 마디 동물이었고, 화상을 입은 피부가 나았을 때처럼 분홍빛을 띠고 있었다. 짧고 부드러운 자루 끝에서 툭 튀어나온 두 눈은 동시에 서로 다른 방향을 보고 있었다. 놈은 커다란 빨판으로 창문에 찰싹 붙어 있었는데 반대편 끝에 성기나 침인 듯한 돌출부가 튀어나와 있었다. 놈의 등 뒤에 크고 얇은 날개가 접혀 있었는데, 마치 집파리의 날개처럼 보였다. 올리와 내가 유리창 쪽으로 다가가자 놈들이 천천히 움직이기 시작했다.

우리 왼쪽의 감시창 쪽 유리에 세 놈이 붙어 기어 다니고 있었다. 역겨워서 꺽꺽거리며 달아났던 남자가 지키고 있었던 곳이다. 놈들은 천천히, 아주 천천히 움직였고, 유리 위에 달팽이처럼 끈적끈적한 자국을 남겼다. 손가락 두께만 한 자루 끝에서 눈이 하릴없이 흔들거렸다. 그것이 정말로 눈이라면 말이다. 놈들 중 가장 큰 것은 130센티미터는 되어 보였다. 놈들은 이따금 서로를 타고 넘기도 했다.

"빌어먹을 놈들."

톰 스몰리가 겁에 질린 목소리로 말했다. 그는 우리 오른쪽 감시창에 서 있었다. 나는 대꾸하지 않았다. 벌레들은 이제 감시창을 모두 정복했는데, 놈들이 건물을 완전히 뒤덮고 있다는 뜻이었다…… 썩은 고기에 달라붙은 구더기 떼처럼. 결코 기분 좋은 광경은 아니었다. 겨우 먹은 닭 요리까지 넘어올 것만 같았다.

누군가 훌쩍거리는 소리가 들렸다. 커모디는 예의 혐오스러운 저주를 퍼부어 댔다. 그러자 입 닥치지 않으면 가만두지 않겠다고 누군가가 으르렁거렸다. 개소리들.

올리가 주머니에서 덤프라이스의 총을 꺼냈다. 나는 올리의 팔을 잡았다.

"진정해요."

올리는 팔을 뿌리쳤다.

"흥분한 거 아냐."

올리는 총으로 유리창을 두드렸다. 얼굴이 혐오감으로 잔뜩 뒤틀려 있었다. 괴물들의 날갯짓이 점점 빨라지더니 모두 날아갈 때쯤에는 날갯짓이 뿌연 흔적으로밖에 보이지 않았다. 그 때문에 마치 날개까지 뽑혀 버린 알몸 통닭이 날아가는 것 같았다.

다른 사람들도 올리가 하는 것을 보고 대걸레 자루로 창을 두드리기 시작했다.

놈들은 달아났지만 금세 돌아왔다. 대충 짐작컨대, 아마도 파리 정도의 지능밖에는 없는 모양이었다. 사람들의 공포는 어느새 누그러져 여기저기서 소곤거리는 소리까지 들려왔다. 누군가 저놈들이 덮치면 어떻게 될 것인가를 물었다. 대답 따위는 듣고 싶지 않은 질문이었다.

유리창을 두드리는 소리도 점차 잦아들기 시작했다. 올리가 내 쪽으로 몸을 돌려 뭔가 말하려고 했다. 그러나 올리가 입을 채 열기도 전에 안개 속에서 무언가가 튀어나와 벌레 하나를 유리창에

서 채 갔다. 그 순간 내가 비명을 지른 것 같다. 확실하진 않지만 말이다.

그것은 날아다니는 괴물이었다. 그 외에 확실한 것은 하나도 없었다. 아까 올리가 설명한 대로 갑자기 안개가 어두워졌고, 그 가운데 거무스름한 얼룩만이 사라지지 않았다. 얼룩은 점점 퍼덕거리는 날개를 가진 물체로, 알비노처럼 하얀 몸을 가진 괴물로 나타났다. 괴물은 창문이 흔들릴 정도로 쾅 하고 부딪치더니 벌린 부리로 분홍 괴물을 물고 사라져 버렸다. 불과 5초 만에 일어난 일이었다. 내가 마지막으로 본 건 분홍 벌레가 떨어져 나가면서 꿈틀거리고 퍼덕거리던 모습뿐이었다. 마치 갈매기 부리에서 발악하는 작은 물고기 같았다.

그러고는 여기저기서 쿵 쿵 소리가 들렸다. 사람들이 다시 비명을 지르며 매장 뒤쪽으로 우르르 달아나기 시작했다. 잠시 후 고통에 비틀린 여자의 비명 소리가 들려왔다.

올리가 외쳤다.

"이런, 사람들이 넘어진 할머니를 그대로 밟고 지나가!"

올리는 계산대를 지나 달려갔다. 나도 따라가려 했지만 어떤 광경으로 인해 난 그 자리에 얼어붙고 말았다.

내 오른쪽에 있는 비료 포대 하나가 천천히 뒤쪽으로 밀려나고 있다. 톰 스몰리가 그 아래에서 감시창을 통해 안개를 내다보고 있었다.

올리와 내가 서 있던 두꺼운 유리창 위에 다시 분홍 벌레가 내려앉았고 뒤이어 날짐승이 내려와 놈을 잡아챘다. 사람들에게 밟힌 노파는 갈라진 목소리로 악을 써 대고 있었다.

포대. 포대가 미끄러진다. 조심해.

"스몰리! 머리 조심해요!"

하지만 그 난리통 속에서 내 말이 들릴 리 없었다. 포대는 흔들거리다 아래로 떨어졌다. 결국 스몰리는 포대에 머리를 정통으로 맞고 넘어지면서 쇼윈도 아래 선반에 턱을 찧고 말았다.

알비노 벌레 한 마리가 깨진 유리창 구멍 안으로 몸을 들이밀고 있었다. 마침 비명 소리까지 그쳐 놈이 몸을 비벼 대는 소리까지 들을 수 있었다. 약간 한쪽으로 쏠린 삼각형 머리에 달린 붉은 눈이 반짝였다. 갈고리 모양의 단단한 부리가 탐욕스럽게 벌어졌다 닫혔다. 괴물은 공룡 백과사전에서 본 익수룡을 닮기는 했지만 그보다는 오히려 정신병자의 악몽에나 어울릴 것 같았다.

나는 대걸레 자루를 하나 잡고 목등유를 한껏 적신 다음 바닥 여기저기에 뿌렸다.

놈은 비료 포대 위에 잠시 멈춰 서더니, 주위를 둘러보며 천천히 한 발 한 발 내딛기 시작했다. 머리가 나쁜 놈이야. 믿을 건 그 사실뿐이었다. 놈은 두 번 정도 날개를 펼치려다가 번번이 벽에 부딪치고는 다시 날개를 접었다. 그 덕분에 기린처럼 등을 잔뜩 구부리고 있었는데, 그 자세로 세 번째 시도를 하다가 그만 포대 위에서 떨어지고 말았다. 괴물은 그 와중에도 날개를 펼치려 애를 썼다. 공교롭게도 놈이 착륙한 곳은 바로 톰 스몰리의 등이었다. 놈이 발톱을 구부리자 톰의 셔츠가 찢어져 나갔고, 피가 터져나오기 시작했다.

나는 그곳에서 불과 1미터 정도밖에 떨어져 있지 않았다. 대걸레 자루에서는 목등유가 뚝뚝 떨어져 내렸다. 놈을 죽일 각오는 되어 있었지만……. 나는 뒤늦게 불을 붙일 성냥이 없음을 깨달 았다. 한 시간 전 맥베이 씨의 담뱃불을 붙이는 데 마지막 성냥을 써 버린 것이다.

매장 안은 아수라장이었다. 사람들은 스몰리의 등을 타고 있는 괴물을 보았고 상상을 초월한 끔찍한 모습에 아연실색했다. 놈은 무언가가 이상하다는 듯 머리를 쫑긋거리더니, 이윽고 스몰리의 목덜미에서 살점을 뜯어 냈다.

내가 할 수 없이 횃불용 막대를 곤봉으로라도 사용하려는 찰나에 갑자기 헝겊으로 감싼 머리 부분에 훅 하고 불이 붙었다. 댄 밀러가 해군 마크가 새겨진 지포 라이터를 들고 서 있었다. 공포와 분노가 잔뜩 새겨진 바윗돌 같은 표정으로 말이다.

"죽여요. 어서 죽여요."

밀러가 쉰 목소리로 속삭였다.

올리는 아만다의 38구경을 들고 서 있었지만 아직 어디를 쏘아야 할지 결정을 못 한 것 같았다.

괴물이 날개를 펼쳐 크게 한 번 퍼덕거렸다. 달아나려는 것이 아니라 자신의 먹이를 데려갈 장소를 찾고 있는 것이었다. 얇고도 넓은 깃털이 스몰리의 몸을 완전히 덮고 있었다. 그리고 소리가 들렸다. 도저히 형언할 수 없는 죽음의 비명 소리.

일은 순식간에 끝이 났다. 나는 놈에게 횃불을 디밀었다. 그건 어떤 실체를 건드린다기보다는 종이연 같은 것을 밀어내는 느낌에 가까웠다. 다음 순간 괴물은 불길에 휩싸였고 째지는 비명을 질러 댔다. 놈은 날개를 퍼덕거리며 고통으로 몸부림쳤고, 고개를 있는 대로 젖히며 붉은 두 눈을 까뒤집었다. 놈은 빨랫줄에 널어 놓은 침대보 같은 소리를 내며 날아올랐고 다시 그 끔찍한 비명 소리를 질러 댔다.

사람들의 눈이 불길에 휩싸인 괴물을 쫓았다. 페드럴 슈퍼마켓의 통로를 따라 지그재그로 날아다니며 까맣게 타 버린 살점들을 떨구고 다니는 불꽃새라니. 너무나 충격적인 광경이었다. 놈은 결국 스파게티 코너를 들이박으며 라구 소스와 프리마 살사 소스를 사방으로 날려 버렸다. 마치 놈의 피가 튀는 것 같았다. 놈은 결국 뼈와 그을음밖에 남지 않았다. 역겨운 냄새에 욕지기가 나올 것만 같았다. 그리고 그 냄새와는 별도로, 안개의 시큼한 악취가 깨진 유리창 틈 사이로 스며들며 소용돌이쳤다.

한동안 아무 소리도 들리지 않았다. 모두 불꽃새의 죽음의 비행에 넋을 잃고 있었다. 그러다 누군가가 신음 소리를 냈고 다른 사람들은 비명을 질렀다. 뒤쪽 어디선가 빌리의 울음소리도 들렸다.

누군가가 나를 잡아당겼다. 버드 브라운이었다. 두 눈이 구멍에서 튀어나올 것만 같았다. 입술을 잔뜩 깨물고 있었는데 이가 하나 빠져서인지 비웃는 것처럼 보였다.

"또 들어왔어요."

버드가 손가락으로 가리켰다.

놈은 이미 구멍을 통해 들어와 비료 포대 위에 앉아 있었다. 붕붕거리는 날갯짓 소리가 슈퍼마켓의 싸구려 환풍기 돌아가는 소리 같았다. 자루 끝에서 툭 튀어나온 눈동자. 독이 오른 분홍색 피부가 빠른 속도로 부풀어 오르기 시작했다.

나는 그쪽으로 움직였다. 횃불은 약해졌지만 아직 꺼진 것은 아니었다. 하지만 3학년 담임인 레플러 부인이 나를 막았다. 레플러 부인은 나이가 쉰다섯이나 예순 정도 되며 이쑤시개처럼 말랐다. 거칠고 바짝 마른 레플러 부인을 볼 때마다 나는 항상 육포를 생각했다.

레플러 부인은 실존주의 코미디에 나오는 총잡이처럼 양손에 분사형 바퀴벌레 약을 하나씩 들고 있었다. 그리고 두 팔을 앞으로 쭉 내밀며 적의 해골을 벗겨 내는 인디언의 저주 같은 것을 씹어대고는 주저 없이 분사 버튼을 눌렀다. 짙은 살충제가 벌레를 향해 쏟아졌고 놈은 고통으로 몸부림쳤다. 결국 놈은 비틀고 발광하다 죽은 스몰리와 함께 포대 위에서 떨어져 내렸다. 벌레가 먼저 떨어진 스몰리의 시체 위로 나뒹굴었다. 놈은 미친듯이 날개를 퍼덕거렸지만 두껍게 날개를 감싼 살충제 탓인지 날아오르지는 못했다. 그러고는 조금씩 날갯짓이 잦아들더니 완전히 멈추었다. 죽은 것이다.

사람들은 고함을 치기도 하고 엉엉 울음을 터뜨리기도 했다. 사람들에게 밟혔던 노파도 훌쩍거렸다. 간간이 웃음소리도 들렸다. 저주 받은 자의 웃음이었다. 레플러 부인은 자기가 처치한 괴물 옆에 서 있었는데, 삐쩍 마른 가슴이 터질 듯이 오르락내리락거렸다.

하틀렌과 밀러가 창고에서 물건을 상자 단위로 옮길 때 사용하는 수레를 가져와 비료 포대 위 깨진 유리창의 틈새를 막았다. 역시 임시방편이었지만 그럭저럭 좋은 방법이었다.

아만다 덤프라이스가 거의 몽유병 환자처럼 앞으로 걸어나왔다. 한 손에는 플라스틱 들통을 들고 다른 손에는 빗자루를 들고 있었다. 아직 비닐 포장도 뜯지 않은 빗자루였다. 아만다는 멍한 눈으로 벌레든 달팽이든 무엇이든간에 죽은 분홍색 그것을 양동이 안에 쓸어 담았다. 빗자루가 바닥을 쓸면서 비닐 포장이 바스락거리는 소리가 들렸다. 아만다는 쓰레기를 들고 출구 쪽으로 걸어갔다. 다른 벌레는 보이지 않았다. 아만다는 문을 조금 열고는 양동이째 밖으로 던져 버렸다. 땅에 떨어진 들통은 한두 번 튀더니 앞뒤로 뒹굴기 시작했다. 어둠 속에서 분홍 벌레 한 마리가 나타나 들통을 탐색했다.

아만다가 울음을 터뜨렸다. 나는 다가가 그녀의 어깨를 끌어안았다.

새벽 1시 30분. 나는 흰색 에나멜 칠을 한 정육점 계산대에 기대 꾸벅꾸벅 졸고 있었다. 빌리도 내 무릎을 베고 깊이 잠들어 있었다. 조금 떨어진 곳에서는 아만다 덤프라이스가 누군가의 재킷을 베개 삼아 자고 있었다.

조류 괴물의 화형이 끝나고 난 후, 올리와 나는 다시 창고로 돌아가 아까 빌리에게 덮어 주었던 것과 비슷한 깔개를 여섯 개쯤 들고 나왔다. 몇몇 사람들이 지금 그 위에서 자고 있다. 우리는 또 오렌지와 배 상자도 몇 개 가져와, 다른 두 명과 함께 비료 포대 위에 올려 깨진 유리를 막았다. 이젠 그 조류 괴물들도 쉽게 밀고 들어오지는 못할 것이다. 상자 하나의 무게만 해도 거의 50킬로그램이니까 말이다.

하지만 밖에는 조류 괴물과 그들이 잡아먹는 분홍 벌레만 있는 것은 아니었다. 노미를 잡아간 촉수 괴물도 있고 또 문드러진 빨랫줄도 생각해 볼 문제였다. 게다가 보지는 못했지만 낮게 으르렁거리는 놈도 있었다. 이따금 먼 곳에서 그 소리가 들렸지만 이 짙고도 짙은 안개 속에서 '멀다는' 것이 얼마나 먼 것인지 누가 알겠는가? 때때로 괴물들의 울음소리는 건물을 흔들어 놓을 만큼 가깝게 들려 사람들은 심장을 졸여야 했다.

빌리가 내 무릎에서 움찔하더니 신음 소리를 냈다. 내가 머리카락을 만져 주자 신음 소리는 더 커졌다. 아들은 잠을 자는 편이 덜 위험하다고 생각했는지 다시 잠에 빠져들었다. 난 잠이 완전히 달아나 정신까지 또렷해졌다. 어두워진 후 한 시간 삼십 분 정도 잠을 잤는데 그마저도 뒤숭숭한 꿈에 쫓겨야 했다. 빌리와 스테파니가 암회색의 호수를 내다보며 거대한 전면 유리창 앞에 서 있었다. 폭풍우를 예고하듯 호수는 은빛 물보라를 마구 휘젓고 있었다. 나는 곧 강한 바람이 불어와 유리창을 박살내고 날카로운 유리 조각들을 거실 가득 토해낼 것이라는 사실을 알고서 아내와 아들에게 다가가려 했다. 하지만 내가 아무리 달려도 두 사람에게 가까이 갈 수가 없었다. 그때 자줏빛 새 한 마리가 물보라 밖으로 튀어나왔다. 날개를 펴면 서쪽에서 동쪽까지 호수 전체를 캄캄하게 만들어 버릴 정도로 거대한, 중생대 계열의 '죽음의 파랑새'였다. 새가 부리를 열자 홀란드 터널만큼 거대한 식도가 드러났다. 그리고 그 새가 아내와 아들을 삼키기 위해 다가올 때 어디선가 음산한 목소리가 계속해서 들렸다. 애로우헤드 프로젝트······. 애로우헤드 프로젝트······. 에로우헤드 프로젝트······.

빌리와 나만 잠을 설친 것은 아니었다. 다른 사람들도 자는 동안에 비명을 질러 댔고 심지어 깨어난 후에까지 비명을 지르는 사람도 있었다. 냉장고의 맥주는 빠른 속도로 줄어들었다. 버디 이글턴은 아무 말 없이 뒤쪽에서 맥주를 내와 냉장고에 채워 넣었다. 마이크 하틀렌은 소미넥스(수면제 상표명—옮긴이)가 바닥났다고 내게 말해 주었다. 다 쓴 것이 아니라 누군가 쓸어간 것이다. 하틀렌은 몇몇 사람들이 대여섯 상자씩 챙긴 거라고 생각했다.

"니톨은 조금 남았는데. 한 병 드릴까요?"

나는 고맙지만 사양하겠다고 말했다.

5번 계산대 쪽 맨 가장자리 통로에서 우리는 술꾼들을 찾아냈다. 모두 여섯이었는데, '소나무 세차장'을 운영하는 루 타팅거를 제외하고는 모두 외지 사람들이었다. 루는 코르크 마개를 따는 데 누구의 눈치도 보지 않는 사람이었다. 술꾼 군단은 모두 인사불성이었다.

그리고 정신이 나간 사람들도 예닐곱 명 되었다.

정신이 나갔다는 표현이 딱 맞아떨어지는 것은 아니지만, 더 이상 적당한 단어를 찾아낼 수가 없다. 이 사람들은 맥주, 와인, 마약 따위의 힘도 빌리지 않고 완전히 무아지경에 빠져 있었다. 하나같이 문손잡이처럼 번들거리는 눈을 하고 멍하니 앞만 바라보고 있었다. 상상을 초월한 충격에 현실을 완전히 묻어 버리고 스스로를 퇴행으로 몰아간 사람들이다. 물론 나중에 다시 제정신으로 돌아올 수도 있겠지만, 그것도 시간이 있을 때에나 가능한 일이다.

나머지 사람들은 그럭저럭 정신적인 타협을 보았다. 사실 어떤 점에서는 우리도 역시 정상은 아니었다. 예를 들어, 레플러 부인은 이 모든 일들이 꿈이라고 확신했다. 아니면 그저 그렇게 말했을 뿐이거나. 어쨌든 레플러 부인은 확신있게 말했다. 나는 아만다를 보았다. 그녀에 대해서는 다소 불편한 감정이 들었다. 그러나 불쾌한 감정은 아니었다. 아만다의 두 눈은 믿을 수 없을 정도로 밝은 녹색이었다. 혹시나 콘택트렌즈를 착용한 것은 아닌가 하고 한동안 지켜보기도 했지만 진짜였다. 아만다와 섹스를 하고 싶었다. 아내는 집에 있다. 살아 있을 수도 있고 죽었을 수도 있지만 어쨌든 집에 혼자 있다. 그리고 나는 아내를 사랑한다. 그리고 무엇보다도 아들을 데리고 집으로 돌아가기를 원했다. 하지만 그러면서도 아만다 덤프라이스라는 여자의 몸속에 들어가고 싶었다. 나는 지금 처한 상황 때문이라고 자위해 보기도 했지만, 그렇다고 갈증이 줄어들지는 않았다.

나는 꾸벅꾸벅 졸다가 3시경에 화들짝 놀라 깼다. 아만다는 태아처럼 무릎을 가슴까지 끌어올리고 두 손은 가랑이 사이에 넣은 채 자고 있었다. 깊이 잠든 것 같았다. 스웨터 한쪽이 살짝 말려 올라가 깨끗한 흰 피부가 드러났다. 그 모습을 보며 나는 쓸데없이 성기가 곧추 서는 것을 억눌러야 했다.

나는 억지로 다른 생각을 하려 애썼다. 그래, 어제는 정말로 브랜트 노턴을 그리고 싶었다. 내게 그림만큼 중요한 것은 없다. 그를 통나무에 앉히고 손에는 내 맥주를 쥐어 주고는 땀에 전 피곤한 얼굴과 뒤통수 쪽으로 삐죽 튀어나온 두 개의 날개머리를 그리고 싶었다. 아버지와 이십 년을 함께 살고 난 뒤에야 비로소 착하게 사는 것만으로 충분하다는 사실을 받아들일 수 있었다.

재능이 무엇인지 아는가? 그건 기대치의 저주이다. 어린 시절, 우리는 재능과 타협하고 때로는 재능을 억눌러야 한다. 글에 소질이 있다면 아마 자신이야말로 셰익스피어를 날려 버릴 재인이라 생각할 것이다. 그리는 재주가 있다면, 하느님께서 당신의 아버지를 날려 버리기 위해 이 땅에 당신을 내리셨다고 생각할 것이다. 실제로 나는 그렇게 생각했다.

하지만 나는 아버지를 이기지 못했다. 어쩌면 필요 이상으로 애를 썼는지도 모르겠다. 뉴욕에서 열린 전시회는 개판이었고 비평가들은 아버지의 재주를 들어 내 머리를 죽어라고 내리쳤다. 일 년 후 나는 상업미술로 방향을 전환해 나와 스테파니의 생활비를 벌기 시작했다. 스테파니는 임신 중이었고 나는 그 사실에 대해 혼잣말을 하곤 했다. 혼잣말의 결론은 순수예술은 결코 취미 이상이 될 수 없다는 사실이었다.

나는 '골든 걸 샴푸' 광고 포스터를 그렸다. 한 소녀가 자전거에 비스듬히 기댄 모습, 소녀가 해변에서 원반던지기 놀이를 하는 모습, 손에 마실 것을 들고 아파트 발코니에 서 있는 모습이 담긴 광고였다. 고급 잡지에 실릴 단편소설에 삽화를 그리기도 했지만, 그건 싸구려 남성 잡지에 실릴 소설에 삽화를 그리다가 우연히 얻게 된 부업 같은 것에 지나지 않았다. 영화 포스터를 그리기도 했다. 그러자 돈이 들어오기 시작했고 우리는 드디어 우아한 모습으로 세상에 나설 수 있었다.

지난 여름 브리지턴에서 마지막 전시회를 열었다. 나는 5년 동안 작업한 그림 아홉 점을 내걸었고 그중 여섯 개를 팔았다. 내가 끝내 팔지 않은 그림은 기이한 우연처럼 페드럴 슈퍼마켓을 배경으로 한 것이었다. 주차장 끝에서 본 모습이 담겨 있는데, 텅 빈 주차장에는 캠벨의 강낭콩과 소시지 깡통들이 일렬로 서 있다. 깡통은 관객의 눈에 가까울수록 더 커 보였고 가장 가까운 깡통은 거의 3미터나 되었다. 그 그림에는 「강낭콩과 잘못된 투시법」이라는 제목을 붙였다. 테니스공과 라켓 등을 만드는 스포츠용품 회사의 중역이라고 하는, 캘리포니아에서 온 남자가 그 그림을 팔라고 한 적이 있었다. 목제 프레임의 왼쪽 하단 구석에 '비매품'이라고 써 놓은 것을 보여 줘도 남자는 고집을 꺾지 않았다. 남자는 처음에는 600달러를 제시했다가 나중에는 4000달러까지 내뱉었다. 남자는 자신의 연구에 꼭 필요한 그림이라고 했다. 하지만 끝내 나는 팔지 않았고 남자는 당혹스러워하며 떠났다. 그래도 완전히 포기한 것은 아니었다. 마음이 바뀌면 꼭 연락하라며 자신의 명함을 남겼다.

사실 그 돈이 필요하지 않은 것은 아니었다. 그 해에는 집도 수리했고 사륜구동차도 한 대 구입했기 때문이다. 하지만 팔 수가 없었다. 내가 그린 최고의 그림이라고 생각했기 때문이다. 그리고 누군가가 비아냥거리며 그림다운 그림은 저승에 가서나 그릴 거냐고 물을 때 마음을 진정시킬 그림이 필요했기 때문에 더 더욱 팔 수가 없었다.

지난 가을 우연히 올리 위크스에게 그 그림을 보여 준 적이 있었다. 올리는 그 그림을 사진으로 찍어 한 주 정도 광고에 사용해도 좋은지 물었고, 그것으로 내 왜곡된 고집은 종지부를 찍고 말았다. 올리는 내 그림을 있는 그대로 보았고, 그 덕에 나도 그림을 그대로 보게 되었다. 그건 그럴 듯한 광고 예술일 뿐 그 이상은 아니었다. 다행이라면 그 이하도 아니라는 것이다.

나는 그러라고 대답했고 곧바로 산루이스 오비스포에 사는 중역에게 전화를 걸어, 아직도 그림이 필요하다면 2500달러에 팔겠다고 말했다. 그가 그렇게 하겠다고 대답하자 나는 그림을 곧바로 택배로 보내 버렸다. 그 이후로 좌절당한 기대치의 목소리는, 그 따위 하찮은 장난감으로 나를 유혹할 수 없다는 식의 어린시절의 철없는 목소리는 거의 사라져 버렸다. 안개 낀 밤 저 밖 어딘가에 있을 보이지 않는 생명체들이 내는 소리처럼 가끔씩 투덜대는 것을 제외한다면 꽤 조용해진 셈이다. 어쩌면 이렇게 물을 수도 있겠다. 어린아이의 치기 어린 투정을 죽여야 할 이유는 또 뭐냐고 말이다.

4시쯤에 빌리가 일어나 아직 잠이 덜 깬 눈으로 이리저리 주변을 둘러보았다.
"우리 아직 여기야?"
"그래, 애야. 아직 그렇구나."
내가 대답했다.
아들은 금세 무력감에 빠져 흐느껴 울기 시작했다. 아만다도 일어나 우리를 바라보았다.
"이런, 애야. 아침이 되면 모든 것이 좋아질 거란다."
아만다가 빌리를 가볍게 끌어당기며 말했다.
"아냐. 아냐, 그렇지 않아. 그렇지 않아."
빌리가 말했다.
"쉬, 쉬, 아직 잘 시간이야."
아만다가 말했다. 빌리를 사이에 두고 나와 눈이 마주쳤다.
"싫어. 엄마 보고 싶어!"
"그래, 곧 엄마를 만나게 될 거야. 물론이고말고."

아만다가 말했다.

빌리는 아만다의 무릎 위에서 몸을 뒤척여 나를 보았다. 빌리는 한동안 그렇게 나를 바라보더니 이내 다시 잠에 빠져들었다.

"고맙습니다. 아이도 부인을 필요로 하는 모양이군요."

내가 인사를 했다.

"빌리는 날 알지도 못하는걸요."

"그건 상관없지요."

"어떻게 생각하세요? 어떻게 될 것 같아요?"

아만다가 녹색 눈으로 나를 뚫어지게 바라보며 말했다.

"아침에 대답하면 안 되겠습니까?"

"지금 듣고 싶어요."

내가 입을 열어 대답하려 할 때 올리가 공포소설에 나오는 무언가처럼 불쑥 어둠 속에서 나타났다. 올리는 여성 블라우스로 렌즈를 감은 손전등을 천장으로 향하게 했다. 그 바람에 올리의 얼굴이 더욱 초췌해 보였다.

"데이비드."

올리가 속삭였다.

아만다도 올리를 바라보고는, 처음에는 놀랐다가 금방 겁먹은 얼굴이 되었다.

"올리, 무슨 일이에요?"

내가 물었다.

"데이비드, 어서 이리 와 보게."

올리가 속삭이듯 말했다.

"빌리를 떠날 수가 없어요. 지금 막 잠이 들었는데."

"내가 있을게요. 가시는 게 좋을 것 같네요."
아만다가 말했다. 그러고는 낮은 목소리로 이렇게 덧붙였다.
"오, 하느님, 제발 도와주세요."

군인들에게 생긴 일. 아만다와 함께. 댄 밀러와의 대화

나는 올리와 함께 나섰다. 창고 쪽으로 향했다. 냉장고를 지날 때 올리는 다시 맥주를 집어 들었다.

"올리, 무슨 일이에요?"

"직접 보는 게 좋을 걸세."

올리가 여닫이문을 열었고, 우리는 함께 안으로 들어갔다. 문이 부드럽게 닫히며 등 뒤로 서늘한 바람이 불었다. 안은 추웠다. 노미가 처참하게 당한 이후로는 더 이상 오고 싶지 않은 곳이었다. 이곳 어딘가에 죽은 촉수 조각이 있다는 생각을 떨쳐 버릴 수 없었다.

올리는 손전등에서 블라우스를 벗겨 내고 머리 위를 비추었다. 처음에는 누군가 천장의 난방 파이프에 마네킹 한 쌍을 매달아 놓은 거라고 생각했다. 핼러윈 속임수처럼 피아노 줄 같은 것으로 매달아 놓았다고 말이다.

발이 보였다. 시멘트 바닥에서 20센티미터쯤 위에서 흔들리는 발. 그리고 걷어차인 듯한 상자 두 개가 보였다. 나는 눈을 들어 얼굴을 보았고 목구멍으로 비명이 올라왔다. 그것은 슈퍼마켓에 있는 마네킹이 아니었다. 너무나 우스워서 얼굴이 시뻘게지는 농담을 즐기는 것처럼 두 사람의 고개가 한쪽으로 꺾여 있었다.
 그리고 그림자. 뒤쪽 벽 위로 길게 늘어진 그림자 두 개. 혀. 입 밖으로 축 늘어진 혀.
 둘 다 제복 차림이었다. 그래, 본 적이 있는 아이들이다. 분명 군인들이 있었다. 그러고는 어디 갔는지 보이지 않았는데……
 비명을 지르고 싶었다. 목에서 경찰 사이렌 같은 신음 소리가 새어나왔다. 그때 올리가 내 팔을 잡았다.
 "데이비드, 소리치지 말게. 아직 우리 말고는 아무도 몰라. 그래서 혼자 오라고 한 걸세."
 "그 군인들이에요."
 나는 비명을 삼키고 겨우 입을 열었다.
 "애로우헤드 프로젝트. 그런 것 같군."
 올리가 말했다.
 무언가 차가운 물체가 내 손에 닿았다. 맥주 캔이었다.
 "마셔. 필요할 걸세."
 나는 맥주를 단숨에 들이켰다.
 올리가 말했다.
 "맥베이 씨의 가스그릴에 쓸 카트리지를 찾으러 왔다가 이 친구들을 봤어. 올가미를 미리 만들어 놓고 상자 위에 올라선 것 같더군. 서로 손을 묶어 주었겠지. 쉽게 묶을 수 있도록 서로 균형을 잡아 준 거야. 그러니까…… 그래서 손이 뒤로 묶여 있는 거겠지. 그리고 나서, 이건 내 추측이지만, 아마도 고개를 올가미 안에 집어넣은 다음 한쪽으로 움직여 줄을 조인 것 같네. 그리고 한 사람이 셋을 세고 동시에 뛰어내렸을 거야, 아마도……"

"그건 불가능해요."

내가 목이 멘 소리로 말했다.

하지만 손은 분명 뒤로 묶여 있었다. 나는 눈을 뗄 수가 없었다.

"가능해. 정말로, 정말로 그러고 싶었다면 말이야. 데이비드, 충분히 가능해."

"하지만 왜죠?"

"알고 있잖나. 여행객이나 밀러 같은 휴양객은 아니겠지만, 이 중에 분명 대충의 상황을 이해하고 있는 사람들이 있을 거야."

"애로우헤드 프로젝트 말인가요?"

"하루 종일 계산대에 서 있는 게 일이기 때문에 귀동냥도 많이 한다네. 이번 봄 내내 그 빌어먹을 애로우헤드 얘기만 들었어. 다 개떡 같은 얘기지만 말일세. 호수에 떠 있는 검은 얼음이니 뭐니 하는······."

내 스카우트 창문에 기대 미지근한 술 냄새를 풍겨 대던 빌 지 오스티가 생각났다. 그건 종류가 다른 원자야, 이놈아. 이제 시체 두 개가 파이프에 매달려 있다. 꺾어진 머리. 대롱거리는 군화. 여름 소시지처럼 길게 베어 문 혀.

나는 두려운 마음으로 새로운 인식의 문이 열리는 것을 지켜보아야 했다. 새롭다고? 정말 그럴까? 오래된 인식의 문이라고 해야 더 정확한 표현이 아닐까? 어느 정도는 진리를 외면하는 것이 자신을 보호하는 방법이 된다는 사실을 깨닫지 못한 어린아이의 인식 같은 것 말이다. 아이들은 눈으로만 사물을 보고 귀가 받아들이는 것만 듣는다. 하지만 삶이 의식의 증가를 뜻한다면(아내가 고등학교 시절 만든 자수에 쓰여 있듯이), 그렇다면 삶은 동시에 인식의 한계를 뜻하기도 한다.

공포는 인식과 의식의 지평을 넓혀 준다. 공포란, 내가 기저귀와 보행기로 대변되는 과거의 시간으로 거슬러 올라가고 있음을 아는 것과 같다. 합리가 무너져 내리는 동시에 인간의 두뇌는 과부하상태가 되고 축색돌기는 가열된다. 그리하여 환각이 현실이 되는 것이다. 의식이 평행선을 교차하도록 하는 바로 그 순간에 모래함정이 현실로 나타난다. 죽은 자가 일어나 말을 하고 장미가 노래하는 세상.

올리가 계속 말했다.

"그런 얘기를 한 사람이 열 명도 넘어. 저스틴 로바즈. 닉 토카이. 벤 미켈슨. 이 좁아터진 마을에 비밀이 어딨겠나. 어디선가 새게 마련이야. 어떨 땐 봄 같아. 분명 이 땅 어디선가 보글보글 솟아오르지만 그게 어디인지는 아무도 모르지. 그런 이야기들은 도서관에서 퍼졌을 수도 있고 해리슨의 계류장에서 들었을 수도 있지만, 아무도 어디서 누가 말했는지는 모르는 법일세. 분명한 건, 이번 봄 여름 내내 그놈의 애로우헤드 프로젝트, 애로우헤드 프로젝트 하는 소리를 들었다는 거야."

"하지만, 올리, 이 친구들은…… 아직 어린애들이라고요."

"그곳에도 귀를 쫑긋거리는 애들은 있어. 나도 그곳에 있었고 또 보기도 한걸."

"하지만…… 도대체 왜 이런 일을 저지른 걸까요?"

"그건 나도 모르겠어. 이 애들은 뭔가를 알고 있었을지도 몰라. 적어도 짐작은 했겠지. 그리고 결국 이곳 사람들이 이것저것 묻기 시작할 거라는 사실에 겁이 났을 걸세. 결국이 언제인지는 몰라도."

"올리, 당신 말이 맞다면 정말로 심각한 문제일 것 같군요."

올리가 낮고 부드러운 목소리로 말했다.

"태풍이야. 태풍이 그곳에 있는 뭔가를 터뜨린 거야. 어쩌면 사고가 있었을지도 모르지. 그 사람들, 뭔가 고성능 레이저와 분자 증폭기를 실험하고 있다는 말도 있고 핵융합을 하고 있다는 소문도 있었어. 어쩌면…… 어쩌면 말일세……. 그들이 다른 차원으로 통하는 구멍을 뚫었을지도 몰라."

"말도 안 돼요."

"아니면, 저 애들은 어떻게 설명하겠나?"

올리가 시신들을 가리키며 되물었다.

"지금은 그게 문제가 아닙니다. 이제 어떻게 해야 하죠?"

"우선 저들을 내려서 숨겨야겠어. 사람들이 잘 찾지 않는 개 사료나 세척제 더미 밑에다 숨기면 될 거야. 이 일이 새 나가면 문제는 더 꼬일 거라고. 그래서 자넬 찾은 거네, 데이비드. 지금은 솔직히 자네밖에 믿을 사람이 없어."

"패전 후 지하실에서 자살한 나치 전범들 같군요."

내가 중얼거렸다.

"그래, 나도 그런 생각을 했어."

우리는 잠시 아무 말도 하지 않았다. 그때 철문 밖에서 예의 부드럽게 쓸리는 소리가 들렸다. 촉수들이 문을 더듬는 소리. 우리는 바싹 붙어 섰다. 온몸에 소름이 돋았다.

"좋아요. 어서 해요."

내 말에 올리가 답했다.

"서두르지. 나도 어서 빠져나가고 싶으니까."

올리의 사파이어 반지가 손전등 불빛에 말없이 반짝거렸다.

나는 줄을 올려다보았다. 골프 모자 사내가 허리에 감고 나갔던 것과 똑같은 종류의 줄이었다. 올가미가 목덜미의 살집 부분을 짓누르고 있었다. 이 두 사람을 이 지경으로 몰아넣은 것이 무엇인지 도무지 짐작이 가지 않았다. 이 동반자살이 알려질 경우 상황이 더 어려워질 거라는 올리의 말이 이해가 갔다. 벌써 나부터 엉망이 되지 않았는가? 도대체 어떻게 이런 일이……?

철컥 하는 소리가 들렸다. 올리가 잭나이프를 펼친 것이다. 올리는 칼로 두꺼운 마분지 상자를 찢었고 이제 로프를 끊는 일이 남았다.

"내가 할까? 자네가 하겠나?"

올리가 물었다.

내가 숨을 크게 들이쉬었다.

"하나씩 맡읍시다."

우리는 그렇게 했다.

우리가 돌아갔을 때 아만다는 보이지 않았고 대신 트루먼 부인이 빌리와 함께 있었다. 두 사람 모두 잠들어 있었다. 내가 통로 쪽으로 걸어가자 누군가가 다시 나를 불렀다.

"드레이튼 씨. 데이비드. 무슨 일이 있나요?"

아만다였다. 그녀는 매니저 사무실로 올라가는 계단 옆에 서 있었다. 에메랄드 같은 눈.

"아니, 아무 일도 없습니다."

아만다가 다가왔다. 흐린 향수 냄새. 오, 이 빌어먹을 욕망이여.
"거짓말."
아만다가 말했다.
"아무것도 아니에요. 경보가 잘못 울렸더군요."
"데이비드, 정말로 원하신다면……."
아만다가 갑자기 내 손을 잡았다.
"막 사무실에 갔다 왔어요. 방은 비어 있고 문에 자물쇠도 있더군요."
아만다는 무척이나 차분히 말했지만 눈빛은 가볍게 흔들리고 있었다. 그리고 목에서 맥박이 규칙적으로 뛰었다.
"무슨 말이신지……."
"나를 바라보는 눈빛을 보았어요. 지금 굳이 그 의미에 대해 말할 필요가 있을까요? 트루먼 부인이 지금 당신 아들하고 함께 있어요."
"좋습니다."
문득 이것도 하나의 방법이라는 생각이 들었다. 최선은 아니지만 올리와 내가 행한 일에 내려진 저주를 털어내는 방법이 될 수도 있을 것 같았다. 최선은 아니지만 유일한 방법.
우리는 좁은 계단을 따라 사무실로 올라갔다. 아만다의 말대로 방은 비어 있었고 문에 자물쇠도 있었다. 나는 자물쇠를 걸었다. 어둠 속에서 아만다는 검은 형체로만 보였다. 나는 두 손을 뻗어 아만다를 끌어당겼다. 아만다는 떨고 있었다. 우리는 무릎을 꿇고 서로의 입술을 탐했다. 나는 아만다의 단단한 가슴을 움켜쥐었다. 아만다의 빠른 심장박동이 스웨터를 통해 전해졌다. 빌리에게 전선을 조심하라고 말하는 스테파니가 떠올랐다. 결혼식날 갈색 드레스를 벗었을 때 드러난 그녀의 엉덩이 상처에 대해서도 생각했다. 스테파니를 처음 보았을 때도 떠올랐다. 그때 스테파니는 오로노의 메인 대학 산책로에서 자전거를 타고 있었고, 나는 포트폴리오를 겨드랑이에 끼고 빈센트 하트겐의 수업을 들으러 가는 길이었다. 성기가 터질 것만 같았다.

우리는 바닥에 누웠고 아만다가 말했다.

"데이비드, 나를 사랑해 줘요. 나를 따뜻하게 해 줘요."

아만다는 오르가슴에 도달했을 때 손톱으로 내 등을 파내며 누군가의 이름을 불렀다. 내 이름은 아니었지만 무슨 상관이랴. 어차피 마찬가지인 것을.

우리가 아래로 내려갔을 때 새벽이 스멀거리며 일어서고 있었다. 감시창 밖의 어둠이 짙은 회색을 띠더니, 어느덧 자동차극장의 스크린처럼 무광의 밝고 투명한 크롬 색 막을 드러내기 시작했다. 마이크 하틀렌은 어디선가 가져온 접의자에 앉아 졸고 있었다. 댄 밀러는 조금 떨어진 곳에 앉아 설탕 가루가 하얗게 뒤덮인 하스티스 도넛을 먹고 있었다.

"앉으세요, 드레이튼 씨."

밀러가 자리를 권했다.

나는 아만다를 찾아 주위를 둘러 보았다. 하지만 아만다는 이미 통로 중간쯤에 가 있었고 뒤를 돌아보지도 않았다. 새벽 안개의 몽롱한 기운 때문일까? 어둠 속에서 나눈 사랑의 행위가 아련한 꿈처럼 느껴졌다. 실제로 일어난 일이라고 믿기가 어려웠다. 나는 자리에 앉았다.

밀러가 상자를 내밀었다.

"도넛 좀 드릴까요?"

나는 고개를 저으며 대답했다.

"백설탕은 독약입니다. 담배보다도 나쁘다고요."

내 대답에 밀러는 희미하게 웃어 보였다.

"그래요? 그럼 두 개는 먹어야겠군요."

손톱만큼이나마 내게 웃음이 남아 있다는 사실이 놀라웠다. 밀러에게는 상대의 웃음을 끌어내는 능력이 있었다. 좋은 남자라는 느낌이 들었다. 나는 도넛 두 개를 받았다. 무척 맛이 좋았다. 나는 원래 아침에 담배를 피우는 사람이 아니지만 그 자리에서 도넛 두 개에 담배까지 빼물었다.

"아이한테 가 봐야겠습니다. 곧 깨어날 거예요."

그러자 밀러가 고개를 끄덕이며 말했다.

"그 분홍 벌레들 말입니다. 사라졌어요. 그리고 괴물 새들도요. 행크 배너맨 말로는 4시쯤에 마지막 놈이 유리를 때렸다고 하더군요. 아무래도…… 그놈들은…… 어두울 때 훨씬 활동적인가 봅니다."

"그 말은 죽은 브랜트 노턴에게 전하지 않는 게 좋겠군요. 노미한테도요."

내가 말했다.

밀러는 다시 고개를 끄덕이고는 한참 동안 아무 말도 하지 않았다. 그러고 나서 담뱃불을 붙인 다음 나를 보며 말했다.

"드레이튼 씨, 여기 이대로 있을 수는 없습니다."

"식량은 충분합니다. 마실 것도 많고요."

"그게 문제가 아니라는 것, 잘 아시잖습니까? 저 괴물들이 밤에 유리창을 들이받는 데서 그치지 않고 안으로 들어오기 시작하면 어떻게 합니까? 빗자루하고 횃불만 갖고 쫓을 수 있을까요?"

물론 밀러의 말이 옳았다. 어쩌면 안개가 우리를 숨겨 주고 있는지도 모른다. 하지만 얼마나 오랫동안 숨겨 주겠는가? 게다가 또 다른 문제도 있다. 우리가 페드럴 슈퍼마켓에 들어온 지 벌써 열여덟 시간이나 되었다. 일종의 마비 증세가 나타나기 시작했는데 오랫동안 수영을 했을 때 나타나는 증세와 비슷했다. 중요한 것은 살아남아야 하며 빌리를 돌봐야 하고(밤이 오면 아만다 덤프라이스도 품어야 하고?) 어쩌면 안개가 모든 것을 처음과 똑같은 모습으로 되돌려놓을지 끝까지 지켜봐야 한다는 것이다.

또 다른 측면의 문제도 있었다. 과연 사람들이 이곳을 떠나려 할까? 편안한 마음으로 출구를 나서기에는 이미 너무나도 많은 일이 일어났다.

밀러는 내 얼굴에서 그 생각들을 읽었는지 이렇게 말했다.

"안개가 닥쳤을 때 이 안에는 여든 명 정도가 있었어요. 그중에서 아르바이트생과 노턴과 그 사람을 따라간 네 명을 빼야겠죠. 그리고 스몰리라는 사람도요. 그러면 이제 일흔세 명이 있습니다."

그리고 지금 퓨리나 개 사료 포대 아래에서 쉬고 있는 군인 두 명을 빼면 일흔한 명이 남는다.

"거기다 인사불성이 된 사람들을 빼야죠. 열에서 열둘 정도 되는 것 같던데. 일단 열 명으로 잡으면 예순세 명이 남는군요. 하지만……."

밀러는 설탕이 잔뜩 묻은 손가락 하나를 들어 보이더니 계속 말했다.

"그중에도 스무 명 정도는 떠나려 하지 않을 거예요. 하지만 소리를 지르든 발로 차서든 어떻게든 데리고 나가야 합니다."

"왜 그래야 하죠?"

"여기에서 나가야 하니까요. 그게 다예요. 나는 나갈 겁니다. 정오쯤에요. 난 가능한 한 많은 사람들을 데리고 나갈 생각입니다. 당신하고 당신 아들도 함께 갔으면 합니다."

"노턴이 어떻게 되었는지 모르는 사람 같군요."

"노턴은 스스로를 제물로 바쳤어요. 난 그러지 않을 겁니다. 함께 가는 사람들도 그렇고요."

"어떻게 괴물들과 맞설 겁니까? 우리한테 총은 한 자루뿐인데."

"한 자루라도 있으니 다행이지요. 교차로까지만 가면 메인 스트리트에 있는 총포상에 들어갈 수 있을 겁니다. 그곳엔 밖에서 보이는 것보다 총이 더 많이 있어요."

"가정이 너무 많습니다."

"드레이튼 씨, 지금은 상황 자체가 불확실합니다."

밀러는 거침없이 술술 말했다. 아무튼 밀러에게는 돌봐야 할 아들이 없었다.

밀러가 계속해서 말했다.

"일단 여기까지만 해 두죠. 어젯밤에 별로 자지 못했지만 덕분에 이것저것 생각할 수 있었습니다. 들어 보시겠습니까?"

"말씀하세요."

밀러는 자리에서 일어나 기지개를 폈다.

"같이 저쪽으로 가시죠."

우리는 제빵 코너 옆의 계산대를 빠져나가 그곳 감시창 아래에 섰다.

감시하던 남자가 말했다.

"괴물들이 보이지 않습니다."

밀러가 남자의 등을 탁 소리가 나도록 쳤다.

"가서 커피 한 잔 하세요. 그동안 내가 볼 테니까."

"예, 감사합니다."

남자가 떠났고 밀러와 나는 감시창으로 올라갔다.

"눈에 보이는 걸 나한테 말씀해 주세요."

밖을 내다보니 밤사이에 넘어진 쓰레기통이 가장 먼저 눈에 띄었다. 괴물 새의 짓이리라. 신문 조각, 깡통, 데어리 퀸에서 나온 종이컵 들이 핫탑 커피전문점 앞 도로에 널브러져 있었다. 그 너머로는 줄줄이 세워진 자동차들이 보였는데 슈퍼마켓에서 멀어질수록 차들은 점점 흐려졌다. 내가 볼 수 있는 것은 거기까지였고, 밀러에게도 그대로 말해 주었다.

밀러가 말했다.

"저 파란색 시보레 트럭이 제 찹니다."

밀러가 내민 손가락 끝으로 푸른 얼룩 같은 것이 보일 듯 말 듯 했다.

"어제 여기 주차했을 때 생각납니까? 아마도 주차장이 차 댈 곳 없이 빽빽했을 거예요."

나는 내 스카우트 쪽으로 시선을 돌렸다. 내가 슈퍼마켓 가까이에 차를 댈 수 있었던 것은 다행히 누군가가 차를 뺐기 때문이었다. 나는 고개를 끄덕였다.

밀러가 말했다.

"그 사실 말고도 몇 개 더 있습니다. 노턴과 그 네 사람……. 그 사람들을 뭐라고 하셨죠?"

"골통클럽."

"예, 딱 맞는 이름이군요. 아시다시피 그들은 밖으로 나갔습니다. 적어도 빨랫줄이 거의 끝날 때까지는 아무 일도 없었죠. 그리고 우리는 으르렁거리는 소리를 들었습니다. 코끼리 떼라도 있는 것 같았지요, 그렇죠?"

"코끼리 소리하고는 달랐어요. 그건 마치……."

원시의 늪에서 나온 괴물 같았다는 말이 머릿속에 떠올랐지만, 밀러에게 할 말은 아니라는 생각이 들었다. 큰 게임을 마치고 돌아온 선수를 대하는 코치처럼 커피나 한 잔 하고 오라며 감시자의 등을 때리는 모습을 보았기 때문이다. 올리라면 모르지만 밀러에게는 할 말이 아니었다.

"글쎄요, 뭐라고 해야 할지는 모르겠군요."

나는 결국 이렇게 얼버무렸다.

"아무튼 엄청나게 큰 소리였습니다."

"예."

그랬다. 그건 상상 이상으로 큰 소리였다.

"그런데 자동차가 부딪치는 소리나 찌그러지는 소리는 듣지 못했습니다. 유리 깨지는 소리도요."

"그건, 그러니까……."

나는 말을 멈췄다. 그가 정곡을 찌른 것이다.

"그렇군요."

밀러가 말을 이었다.

"괴물한테 습격당했을 때 사람들은 주차장을 벗어나지도 못했습니다. 제 생각을 말씀드리죠. 우리가 자동차 소리를 듣지 못한 이유는 차들이 사라졌기 때문입니다. 그냥…… 사라져 버린 겁니다. 땅으로 꺼졌든 하늘로 증발했든…… 모르겠어요. 철근을 자르고 프레임을 떼어 내고 우그러뜨리고……. 아무튼 엄청난 힘이겠지요. 그리고 도시의 소음이 완전히 사라졌습니다."

나는 반쯤 사라진 주차장을 상상해 보았다. 그곳으로 걸어 나가는 상상을 해 봤고, 주차장과 노란 주차선이 완전히 잘려 나간 벼랑을 상상하려 애써 보았다. 벼랑? 비탈? 어쩌면 그 아래로 끝없이 하얀 안개가 깔린 깎아지른 절벽이 기다리고 있을지도 모를 일이다. 하얀 안개의 절벽…….

잠시 후 내가 입을 열었다.

"만일 밀러 씨 말이 옳다면 그쪽 트럭까지 가려면 얼마나 가야 할까요?"

"내가 원하는 건 내 트럭이 아니라 드레이튼 씨의 사륜구동차입니다."

그건 생각해 볼 문제이지만 당장은 아니었다.

"그밖에는요?"

밀러는 신이 나서 덧붙였다.

"옆에 있는 약국 말입니다. 이상하지 않나요?"

나는 무슨 말이냐고 물으려다가 그냥 입을 닫고 말았다. 브리지턴 약국은 어제 우리가 차를 타고 들어왔을 때 영업을 하고 있었다. 세탁소는 닫혀 있었지만, 약국은 문을 활짝 열어 놓고 차가운 바람이 들어오도록 문에 쐐기까지 괴어 두었다. 정전으로 에어컨이 작동하지 않았기 때문이다. 게다가 약국 문은 이곳 슈퍼마켓 입구에서 불과 10미터도 되지 않는다. 그런데 왜?

밀러가 내 대신 물었다.

"그런데 왜 아무도 이쪽으로 건너오지 않는 걸까요? 열여덟 시간입니다. 배도 고프지 않은 걸까요? 감기약과 생리대를 먹고 살지는 않을 것 아닙니까?"

내가 말했다.

"먹을 거야 있지요. 특별히 약국에서도 식품류를 팔거든요. 동물 크래커나 토스터용 빵 같은 거죠. 캔디류도 있고요."

"조금만 움직이면 먹을 것투성이인데 거기서 그런 거나 먹으며 버틸 거라고 생각하십니까?"

"도대체 무슨 생각을 하고 계신 건가요?"

"여기서 나갈 생각입니다. 하지만 B급 호러영화의 무참한 희생자가 될 생각은 없습니다. 네다섯 명이 약국에 가서 그곳 상황을 살펴보는 것이 좋을 것 같습니다. 사전 점검 같은 거죠."

"그게 전부인가요?"

"아뇨, 또 다른 이유도 있습니다."

"그게 뭐죠?"

"저 여자죠. 저 미친 마녀 말입니다."

밀러가 딱 잘라 말하며 중간 통로 쪽을 손가락으로 가리켰다.

손가락이 가리킨 것은 커모디였다. 커모디는 더 이상 혼자가 아니었다. 여자 둘이 함께 있었다. 의상이 밝은 것으로 보아 여행자거나 피서객인 듯했다. 아마도 '찬거리를 사러 잠깐 마을에 나왔다가' 지금은 두고 온 가족 걱정으로 속이 까맣게 타 버린 여자들일 것이다. 여자들은 지금 지푸라기라도 잡고 싶은 심정이리라. 그것이 비록 마녀 커모디의 검은 저주라 할지라도 말이다.

커모디가 입은 바지 정장은 그녀만큼이나 불길한 빛으로 반짝거렸다. 커모디는 손짓 발짓을 섞어 말을 하는 중이었는데 표정은 여전히 딱딱하고 어두웠다. 두 여자는 열심히 귀를 기울였다. 두 여자가 입은 옷도 색상이 밝긴 했지만, 커모디의 옷만큼 휘황찬란하지는 않았다. 커모디는 두툼한 겨드랑이 사이에 커다란 손가방을 단단히 붙들고 있었다.

"드레이튼 씨, 저 여자 때문이라도 나가야 합니다. 오늘 밤이면 아마도 저 여자 주위에 여섯 명은 모일 겁니다. 오늘 밤에도 분홍 벌레가 나타난다면 내일 아침이면 모두가 저 여자에게 달라붙을지도 모르죠. 그렇게 되면 괴물에게 던져 줄 제물이 누가 될지부터 걱정해야 할 겁니다. 어쩌면 나나 데이비드 당신일 수도 있고, 하틀렌이라는 친구가 될 수도 있을 거요. 그래요, 당신 아들일 수도 있고요."

"그건 터무니없는 추측입니다."

하지만 정말 그럴까? 소름끼치는 전율이 척추를 훑고 지나갔다. 커모디의 입이 계속해서 움직였고 여성 여행자들의 시선은 커모디의 주름진 입술에서 떠날 줄을 몰랐다. 정말 터무니없는 추측일 뿐일까? 문득 거울 개울의 물을 핥아먹고 있는 먼지 낀 박제 동물들의 모습이 떠올랐다. 커모디에게는 힘이 있다. 심지어 가장 합리적이고 정상적이라고 자부하는 스테파니조차 저 여자의 이름을 언급할 때에는 불편해하지 않았던가?

미친 마녀. 밀러는 커모디를 그렇게 불렀다. 마녀.

"이곳 사람들은 지금 정신적인 혼란을 겪고 있습니다."

밀러는 이렇게 말하고 쇼윈도 구획을 나누는 붉은 들보를 가리켰다. 들보는 비틀리고 뜯기고 휘어서 도저히 형체를 알아볼 수 없을 정도였다.

"사람들의 정신 상태는 아마도 저 들보 같을 겁니다. 나도 그렇고요. 어젯밤 별의별 생각을 다 했습니다. 내가 앨리스처럼 이상한 나라에 왔거나 구속복을 입고 댄버스 정신병원에 갇혀 있는 환자일지도 모른다는 생각도 했지요. 벌레와 괴물 새와 촉수괴물이 나타났다고 바락바락 악을 쓰며 도망다니다 잘 빠진 당번 간호사가 달려와 신경안정제를 한 방 놓으면 모든 환상이 사라지는 겁니다."

밀러의 작은 얼굴이 창백하고 경직되어 보였다. 밀러는 마녀 커모디를 바라보다 다시 내게 시선을 돌렸다.

"충분히 가능합니다. 혼란이 가중될수록 저 여자의 위상은 점점 더 올라갈 거요. 그렇게 되면 난 이곳에 남지 않을 겁니다."

커모디는 계속해서 입을 움직였다. 노파의 뾰족한 이 사이에서 혀가 춤을 추듯 돌아다녔다. 그랬다. 그녀는 마녀처럼 보였다. 끝이 뾰족한 검은 모자를 씌워 주면 완벽할 것이다. 포로로 잡힌 밝은 깃털의 새 두 마리에게 도대체 무슨 말을 저렇게 지껄이고 있는 걸까?

애로우헤드 프로젝트? 암흑의 봄? 지옥의 부활? 인간 제물?

젠장.

아무렴 어때.

"어떻게 하시겠습니까?"

"그렇게 하기로 하죠. 약국에 가 보기로 합시다. 당신하고 나, 그리고 원한다면 올리도 가고, 한두 명 더 데려가도 좋겠죠. 그럼 그때 다시 얘기하기로 합시다."

나는 결국 이렇게 대답하고 말았다. 사실 이렇게 말하는 것만으로도 새하얀 안개 낀 벼랑 아래로 곤두박질 치는 기분이 들었다. 내가 죽으면 빌리는 어떻게 하지? 하지만 이곳에 엉덩이를 처박고 있다고 해서 달라지는 것도 없다. 약국까지 10미터 정도. 그다지 나쁜 도박은 아니다.

"언제로 할까요?"

밀러가 물었다.

"한 시간 후로 하죠."

"좋습니다."

약국 탐사

나는 트루먼 부인과 아만다에게 차례로 이 계획에 대해서 말하고 나서 아만다가 마지막으로 빌리에게 말했다. 오늘 아침 빌리는 무척 좋아 보였다. 아침 식사로 도넛 두 개와 켈로그 한 사발을 먹었다. 그러고 나서 함께 매장을 뛰어다녔는데 녀석은 조금 웃어 보이기까지 했다. 아이들의 적응력이란 놀라워서 덕분에 커다란 짐을 하나 덜어 놓은 기분이었다. 빌리는 초췌해 보였다. 눈 밑에는 아직 지난밤의 눈물 자국이 남아 있었다. 빌리는 오랫동안 강렬한 감정의 기폭을 겪은 듯 약간 노인처럼 보이기도 했다. 어쨌든 빌리는 살아 있고 여전히 웃을 수도 있다……. 지금 자기가 어디에 있고 또 어떤 일이 있었는지를 기억해 내기 전까지 말이다.

우리는 한바탕 뛴 다음, 아만다와 해티 트루먼과 함께 앉아 종이컵에 게토레이를 따라 마셨다. 그리고 빌리에게 몇 사람과 함께 약국에 다녀올 생각이라고 말해 주었다.

"아빠, 가지 마."

빌리가 얼른 말했다. 잔뜩 구름이 낀 얼굴이었다.

"괜찮을 거야, 빌. 가서 스파이더맨 만화책을 가져다줄게."

"아빠, 그냥 여기 있어."

빌리의 표정은 구름 낀 정도가 아니라 폭풍우라도 몰아칠 기세였다. 나는 아들의 손을 잡았다. 빌리는 내 손을 뿌리쳤다. 나는 다시 아들의 손을 잡았다.

"빌리, 우린 어떻게든 이곳에서 빠져나가야 해. 그건 알고 있지?"

"안개가 사라지면……."

하지만 빌리의 말에는 확신이 없었다. 아들은 천천히 게토레이를 마셨으나 이미 아무 맛도 느끼지 못하는 게 분명했다.

"빌리, 꼬박 하루가 지났어."

"엄마 보고 싶어."

"그래, 약국에 가는 것도 엄마한테 가기 위해서야."

"근거 없는 희망은 주지 말아요, 데이비드."

트루먼 부인이 끼어들었다.

"도대체……. 이 애한테 필요한 건 지금 희망이라고요."

나는 버럭 화를 내며 말했다.

트루먼 부인은 두 눈을 떨어뜨렸다.

"그래요. 그럴 수도 있겠네요."

빌리는 우리 말을 듣는 것 같지도 않았다.

"아빠……. 아빠, 저 밖에 괴물이 있잖아. 괴물 말이야."

"그래, 알고 있단다. 하지만 괴물들은 말이야. 대개는 밤에만 나타나는 거야. 낮에는 거의 없어."

빌리가 커다란 눈으로 나를 바라보며 말했다.

"밖에서 기다리고 있을 거야. 안개에 숨어서 기다리고 있단 말이야……. 그러니까 아빠가 밖에 나가면 기다리고 있다가 잡아먹을 거야. 동화책에서도 그랬단 말이야. 아빠, 제발 나가지 마."

아들은 격렬하게 나를 끌어안았다. 다시는 놓지 않을 것처럼.

나는 조심스럽게 아들의 팔을 풀며 어쩔 수 없다고 말해 주었다.

"하지만 꼭 돌아올 거야, 빌리."

"알았어요."

빌리는 힘없이 대답하고 더 이상 나를 쳐다보지 않았다. 빌리는 내가 돌아오지 못할 거라고 생각했다. 이제 아들의 얼굴에는 폭풍우가 아니라 비애와 비탄까지 머물러 있었다. 스스로 위험에 뛰어드는 게 과연 잘하는 짓일까? 나는 문득 세 번째 통로로 눈을 돌려 커모디를 보았다. 지금은 세 번째 청중이 생겼는데, 충혈된 눈을 쥐새끼처럼 이리저리 굴려 댔다. 두 눈이 잔뜩 충혈되어 있고 이마의 식은땀과 떨리는 손으로 보아 아직도 술에서 헤어나오지 못한 것이 분명했다. 나도 아는 사람이다. 마이론 라플로어. 꼬마 애를 사지로 몰아 놓고도 전혀 양심의 가책을 느끼지 못하던 바로 그자였다.

미친 마녀. 마녀.

나는 빌리에게 입을 맞춘 다음 꼭 끌어안아 주고는, 주방기구 통로를 피해 매장 앞쪽으로 나갔다. 마녀의 눈에 뒤통수를 맡기고 싶지 않았다.

4분의 3쯤 내려왔을 때 아만다가 옆에 따라붙었다.

"정말 이래야만 하나요?"

아만다가 물었다.

"예, 그런 것 같군요."

"미안하지만 당신 말은 얼빠진 영웅주의처럼 들리네요."

아만다의 두 뺨에 짙은 홍조가 배어 있었고 두 눈은 어느 때보다도 푸른빛을 쏘아 냈다. 아만다는 매우, 아니 정말로 질려 있었다.

나는 아만다의 팔을 잡고 댄 밀러와 나눈 이야기를 다시 들려주었다. 아만다는 자동차에 관한 수수께끼나 약국에서 아무도 오지 않았다는 사실에는 그다지 동요하지 않았다. 하지만 커모디에 관한 이야기에는 수긍을 했다.

"밀러 씨 말이 옳을 수도 있겠군요."

"정말로 그 말을 믿는 겁니까?"

"잘 모르겠어요. 아무튼 저 여자한테서 사악한 기운이 나오는 것만은 분명해요. 그리고 사람들이 오랫동안 공포에 시달리면, 누구든 해결책을 제시하는 사람에게 달라붙겠죠."

"하지만, 아만다, 인간을 제물로 바칠 수는 없어요."

"아즈텍 사람들은 그렇게 했어요. 데이비드, 잘 들으세요. 꼭 돌아오세요. 어떤 일이 있어도……. 어떤 일이 있어도, 꼭 와야 해요. 필요하다면 혼자서라도 달아나세요. 나를 위해서가 아니에요. 어젯밤 일은 좋았지만 그건 어젯밤 일일 뿐이에요. 당신 아들을 위해서 꼭 오세요."

아만다가 단호하게 말했다.

"예, 꼭 돌아올게요."

"제발 부탁할게요."

이제는 아만다도 빌리처럼 지치고 나이 들어 보였다. 어쩌면 우리 모두 그렇게 보일지도 모른다. 아니, 커모디만은 예외였다. 커모디는 더 젊고 활기차 보였다. 마치 전성기를 구가하는 듯했다. 마치…… 마치 참극을 제물로 활짝 피어나는 듯.

우리는 아침 9시 30분에 떠나기로 했다. 모두 일곱이었다. 올리, 댄 밀러, 마이크 하틀렌, 마이론 라플로어의 단짝 친구 짐(여전히 취중이었으나 어떻게든 명예를 회복할 방법을 찾으려는 것 같았다.), 버디 이글턴과 나, 그리고 힐다 레플러가 함께 가기로 했다. 밀러와 하틀렌이 어떻게든 말려 보려고 했으나 레플러 부인은 막무가내였다. 나는 보고만 있었다. 어쩌면 올리 다음으로 적임자일지도 모른다는 생각이 들어서였다. 레플러 부인은 캔버스천으로 된 작은 장바구니를 들고 있었다. 그 안에는 레이드와 블랙플래그 등 살충제가 가득 담겨 있었고, 모두 뚜껑을 따 놓아 언제든지 발사할 수 있었다. 그리고 한 손에는 2번 통로 스포츠용품 코너에서 꺼내온 지미 코너스 테니스 라켓이 들려 있었다.

"그걸로 뭘 할 건데요, 레플러 부인?"

짐이 물었다.

"나도 몰라. 그냥 마음이 놓여서 가져왔으니까."

레플러 부인이 씩씩하게 대답했다.

레플러 부인은 싸늘한 눈빛으로 짐을 찬찬히 바라보았다.

"너, 짐 그론딘 맞지? 내 반에 있었지 않니?"

짐의 입이 한쪽으로 일그러졌다.

"예, 선생님. 저하고 여동생 폴린이 같이 다녔죠."

"어젯밤에 많이 마신 모양이구나."

레플러 부인보다 훨씬 크고 50킬로그램은 더 나갈 것 같은 짐은 상고머리 끝까지 얼굴이 빨개졌다.

"에, 그건······."

하지만 레플러 부인이 냉정하게 돌아서는 바람에 짐은 변명할 기회조차 없었다.

"이제, 떠납시다."

레플러 부인이 말했다.

무기라 부르기엔 이상한 물건들이었지만, 우리 모두 뭔가를 손에 들었다. 올리는 아만다의 총을 들었고, 버디 이글턴은 뒤쪽 어딘가에서 지렛대를 들고 나왔다. 나는 대걸레 자루를 들었다.

"좋습니다. 여러분, 잠깐만 여기를 주목해 주십시오."

댄 밀러가 목소리를 살짝 올리며 말했다.

십여 명의 사람이 무슨 일인지 보기 위해 출구 쪽으로 몰려들었다. 사람들은 띄엄띄엄 모여 섰고, 오른쪽으로는 커모디와 커모디의 새 친구들이 서 있었다.

"우린 약국에 가서 그쪽 상황을 살펴볼 생각입니다. 운이 좋다면 클랩햄 부인을 치료할 약도 가져올 수 있을 겁니다."

클랩햄 부인은 어제 벌레들이 들어왔을 때 사람들에게 짓밟힌 노파였다. 다리가 부러져서 심하게 고통스러워했다.

밀러는 우리를 둘러보고는 다시 말했다.

"모험은 하지 않겠습니다. 행여 조그만 낌새라도 나타나면 재빨리 돌아오겠습니다."

"저 악마들도 함께 데려오겠지!"

커모디가 외쳤다.

"맞아요. 당신들 때문에 들키면 어떡하죠? 놈들이 따라올 수도 있잖아요! 왜 그냥 가만히 내버려 두지 않는 거예요?"

피서객 여성 하나가 맞장구를 쳤다.

모여든 사람들 중 몇 명이 웅성거리며 동조했다.

내가 말했다.

"부인, 이게 편안한 겁니까?"

여자 여행객은 당혹스러워하며 눈을 내리깔았다.

커모디가 앞으로 한 발자국 나섰다. 그녀의 눈이 이글거렸다.

"당신도 밖에서 죽을 거야, 데이비드 드레이튼! 아들을 고아로 만들고 싶은 건가?"

커모디는 두 눈을 부릅뜨고 우리 모두를 노려보았다. 버디 이글턴이 눈을 아래로 향하며 지렛대를 들어올렸다. 마치 커모디의 저주를 떨쳐 내려는 것처럼 보였다.

"당신들 모두 밖에서 죽게 돼! 세상의 종말이 왔다는 걸 모르겠어? 악마가 풀려났어! 웜우드(Wormwood Star, 요한계시록 8장에 나오는 종말을 알리는 별—옮긴이)가 불타오르고 밖으로 나가면 당신들은 모두 갈가리 찢겨 나가지! 그리고 그들은 남은 자들을 찾아올 거야! 저 착한 여인의 말처럼 말이야. 그래도 그냥 구경들만 할 거야?"

커모디는 이제 구경꾼들을 겨냥하고 있었다. 사람들이 조금씩 술렁거렸다.

"어제 불신자들에게 어떤 일이 일어났는지 벌써들 잊은 게야? 죽음뿐이야. 오로지 죽음뿐이야! 오로지……"

갑자기 계산대 저편에서 콩 통조림이 날아와 커모디의 오른쪽 가슴을 때렸다. 커모디는 비명을 지르며 비틀비틀 뒷걸음쳤다.

아만다가 앞으로 나서며 말했다.

"입 닥쳐! 입 닥치라고, 이 빌어먹을 할망구야."

그러자 커모디가 교활한 미소를 지으며 외쳤다.

"더러운 년! 그래, 어젯밤에 누구랑 잔 거지? 어젯밤에 누구랑 그 짓을 했냔 말이야? 나 커모디는 모든 것을 보고 있어. 나 커모디는 다른 사람이 보지 못하는 것을 보지."

하지만 커모디가 연출해 낸 순간의 마법은 깨져 버렸다. 아만다가 전혀 흔들리지 않았기 때문이다.

레플러 부인이 말했다.

"갈 거예요? 아니면 하루 종일 서 있을 거예요?"

드디어 우리는 길을 떠났다. 오, 신이시여, 우리를 도우소서.

댄 밀러가 선두를 맡았고 올리가 그 뒤를 따랐다. 내가 가장 끝에 섰다. 레플러 부인은 내 앞에 섰다. 너무나도 겁이 났다. 대걸레 자루를 쥐고 있는 손에서 땀이 샘솟듯 흘러나왔다.

안개에서는 예의 그 시큼하고 비현실적인 냄새가 났다. 내가 밖으로 나갈 때쯤 밀러와 올리는 안개에 가려 보이지 않았고 그 뒤를 따라가고 있는 하틀렌조차 아련하기만 했다.

겨우 10미터야. 나는 계속해서 중얼거렸다. 10미터만 가면 돼.

내 앞에 선 레플러 부인은 느리지만 씩씩하게 전진했다. 오른손에 든 테니스 라켓이 가볍게 흔들렸다. 우리 왼쪽으로는 붉은 벽돌담이 있었고, 주차장 첫 줄에 세워 둔 자동차들이 유령선처럼 달려들었다. 쓰레기통 하나가 갑자기 안개 속에서 튀어나왔고, 그 뒤로 사람들이 공중전화 차례를 기다리며 앉아 있던 벤치도 모습을 드러냈다. 겨우 10미터야. 아마 밀러는 벌써 도착했을 거야. 10미터라고 해 봐야 열다섯 발자국밖에 더 되겠는가? 그러니…….

"오, 맙소사! 이런, 젠장. 이것 좀 봐요!"

밀러가 비명을 질렀다.

드디어 밀러가 도착했구나. 그래, 그런 거야.

레플러 부인 앞에 가고 있던 버디 이글턴이 돌아서서 달아나려 했다. 그의 눈이 왕방울만 해졌다. 레플러 부인이 라켓으로 버디의 가슴을 가볍게 때렸다.

"어디로 가시려고?"

여전히 거칠고 단호한 목소리였지만 공포가 묻어 나왔다.

우리들은 밀러에게 다가갔다. 나는 고개를 돌려 뒤를 보았다. 페드럴 슈퍼마켓은 안개 속에 묻혀 보이지 않았다. 붉은 벽돌담도 엷은 분홍빛 가장자리만 남기고 완전히 사라져 버렸다. 브리지턴 약국 쪽 출구에서 1미터 50센티미터 정도? 나는 완전히 고립된 기분이 들었다. 완전히 버려진 느낌. 평생 이렇게 불안해 본 적이 없었다. 어머니의 자궁을 빼앗긴 아기가 이런 기분이겠지?

　약국은 그야말로 대학살의 현장이었다.

　밀러와 내가 그쪽으로 달려갔다. 참상의 바로 코앞으로 말이다. 안개 속에서는 냄새의 법칙만이 지배한다. 믿을 것은 오직 그것뿐이다. 눈은 거의 무용지물에 가깝다. 청각은 그래도 더 낫지만, 전에 말했듯이 안개는 소리를 왜곡하는 심술을 부릴 때가 있는 법이다. 그 바람에 가까운 소리가 멀리 들리는가 하면 때때로 먼 소리가 바로 옆에서 들리는 것처럼 느껴질 때도 있다. 안개 속의 사물은 가장 진실한 감각을 따랐다. 바로 후각이다.

　무엇보다도 슈퍼마켓 안이 안전했던 것은 정전 때문이었다. 자동문도 작동하지 않았다. 어떤 의미에서 안개가 들이닥치는 순간 슈퍼마켓에 보호막이 작동했다고 볼 수도 있다. 하지만 약국의 문들은…… 그 문들은 쐐기로 괴어 있었다. 정전으로 에어컨이 나가자 바람이 들어오도록 문을 열어 둔 것이다. 물론 그 틈으로 다른 존재도 불러들인 셈이지만 말이다.

　밤색 티셔츠 차림의 남자가 입구에 엎드려 있었다. 아니, 처음에는 밤색인 줄 알았는데 아래쪽으로 하얀 부분들이 눈에 띄는 것으로 보아 원래 흰색 티셔츠였던 모양이다. 밤색으로 보인 것은 마른 피였다. 게다가 그 남자는 왠지 어색해 보였다. 나는 왜 그런지 곰곰이 생각해 보았다. 버디 이글턴이 뒤로 돌아서서 토악질을 하기 시작했지만, 난 여전히 이해할 수가 없었다. 인간의 정신이란 불완전한 것이어서 인식의 한계를 넘어선 정보를 받아들이기란 언제나 어려운 법이다.

　남자의 머리가 없었다. 다리가 약국 문 안쪽으로 뻗어 있으니 당연히 계단 아래쯤에 머리가 보여야 했다. 하지만 머리는 보이지 않았다.

짐 그론딘도 한계에 다다랐다. 짐은 뒤로 돌아서서 손으로 입을 막은 채 충혈된 눈으로 나를 바라보았다. 그러고는 비척거리며 슈퍼마켓 쪽으로 걸어가기 시작했다.

다른 사람들은 개의치 않는 듯 보였다. 밀러가 안으로 들어갔고 마이크 하틀렌이 뒤를 쫓았다. 레플러 부인은 테니스 라켓을 단단히 틀어쥔 채 문 한쪽에 자리 잡았다. 맞은편에는 올리가 포장도로를 향해 아만다의 권총을 겨누고 있었다.

올리가 조용히 입을 열었다.

"데이비드, 이제 희망이 없는 게 아닐까?"

버디 이글턴이 힘없이 공중전화에 기대어 섰는데, 고향에서 막 슬픈 소식을 전해 들은 사람 같았다. 아직도 울고 있는지 그의 넓은 어깨가 크게 들썩였다.

"아직 포기할 때는 아니에요."

내가 올리에게 말했다.

나는 약국 안으로 들어섰다. 들어가고 싶지 않았지만, 아들에게 만화책을 가져다주겠다고 약속을 했다.

브리지턴 약국은 완전히 쑥밭이었다. 소설책과 잡지책들이 사방에 흩어져 있었다. 《스파이더맨》과 《헐크》도 내 발밑에 있었다. 나는 아무 생각 없이 만화책들을 주워 뒷주머니에 꾸겨 넣었다. 복도 역시 병과 상자들로 가득했다. 진열대 위에 손 하나가 대롱대롱 매달려 있었다.

너무나도 비현실적이었다. 참극…… 대학살…… 충분히 끔찍한 상황이었다. 그러나 그곳은 광란의 파티장처럼 보이기도 했다. 천장에는 장식 리본 같은 것이 치렁치렁 늘어져 있었다. 하지만 리본치고는 넓적하고 편편했다. 오히려 두꺼운 끈이나 얇은 케이블에 가깝다는 생각이 들었다. 그리고 그 순간 리본의 색깔이 안개만큼이나 새하얗다는 생각이 들면서 차가운 전율이 등줄기를 훑고 지나갔다. 그건 리본이 아니었다! 저게 뭐지? 리본 여기저기 잡지와 책들이 매달려 흔들거렸다.

마이크 하틀렌은 검고 긴 이상한 물체를 밟았다. 그 물체에는 뻣뻣한 털이 나 있었다.

"이런, 이게 뭐야?"

하틀렌이 누구에게랄 것도 없이 투덜댔다.

그 순간 나는 알 수 있었다. 안개와 함께 약국 안으로 침투해 이 불쌍한 사람들을 죽인 괴물이 무엇인지 말이다. 사람들의 냄새를 맡고 달려든 괴물. 나가야 해.

"밖으로 나가! 여기서 나가."

내가 말했다. 하지만 목이 바짝 말라 그 말은 기껏 소음총이 발사되는 소리 같았다.

올리가 나를 보았다.

"데이비드……?"

"거미줄이에요."

내가 말했다. 그와 동시에 안개 속에서 비명 소리가 두 번 터져 나왔다. 처음에는 공포의 비명이고 두 번째는 고통의 비명 소리였다. 짐이었다. 결국 저런 식으로 대가를 치르는 것인가?

"빨리 나가!"

나는 하틀렌과 댄 밀러에게 소리쳤다.

안개 속에서 무언가가 느릿느릿 빠져나왔다. 안개의 하얀 배경 때문에 볼 수는 없었지만 소리를 들을 수는 있었다. 철썩 철썩. 누군가 힘없이 채찍을 휘두르는 소리. 내가 놈을 본 것은 놈이 버디 이글턴의 허벅지를 비틀기 시작할 때였다.

버디는 비명을 지르며 손에 걸리는 대로 아무거나 붙잡았는데, 공교롭게도 전화기였다. 코드가 뽑혀 나가며 선 끝에 매달린 수화기가 아무렇게나 흔들렸다.

"오, 이런, 사람 살려!"

버디가 외쳤다.

올리가 버디에게 손을 내밀었다. 그때 나는 입구에 쓰러져 있는 남자의 목이 왜 없는지 알 수 있었다. 비단 줄처럼 얇고 하얀 줄이 버디의 다리를 휘감고 살갗을 파고들었다. 청바지를 입은 버디의 발이 너무나도 쉽게 잘려 바닥으로 미끄러져 내렸다. 거미의 케이블이 파고들수록 버디의 발에서 피가 산뜻한 원을 그리며 뿜어져 나왔다.

올리가 세게 버디를 끌어당겼다. 툭 하고 희미한 소리가 나더니 버디가 빠져나왔다. 버디는 놀라서 입술이 새파랗게 질려 있었다.

하틀렌과 밀러가 다가왔지만 이미 늦은 후였다. 밀러는 파리잡이 끈끈이에 걸린 벌레처럼 칭칭 늘어진 거미줄에 갇혀 버리고 말았다. 밀러는 있는 힘을 다해 몸을 빼냈지만 셔츠 한 자락은 여전히 거미줄에 붙잡혀 있었다.

갑자기 대기가 느린 채찍 소리로 가득 차더니 가늘고 하얀 줄들이 사방에서 날아들었다. 부식성 물질로 뒤덮인 거미줄이었다. 나는 그중 둘을 피했지만 그건 단지 운이 좋아서였다. 줄 하나가 내 발 주위에 떨어졌을 때 주전자 물이 끓어 넘치는 것 같은 소리가 들렸다. 다른 줄이 날아들자 레플러 부인이 힘껏 테니스 라켓을 휘둘렀다. 라켓은 그대로 거미줄에 붙어 버렸다. 부식액이 라켓의 줄에 스며들자 팅! 팅! 팅! 하고 라켓 줄이 끊어지는 소리가 들렸다. 바이올린 현을 신경질적으로 잡아채는 듯한 소리였다. 그리고 다음 순간 줄 하나가 라켓의 손잡이를 휘감고 안개 속으로 사라져 버렸다.

"물러서!"

올리가 외쳤다.

우리는 움직이기 시작했다. 올리가 한 팔로 버디를 끌어안았고 댄 밀러와 마이크 하틀렌은 레플러 부인의 양쪽에 섰다. 안개는 끊임없이 하얀 거미줄을 뱉어 내고 있었다. 뒤에 붉은 벽돌담이 없었다면 거미줄은 아예 보이지도 않았을 것이다.

그때 거미줄 하나가 마이크 하틀렌의 왼팔을 감았고 거의 동시에 다른 줄이 그의 목을 때렸다. 성대가 터져 나가며 피를 내뿜고, 하틀렌은 고개가 꺾인 채 끌려가고 있었다. 신발 한 짝이 벗겨져 바닥에 내팽개쳐졌다.

버디가 갑자기 앞으로 고꾸라졌다. 올리는 그 힘을 이기지 못하고 무릎을 꿇고 말았다.

"기절했어요. 데이비드, 도와줘요."

나는 버디의 허리를 잡고, 올리와 함께 끙끙거리며 버디를 끌고 나왔다. 의식을 잃은 상태에서도 버디는 강철 지렛대를 놓지 않았다. 거미줄이 감쌌던 왼쪽 다리는 기이한 각도로 꺾인 채 매달려 있었다.

레플러 부인이 뒤로 돌아서며 쉰 목소리로 외쳤다.
"조심해요! 뒤를 조심해!"
내가 막 돌아보았을 때 거미줄이 댄 밀러의 머리 위를 날아다니고 있었다. 밀러가 두 손으로 거미줄을 잡더니 찢어 버렸다.

뒤쪽 안개 속에서 거미 한 마리가 기어 나왔다. 거미는 커다란 개만 했고 검은색에 노란색 배관을 달고 있었다. 거미의 눈은 석류처럼 보랏빛이 감도는 붉은색이었다. 놈은 열둘이나 열넷 쯤 되는 다리를 휘저으며 우리를 향해 빠른 속도로 달려왔다. 놈은 이 세상의 거미를 뻥튀기해 놓은 것과는 또 달랐다. 완전히 달랐다. 어쩌면 거미가 아닐 수도 있었다. 만일 놈을 보기만 했어도 마이크 하틀렌은 약국에서 밟았던 검은 털의 실체를 알 수 있었으리라.

놈은 윗배에 있는 타원형 구멍으로 거미줄들을 뱉어 내며 우리에게 다가왔다. 거미줄은 거의 완벽한 부채꼴 모양을 만들며 퍼져 나왔다. 이건 악몽이었다. 문득 보트 창고에서 죽은 파리와 벌레들 위에 알을 낳은 죽음의 검은 거미들이 떠올랐다. 나는 그 끔찍한 가정에서 빠져나오기 위해 머리를 세차게 흔들었다. 이 상황에서 내가 미치지 않도록 지켜 준 것이 있다면 그건 오직 빌리였다. 내 입에서 야릇한 소리가 새어 나왔다. 웃음소리? 울음소리? 비명? 모르겠다.

하지만 올리 위크스는 바위처럼 단단했다. 올리는 사격장에 선 사람처럼 아만다의 피스톨을 천천히 들어 올리더니 탄창이 모두 빌 때까지 차분히 한 발씩 쏘아 댔다. 어떻게 생겨났든지 놈이 불사는 아니었다. 몸에서 검은 농액이 터져 나왔고 놈은 가냘픈 울음 소리를 내뱉었다. 그 소리는 신시사이저의 베이스 음처럼 낮은 소리여서 들었다기보다는 느껴졌다는 게 더 맞을 것이다. 놈은 비틀비틀 뒷걸음질 치며 안개 속으로 사라졌다. 나는 약에 취해 악몽을 꾼 기분이었다……. 하지만 놈이 남긴 저 끈적끈적한 검은 액체는 분명 사실이었다.

마침내 버디가 지렛대를 떨어뜨렸고, 뗑그렁 소리가 울렸다.

올리가 말했다.

"죽었군. 데이비드, 이제 놓아 주자고. 놈이 허벅지 동맥을 끊어 놓았어. 어서 이곳을 빠져나가세."

땀범벅이 된 올리의 얼굴에서 보이는 것이라곤 커다란 두 눈뿐이었다. 그때 어디선가 거미줄이 다시 날아왔고 올리는 재빨리 팔을 휘둘렀다. 올리의 손등에 붉은 골이 패었다.

레플러 부인이 다시 소리쳤다.

"조심해요!"

우리가 돌아보았을 때, 거미줄 하나가 안개 밖으로 날아와 댄 밀러의 허리를 휘감았다. 밀러는 주먹으로 거미줄을 내리쳤다. 내가 허리를 굽혀 버디의 지렛대를 집어 들었을 때 거미가 치명적인 오랏줄로 밀러를 꽁꽁 묶고 있었다. 밀러의 몸부림은 처절했다. 죽음의 춤이 저러할까?

레플러 부인이 거미 쪽으로 다가가 살충제를 쑥 내밀었다. 거미가 레플러 부인을 향해 다리 몇 개를 내밀었다. 레플러 부인은 버튼을 눌렀고 살충제가 보석처럼 빛나는 거미 눈을 향해 뿜어져 나갔다. 예의 낮은 신음 소리가 들렸다. 거미가 온몸을 비틀기 시작하더니 털투성이 다리로 포장도로를 긁으며 뒷걸음질 쳤다. 달아

나는 놈의 뒤로 밀러가 이리저리 부딪치며 끌려가고 있었다. 레플러 부인은 살충제를 놈에게 집어던졌다. 살충제는 놈의 몸에 맞고 튀어나가 툭 소리를 내며 바닥에 떨어졌다.

거미가 작은 스포츠카를 건드리자 차가 심하게 흔들리는 소리가 들렸다. 그리고 그것을 마지막으로 거미는 보이지 않았다.

나는 레플러 부인에게 다가갔다. 레플러 부인은 창백한 표정으로 다리를 후들후들 떨고 있었다. 나는 한 팔로 그녀를 끌어안았다.

"고마워요, 젊은이. 기절하는 줄 알았지 뭐유."

"이제 괜찮습니다."

내가 쉰 목소리로 말했다.

"그 사람을 구하고 싶었는데……."

"그러게 말입니다."

올리와 함께 우리는 슈퍼마켓을 향해 내달렸다. 거미줄들이 우리 뒤를 쫓아 날아왔다. 하나가 레플러 부인의 장바구니에 닿더니 캔버스천을 물고 늘어졌다. 레플러 부인은 놓치지 않으려고 두 손으로 바구니 끈을 잡고 늘어졌지만 역부족이었다. 바구니는 도로를 여러 번 튀면서 안개 속으로 사라졌다.

우리가 입구에 다다랐을 때 애완견 코커스패니얼만 한 작은 거미 하나가 안개 속에서 뛰쳐나와 건물 옆을 따라 달렸다. 거미줄을 내뿜지는 않는 것으로 보아 아직 그럴 나이가 되지 않은 것 같았다.

올리가 건장한 어깨로 문을 밀어 레플러 부인이 들어갈 수 있게 해 주었다. 내가 강철 지렛대를 던져 거미의 몸을 꿰뚫어 버렸다.

놈은 미친 듯이 몸을 비틀며 마구 허공을 긁어 댔다. 그리고 그 붉은 눈으로 나를 보았다. 나를······.

"데이비드!"

올리는 여전히 문을 지탱하고 있었다.

나는 안으로 달려 들어갔다. 올리도 들어왔다.

공포에 질린 퍼런 얼굴들이 우리를 보고 있었다. 일곱 명이 나갔는데 돌아온 것은 셋뿐이었다. 두꺼운 유리문에 기대 서 있는 올리의 가슴이 크게 들썩거렸다. 올리는 아만다의 권총을 장전하기 시작했다. 관리직 사원들이 입는 유니폼이 땀으로 범벅이 된 채 몸에 착 달라붙어 있었다. 양팔 겨드랑이 근처에도 땀 얼룩이 배어 있었다.

"무슨 일이죠?"

누군가가 낮고 쉰 목소리로 물었다.

"거미예요. 그 망할 놈이 내 장바구니를 뺏어 갔어."

레플러 부인이 침울한 목소리로 대답했다.

그때 빌리가 내 품에 달려들었다. 나는 아들을 끌어안았다. 온 힘을 다해서.

커모디의 마술. 두 번째 밤. 마지막 결투

내가 잘 차례가 되었다. 잠들어 있던 네 시간은 내 기억 속에 없다. 아만다는 내가 잠꼬대를 많이 했고 한두 번 비명을 질렀다고 했지만 나는 꿈을 꾼 기억조차 없다. 일어났을 때는 이미 오후였다. 미치도록 목이 말랐다. 어떤 우유는 상했지만 아직 괜찮은 우유도 있었다. 나는 200밀리리터짜리 하나를 마셨다.

아만다가 왔을 때 나는 빌리와 트루먼 부인과 함께 있었다. 자동차 트렁크에 있는 엽총을 가져오겠다고 했던 노인이 아만다와 함께 왔다. 코넬, 내 기억으로 그 노인의 이름은 암브로즈 코넬이었다.

"이제 좀 괜찮나?"

노인이 물었다.

"예, 괜찮습니다."

하지만 여전히 목이 말랐고 머리가 쑤셨다. 무엇보다도 무서웠다. 나는 빌리를 안고 있던 팔을 빼내며 코넬과 아만다를 번갈아 보며 물었다.

"무슨 일이죠?"

"코넬 씨는 커모디 부인을 염려하고 있어요. 저도 그렇고요."

아만다가 대답했다.

"빌리, 넌 나하고 저기까지 좀 걸어갔다 올까?"

트루먼 부인이 말했다.

"싫어요."

빌리가 대답했다.

"잠시 다녀오려무나. 빌리."

내가 말하자 빌리가 마지못해 자리를 떴다.

"커모디가 어떻다고요?"

내가 물었다.

"사람들을 선동하고 있네. 그 여자가 그러지 못하게 막아야 하네. 무슨 수를 써서라도 말일세."

코넬이 말했다. 그리고 노인다운 신중함으로 나를 바라보았다.

"이제 열두 명 정도로 늘었어요. 마치 부흥회의 광신도들 같더라고요."

아만다가 덧붙였다.

언젠가 오티스 필드에 사는 작가 친구와 얘기를 나눈 적이 있었다. 병아리도 키우고 일 년에 한 편 정도 독창적인 추리 소설을 써서 아내와 두 아이를 부양하는 친구였다. 그때 우리는 초자연적인 사건을 다루는 책들의 인기 판도에 대해 이야기를 나누었다. 골트는 잡지 《기이한 이야기》가 1940년대에는 겨우 밥벌이를 했을 정도였고 1950년대에는 완전히 망하고 말았다고 지적했다. 그리고 기계가 실패하고, 기술이 해결책이 되지 못하며, 전통 종교가 해답을 주지 못할 때 사람들은 다른 대안을 찾게 된다고 말했다.(친구의 아내는 밖에서 꽥꽥거리는 암탉들과 달걀을 돌보는 중이었다.) 탄화플루오르 탈취제 스프레이 수백만 개의 공격에 오존층이 녹아내리는 실존주의적 호러 코미디에 비한다면, 한밤중 창밖을 어슬렁거리는 좀비 정도야 가벼운 멜로드라마 아니겠는가?

우리는 스물여섯 시간을 갇혀 있었지만 아무것도 할 수가 없었다. 외부 탐사는 결국 57퍼센트의 손실만을 가져왔다. 커모디가 기대주로 부각하는 것이 이상한 일도 아니었다.

"정말로 열두 명이나 된다고요?"

내가 물었다.

"음, 아직은 여덟이네. 하지만 그 여편넨 계속 떠들어 댈 거야. 마치 카스트로의 열 시간짜리 연설 같다니까. 빌어먹을 선동꾼 같으니."

코넬이 대답했다.

여덟 명. 많은 숫자는 아니다. 배심원석도 다 채우지 못할 테니까 말이다. 하지만 문제는 사람들의 얼굴에 비치는 불안감이다. 밀러와 헤이든이 사라진 지금, 불안감은 커모디 무리를 가장 위협적인 정치 세력으로 만들 수도 있었다. 이 폐쇄된 세상에서 가장 거대한 단일 세력이 지옥의 불구덩이가 어떻고, 칠거지악이 어떻고 하는 헛소리에 귀를 기울이고 있다는 생각을 하니 숨을 쉴 수가 없었다.

"저 여자가 산 제물에 대해 얘기하기 시작했어요. 버드 브라운이 가게에서 그따위 헛소리 집어치우라고 했더니 그쪽에서 남자 두 명이 나오더군요. 한 명은 마이론 라플로어였죠. 마이론은 여기는 자유국이니 너나 닥치라고 으르렁댔어요. 버드는 그만두지 않았고, 그래서…… 결국……, 몸싸움이 있었죠. 무슨 말인지 알겠죠?"

아만다가 말했다.

"브라운 코가 터졌네. 그 사람들, 장난이 아니었어."

코넬이 말했다.

"아직 사람을 죽일 정도까지는 아닐 겁니다."

내가 이렇게 대꾸하자 코넬이 부드럽게 받아쳤다.

"안개가 걷히지 않으면 어디까지 갈지 누가 알겠는가? 알고 싶지도 않네. 난 여기서 나갈 테니까."

"말이야 쉽지요."

하지만 뭔가가 내 마음 속에서 거치적거리기 시작했다. 냄새.

냄새가 열쇠였다. 우리가 슈퍼마켓 안에 들어온 지 상당한 시간이 흘렀다. 어쩌면 벌레들은 불을 보고 몰려들었을 것이다. 벌레들이 다 그렇지 않은가? 그리고 새들은 단순히 자신들의 먹이를 따라온 것이다. 하지만 더 거대한 괴물들은 아직 달려들지 않았다. 뭔지는 모르지만 우리가 아직 미끼를 던지지 않은 것이다. 브리지턴 약국의 학살은 문이 열려 있었기 때문에 생긴 일이었다. 그건 분명했다. 노턴과 그의 일당을 데려간 괴물은 혹은 괴물들은 소리로 봐서 크기가 집채만 할 것 같았다. 하지만 그놈은(혹은 그놈들이거나) 슈퍼마켓으로 접근하지 않았다. 그 이유는 어쩌면…….

갑자기 올리 위크스와 얘기를 나누고 싶어졌다. 올리를 만나야 했다.

"난 나가겠네. 죽더라도 그게 나아. 여기에서 여름 내내 죽치고 싶은 생각은 없다네."

코넬이 말했다.

"벌써 네 명이 자살했어요."

아만다가 툭 내뱉듯 말했다.

"뭐라고요?"

막연한 죄의식에 군인들이 발견된 거라는 생각이 먼저 들었다.

"젠장. 나하고 남자 두세 명이 시체를 뒤쪽으로 옮겨 놓았네."

코넬이 짧게 내뱉었다.

괜히 웃음이 나왔다. 이제 시체 안치소를 따로 마련해야 할 판이었다.

코넬이 말했다.

"사람들이 죽어 나가고 있네. 난 나갈 거야."

"차 있는 데까지 가지 못할 겁니다. 제 말 믿으세요."

"첫 번째 줄에 있는데도 말인가? 거긴 약국보다도 가까워."

나는 대답하지 않았다. 대답할 수가 없었다.

한 시간 삼십 분쯤 후, 맥주 냉장고 옆에서 부쉬 맥주를 들고 있는 올리를 발견했다. 담담한 표정이었으나 역시 커모디에게서 눈을 떼지 못하고 있었다. 커모디는 전혀 지쳐 보이지 않았다. 커모디는 다시 제물에 대해 거론하기 시작했는데 이제는 더 이상 아무도 입 닥치라는 소리를 하지 않았다. 어제까지만 해도 커모디를 비난했던 사람들이 지금은 그 옆에 있거나 최소한 귀를 기울이기 시작했다. 다른 사람들은 이미 수적으로 열세였다.

올리가 말했다.

"저 여자 내일 아침까지 저 얘기를 해 댈 수도 있어. 아닐 수도 있겠지만……. 만약 그렇게 된다면 저 여자가 과연 명예로운 제물로 누구를 꼽을 거라고 생각하나?"

버드 브라운이 커모디에게 대들었다. 아만다도 그랬다. 커모디를 구타한 남자도 있었고, 물론 나도 가능성이 충분하다.

"올리, 내 생각에 여섯 명 정도는 빠져나갈 수 있을 것 같아요. 얼마나 멀리 갈 수 있을지는 모르지만 최소한 빠져나갈 수는 있을 겁니다."

"어떻게 말인가?"

나는 올리에게 계획을 설명했다. 아주 단순한 계획이었다. 만일 내 스카우트까지 가서 탈 수만 있다면 놈들은 냄새를 맡지 못할 것이다. 창문을 닫으면 냄새가 새어 나가지 않을 테니 말이다.

"하지만 다른 냄새에 반응할 수도 있지 않나? 예를 들어 배출

가스 같은 것 말일세."

"그럼, 끝장이죠."

"움직임은? 안개를 뚫고 달리는 자동차 움직임이 놈들을 부를 수도 있네, 데이비드."

"그렇지는 않을 겁니다. 먹이 냄새가 나지 않는다면요. 그게 우리가 빠져나갈 수 있는 방법이에요."

"하지만 자네도 잘 모르지 않나."

"네, 확실한 건 아니지요."

"자넨 어디로 갈 생각인가?"

"먼저요? 집이죠. 아내를 데리러."

"데이비드……."

"알아요. 확인은 해 봐야죠. 확실하게."

"데이비드, 놈들이 사방에 깔려 있을 수도 있어. 자네가 집 안 마당에 내려서는 순간 자넬 공격할지도 몰라."

"그렇게 되면, 올리가 스카우트를 가져요. 대신 최선을 다해 끝까지 빌리를 지켜 주세요."

올리는 부쉬를 다 마시고는 캔을 냉장고 안에 집어넣었다. 빈 깡통들이 부딪쳐 달그락거리는 소리가 들렸다. 아만다가 준 총의 총구 부분이 주머니에서 불쑥 튀어나와 있었다.

"남쪽으로 갈 건가?"

올리가 이렇게 물으며 내 눈을 보았다.

"예, 그럴 생각입니다. 안개를 벗어날 때까지 죽어라고 남쪽으로 달릴 겁니다."

"연료는?"

"거의 가득 찼어요."

"안개를 빠져나가는 게 불가능할지도 모른다는 생각은 해 봤나?"

나도 그런 생각을 해 보았다. 만약 애로우헤드 프로젝트를 주무르던 자들이, 마치 우리가 양말을 뒤집듯 쉽게 이 지역 전체를 전혀 다른 차원의 세계로 보내 버렸다고 한다면?

"그 생각도 해 봤습니다. 하지만 대안이라고 해 봐야 커모디가 산 제물로 누구를 선택할 것인지 기다리는 것밖에 더 있습니까?"

"오늘 할 생각인가?"

"아뇨. 벌써 오후예요. 밤이면 놈들이 날뛸 겁니다. 내일 움직일까 합니다. 아침 일찍이."

"누굴 데려갈 생각이지?"

"나, 당신, 빌리, 헤티 트루먼, 아만다 덤프라이스, 코넬이라는 노인하고 레플러 부인, 그리고 어쩌면 버드 브라운까지요. 모두 여덟 명이지만 빌리를 무릎에 앉히면 그다지 불편하진 않을 겁니다."

올리는 곰곰이 생각하는 듯 보였다.

"좋아."

결국 올리가 대답했다.

"일단 해 보지. 알고 있는 사람이 또 있나?"

"아니, 아직 없어요."

"하지 말게. 내일 아침 4시까지 얘기하지 않는 게 좋겠어. 출구 쪽 계산대 밑에 식료품 바구니를 두 개 정도 마련해 두지. 운이 좋다면 아무도 눈치 채지 못하게 빠져나갈 수도 있을 거야."

올리는 커모디를 한번 바라보고는 말을 이었다.

"저 여자가 알게 되면 무슨 수를 써서라도 막으려 할 걸세."

"그럴까요?"

올리가 맥주를 꺼내며 대답했다.

"그럴 거야."

그날 오후는 어제 오후처럼 느릿느릿 다가왔다. 어둠이 안개를 다시 크롬 색으로 물들이기 시작했고 8시 30분쯤 바깥세계는 완전히 암흑에 먹혀 들어갔다.

분홍 벌레들이 돌아왔고, 뒤이어 괴물 새들도 나타나 유리창에 붙은 벌레들을 채 가기 시작했다. 어둠 속에서 이따금 낮은 울부짖음 소리가 들려왔고 자정이 되기 전에 한차례 어우우 하고 길게 잡아빼며 울부짖는 소리도 들렸다. 그 소리에 사람들은 일제히 어둠 속을 살펴보았는데 모두가 두려움에 전 눈빛이었다. 황소 악어가 늪 속에서 내는 소리가 저럴까?

나머지는 밀러의 예언대로 진행되었다. 얼마 지나지 않아 커모디는 여섯 영혼을 더 끌어 모았다. 정육점 주인 맥베이 씨도 그 사이에 있었다. 맥베이 씨는 팔짱을 낀 채 커모디를 바라보고 있었다.

커모디는 마치 태엽 인형 같았다. 잠도 자지 않는 것 같았다. 커모디의 입에서 도레, 보슈, 조너선 에드워즈의 그림에서나 봄 직한 끔찍한 이야기들이 끝없이 튀쳐나와 점점 절정을 향해 치닫고 있었다. 커모디의 무리는 부흥회의 광신도들처럼 커모디를 따라 무언가를 중얼거렸고 앞뒤로 몸을 흔들기도 했다. 눈은 텅 빈 채 반짝거렸다. 사람들은 커모디의 마법에 홀려 있었다.

새벽 3시경(설교는 끊임없이 이어졌고 흥미를 잃은 사람들은 뒤로 물러나 어딘가에서 잠을 청했다.) 올리가 출구 쪽 계산대 아래 선반에 식료품 바구니를 넣는 모습이 보였다. 30분쯤 후 다시 그 옆에 다른 바구니를 가져다 놓았지만 나 말고는 신경 쓰는 사람이 없는 것 같았다. 빌리, 아만다, 트루먼 부인은 소시지 코너에서 자고 있었다. 나도 그 옆에서 불편한 자세로 꾸벅꾸벅 졸기 시작했다.

손목시계로 4시 15분이 되었을 때 올리가 나를 흔들어 깨웠다. 코넬도 함께였는데 안경 뒤에서 두 눈이 반짝였다.

올리가 말했다.

"시간 됐네, 데이비드."

잠깐 동안 신경성 경련이 위장을 뒤틀고는 사라졌다. 나는 아만다를 깨웠다. 아만다와 스테파니를 함께 차에 태우게 될 경우가 염려되기는 했지만, 지금은 무엇이든 순리에 따르는 수밖에 없었다.

눈부시도록 푸른 두 눈이 열리며 내 눈을 마주 보았다.

"데이비드?"

"우린 이곳을 빠져나갈 생각이에요. 함께 가겠소?"

"무슨 말이죠?"

나는 아만다에게 설명하기 전에 트루먼 부인을 깨웠다. 시간을 아끼기 위해서였다.

"냄새에 관한 당신 이론 말이에요. 이 시점에서 나올 수 있는 가장 근거 있는 추측이겠죠?"

아만다가 물었다.

"그래요."

"아무래도 상관없어요."

트루먼 부인이 말했다.

트루먼 부인의 얼굴은 창백했다. 잠을 잤는데도 눈 밑에 검은 그늘이 드리워져 있었다.

"뭐든지 하겠어요. 다시 태양을 볼 수 있다면 목숨이라도 걸 거예요."

다시 태양을 볼 수 있다면. 그 말을 듣는 순간 전율이 온몸을 훑고 지나갔다. 트루먼 부인이 내 두려움의 핵심을 건드렸던 것이다. 노미가 하역장 문 밖으로 끌려간 것을 본 이후로 끊임없이 나를 괴롭혔던 절망감 말이다. 안개를 통해서 본 태양은 작은 은 동전 같았다. 마치 화성에 와 있는 것 같았다.

사실 안개 속에 숨어 있는 괴물들이 겁나는 것은 아니었다. 지렛대로 내리친 경험에 의하면, 놈들은 러브크래프트(공포 소설 작가―옮긴이) 식의 불멸의 생명체가 아니라, 나름대로의 약점을 지닌 유기체에 불과했다. 힘을 빨아들이고 의지를 고갈시키는 것은 바로 안개였다. 다시 태양을 볼 수만 있다면. 트루먼 부인의 말이 맞다. 태양만 볼 수 있다면 우리는 지옥이라도 뚫고 나가야 한다.

나는 트루먼 부인에게 미소를 지어 보였고, 그녀도 미소로 답했다.

"그래요. 나도 가겠어요."

아만다가 말했다.

나는 최대한 조심스럽게 빌리를 깨웠다.

"나도 가겠어요."
레플러 부인이 짧게 말했다.
우리는 정육 코너 계산대 옆에 모두 모였다. 버드 브라운은 빠졌다. 버드는 초대에 감사하지만 사양하겠다고 말했다. 그리고 자신은 슈퍼마켓을 떠나지 않을 것이며 놀랍도록 부드러운 말투로 그렇다고 올리를 비난할 생각은 없다고 덧붙였다.
이제 하얀색 에나멜 저장고에서 불쾌한 단내가 나기 시작했다. 케이프로 일주일 동안 휴가를 다녀왔을 때 고장 난 냉장고에서 나던 냄새였다. 분명 고기가 썩는 냄새일 터이고 맥베이 씨가 커모디의 무리에 합류한 것도 그 때문일 것이다.
"……속죄지. 우리가 해야 할 일은 바로 속죄야. 지금껏 신은 채찍과 갈편으로 우리를 가르치셨어! 이제 전능하신 하느님께서 금하신 비밀을 탐한 죄의 대가를 치러야 해! 이 땅이 입을 열어 추악한 악몽을 드러내고 있다고! 태산도 이 악몽들을 막아 주지 못해! 죽은 나무도 피난처가 될 수 없단 말이야! 어떻게 끝내지? 이 일을 어떻게 끝낼 거냐고?"
"속죄하라!"
선한 양 마이론 라플로어가 소리쳤다.
"속죄하라……. 속죄하라……."
여기저기서 불안한 중얼거림이 이어졌다.
"그런 식으로는 속죄가 되지 않아! 좀 더 분명해야 해!"
커모디가 외쳤다.

커모디의 목에 핏줄이 잔뜩 불거졌다. 목소리는 갈라져 듣기 어려울 정도였지만 여전히 힘이 넘쳤다. 저 힘이야말로 안개에서 비롯된 것이 아닐까? 사람들의 마음을 어지럽히고 현혹시키는 저 힘. 우리들에게서 태양의 힘을 앗아간 바로 그 힘. 얼마 전만 해도 커모디는 그저 기이한 노파였을 뿐이다. 시내에서 골동품상을 운영하는 그저 그런 노파. 뒷방에 동물 박제를 몇 개 가지고 있고…….

(미친 마녀……. 빌어먹을…….)

민간요법. 커모디가 사과나무 막대기로 수맥을 찾아내고, 사마귀를 없애고, 손수 만든 크림으로 여드름을 치료한다는 말이 있었다. 심지어 부부 문제까지도 해결해 준다는 말도 들었다. 빌 지오스티에게 들었던가? 당신이 잠자리에 문제가 있다면 커모디가 새벽까지 죽지 않는 욕정을 가져다 줄 묘약을 줄 수도 있을 것이다.

"속죄하라!"

사람들이 큰 소리로 외쳤다.

커모디가 광적으로 외쳤다.

"속죄, 바로 그거야! 속죄만이 안개를 물리칠 수 있어! 속죄만이 이 괴물과 악몽을 막을 수 있어! 속죄만이! 속죄하지 않으면 너희들의 눈을 뒤덮은 안개가 너희들을 눈멀게 할지니라!"

커모디가 광적으로 외치고 나서 목소리를 깔고 말을 이었다.

"그래, 성서에 속죄가 뭐라고 씌어 있지? 어떻게 해야 하느님의 눈과 마음에서 죄가 사해진다고?"

"피."

소름이 전신을 훑고 지나갔다. 목덜미가 뻣뻣해지고 머리카락이 곤두섰다. 맥베이 씨마저 그 말을 따라 하고 있었다. 아버지의 뒤를 졸졸 쫓아다니던 때부터 브리지턴의 고기를 다져 내던 정육점 주인 맥베이 씨. 주문이 들어오면 버짐으로 얼룩진 손으로 고기를 절단하던 맥베이 씨. 칼이라면 누구보다도 익숙한 맥베이 씨, 아니 톱과 도끼 역시 그의 전공이다. 맥베이 씨는 영혼의 정화가 육신의 상처에서 비롯된다는 사실을 누구보다도 잘 알고 있는 사람이었다.

"피로써 속죄하라……."

사람들이 중얼거렸다.

"아빠, 무서워."

빌리가 말했다.

빌리는 내 손을 꼭 쥐고 있었는데, 얼굴이 하얗게 굳어 있었다.

"올리, 이 정신병원에서 당장 나갑시다."

"그러죠. 더 이상 머뭇거릴 이유도 없겠군요."

우리는 흩어져서 두 번째 통로를 따라 걸었다. 올리, 아만다, 코넬, 트루먼 부인, 레플러 부인, 빌리, 그리고 나. 새벽 5시 15분이었고 안개도 점점 밝아지고 있었다.

올리가 내게 말했다.

"당신하고 코넬이 식료품 가방을 챙기세요."

"알았어요."

"내가 앞장설게요. 스카우트는 4도어죠?"

"예, 그래요."

"알았습니다. 내가 운전석 문과 그 뒷문을 열겠어요. 덤프라이스 부인, 빌리를 안을 수 있겠습니까?"

아만다가 빌리를 안아 들었다.

"나 무겁죠?"

빌리가 아만다에게 물었다.

"아니, 괜찮아."

올리가 말했다.

"부인하고 빌리는 앞좌석에 타세요. 곧장 달려야 합니다. 트루먼 부인은 가운데 좌석에. 데이비드, 당신이 운전대를 맡으세요. 나머지 사람은……"

"지금 어디 가려는 거지?"

커모디였다.

커모디는 올리가 바구니를 감춰 둔 계산대 앞에 서 있었다. 커모디의 바지 정장이 여명 속에서 샛노란 비명을 질러 댔다. 풀어 헤친 머리카락은 마치 「프랑켄슈타인의 신부」에 나오는 엘자 란체스터와도 같았다. 두 눈이 이글거리고 있었다. 커모디 뒤로 십여 명의 사람들이 출구와 입구를 봉쇄하고 있었다. 모두가 차 사고를 당했거나 비행 접시가 내려왔거나 나무가 땅에서 나와 걸어다니는 장면을 본 사람들 같았다.

빌리가 몸을 움츠리며 아만다의 목에 얼굴을 파묻었다.

"우리는 나갈 거요, 커모디 부인. 그러니, 물러서시오."

올리의 목소리는 믿을 수 없을 정도로 부드러웠다.

"나갈 수 없어. 그건 죽음의 길이야. 아직도 그걸 몰라?"

"부인하고는 상관없는 일입니다. 그러니 우릴 내버려 두시죠."

내가 말했다.

커모디는 허리를 숙여 식료품 바구니를 보았다. 지금까지 우리가 무슨 일을 계획했는지 충분히 알았을 것이다. 커모디는 선반에서 가방 두 개를 끌어냈다. 그중 하나가 열려 깡통 몇 개가 바닥을 굴렀다. 커모디는 다른 가방도 집어던졌는데, 가방은 유리 깨지는 소리를 내며 아가리를 벌리고 말았다. 소다수가 칙 소리를 내며 희멀건 액체를 사방으로 뱉어 냈다.

커모디가 외쳤다.

"언제나 문제를 일으키는 자들이 있어! 주님의 의지에 순응하지 않는 자들이 있어! 오만한 죄인들, 건방진 이단자들! 그자들이 책임져야 해. 그들의 피로 우리 죄를 사함 받아야 한다고!"

사람들이 웅성거리며 동조했다. 커모디는 열광하기 시작했다. 사람들을 향해 소리치는 커모디의 입술에서 침이 튀었다.

"우린 그 아이를 원해! 그 애를 잡아! 꼬마를 잡아! 우린 그 애가 필요해!"

사람들이 앞으로 나서기 시작했다. 마이론 라플로어가 앞장을 섰는데, 텅 빈 눈이 너무나 즐겁다는 듯 희번덕거렸다. 바로 그 뒤로 맥베이 씨가 따라왔는데, 덤덤한 표정이었다.

아만다가 비틀거리며 뒤로 물러섰다. 아만다는 빌리를 꼭 끌어안고, 빌리도 두 팔로 아만다의 목을 단단히 붙들었다. 그녀가 나를 보았다.

"데이비드, 어떻게······."

커모디가 외쳤다.

"둘 다 잡아! 그자의 정부년도 잡아!"

커모디는 어두운 묵시론적 쾌락의 화신이 되어 옆구리에 지갑을 낀 채로 펄쩍펄쩍 뛰기 시작했다.

"꼬마를 잡아, 창녀를 잡아, 둘 다 잡으란 말이야. 모두 잡아, 모두!"

그때 날카로운 총성이 들렸다.

세상이 멈춰 섰다. 마치 시끄러운 교실에 선생님이 나타나 쾅 하고 문을 닫기라도 한 풍경이었다. 마이론 라플로어와 맥베이 씨도 열 걸음 정도 떨어진 곳에 멈춰 섰다. 마이론은 불안한 눈빛으로 맥베이 씨를 돌아보았다. 하지만 맥베이 씨는 꿈쩍도 하지 않았고 마이론의 존재조차 의식하지 못하는 것 같았다. 맥베이 씨는 지난 이틀 동안 너무나 많이 보아 온 그런 표정을 짓고 있었다. 그는 제정신이 아니었다. 미친 것이다.

마이론이 뒷걸음질 치며, 두려운 눈으로 올리 위크스를 바라보았다. 마이론은 거의 뛰는 듯 뒷걸음질 쳤다. 그리고 통로 끝을 돌아가다가 깡통을 밟고는 넘어졌다가 허겁지겁 다시 일어나 달아나 버렸다.

올리는 두 손으로 아만다의 권총을 틀어쥔 채 사격 선수의 자세로 서 있었다. 커모디는 여전히 계산대 끝에 서 있었다. 그녀의 검버섯 핀 두 손이 배 위에 포개져 있었다. 그리고 손가락 사이에서 피가 나와 노란 바지 위로 흘러내렸다.

커모디가 입을 벌렸다 다시 닫았다. 한 번. 두 번. 뭔가를 말하려 하고 있었다. 그리고 끝내 해냈다.

"모두 죽을 거야."

커모디는 이렇게 말하고는 앞으로 무너져 내렸다. 겨드랑이에서 빠져나온 지갑이 바닥을 구르며 내용물을 모두 토해 냈다. 종이로 감싼 작은 원통이 굴러와 내 구두에 부딪쳤다. 나는 아무 생각 없이 원통을 집어 들었다. 그건 먹다 남은 지사제였다. 나는 그것을 다시 바닥에 내던졌다. 왠지 커모디의 소지품은 아무것도 만지고 싶지 않다는 생각이 들었다.

'무리'는 중심이 무너지자 뒤로 물러나 뿔뿔이 흩어지고 있었다. 누구도 바닥에 쓰러진 여인과 그 아래로 흘러나오는 검붉은 피에서 시선을 떼지 못했다.

"살인자!"

누군가 분노와 두려움에 차 외쳤다. 하지만 커모디가 내 아들에게도 똑같은 짓을 하려 했다는 사실을 지적하는 사람은 없었다.

올리는 여전히 꼼짝 않고 총을 겨누고 있었다. 하지만 입술이 떨리고 있었다. 나는 가볍게 올리의 어깨를 두드렸다.

"올리, 가요. 고맙습니다."

"내가 저 여자를 죽였어. 어쩔 수 없었네."

올리가 쉰 목소리로 말했다.

"그래요. 그래서 고맙다고 한 겁니다."

우리는 다시 움직이기 시작했다.

빌어먹을 커모디 덕분에 식료품 가방이 사라져서 내가 빌리를 맡을 수 있었다. 우리는 문에서 잠시 멈춰 섰다.

올리가 낮은 목소리로 말했다.

"데이비드, 다른 방법이 있었다면, 쏘지 않았을 거야."

"그래요."

"내 말을 믿는 건가?"

"물론입니다."

"그럼, 가자고."

우리는 밖으로 나갔다.

종결

올리는 오른손에 총을 들고 빠른 속도로 움직였다. 빌리와 내가 문을 나서기도 전에 올리는 스카우트에 도착했다. 영화에 나오는 유령처럼 보이지 않는 올리는 운전석 문과 뒷문을 차례로 열었고, 곧이어 안개 속에서 무언가가 나와 올리를 반으로 잘라 버렸다.

나는 그 참극을 자세히 보지 못했다. 차라리 다행일지도 모르겠다. 놈은 삶은 바닷가재처럼 붉은색이었다. 그리고 집게발이 달려 있었고 낮은 소리로 으르렁거렸는데, 노턴과 그의 골통클럽이 밖으로 나간 후에 들렸던 소리와 크게 다르지 않았다.

올리는 총을 한 발 쏘았고, 놈은 앞발로 올리의 몸을 잘라 버렸다. 올리가 경련을 일으키며 피를 뿜어 냈다. 아만다의 총이 땅에 떨어지며 다시 한 발이 발사되었다. 나는 순간 놈의 검고 커다란 두 눈을 보았다. 광택이 없는 두 눈은 거의 주먹만 한 포도알 같았다. 놈은 올리 워크스의 상체를 거머쥐고 안개 속으로 비척비척 걸어갔다. 여러 마디로 이루어진 거대한 전갈이 포장도로 위에서 꿈틀거리며 멀어져 갔다.

선택의 순간이었다. 비록 찰나일지언정 주사위를 던져야 할 순간은 언제나 있는 법이다. 내 반쪽은 가슴에 달라붙어 있는 빌리를 안고 슈퍼마켓 안으로 돌아가고 싶어 했다. 하지만 다른 반쪽은 스카우트로 달려가 빌리를 던져 넣기를 원했다. 그리고 아만다의 비명 소리가 들렸다. 너무나도 끔찍해 도저히 사람의 소리 같지가 않았다. 빌리의 얼굴이 내 가슴을 파고들었다.

거미 한 마리가 해티 트루먼을 공격했다. 거대한 거미였다. 놈은 트루먼 부인을 때려눕히고는 곧바로 그 위에 타고 앉았다. 깡마른 다리 위로 드레스가 말려 올라갔다. 놈의 가시와 털로 뒤덮인 다리가 트루먼 부인의 어깨를 애무하자 온몸이 조금씩 휜 거미줄로 덮이기 시작했다.

커모디가 옳았어. 우리는 죽게 될 거야. 우리는 이대로 밖에서 죽고 말거야.

"아만다!"

내가 외쳤다.

대답이 없었다. 아만다도 완전히 넋이 나간 것이다. 거미는 빌리를 돌봐 주던 여인의 몸을 끌고 엉금엉금 사라졌다. 직소퍼즐과 더블 크로스틱 퍼즐을 사랑했던 여인. 부식성 액체로 뒤덮인 거미줄이 해티 트루먼의 몸을 파고들면서 조금씩 붉은색으로 물들어 갔다.

코넬은 벌써 슈퍼마켓 쪽으로 뒷걸음질 치고 있었다. 안경 뒤에 숨은 두 눈이 접시만 했다. 코넬은 순간 몸을 돌려 내달렸고 손톱으로 입구를 긁다시피 열고 안으로 들어갔다.

레플러 부인이 갑자기 달려와 손바닥과 손등으로 연속해서 아만다를 찰싹찰싹 때렸다. 그제야 나는 정신이 번쩍 들었고, 아만다도 비명을 그쳤다. 나는 아만다에게 다가가 스카우트 방향으로 돌려세웠다. 그러고는 얼굴에 대고 이렇게 외쳤다.

"달려요!"

아만다가 달렸고 레플러 부인도 내 앞을 지나쳤다. 레플러 부인은 아만다를 스카우트 뒷좌석에 밀어 넣고 자신도 따라 들어갔다. 그러고는 문을 닫았다.

나는 빌리를 떼어 내 안으로 던져 넣었다. 그리고 내가 차에 타려는데 거미줄 하나가 날아와 내 발목을 휘어 감았다. 낚싯줄을 손에 쥐고 획 잡아당겼을 때만큼이나 뜨거운 통증이 밀려들었다. 줄은 강했다. 있는 힘을 다해 발을 잡아당기자 결국 줄은 끊어졌다. 나는 운전석으로 미끄러지듯 들어갔다.

"닫아요. 문 닫아요. 맙소사!"

아만다가 비명을 질렀다.

나는 문을 닫았다. 그 순간 거미 한 마리가 문에 부딪쳤다. 놈의 붉은 눈과 나는 불과 몇 십 센티미터도 떨어지지 않았다. 하나하나가 거의 내 팔목 두께만 한 놈의 발이 엔진 덮개 위를 여기저기 더듬고 있었다. 아만다는 화재 경보처럼 끊임없이 비명을 질러 댔다.

"이 여자야, 그만두지 못해."

레플러 부인이 아만다를 꾸짖었다.

거미는 포기해야 했다. 우리 냄새가 없는 이상 놈에게 우리는 없는 존재였다. 놈은 결국 수많은 다리를 이끌고 비틀거리며 안개 속으로 들어가 버렸다. 거미는 유령처럼 투명해지는가 싶더니 이내 보이지 않았다.

나는 창밖으로 놈이 사라지는 걸 확인한 다음 다시 문을 열었다.

"뭐 하는 거예요?"

아만다가 다시 비명을 질렀지만 그렇다고 포기할 수는 없었다.

올리 역시 나와 똑같이 했을 것이다. 나는 반쯤 발을 내민 다음 얼른 허리를 굽혀 총을 집어들었다. 뭔가가 빠른 속도로 달려오는 소리가 들렸다. 물론 보지는 못했다. 나는 얼른 몸을 빼내 쾅 하고 문을 닫았다.

아만다가 훌쩍거리기 시작했다. 레플러 부인이 아만다를 끌어안고 달래 주었다.

"아빠, 이제 집에 가는 거야?"

"그래, 빌리. 아무튼 해 보자꾸나."

"알았어."

빌리가 조용히 대답했다.

나는 총을 점검해 보고는 보조함 안에 넣었다. 약국을 탐사한 후 올리가 권총을 장전해 두기는 했지만, 나머지 총알들은 올리와 함께 사라져 버렸다. 올리는 커모디를 쏘았고 전갈에게도 한 발 쏘았다. 그리고 떨어지면서 한 발이 발사되었다. 스카우트 안에는 모두 네 명이 있다. 하지만 놈들이 차 안으로 파고들려 한다면 어떻게든 다른 방법을 강구해야 할 것이다.

열쇠 꾸러미를 찾을 수 없어서 진땀을 흘려야 했다. 주머니는 비어 있었고 천천히 다시 찾아보아도 마찬가지였다. 열쇠는 결국 청바지 주머니에서 나왔다. 동전 틈에 깔려 있었던 것이다. 젠장 언제나 이 모양이다. 스카우트는 시동이 쉽게 걸렸다. 엔진이 돌아가는 소리에 아만다가 다시 울음을 터뜨렸다.

나는 엔진 소리를 들으며 잠시 그대로 앉아 있었다. 엔진 소리나 배출가스 냄새가 어떤 결과를 가져다 줄지 지켜보기 위해서였다. 5분이 지났다. 내 생애 가장 긴 5분이 아무 일 없이 흘러가고 있었다.

마침내 레플러 부인이 물었다.

"여기 계속 있을 거요? 아니면 떠날 거요?"

"가야죠."

나는 열쇠 구멍에서 손을 뗀 다음 전조등을 켰다.

페드럴 슈퍼마켓 가까이로 지나가고 싶은 충동이 일었다. 스카우트의 오른쪽 범퍼로 쓰레기통을 박았다. 슈퍼마켓은 비료와 사료 포대로 인해 안이 보이지 않았다. 슈퍼마켓은 마치 비료 떨이를 하는 싸구려 시장처럼 보였다. 시체처럼 해쓱한 얼굴들이 감시창을 통해 우리를 내다보고 있었다.

나는 왼쪽으로 핸들을 꺾었다. 뒤쪽으로 물러난 안개가 금세 다시 모여 단단한 장벽을 만들어 냈다. 그 사람들이 어떻게 되었는지는 모른다.

나는 시속 10킬로미터의 속도로 조심스럽게 칸사스 로를 달렸다. 길이 엉망인 데다 잘 보이지도 않았다. 전조등을 켰는데도 겨우 삼사 미터까지밖에 보이지 않았다.

땅은 끔찍하게 망가져 있었다. 밀러의 말이 맞았다. 군데군데 갈라진 틈이 있는가 하면, 커다란 구멍이 생기거나 아스팔트 판이 들쑥날쑥 솟아나온 곳도 있었다. 그 길을 지나갈 수 있었던 건 오직 사륜 구동의 힘이었다. 오, 신이시여, 감사하나이다. 하지만 사륜 구동조차 건널 수 없는 장애가 나타날까 봐 끝까지 노심초사해야 했다.

평소라면 칠팔 분밖에 걸리지 않는 길이 무려 40분이 걸렸다. 마침내 우리 사유지의 표지판이 안개 속에 어렴풋이 드러났다. 5시 15분에 일어났던 터라 빌리는 이제 깊은 잠에 빠져 있었다. 어쩌면 아들은 이 차를 집으로 생각하고 있을지도 모르겠다.

아만다가 불안한 표정으로 길을 내려다보았다.

"정말 저 길을 내려갈 건가요?"

"시도는 해 봐야죠."

하지만 그건 불가능했다. 폭풍이 나무들을 뿌리째 뽑아 버린 데다 기이한 낙뢰까지 퍼부어 대어 나무들은 도로 위에 완전히 뻗어 버렸다. 작은 나뭇가지 두 개 정도는 밟고 지나갈 수 있었지만 곧바로 바리케이드처럼 늘어진 거대한 소나무를 만나고 말았다. 집까지는 아직 500미터가 남아 있었다. 빌리는 내 옆에서 자고 있었고, 나는 스카우트를 세워 놓고 두 손으로 눈을 가린 채 어떻게 해야 하나 생각해 보았다.

나는 지금 메인 고속도로 3번 출구 근처의 하워드존슨 식당에 앉아 그간의 상황을 모두 기록하고 있다. 문득 단호한 성격의 레플러 부인이라면 그 무기력한 상황을 쉽게 해결할 수 있었을 거라는 생각이 들었다. 하지만 레플러 부인은 내가 스스로 해결책을 찾을 수 있도록 기다려 주었다.

밖으로 나갈 수도 없었다. 다른 사람들을 버릴 수도 없었다. 공포 영화의 괴물들이 모두 페드럴 슈퍼마켓 쪽으로 몰려갔을 것이라고 우길 수조차 없었다. 창을 조금 열자 숲 속에서 놈들의 울부짖음 소리가 들려왔다. 소위 바위 턱이라고 불리는 비탈길을 따라 놈들이 허겁지겁 달려오는 소리가 들렸다. 허공에 매달린 나뭇잎에서 이슬이 방울방울 맺혀 떨어졌다. 그때 살아 있는 솔개 한 마리가 악몽처럼 머리 위를 떠돌며 안개를 더욱 어둡게 만들어 놓았다.

아내가 눈치가 빨라 문을 모두 걸어 잠갔다면, 집에는 열흘에서 2주 정도는 충분히 버틸 식량이 남아 있었다. 하지만 그 생각도 큰 위안은 되지 못했다. 나를 계속해서 괴롭히는 것은 아내의 마지막 모습이었다. 아내는 챙 넓은 밀짚모자와 커다란 정원 장갑을 끼고 작은 채소밭을 향하고 있었다. 아내 뒤쪽으로 안개가 호수를 가로질러 다가가고 있었다.

이제 내가 생각해야 할 사람은 빌리다. 빌리. 나는 마음속으로 아들의 이름을 불러 보았다. 빌리, 빌리, 빌, 빌……. 어쩌면 난 그 이름을 이 종이 위에 수백 번은 써야 할 것이다. 유리창으로 햇살 좋은 오후 3시의 고즈넉함이 번지고 선생님은 아이들의 숙제를 검사하고 있을 때 선생님이 글씨를 쓰는 소리와 운동장에서 야구할 사람을 모으는 소리밖에 들리지 않는 가운데 칠판 가득히 "학교에서 종이 뭉치를 던지지 않겠습니다."라고 쓰고 있는 아이처럼 말이다.

아무튼 나는 내가 할 수 있는 유일한 행동을 취했다. 나는 조심스럽게 차를 후진시켰다. 그리고 울었다.

아만다가 조심스럽게 내 어깨를 끌어안으며 말했다.

"데이비드, 진정하세요."

"그래요, 그럴게요."

눈물을 참으려 했지만 별 소용이 없었다.

안개

나는 302번 국도를 달리다가 포틀랜드 쪽으로 꺾었다. 그 길 역시 군데군데 갈라지고 터져 나갔지만 칸사스 로보다는 대체로 양호했다. 가장 걱정이 되었던 것은 다리였다. 메인 주는 가운데로 강이 흐르고 있어 여기저기 크고 작은 다리가 설치되어 있다. 다행히 나폴리 둑길은 무사했고, 그곳에서 포틀랜드까지는 느리긴 했지만 무난하게 갈 수 있었다.

안개는 여전히 짙었다. 한 번은 나무가 길을 막고 있는 줄 알고 차를 세웠는데, 잠시 후 나무들이 꿈틀거리며 움직이기 시작했다. 나무가 아니라 촉수였던 것이다. 다행히 얼마 후 놈은 물러났다. 그리고 영롱한 녹색 몸에 길고 투명한 날개를 지닌 녹색 괴물이 엔진 덮개에 내려앉기도 했다. 마치 돌연변이 잠자리처럼 생겼는데, 놈은 잠시 머뭇거리더니 날갯짓을 하며 날아가 버렸다.

칸사스 로를 떠난 지 두 시간쯤 후에 빌리가 깨어났다. 빌리가 아직 엄마를 구출하지 못했냐고 묻자 쓰러진 나무들 때문에 집 쪽으로 갈 수 없었다고 말해 주었다.

"엄마, 괜찮겠지, 아빠?"

"빌리, 나도 모르겠구나. 하지만 다시 돌아와서 확인할 수 있을 거야."

빌리는 울지 않았다. 대신 다시 꾸벅꾸벅 졸기 시작했다. 차라리 우는 게 더 낫겠다는 생각이 들었다. 이상하게 너무 많이 자는 아들이 오히려 염려스러웠다.

머리가 지끈거리기 시작했다. 차는 꾸준히 시속 7~15킬로미터 정도의 속도로 안개를 뚫고 달렸다. 안개 속에서 뭔가가 뛰쳐나올 것이라는 불안감도 함께 달렸다. 도로 유실, 산사태, 머리 셋 달린 기드라 괴물……. 뭐든지 말이다. 나는 기도했다. 스테파니가 살아 있기를 기도했고, 신이 내 외도의 책임을 스테파니에게 묻지 않기를 기도했다. 또한 이미 충분히 고통을 겪은 빌리를 안전한 곳으로 데려갈 수 있게 해 달라고 기도했다.

안개가 몰려들었을 때 사람들은 대개 도로 옆에 차를 댄 모양이었다. 우리는 정오쯤에 북부 윈드햄에 도착했다. 나는 강변로를 택했는데 7킬로미터쯤 내려가니 작은 급류를 이어 주던 다리가 끊어져 물속에 잠겨 있었다. 그곳에서 1킬로미터 정도 후진해서 나왔을 때 차를 돌릴 만한 공간이 있었다. 결국 우리는 302번 국도를 타고 포틀랜드로 갔다.

포틀랜드에 도착해서는 톨게이트로 가는 지름길을 택했다. 진입로에 나란히 서 있는 통행료 징수 부스들은 눈이 퀭하게 들어간 해골들처럼 보였다. 모두 비어 있었다. 어느 징수소 유리문에 소매에 메인 주 고속도로 마크가 찍힌 찢어진 유니폼 재킷이 걸려 있었는데 끈적끈적한 피로 범벅이 되어 있었다. 페드럴 슈퍼마켓을 나선 후로 살아 있는 사람을 한 번도 보지 못했다.

레플러 부인이 입을 열었다.

"데이비드, 라디오 좀 틀어 봐요."

나는 이마를 쳤다. 도무지 나라는 인간이란 어떻게 스카우트에 달린 AM FM 라디오를 까맣게 잊고 있을 만큼 멍청할 수 있을까?

레플러 부인이 말했다.

"자학하지 말아요. 모든 것을 생각할 수는 없잖아요? 아마 그랬다면 당신도 미쳐서 아무 소용이 없었을 거요."

AM 채널에서는 계속해서 날카로운 소음만 들렸고 FM에서도 불길한 침묵만이 이어졌다.

"방송국이 모두 당한 걸까요?"

아만다가 물었다.

난 아만다의 불안을 이해할 수 있었다. 남쪽으로 한참 동안 내려왔으니 WRKO, WBZ, WMEX처럼 전파가 강한 보스턴 방송 하나는 수신할 수 있어야 했다. 보스턴마저 당했다면?

"확실한 것은 아무것도 없어요. AM의 잡음은 단순한 전파 방해일 겁니다. 안개의 습기가 라디오 신호를 막고 있는 거예요."

"정말로 그런 걸까요?"

"그래요."

나는 이렇게 대답했지만 역시 자신은 없었다.

우리는 계속 남쪽으로 향했다. 언뜻언뜻 이정표가 눈에 들어왔다. 대충 70킬로미터에서 시작했으니까, 1킬로미터 구간이 나오면 뉴햄프셔 경계일 것이다. 유료 도로에서는 속도를 더 줄였다. 운전자들이 끝까지 포기하지 않으려 한 탓인지 여기저기에서 참혹한 충돌 현장이 튀어나왔다. 여러 번 중앙선을 넘어야 할 때도 있었다.

오후 1시 20분쯤에 빌리가 내 팔을 잡아챘다. 나는 그때 시장기가 느껴지던 참이었다.

"아빠, 저게 뭐야? 저거 말이야!"

안개 속에서 그림자가 점점 진해지며 모습을 드러냈다. 그림자는 벼랑만큼 위로 솟아 있었고, 우리 바로 앞으로 다가왔다. 나는 급하게 브레이크를 밟았다. 졸고 있던 아만다가 앞으로 튕겨 나왔다.

무언가가 오고 있었다. 확실하게 말할 수 있는 것은 그것뿐이다. 어쩌면 안개가 순간적으로 물러나 사물의 형체가 드러난 것일 수도 있다. 하지만 나는 뇌가 인식하기를 거부하는 사물이나 현상은 분명히 존재한다고 생각한다. 미약한 인간의 인식의 문을 통과할 수 없을 만큼 너무나 아름다운 존재가 있는가 하면, 그 반대로 그만큼 추하고 절망적인 피조물 또한 있을 수 있는 법이다.

놈은 다리가 여섯이었다. 여기저기 암갈색 반점이 있는 피부는 진회색을 띠었다. 갈색 반점은 우습게도 커모디의 손등에 점점이 박힌 검버섯을 떠올리게 했다. 쭈글쭈글 깊은 주름에 곳곳에 홈이 파여 있고, 줄기 눈을 한 분홍 벌레 수십, 수백 마리가 온몸에 달라붙어 있었다. 그 괴물이 얼마나 큰지는 모르겠지만 놈은 곧바로 우리 위를 통과해 버렸다. 회색 줄기 다리 하나가 운전석 쪽 바로 옆을 밟고 지나갔다. 레플러 부인이 나중에 말하기로는 목을 있는 대로 빼고 올려다보았지만 괴물의 배를 볼 수가 없었다고 했다. 겨우 고층건물처럼 안개 속으로 치솟은 거대한 다리 두 개밖에 보지 못했는데 그마저도 끝이 보이지 않았다고 했다.

괴물이 스카우트 위를 지나는 동안 고래조차 숭어만 하게 보이게 할 정도로 거대한 괴물에 대해 생각해 보았다. 상상할 수 없을 만큼 큰 괴물. 괴물은 지진 같은 진동을 남기며 우리를 지나쳐갔다. 놈이 지나간 고속도로에는 너무나 깊어 바닥이 보이지 않을 정도의 발자국이 새겨졌다. 발자국 하나는 너무나 넓어서 스카우트조차 통째로 빠질 정도였다.

잠시 아무도 말이 없었다. 우리의 숨소리와 조금씩 멀어져 가는 거대 괴물의 발자국 소리만이 간간이 침묵을 깨뜨렸다.

그리고 빌리가 말했다.

"아빠, 그거 공룡이야? 슈퍼마켓에 들어온 새처럼?"

"공룡은 아닐 거야. 공룡도 그렇게 크지는 않단다, 빌리. 이 세상에 저렇게 큰 동물은 없었어."

나는 다시 애로우헤드 프로젝트를 생각했고 그자들이 도대체 뭘 어떻게 한 건지 정말로 궁금했다.

"계속 갈 수 있을까요? 돌아오면 어쩌죠?"

아만다가 겁먹은 목소리로 물었다.

그렇다. 게다가 앞쪽에 또 다른 놈들이 있지 않겠는가? 하지만 도리가 없었다. 우리는 어디로든 떠나야 했다. 나는 계속 차를 몰았다. 그 사이를 빠져나가자 끔찍한 발자국이 조금씩 도로를 벗어나기 시작했다.

내가 겪은 상황은 여기까지이다. 아니, 잠시 후 다른 사건이 하나 기다리고 있기는 하다. 그렇다고 멋진 결말을 기대하지는 않기를 빈다. "그리하여 그들은 안개를 벗어나 새아침의 햇살을 맞았다."라든가, "우리가 깨어났을 때 군인들이 도착했다."라는 식 말이다. 심지어 그 모든 것이 '꿈'이었을 뿐이라는 식의 썰렁한 결말도 여기에는 없다.

아버지는 이런 식의 결말을 '알프레드 히치콕식 결말'이라고 불렀다. 독자나 관객이 스스로 결정하도록 결론을 열어 두는 것인데 아버지는 그런 이야기들을 '비겁한 결말'이라고 부르며 경멸하곤 했다.

우리는 어두워질 무렵에 하워드 존슨 식당에 도착했다. 그건 거의 자살에 가까운 운전이었다. 사코 강을 가로지르는 다리를 건넜는데, 다리는 너무나 심하게 일그러진 데다 끊겼는지조차 가늠할 수가 없었다. 우리는 그 시합에서도 살아남았다.

하지만 내일은 어떻게 될지 알 수 없다.

이 글은 7월 23일 새벽 1시 15분에 쓰고 있는 것이다. 모든 참극의 출발점이 된 폭풍이 끝난 지 겨우 4일밖에 지나지 않았다. 빌리는 내가 가져온 매트리스 위에서 자고 있다. 아만다와 레플러 부인도 그 옆에 있다. 나는 커다란 델코 손전등 불빛을 이용해 글을 쓰고 있으며 밖에서는 분홍 벌레들이 유리창에 소란스럽게 내려앉았다. 그리고 이따금 조류 괴물이 벌레들을 떼어 냈고 그때마다 쿵 하고 부딪치는 소리가 들렸다.

스카우트에는 150킬로미터를 더 달릴 수 있는 연료가 있다. 그리고 이곳에서 연료를 채울 생각이었다. 이곳에는 엑센사의 주유소가 있다. 비록 전력이 나가기는 했지만 어떻게든 탱크에서 기름을 끌어올릴 수 있을 것이다. 하지만……

하지만 그러려면 밖으로 나가야 한다.

어디서든 기름을 얻을 수만 있다면 계속해서 달릴 것이다. 이미 결정해 둔 목적지도 있다. 아직 말할 단계가 아니지만 말이다.

아무것도 확실한 것은 없다. 괴물이, 빌어먹을 괴물이 있다. 단순한 상상의 소산일까? 내 무의식의 발현일까? 물론 그도 저도 아니라면 상황은 좀 더 어려워진다. 얼마나 더 가야 할까? 얼마나 많은 다리를 건너야 할까? 내 아들을 찢어서 통째로 삼켜 버릴 괴물들이 도대체 얼마나 많은 걸까?

이것이 그저 일장춘몽일 가능성도 없지는 않을 것이다. 하지만 난 다른 사람들에게 이 비밀을 말하지는 않았다……. 적어도, 아직은 아니다.

지배인의 숙소에서 커다란 배터리로 작동하는 대형 무전기를 찾아냈다. 뒤편에 있는 납작한 안테나 선이 창밖으로 이어져 있었다. 나는 무전기를 켜서 주파수를 맞추어 보았다. 적막한 침묵뿐이었다.

AM 채널 끝까지 갔다가 무전기를 끄려고 손을 뻗었을 때 한 단어를 들었다고 생각했다. 아니면 꿈을 꾸었거나.

소리는 더 이상 들리지 않았다. 한 시간 동안 갖은 애를 썼지만 다시 듣지 못했다. 만일 정말로 소리가 들렸다면, 그 음파는 저 습한 안개에서 일어난 미세한 변화를 틈타 들어왔을 것이다. 안개에 아주 얇은 틈이 생겼다가 순식간에 닫힌 것이다.

단 하나의 단어.

잠을 좀 자 둬야겠다……. 잠을 이룰 수 있고, 동이 틀 때까지 올리 위크스와 커모디와 노미…… 그리고 밀짚모자의 넓은 챙에 반쯤 가려진 스테파니의 얼굴에 시달리지 않는다면 말이다.

이곳에는 레스토랑이 있다. 정찬실과 말발굽 모양의 긴 식탁이 있는 전형적인 구식 레스토랑이다. 나는 이 글을 식탁 밑에 놓아 둘 것이다. 언젠가 누군가 찾아 읽을 수도 있겠지.

단 하나의 단어.

내가 정말 그 단어를 들은 것이라면, 정말로 그렇기만 해도…….

이제 눈을 붙여야겠다. 그 전에 아들에게 입을 맞추고 단어 두 개를 말해 줄 참이다. 꿈을 두려워하지는 말았으면 하는 바람으로.

약간 비슷하게 들리는 두 단어.

하나는 하트퍼드이고,
다른 하나는 희망이다.

호랑이가 있다

찰스는 화장실에 가고 싶어 죽을 지경이었다.

쉬는 시간까지 기다릴 수 있다고 자신을 속이는 방법도 더 이상 소용이 없었다. 방광이 비명을 질러 댔지만 버드 선생 때문에 찰스는 머뭇거릴 수밖에 없었다.

아콘 스트리트 초등학교 3학년에는 선생이 세 명 있었다. 키니 선생은 젊고 활기찬 금발의 여자 선생인데 학교가 끝나면 남자 친구가 푸른 카마로에 태워 가곤 했다. 무어인의 베개처럼 생긴 트라스크 선생은 머리를 땋았고 대포처럼 웃는 여자이다. 그리고 버드 선생이 있었다.

찰스는 결국 버드 선생 때문에 죽게 될 것이라고 생각했다. 옛날부터 그랬다. 버드 선생은 찰스를 부숴 버리고 싶어 하는 것이 분명했다. 그녀는 아이들에게 지하실에도 가지 못하게 했다. 버드 선생은 지하실은 보일러가 설치되어 있는 곳이고, 더럽고 추한 물건들을 쌓아 두는 곳이므로 바르게 자란 아이들은 절대 그곳에 내려가지 않을 거라고 말했다. 그리고 꼬마 신사 숙녀들은 절대 지하실에 가지 않고 화장실로 간다고 했다.

찰스는 다시 망설였다.

버드 선생이 찰스를 노려보았다.

"찰스. 너, 화장실에 가고 싶은 게냐?"

버드 선생이 지시봉으로 찰스를 가리키며 물었다.

찰스 앞에 앉은 케이시 스콧이 킬킬거렸다. 교활하게 입을 가리기는 했지만 말이다.

케니 그리핀이 몰래 다가와 책상 밑으로 찰스를 걷어찼다.

찰스는 얼굴이 빨개졌다.

"찰스, 똑바로 말해. 너 화장실에 가서……. (오줌 싸고 싶은 거지? 그녀는 오줌이라고 말할 거다. 항상 그러니까 말이다.)"

버드 선생이 밝은 목소리로 말했다.

"예, 선생님."

"예라니, 뭐가?"

"지하……. 아니 화장실에 가고 싶어요."

버드 선생이 미소 지었다.

"잘했다, 찰스. 이제 화장실에 가서 오줌 싸도 돼. 오줌이 마려운 거지? 오줌?"

찰스는 부끄러워서 고개를 숙였다.

"그래, 잘했다, 찰스. 이제 가도 좋아. 그리고 다음부터는 선생님이 묻기 전에 먼저 말해야 한다."

모두가 키득거렸다. 버드 선생은 지시봉으로 칠판을 톡톡 두드렸다.
　찰스는 책상 사이를 터덜터덜 지나 문으로 향했다. 눈 서른 쌍이 찰스의 등을 쫓았다. 케이시 스콧을 포함해서 모든 아이들이 찰스가 오줌 누러 화장실에 가고 있다는 사실을 알고 있었다. 출구가 마치 축구장 저 끝에 있는 것 같았다. 버드 선생은 수업을 진행하지 않고, 찰스가 문을 열 때까지 아무 말 없이 지켜보기만 했다. 텅 빈 복도로 나가 문을 닫자 찰스는 비로소 마음이 놓였다.
　찰스는 남자 화장실 쪽으로 걸었다.
　(지하실 지하실 지하실에 갈 거야.)
　찰스는 손톱을 잔뜩 세워 차가운 타일 벽을 긁으며 걸었다. 손톱이 게시판에 걸리면 손톱은 그 위로 스파이더맨처럼 붕 날아올랐다가 그 옆의 붉은 상자 위에 가볍게 착지했다.
　소방함.(비상사태 발생시 유리를 깨시오.)
　버드 선생은 놀리는 걸 좋아했다. 버드 선생은 찰스의 얼굴을 빨갛게 만드는 것을 좋아했다. 그것도, 지하실에 갈 이유라고는 눈곱만큼도 없는 케이시 스콧과 모든 사람들 앞에서 말이다.
　'개 같 은 년.' 찰스는 머릿속으로 음절 하나하나를 끊어서 내뱉었다. 그렇게 끊어 말하면 하느님도 죄라고 생각하지 않을 것이라고, 찰스는 지난해부터 제멋대로 결정해 버렸다.
　찰스는 남자 화장실로 들어갔다.
　화장실 안은 무척이나 시원했다. 시큼한 염소 냄새가 가볍게 허공을 떠돌았다. 이미 10시가 넘었는데도 화장실 안은 깨끗했고 조용했고 평화로웠고 무척이나 밝았다. 시내에 있는 스타 극장의, 담배 연기에 찌든 칸막이 화장실과는 사뭇 달랐다.

화장실.

(지하실!)

화장실은 L자형이었다. 짧은 쪽에는 작은 사각형 거울과 자기 세면기, 그리고 종이 타월이 설치되어 있었다.

긴 쪽에는 소변기 두 개와 칸막이 세 개가 있었다.

찰스는 거울 속에 비친 자신의 가냘프고 다소 헬쑥한 얼굴을 바라보다가 모퉁이를 돌아갔다.

맨 끝에 호랑이가 누워 있었다. 수정처럼 하얀 창문 바로 아래였다. 커다란 호랑이였는데 베네치아풍의 황갈색 모피와 온몸을 가로지른 짙은 줄무늬가 인상적이었다. 호랑이는 찰스를 올려다보았다. 호랑이의 푸른 눈이 더욱 가늘어지며 가르릉거리는 소리가 입에서 흘러나왔다. 호랑이는 근육을 꿈틀거리며 천천히 자리에서 일어났다. 꼬리를 휘두르자 마지막 소변기의 자기 부분에 부딪혀 챙 소리가 났다.

호랑이는 굶주린 모습이었고 매우 포악해 보였다.

찰스는 왔던 길로 달아났다. 압축 공기를 이용한 화장실 문에서 끼이익 소리가 났지만 너무 늦게 닫혀서 영원히 닫힐 것 같지 않았다. 아무튼 문은 닫혔고 찰스는 그제야 마음이 놓였다. 문은 안쪽으로만 열리도록 되어 있었다. 그리고 호랑이가 문을 여닫을 정도의 지능이 있다는 말은 들어 본 적이 없었다.

찰스는 손등으로 코를 훔쳤다. 심장이 어찌나 크게 뛰던지 소리가 들릴 정도였다. 찰스는 지하실에 가고 싶었다. 너무나 가고 싶었다.

찰스는 몸을 배배 꼬고 주춤주춤했다. 그리고 한 손을 배 위에 대 보았다. 정말로 지하실에 가야 했다. 아무도 오지 않는다는 것만 확신할 수 있다면 여자 화장실에라도 갈 텐데. 여자 화장실은 복도 맞은편에 있었다. 찰스는 백만 년이 지나도 결코 그럴 수는 없다는 것을 알면서도 간절한 눈빛으로 여자 화장실을 바라보았다. 케이시 스콧이 오면 어떡해? 아니면, 이건 최악의 경우이지만, 만약 버드 선생이 들어온다면?

호랑이는 어쩌면 환각일지도 모른다.

찰스는 문을 살짝 열고 한쪽 눈으로 안을 들여다보았다.

호랑이는 L자 모퉁이 근처에서 뒤를 돌아보았다. 초록색 눈에서 불꽃이 일었다. 찰스는 그 깊은 눈 속에서 작고 푸른 주근깨를 보았다고 생각했다. 호랑이의 눈이 찰스의 주근깨를 잡아먹은 걸까? 어쩌면······.

갑자기 등 뒤에서 손 하나가 찰스의 목을 휘어 감았다.

찰스는 짧은 비명을 질렀다. 심장과 위장이 목구멍으로 넘어올 것만 같았다. 까딱 잘못했으면 바지에 실례를 했을지도 모른다.

케니 그리핀이 만족스러운 미소를 짓고 서 있었다.

"버드 선생님이 너한테 가 보라고 해서. 네가 나간 지가 100년은 더 됐다면서 말이야. 너 무슨 문제가 있는 거지?"

찰스가 놀란 마음을 진정하며 대답했다.

"응. 하지만 지하실에 갈 수 없잖아."

"너 변비지! 이따가 케에이시에게 알려 줘야지!"

케니가 낄낄거리며 좋아했다.

찰스는 황급히 말했다.

"그러지 마! 그리고 나 변비 아냐. 저 안에 호랑이가 있어서 그래."

"호랑이가 뭐 하는데? 오줌 싸?"

찰스가 벽 쪽으로 시선을 돌리며 말했다.

"몰라. 그냥 호랑이가 가 줬으면 좋겠어."

찰스가 훌쩍거리기 시작했다.

케니는 약간 놀라고 당황해서 말했다.

"야…… 야!"

"오줌을 못 누면 어떡해? 교실에서 싸면 안 되잖아. 버드 선생님이……."

케니가 한 손으로 찰스의 팔을 잡고 다른 손으로 문을 열었다.

"자, 오줌 누면 되잖아."

찰스가 놀라서 몸을 빼기도 전에, 그리고 문 뒤에 숨어 안을 살피기도 전에, 둘은 이미 화장실 안에 들어서 있었다.

케니가 호기 있게 외쳤다.

"너 호랑이 까불면 버드 선생님한테 죽는다!"

"호랑이는 저쪽에 있어."

케니가 세면기를 지나 걸어가기 시작했다.

"나비야, 야옹, 야옹. 야옹……!"

"그러지 마!"

찰스가 겁먹은 목소리로 경고했다.

케니가 모퉁이를 돌자 더 이상 보이지 않았다.

"나비야, 야옹, 야옹, 야옹……."

찰스는 다시 문밖으로 달아나 벽에 찰싹 달라붙었다. 그리고 눈을 꼭 감고 두 손으로 입도 꼭 막고…… 비명 소리를 기다렸다.

비명 소리는 들리지 않았다.

찰스는 그렇게 얼어붙은 채로 얼마나 오래 서 있었는지 알 수 없었다. 오줌보가 터질 것만 같았다. 화장실 문을 바라보았지만 아무것도 알 수 없었다. 그것은 그냥 문이었다.

찰스는 들어가지 않을 것이다.

찰스는 들어갈 수 없었다.

하지만 마침내 찰스는 안으로 들어갔다.

세면기와 거울은 깨끗했고 희미한 소독약 냄새도 여전했다. 하지만 다른 냄새도 났다. 막 잘라 낸 납덩이에서 나는 냄새처럼 흐릿하고 불쾌한 냄새였다.

찰스는 신음하며(그러나 조용하게) 몸을 떨면서, L자 모퉁이로 가서 주변을 살폈다.

호랑이는 바닥에 엎드린 채 분홍색 혓바닥으로 커다란 앞발을 핥고 있었다. 놈은 흥미롭다는 시선으로 찰스를 보았다. 발톱에 찢긴 셔츠가 걸려 있었다.

하지만 이제는 세상이 온통 새하얘 보이기까지 했다. 더 이상 참을 수 없었다. 찰스는 발끝으로 걸어 문에서 가장 가까운 세면기 쪽으로 갔다.

찰스가 바지 지퍼를 올리고 있을 때 버드 선생이 문을 쾅 하고 열었다.

버드 선생이 거의 반사적으로 뇌까렸다.

"이런, 더러운 녀석."

찰스는 겁먹은 눈으로 모퉁이 쪽을 보고 있었다.

"죄송합니다. 선생님……. 호랑이가……. 제가 청소해 놓을게요……. 비누로 하면 될 거예요……. 제가 꼭……."

"케네스는 어디 있지?"

버드 선생이 차갑게 물었다.

"몰라요."

정말로 찰스는 몰랐다.

"저 뒤에 있는 거니?"

"아니요!"

찰스가 외쳤다.

버드 선생은 L자형 모퉁이 쪽으로 다가갔다.

"케네스, 어디 있니? 빨리 나와."

"선생님……."

하지만 버드 선생은 이미 모퉁이를 돌아선 후였다. 버드 선생은 펄쩍 뛰게 될 것이다. 찰스는 펄쩍 뛴다는 말이 정말로 무슨 뜻인지 버드 선생이 곧 알게 될 거라고 생각했다.

찰스는 다시 문밖으로 나갔다. 그리고 식수대에서 물을 마셨다. 찰스는 체육관 입구에 걸린 성조기를 보았다. 찰스는 게시판을 보았다. 게시판에는 "주변을 깨끗이 합시다"라는 행정 과장의 글도 있고, "모르는 차에 타면 위험해요"라는 학부모회 회장의 글도 있었다. 찰스는 모든 글을 두 번씩 읽어 내려갔다.

그러고 나서 찰스는 교실로 들어갔고, 바닥만 보면서 자기 자리로 걸어갔다. 11시 15분이었다. 찰스는 『세계로 가는 길』이라는 책을 꺼내 읽기 시작했다. 로데오 거리의 빌에 대한 이야기였다.

원숭이

 할 셸번도 그것을 보았다. 다락방 깊숙이 넣어 둔 너덜너덜해진 랄스턴 퓨리나 상자에서 아들 데니스가 놈을 꺼냈을 때, 끔찍한 공포와 당혹감으로 하마터면 비명을 지를 뻔했다. 할은 넘어오려는 비명 소리를 삼키려는 듯 손으로 입을 막았……. 그러고 나서 헛기침을 했다. 테리도 데니스도 눈치 채지 못했지만, 피터는 주변을 둘러보며 불안한 표정을 지었다.
 "야, 멋지다."
 데니스의 말투는 공손했다. 하지만 아들의 그런 말투는 평생 그것으로 마지막이었다. 이제 열두 살인데…….
 피터가 물었다.
 "그게 뭐야?"
 피터는 형이 찾아낸 것을 보기 전에 다시 아빠를 바라보았다.
 "아빠, 이게 뭐야?"

"원숭이잖아, 돌대가리야. 원숭이 처음 보냐?"

데니스가 말했다.

"동생한테 돌대가리가 뭐니?"

테리가 이렇게 꾸짖고는 곧 커튼이 담긴 상자를 뒤지기 시작했다. 하지만 커튼에 곰팡이가 잔뜩 피어 있어서 금세 손을 떼고 말았다.

"에구머니!"

"아빠, 나 가져도 돼?"

피터가 물었다. 그 애는 아홉 살이었다.

"헛소리하지 마. 내가 찾아냈잖아."

데니스가 외쳤다.

"제발, 얘들아, 너희들 때문에 머리가 다 아프구나."

테리가 말했다.

할은 그 소리를 거의 듣지 못했다. 큰아들의 손에 들려 있는 원숭이가 낯익은 미소를 지으며 자신을 노려보고 있었다. 어린 시절 자신의 악몽에 종종 등장했던 바로 그 미소였다. 그리고 커서도……

밖에서는 돌풍이 점점 거세지고 있었다. 바람은 낡고 녹슨 물받이를 지나며 길고 가느다란 휘파람을 불었다. 피터가 아빠 곁으로 바짝 다가왔다. 아들은 못이 삐져나온 지저분한 다락방을 연신 훑어보고 있었다.

"무슨 소리야, 아빠?"

휘파람 소리가 약해지자 피터가 물었다.

"그냥 바람이야."

할이 대답했다.

할은 여전히 원숭이를 보고 있었다. 희미한 전구 불빛 아래 원형보다는 초승달처럼 보이는 금속 심벌즈 한 쌍은 움직일 기색이 없어 보였다. 심벌즈는 서로 30센티미터쯤 벌어져 있었다. 할은 아무 생각도 없이 이렇게 덧붙였다.

"바람도 휘파람을 분단다. 하지만 휘파람으로 노래를 부르지는 못하지."

문득 할은 그 말이 윌 삼촌이 했던 말임을 깨달았다. 온몸에 소름이 돋았다.

다시 바람 소리가 들렸다. 바람은 크리스털 호수를 거세게 훑어주고는 곧바로 빠져나와 물받이 안에서 뛰어놀았다. 작은 돌풍들이 몰려와 10월의 차가운 공기를 할의 얼굴에 뱉고는 얼른 달아나 버렸다. 맙소사, 여긴 하트퍼드 집에 있는 벽장하고 너무나 똑같아서 삼십 년을 훌쩍 건너뛰어 그 시절로 돌아간 것 같았다.

'이런, 내가 무슨 생각을 하는 거야.'

하지만 달리 무슨 생각을 하겠는가?

'벽장에서 망할 놈의 원숭이를 찾은 것도 바로 저 상자였어.'

테리는 처마가 낮아 쭈그려 앉은 채 안쪽의 나무 상자에서 잡동사니들을 끄집어내고 있었다.

"나, 그거 싫어. 데니스 형, 그거 가지려면 가져. 아빠, 우리 내려가자, 응?"

피터가 이렇게 말하며 아빠의 손을 찾았다.

"귀신 나올까 봐 겁나니, 겁쟁아?"

데니스가 이죽거렸다.

"데니스, 그만두지 못하겠니?"

테리가 무의식적으로 말했다. 테리는 중국 문양이 새겨진 얇은 컵을 찾아냈다.

"와, 예쁘다. 이거……"

할은 데니스가 원숭이 등 뒤에서 태엽 열쇠를 찾아낸 것을 보았다. 암흑의 날개를 단 공포가 순식간에 할을 덮쳤다.

"안 돼!"

그 소리는 생각보다 더 크게 터져 나왔다. 게다가 미처 깨닫기도 전에 아들의 손에서 원숭이를 낚아채고 말았다. 데니스가 놀라 아빠를 바라보았다. 테리도 뒤돌아보았고 피터도 눈을 들었다. 한동안 아무도 입을 열지 못했다. 다시 바람의 휘파람 소리가 들렸지만 이번에는 매우 낮았다. 마치 비극의 무대로 초대하는 소리 같았다.

드디어 할이 말했다.

"내 말은, 아마 고장 났을 거야."

'고장 나 있었지……. 놈이 원하지 않을 때는 빼고.'

"아빠, 그렇다고 뺏어갈 필요는 없잖아요."

데니스가 투덜거렸다.

"데니스, 닥쳐!"

데니스는 눈을 깜빡거리며 잠시 불쾌한 표정을 지었다. 아들한테 그렇게 심한 말을 한 적은 거의 없었다. 2년 전 내셔널 항공사에서 쫓겨나 캘리포니아에서 이곳 텍사스로 이사 온 이후로는 한번도 없었다. 데니스는 반항하지 않기로 했다. ……적어도 지금은. 데니스는 다시 랄스턴 퓨리나 상자를 뒤지기 시작했다. 하지만 다른 물건들은 쓰레기에 지나지 않았다. 스프링이나 솜이 삐져 나온 망가진 장난감들뿐이었다.

바람이 더 세져서 이젠 휘파람이 아니라 부엉이 울음소리가 났다. 다락방도 삐걱거리며 발자국 소리를 냈다.

"아빠, 제발요."

피터가 아빠만 겨우 들을 정도의 작은 목소리로 사정하듯 말했다.

"알았다. 여보, 갑시다."

할이 말했다.

"아직 다 끝나지 않았는데요?"

"가자고 했잖소."

이번에는 아내가 놀란 표정을 지었다.

할의 가족은 모텔에 이어져 있는 방 두 개를 빌렸다. 10시쯤 아이들은 자기들 방에서 잠이 들었고, 테리는 어른 방에서 잠이 들었다. 테리는 카스코에서 돌아오는 길에 발륨(신경안정제—옮긴이) 두 알을 복용했다. 편두통 때문이었다. 최근에 테리는 발륨을 자주 복용했다. 그러니까 내셔널 항공사가 할을 해고할 무렵부터였다. 지난 2년간 할은 텍사스 항공계기 회사에서 일했다. 비록 연봉이 4000달러가 되지 않았지만 직장이 있었다. 할은 아내에게 자신들은 운이 좋은 거라고 말했고 아내도 동의했다. 할은 수많은 소프트웨어 기술자들이 일자리를 잃었다고도 했다. 아내는 동의했다. 아네트에 있는 사택도 프레스노만큼 좋다고 했고, 아내는 그 말에도 동의했다. 하지만 할은 아내의 동의가 모두 거짓이라고 생각했다.

그리고 이제 데니스도 멀어지고 있었다. 할은 데니스가 빠른 속도로 자신의 품에서 빠져나가고 있음을 알 수 있었다. 안녕, 데니스, 굿바이 스트레인저. 그동안 무척 즐거웠단다. 테리는 데니스가 대마초를 피우는 것 같다고 말했다. 종종 냄새가 난다는 것이다. 여보, 당신이 얘기 좀 해 봐요. 할은 그렇게 하겠다고 대답했지만, 아직까지 하지 않았다.

아이들도 잠들고 아내도 잠들었다. 할은 화장실로 가서 문을 걸어 잠근 다음 변기 뚜껑을 내린 뒤 그 위에 앉아 원숭이를 보았다.

정말 소름이 끼쳤다. 원숭이는 부드러운 갈색 털 여기저기가 벗겨져 있었다. 놈의 미소가 마음에 들지 않았다. "저놈 검둥이처럼 웃잖아?"라고 윌 삼촌이 말한 적이 있었다. 하지만 원숭이는 검둥이처럼 웃지도 않았고 사람처럼 웃지도 않았다. 놈은 이빨을 온통 드러내고 웃었다. 만일 태엽을 감아 준다면 입술이 말려 올라가며 끝내 뱀파이어의 이빨처럼 보이게 될 것이다. 입술을 비틀며 심벌즈를 쳐 댈 것이다. 멍청한 원숭이. 멍청한 태엽 인형. 멍청한 놈. 멍청한.

할은 인형을 떨어뜨렸다. 손이 떨려서 들고 있을 수가 없었다. 태엽 열쇠가 욕실 타일 바닥에 부딪치며 달그락 소리를 냈다. 사위가 조용한 탓에 소리는 너무도 크게 들렸다. 놈이 씩 하고 웃어 보였다. 멍청하게 즐거워하는 듯한 암울한 황갈색 눈을 한 인형은 언제라도 지옥의 행진곡을 연주할 수 있다는 듯 금속 심벌즈를 들고 단단히 자세를 취하고 있었다. 인형 바닥에는 '메이드 인 홍콩(MADE IN HONGKONG)'이라고 새겨져 있었다.

"어떻게 여기까지 온 거지? 내가 아홉 살 때 네놈을 우물 속에 던져 버렸잖아."

할이 속삭였다.

원숭이가 할을 향해 이죽거렸다.

밤이 찾아든 바깥 세상에서 검은 돌풍이 모텔을 흔들어 댔다.

다음 날 월 삼촌과 이다 숙모의 집에서 형 빌과 형수 콜레트를 만났다.

"가족의 유대를 강화하기 위한 최고의 해결책이 가족 중 누군가가 죽는 것이라는 생각해 본 적 있니?"

빌은 씩 하고 웃으며 할에게 물었다.

빌의 이름은 월 삼촌의 이름에서 따온 것이다. "월과 빌, 로데오 경기의 두 챔피언 이름이지." 월 삼촌은 이렇게 말하며 빌의 머리를 헝클어뜨리곤 했다. 삼촌은 이런 말도 했다……. "바람도 휘파람을 분단다. 하지만 휘파람으로 노래를 부르지는 못하지." 월 삼촌은 6년 전에 죽었다. 이다 숙모는 혼자 이곳에서 지내다가 지난주에 심장마비로 세상을 떴다. 빌은 장거리 전화로 할에게 소식을 전하면서 이렇게 말했다. "너무 갑작스러워." 죽음을 미리 알 수 있다는 듯이. 누구라도 알 수 있다는 듯 말이다. 숨을 거둘 때 숙모는 혼자였다.

"그래. 나도 그런 생각을 했어."

할이 대답했다.

형제는 함께 이곳에 오게 되었다. 어린 시절을 함께 한 고향. 상선을 타던 아버지는 형제가 아주 어렸을 때 실종되었다. 말 그대로 지상에서 사라진 것이다. 빌은 희미하게나마 아버지가 기억난다고 했지만 할은 전혀 기억이 없었다. 빌이 열 살이고 할이 여덟 살일 때 어머니도 숨을 거두었다. 이다 숙모가 하트퍼드로 와서 그레이하운드 버스에 두 형제를 태워 이곳으로 데려왔다. 그 후로 형제는 이곳에서 자랐고 대학도 여기에서 다녔다. 그러니까 이곳은 두 사람이 고향이라고 부르는 곳이다. 빌은 그 후로 메인 주에서 살았고 지금은 포틀랜드에서 탄탄한 변호사 사무소를 꾸리고 있다.

건물의 동쪽은 검은 딸기 넝쿨로 무척이나 어지러웠다. 할은 피터가 그쪽으로 달려가는 것을 보았다.

"피터, 그쪽으로 가지 마."

피터가 왜 그러냐는 눈으로 돌아보았다. 할은 아들을 향한 애정이 물밀 듯 밀려들었고 행복하다는 생각도 했다……. 그리고 갑자기 원숭이가 생각났다.

"아빠, 왜요?"

"그 뒤 어딘가에 낡은 우물이 있단다. 정확히 어디 있는지는 기억이 안 나지만 말이다. 아빠 말 들어라, 피터. 그 뒤는 위험해. 가시덤불이 널 잡아먹을지도 모르거든, 그렇지, 할?"

빌이 할 대신 대답했다.

"그래."

할은 기계적으로 대답했다.

피터는 돌아보지 않고 둑 아래 작은 백사장으로 내려갔다. 데니스가 물수제비뜨기를 하고 있었다. 할은 가슴에 걸리는 뭔가가 느슨해지는 기분이 들었다.

원숭이 257

빌은 우물의 위치를 잊었는지 모르지만, 그날 오후 늦게 할은 그곳을 찾아냈다. 할은 낡은 플란넬 재킷까지 찢어먹으며 검은 딸기 넝쿨을 헤집었다. 할은 우물 앞에 서서 숨을 몰아쉬며, 우물을 덮고 있는 썩고 뒤틀린 널빤지를 바라보았다. 그리고 잠시 망설이다가 무릎을 꿇고(무릎이 욱신거렸다.) 널빤지 두 개를 옆으로 밀어냈다. 돌멩이가 늘어서 있는 습한 목구멍 바닥에서 혼란에 빠진 얼굴이 눈을 동그랗게 뜨고 입을 일그러뜨린 채 할을 노려보았다. 할의 입에서 저절로 신음 소리가 새어 나왔다. 소리가 크지 않았지만, 정작 가슴속에서는 심장을 쥐어짤 정도로 크게 들렸다.

어두운 물속에 있는 것은 바로 자신의 얼굴이었다.

원숭이가 아니었다. 잠깐 동안 할은 원숭이의 얼굴이라고 생각했다.

할은 떨고 있었다. 온몸을 떨고 있었다.

'난 그놈을 우물에 던져 버렸어. 우물 아래로 던졌어. 오, 신이여, 저를 지켜 주소서. 내가 분명히 우물에 던졌어.'

조니 매케이브가 죽은 여름에 우물은 완전히 말라 버렸다. 빌과 할이 윌 삼촌네 집으로 왔던 바로 그해에 삼촌은 우물을 파기 위해 은행에서 돈을 빌렸고, 검은 딸기 넝쿨이 낡은 우물 주위에 자라기 시작했다. 말라 버린 우물.

물은 돌아와 있었다. 원숭이처럼 돌아와 있었다.

이제 기억도 선명한 모습으로 돌아왔다. 할은 무기력하게 그 자리에 주저앉았다. 그리고 기억에 저항하지 않았다. 보드에서 떨어지면 자신을 산산 조각내 버릴 산더미 같은 파도를 타는 서퍼처럼 할도 기억을 타기 위해 애를 썼다. 만일 그가 이겨낸다면 파도는 사라질 것이다.

할은 그해 늦여름, 원숭이를 들고 이곳으로 기어왔다. 검은 딸기들이 엉글어 냄새가 코를 찔렀다. 검은 딸기를 따러 오는 사람은 없었다. 이따금 이다 숙모가 넝쿨 가장자리에 서서 앞치마에 한 움큼 따 가는 게 고작이었다. 검은 딸기는 익다 못해 짓물렀고 일부는 썩어서 고름같이 진한 액체를 꾸역꾸역 뱉어 내기도 했다. 귀뚜라미들이 덤불 속에서 미친 듯이 울어 댔다. 미친 듯이. 찌르르르르르……

가시가 할에게 달려들어 두 뺨과 팔뚝에 피 자국을 내 놓았다. 하지만 할은 피할 생각을 하지 않았다. 두려움 때문에 아무 생각도 할 수 없었다. 우물을 덮고 있는 썩은 뚜껑에 걸려 넘어질 뻔하기도 했다. 우물의 진흙 바닥까지 족히 십 미터는 될 것이다. 할은 균형을 잡으려고 두 팔을 휘둘렀고 덕분에 더 많은 가시들이 팔뚝에 낙인을 찍었다. 피터를 황급히 불러들인 것도 바로 그때의 기억 때문이었다.

할의 단짝 친구 조니 매케이브가 죽은 날이었다. 자니는 사다리를 타고 뒷마당에 있는 나무 위 오두막으로 올라가고 있었다. 그해 여름 할과 조니는 하루 종일 해적 놀이를 하며 놀았다. 호수에 떠 있는 가상의 스페인 군함을 바라보며, 함포를 조절하고 보조돛을 올리고 승선 준비를 했다.(순서가 맞기는 한 건가?) 조니는 전에도 수천 번이나 나무 오두막을 오르내렸다. 그런데 오두막 바로 아래에 있던 사다리 가로대가 부러지면서 조니는 10미터 아래로 떨어져 목이 부러졌다. 그건 원숭이의 짓이었다. 원숭이, 빌어먹을 원숭이. 전화벨이 울렸고, 도로 아래쪽에 사는 밀리 아줌마가 숙모에게 비보를 전했을 때 이다 숙모는 놀라서 입을 동그랗게 벌렸다. 이다 숙모가 "이리로 좀 오겠니, 할? 슬픈 소식이 있단다."라고 말했을 때, 할은 두려움에 빠져 생각했다.

'도대체, 도대체, 저 원숭이가 무슨 짓을 한 거야?'

원숭이를 우물에 던져 버린 날, 우물은 할의 얼굴을 비추어 주지 않았다. 바닥에는 자갈과 젖은 흙밖에 없었기 때문이다. 할은 검은 딸기 넝쿨 사이 가느다란 잡초 위에 누운 원숭이를 내려다보았다. 언제라도 맞부딪칠 것만 같은 심벌즈 한 쌍, 흉하게 벌어진 입술, 그 사이로 크고 징그러운 미소, 군데군데 털이 없는 부분, 누추한 천 조각, 이글거리는 눈.

"나쁜 놈."

할은 으르렁거렸다. 그리고 놈의 더러운 몸을 감싸 쥐었다. 더러운 털에서 바스락거리는 소리가 들렸다. 할이 얼굴을 가까이 들이대자 놈이 씩 하고 웃었다.

"더 해 봐!"

할이 소리쳤다.

그날 처음 할은 기어이 울고 말았다. 놈의 몸을 마구 흔들었을 때, 심벌즈가 아무 소리 없이 바르르 떨리는 느낌이 전해졌다. 원숭이가 모든 것을 망쳐 놓았다. 모든 것을.

"더 해 보라고! 쳐 보란 말이야! 쳐 보라고? 이 자식아!"

원숭이는 씩 웃기만 했다.

"그놈의 심벌즈를 쳐 보란 말이야! 겁쟁아, 겁쟁아, 심벌즈를 쳐 봐! 넌 못 할걸! 겁쟁아, 겁쟁아, 심벌즈를 쳐 봐!"

할의 목소리가 신경질적으로 높아졌다.

황갈색의 두 눈. 이죽거리는 커다란 이빨.

할은 놈을 우물 속으로 던져 버렸다. 슬픔과 두려움에 온몸이 떨렸다. 원숭이는 떨어지는 동안 곡예사처럼 한 바퀴 몸을 뒤집었는데, 그때 마침 마지막 햇살이 심벌즈를 비추었다. 원숭이는 턱 소리를 내며 바닥에 떨어졌다. 그리고 태엽이 풀어져 놈은 마구 심벌즈를 때리기 시작했다. 단호하면서도 단조로운 음. 소리는 죽은 우물의 돌 목구멍을 타고 올라와 할의 귀를 때렸다. 챙챙챙챙.

할은 두 손으로 입을 막았다. 우물 바닥에 누워 있는 놈이 보였다. 아마 상상의 눈으로 본 것이겠지만, 놈은 진흙 바닥에 누워 우물 입구에서 아래쪽을 내려다보는 꼬마의 작은 얼굴을 노려보았다.(영원히 그 얼굴을 기억하려는 듯.) 저 이죽거리는 이빨, 씰룩거리는 입술, 시끄러운 심벌즈, 우스꽝스러운 태엽 원숭이.

'챙챙챙챙. 누가 죽었게? 챙챙챙챙. 두 눈을 커다랗게 뜨고 멋지게 공중제비를 돌았지. 떨어져 나간 가로대를 붙잡고 여름 방학의 깨끗한 대기를 가르며 기어이 툭 소리를 내며 땅에 떨어지고 말았지. 코와 입과 커다란 두 눈에서 시뻘건 피가 뿜어 나왔지. 그게 누굴까? 조니 매케이브일까? 할일까? 아니면 너?'

할은 훌쩍거리며 널빤지로 우물을 덮었다. 손에 썩은 나무 찌꺼기들이 묻었지만 개의치 않았다. 아니 의식조차 하지 못했다. 그리고 여전히 소리가 들렸다. 널빤지 때문에 소리는 둔탁해졌지만 그래서 더욱 음산했다. 놈은 돌 바닥에 누워 있고, 발작적으로 몸을 뒤틀며 있는 힘껏 심벌즈를 두들겨 댔다. 그 소리가 꿈에서처럼 아련하게 느껴졌다.

'챙챙챙챙. 이번에는 또 누가 죽는 걸까?'

할은 만신창이가 되어 검은 딸기 숲을 빠져나왔다. 가시들이 얼굴 가득 새로운 선들을 그어 놓아 피가 고였고 청바지 아랫단에는 우엉씨가 잔뜩 달라붙어 있었다. 할은 완전히 철퍼덕 넘어지기도 했다. 귓속에서는 여전히 심벌즈 소리가 울렸다. 마치 그놈이 할을 따라온 것처럼. 윌 삼촌이 나중에 창고의 낡은 타이어에 앉아 울고 있는 할을 찾아냈다. 삼촌은 할이 죽은 친구 때문에 울고 있는 거라고 생각했다. 할은 친구 때문에 울었다. 하지만 두려움 때문에도 울었다.

할이 원숭이를 우물에 던진 것은 오후였다. 그날 저녁 석양이 어스레한 어둠의 망토를 걸치기 시작할 무렵, 과속으로 질주하던 어떤 자동차가 도로에서 이다 숙모의 맨섬 고양이를 치고는 달아나 버렸다. 사방에 고양이 내장이 흩어졌다. 빌은 구토를 했고, 할은 무표정하고 창백한 얼굴을 돌렸다. 이다 숙모의 울음소리가 마치 몇 킬로미터 밖에서 들려오는 것처럼 아련하게 느껴졌다.(어린 매케이브의 슬픈 소식에 덧붙여져 이다 숙모는 발작적으로 울음을 터뜨렸다. 두 시간 후에야 윌 삼촌은 숙모를 완전히 달랠 수 있었다.) 머릿속에서는 차가운 멜로디의 환희의 송가가 울려 퍼지고 있었다. 할의 차례가 아니었다. 로데오 챔피언 커플인 빌도 윌 삼촌도 아니고 이다 숙모의 맨섬 고양이였다. 이제 원숭이는 사라졌다. 우물에 던져 버린 것이다. 꾀죄죄한 맨섬 고양이 정도야 별로 손해 볼 것 없는 거래였다. 원숭이가 죽음의 심벌즈를 치고 싶다면 그러라고 하자. 기껏해야 꿈틀거리는 구더기나 딱정벌레의 목숨밖에 더 거두겠는가? 좁은 돌 우물에 둥지를 튼 더러운 미물들.

놈은 그곳에서 썩어 문드러질 것이다. 그 혐오스런 이빨과 태엽과 스프링도 녹슬고 결국 그 속에서 죽고 말리라. 진흙과 어둠 속에서. 거미들이 거기에 보금자리를 틀 것이다.

하지만…… 놈이 돌아왔다.

할은 그날처럼 천천히 우물을 덮었다. 그리고 귓가에 원숭이의 심벌즈 소리가 환청처럼 울려 퍼졌다. '챙챙챙챙. 할, 이번엔 누굴 죽일까? 테리? 데니스? 피터? 네가 제일 아끼는 아이가 피터지? 이번엔 그 아이일까? 챙챙챙챙.'

"그거 내려 놔!"

피터는 깜짝 놀라 원숭이를 떨어뜨렸다. 순간적으로 할은 드디어 끝났다고 생각했다. 떨어지는 충격으로 태엽이 풀리고 심벌즈가 큰 소리로 울리기 시작할 거라고 생각했다.

"아빠, 놀랐잖아."

"미안하다. 난 단지……. 아무튼 그 원숭이는 갖고 놀면 안 돼."

다른 가족들은 영화를 보러 갔다. 할은 가족들을 데리고 모텔로 돌아가야겠다고 생각했다. 하지만 생각보다 고향에 오래 머물었다. 추악한 기억들이 그들만의 영원한 시간대를 떠돌고 있는 듯했다.

테리는 데니스 옆에 앉아「비벌리 힐빌리스」를 보고 있었다. 화면이 흐릿한 옛날 드라마를 멍하니 집중해서 보는 것을 보아 발륨을 복용한 지 얼마 되지 않은 것 같았다. 데니스는 컬쳐클럽을 표지모델로 한 록음악 잡지를 읽고 있었다. 그리고 피터는 카펫에

책상다리를 하고 앉아 원숭이에 빠져 있었다.
"아빠, 이거 안 움직여."
피터가 말했다.
할은 데니스가 피터에게 원숭이를 넘긴 이유를 알 수 있었다. 문득 부끄럽기도 하고 화도 났다. 데니스를 향한 적대감이 점점 더 자주 느껴졌다. 그러나 그 후에는 자신이 볼품 없고 천하고 무기력하게 느껴졌다.
"그래. 낡아서 그래. 이리 주련, 아빠가 갖다 버릴 테니까."
할이 손을 내밀자 피터는 고민하다가 인형을 건네주었다.
그때 데니스가 엄마에게 말했다.
"아빠가 졸라 맛이 갔나 봐요."
그 말에 할은 정말로 맛이 가고 말았다. 할은 방을 가로질러 데니스의 셔츠를 잡아 채고는 의자에서 끌어냈다. 트드득 하고 실밥이 터지는 소리가 들렸다. 데니스는 거의 오호 이것 봐라 하는 표정이었다. 읽고 있던 잡지《록의 물결》이 바닥에 떨어졌다.
"왜 이래요?"
"따라와."
할이 험상궂게 말하고는 아들을 옆방으로 끌고 갔다.
"여보!"
테리가 비명을 질렀고 피터도 두 눈을 커다랗게 떴다.
할은 데니스를 방 안으로 끌어당긴 후 쾅 하고 문을 닫았다. 할은 아들을 문 쪽으로 밀어붙였고, 데니스는 그제야 조금 불안한 표정을 지었다.
"너 요즘 말버릇이 그게 뭐냐?"

"이거 봐요. 옷 찢어지잖아요."

할은 아이를 다시 문에 밀어붙였다.

"그래. 정말 말버릇이 문제구나. 학교에서 그렇게 가르치든? 아니면 대마초 클럽에서 배운 거냐?"

데니스의 얼굴이 벌게졌다. 순간적으로 죄의식이 든 모양이었다.

"아빠가 짤리지만 않았어도 그런 쪽팔린 학교엔 가지 않았을 거예요.!"

데니스가 바락바락 악을 썼다.

할은 데니스를 다시 문에 밀어붙였다.

"난 해고된 게 아냐. 임시 휴직이라고, 너도 알고 있잖아. 그리고 네가 상관할 일도 아니야. 도대체 뭐가 문제니? 똑바로 들어, 데니스. 넌 배를 곯지도 않고 네 몸뚱이를 덮을 옷도 있어. 그리고 넌 열두 살이야. 열두 살밖에 안 된 놈이⋯⋯. 뭘 안다고 아가리를 나불대는 거야!"

할은 한마디 한마디 할 때마다 아이를 코앞까지 당겼다가 다시 문 쪽으로 밀쳤다. 물론 다칠 정도로 세게 밀지는 않았지만 데니스는 겁에 질려 있었다. 텍사스로 온 이후로 할은 손찌검을 한 적이 없었다⋯⋯. 이제 데니스는 어린 아이처럼 엉엉 소리를 내어 울기 시작했다.

"계속해요. 어디 때려 보라고요! 때리라니까요. 나도 아빠가 날 얼마나 미워하는지 다 알고 있다고요."

데니스가 할에게 소리쳤다. 여드름투성이의 얼굴이 추하게 일그러져 보였다.

"아빠가 널 왜 미워해? 널 얼마나 사랑하는데. 하지만 난 네 아빠야. 넌 아빠를 존중할 줄 알아야 해. 그렇지 않으면 아빠가 널 혼낼 수밖에 없어."

데니스는 몸을 빼내려고 애썼다. 할은 아이를 끌어당겨 꼭 안아 주었다. 데니스는 잠시 반항하다가 결국 할의 가슴에 얼굴을 묻은 채 훌쩍거리기 시작했다. 무척 지쳐 보이는 울음소리였다. 할이 두 아들한테서 한 번도 들어본 적 없는 울음소리였다. 할은 눈을 감았다. 그 역시 지쳐 있었다.

테리가 문을 두드리기 시작했다.

"그만둬요, 할. 도대체 무슨 짓을 하는 거야, 빨리 문 열어요."

할이 대답했다.

"아들 잡는 거 아냐. 그러니 걱정 말라고."

"당신……."

"엄마, 나 괜찮아요."

데니스가 여전히 할의 가슴에서 울먹거리며 대답했다.

아내는 잠시 망설이다가 자리를 떴다. 할은 다시 아들을 바라보았다.

"못되게 굴어서 미안해요, 아빠."

데니스가 주저하며 말했다.

"그래. 그렇게 말해 줘서 고맙다. 데니스, 다음 주에 집으로 돌아가면, 이삼 일쯤 있다가 네 서랍을 검사할 생각이다. 만일 보이고 싶지 않은 물건이 있다면, 치워 두도록 해."

아들의 얼굴에 다시 홍조가 일었다. 데니스는 고개를 숙인 채 손등으로 눈물을 닦아 냈다.

"이제 가도 돼요?"

아들의 목소리가 다시 무뚝뚝해졌다.

"그래."

할은 아들을 놓아 주었다.

'봄이 되면 단 둘이 캠핑이라도 떠나야겠어. 낚시도 괜찮겠지. 윌 삼촌은 자주 빌 형과 나를 데리고 다녔는데. 아들 녀석과 좀 더 가까워져야겠어. 아무튼 시도는 해 보지, 뭐.'

할은 빈 방에 혼자 앉아 원숭이를 보았다. 놈의 음흉한 미소가 이렇게 말하는 듯했다. 넌 아들하고 친해지지 못할 거야. 아니면 내 손에 장을 지지마. 난 아직 할 일이 있어서 돌아왔어. 언젠가 돌아올 거라는 것쯤은 알고 있었잖아, 안 그래?

할은 원숭이를 한쪽으로 치워 놓고 두 손으로 눈을 가렸다.

그날 밤, 할은 욕실에서 이를 닦으며 생각했다.

'놈은 똑같은 상자 안에 있었어. 어떻게 같은 상자에 있을 수 있지?'

칫솔이 위로 쏠리며 잇몸을 긁었다. 할은 움찔했다.

원숭이를 처음 본 것은 할이 네 살, 빌이 여섯 살 때였다. 실종된 아버지는 죽기 전에 아니, 세상 한가운데 있는 구멍으로 떨어지기 전에 하트퍼드에 집을 사 두었다. 그 집은 저당도 잡히지 않은 완전히 그들의 집이었다. 어머니는 웨스트빌의 헬리콥터 생산 공장인 홈스 항공사에서 비서로 일했고, 집에는 베이비시터들이 줄지어 들락날락거렸다. 베이비시터들은 할을 하루 종일 돌봐 주어야 했다. 빌은 1학년이었다. 베이비시터들은 오래 있지 못했다.

임신을 하거나 남자 친구와 결혼을 하거나 홈스 항공사에 일자리를 구했기 때문이다. 아니면 특별한 날 쓰려고 선반에 감춰 둔 셰리 포도주나 브랜디를 그 여자들이 훔쳐 먹는다는 사실을 셀번 부인이 눈치 챘기 때문이다. 아무튼 베이비시터들은 대개 먹고 자는 데만 관심 있는 멍청한 여자 애들이었다. 엄마처럼 할에게 동화책을 읽어 주는 베이비시터는 한 명도 없었다.

그 길었던 겨울에는 뷸라라는 날씬한 흑인 여자가 베이비시터로 있었다. 뷸라는 할의 엄마가 옆에 있을 때면 잘해 주는 척하다가도 엄마가 없으면 할을 꼬집기도 했다. 할은 뷸라를 좋아했다. 적어도《야담괴담》이나《사건과 실화》등의 싸구려 잡지에 나오는 으스스한 이야기를 읽어 주곤 했기 때문이다. ('섹스하다 죽은 대학 신입생.' 뷸라는 늘쩍지근한 거실에 앉아 짐짓 음산한 목소리를 만들어 냈다. 할이 커다란 잔에 우유를 따라 마시며 조잡한 타블로이드 그림들을 보는 동안, 뷸라는 리즈 버터를 한 움큼 입에 집어넣었다.) 어쩌면 이런 것에 대한 호기심이 상황을 더욱 악화시켰는지도 모르겠다.

할이 원숭이를 찾아낸 것은 3월의 어느 춥고 흐린 날이었다. 이따금 진눈깨비가 유리창을 때렸다. 뷸라는 날씬한 배 위에《나의 고백》을 펼쳐 놓고는 잠들어 있었다.

할은 아빠의 물건을 보기 위해 벽장으로 올라갔다.

벽장은 이층의 왼쪽을 전부 차지하고 있는데, 건물을 지을 때 마무리짓지 못한 여분의 공간 같은 곳이었다. 벽장은 빌의 어린이 침대 쪽에 있는 앨리스의 토끼문 같은 작은 문을 통해 들어가도록 되어 있었다. 겨울에는 엄청나게 춥고 여름에는 땀이 비 오듯 쏟아질 정도로 더웠지만, 형제는 그곳에서 노는 것을 좋아했다. 벽장은 길고 좁고 아늑했으며 멋진 고물들로 가득했다. 잡동사니가 얼마나 많은지 뒤지고 또 뒤져도 언제나 새로운 장난감들이 쏟아져 나왔다. 할과 빌은 토요일 오후 내내 이곳에서 놀았다. 두 아이는 아무 말 없이 상자에서 물건들을 일일이 꺼내 조사해 나갔다. 이리저리 뒤집어 보다가 금방 흥미를 잃고 상자에 다시 집어넣는 식이었지만 말이다. 어쩌면 실종된 아버지와 어떤 식으로든 접촉해 보려고 그랬던 것은 아닌가 하는 생각이 요즘에서야 들었다.

항해사 자격증이 있는 아버지는 상선을 탔다. 그래서 벽장에는 깨끗한 원들이 그려진 차트가 가득 했다.(각 원의 중심에는 컴퍼스 자국들이 선명하게 드러났다.) 『배런의 항해 가이드』라는 제목의 스무 권짜리 책도 있었다. 한쪽이 고장 난 쌍안경도 있었는데 한참 동안 들여다보고 있으면 눈이 멍해졌다. 그곳에는 십여 곳의 정박지에서 사들인 기념품들도 있었다. 훌라훌라 고무 인형들, 찢어진 띠에 "여자를 고르면 마음도 곯아요."라는 글귀가 적힌 검은 중산모, 작은 에펠탑이 들어 있는 유리공, 깊숙한 곳에 조심스럽게 보관된 외국 우표가 붙은 편지봉투들과 외국 동전들, 하와이 마우이에서 건너온 크고 검은 수석들, 그리고 외국말로 녹음된 재미있는 레코드들도 있었다.

그날은 진눈깨비가 단조로운 리듬으로 머리 위 지붕을 때리고 있었다. 할은 벽장 끝까지 수색을 해 나갔다. 상자 하나를 옆으로 치우자 다른 상자가 나왔는데, 바로 랄스턴 퓨리나 상자였다. 황갈색 눈이 위를 쳐다보고 있었다. 할은 놀라서 조금 뒷걸음질 쳤다. 마치 피그미족 시체라도 본 듯 심장이 쿵쾅거렸다. 하지만 그 물건이 움직이지도 고함을 치지도 않는다는 사실을 깨달았고, 결국 인형이라는 사실도 알게 되었다. 할은 앞으로 다가가 조심스럽게 인형을 꺼내 들었다.

인형은 할에게 씩 웃어 주었다. 노란 불빛 아래 이를 온통 드러내며 웃어 주었다.

그때 할은 기뻤다. 이리저리 인형을 돌려 보며 곱슬거리는 털의 촉감도 느껴 보았고 원숭이의 웃는 모습도 맘에 들었다. 그런데 다른 느낌은 없었을까? 할이 미처 깨닫기도 전에 순간적으로 스쳐지나간 본능적인 불쾌감 같은 것 말이다. 아마 있었을 것이다. 하지만 이렇게 오래된 기억은 너무 믿지 않도록 조심해야 한다. 오래된 기억은 거짓말을 하기도 한다. 하지만 고향 집 다락방에서, 피터의 얼굴에서도 똑같은 표정을 보았다면?

할은 원숭이 등 뒤에서 작은 열쇠를 발견하고 돌려 보았다. 열쇠는 힘없이 돌아가 버렸다. 태엽이 없는 것이다. 그때 원숭이 인형은 망가져 있었다. 하지만 여전히 깨끗했다.

할은 인형을 가지고 나가 놀기로 했다.

"그게 뭐니, 할?"

뷸라가 물었다. 막 낮잠에서 깨어났다.

"아무것도 아냐. 내가 찾아냈어."

할이 대답했다.

할은 침대 옆 선반에 원숭이를 세워 놓았다. 원숭이는 색칠공부책 위에 이를 잔뜩 드러내고 멍한 시선으로 허공을 바라보며 심벌즈를 칠 태세로 서 있었다. 고장이 났는데도 원숭이는 웃고 있었다. 그날 밤 할은 뒤숭숭한 꿈에서 깨어났다. 오줌이 마려웠다. 복도에 있는 화장실에 가려고 일어났다. 빌은 방 한가운데 널브러져 드르렁드르렁 코를 골고 있었다.

할이 화장실에 다녀와 다시 거의 잠이 들었을 무렵 원숭이가 심벌즈를 치기 시작했다.

챙챙챙챙.

할은 완전히 잠이 깨었다. 차가운 물 수건을 얼굴에 뒤집어쓴 기분이었다. 심장이 벌렁거렸고 입에서도 저절로 신음이 새어나왔다. 할은 눈이 동그래져서 원숭이를 바라보았다. 입술이 파르르 떨렸다.

챙챙챙챙.

선반 위에서는 인형이 반복해서 허리를 굽혔다 펴고 있었다. 입술도 연달아 벌어졌다 닫혀졌는데, 날카로운 이빨을 드러내며 이죽거리는 모습이 너무나도 소름끼쳤다.

"그만 해."

할이 속삭였다.

빌이 코를 골며 옆으로 돌아누웠다. 그리고 원숭이만 빼고는 모든 것이 조용했다. 심벌즈가 챙그랑거리는 소리에 형이 깰 것만 같았다. 엄마도 깨고, 온 세상도 깨고, 끝내 죽은 자들마저 모두 일으켜 세울 것만 같았다.

챙챙챙챙.

할은 어떻게든 멈추게 할 요량으로 인형에게 다가갔다. 심벌즈 사이에 손이라도 집어넣을 생각이었는데, 그 순간 저절로 소리가 멈추었다. 심벌즈는 마지막으로 챙! 하고 부딪치더니, 천천히 원래의 자리로 돌아갔다. 금속이 어둠 속에서 희미하게 빛났다. 원숭이의 싯누런 이빨이 씩 드러났다.

집은 다시 조용해졌다. 엄마가 돌아누우며 빌의 코 고는 소리에 대꾸하듯 코를 골았다. 할은 다시 침대로 돌아가 이불을 끌어올렸다. 심장이 빠르게 뛰었다. 그리고 할은 생각했다.

'내일 다시 벽장에 집어넣어야겠어. 이젠 싫어.'

하지만 다음 날 저녁 원숭이를 원래 있던 곳으로 갖다 놓아야겠다는 생각은 까맣게 잊어버리고 말았다. 엄마가 회사에 가지 않았기 때문이다. 뷸라가 죽었다. 엄마는 자세히 일러 주지 않고, 고작 "사고가 났어. 끔찍한 사고가."라고 말했을 뿐이었다. 하지만 빌이 학교에서 돌아오는 길에 신문을 사서 바지에 숨겨 몰래 방으로 가져왔다. 빌은 엄마가 부엌에서 음식을 만들고 있는 것을 확인하고, 할에게 그 기사를 주섬주섬 읽어 주었다. 물론 할도 기사 제목 정도는 읽을 수 있었다.

"아파트 총기 사고로 두 명 사망. 뷸라 매카피어리(19세), 샐리 트레몬트(20세). 누가 나가서 중국 음식을 사올 거냐는 사소한 논쟁 끝에, 매카피어리의 남자 친구 레오나드 화이트(25세)가 두 사람에게 총을 발사했다. 뷸라 매카피어리는 현장에서 사망했고, 샐리 트레몬트는 하트퍼드 병원 응급실에서 사망했다."

뷸라는 평소에 자신이 좋아하던 탐정 잡지 속으로 사라진 것 같았다. 문득 바늘 같은 소름이 할의 등줄기를 훑고 지나갔다. 그러고 보니 총기 사고가 일어난 시간은 바로 원숭이가…….

"할? 안 자요?"

테리가 졸린 목소리로 물었다.

할은 세면대에 치약을 뱉고 물로 입안을 헹군 다음에 대답했다.

"곧 갈게."

원숭이는 조금 전에 가방 안에 숨겨 놓았다. 이삼 일 후에 다시 텍사스로 돌아갈 예정이지만, 그 전에 그 빌어먹을 놈을 완전히 없애 버릴 작정이었다.

무슨 수를 써서라도.

"데니스한테 너무 심했던 거 아녜요?"

테리가 어둠 속에서 말했다.

"아무래도 한동안 좀 엄하게 해야 할 것 같아. 그 앤 지금 방황하고 있어. 저러다가 크게 잘못될지도 몰라."

"심리학적으로 때리는 건 별로 도움이 안 된다고요."

"이런, 맙소사. 테리, 난 때리지 않았어."

"……그런 식으로 부모의 권위를 강요하진 말아요."

"제발 그놈의 그룹 토론식 교육 얘기는 그만둡시다."

할이 화난 목소리로 말했다.

"이런 식으로 평생 미루기만 할 거예요?"

아내의 목소리는 차가웠다.

"그 애한테 집에서 마약을 없애라고 말했어."

"그래요? 빌이 어떻게 나오던가요? 알았다고 해요?"

테리가 염려하듯 물었다.

"이런 젠장! 그놈이 뭐라고 하겠어? 엿 먹으라고?"

"할, 도대체 왜 그래요? 당신답지 않게. 도대체 무슨 일이에요?"

"아무 일 없어."

할은 샘소나이트 가방 안에 든 원숭이를 떠올렸다. 그 안에서 심벌즈를 때리면 밖에서도 들릴까? 들리겠지? 둔탁하기는 하겠지만 들리기는 할 거야. 누군가의 죽음을 알리는 소리. 처음엔 뷸라, 두 번째는 조니 매케이브, 그리고 윌 삼촌의 애완견 데이지. 챙 챙 챙 챙, 이번엔 너니, 할?

"그냥 좀 신경이 날카로워진 거야."

"그게 다라면 좋겠군요. 당신, 이런 태도는 정말 싫어요."

"싫어? 가서 발륨이나 먹으라고. 그러면 다 좋아질 거 아냐?"

할은 무의식중에 이렇게 내뱉었다. 하지만 멈추고 싶은 마음도 없었다.

테리가 헉 하고 숨을 들이켜더니 가는 신음 소리를 뱉어 냈다. 그리고 울기 시작했다. 할은 아내를 달랠 수도 있었다. 하지만 그럴 마음의 여유가 없었다. 두려움이 너무 컸다. 원숭이만 다시 사라지면 모든 게 괜찮아질 것이다. 영원히 사라져 준다면……. 오, 신이여, 제발 저 원숭이를 데려가소서.

할은 늦게까지 잠들 수가 없었다. 새벽의 여명이 창밖의 어둠을 조금씩 걷어 내기 시작했다. 할은 이미 결심을 굳혔다.

빌이 두 번째로 원숭이를 찾아냈다.

뷸라 매카피어리가 즉사한 지 일 년하고도 육 개월이 지났을 때였다. 여름이었고 할은 막 유치원을 졸업했다.

할이 놀다가 들어왔을 때 엄마가 불렀다.

"할, 손부터 씻어. 까마귀가 형님 하고 달려들겠네."

엄마는 현관에 앉아 아이스티를 홀짝거리며 책을 읽고 있었다. 2주 간의 휴가를 즐기고 있는 중이었다.

할은 찬 물에 손만 살짝 담갔다가 수건으로 닦았다. 수건에 더러운 때가 그대로 묻어났다.

"형, 어디 있어?"

"위층에. 올라가서 방 청소 좀 하라고 전해 줄래? 완전히 쓰레기장이더라."

할은 그런 식의 경고성 명령을 전달하는 역할을 좋아했다. 그래서 위층으로 달려 올라갔다. 빌은 바닥에 앉아 있었는데, 벽장으로 들어가는 작은 토끼문이 조금 열려 있었다. 빌은 손에 원숭이를 들고 있었다.

"그거 망가진 거야!"

할이 얼른 소리쳤다.

이전에 화장실에 갔다 왔을 때 원숭이가 심벌즈를 쳤던 일은 거의 기억이 나지 않았지만, 그래도 할은 원숭이가 무서웠다. 그 후로 일주일 동안 할은 원숭이와 뷸라에 대한 악몽을 꾸었다. 어떤 꿈이었는지 정확하게 기억나지는 않지만, 비명을 지르며 잠에서 깨었다. 비몽사몽간에 할은 자기 가슴을 누르고 있는 것이 원숭이라는 생각이 들었고, 눈을 떴더니 놈이 씩 웃으며 내려다보고 있었다. 물론 가슴 위에는 자신이 안고 자는 베개가 있었다. 엄마가 달려와 물 한 잔과 오렌지색 어린이용 아스피린 두 알을 먹여 주었다. 아이들이 경기를 일으켰을 때 먹는 발륨 같은 약. 엄마는 악몽이 뷸라의 죽음 때문이라고 생각했다. 그건 사실이었지만 엄마가 생각하는 것과는 다른 종류였다.

이젠 너무 오래된 일이라 거의 기억나지 않지만, 그래도 할은 원숭이가 여전히 무서웠다. 특히 심벌즈와 그 이죽거리는 입이.

"그건 나도 알아. 멍청한 원숭이."

빌이 이렇게 말하며 원숭이를 옆으로 던져 버렸다. 원숭이는 빌의 침대 위로 떨어져 그 자세 그대로 천장을 노려보았다. 심벌즈를 치지는 않았지만 놈의 모습을 보는 것조차 무서웠다.

"우리 테디 상점에 가서 아이스케이크 사 먹자."

빌이 말했다.

"나 용돈 하나도 안 남았어. 그리고, 엄마가 형더러 청소 좀 하랬어."

할이 말했다.

"나중에 하면 돼. 돈 없으면 내가 빌려 줄게."

빌은 가끔 인디언 새총을 감추거나 꼬집고 때리기도 했지만 대개는 괜찮은 형이었다.

"알았어. 망가진 원숭이부터 벽장 속에 넣고 나서. 응?"

할은 기분이 좋아졌다.

"시간 없어. 자, 가자."

빌이 자리에서 일어서며 말했다.

할은 밖으로 나갔다. 빌은 변덕이 심했다. 만일 원숭이 문제로 미적댄다면 아이스케이크가 날아갈 수도 있었다. 두 아이는 테디 상점에 가서 아이스케이크를 먹었다. 원하던 종류는 아니었지만 블루베리 맛도 맛있었다. 두 아이는 운동장으로 향했다. 아이들 몇 명이 야구를 하고 있었다. 할은 아직 어려서 시합에는 끼지 못했다. 대신 파울 지역 바깥쪽에 앉아서 블루베리 아이스케이크를 빨며 큰아이들이 '짬뽕놀이'(손으로 고무공을 때리는 야구 비슷한 놀이—옮긴이)라고 부르는 것을 하고 있었다. 아이들은 거의 어두워져서야 집에 돌아갔다. 그리고 할은 수건을 더럽혀서, 빌은 청소를 하지 않아서 엄마에게 매를 맞았다. 할은 저녁을 먹고 나서 텔레비전을 보는 동안 원숭이에 대해 완전히 잊고 있었다. 원숭이는 어떻게 해서 빌 보이드의 사인이 있는 포스터 바로 옆 선반으로 올라가는 방법을 찾아냈다. 그리고 그 후 2년 동안 그 자리에 있었다.

할이 일곱 살이 되자 베이비시터는 필요 없게 되었다. 매일 아침 엄마는 출근하면서 말했다.

"빌, 동생 잘 돌봐주어야 해."

하지만 그날 빌은 수업이 끝난 뒤에도 학교에 남아 있어야 했고, 할은 혼자서 집으로 돌아왔다. 할은 모퉁이마다 멈춰 서서 자동차가 오지 않나 살피고 또 살핀 다음 무인도를 수색하는 보병처럼 어깨까지 잔뜩 굽히고 재빨리 길을 건넜다. 할은 매트 아래 놓인 열쇠를 꺼내 집 안으로 들어갔고 우유 한 잔을 마시러 바로 냉장고로 향했다. 그리고 우유 병은 손에서 미끄러져 바닥에 떨어졌다. 유리 조각이 사방으로 날아갔다.

챙챙챙챙. 위층, 아이들의 침실에서 나는 소리였다. 챙챙챙. '할, 안녕? 집에 돌아왔구나! 그런데 말이야, 할, 너니? 이번엔 네 차례니? 너도 즉사하게 만들어 줄까?'

할은 꼼짝 않고 서서 깨진 유리와 쏟아진 우유를 내려다보았다. 너무 무서워 아무 생각도 할 수가 없었다. 땀구멍마다 두려움이 삐져나오는 기분이었다.

할은 이층 방으로 뛰어 올라갔다. 원숭이는 빌의 선반에서 할을 노려보고 있었다. 놈이 그랬는지 빌 보이드의 그림은 침대 위에 거꾸로 떨어져 있었다. 원숭이는 온몸을 흔들며 신나게 심벌즈를 두들겨 댔다. 할은 천천히 다가갔다. 달아나고 싶었지만 그럴 수도 없었다. 원숭이는 펄쩍 뛰며 심벌즈를 때리고 다시 펄쩍 뛰며 심벌즈를 때렸다. 가까이 다가다자 놈의 배 속에서 태엽 풀리는 소리가 들렸다.

할은 발작적으로 비명을 지르며 인형을 밀쳤다. 손에 붙은 벌레를 떼어 내는 아이처럼 말이다. 인형은 빌의 베개에 맞고는 바닥에 떨어졌지만, 챙챙챙 심벌즈는 계속 울려 댔다. 놈은 4월 말의 따스한 햇볕 조각을 받으며 계속 심벌즈를 쳐 댔다. 놈의 입이 추하게 씰룩거렸다.

할은 버스터브라운 신발로 놈을 있는 힘껏 걷어찼다. 할의 비명 소리가 인형보다도 더욱 고통스럽게 느껴졌다. 태엽 인형은 바닥을 미끄러져 벽에 부딪치고 나서야 멈추었다. 할은 놈을 노려보았다. 주먹이 꿈틀거리고 심장이 쿵쾅거렸다. 놈은 햇빛을 받아 반짝거리는 눈으로 오만하게 할을 비웃었다. '마음대로 차 보라고.' 놈은 이렇게 말하고 있는 듯했다. '나야 톱니와 태엽과 기어 장치 한두 개가 전부라고. 날 차서 뭐 하게? 얼빠진 태엽 원숭이를 차서 뭐 하게? 심지어 난 살아 있지도 않아. 헬리콥터 공장에서 폭발이 있었어. 하늘 높이 치솟는 저 커다란 핏빛 볼링공은 도대체 뭐지? 손가락 구멍이 있을 자리에 눈이 있네. 할, 저게 네 엄마 머리니? 와우, 네 엄마 머린 기분 정말 째지겠다. 아니, 부룩 스트리트의 모퉁인가? 저기 좀 보라고, 친구. 저 차 너무 빠르지 않아? 운전자가 완전히 술에 절어 있나 봐! 세상에서 빌이란 사람이 하나 사라지겠군. 바퀴가 빌의 두개골과 뇌를 밟는 소리 들려? 뇌수가 귀를 통해 터져 나오는 소리 말이야? 들려? 안 들린다고? 오호, 나한텐 묻지 말라고. 내가 어떻게 알겠어? 이 비천한 내가? 내가 할 줄 아는 것은, 이 심벌즈를 챙챙챙 치는 것뿐이야. 그런데 누가 죽은 거야? 네 엄마? 네 형? 아니면, 할, 바로 너야? 너야?'

할은 놈에게 달려들었다. 짓밟고 뭉개고 박살을 낼 생각이었다. 톱니와 기어가 떨어져 나오고 저 끔찍한 눈알이 바닥에 굴러 떨어질 때까지 그 위에서 깡충깡충 뛸 생각이었다. 하지만 할이 가까이 갔을 때 다시 심벌즈가 울리기 시작했다. 매우 천천히……. 챙……. 배 속 어딘가에서 덜 풀린 태엽이 마지막 힘을 다하고 있었다……. 날카로운 얼음 조각 하나가 천천히 할의 심장에 박혔다. 그리고 고통이 잦아들며 두려움이 그 자리를 채웠다. 놈은 알고 있는 듯했다. 저 소름끼치는 웃음소리!

할은 시체라도 만지듯 인상을 잔뜩 쓰면서 오른손 엄지와 검지 끝으로 원숭이의 팔 하나를 잡아 주워 들었다. 손가락 끝에 닿은 인조 모피가 뜨겁게 느껴졌다. 할은 더듬더듬 다락의 작은 문을 열고 백열등을 켰다. 쌓아 놓은 상자들과 오래된 항해 서적과 앨범들, 그리고 선물과 낡은 옷들을 지나는 동안 원숭이는 내내 할에게 징그러운 웃음을 던졌다. 할은 생각했다.

'놈이 지금 심벌즈를 친다면 난 기절하고 말 거야. 내가 기절하면 놈은 더 좋아하겠지? 어쩌면 배꼽을 잡으며 웃을지도 몰라. 날 비웃을 거야. 그러면 나는 미쳐 버릴 테고. 사람들은 벽장 안에서 침을 흘리며 키득거리고 있는 나를 보게 되겠지. 싫어, 미치고 싶지 않아. 오, 제발, 하느님, 존경하는 예수님, 제발 미치지 않게 해줘요.'

할은 다락방 끝으로 가서 상자 두 개를 밀어냈다. 상자 하나가 넘어지며 내용물이 몽땅 쏟아져 내렸다. 할은 구석에 처박혀 있는 랄스턴 퓨리나 상자를 찾아 그 안에 원숭이를 구겨 넣었다. 놈은 마침내 집으로 돌아왔다는 듯 편안한 자세로 자리를 잡았다. 심벌즈는 멈춰 있었고 놈은 비웃을 일이 남아 있는지 여전히 입을 이죽거렸다. 할은 뒷걸음으로 기어 나왔다. 땀이 비 오듯 했는데, 불처럼 뜨거운 것인지 얼음처럼 냉랭한 것인지 알 수가 없었다. 할은 심벌즈가 다시 울릴까 봐 무서웠다. 어쩌면 원숭이는 상자 안에서 뛰쳐나와 딱정벌레처럼 할을 향해 달려들 수도 있다. 태엽이 질질 풀리며…… 심벌즈가 쾅쾅 울리면서…….

그런 일은 일어나지 않았다. 할은 불을 끄고 토끼문을 쾅 닫은 다음, 문에 기대어 가쁘게 숨을 몰아쉬었다. 조금씩 기분이 가라앉았다. 할은 후들거리는 다리로 아래층으로 내려가 빈 봉투 안에 깨진 우유 병 조각들을 담기 시작했다. 혹시 파편에 찔려 피를 흘리다 죽게 되는 것은 아닌가 하고 조바심이 났다. 그래서 심벌즈가 울린 것일까? 하지만 그런 일도 일어나지 않았다. 할은 걸레로 우유를 닦아 낸 다음, 자리에 앉아 엄마와 형을 기다렸다.

엄마가 먼저 와서 물었다.

"형은 어디 있니?"

할은 빌이 당했다고 확신하며 떨리는 목소리로 학교 연극 모임에 대해서 설명했다. 모임이 아무리 길었다 해도 30분 전에 집에 도착했어야 했다.

엄마는 흥미롭다는 시선으로 할을 바라보다가 무슨 일인지 물었다. 그때 문이 열리며 빌이 들어왔다. 아니, 그것은 진짜 빌이 아니었다. 빌의 유령이었다. 창백하고 겁에 질린 저 모습.

"무슨 일이니, 애야? 빌, 왜 그래?"

엄마가 소리쳤다.

빌이 울기 시작했고 눈물을 흘리면서 이야기를 들려 주었다. 차사고가 있었다는 것이다. 모임이 끝나고 친구 찰리 실버만과 함께 집으로 오고 있는데 브룩 스트리트 모퉁이에서 차가 빠른 속도로 달려왔고 찰리는 그 자리에 얼어붙어 버렸다. 빌이 찰리의 손을 잡아당겼지만 손이 미끄러졌고 찰리는 그만…….

빌은 펑펑 소리 내어 울기 시작했고, 엄마는 아들을 끌어안고 달래 주었다. 할은 현관 밖에 경찰관 두 명이 서 있는 것을 보았다. 빌을 집까지 데리고 온 순찰차도 모퉁이에 세워져 있었다. 그리고 할도 울기 시작했는데…… 그 눈물은 안도의 눈물에 가까웠다.

그때부터 악몽은 빌의 몫이 되었다. 빌의 꿈속에서 찰리 실버만은 죽고 죽고 또 죽었다. 레드라이더 카우보이 부츠가 미끄러지며 찰리는 주정뱅이가 모는 낡은 허드슨 호넷의 엔진 뚜껑 위로 퉁겨 올라갔고, 앞 유리와 정면 충돌하면서 머리와 유리가 모두 박살났다. 밀포드에서 사탕 가게를 운영하고 있는 음주 운전자는 체포 후에 잠깐 심장마비를 일으켰다.(아마도 찰리 실버만의 뇌수가 자신의 바지에 튀었을 때였으리라.) 변호사는 그 사실을 물고 늘어지며 "그는 이미 충분한 대가를 치렀다."고 주장하였다. 운전자는 6일 동안 구금되었고 코네티컷 주에서 5년 동안 운전을 금한다는 판결이 내려졌다……. 그리고 그동안 빌 셸번의 악몽은 계속되었다. 원숭이는 다시 다락방에 숨었다. 빌은 선반에서 원숭이가 없어진 사실조차 몰랐다……. 아니 알고 있으면서도 말을 하지 않았는지도 몰랐다.

한동안 아무 일도 일어나지 않았다. 할은 원숭이에 대해 조금씩 잊어 갔다. 원숭이 역시 한낱 악몽일 뿐이라고 생각하려 했다. 하지만 어느 날 오후 학교에서 돌아왔을 때, 어머니가 죽어 있었고 원숭이는 선반에 돌아와 있었다. 놈은 심벌즈를 벌린 채로 할을 내려다보며 씩 웃었다.

할은 원숭이를 보는 순간 육체가 이탈된 듯, 몸이 태엽 인형으로 변하기라도 한듯 천천히 원숭이에게 다가갔다. 할은 자기의 손이 앞으로 뻗어 나가 인형을 꺼내는 것을 보았다. 지저분한 모피의 감촉이 느껴졌지만 꿈이라도 꾸는 듯 아련하기만 했다. 빠르고 건조한 숨소리가 지푸라기를 흔드는 바람 소리처럼 들렸다.

할은 인형을 뒤집고는 태엽 열쇠를 잡았다. 몇 년 후 할은 그때의 몽롱한 의식이 어느 술집에서 파르르 떨리는 감은 두 눈을 향해 6연발 권총의 방아쇠를 당기는 남자의 상태와 비슷했다고 생각했다.

'안 돼. 내버려 둬. 그냥 던져 버리라고. 건드리지 말란 말이야.'

할은 태엽을 감았다. 침묵 속에서 태엽이 감기는 소리가 선명하게 들렸다. 태엽 열쇠를 놓자, 원숭이는 심벌즈를 때리기 시작했다. 놈의 몸이 굽혔다 펴졌다를 반복하는 것이 손을 통해 느껴졌다. 마치 살아 있는 것 같았다. 아니 살아 있었다. 할의 손 위에서 추악한 난쟁이처럼 온몸을 비틀어 댔다. 벗겨진 갈색 털을 통해 할은 단순한 톱니의 움직임이 아니라 심장의 박동을 느낄 수 있었다.

할은 놀라서 원숭이를 떨어뜨리고는 허겁지겁 뒤로 물러섰다.

입을 틀어막은 양손의 손톱이 눈 밑의 살을 파고들었다. 할은 뭔가에 걸려 비틀거렸는데, 바닥에 넘어졌다면 원숭이는 그 역겨운 담갈색 눈으로 겁먹은 할의 두 눈을 마주 보며 비웃었을 것이다. 밖으로 나가서 문을 닫고 문에 몸을 기댔다. 할은 욕실로 달려가 토하기 시작했다.

헬리콥터 공장에서 스타키 부인이 와서 소식을 전해 주고 두 아이를 돌봐 주었다. 그리고 이틀 후 이다 숙모가 메인 주에서 왔다. 엄마는 밝은 대낮에 뇌졸중으로 죽었다. 한 손에 물 한 잔을 들고 냉수기 옆에 서 있다가 총을 맞은 듯이 그대로 쓰러졌다. 손에는 여전히 종이컵이 들려 있었는데, 넘어지면서 커다란 물병을 잡아당겨 박살을 내고 말았다……. 소식을 받고 달려온 공장 주치의는, 셸번 부인이 미처 땅에 닿기도 전에 숨을 거둔 것 같다고 말해 주었다. 물론 두 아들은 그런 얘기를 듣지 못했다. 하지만 할은 알고 있었다. 엄마가 죽은 후 밤마다 수없이 그 꿈을 꾸고 또 꾸었다. "너, 아직도 밤에 잠 못 자더라." 빌이 이렇게 말한 적이 있었다. 빌은 동생의 악몽과 무력감이 어머니의 갑작스러운 죽음과 관계가 있다고 믿었는데, 틀린 생각은 아니지만 그건 다만 일부에 지나지 않았다. 진짜는 죄의식이었다. 그날 햇살 따스한 오후에 할은 원숭이의 태엽을 감았고, 그로 인해 엄마가 죽었다는 자책감에서 벗어날 수 없었다.

할은 마침내 잠이 들었고, 깊은 잠을 잔 것이 틀림없었다. 깨었을 때는 오후가 되어 있었다. 피터가 방 반대편 의자에 다리를 꼬고 앉아 있었다. 피터는 텔레비전 게임쇼를 보며 오렌지를 한 입한 입 기계적으로 베어 물었다.

할은 침대에서 두 발을 내려놓았다. 누군가에게 심하게 두들겨 맞은 듯 머리가 지끈거렸다.

"피터, 엄마 어디 있니?"

피터가 돌아보았다.

"형이랑 쇼핑 갔어. 난 아빠랑 있겠다고 했고. 근데, 아빠, 아빠 잠자면서도 말하더라."

할은 흥미로운 눈빛으로 아들을 보았다.

"그래? 뭐라고 했는데?"

"몰라, 잘은 모르지만, 조금 겁 났어."

"미안, 이제 잠 깼으니까 걱정 마."

할이 억지웃음을 지어 보였다. 피터도 웃어 주었다. 할은 아들이 그저 사랑스럽기만 했다. 밝고 강하고 단순한 감정이었다. 문득 왜 유독 피터에게 이런 감정이 드는지, 피터를 이해하고 도움을 줄 수 있다고 생각하는지 의아했다. 반면에 데니스는 안이 보이지 않는 불투명 유리 같았다. 한 번도 그런 삶을 살아 본 적이 없어서인지, 할은 데니스의 방법과 태도를 도저히 받아들일 수가 없었다. 캘리포니아에서 이사 온 것이 데니스에게 영향을 미쳤다고 할 수도 있지만, 하지만……

할은 그 부분에서 생각을 멈췄다. 원숭이였다. 원숭이가 심벌즈를 벌린 채 창턱에 놓여 있었다. 심장이 멎는 것만 같았다. 아니 심장은 펄쩍펄쩍 뛰고 있었다. 눈앞이 캄캄해지고, 지끈거리던 머리는 이제 터져 나갈 것 같았다.

놈은 어느새 가방에서 빠져나와 할을 비웃고 있었다. '하, 이제 끝난 줄 알았지, 응? 하지만 전에도 그런 적 있잖아, 안 그래?

그래, 할은 인정해야 했다. 그래, 그랬어.

"피터, 저 원숭이 네가 가방에서 꺼냈니?"

할은 이미 대답을 알면서도 이렇게 물었다. 가방을 잠근 다음 열쇠를 코트 주머니에 넣어 두었던 것이다.

피터가 원숭이를 보았다. 피터의 얼굴에 어떤 표정이 스쳐 지나갔다. 할은 그 표정이 불쾌감이라고 생각했다.

"아니. 엄마가 그랬는데."

피터가 대답했다.

"엄마가?"

"응. 엄마가 뺏었잖아. 아빠한테서."

"뺏었다고? 그게 무슨 말이냐?"

"아빠가 그 인형을 끌어안고 자고 있었대. 난 이 닦고 있어서 못 봤는데, 형이 보았댔어. 그러면서 웃었는걸. 아빠가 테디 곰을 안고 자는 아기 같다고."

할은 원숭이를 보았다. 입이 말라서 침을 삼키기가 어려웠다. 놈과 함께 잤다고? 침대에서? 저 혐오스런 털이 뺨에, 아니 입에 닿았다고? 저 끔찍한 눈이 잠든 내 얼굴을 보고 있었다고? 저 이죽거리는 이빨을 내 목에다 대고? 목에? 맙소사.

할은 갑자기 돌아서서 벽장으로 갔다. 샘소나이트 가방은 그대로 있었고 여전히 잠긴 채였다. 열쇠도 코트 주머니에 들어 있었다.

등 뒤에서 텔레비전이 찰칵 하고 꺼지는 소리가 들렸다. 할은 천천히 벽장에서 나왔다. 피터가 심각한 눈으로 아빠를 보았다.

"아빠, 나 저 원숭이 싫어."

피터가 들릴락 말락한 작은 목소리로 말했다.

"나도 그렇단다."

할이 말했다.

피터가 아빠를 뚫어지게 보았다. 아빠가 농담을 하는 것 같지는 않았다. 피터는 아빠를 꼭 끌어안았다. 할은 아들이 떨고 있음을 알았다.

그때 피터가 할의 귀에 속삭였다. 재빨리 말을 내뱉었는데, 아마도 다시 말할 용기가 없거나 원숭이가 들을까 봐 두려운 모양이었다.

"저 원숭이, 아빠를 보고 있는 것 같아. 아빠가 어디에 있든 원숭이는 아빠를 보고 있어. 아빠가 다른 방에 가면 벽을 통해서 아빠를 보고 있는 것 같아. 그리고 그런 기분도 들었어……. 원숭이가 나한테 뭔가 원하는 것 같아."

피터가 몸을 부르르 떨었고 할은 아들을 꼭 안고 말했다.

"아마 태엽을 감아 달라고 그러는 걸 거야."

피터가 세차게 고개를 끄덕였다.

"정말로 고장 난 건 아니지, 아빠?"

"고장 날 때도 있단다. 하지만 때때로 움직이기도 해."

할이 어깨너머로 원숭이를 보며 말했다.

"아빠, 나도 태엽을 감아 주고 싶었어. 원숭이가 왠지 불쌍했거든. 그러다가도 '안 돼, 그러면 아빠가 깰 거야.' 하고 생각했어. 그래도 하고 싶었어. 가까이 다가가서…… 만져 봤는데, 너무 끔찍했어, 아빠……. 하지만 감아 주고도 싶었어……. 저 애가 이렇게 말하는 것 같았거든……. 태엽 좀 감아 줄래, 피터? 아빠는 깨지 않을 거야. 절대로 깨지 않을 거라고. 그러니까, 나 좀 감아 줘. 감아 줘……."

피터가 갑자기 울음을 터뜨렸다.

"나쁜 인형이지, 저거? 분명해. 뭔가 이상한 인형이야. 아빠, 저 거 갖다 버리면 안 될까? 응?"

원숭이가 여전히 할을 향해 싱긋 웃고 있었다. 할은 그 웃음 사이로 피터의 눈물을 느낄 수 있었다. 늦은 아침의 햇살이 원숭이의 금속 심벌즈에 쏟아졌다. 심벌즈에서 튕겨 나간 빛줄기는 다시 모텔의 하얀 스투코 천장에 밝은 무늬를 그려 넣었다.

"피터, 엄마하고 형이 언제 돌아온다고 하던?"

"1시쯤에."

눈물을 흘렸다는 사실이 멋쩍은지 피터는 소맷자락으로 충혈된 두 눈을 닦았다. 하지만 원숭이 쪽을 보지는 않을 것이다.

"내가 텔레비전을 켰어. 소리도 크게 올렸어."

"괜찮아, 피터."

할은 이해가 가지 않았다.

'도대체 어떤 식으로 죽였을까? 심장마비? 어머니처럼 뇌졸중? 그래서? 그까짓 거 아무려면 어때, 안 그래?'

그리고 또 다른 생각이 꼬리를 물었다.

'놈을 없애 버려. 던져 버리라고. 그런데…… 놈을 없앨 수 있기는 한 건가? 영원히?'

원숭이가 할을 보며 비웃었다. 언제라도 심벌즈를 칠 수 있다는 투였다. 이다 숙모가 죽은 날 밤에도 이 녀석이 되살아난 걸까?

문득 그런 생각이 들었다. 숙모가 죽기 전에 들은 소리도 저 심벌즈의 챙챙 하는 소리였을까? 바람이 물받이를 따라 휘파람을 불 때 어두운 다락방에서 들었던 그 둔탁한 소리였을까?

"어쩌면 방법이 있을지도 모르겠구나. 피터, 네 여행 가방 좀 가져올래?"

할은 느릿느릿 아들에게 말했다.

피터가 이해가 가지 않는다는 눈빛으로 아빠를 보았다.

"뭐 하려고요?"

'어쩌면 없애 버릴 수 있을지도 몰라. 아마 한시적이겠지만…… 그 기간이 꽤 길 수도 있고 짧을 수도 있겠지. 언제고 놈은 돌아오고 또 돌아올 거야. 그게 저놈의 운명이라면 말이야……. 하지만 나는, 아니 우리는 아마 저놈을 오랫동안 보지 않게 될 수도 있을 거야. 이번엔 돌아오는 데 이십 년이 걸렸잖아? 그 우물에서 빠져나오는 데 이십 년이 걸린 거라고.'

할이 말했다.

"차를 타고 갈 거야."

할은 꽤 담담했지만, 몸은 웬일인지 무겁기만 했다. 눈썹조차 무겁게 느껴졌다.

"우선 네 여행 가방을 가지고 나가서 주차장 끝에서 큰 바윗돌을 서너 개쯤 찾아볼래? 그리고 가방에 돌을 넣어서 가져오면 돼, 알겠지?"

피터는 눈빛으로 알겠다고 대답했다.

"아빠, 알았어."

할은 시계를 보았다. 12시 15분이었다.

"서둘러라. 엄마가 돌아오기 전에 해치우자꾸나."
"어디로 갈 건데요?"
"고향으로 갈 거야. 윌 할아버지네 집 말이야."

할은 화장실로 들어가 변기 뒤에서 변기 솔을 빼냈다. 변기 솔을 들고 창가 쪽으로 가는 모습이 마치 싸구려 마술지팡이를 들고 있는 마법사처럼 보였다. 할은 창밖으로 피터를 내다보았다. 피터는 푸른 초원을 배경으로 '델타'라는 흰색 글자가 선명한 가방을 들고 주차장을 가로질러 가고 있었다. 문득 파리 한 마리가 유리창 위쪽 모퉁이에 부딪쳤다. 여름의 끝 무렵이라 몽롱하고 무기력해진 것이다. 할은 그 느낌을 알고 있었다.

할은 피터가 커다란 돌 세 개를 골라 주차장을 거슬러 오는 것을 보았다. 자동차 한 대가 모텔 모퉁이로 접어들고 있었다. 너무 빨랐다. 빨라도 너무 빨랐다. 할은 생각할 겨를도 없이, 마치 가라데를 하는 것처럼 솔을 든 손을 번개처럼 휘둘렀다. 멈추었다.

심벌즈가 닫혔다. 하지만 사이에 할의 손이 끼어 있는 터라 소리는 나지 않았다. 놈이 심벌즈를 친 것이다. 할은 실내를 떠도는 뭔가를 느꼈다. 분노 같은 것.

자동차의 브레이크가 비명을 질렀고 피터는 깜짝 놀라 뒤로 물러섰다. 운전자는 미쳤냐는 듯이 피터에게 손짓을 했다. 무슨 일이라도 일어났다면 모두 피터의 잘못이라고 외치는 듯했다. 피터가 옷을 펄럭거리며 주차장을 내달려 모텔 뒷문으로 들어왔다.

할의 가슴으로 땀이 비 오듯 흘러내렸고 이마에도 땀방울이 송골송골 맺혔다. 손에 닿은 심벌즈가 너무나 차가웠다.

할은 음흉한 미소를 지었다.

'어디 해 봐. 해 보라고. 하루 종일 기다려 줄 테니까. 지옥이 열릴 때까지라도 기다릴 테니까 얼마든지 해 보란 말이야.'

심벌즈가 벌어지더니 원래의 자리로 돌아갔다. 원숭이의 배 속에서 희미하게 클릭! 하는 소리가 들렸다. 할은 솔을 보았다. 하얀 솔의 일부가 불에 탄 것처럼 새까매졌다.

파리 한 마리가 창에 부딪치며 퍼덕거렸다. 파리는 10월의 차가운 햇살을 향해 뛰쳐나가고 싶은 것이다.

피터가 가쁘게 숨을 내쉬며 뛰어 들어왔다. 양 볼이 장미처럼 빨갛게 물들어 있었다.

"아빠, 돌 세 개 구해 왔어. 이거……"

피터가 순간 멈추었다가 말을 이었다.

"무슨 일이야, 아빠?"

"아니, 아무것도 아니다. 가방, 아빠한테 줄래?"

할은 소파 옆의 탁자를 창턱까지 끌고 와 가방을 올려놓았다. 가방을 열자 피터가 주워 온 돌들이 반짝거렸다. 할은 변기 솔로 원숭이를 밀어붙였다. 놈은 잠시 반항했지만 어쩔 수 없이 가방 속으로 떨어졌다. 심벌즈가 돌덩이에 부딪치며 가볍게 팅! 소리를 냈다.

"아빠, 아빠?"

피터의 목소리가 겁에 질려 있었다.

할이 아들을 돌아 보았다. 뭔가가 달라져 있었다. 무언가가 바뀌었다. 그게 뭐지?

할은 피터의 시선을 따라가 보고서 그 이유를 알 수 있었다. 파리의 윙윙거림이 멈추었다. 파리는 창턱 위에 죽어 있었다.

"원숭이가 그런 거야?"

피터가 숨을 죽였다.

"이리 와라. 고향으로 가는 동안 다 말해 주마."

할이 가방의 지퍼를 잠그며 말했다.

"어떻게 가지? 엄마랑 형이 차 가져갔는데?"

"다 방법이 있단다."

할은 이렇게 말하며 아들의 머리카락을 헝클어 놓았다.

할은 카운터에 운전면허증과 20달러를 내놓았다. 모텔 직원은 할의 텍사스 항공 디지털시계까지 담보로 잡은 후에야 자기 자동차 열쇠를 내주었다. 찌그러질 대로 찌그러진 AMC 그렘린이었다. 302번 국도를 따라 카스코로 향하는 동안 할은 이야기를 해 나갔다. 처음에는 잠시 머뭇거리다, 자기 아버지가 두 아들에게 줄 선물로 그 원숭이를 해외에서 가져왔을 거라며 이야기를 시작했다. 특별한 인형은 아니었다. 특이하지도 가치가 있는 것도 아니었다. 이 세상에는 홍콩산, 대만산, 한국산을 포함해 수십만 개의 태엽 원숭이가 있을 것이다. 하지만 두 아이가 사는, 코네티컷 주의 어느 집 어두운 다락방에 있는 원숭이는 달랐다. 놈에게 무슨 일이 일어난 것이 분명했다. 뭔가 끔찍한 일이. 할은 그렘린의 속도를 60킬로미터 이상으로 올리려 애쓰며 가장 끔찍한 일은 아직 일어나지 않았을지도 모른다든가, 나쁜 일이라는 것이 구체적으로 어떤 것들인지에 대해서는 말하지 않기로 했다. 피터가 그 이상을 받아들이기는 어려울 것이다. 하지만 할은 최악의 비극이란,

우리가 어쩌면 태엽 원숭이와 다를 바 없다는 사실 그 자체인지도 모른다는 생각을 했다. 태엽이 돌아가고 심벌즈가 울리고 이죽거리는 이빨. 멍청해 보이는 유리 눈알……. 비웃는 듯한…….

 할은 원숭이를 찾아낸 이야기도 해 주었으나 다 털어놓지는 않았다. 더 이상 아이를 겁 주고 싶지 않았다. 결국 이야기는 모호해지고 아귀도 맞지 않게 되었지만 피터는 아무런 질문도 하지 않았다. 할은 아들이 그 빈 곳들을 스스로 채워 나가고 있나 보다고 생각했다. 할 역시 어머니가 죽은 후로 계속 꿈을 꾸며 여백을 채워 나갔다. 어머니의 죽음을 보지는 못했지만 말이다.

 윌 삼촌과 이다 숙모가 어머니의 장례식에 왔다. 장례 후, 윌 삼촌은 추수 때문에 메인 주로 돌아갔지만, 이다 숙모는 2주 동안 더 머물러 있었다. 아이들을 메인 주로 데려가기 전에 죽은 어머니의 일들을 마무리 짓기 위해서였다. 아니, 그 이상이었다. 이다 숙모는 아이들과 친해지기 위해 노력했다. 어머니의 급작스런 죽음에 아이들은 거의 혼수 상태였다. 아이들이 잠들지 못하면 숙모는 따뜻한 우유를 가져다주었고, 할이 악몽으로 새벽 3시에 깨어날 때에도 옆에 있었다.(꿈속의 어머니는 냉장고에 다가갔다. 하지만 사파이어 빛 물병 안에서 꿈틀거리는 원숭이를 보지 못했다. 놈은 씩 웃고는 발작적으로 심벌즈를 쳐 댔고 놈의 몸부림 때문에 물이 용솟음쳤다.) 장례가 끝난 후 3일 동안 계속 열이 오르고 입술이 통증으로 말라들어 가고 거의 죽은 듯이 지낼 때에도 숙모는 그곳에 있었다. 숙모는 끈기 있게 아이들을 보살폈고 아이들과 친해졌다. 그래서 버스를 타고 하트퍼드를 떠나 포틀랜드로 향하기 전에, 빌과 할은 따로따로 숙모의 무릎에 얼굴을 파묻고 엉엉 울기도 했다. 숙모는 아이들을 달래 주었고, 그리고 가족이 되었다.

코네티컷 주에서 메인 주로 내려가기 전날(그 당시엔 "내려간다"는 표현을 썼다.), 두 형제가 다락방에서 끄집어낸 거대한 폐품 더미를 가져가기 위해 고물상 주인이 덜거덕거리는 트럭을 몰고 왔다. 트럭이 저만치 보일 때쯤, 이다 숙모는 특별히 갖고 싶은 선물이나 기념품이 있으면 가져가자고 했다.

숙모는 이렇게 말했다.

"애들아, 우린 장난감 사 줄 여력이 없단다."

형은 아버지가 남긴 매혹적인 상자들을 뒤지기 위해 다락방으로 사라졌지만 빌은 따라가지 않았다. 더 이상 다락에 들어가고 싶지 않았다. 울며 지내던 2주 동안 할은 아버지는 실종된 것도, 방랑벽이 있었던 것도, 어머니가 싫어 달아난 것도 아니라는 생각을 했다.

'저 원숭이가 아빠를 데려갔을 수도 있어.'

고물상 주인의 트럭이 부릉부릉, 푸드득거리며 마당에 들어서자 할은 드디어 결심을 했다. 할은 선반에서 원숭이를 끌어내리고는(어머니가 죽은 그날부터 할은 무서워 원숭이 곁에 가지 못했다. 당연히 다락에 넣겠다는 생각도 못했기에 원숭이는 당연히 선반 위에 있었다.) 아래층으로 뛰어 내려갔다. 빌도 이다 숙모도 할을 보지 못했다. 랄스턴 퓨리나 상자는 바깥에 내다 놓은 드럼통 위에 놓여 있었다. 망가진 선물과 곰팡이 슨 책들, 그리고 각종 고물들이 가득한 드럼통이었다. 할은 원숭이를 원래의 상자 안에 던져 넣고 놈이 다시 심벌즈를 치는지 노려보았다.(해 봐, 해 봐, 해 볼 테면 해 봐, 얼마든지 해 보라고.) 하지만 원숭이는 맥없이 뒤로 기댄 채 아무 짓도 하지 않았다. 그저 다 이해한다는 듯 징그러운 미소를 지을 뿐이었다.

할은 코르덴 바지에 버스터 브라운 슬리퍼 차림이었다. 그리고 고물상 주인이 나무로 울타리를 친 고물 트럭 안에 상자와 드럼통들을 싣는 것을 옆에서 지켜보았다. 고물상은 휘파람을 불어 대며 드럼통과 랄스턴 퓨리나 상자를 함께 들어 올렸다. 그의 목에서 십자가 목걸이가 번득거렸다. 할은 원숭이가 트럭 밑바닥으로 사라지는 모습을 보았다. 그리고 고물상 주인이 트럭 위에 올라가 코 푼 손바닥을 빨간색 손수건으로 닦는 것을, 시동을 걸자 트럭이 툴툴거리더니 푸른색 매연을 뱉어 내는 것을 지켜보았다. 할은 트럭이 떠나는 모습을 지켜보았다. 가슴에서 십 년 묵은 체증이 내려나가는 기분이 들었다. 할은 두 팔과 두 손바닥을 한껏 펼치고는 있는 힘껏 뛰었다. 그때 만일 누군가가 할을 보았다면 후레자식이라고 욕하며 이상하게 생각했을 것이다. '저 녀석 도대체 뭐가 좋아서 저렇게 날뛰는 거야?(분명히 그랬다. 날뛰고 싶을 정도로 기쁜 심정을 어찌 감추랴.) 엄마가 죽은 지 한 달도 안 된 놈이 저게 무슨 짓거리람.'

하지만 할은 원숭이가 사라졌기 때문에 영원히 떠났기 때문에 펄쩍펄쩍 뛰었다.

할은 적어도 그렇게 생각했다.

그건 채 3개월도 가지 못했다. 이다 숙모가 크리스마스 장식을 꺼내 오라며 할을 다락으로 올려 보냈다. 할은 무릎에 먼지를 덕지덕지 묻혀 가며 장식을 찾다가 다시 그놈과 만났다. 어찌나 놀랐던지 비명을 참기 위해 손등까지 물어뜯어야 했……. 그렇지 않았다면 기절하고 말았을 것이다. 놈은 그곳에 있었다. 이죽거리는 이빨, 위협적인 심벌즈. 놈은 버스라도 기다리듯 랄스턴 퓨리나 상자 안에 느긋하게 앉아 있었다.

'하, 날 없앤 줄 알았니? 할, 내가 그렇게 호락호락하게 보였냐? 난 네가 맘에 들어. 우리, 잘 맞는 짝이잖아? 꼬마 아이와 귀여운 원숭이, 정말 잘 어울린다고 생각지 않아? 남쪽으로 내려가면, 멍청한 이탈리아계 넝마주이 영감 하나가 목욕통 안에 처박혀 있을 거야. 눈알을 있는 대로 부릅뜨고 틀니까지 입 밖으로 빼물고 말이야. 비명을 지르는 표정이겠지, 뭐. 그 거지 영감, 고무타이어 타는 냄새가 났는데, 날 자기 아들 주겠다고 좋아하더라고. 나를 욕실 선반에 올려놓았는데, 그 선반엔 비누와 면도칼과 미얀마 셰이브 크림과 필코 라디오 따위가 있었어. 그자가 라디오를 켜서 브루클린 다저스 방송을 들을 때였어. 내가 심벌즈를 연주했는데, 그만 심벌즈 한 짝이 고물 라디오를 건드렸지 뭐야? 하필 전선이 목욕통에 빠져 버리는 바람에 내가 여기로 온 거야. 할, 내가 여기까지 오기 위해 밤마다 지방국도를 얼마나 헤맸는지 상상도 못 할걸? 새벽 3시에 달빛이 내 이빨을 건드리면 사람들이 얼마나 죽어 나갔는지 넌 모를걸? 아무튼 이렇게 왔잖아, 할? 난 네 크리스마스 선물이야. 그러니 태엽을 감아 주렴. 이번엔 누굴까? 빌일까? 윌 삼촌일까? 아니면 할, 너니? 너야?'

할은 허겁지겁 뒷걸음질 쳤다. 얼굴은 끔찍하게 일그러졌고 눈동자도 흰자위밖에 남지 않을 만큼 뒤집어졌다. 할은 굴러 떨어지다시피 아래층으로 내려왔고, 이다 숙모에게 장식을 찾지 못했다고 말했다. 숙모에게 한 첫 번째 거짓말이었다. 이다 숙모는 분명 거짓말인 줄 알았을 텐데도 왜 그러는지 묻지 않았다. 오, 하느님. 숙모는 빌이 들어오자, 크리스마스 장식을 찾아오라고 시켰다. 나중에 두 사람만 남게 되자, 형은 동생에게 네놈은 두 손에 손전등을 들고도 자기 고추 하나 못 찾을 놈이라고 비아냥거렸다. 할은 아무 말도 하지 못했다. 저녁식사 때 할은 창백한 얼굴로 음식을 깨작거렸다. 그날 밤 다시 원숭이 꿈을 꾸었다. 원숭이의 심벌즈가 필코 라디오를 때렸다. 라디오에서는 딘 마틴이 "달님이 아처 모레이의 피자 파이 같은 그대의 두 눈을 비추고 있다"고 노래하고 있었다. 라디오가 목욕통에 빠지는 것을 보며, 원숭이는 챙챙챙 신나게 심벌즈를 쳐 댔다. 물속에 전기가 흐를 때 욕조 안에 있는 사람은 이태리계 고물상 주인이 아니었다.

그건 바로 할이었다.

할과 피터는 고향집 뒤쪽의 둑을 기어 내려갔다. 물 위에 낡은 말뚝을 이어 만든 보트 창고가 있는 곳이었다. 할의 오른손에 가방이 들려 있었다. 갈증도 심했고 귓가에 계속해서 신경질적인 소음이 맴돌았다. 가방은 무척 무거웠다.

할은 가방을 내려놓으며 말했다.

"만지지 마라."

할은 주머니에서 열쇠 꾸러미를 찾았다. 빌이 준 것인데, 부착 테이프에 '보트하우스'라고 적혀 있었다.

깨끗하고 선선한 날이었다. 눈부시도록 푸른 하늘에 바람도 무척 자유로워 보였다. 호숫가에 몰려 있는 나뭇잎들은 빨간색에서 스쿨버스 같은 노란색까지 온통 찬연한 가을 색으로 물들어 있었다. 나뭇잎들은 바람결에 이야기를 나누었다. 피터가 가까이 다가서자 스니커즈 운동화 주변으로 나뭇잎들이 몰려들었다. 할은 바람 속에서 11월의 냄새를 맡았다. 이제 겨울이 멀지 않은 것이다.

열쇠로 맹꽁이자물쇠를 열고 문을 열어젖혔다. 너무나 익숙한 곳이었다. 할은 문을 받치고 있는 나무 토막을 보지도 않고 걸어 차 버렸다. 이곳에서는 여름 냄새가 났다. 캔버스 천과 밝은 목재들, 녹슨 냄새가 은은하게 밴 온기까지.

윌 삼촌의 보트는 아직 그곳에 있었다. 어제 오후에 낚시 도구와 블랙 라벨 맥주 여섯 개들이 팩 두 개를 두고 내리기라도 한 듯, 노 두 개가 가지런히 놓여 있었다. 셋이 함께 간 적은 없지만, 빌과 할은 윌 삼촌과 자주 낚시를 다녔다. 셋이 타기에는 보트가 너무 작았기 때문이다. 붉은 선체도 이젠 색이 바랬고(윌 삼촌은 매년 봄마다 배를 덧칠했다.) 드문드문 벗겨지기까지 했다. 이물 쪽에는 잔뜩 거미줄이 쳐져 있었다.

할은 조그마한 조약돌 해변가로 보트를 끌고 내려갔다. 낚시 여행은 윌 삼촌과 이다 숙모와 함께한 유년 시절의 가장 즐거운 기억이었다. 빌 역시 똑같은 마음이었을 것이다. 윌 삼촌은 과묵한 사람이었다. 하지만 일단 강둑에서 오륙십 미터 떨어진 곳에 보트를 띄우고 낚싯줄과 찌를 맞춰 놓고 나면, 두 사람 몫의 맥주를 땄고(윌 삼촌은 할에게 반 캔만 허락했는데, 그것도 숙모에게 절대로 말하지 않겠다는 맹세를 해야 했다. "네 숙모가 알면 말이다. 아이들한테 술을 줬다고 엄청 난리가 날 테니까 말이다. 알겠니?") 그 다음부터는 너무나 흥겹고 명랑한 사람으로 돌변했다. 삼촌은 이야기를 들려 주고 질문에 답을 해 주고 할의 낚싯바늘에 미끼를 달아

주었다. 그리고 보트는 바람과 조류가 이끄는 대로 아무렇게나 흘러 다녔다.

"월 삼촌, 호수 한가운데까지 바로 가지 않는 이유가 뭐예요?"
할이 이렇게 물은 적이 있었다.

"저쪽을 보렴."
월 삼촌이 대답했다.

할이 바라보니 그곳은 물이 검푸른색이었다. 그 밑으로 가라앉은 낚싯줄이 보였다.

월 삼촌은 한 손으로 빈 깡통을 찌그리며 다른 손으로 새 맥주를 골랐다. 그리고 말했다.

"네가 보고 있는 곳이 크리스털 호에서 제일 깊은 곳이다. 30미터는 족히 안 되겠냐? 아모스 컬리건의 낡은 스터드베이커(승용차의 일종—옮긴이)가 저기 어딘가 있다고 하더라. 멍청한 인간이 12월 초 얼음도 얼기 전에 몰고 나간 거야. 살아온 것만도 다행이지. 암 그렇고말고. 스터드는 물 건너간 거고. 심판의 날이 오면 모를까. 하지만 여기도 엄청 깊은 곳이란다. 큰 고기는 여기도 많아. 뭐 하러 저기까지 가니? 지렁이 좀 살펴보자. 낚싯대 그만 거둬라."

할은 시키는 대로 했다. 월 삼촌은 미끼 상자로 쓰는 낡은 마가린 깡통에서 지렁이 하나를 꺼냈다. 할은 꿈이라도 꾸듯 호수 안을 들여다보았다. 아모스 컬리건의 낡은 스터드베이커라도 볼 수 있을 것 같았다. 열려진 운전석 창(컬리건이 마지막 순간에 빠져나온 바로 그 창문이다.)으로 수초와 녹이 벗겨져 나오고 운전대와 백미러를 장식한 수초가 썩은 목걸이처럼 조류에 따라 흔들리는 그런 장면……. 하지만 그의 눈에 비친 것은 오직 검푸른 호수면 뿐이었다. 그리고 윌 삼촌의 지렁이 미끼가 보였다. 미끼 배 속에 숨겨둔 날카로운 갈고리가 호수 가운데 떠 있었다. 지독한 리얼리티라는 생각을 했다. 할은 잠깐 동안 강력한 소용돌이에 빨려드는 기분이 들었다. 어지러워 눈을 감았더니 돌풍은 금세 지나가 버렸다. 그날 할은, 기억하기로는 맥주 한 캔을 다 마셨다.

……크리스털 호에서 가장 깊은 곳……. 30미터는 족히 안 되겠나…….

할은 잠시 멈춰 서서 숨을 몰아쉬었다. 피터는 여전히 불안한 표정이었다.

"아빠, 내가 뭐 도와줘?"

"조금 있다가."

할은 다시 숨을 들이마신 다음, 좁은 모랫길을 지나 물 위에 보트를 댔다. 모래 위에 보트 자국이 선명하게 그려졌다. 비록 페인트는 벗겨졌지만 덮여 있어서인지 보트는 무척 깨끗해 보였다.

윌 삼촌과 호수로 나갔을 때는 삼촌이 보트를 끌었다. 뱃머리가 물에 닿으면 삼촌은 펄쩍 뛰어올라가 노를 잡고 배를 밀었다. 밀어라, 할……. 밥값은 해야 안 되겠나?

"피터 가방 좀 줘. 그리고 보트 좀 밀어라. 밥값은 해야지."

할은 이렇게 말하며 미소 지었다.

피터는 웃지 않았다.

"나도 타, 아빠?"

"나중에. 나중에 함께 낚시라도 가자꾸나. 하지만…… 지금은 안 돼."

피터가 머뭇거렸다. 바람이 갈색 머리를 훑고, 노란 낙엽 몇 장이 어깨를 스치고 호수 가장자리에 사뿐히 내려앉았다. 낙엽은 배처럼 가볍게 흔들렸다.

"아빠 그거 사이에 뭐 넣어야 해."

아들이 속삭이듯 말했다.

"뭐?"

하지만 할은 피터의 말을 이해할 수 있었다.

"심벌즈 사이에 솜 같은 거 넣고 테이프로 감으면……. 그럼 소리가 나지 않을 거야."

할은 갑자기 비틀거리며 다가오던 데이지가 생각났다. 데이지의 두 눈에서 갑자기 피가 터져 나와 목덜미를 적시더니, 아예 후두둑 소리를 내며 헛간 바닥에 흘러내렸다. 데이지는 그대로 앞발을 꺾고 고꾸라졌다. 그때 봄비 소리를 뚫고 그 소리가 들렸다. 15미터는 더 떨어진 다락에서 나는 소리인데도 심벌즈 소리는 신기하게도 너무나 깨끗하게 들렸다. 챙챙챙챙!

할은 발작적으로 비명을 질렀다. 장작으로 쓰기 위해 한 아름 들고 온 나뭇가지들이 발밑으로 떨어졌다. 할은 윌 삼촌을 부르며 부엌으로 달려갔다. 삼촌은 스크램블 에그와 토스트를 먹고 있었고 아직 바지 멜빵도 풀지 않은 채였다.

"할, 데이지는 열두 살이면 개 나이로 다 산 거란다. 데이지도 그만 푹 쉬고 싶었을 거다."

삼촌은 이렇게 말했다. 지치고 힘든 표정 때문인지 삼촌도 무척이나 늙어 보였다.

"늙어서 그래."

수의사도 그렇게 말했지만, 당혹해하는 표정이 역력했다. 아무리 열두 살이라고 해도 뇌졸중으로 죽는 개는 없었기 때문이다. ("머리 속에서 폭죽이 터진 것 같군요. 월, 그런 건 나도 처음이에요." 할은 수의사가 월 삼촌에게 하는 말을 엿들었다. 월 삼촌은 헛간 뒷마당에 구멍을 팠는데, 1950년에 데이지의 엄마를 묻은 곳 근처였다.)

나중에 할은 정신이 나갈 정도로 두려우면서도 다락방으로 기어 올라갈 수밖에 없었다.

'안녕, 할? 어떻게 지냈어?'

원숭이가 어두운 구석에서 인사를 건넸다. 심벌즈는 여전히 30센티미터 정도 벌린 채였다. 원숭이와 할 사이에는 소파 쿠션이 차례로 놓여 있었는데 할은 그 쿠션 중 하나를 밟고 서 있었다. 그때 무언가가, 뭔가 커다란 힘이 쿠션의 커버를 터뜨려 버렸다. 쿠션 내용물이 기포처럼 빠져나오기 시작했다. 원숭이가 머릿속에서 속삭였다. 담갈색의 유리 눈이 할 셸번의 크고 푸른 눈을 똑바로 노려보고 있었다.

'할, 데이지 걱정은 안 해도 돼. 그 개는 늙었다고. 수의사도 그랬잖아. 아무튼 그 개 눈에서 터져 나온 피 봤지? 어때, 멋지지 않아? 태엽 좀 감아 줘, 할. 감아 줘, 우리 같이 놀자. 그런데 이번엔 누구 차례더라? 할, 너니?'

정신을 차렸을 때 할은 원숭이를 향해 기어가고 있었다. 그리고 마치 몽유병 환자처럼 태엽 장치를 향해 한 손을 쑥 내밀고 있었다. 할은 화들짝 뒤로 물러서다가 하마터면 계단 아래로 구를 뻔했다. 계단이 좁지 않았다면 굴렀을지도 모른다. 할의 목에서 가느다랗게 신음 소리가 흘러나왔다.

이제 할은 보트에 앉아 피터를 바라보고 있다.

"심벌즈를 막아 봐야 소용없단다. 옛날에 해 봤어."

할이 아들에게 말했다.

피터가 초조한 눈으로 자기 가방을 내려다보았다.

"어떻게 됐는데, 아빠?"

"글쎄, 지금은 말하고 싶지 않구나. 게다가 네가 들을 만한 이야기도 아니야. 자, 어서 배 좀 밀어 주련."

피터가 힘을 쓰자 뱃머리가 모래를 따라 미끄러졌다. 할도 노로 모래를 짚고 힘껏 밀었다. 어느 순간 보트는 지상에 박혀 있던 느낌이 사라지고 가볍게 흔들리기 시작했다. 수년간 어두운 창고에 갇혀 있던 보트가 이제 파도를 따라 여행을 시작한 것이다. 할은 다른 노마저 노걸이에 걸었다.

"조심해, 아빠."

피터가 말했다.

"오래 걸리지 않을 게다."

할이 약속했다. 하지만 피터의 여행 가방을 보면서 정말 그럴 수 있을지 자신이 서지 않았다.

할은 노를 젓기 시작했다. 허리와 어깻죽지 사이에서 오래 되고 낯익은 근육통이 느껴지기 시작했다. 호숫가가 멀어지면서 피터의 나이도 점점 어려지는 것처럼 보였다. 여덟 살……. 여섯 살……. 네 살……. 어리디 어린 아이 하나가 고사리만 한 손으로 두 눈에 그림자를 만들고 있었다.

할은 호숫가를 둘러보기는 했지만 자세히 살필 생각은 없었다.

이미 15년도 더 된 일이었다. 만일 하나하나 뜯어 본다면 낯익은 것보다 낯선 것이 더 많이 보일 테고, 그랬다가는 길을 잃을지도 모른다는 생각이 들었다. 태양이 목덜미를 때리자 조금씩 땀이 흐르기 시작했다. 할은 가방을 바라보다가 잠깐동안 노 젓는 일을 잊어버렸다. 아들의 여행 가방이 마치…… 부풀어 오르는 것 같았다. 할은 빨리 노를 젓기 시작했다.

바람이 거세지면서 땀이 잦아들고 이마도 식혀 주었다. 보트가 앞으로 나가며 노가 물결을 때리는 소리도 더욱 더 빨라졌다. 바람의 느낌이 달라진 건가? 아니면 피터가 나를 부르고 있는 건가? 할은 바람을 타고 전해진 것이 무엇인지 알 수가 없었다. 아무려면 어때. 중요한 것은 원숭이를 없애는 것이다. 앞으로 20년 동안, 아니면…….

(오, 신이여, 그 악령을 영원히 벌하소서.)

영원히. 중요한 것은 그것뿐이다.

보트가 하늘 높이 용솟음치더니 다시 곤두박질쳤다. 왼쪽을 바라보니 파도가 일렁이고 있었다. 할은 다시 호숫가 쪽으로 눈을 돌렸다. 헌터스 포인트 마을이 보였고 붕괴된 창고도 하나 보였다. 할과 빌이 어렸을 때는 버든 씨가 쓰던 보트 창고였다. 그러고 나서 거의 그곳에 도착했다. 아주 오래 전 12월 아모스 컬리건의 스터드베이커가 얼음을 뚫고 들어간 곳. 호수에서 가장 깊은 곳.

피터가 뭐라고 외쳤다. 외치면서 뭔가를 가리켰지만 할은 그 소리를 들을 수 없었다. 유선형 뱃머리가 포말을 가를 때마다 배가 앞뒤로 크게 흔들렸고, 그때마다 작은 무지개가 생겼다가 사라졌다. 하얀 파도가 높이 치솟는 것으로 보아, 파도는 아까보다 많이 거세진 것이 분명했다. 땀은 이미 오래전에 말라 버렸고, 지금은 거의 소름이 돋을 지경이었다. 하얀 포말이 상하의를 온통 적셔 놓았다. 할은 노를 젓고 또 저었다. 노를 저으면서 가방과 호숫가를 번갈아 살펴보았다. 이번에는 보트가 너무 높이 치솟아 오르는 바람에 노가 허공을 휘젓고 말았다.

피터는 여전히 하늘을 가리키고 있었는데, 피터의 비명소리는 파도에 묻혀 너무나도 희미하기만 했다.

할은 어깨너머를 돌아보았다.

호수가 들끓고 있었다. 하얀 솔기로 꿰맨 검푸른 장막의 폭주. 커다란 그림자가 호수를 가로질러 보트 쪽으로 달려들고 있었다. 무척이나 낯익은 광경이었다. 너무나도 낯익은……. 할은 비명이라도 지르고 싶었지만 목구멍에 걸린 비명은 밖으로 나오지 못했다.

구름 속에 숨은 태양은, 마치 양손에 금박 초승달을 들고 열심히 일하는 곱사등이처럼 보였다. 구름 한쪽 끝에 난 구멍 두 개에서 새어 나온 두 줄기 햇살이 호수면을 꿰뚫었다.

구름이 보트를 뒤덮자마자 가방 속에서 둔탁한 심벌즈 소리가 들리기 시작했다. 챙챙챙챙.

'이번엔 너야, 할. 결국 너라고. 네가 있는 곳이 가장 깊은 곳이라며? 결국 네 차례가 된 거야. 네 차례, 네 차례란 말이야.'

퍼뜩 정신이 들면서 호숫가의 모습도 제자리를 잡아가기 시작했다. 아모스 컬리건의 녹슨 스터드베이커가 이 아래 어딘가에 누워 있다고 했다. 여기가 큰 고기들이 잡히는 곳이다. 여기가 바로 거기야.

할은 노를 재빨리 보트 위로 끌어올리고는 몸을 앞으로 내밀었다. 보트가 거칠게 흔들렸지만 의식하지 못한 채 가방을 낚아챘다. 심벌즈는 더욱 거칠게 이단의 광시곡을 연주해 댔다. 가방이 숨이라도 쉬듯 양쪽으로 부풀어 올랐다.

할이 소리쳤다.

"바로 여기다, 이 개자식아! 바로 여기라고!"

할은 배 옆으로 가방을 던졌다.

가방은 빠르게 가라앉았다. 할은 가방이 흔들거리며 가라앉는 것을 지켜보았다. 그 무구한 순간에도 심벌즈는 쉬지 않고 울렸다. 한순간 검은 호수가 투명해지더니 커다란 놈이 누워 있는 호수 밑바닥이 보였다. 아모스 컬리건의 스터드베이커가 있었다. 미끈거리는 핸들 뒤에는 할의 어머니가 보였다. 해골 어머니 옆으로 농어 한 마리가 유유히 헤엄치고 있었다. 그리고 그 옆으로 윌 삼촌과 이다 숙모가 나뒹굴고 있었고, 숙모의 회색 머리카락이 떨어지는 가방을 향해 너풀너풀 손을 흔들었다. 가방은 빙글빙글 돌며 가라앉았고 은빛 기포를 뽀글뽀글 뱉어 냈다. 챙챙챙챙.

할은 다시 노를 들어 호수를 헤집기 시작했다. 어디에서 긁혔는지 손가락에서 피가 배어 나왔다.(오, 주여. 아모스 컬리건의 스터드베이커 뒷좌석에 아이들이 처박혀 있었다. 찰리 실버만, 조니 매케이브······.) 배는 조금씩 호숫가를 향해 나아갔다.

발밑에서 삐걱거리는 소리가 들리더니, 갑판 사이로 깨끗한 물이 솟아오르기 시작했다. 처음부터 낡은 배였다. 목재가 수축된 것이 분명했다. 작은 틈이었다. 하지만 처음 출발했을 때에는 보이지 않았다. 맹세할 수도 있었다.

호수와 호숫가 모두 위치가 바뀌었다. 피터는 이제 뒤쪽에 있었다. 머리 위로 끔찍한 원숭이 모양 구름이 조금씩 일그러지고 있었다. 할은 노를 저었다. 이 노가 20초만 버텨 준다면 어쩌면 목숨을 부지할지도 모른다. 할은 그럭저럭 수영을 하는 편이지만, 어차피 이런 급물살에서는 뛰어난 수영선수라도 어쩔 도리가 없을 것이다.

삐걱거리는 소리와 함께 널빤지 두 개가 다시 비틀렸고 더 많은 물이 흘러 들어왔다. 물은 신발을 적셨다. 게다가 작은 금속 마찰음까지 들렸는데, 그건 분명이 못들이 빠지는 소리였다. 노걸이 하나가 끼익 소리를 내더니 물속으로 빠져 버렸다. 그럼 이번엔 노 차례인가?

등 뒤에서 불어오는 바람은 할을 호수 가운데에 묶어 두려는 듯 기를 쓰고 덤벼들었다. 두려웠다. 그리고 그 두려움 속에서 몽글몽글 피어오르는 승리감이 느껴졌다. 원숭이가 사라졌다. 할은 본능으로 알 수 있었다. 자신은 어떻게 되어도 좋다. 적어도 놈이 돌아와 데니스와 피터의 삶을 위협할 가능성은 사라진 것이다. 원숭이가 사라졌다. 크리스털 호 밑바닥에 가라앉은, 아모스 컬리건의 스터드베이커 지붕 위에 앉아 있을 수는 있겠지만 더 이상 아이들 앞에 나타날 수는 없으리라.

할은 쉬지 않고 노를 저었다. 앞뒤로 몸을 굽혔다 폈다 하며 죽어라 노를 저었다. 삐걱삐걱, 끼익끼익……. 뱃머리 쪽에 있던 녹슨 크리스코 깡통이 바닥에서 10센티미터 정도 떠서 둥둥 떠다녔다. 물보라가 할의 얼굴을 때리고 달아났다. 못이 빠지는 소리가 들렸고 뱃머리 쪽 좌석이 두 조각으로 갈라졌다. 그 옆으로 미끼 상자가 떠다녔다. 왼쪽 선체의 널빤지가 떨어져 나가더니 곧이어 오른쪽 아랫부분 널빤지도 떨어져 나갔다. 그래도 할은 멈추지 않고 노를 저었다. 숨이 목구멍까지 넘어왔다. 덥고 갈증이 났다. 시뻘겋게 달군 납덩어리가 이마를 지지는 것 같았다. 땀에 젖은 머리카락이 바람에 휘날렸다.

이제는 보트 바닥도 떨어져 나가고 있었다. 발밑에서 삐걱거리던 소리가 곧장 뱃머리 쪽으로 옮겨 가더니 곧이어 물이 용솟음쳤다. 발목까지 차올랐던 물은 이제 종아리까지 차올랐다. 그래도 할은 계속 노를 저었다. 호숫가로 향하는 배의 움직임은 게으르기 짝이 없었다. 물론 뒤를 돌아 호숫가까지 얼마나 가까워졌는지 확인할 엄두는 낼 수조차 없었다.

다시 보트가 찢어지는 소리. 균열은 이제 보트의 중심을 향해 나뭇가지처럼 번져 들어왔다. 물이 콸콸 들어왔다.

할은 이제 미친 듯이 노를 저었고 금방이라도 숨이 멎을 듯 헐떡거렸다. 한 번…… 두 번…… 그리고 세 번째 노를 당겼을 때 노걸이의 회전 고리가 떨어져 나갔고, 그 바람에 노 하나가 날아가 버렸다. 할은 남아 있는 노에 매달렸다. 두 발로 일어서서 남은 노로 수면을 때리기 시작했다. 보트는 암초에 걸려 거의 뒤집힐 뻔했고 그 바람에 할은 뒤로 호되게 나가떨어지고 말았다.

널빤지 몇 개가 더 느슨해지면서 할이 앉았던 자리도 가라앉았다. 할은 보트를 가득 채운 물속에 누워 있었다. 물은 소름끼칠 정도로 차가웠다. 할은 두 발로 일어서기 위해 안간힘을 쓰며 생각했다.

'피터가 이걸 보면 안 돼. 눈앞에서 아빠가 익사하는 모습을 보

여 줄 수는 없어. 헤엄이라도 쳐. 필요하다면 개헤엄이라도 치란 말이야. 하란 말이야. 이 개자식아!'

또 다시 널빤지가 떨어져 나가는 소리가 들렸다. 그건 거의 배가 충돌하는 듯한 소리였다. 할은 물속으로 뛰어들어 두 손과 두 발을 마구 휘저었다. 평생 수영이라고는 해 본 적이 없는 사람 같았다…… . 놀랍게도 호숫가는 가까운 곳에 있었다. 1분도 채 되지 않아 할은 허리 깊이의 물에 와 있었다. 물가에서 5미터도 안 되는 거리였다.

피터가 물을 튕기며 두 팔을 벌린 채 달려왔다. 피터는 소리를 지르고 울고 웃었다. 할도 아들을 향해 버둥거리며 달려갔다. 피터에게는 가슴까지 오는 깊이였다.

두 사람은 서로를 끌어안았다.

할은 숨이 멎을 듯이 헐떡거렸지만 그래도 아들을 품에서 놓지 않고 물가로 데려갔다. 둘 다 헐떡거리며 해변에 드러누웠다.

"아빠, 끝난 거야? 그 징그러운 원숭이 말이야."

"그래, 이제 끝난 것 같구나. 이번에는 아주 오랫동안 오지 못할 거야."

"보트가 떨어져 나갔어. 그냥…… 사방으로 떨어져 나갔어."

할은 10미터 밖에서 산산 조각난 채 떠다니는 널빤지들을 바라보았다. 도무지 보트 창고에서 끌어낸 튼튼한 배라고는 생각할 수 없었다.

할이 두 팔을 베고 옆으로 누우며 말했다.

"이제, 다 끝났어."

할은 눈을 감고 포근한 햇살을 느껴 보았다.

"아빠도 그 구름 봤어?"

피터가 속삭이듯 물었다.

"그래, 하지만 이제는 보이지 않는데……. 너는?"

두 사람은 하늘을 보았다. 하얀 뭉게구름이 여기저기 흩어져 있었지만 좀 전의 무지막지했던 먹구름은 보이지 않았다. 할의 말대로 사라진 것이다.

할은 피터를 일으켜 세웠다.

"이러다 집에서 난리가 나겠다. 어서 가자."

할은 잠시 멈춰 서서 아들을 보았다.

"그런 식으로 달려오다니, 너 다시는 그러면 안 돼."

피터도 아빠를 심각한 표정으로 올려다보았다.

"아빠, 정말 용감했어."

"내가?"

용감하다는 생각은 한 번도 해 본 적이 없었다. 오직 두려움뿐이었다. 너무나 두려워서 다른 것은 볼 수도 없었다.

"가자, 피터."

"엄마한텐 뭐라고 말할 거야?"

할이 미소를 지으며 대꾸했다.

"글쎄, 뭐라고 하지? 같이 생각해 보자."

할은 그 자리에 서서 물 위에 떠 있는 널빤지들을 돌아보았다. 호수는 다시 잠잠해졌고 작은 물결들이 햇살에 반짝거렸다. 문득 어떤 피서객이 머릿속에 떠올랐다. 한 번도 본 적이 없는 아빠와 아들이었다. 아마도 큰 고기를 낚으러 온 모양이었다. 아빠, 잡았어요! 아이가 외친다. 자, 조심해서 줄을 감아라. 어디 보자꾸나.

아빠가 말한다. 그리고 호수 밑바닥에서 수초와 함께 심벌즈가 딸려 나온다. 그리고 끔찍한 환영의 미소를 짓는 원숭이.

할은 부르르 몸을 떨었지만 그건 다만 미래의 가능성에 지나지 않았다.

"가자."

할이 다시 피터를 재촉했다. 그리고 두 사람은 불타오르는 10월의 숲을 지나 집으로 걸어갔다.

1980년 10월 24일 브리지턴 뉴스 발췌

죽은 물고기의 미스터리

지난 주말 카스코 인근 거주 지역의 크리스털 호에서 죽은 물고기 수백 마리가 죽은 채 떠올랐다. 흥미로운 점은 큰 고기들은 주로 헌터스 포인트 부근에서 발견되었다는 사실이다. 호수의 조류 때문일 수도 있지만, 죽은 고기는 호수에 서식 중인 온갖 종류를 망라하고 있었다. 송어, 창꼬치, 잉어, 메기, 무지개송어, 심지어 민물연어까지. 임어업 당국은 도무지 이해할 수 없는 일이라고……

벳시 모리아티 기자

카인의 부활

개리시는 밝은 4월의 햇빛에서 걸어와 시원한 기숙사로 들어갔다. 눈이 어두운 곳에 적응하는 데 시간이 잠깐 걸렸다. 그 덕분에 처음에 해리는 어둠 속에서 형체 없는 목소리에 지나지 않았다.
"엿 같지 않냐? 정말 더러워 죽겠다니까."
해리가 물었다.
"그래. 엿 같아."
개리시가 대답했다.
이제 해리가 눈에 들어오기 시작했다. 해리는 한 손으로 이마의 여드름을 긁고 있었고 눈 밑에 땀이 맺혀 있었다. 그리고 샌들 바람에 앞섶에 단추가 하나만 달린 티셔츠 차림이었는데, 셔츠에는 "하우디 두디(유명한 쇼 이름이자 진행자 이름—옮긴이)는 변태"라는 글이 씌어 있었다. 해리의 커다란 뻐드렁니가 어둠 속에서 반짝거렸다.

해리가 말했다.

"1월에 포기하려 했었다고. 시간 나면 하겠다고 미뤄 둔 건데 수강 정정 기간을 놓쳐 버린 거야. 결국 열심히 공부를 하든가, 아니면 낙제하든가 둘 중 하나였지. 난 망쳤어. 제기랄, 틀림없어."

여자 사감이 모퉁이 우편함 옆에 서 있었다. 키가 엄청나게 커서 얼핏 루돌프 발렌티노처럼 보였다. 한 손으로 땀이 밴 브래지어 끈을 다시 추켜올리고 있었다. 다른 손에는 기숙사 외출인 명부가 들려 있었다.

"엿 같아."

개리시가 다시 뇌까렸다.

"솔직히 답안지를 베낄 생각도 해 봤지만, 그것도 쉽지 않더라고, 젠장. 그 인간 완전히 매 눈이더라니까. 넌 틀림없이 A 학점 받겠지?"

"아니, 나도 낙제한 것 같아."

그러자 해리가 헉 하고 비명을 질렀다.

"뭐, 네가 낙제라고? 도대체 어떻게⋯⋯."

"나 샤워해도 되지?"

"어, 그래. 그게 마지막 시험이었냐?"

"응. 마지막 시험이었어."

개리시는 로비를 가로질러 가서 문을 열고 계단을 올라갔다. 계단에서 운동선수들이 아랫부분에 차는 보호대 냄새가 났다. 케케묵은 계단. 개리시의 방은 5층이었다.

3층에서는 퀸과 털북숭이다리 얼간이가 소프트볼 놀이를 하고 있었고, 4층과 5층 사이에서는 뿔테 안경에 염소 수염을 한 땅딸보가 미분법 참고서를 성경처럼 가슴에 품고 로그표를 암송하듯 입을 씰룩거리며 지나쳐 갔다. 땅딸보는 눈이 칠판처럼 새까맸다.

개리시는 멈춰 서서 땅딸보의 등을 바라보았다. 저런 친구는 차라리 죽는 게 낫겠다는 생각이 들었지만, 그는 어느덧 벽에 그림자만 남긴 채 보이지 않았다. 꿈틀거리던 그림자도 조금씩 잘려나가더니 이내 사라져 버렸다. 개리시는 5층 복도를 지나 자기 방으로 갔다. 뚱땡이 펜은 이틀 전에 떠났다. 펜은 3일 동안 기말고사를 세 과목이나 보았다. 말 그대로 후닥닥 해치워 버린 것이다. 펜은 일을 처리하는 방법을 알았다. 펜은 여배우 사진 몇 장과 짝이 맞지 않는 땀에 전 더러운 양말 두 켤레, 그리고 화장실 변기 위에 로뎅의「생각하는 사람」을 패러디한 도자기만 남기고 떠났다.

개리시가 열쇠를 넣고 돌렸다.

"커트! 이봐, 커트!"

롤린스가 복도를 걸어오며 손을 흔들었다. 롤린스는 5층을 담당하는 돌팔이 지도자인데 음주 폭행 문제로 지미 브로디를 학장에게 보낸 적이 있었다. 큰 키, 건장한 체격, 짧은 머리에 균형 잡힌 몸매. 한마디로 조각 같은 남자였다.

"다 끝났나?"

"예."

"방 청소도 하고 고장 신고서도 써 내야 해. 알고 있지?"

"예."

"지난 목요일에 문 밑으로 신고 양식을 넣어 놨는데, 받았나?"

"예."

"만일 내가 방에 없으면 고장 신고서와 열쇠를 문 밑으로 넣으면 돼."

"알겠습니다."

롤린스가 개리시의 손을 빠르게 두 번 흔들었다. 척, 척. 롤린스의 손바닥은 건조했고 거칠었다. 손에 소금을 잔뜩 묻힌 사람과 악수하는 기분이었다.

"여름 방학 잘 보내라고."

"예."

"너무 열심히 공부하지는 말고."

"예."

"그렇다고 너무 놀아도 안 되겠지?"

"알겠습니다."

롤린스는 잠시 당혹스러운 표정을 지었다가 다시 웃었다.

"자, 그럼."

롤린스는 개리시의 어깨를 찰싹 때리고는 복도를 지나갔다. 가다가 멈춰 서서 론 프랜스에게 오디오 소리 좀 줄여 달라고 말했다. 개리시는 도랑에 처박혀 죽은 롤린스의 두 눈에서 구더기들이 기어 나오는 장면을 떠올렸다. 저 친구는 그래도 눈 하나 깜짝하지 않을 거야. 물론 구더기도 그렇겠지. 세상을 먹지 못하면 세상한테 먹히는 법이다. 하기야 어느 쪽이든 상관없지만.

개리시는 롤린스가 시야에서 완전히 사라질 때까지 지켜본 다음에야 방으로 들어갔다.

뚱땡이 펜의 잡동사니들이 사라진 방은 황량하고 황폐해 보이기까지했다. 잡다한 물건들이 쌓여 있던 침대는, 이제 약간 얼룩이 묻은 매트리스밖에 남지 않았다. 《플레이보이》 브로마이드 두

개가 이차원적인 유혹의 눈길로 개리시를 내려다보았다.

개리시의 공간은 별로 차이가 없었다. 그곳은 항상 병영처럼 깔끔했다. 누군가가 침대보에 동전을 떨어뜨리면 동전은 그대로 튀어 나가고 말 것이다. 사실 이런 식의 깔끔함이 뚱땡이의 신경을 건드렸다. 펜은 말솜씨가 좋은 영문학 전공자였다. 그는 개리시를 '인간 관물대'라고 불렀다. 개리시의 침대 쪽 벽에는 험프리 보거트의 커다란 사진뿐이었다. 언젠가 구내 서점에서 구입한 것인데, 멜빵바지 차림의 보기(보거트)는 양손에 권총을 하나씩 들고 있다. 뚱땡이 펜은 권총과 멜빵이 고자의 상징이라고 했다. 보기에 대한 기사를 읽은 적은 없지만 개리시는 보기가 성불구자인지 의심스러웠다.

개리시는 벽장으로 가서 문을 열었다. 그리고 감리교 성직자인 아버지가 크리스마스 선물로 사 준 35구경 매그넘을 꺼냈다. 지난 3월에 개리시는 망원렌즈를 샀다.

총기류는 사냥용 라이플까지도 소지할 수 없게 되어 있지만 어려울 것은 없었다. 학교 총기류 보관실에 위조된 인출증을 보여 주고 서명만 하면 끝나니까 말이다. 개리시는 방수 권총집에 총을 넣은 다음 축구장 뒤쪽의 거푸집 안에 넣어 두었다. 그리고 새벽 3시쯤에 일어나 총을 꺼내 들고 잠에 곯아떨어진 계단을 걸어 올라왔다.

개리시는 침대 위에 앉아 양 무릎 위에 총을 가로 놓은 다음 잠시 눈물을 흘렸다. 화장실 변기 위의 '생각하는 사람'이 개리시를 보고 웃고 있었다. 개리시는 침대 위에 총을 내려놓고 걸어가 조각상을 뚱땡이의 탁자 위로 내동댕이쳤다. 조각상은 바닥에 떨어져 산산 조각났다. 그때 누군가 문을 두드렸다.

개리시는 총을 침대 밑에 감추고 말했다.

"들어와."

베일리가 팬티 차림으로 서 있었다. 배꼽 안에 솜 조각이 묻어 있는 것이 보였다. 베일리에게는 미래가 없다. 멍청한 여자와 결혼해 멍청한 아이들을 낳고, 결국 암이나 신장병 따위로 죽게 될 것이다.

"커트, 화학 시험 잘 봤냐?"

"응."

"혹시 너 필기한 것 좀 빌릴 수 없을까? 난 내일 시험 보거든."

"오늘 아침 쓰레기 소각할 때 태워 버렸어."

"오, 이런, 맙소사! 저거 뚱땡이 짓이야?"

베일리는 '생각하는 사람'의 파편을 가리켰다.

"그런 것 같아."

"그 자식은 저래 놓고 그냥 간 거야? 저거 마음에 들어서 나한테 팔라고 했는데."

베일리는 쥐새끼처럼 교활한 인간이었다. 면 티셔츠가 얇아서 축 늘어져 있었다. 개리시는 베일리가 중환자용 산소 텐트 안에서 폐기종 따위로 죽어 갈 때 어떤 모습일지 정확히 그릴 수 있었다. 얼굴이 샛노랗네. 이봐, 내가 도와줄까? 개리시는 속으로 중얼거렸다.

"내가 이 여자 사진 먹어 버리면 그 자식 열 받을까?"

"그렇지 않을 것 같은데."

"좋아."

베일리는 방을 가로질렀다. 조심스럽게 도자기 조각 사이를 지나 뚱땡이의 애인을 떼어 냈다.

"보가트의 사진도 멋지긴 해. 젖통은 없지만 그래도 뭐 나름대로 괜찮아."

베일리는 곁눈질로 개리시가 웃는지를 살폈다. 하지만 개리시는 웃지 않았다.

베일리가 말했다.

"설마 버리려는 건 아니겠지?"

"아니. 나 샤워할 참이었거든."

"알았어. 다시 못 보더라도 아무튼 방학 잘 보내라, 커트."

"고마워."

베일리는 문 쪽으로 갔다. 팬티의 엉덩이 부분이 펄럭거렸다. 베일리는 문 앞에서 잠깐 멈추더니 이렇게 말했다.

"이번 학기도 4.0이겠지?"

"최소한."

"대단해. 내년에 보자."

베일리가 나갔고 문이 닫혔다. 개리시는 다시 침대 위에 걸터앉았다. 그러고는 권총을 꺼내 총구를 눈에 갖다 대 보았다. 맞은 편 끝으로 작고 동그란 방이 엿보였다. 탄창은 비어 있었다. 개리시는 총을 깨끗이 닦은 다음 다시 조립했다.

세 번째 서랍에 윈체스터 총알이 세 상자 들어 있었다. 개리시는 총알을 꺼내 창턱에 올려놓았다. 그리고 문을 걸어 잠근 다음 다시 창가로 돌아가 블라인드를 올렸다.

오솔길은 밝고 푸르렀으며 산책하는 학생들도 여럿 있었다. 퀸과 그의 얼간이 친구는 얼치기 소프트볼 놀이를 끝냈는지, 산책로를 우왕좌왕하며 돌아다녔다. 문득 무너진 개미굴에서 빠져나오는 절름발이 개미 같다는 생각이 들었다.

개리시가 보기를 보며 말했다.

"이거 알아요? 하느님이 카인한테 화가 난 게 그 자식이 하느님을 채식주의자라고 생각했기 때문이래요. 카인의 동생은 그렇게 어리석지 않았어요. 하느님은 자신의 이미지를 따다가 세상을 만들었고, 내가 세상을 먹지 못하면 세상이 날 먹어 버릴 거라는 사실을 알고 있었다더군요. 그러자 카인이 동생한테 이렇게 말하죠. '왜 말 안 했지?' 그러면 동생이 대답해요. '왜 듣지 않은 거야?' 그럼 카인이 말해요. '좋아, 지금 들을게.' 그러고는 동생을 때려잡아요. 그런 다음 하느님한테 뭐라고 했는지 알아요? '헤이, 영감! 당신 고기 먹고 싶어? 여기 가져 왔어. 어떻게 해 줄까? 구이? 립? 아벨버거를 만들어 줄까?' 그래서 화가 난 하느님이 카인을 잡아먹었대요……. 어때, 재밌어요?"

보기는 대답하지 않았다.

개리시는 창문을 올린 다음 창턱에 팔꿈치를 기댔다. 그리고 매그넘의 총구가 햇살에 드러나지 않도록 조심하며 가늠쇠를 노려보았다.

개리시는 산책길 맞은편에 있는 칼튼 기념관 여학생 기숙사를 노려보았다. 사람들은 칼튼을 개집이라고 불렀다. 개리시는 가늠자를 커다란 포드 왜건에 맞추었다. 청바지에 소매 없는 푸른색 상의를 받쳐 입은 금발 소녀가 어머니와 수다를 떨고 있었다. 얼굴이 빨개진 대머리 아버지는 뒷좌석에 가방을 싣고 있었다.

누군가 문을 두드렸다.

개리시는 대답하지 않았다.

다시 문 두드리는 소리가 났다.

"커트? 보거트 포스터 값으로 우선 반만 가져왔어."

베일리였다.

개리시는 대답하지 않았다. 소녀와 어머니는 뭔가를 보며 웃었다. 내장 속에 있는 세균이 자신들을 파먹고, 분열하고, 번식한다는 사실은 까맣게 모른 채 말이다. 소녀의 아버지가 이야기에 맞장구를 쳐 주는 듯 보였다. 햇빛에 노출된 가족. 가늠자에 찍힌 가족 사진.

"젠장."

베일리가 투덜거렸다. 터벅터벅 복도를 걸어가는 발소리가 들렸다.

개리시는 방아쇠를 당겼다.

총이 어깨를 세차게 밀어냈다. 총을 어깨에 바짝 밀착했을 때 느껴지는 기분 좋은 충격이었다. 미소를 짓던 소녀의 금발 머리통이 날아가 버렸다.

소녀의 어머니는 미소 짓던 표정 그대로 손을 입으로 가져갔다. 그리고 손가락 사이로 비명 소리가 터져 나왔다. 개리시는 그 손도 쏘아 버렸다. 손과 머리가 동시에 터졌고, 그 모습을 본 남자는 신던 가방을 던져 버리고 뒤뚱뒤뚱 달아나기 시작했다.

개리시는 남자를 따라가 등을 쏘아 버렸다. 그러고는 고개를 들고 잠시 가늠자 밖을 내다보았다. 퀸이 소프트볼을 손에 든 채 금발 소녀의 머리통을 보고 있었다. 뒤쪽의 '주차금지' 표지판에, 터져 나간 뇌수가 점점이 박혀 있었다. 퀸은 꼼짝하지 않았다. 산책로 주변의 사람들 모두가 얼음 놀이를 하는 아이들처럼 그대로 얼어붙었다.
 누군가가 문을 두드리더니 이내 손잡이가 딸각거렸다. 또 베일리였다.
 "커트? 너 괜찮니, 커트? 지금 누군가가……."
 "좋은 술에 좋은 고기. 선한 하느님, 자 잘 먹고 잘 드시라고요!"
 개리시는 이렇게 외친 다음 퀸을 쏘았다. 이번에는 지향 사격이었다. 총알은 빗나갔고 퀸은 죽어라 달아나기 시작했다. 웃기는 군. 하지만 두 번째 총알이 퀸의 목을 꿰뚫었다. 놈은 5미터 이상 날아갔다.
 "커트 개리시가 자살하려 해요! 롤린스, 롤린스! 큰일 났어요!"
 베일리가 외쳤다.
 베일리의 발소리가 다시 복도 저쪽으로 사라졌다.
 이제야 사람들이 달아나기 시작했다. 여기저기서 비명 소리가 들렸다. 사람들이 보도를 내달리는 소리가 여기저기서 희미하게 들려왔다.
 개리시는 보기를 올려다보았다. 보기는 쌍권총을 들고 뒤쪽을 보고 있었다. 개리시는 뚱땡이의 '생각하는 사람'을 보며 오늘 그 녀석이 무슨 짓을 했을까 궁금해졌다. 잠을 잤을까? 텔레비전을 봤을까? 아니면 엄청나게 호화로운 식사를 했을까? 개리시가 중얼거렸다. 이 세상을 먹으라고, 뚱땡아. 그 식충이놈을 당장 갈아 마시란 말이야.
 "개리시! 문 열어, 개리시!"

이번엔 롤린스였다. 롤린스는 문을 세차게 두드렸다.

"잠겼어요. 오늘 기분이 안 좋아 보이던데 내 이럴 것 같더라니까요."

베일리가 헐떡거렸다.

개리시는 다시 창밖으로 총구를 내밀었다. 마드라스 셔츠 차림의 한 소년이 관목 뒤에 숨어서 기숙사 쪽을 필사적으로 살펴보았다. 죽을힘을 다해서라도 달아나고 싶은데 아무래도 다리가 떨어지지 않는 모양이었다.

"고마우신 하느님, 이것도 좀 드시죠."

개리시가 중얼거리며 다시 방아쇠를 당겼다.

토드 부인의 지름길

"토드 여사께서 가시는군."

호머 버크랜드는 작은 재규어가 지나가는 것을 보며 고개를 끄덕였다. 여자는 호머에게 손을 들어 보였다. 호머는 수염투성이의 큰 턱을 숙여 인사를 했지만 손을 들어 보이지는 않았다. 토드 가족은 캐슬호에 커다란 여름 별장이 있었고, 호머는 '광기의 시대(1960년대 말에서 1970년대 초를 지칭한다.—옮긴이)' 이후 그곳 별장지기로 일하고 있었다. 나는 호머가 워스 토드의 첫 번째 아내인 오필리아 토드를 좋아한 것만큼이나 두 번째 아내를 싫어한다고 생각했다.

정확히 2년 전 일이었다. 우리는 벨 슈퍼마켓 앞 벤치에 앉아 있었다. 나는 오렌지 소다수를, 호머는 생수 한 잔을 들고 있었다. 10월이라 캐슬호로 따지자면 가장 평화로운 시기라 할 수 있었다. 호수 이곳저곳이 아직 주말 여행객으로 붐비기는 했지만 여름날의 난폭하고 흥청망청한 분위기는 사라졌고, 값비싼 허가증을 오렌지색 모자에 부착하고는 커다란 총을 아무렇게나 쏴 대는 사냥꾼들이 몰려올 철도 아니었다. 들판은 대개 수확을 마쳤다. 게다가 시원한 밤공기로 잠자기도 좋은 데다가 내 관절처럼 늙은 관절이 툴툴대기에는 이른 때이기도 했다. 10월이면 호수 위 하늘은 청명하기 이를 데 없다. 느릿느릿 지나가는 크고 하얀 구름도 여유롭기만 하다. 나는 구름의 평평한 아랫면을 좋아했다. 석양의 그림자처럼 구름에 살짝 잿빛이 감도는 것도 마음에 들었다. 호수 위에서 금싸라기를 캐내는 햇빛도 좋아해서, 이렇게 하릴없이 앉아 있곤 했다. 벨 슈퍼마켓 앞 벤치에 앉아 멀리 호수를 바라보며 담배를 피우던 시절을 그리워한 것도 10월이었다.

"저 여자는 오필리아처럼 빨리 운전하지 않아. 오필리아는 고리타분한 이름을 가진 여자치고는 정말 쌈박하게 차를 몰고 다녔지."

호머가 말했다.

메인의 작은 마을 주민들은 토드 가족과 같은 피서객들에게 전혀 관심이 없었다. 주민들이 좋아하는 것은 마을 사람들 사이의 사랑과 증오에 대한 이야기들이거나 스캔들과 스캔들에 얽힌 소문들뿐이었다. 아메스베리에서 온 옷감 파는 남자가 자살했을 때 에스토니아 코브리지는 총을 쥔 남자의 손이 살아 퍼덕거리는 것까지 보았지만, 일주일이 지나도록 아무도 이야기를 들려 달라고 조르지 않았다. 하지만 자기 개한테 물려 죽은 조 캠버 이야기라면 사람들은 아직도 거품을 물고 달려들었다.

외지 사람들이야 어떻든 상관없다. 어차피 그 사람들은 우리와는 다른 세상 사람들이다. 피서객들이 번개에 콩 볶아 먹는 족속이라면, 주중에도 일할 때 넥타이를 매지 않는 우리들은 만고강산족이다. 그렇다 해도 1973년 오필리아가 실종되었을 때에는 마을 사람들도 많은 관심을 쏟았다. 오필리아는 정말로 좋은 여자였고 마을을 위해서 많은 일을 했다. 슬로안 도서관을 위해 기금을 모았고, 전쟁기념관을 보수하는 일도 도왔다. 사실 피서객치고 기금 모금에 관심 없는 사람이 어디 있겠는가? 기금 모금이라는 단어만 꺼내도 그들은 눈에 불을 켜고 입에 침을 질질 흘릴 것이다. 기금 모금이라는 단어만 들어도 그들은 위원회를 구성하고 위원장을 뽑고 의제를 마련할 것이다. 그 사람들은 그런 것들을 좋아한다. 하지만 '시간'을 내 달라고 하면(칵테일파티와 위원회 모임이 결합된 그런 식의 큰 파티를 뺀다면), 그걸로 당신은 끝이다. 피서객들이 가장 아까워하는 것이 바로 시간이기 때문이다. 그들은 시간을 아껴 둔다. 만약 시간을 비상식량처럼 병에 담아 둘 수만 있다면 기꺼이 그렇게 할 사람들이다. 하지만 오필리아 토드는 기금을 모으는 일뿐만 아니라 도서관에 앉아 사무적인 일을 하는 데에도 기꺼이 시간을 할애했고 전쟁기념관을 위해서도 발이 닳도록 뛰어다녔다. 손수건으로 머리를 단단히 묶고 작업복을 당차게 입은 그녀의 모습이 아직도 선하다. 그녀는 세 번에 걸친 전쟁에서 아들을 잃은 마을 여자들한테도 잘 대해 주었다. 그리고 아이들이 여름 수영 캠프에 갈 때면 워스 토드의 커다란 픽업트럭에 아이들을 가득 태우고 랜딩 로드로 향하기도 했다. 착한 여자였다. 마을 여자는 아니었지만 그래도 착한 여자였다. 그래서 오필리아 토드가 실종됐을 때 사람들은 관심을 보였다. 그러나 실종은 엄연히 죽은 것과는 다르기 때문에 슬퍼하지는 않았다. 실종은 정육점 칼로 뭔가를 싹둑 잘라 내는 것이 아니라, 뭔가가 수채 구멍으로 천천히 아주 천천히 흘러 내려가 한참 후에 완전히 사라진 줄도 눈치 채지 못하는 것과 같다.

"그녀는 메르세데스를 몰았어."

호머는 내가 묻지도 않은 질문에 대답하며 말을 이었다.

"2인승 스포츠카였지. 쉰넷인가 쉰다섯 살 생일엔가에 토드가 사 준 거야. 자네 기억나나? 그녀가 애들을 호수로 데려가서 개구리랑 올챙이를 잡았던 것 말이야."

"그래."

"그 여자는 뒤에 아이들이 타고 있는 것을 생각해서 시속 60킬로미터 이상은 안 몰았어. 굉장히 답답했을 거야. 소머즈 발에 납을 달고 뒤꿈치에 족쇄를 채워 놓았으니 오죽하겠나?"

호머는 자기 별장주에 대해 이러쿵저러쿵 하는 사람은 아니었다. 하지만 아내가 죽자 변했다. 5년 전이었다. 호머의 아내가 비탈길을 갈다가 트랙터가 뒤집어지면서 그 밑에 깔린 것이다. 그로 인해 호머는 크게 망가졌다. 호머는 2년 넘게 슬퍼하고 나서야 정신을 차렸는데 그때는 이미 다른 사람이 되어 있었다. 호머는 마치 무슨 일이 일어나기를, 다음에 벌어질 일을 기다리는 사람 같았다. 해가 질 무렵 그가 사는 작고 깔끔한 집을 지나노라면, 호머는 생수 한 컵을 들고 파이프 담배를 피면서 지는 해를 바라보고 있었다. 그 모습을 보면 누구나 호머가 다음 일어날 일을 기다리고 있다고 생각할 것이다. 적어도 나는 그랬다. 인정하고 싶진 않지만 호머의 이런 모습은 내 마음을 상당히 불편하게 했다. 결국 나는 이렇게 생각하기로 했다. 나라면 호머처럼 다음에 일어날 사건을 기다리지는 않을 것이기 때문에 그런 거라고 말이다. 그건 예복을 입고 가지런히 넥타이를 맨 다음, 위층에서 침대에 멍하니 앉아 거울 한 번 보고 벽시계 한 번 보고, 거울 한 번 보고 벽시계 한 번 보면서, 빨리 11시가 되어야 결혼을 할 텐데 하며 쉴 새 없이 중얼거리는 새신랑과 다를 바 없는 짓이다. 나라면 다음 사건 따위는 기다리지 않을 것이다. 난 최후를 기다릴 것이다.

하지만 기다리는 세월 동안 호머는 나와 몇몇 사람들에게 이 사람들에 대해 입을 열기 시작했다. 그리고 1년 후 호머가 버몬트에 가면서 끝이 났다.

"내가 아는 한, 오필리아는 남편과 있을 땐 전혀 속도를 내지 않았어. 내가 그 차에 탄 적이 있는데, 메르세데스가 아예 말처럼 껑충껑충 뛰어다니더군."

한 젊은 사내가 주유기 앞에 차를 대고 기름을 채우기 시작했다. 매사추세츠 번호판이었다.

"무연휘발유로 달리는 최신식 스포츠카도 아니고, 밟으면 밟는 대로 걸리는 최신형도 아니었어. 아주 낡은 차였지. 하지만 속도계는 아예 160에서 100 사이만 왔다 갔다 했다네. 묘한 갈색이었는데, 무슨 색이냐고 물었더니 샴페인 색이라고 그러더군. '취하지 않나요?'라고 했더니 그녀가 깔깔거리고 웃었어. 자네도 알겠지만 난 시시콜콜한 농담에도 웃어 줄 줄 아는 여자를 좋아한다고."

남자가 기름을 다 채웠다.

"안녕하십니까?"

남자가 계단을 올라오며 인사를 했다.

"좋은 날이유."

내가 인사를 받았다.

그리고 남자는 안으로 들어갔다.

"오필리아는 항상 지름길을 찾았어."

호머는 어떤 방해도 개의치 않는 듯이 계속 말했다.

"지름길에 미쳐 있었지. 그런 여자는 처음이었네. 거리도 단축하고 시간도 절약할 수 있으니 일석이조 아니냐고 했어. 자기 아버지가 그렇게 말했다는 거야. 아버지가 세일즈맨이었다지? 그래서 항상 차를 몰고 다녔대. 시간이 날 때면 그녀도 아버지하고 같이 다녔는데 아버지도 가장 짧은 길을 찾아다녔다고 하더군. 아버지한테 물려받은 습관인 게지.

언젠가 왜 그렇게 지름길에 집착하는지 물어본 적이 있어. 오필리아는 일반 피서객들하고는 달랐거든. 테니스를 치고 수영을 하고 술에 절어 지내는 대신에, 광장의 낡은 조각을 돌보고 꼬마 녀석들을 수영 캠프에 데려다 주었으니까 말이야. 그런 여자가 프라이버그까지 기껏 15분을 빨리 가기 위해 밤새도록 지름길 생각만 하는 거야. 너무 이질적이라는 생각이 들었네. 무슨 말인지 알겠나? 그녀가 나를 바라보며 이렇게 말하더군.

'호머, 난 사람들을 돕는 걸 좋아해요. 그리고 운전도 좋아하죠. 가끔 그러고 싶을 때가 있다고요. 하지만 운전 때문에 시간을 낭비하고 싶지는 않은 거예요. 그러니까 옷을 고치는 것과 같다고 생각하면 돼요. 가끔은 주름을 만들어 넣다가도 가끔은 그냥 내버려 두고 싶을 때도 있거든요. 무슨 말인지 아시겠죠?'

'예, 대충요, 부인.'

나는 그렇게 대답했지만 여전히 미심쩍었어.

'정말로 좋아서 운전대 앞에 앉는 거라면 아마 우회로를 택했겠죠.'

오필리아의 그 말이 얼마나 마음에 들던지 나도 큰 소리로 웃고 말았다네."

매사추세츠에서 온 친구가 가게 밖으로 나왔다. 한 손에는 맥주 캔 여섯 개들이 팩이, 그리고 다른 손에는 복권 몇 장이 들려 있었다.

"주말 잘 보내슈."

호머가 말을 걸었다.

"물론이죠. 1년 내내 이런 곳에서 살았으면 좋겠는걸요."

매사추세츠 친구가 대답했다.

"그러슈. 당신만 온다면 내 근사한 집 하나 치워 두겠수다."

호머가 말하자 사내가 웃었다.

우리는 남자가 어딘가로 떠나는 것을 지켜보았다. 매사추세츠 번호판이 보였는데 초록색이었다. 아내 말로는, 그 빌어먹을 주에서는 2년 동안 무사고 운전을 해야 자동차 등록소에서 저런 번호판을 내준다고 했다. 그리고 "만일 사고를 내면요. 당신은 빨간 번호판을 받게 돼요. 그런 차가 도로에 나오면 사람들은 긴장하고 조심하게 되니까요." 하고 말했다.

"그 사람들 우리 주 사람들이었어. 둘 다 말이야."

호머는 마치 매사추세츠 사내가 그 사실을 상기시켜 주고 떠나기라도 한 것처럼 내뱉었다.

"나도 알고 있네."

내가 말했다.

"토드 가족은 겨울에 북쪽으로 날아가다가 발이 묶여 버린 새들 같았어. 왕자 동상에 사는 그 제비처럼 말이야. 하긴 그 여자가 북쪽으로 달아나고 싶어 할 것 같지는 않군."

호머는 생수를 한 모금 마시고는 생각해야 할 일이 남았다는 듯 잠시 입을 다물었다가 말을 이었다.

"하지만 오필리아는 개의치 않았어. 펄펄 뛴 적은 있지만 내 생각에는 적어도, 죽어도 싫다는 식은 아니었다고. 어쩌면 그래서 더욱 지름길을 찾아 헤맸겠지만 말이야."

"이상하군. 여기에서 뱅고어까지 100미터라도 더 가까운 길을 찾아내겠다고 숲길을 닥치는 대로 뒤지고 다니는데, 그 여자 남편은 입 한번 뻥긋 안 하던가?"

"그 인간, 신경도 안 썼어."

호머가 퉁명스럽게 내뱉었다.

호머는 자리에서 일어나 가게 안으로 들어갔다. 나는 속으로 중얼거렸다.

'이봐, 멍청한 오웬즈 씨. 친구가 한참 회한을 풀어내는데 끼어들다니, 지금 제정신인가? 한창 재미있어지는 얘기에 코를 빠뜨렸다는 걸 알고는 있는 거야?'

나는 그 자리에 앉아 태양을 올려다보았다. 약 10분쯤 지나자 호머가 삶은 달걀 하나를 들고 나왔다. 호머는 달걀을 먹었고 나는 아무 말도 하지 않았다. 캐슬호의 물이 보석처럼 푸른색으로 반짝거렸다. 호머는 달걀을 다 먹고 물을 마신 다음 다시 입을 열었다. 나는 의외라고 생각했지만 아무 말도 하지 않았다. 말을 하는 건 현명한 행동이 아닐 것이다.

"그 사람들한테는 구르는 쇳덩어리가 종류별로 두 갠가 세 갠가 됐어. 캐딜락하고 남자가 모는 트럭과 오필리아가 모는 수동 메르세데스가 있었어. 2년 동안은 겨울마다 트럭을 두고 갔어. 내려와서 일광욕이라도 할 생각이었던 게지. 여름이 끝났을 때 토드는 자신이 좋아하는 캐딜락을 몰았고 오필리아는 자기 수동차를 타고 떠났네."

나는 고개를 끄덕였지만 말은 하지 않았다. 솔직히 끼어들기가 무서웠다. 나중에 깨달은 사실이지만, 그날 아무리 내가 끼어들었어도 호머 버클랜드는 그만두지 않았을 것이다. 토드 부인의 지름길에 관한 얘기를 하고 싶어 오랫동안 참아 왔던 것이다.

"그 작은 수동차에는 아주 희한한 계기판이 달려 있었어. 그러니까 A에서 B까지 거리가 얼마인지 말해 주는 거였지. 오필리아는 뱅고어를 향해 출발할 때마다 계기를 000.0에 맞춰 놓고 시간을 쟀어. 그녀는 그걸 즐겼고, 그래서 나를 불안하게 하곤 했어."

호머는 잠시 멈추고는 또 회상에 잠겼다.

"아냐, 그건 사실과 달라."

그러고는 다시 말을 멈췄다. 호머의 이마에 도서관 사다리 같은 선들이 가늘게 새겨졌다.

"오필리아는 즐기는 척했을 뿐이야. 실제로는 무척 심각한 문제였던 거라고. 그래, 무엇보다도 중요한 문제였네."

호머는 이렇게 말하면서 한 손을 내저었는데, 여자의 남편을 가리키는 거라고 생각했다.

"그 차 사물함은 지도로 가득했고 좌석을 떼어낸 뒷칸에도 지도가 몇 개 더 있었어. 주유소를 표기한 지도와 랜드 맥낼리에서 뜯어낸 지도도 있었고, 애팔래치아 여행가이드에 나온 지도랑 엄청나게 복잡한 지질 측량도까지 있었다네. 하지만 그래서 오필리아가 단순히 그걸 장난으로 즐기는 게 아니라고 느꼈던 건 아니야. 나는 지도에 그려 넣은 선들에 질려 버렸다네. 오필리아는 가 보았거나 가려고 하는 모든 길에 표시를 하고 있었거든.

길에 처박힌 적도 여러 번이었어. 인근의 농부가 트랙터를 끌고 와 끌어내곤 했지.

어느 날 내가 그 집 욕실에 타일을 깔고 있을 때였어. 주로 금 간 데마다 시멘트를 처바르는 일이었지. 그날 밤에는 금 간 곳마다 시멘트가 넘쳐 나오고 타일이 깨져 나가는 꿈만 꾸었다네. 오필리아는 입구에 서서 한참 동안 길에 대해 얘기했어. 우린 종종 그렇게 대화를 나누었지. 내 동생 프랭클린이 뱅고어에 살고 있었기 때문에 오필리아가 말하는 길 대부분을 알고 있었어. 아니, 그보다도 나 역시 가장 빠른 길을 아는 걸 자랑으로 생각하는 족속이었기 때문이었을 걸세. 물론 빠른 길이 다 좋은 길은 아니야. 자네도 그런 길은 알지?"

"그래."

빠른 길을 안다는 것은 충분한 자랑거리이다. 장모가 집에 와 있을 때면 일부러 돌아가는 길을 택하지만 말이다. 사실 정말로 빠른 길은 새들의 몫인 것이다. 물론 매사추세츠의 초록색 번호판을 달고 다니는 인간이 그걸 알 리가 없다. 하지만 그렇다 해도 목적지에 빨리 도착하는 방법을 알면, 더욱이 길눈이 어두운 사람을 옆에 태우고 그런 길을 찾아내면 왠지 으스대고 싶어진다.

"그래, 오필리아는 보이스카우트가 매듭을 매듯이 길을 엮어 나갔어."

호머가 이렇게 말하며 특유의 크고 해맑은 웃음을 지었다.

"오필리아가 '잠깐, 잠깐만 기다려요.' 하고 말할 때는 정말 소녀 같았다네. 그러고는 벽을 따라 달려가더니 책상을 뒤지는 소리가 들렸어. 그리고 작은 메모장을 들고 왔지. 척 보기에도 굉장히 오랫동안 만지작거린 것 같았네. 표지도 구겨졌고 아예 스프링에서 떨어져 나가 달랑달랑 하는 페이지도 있었으니까 말이야.

'남편이나 대다수의 사람들은, 97번 국도를 타고 미케닉 폭포까지 가서 거기에서 11번 국도를 타고 루이스턴까지 간 다음 주간(州間) 고속도로를 타고 뱅고어로 가지요. 총 251.6킬로미터 거리예요.'

오필리아는 이렇게 말했어."

나는 고개를 끄덕였다.

"'유료 도로를 피하고 거리를 단축하고 싶다면 미케닉 폭포에서 11번 국도를 타고 루이스턴까지 가서 202번 국도를 타고 어거스타까지 가요. 그 다음에 9번 국도를 타고 차이나호와 유니티 하벤을 거쳐 뱅고어로 가면 돼요. 총 233.1킬로미터예요.'

'부인, 그럼 시간이 더 걸릴 거예요. 루이스턴과 어거스타를 거치면 안 되죠. 물론 데리의 구도로를 타고 뱅고어로 가면 경치 하나는 죽이지만요.'

'호머, 거리를 단축하고 속도만 유지한다면 시간도 주는 법 아닌가요? 하지만 시간이 아무리 많아도 그 길로는 안 갈 거예요. 그냥 사람들이 잘 다니는 길로 내려가는 게 낫지요. 계속할까요?'

'잠시만요, 부인. 이 빌어먹을 욕실에 금이 엄청 많이 났어요. 먼저 이놈부터 해치우고 얘기를 해야겠습니다.'

'뱅고어까지 가는 길은 크게 네 가지가 있어요. 2번 국도를 타고 가면 262킬로미터가 넘어요. 한 번 타 봤는데 너무 길더군요.'

'여편네가 전화로 오늘은 통조림뿐이라고 말하면 차라리 그 길로 가는 게 낫겠군요.'

나는 중얼거리듯이 이렇게 말했네.

'예, 뭐라고 하셨죠?'

'아무것도 아닙니다. 그저, 혼잣말을 했어요.'

내가 황급히 대답했어.

'아, 그래요? 네 번째 길은 꽤 괜찮은데 의외로 아는 사람들이 적더군요. 포장도 되어 있었고요. 219번 국도를 타고 스페클버드 산을 넘는 거예요. 루이스턴을 지나 202번 국도로 바꿔서 다시 19번 도로를 타면 어거스타를 우회하게 돼요. 그리고 데리 구도로로 들어가면, 겨우 207.9 킬로미터밖에 안 되더군요.'

나는 한참 동안 아무 말도 하지 않았어. 그러자 내가 자신의 말을 믿지 않는다고 생각했는지 '믿기 어렵겠지만 사실이에요.' 라고 말하더군.

난 부인 말이 맞는 것 같다고 대답했어. 기억을 더듬어 보니 정말로 그런 것 같았어. 프랭클린이 살아 있었을 때 나도 그 길로 해서 뱅고어에 가곤 했거든. 그 길로 가 본 지도 꽤 됐지만 말일세. 데이브, 자네, 사람이 길을 잊어먹을 수 있다고 생각하나?'

나는 그렇다고 대답했어. 유료 고속도로는 기억하기 쉽다. 그리고 얼마 지나지 않아 사람의 마음을 정복해서, 여기에서 그곳까지 어떻게 갈 것인지가 아니라 목적지에서 가장 가까운 톨게이트 램프까지 가는 방법을 생각하도록 한다. 그러고 보니 우리가 알지도 못하고 타본 적도 없는 길은 얼마든지 있을 거라는 생각이 들었다. 양쪽에 암벽이 있는 도로, 길가로 검은 딸기가 길게 늘어서 있지만 사람은커녕 새들조차 따 먹으러 오지 않는 도로, 입구를 녹슨 체인으로 막아 놓은 자갈길은 어느덧 아이들의 버려진 장난감처럼 잊혀져, 지금은 길가에 온갖 잡초만이 우거져 있을 것이다. 지금은 인근에 사는 사람들조차 가급적 빨리 그곳에서 벗어나, 편안하게 주변 경관을 즐길 수 있는 고속도로에 들고 싶어 한다. 우리는 메인 주가 꽉 막힌 곳이라고 투덜대곤 하지만, 그건 바로 우리가 만든 울타리에 지나지 않았다. 밖으로 나가는 길은 수천 개도 넘는다. 다만 우리에게 그 길을 찾을 마음이 없는 것이다.

호머가 이야기를 계속했다.

"나는 그 푹푹 찌는 욕실에서 오후 내내 타일을 붙였고 오필리아도 내내 입구에 서서 기다렸어. 두 발을 살짝 꼰 자세였는데, 실내화를 신고 카키색 스커트에 약간 어두운 스웨터 차림이었어. 머리는 뒤로 하나로 묶고 있었지. 그때 서른넷에서 서른다섯 정도 되었을 텐데, 나하고 얘기하면서 어찌나 밝은 표정이었던지 방학을 맞아 집에 다니러 온 여대생처럼 보일 정도였어.

한참 후에 자기가 분위기도 모르고 그 자리에 서 있었다는 것을 깨달았는지 이렇게 말하더군.

'호머, 나 때문에 괜히 신경 쓰게 했나 봐요.'

'그렇습니다, 부인. 부인이 다른 데 가셔야 이 빌어먹을 공사도 쉽게 끝날 거예요.'

'너무해요, 호머.'

오필리아가 슬픈 표정을 짓자 나는 이렇게 대답했네.

'실은 농담이에요. 저도 재미있는데요.'

그러자 오필리아는 활짝 미소를 짓더니 다시 이야기를 시작하더군. 마치 주문을 점검하는 식당 종업원처럼 꼼꼼하게 메모장을 넘기면서 말이야. 오필리아는 뱅고어까지 가는 길을 네 가지나 댔어. 아니, 2번 국도로 가는 길은 포기했으니까 세 개겠군. 하지만 또 다른 길을 마흔 개는 알고 있었을 거야. 구간표시가 있는 도로와 없는 도로, 국도 번호가 있는 도로와 없는 도로 등……. 내 머리도 돌 정도였네. 결국 이렇게 말하더군.

'블루리본(대서양을 최고 속도로 항해한 배에게 수여한다.—옮긴이)을 수상할 준비는 됐나요, 호머?'

'그런 것 같군요.'

'최소한 지금까지는 그 길이 블루리본감이에요. 그거 알아요, 호머? 1923년에 《사이언스 투데이》에 글을 기고한 남자가 있는데, 인간은 4분에 1.5킬로미터를 주파할 수 없다는 거예요. 그 사람은 온갖 가능성을 계산했어요. 최고의 다리 근육, 최고의 보폭, 최고의 폐활량, 최고의 심장박동 등 말이에요. 난 그 논문에 푹 빠져 있었어요. 그래서 남편한테 말해서 메인 대학 수학과의 머레이 교수에게 보여 주라고 했을 정도였죠. 그 수치들을 다시 계산하고 싶었어요. 잘못된 가설이나 기준 따위에 기초하고 있음을 증명하고 싶었거든요. 남편은 내가 쓸데없는 짓을 한다고 생각했을 거예요. 남편은 내 머릿속에 벌이 살고 있나 보다고 말했지만 아무튼 책을 가져갔어요. 머레이 교수도 그 남자의 수치들을 하나하나 꼼꼼히 검토했고요……. 그래서 알아낸 게 뭔지 알아요, 호머?

그 수치들은 정확했어요. 교수의 기준도 엄격했고요. 교수는 1923년에 인간이 1.5킬로미터를 4분 안에 주파할 수 없음을 증명했어요. 정말로 증명했다고요. 하지만 사람들은 그 시간 내에 달리고 있죠. 그게 어떤 의미인 줄 아세요, 호머?'

'잘 모르겠는뎁쇼.'

난 이렇게 대답했어. 물론 감은 잡을 수 있었지만 말일세.

'어떤 블루리본도 영원하지 않다는 거예요. 언젠가 이 세상이 폭발하지만 않는다면, 올림픽에서 1.5킬로미터를 2분 만에 주파하는 사람이 나오고 말 거예요. 100년이 걸릴 수도 1000년이 걸릴 수도 있지만 언젠가 기록은 깨져요. 블루리본의 한계는 없으니까요. 0도 있고 영원도 있고 죽음도 있지만, 궁극은 없어요.'

오필리아는 그렇게 서 있었네. 표정은 맑고 밝고 빛까지 났어. 검은 머리는 뒤로 단단히 묶여 있었는데, 마치 '어디, 할 말 있으면 해 봐요.' 라고 말하는 것 같더군. 물론 나는 반박할 수가 없었다네. 나도 그렇게 생각하고 있었거든. 그건 마치 은총에 대해 말하는 목사의 설교 같은 것이었다네.

'호머, 이제 블루리본에 도전하러 갈까요?'

'그러죠.'

내가 대답했지.

난 심지어 타일 작업도 포기해 버렸다네. 욕조까지는 끝냈는데, 아무튼 둘러보니 귀퉁이에 벼룩의 간만큼 떨어져 나간 것들밖에 없는 것 같았어. 오필리아는 숨을 한 번 크게 들이쉬더니 그동안 정리해 둔 내용들을 따발총처럼 뱉어 내기 시작했다네. 얼마나 빠른가 하면, 게이츠 폭포에서 위스키를 잔뜩 먹고 술주정을 해 대던 그 경매인 같더라고. 글쎄, 이야기를 다 기억은 못 하겠지만 아무튼 대충 이런 식이었어."

호머 버클랜드는 한참동안 눈을 감고 있었다. 그러고는 허벅지 위에 커다란 두 손을 단단히 붙여 놓고는 태양을 바라보았다. 호머가 눈을 떴을 때 호머는 오필리아를 닮아 보였다. 정말 그랬다. 한창 전성기에는 스무 살짜리 여학생처럼 보이던 서른네 살의 여자와 닮은 일흔 살 노인네라니. 그리고 호머는 오필리아가 말한 것 이상의 얘기를 쏟아 내기 시작했다. 그 이야기는 나 역시 정확히 기억이 나지 않는다. 이야기가 복잡하기도 했지만 이야기를 전하는 호머의 모습에 정신이 혼미해졌기 때문이다. 아무튼 그 이야기를 옮기자면 대충 이런 식이었다.

"'우선 97번 국도를 타요. 그리고 덴튼 가를 가로질러 구 주택가 도로로 가는 거예요. 그러면 캐슬록 마을을 우회해서 다시 97번 국도로 나오게 되거든요. 거기서 145킬로미터쯤 올라가면 구산업도로로 빠지고 2킬로미터쯤 더 가면 6번 타운 로드가 나와요. 그 길을 타면 사이츠 쥬스 공장 옆에 있는 빅 앤더슨가하고 만나게 돼요. 그곳에 옛날 사람들이 곰바우길이라고 부르는 지름길이 있어요. 그걸 타면 바로 219번 국도가 나오죠. 일단 스페클버드 산 맞은편 쪽에 도착하면 성황당 길을 찾는 것은 어렵지 않아요. 거기서 좌회전하면 황소나무길이고요. 이 자갈길에 제법 큰 웅덩이가 있긴 한데 속도만 충분하다면 어렵지 않게 통과할 수 있더라고요. 거기서 바로 106번 국도로 들어가요. 106번은 알톤 농장을 관통해 데리 구도로로 이어지는 길이에요. 그리고 두세 번 정도 숲길을 지나면 바로 3번 국도가 나오는데, 어디냐 하면 데리 병원 바로 뒤쪽이에요. 거기서 에트나의 2번 국도까지는 불과 4킬로미터밖에 안 되고 곧장 뱅고어로 들어가면 되는 거예요.'

오필리아는 잠시 멈추고는 숨을 고르기 시작했어. 그러고는 나를 보더군.

'이렇게 하면 총 몇 킬로미터인지 알아요?'

'아뇨, 부인.'

나는 이렇게 대답했지만 머릿속으로는 최소 300킬로미터에 부품 서너 개쯤은 날아갈 거라고 생각하고 있었어.

'187.3킬로미터예요.'"

나는 웃고 말았다. 그 웃음은 이런 이야기를 끝까지 듣는 게 나한테 무슨 소용이란 말인가 하는 생각이 들기 전에 튀어 나왔다. 하지만 호머는 씩 웃으며 고개까지 끄덕였다.

"그래, 데이비드. 자네도 내가 논쟁을 싫어한다는 건 알고 있겠지. 하지만 말이야, 말이라는 게 분명 아 다르고 어 다른 법이라네.

오필리아가 말했어.

'못 믿는군요.'

'음, 솔직히 잘 믿기지가 않아요, 부인.'

'이제 바닥 땜질은 그만 해요. 보여 줄 테니까. 욕조 뒤쪽은 내일 해도 되잖아요. 자, 빨리요, 호머. 남편한테는 쪽지를 써 두면 돼요. 그 사람 오늘 안 들어올지도 몰라요. 그리고 당신은 부인한테 전화부터 하세요! 우린 파일럿 그릴에서(그때 그녀는 시계를 보았어.) 정확히 두 시간 사십오 분 후에 저녁식사를 하게 될 거예요. 만일 일 분이라도 늦는다면 내가 아이리시 미스트 한 병을 살

테니 집에 가져가세요. 우리 아버지 말이 맞아요. 거리를 줄이면 시간도 주는 법이죠. 그러려면 케네벡 카운티의 수렁이나 웅덩이쯤은 감수해야 해요. 자, 어떻게 하실래요?'

오필리아는 램프 같은 갈색 눈으로 나를 바라보았어. 그 눈빛은 마치 모자를 돌려 쓰고 '어서 말에 오르지 않고 뭐 해요, 나는 먼저 갈 테니 당신은 뒤에 와요, 진 사람은 단단히 각오해야 할 거예요.'라고 말하는 듯했네. 얼굴에 떠오른 미소도 똑같은 말을 하는 듯했지. 솔직히 말하지만, 데이브, 난 가고 싶었네. 그놈의 시멘트 통 뚜껑을 닫는 일조차 하찮게 여겨졌어. 물론 그녀의 수동차를 운전하겠다는 건 아니었지. 난 그저 동승석에 느긋하게 앉아, 오필리아가 운전석에 타는 것을 보고, 스커트가 약간 말려 올라가면 무릎 쪽으로 스커트를 끌어내리는 모습을 보고, 그녀의 빛나는 머리카락을 보고 싶을 뿐이었어."

호머는 말꼬리를 흐리더니 갑자기 킥킥 하고 냉소적인 웃음을 토해냈다. 모래알을 장전한 엽총 같은 웃음소리였다.

"메건에게 전화를 걸어 이렇게 말한다고 생각해 보라고.

'오필리아 토드 부인 알지. 너무 고귀해서 당신이 감히 말 한 번 못 붙여 본 바로 그 미인 말이야. 지금부터 나는 그 부인하고 작은 샴페인 색의 수동 메르세데스를 몰고 뱅고어까지 눈썹이 휘날리게 갔다 올 거야. 그러니까 저녁은 혼자 먹어.'

아내한테 전화해서 그렇게 말하는 거야. 흐흐, 멋지지 않나?"

그리고 호머는 다시 웃었다. 두 손을 전처럼 자연스럽게 무릎 위에 올려놓고 있었지만 거의 혐오에 가까운 표정이 엿보였다. 호머는 잠시 후 난간에 놓인 생수병을 들어 몇 모금 들이켰다.

"가지 않았군."

내가 말했다.

"그래, 그때는 안 갔어."

호머는 다시 웃었는데 이번에는 부드러운 소리였다.

"내 표정을 읽었던 모양이야. 갑자기 원래의 모습으로 돌아가더군. 여학생이 아니라 다시 오필리아 토드가 된 게지. 고개를 숙여 공책을 내려다보았는데 자기 손에 들고 있는 것이 무엇인지도 모르는 사람 같았어. 그러고는 아예 공책을 치마 뒤로 숨겨 버렸다네.

'저도 물론 그러고 싶습니다, 부인. 하지만 일도 끝내야 하고, 게다가 여편네가 저녁에 로스트를 만들어 주겠다고 했거든요.'

그러자 오필리아가 말했네.

'이해해요, 호머. 내 생각만 했네요. 항상 이래요. 남편도 만날 정신 차리라고 하거든요.'

그리고 자세를 가다듬더니 다시 말했어.

'하지만 잊지는 마세요. 언제든지 좋으니까요. 혹시 알아요? 어딘가 처박히면 당신 어깨 힘이 필요할지도 몰라요. 그럼 5달러는 절약할 수 있거든요.'

그러고서 다시 웃었어.

'틀림없이 그렇게 하겠습니다, 부인.'

오필리아는 내 말이 진심임을 알았는지 다시 기운을 얻는 것 같았네.

'호머, 뱅고어까지 187킬로미터라는 사실을 무조건 믿는 건 싫어요. 당신이 직접 지도를 들고 새처럼 곧장 가면 몇 킬로미터나

되는지 확인해 봐요.'

 나는 타일 작업을 마저 끝내고 집으로 가서 남은 밥을 먹었지. 로스트는 없었어. 아마 그건 오필리아 토드도 알고 있었을 거야. 난 메건이 잠든 다음에 막대자와 펜과 메인 주 지도를 꺼냈네. 그리고 오필리아가 말한 대로 해 봤어……. 어쨌든 신경 쓰이기는 했던 게지. 직선을 그은 다음 자로 거리를 계산해 보고 난 깜짝 놀랐다네. 만일 날씨 좋은 날을 골라 파이퍼커브스(스포츠용 경비행기─옮긴이)를 타고 여기 캐슬록에서 뱅고어까지 곧바로 날아간다면, 그러니까 호수도 개의치 않고, 목재 공장의 너저분한 나무 적재소도 건너뛰고, 늪지나 강도 없다면 말일세. 놀라지 말게. 겨우 127킬로미터밖에 안 되더구먼."

 사실 나도 깜짝 놀랐다.

 "믿지 못하겠으면 자네도 한번 재 봐. 그때까지 메인 주가 그렇게 좁은 줄은 나도 몰랐지."

 호머는 물 한 잔을 마시더니 나를 돌아보았다.

 "다음 해 봄에 메건이 남동생을 만나기 위해 뉴햄프셔에 갈 일이 생겼어. 나도 방풍망을 뜯어내고 새로 방충망을 설치하기 위해 토드 네 별장에 가야 했지. 그런데 별장에 수동 메르세데스가 있는 거야. 혼자 내려온 거라네.

 오필리아가 밖으로 나와 인사를 하더군.

 '호머, 방충망 때문에 온 거군요!'

 나는 그 즉시 이렇게 대답했어.

 '아닙니다, 부인. 혹시 뱅고어까지 가는 지름길을 보여 주실 수 있나 알고 싶어 온걸요.'

그래, 오필리아는 아무 표정도 없이 나를 바라보더군. 그때 일을 잊었을지도 모른다는 생각에 난 얼굴까지 빨개지고 말았다네. 어처구니없는 실수를 저지른 기분이었어. 그래서 막 '제가 잘못 알았나 봅니다.' 라고 말하려는데, 갑자기 오필리아의 얼굴이 밝아졌어. 그러더니 이렇게 말하더구먼.

'열쇠를 가져올 테니 거기서 꼼짝 말고 기다려요. 절대 마음 변하면 안 돼요, 호머!'

오필리아는 1분도 안 돼서 열쇠를 갖고 나와 말했어.

'만일 논바닥에 처박히면 나방만 한 모기한테 혼 좀 날 거예요.'

'랭글리에서는 섬참새만큼 큰 모기도 봤는걸요, 부인. 설마 우리같이 큰 어른들을 낚아채 가기야 하겠습니까?'

그러자 오필리아가 웃으며 대꾸했어.

'아무튼, 난 경고했어요. 가요, 호머.'

'두 시간 사십오 분을 넘으면 아이리시 미스트를 사신다고 하셨습니다.'

내가 약간 교활한 목소리로 말했지.

오필리아는 다소 놀란 표정으로 나를 보더군. 운전석 문을 열고 막 한 발을 들여 놓던 참이었어.

'맙소사, 호머. 그건 그 길이 블루리본이었을 때였어요. 지금은 더 빠른 길을 찾아냈다고요. 우린 두 시간 삼십분 안에 도착할 거예요. 어서 타요, 호머. 지금부터 밟을 테니까.'"

호머는 잠시 말을 멈췄다. 여전히 두 손을 허벅지 위에 둔 채 멍한 표정이었다. 토드의 경사진 진입로를 오르는 샴페인 색의 2인승 수동차를 그리고 있는 중이리라.

"오필리아가 진입로 끝에 차를 세우고 말했어.

'호머, 정말 갈 거예요?'

'달리기나 하세요, 부인.'

그 순간 여자의 발뒤꿈치에 매달린 족쇄가 끊어졌고 오필리아는 경쾌한 첫발을 내디뎠네. 그 후에 어떤 일이 있었는지에 대해서는 별로 할 말이 없네. 글쎄, 사실 난 그녀에게서 눈을 뗄 수가 없었어. 데이브, 그녀의 얼굴에서 본 건 자연이었어. 뭔가 야생적이고 자유로운 것이 내 심장을 뛰게 했다네. 물론 그녀는 아름다웠어. 난 그 즉시 그녀에게 홀딱 빠졌지만 누구라도 그랬을 거야. 어떤 남자라도, 아니, 어떤 여자라도 다르지 않았을 거라 믿네. 하지만 오필리아가 두렵기도 했다네. 만일 오필리아가 도로에서 눈을 떼고 나를 본다면, 사랑의 눈으로 나를 본다면, 그 자리에서 그대로 숨이 끊어질 것 같았기 때문이지. 오필리아는 청바지에 흰 셔츠 차림이었는데 소매를 걷고 있었어. 문득 내가 별장에 도착했을 때 뒤쪽에서 무언가를 칠하고 있었을 거라는 생각이 들더군. 하지만 어느 정도 시간이 흐르자, 오필리아가 고대 신과 여신을 다룬 책에서 본 그림처럼 하늘하늘한 옷을 입고 있다는 착각이 들었어."

호머는 다시 생각에 잠긴 듯 호수 저편을 바라보았다. 자못 심각한 표정이었다.

"하늘의 달을 모는 사냥의 여신처럼 말일세."

"아르테미스 말인가?"

"그래. 달은 그녀의 자동차였지. 오필리아는 그렇게 보였네. 솔직히 말해서 그녀를 향한 사랑으로 온몸이 떨렸어. 하지만 어떻게 내가 꿍심인들 먹을 수 있었겠나. 물론 지금보다야 젊긴 했지만, 아마 스무 살이었어도 마찬가지였을 걸세. 글쎄, 열여섯 살이었으면 또 모르겠군. 그랬다면 사랑을 위해 목숨을 걸 수도 있었을 테니까 말이야. 나를 바라보는 그녀의 시선만으로도 숨이 멎었을지도 모르지.

오필리아는 정말로 하늘의 달을 모는 여신 같았어. 얇은 실크 옷을 입고 은하수를 하늘하늘 헤엄치는 여신 말이야. 그녀는 지금 자기만의 성전을 떠나려 하고 있는 거야. 등 뒤로 은빛 구슬들이 물결처럼 흐르고 머리카락도 파도처럼 하늘거리지. 말들을 채찍질 하면서 내게 이렇게 말하고 있다네. 이제 빛보다 빨리 달릴 테니 각오 단단히 하세요. 빨리, 빨리, 더 빨리……

우린 수없이 많은 숲길을 지났어. 처음 두어 개 정도는 나도 아는 길이었지만 그 다음부터는 전혀 모르겠더군. 아마 그 숲의 나무들도 자동차를 보고 신기했을 거야. 전에는 기껏 해야 제재소 트럭이나 설상차 정도를 보았겠지. 메르세데스 같은 수동차는 선셋대로의 고급 별장에나 어울리는 차야. 툴툴거리며 언덕을 오르고 먼지 자욱한 오후의 햇살을 받으며 숲속을 뚫고 지나가라고 만든 차가 아니라고. 오필리아는 차의 뚜껑을 열었고, 난 숲속의 오만 가지 냄새를 맡을 수 있었지. 자네, 아무도 손대지 않은 순수 자연의 냄새가 어떤 것인지 알겠나? 우리는 통나무들이 마구잡이로 쓰러진 넓은 공터를 지났고 여기저기 잘린 목재가 즐비한 검은 진흙 밭도 지났어. 오필리아는 아이처럼 웃었다네. 목재 중에는 심하게 썩어 문드러진 것들도 적지 않았는데, 오필리아 말고 그런 길로 다닐 사람이 없으니 당연하겠지. 모르긴 몰라도 최소한 5년에서 10년 동안 없었을 거야. 온갖 새들과 신기한 듯 우리를 쳐다보는 갖가지 동물 말고는 아무도 없었어. 부르릉거리던 수동 엔진은 어느새 사나운 야수의 울부짖음으로 변했고, 때때로 밟아 대는 클러치는 끔찍한 야수의 비명을 토해 냈다네. 온통 모터 소리뿐이었지. 그 길이 어딘가로 이어져 있다는 사실을 모르는 바는 아니지만, 자꾸만 시간을 거슬러 올라가 원시로 돌아간 것 같은 기분이 들더군. 차를 세워 놓고 높다란 나무 위로 올라가 보면 사방에 숲밖에 보이지 않을 것 같았어. 하지만 오필리아는 내내 액셀을 밟아 댔고 머리카락을 휘날리며 반짝이는 두 눈에 미소를 짓고 있었어. 스페클버드 산길로 접어들면서 대충 위치가 감이 잡혔지만 그것도 잠시뿐이었네. 자동차는 다시 샛길로 들어갔고 나는 더 이상 위치 문제로 고민하지 않기로 했다네. 다시 한번 숲길을 뚫고 지나가자 '제2 자동차 도로'라는 표지판이 있는 멀쩡한 포장도로가 나왔어. 자네 메인 주에서 '제2 자동차 도로'라는 길을 들어 본 적 있나?"

"아니."

"버드나무 가지들이 가운데까지 늘어져 있는 길이었다네.

오필리아가 말했어.

'조심해요, 호머. 한 달 전에 저 가지들이 할퀴는 바람에 찰과상을 입었으니까요.'

나는 무슨 뜻인지 이해하지 못했지만 우선 그러겠다고 대답했지. 그러고 나서 보았어. 바람 한 점 없는데도 나뭇가지들이 축 늘어져 손을 흔들고 있더라고. 가지의 푸른 솜털 안에는 검고 촉촉한 눈까지 달려 있었어. 내가 보고 있는 것을 도저히 믿을 수가 없었어. 그때 한 놈이 내 모자를 낚아챘어. 분명 난 그때 자고 있지 않았다고.

'이봐! 내 모자 내 놔!'

내가 이렇게 외치자 오필리아가 웃으며 말했어.

'늦었어요, 호머. 바로 앞에 해가 비치네요……. 이제 얼마 안 남았어요.'

하지만 한 놈이 다시 내려오더니 이번에는 오필리아를 공격했네. 그래, 맹세컨대, 그건 분명 공격이었어. 오필리아는 휙 머리를 숙였고 놈은 그녀의 머리카락을 잡아당겼어. '아야, 아파!' 하고 오필리아가 비명을 질렀어. 하지만 그러면서도 웃고 있었지. 오필리아가 고개를 숙일 때 자동차가 약간 비틀거렸는데 그 순간 나는 숲을 보고 말았다네. 오, 데이비드, 세상에, 숲 안에 있는 모든 것이 살아 움직였어. 손을 흔드는 잡초들, 한데 모여 잔뜩 인상을 쓰는 나무들, 심지어 어느 그루터기에는 나무두꺼비 같은 게 쪼그리고 앉아 있었는데 거의 다 자란 고양이만 했다네.

그리고 숲 속을 나오니 어느 언덕 꼭대기였어. 오필리아는 마치 프라이버그 페어(메인 주의 가장 커다란 수목 유원지—옮긴이)의 유령 숲을 산책하고 나온 사람처럼 말했어.

'야호! 정말 신나는 곳이었죠?'

5분 후 우리는 또 다른 숲길로 들어섰어. 숲길은 신물이 날 지경이었지만, 그땐 정말 그랬네, 그래도 다행히 이번엔 평범한 숲이더군. 그리고 30분 후쯤 우리는 뱅고어의 파일럿 그릴 주차장에 차를 대고 있었어. 오필리아는 계기판을 가리키더니 이렇게 말했어.

'호머, 봐요.'

계기판의 숫자는 187이었어.

'자, 어때요? 이제 내 지름길을 믿겠어요?'

야성의 모습은 거의 사라지고 다시 오필리아 토드로 되돌아와 있었어. 하지만 그렇다고 모든 것이 바뀐 건 아니었네. 차라리 서로 다른 두 여인이 공존하는 느낌이랄까? 오필리아와 아르테미스 말일세. 그녀가 샛길들을 헤매고 다닐 때에는 아르테미스가 모든 것을 제어하고 있어서 오필리아는 자신이 지름길을 헤쳐 왔다는 사실조차 모르는 것 같았어. 그래, 메인 주의 어느 지도에도 나와 있지 않은 지름길이지. 그런 건 정밀측량도에도 없어.

오필리아가 다시 말했어.

'내 지름길 어때요, 호머?'

그때 난 제일 처음 떠오르는 말을 내뱉었는데 사실 오필리아 토드 같은 귀부인에게 할 말은 못 되었지.

'정말 허벌났습니다, 부인.'

난 그렇게 대답하고 말았어.

오필리아는 큰 소리로 웃었어. 말 그대로 활짝 웃었지. 난 그때 분명하게 깨달았네. 그녀가 아무것도 기억하지 못한다는 사실을 말이야. 내 모자를 훔쳐간 버드나무 가지도, 버드나무 가지가 분명하긴 한 걸까? 제2 자동차 도로 표지판도, 그 징그러운 두꺼비도 말일세. 그녀는 정말로 아무것도 기억하지 못했다고! 둘 다 같은 꿈을 꾸었는데, 나는 그 우스운 길들을 기억해 냈고 그녀는 기억하지 못하는 것처럼 말이야. 확신할 수 있는 건 말일세, 데이비드. 분명히 187킬로미터를 달려 뱅고어에 도착했다는 사실뿐이었다네. 그것만은 절대 꿈이 아니었어. 자동차 흑백 계기판에도 분명히 적혀 있었으니까 말이야.
 오필리아가 말했어.
 '그 말이 맞아요. 정말 허벌난 길이에요. 언젠가 남편도 데려오고 싶지만……. 그 양반은 옆에서 폭탄이라도 터져야 집에서 나올 거예요. 그 안에 방공호까지 파 놓고 사니까 아예 타이탄급 미사일 정도는 되어야겠군요. 자, 호머, 들어가서 뭐 좀 먹어야죠.'
 오필리아는 내게 최고급 저녁을 사 줬지만, 데이브, 사실 난 많이 먹지 못했어. 벌써 어두워지기 시작한 터라 돌아가는 길이 걱정되었거든. 오필리아는 식사 중에 전화를 걸 곳이 있다며 잠깐 자리를 비웠어. 그리고 돌아와서 대신 차를 몰고 캐슬록으로 돌아갈 수 없겠냐고 물었네. 뭐라더라? 같은 학교 위원회 사람하고 통화를 했는데 무슨 문제가 생겼다는 거야. 그리고 자기는 남편이 데리러 오지 않겠다면 렌터카를 집어타고 오겠다고 하더군.
 '호머, 저렇게 어두운 데 가실 수 있겠어요?'
 오필리아가 미소 띤 얼굴로 나를 보았어. 그래, 몽땅 잊은 것은 아니더군. 적어도 내가 어둠 속에서 지름길로 가고 싶어 하지 않는다는 것쯤은 알 정도로 기억하고 있었어……. 그리고 그녀의 눈빛은 그래도 상관없다고 말하고 있었지.
 그래서 난 괜찮다고 대답했네. 나는 서둘러 식사를 마쳤어. 식사를 끝낼 때쯤 밖은 서서히 어두워지기 시작했지. 그리고 우리는 오필리아와 통화를 했던 여자의 집까지 갔어. 오필리아는 차에서 내리며 똑같은 눈빛으로 이렇게 말했네.
 '자, 정말로 기다리지 않을 거죠, 호머? 오늘 오는 길에 샛길을 한두 개 봐 둔 게 있어요. 지도에는 없는 길이지만 말이에요. 내

생각에는 몇 킬로미터 더 단축할 수도 있을 것 같은데…….'

'부인, 저도 그러고 싶습니다만, 이 나이에 내가 쉴 곳은 집뿐입니다. 부인 차를 타고 얌전히 돌아가는 게 좋을 것 같습니다. 부인이 알고 있는 길보다 멀리 돌아가긴 하겠지만요.'

오필리아는 살포시 웃으며 내게 입맞춤을 했어. 데이브, 내 평생 그렇게 황홀한 입맞춤은 처음이었네. 겨우 뺨에 한 입맞춤일 뿐이고, 유부녀의 가벼운 입술이었지만, 그건 복숭아처럼 성숙하고 밤에 피는 꽃들처럼 찬란한 입맞춤이었다네. 그녀의 입술이 살갗에 닿는 순간 마치…… 글쎄 뭐라고 해야 할지 모르겠구먼. 하지만 그건 한창 젊었을 때 다 자란 처녀와 벌이던 불장난하고는 전혀 다른 거였네. 내가 이렇게 말해도 자넨 이해하리라고 믿네. 기억 속에 커다란 흔적을 남긴 사건일수록 이해하는 것도, 말로 표현하는 것도 어려운 법이지.

오필리아가 말했어.

'호머, 당신은 정말 좋은 분이세요. 내 말을 믿고 함께 와 줘서 고마워요. 조심해서 가세요.'

그리고 오필리아는 안으로 들어갔어. 그 친구네 집으로 말이네. 난 집으로 돌아왔고."

"그래서 자네 어떤 길로 왔나?"

호머가 힘없이 웃으며 대답했다.

"당연히 고속도로지, 이 친구야."

문득 언제부터 호머의 얼굴에 그렇게 주름살이 많았지 하는 생각이 들었다.

호머는 가만히 앉아서 하늘을 보았다.

"그리고 여름이 오고 오필리아가 사라졌다네. 오필리아를 자주 보지 못했어……. 기억하지? 그해 여름에 산불이 났잖나. 그때 태풍이 불어 나무들이 모두 전멸했지. 뒷수습을 하느라 다들 무척 바빴지. 오, 난 가끔 그녀를, 그날을, 그 입맞춤을 생각하기도 했어. 그리고 그 모든 것이 꿈처럼 느껴지기 시작하더군. 오직 여자애들하고 연애질할 생각밖에 없었던 열여섯 살 때처럼 말일세. 나는 저기 호수 건너편 산에 있는 조지 바스콤네 들판에 나가 밭을 갈고 있었어. 십 대 소년이 꿈꾸는 것들을 생각하면서 말이야. 나는 쟁기로 커다란 바위를 파고 있었어. 그런데 바위가 갈라지더니 피를 흘리기 시작하더군. 적어도 내게는 피를 흘리는 것처럼 보였어. 바위의 갈라진 틈에서 붉은 액체가 흘러나와 흙을 적시고 있었으니까 말이야. 나는 어머니한테만 그 이야기를 했는데, 그게 어떤 의미이고, 나한테 무슨 일이 있었는지는 말하지 않았지. 글쎄, 어머니는 늘 내 서랍을 뒤지고 있었으니 알고 있었을 거야. 아무튼 어머니는 내게 기도하라고 다그치셨네. 기도야 했지만 그렇다고 무슨 깨달음을 얻었던 것도 아냐. 그러더니 언제부터인지, 그 모든 것이 처음부터 꿈이었다는 생각이 들기 시작한 거야. 인생이란 가끔 그런 거라네. 항상 가슴에 커다란 구멍을 안고 사는 거라고. 데이브, 내 말 알아듣겠나?"

"물론, 알지."

나는 이렇게 대답하면서 1959년의 어느 날 밤을 떠올렸다. 무척 힘든 해였지만 자식들은 그런 것 따위는 신경도 쓰지 않았다. 아이들은 그저 다른 때처럼 배불리 먹어야 한다는 생각밖에는 하지 못했다. 나는 헨리 브루거의 뒷마당에서 흰꼬리사슴을 보았다. 8월이었는데 어두워진 후에 횃불을 들고 나온 터였다. 놈들이 오동통하게 살이 오른 여름이면 두 마리도 쏠 수 있다. 두 번째 놈이 첫 번째 놈한테 다가와 "뭐야, 벌써 잠든 거야?"라고 말하듯 코를 킁킁거릴 때 볼링 핀 쓰러뜨리듯이 쏘면 되는 것이다. 그 정도면 6주일 동안 자식놈들을 먹이고도 남는다. 11월의 사냥꾼들도 쏘지 않는 흰꼬리사슴이지만 애새끼들은 어쩌란 말인가? 매사추세츠 사내 말처럼, 이곳에서 일 년 내내 사는 것은 좋지만, 때때로 어둠의 대가를 치러야 할 때도 있다. 그때 커다란 다홍색 광선이 나타났다. 광선은 아래로, 아래로 내려왔고 나는 입을 있는 대로 벌린 채 그 빛을 바라보았다. 빛이 호수를 비추자, 호수는 진다홍색으로 불타올랐는데 마치 호수가 하늘을 향해 수많은 광선을 쏘아 대는 것 같았다. 하지만 그 후 그 빛에 대해서 말하는 사람은 없었다. 나도 누구에게도 말하지 못했다. 남들이 웃을까 봐 불안하기도 했지만 무엇보다도 어두운 밤에 그곳에서 무슨 짓을 했는지 의심할까 봐서였다. 그리고 시간이 지나면서 그 일은 호머가 말한 대로 되어 버렸다. 마치 꿈처럼 되어 버린 것이다. 구체적이지 않은 기적은 손잡이도 칼날도 없는 광선검처럼 결국 아무런 의미도 없다. 죽을 것을 알면서도 아무렇지도 않은 척하며 살아야 하는 우리네 인생 같은 것이랄까?

"가슴속에 커다란 구멍이 생겼지."

호머가 이렇게 말하며 갑자기 자세를 곧추 세웠다.

"바로 이 한가운데 말이야. 쓸데없는 비계만 있는 왼쪽도 오른쪽도 아니라고. 다들 이렇게 말하지. '뭐 대수로울 일이야 있겠어?' 그러고는 위험한 도랑 피해 가듯이 잘도 구멍을 피해 가지.

안 그래? 그러고는 잊어버리는 거야. 아니, 피해갈 수 없다 해도 그저 살짝 들여다보고 달아나면 그만이지. 살다 보면 균열도 있는 법이고 함정도 있는 법이니까 말이야. 그저 이렇게 말하면 되는 거야. '어이, 거기 있는 얼간이, 그거 건드릴 생각 말고 돌아가는 게 좋을 거야! 괜히 큰 코 다치지 말고.' 하지만 말이야. 우리가 찾는 건 구멍이 아니야. 쓸데 하나 없는 쾌락도 아니고 말이야. 우린 잃어버린 돌을 찾고 있는 거라고. 알아? 가슴을 채워 줄 돌 말이야."

호머는 한참 동안 가만히 있었고 나도 방해하지 않았다. 재촉할 필요가 없었다. 이윽고 호머가 입을 열었다.

"오필리아는 8월에 사라졌어. 7월에 오필리아를 다시 만났을 때……."

호머는 내게 시선을 돌리고는 한 마디 한 마디를 천천히 조심스럽게 내뱉었다.

"데이브 오웬스, 그녀는 정말 기가 막혔다네! 멋지고 거칠고 자유로웠어. 눈 주변에 있었던 잔주름도 거의 사라진 듯했어. 워스토드는 미팅인가 뭔가 때문에 보스턴에 갔지. 난 셔츠를 벗은 채 마당 한가운데 있었는데, 오필리아가 처마 밑에 서서 이렇게 말하는 거야.

'호머, 놀라운 소식이 있어요.'

'뭔데요, 부인. 요즘은 놀랄 일이 흔치 않은데요.'

'새 길을 두 개나 찾아냈어요. 이번에 뱅고어에 갔을 때는 107.8킬로미터였어요.'

나는 오필리아가 전에 말했던 것을 기억해 냈네.

"부인, 죄송합니다만, 그건 불가능해요. 저도 직접 지도에서 재 봤습니다만…… 새처럼 날아간다 해도 127킬로미터가 최고였습니다."

오필리아는 전보다도 더 아름답게 웃었어. 마치 태양의 여신 같았어. 남자들 팔을 잡아채는 퍼키(장난꾸러기 요정—옮긴이) 따위는 존재하지도 않고, 온통 푸른 잔디와 샘 천지인 언덕에 사는 이야기 속 여신 말일세.

'호머, 난 사실을 말한 거예요. 그리고 4분에 1.5킬로미터를 가는 것은 불가능하죠. 수학적으로 증명되었잖아요.'

'그건 다른 문제입니다, 부인.'

'같아요. 지도를 접고 해 봐요. 조금 접으면 조금 짧아지는 것이고 많이 접고 재면 많이 줄어들 거예요.'

나는 그때의 여행을 생각해 보았어. 꿈처럼 아련하긴 했지만 말이네. 그러고는 말했지.

'부인, 지도야 접을 수 있지만 땅을 어떻게 접겠습니까? 행여 그런 생각일랑 마십쇼. 남들이 들으면 웃습니다.'

'아니요. 난 살면서 한 번도 안 된다는 생각을 해 본 적이 없어요. 왜냐고요? 길이 저기 있는걸요? 길이 저기 있는데요?'

그리고 3주 후였어. 그러니까 오필리아가 사라지기 2주쯤 전인 게지. 오필리아가 뱅고어에서 전화를 했더군.

'남편은 뉴욕에 갔고, 전 지금 그쪽으로 갈 거예요. 열쇠를 못 찾겠는데. 호머, 문 좀 열어 주실 수 있어요?'

그래, 전화는 8시에 걸려 왔어. 막 어두워지기 시작할 때였지. 20분쯤 후에 난 샌드위치 하나와 맥주 캔을 들고 그쪽으로 차를 몰았어. 그 시간까지 다 해서 45분쯤 걸렸을 거야. 그런데 토드 별장에 도착했을 때 식품 저장실에 불이 켜져 있었네. 분명 진입로를 내려갈 때 끄고 나갔거든. 난 그 불만 바라보다가 하마터면 메르세데스에 부딪힐 뻔했어. 술 취한 사람이 주차한 것처럼 삐딱하게 세워져 있더군. 게다가 말이야. 차 유리는 온통 오물을 뒤집어쓴 데다, 차체를 뒤덮은 진흙에도 해초 같은 것이 달라붙어 있었다네……. 전조등을 비추자 해초가 움직이는 것 같기도 했어. 난 그 뒤에 트럭을 세우고 차에서 내렸네. 해초는 아니었어. 잡초였지. 하지만 정말로 움직이고 있었네……. 그러니까, 죽어 가는 것처럼 느리고 힘없어 보였지만, 분명히 움직였다고. 내가 손을 내밀었더니 놈은 내 손을 휘감기라도 하듯 덤벼들더군. 난 후다닥 손을 털고는 바지에 닦아 버렸네. 나는 다시 차 앞쪽으로 가 봤어. 차는 정말로 150킬로미터의 길을 진창과 저지대만 뚫고 나온 것처럼 보였어. 피곤해 보였다고. 정말로 그랬지. 앞유리는 마치 벌레들로 색칠을 한 것 같더군. 그런데 모두가 생전 듣도 보도 못한 것들이었어. 참새만 한 나방은 죽어 가면서 힘없이 날개를 퍼덕이고 있었지. 모기처럼 생긴 것도 있었는데 눈이 사람 눈이었다네. 놈은 정말로 나를 보고 있었어. 잡초들이 차체를 벅벅 긁는 소리가 끊이지 않고 들렸는데 죽어 가면서 지푸라기라도 잡으려는 것 같았다네. 내 머릿속에는 온통 이 여자 도대체 어디를 다녀온 거야 하는 생각뿐이었다네. 어떻게 45분 만에 여기에 올 수 있는 거지? 그때 난 또 다른 것을 보았네. 라디에이터 그릴에 반쯤 짓이겨진 채 달라붙어 있는 동물이었네. 불가사리가 둥글게 몸을 말고 있는 것처럼 보이는 메르세데스 마크 바로 아래였지. 길에서 만나는 대부분의 작은 동물들은 차 밑으로 그냥 지나가 버리지. 차에 치이기 전에 몸을 웅크리기 때문이야. 놈들은 차는 그냥 지나가고 자기는 아무 사고 없이 먹이를 먹을 수 있다는 사실을 알고 있지. 하지만 가끔 멋모르고 뛰는 놈들이 있어. 멀리도 아니고 바로 차 앞에서 말이야. 먹이를 한 입 깨물려다가 깜짝 놀란 것이겠지. 그런 일은 흔히 있는 일이야. 그놈도 아마 그랬던 모양이더군. 셔먼탱크라도 뛰어넘을 것처럼 얍삽하게 생기긴 했는데, 뭐랄까, 땅두더지와 족제비를 교배시켜 나온 것 같았어. 그러면서도 왠지 보기가 꺼려지는 뭔가가 있더군. 데이브, 보고 있기가 힘들었어. 마음이 아팠다네. 가죽은 온통 피투성이였어. 발톱을 잔뜩 세우고 있었는데 고양이 발톱 같기는 했지만 좀 더 길었어. 불타듯 이글거리는 크고 노란 눈은 어렸을 때 자기로 빚은 허접한 개구리 동상이 생각나게 하더군. 그래, 이빨도 특이했어. 기다랗고 얇은 바늘처럼 생긴 이빨이 삐죽 나와 있었지. 놈의 이빨 몇 개가 강철 라디에이터 그릴에 박혀 그렇게 달라붙어 있었던 거라네. 놈은 이빨로 자기 몸을 지탱하고 있었어. 방울뱀처럼 맹독을 지닌 놈이 분명해 보였어. 필경 놈은 차가 치려고 하자 그 차를 물어서 죽이려고 달려들었던 거야. 하지만 난 놈을 그곳에서 떼어 주고 싶은 용기는 차마 나지 않더군. 손에 쓸린 상처가 있었는데, 그리로 독이 조금이라도 들어가는 날에는 돌조각처럼 뻣뻣하게 굳어서 죽게 될 게 분명했거든.

나는 운전석으로 돌아가 문을 열었어. 실내등이 켜져 있어서 주행 기록을 볼 수 있었네……. 분명 50.8이었어.

나는 잠시 그 숫자를 보다가 뒷문으로 갔네. 오필리아는 방충망을 망가뜨리고 자물쇠 옆의 유리를 깼더군. 손을 넣어 문을 열고 들어간 거야. 그곳에 쪽지가 한 장 꽂혀 있었어.

'호머, 생각보다 일찍 도착했어요. 새 길을 찾아냈는데 정말 최고였어요! 아직 안 오신 것 같아 몰래 도둑처럼 들어갑니다. 워스는 모레 온다고 했어요. 그때까지 방충망도 수리하고 세차 좀 부탁드릴게요. 되겠죠? 차가 지저분하면 남편이 싫어하거든요. 만일 내가 나오지 않으면 그냥 자는 줄 아세요. 운전은 정말 힘든 일이죠. 아무튼 쏜살같이 달려왔어요. 오필리아.'

힘들고말고! 나는 라디에이터 그릴에 붙어 있는 흉물스러운 짐승을 다시 한 번 바라보았어. 그리고 속으로 중얼거렸지.

'그런 것 같군요, 부인. 정말 힘드셨겠어요. 진심입니다.'"

호머는 다시 말을 멈추고는 하릴없이 손가락 관절을 꺾었다.

"난 오필리아를 한 번 더 만났네. 일주일쯤 후였지. 워스 토드는 호수에서 수영을 하고 있었어. 앞으로 갔다가 뒤로 갔다가 앞으로 갔다가 뒤로 갔다가, 그 양반 수영도 톱질을 하거나 서류에 사인하는 것처럼 하더구먼. 아마 서류에 사인하는 쪽이겠지. 내가 오필리아에게 말했어.

'부인, 주제넘은 말씀인 줄은 알지만, 혼자 운전하실 땐 좀 더 조심하셔야겠습니다. 지난번에 보니까 차 앞에 이상한 동물이 붙어……'

'아, 땅두더지 말이군요! 내가 돌봐줬어요.'

'이런, 제발 조심하셨길 바랍니다.'

'당연히 워스의 정원용 장갑을 꼈죠. 그리고 그건 아무것도 아니에요, 호머. 그냥 겁도 없이 달려든 약간 독이 있는 두더지일 뿐

이었다고요.'

 '하지만 부인, 땅두더지가 있으면 곰도 있을 겁니다. 게다가 그 길에 그런 이상한 두더지가 산다면 곰은 또 어떤 모습일지 누가 알겠습니까?'

 오필리아가 나를 물끄러미 바라보더군. 그래, 그건 그때 그 여자였네. 아르테미스 말일세.

 '호머, 그 길 주변에 사는 동물들이 다르다면, 그건 내가 다르기 때문일지도 몰라요. 이걸 볼래요?'

 핀을 꽂아 둘둘 말아 올린 머리는 가운데 나무가지가 꽂힌 나비처럼 보였어. 오필리아는 머리를 풀었어. 문득 그 머리가 베개 위에 풀려 있는 것을 본다면 얼마나 환상적일까 하는 생각이 들더군.

 '호머, 내 머리색 어때요? 흰머리가 보이나요?'

 오필리아가 손가락으로 머리를 펼치자 머리카락이 햇빛에 반짝거렸어.

 내가 대답했지.

 '안 보이는데요, 부인.'

 오필리아가 나를 보았는데 눈이 불타는 것 같았어.

 '호머 버클랜드, 당신 아내는 좋은 분이에요. 가게나 우체국 같은 데서 만나면 가끔 인사도 하죠. 하지만 당신 아내가 내 머리를 바라보며 흡족해하는 표정을 난 알고 있답니다. 여자라면 누구나 알죠. 그녀가 무슨 생각을 하는지, 또 친구들에게 어떻게 말하는지도 알아요……. 오필리아 토드가 드디어 염색을 하기 시작했어. 하지만 잘못 짚은 거예요. 지름길을 찾느라 난 내 나이를 잃

어버렸어요……. 세월을 말이에요……. 시간의 흐름을 잃은 거예요.'

그러면서 웃었는데, 여대생이 아니라 여고생 같구더먼. 나는 오필리아를 찬양했고 그 여자의 아름다움을 갈구했어. 하지만 그때 그녀에게서 또 다른 종류의 아름다움을 보았다네……. 난 다시 두려워졌어. 오필리아 때문에 두려웠어. 그녀 자체가 두려웠지.

내가 말했어.

'부인, 머리카락만 나이를 거꾸로 먹는 것이 아닌 듯합니다.'

'아뇨, 나는 완전히 달라졌어요. 그곳에서는 난 온전히 내가 돼요. 내 작은 차를 타고 그 길을 따라 달릴 때면, 난 오필리아 토드가 아니에요. 아이를 임신하고, 엉터리 시를 끄적거리고, 위원회 모임에 나가 회의록을 정리하는 여자가 더 이상 아니라고요. 그 길에 올라서면 난 내 자신이 돼요. 마치…….'

'아르테미스처럼요?'

오필리아가 재미있다는 듯이 나를 바라보더군. 다소 놀란 표정 같기도 했네. 그러더니 활짝 웃으며 말했어.

'여신이 된 기분이었어요. 내가 야행성이니 여신들 중에 아르테미스가 가장 어울리겠군요. 난 책을 다 읽거나 텔레비전에서 국가가 연주될 때까지 깨어 있는 것을 좋아하고 달처럼 창백하기도 하니까요. 남편은 항상 내가 강장제를 먹거나 혈압 검사를 받아야 한다고 입버릇처럼 말하거든요. 하지만 내 가슴속에는 모든 여자들이 부러워하는 여신이 들어 있답니다. 정말로요. 본질은 보지 못한 채 남자들이 무조건 제단에 묶어 놓는 그런 여신 말이에요. (서서는 오줌도 누지 못하는 여자인데 말이에요. 생각해 보면 너무

웃기지 않나요?) 하지만 그런 건 여자들이 원하는 게 아니에요. 여자가 원하는 것은 자유예요. 그것뿐이죠. 일어서고 싶으면 일어서고, 걷고 싶으면 걷고.'

오필리아는 진입로에 세워진 자기 차를 보며 미간을 좁히고는 웃었어.

'운전하고 싶으면 운전하는 거예요. 남자들은 모를 거예요. 남자들은 여신이 올림푸스의 작은 언덕 어딘가에서 빈둥거리며 과일을 먹길 원한다고 생각하니까요. 하지만 그곳엔 신도 여신도 없어요. 여자들도 남자들과 똑같은 것을 원해요. 여자들도 운전을 하고 싶어 한다고요.'

'부인, 운전하실 땐 부디 몸조심하십쇼.'

내 말에 오필리아는 웃었고, 갑자기 내 이마에 입맞춤을 해 주었네.

'그럴게요, 호머.'

하지만 그 말이 무슨 소용이겠나? 불과 일주일 후에 워스 토드는 아내가 실종되었다고 알렸어. 오필리아와 그 수동차가 함께 없어졌지. 토드는 7년을 기다린 후에 오필리아가 죽었다고 공식 선언했어. 그리고 1년을 더 기다렸다가, 개자식 같으니, 두 번째 토드 여사를 맞아들였지. 방금 지나간 그 여자 말이야. 그리고 자넨 지금까지 한 얘기를 하나도 믿지 못할 거야."

밑이 평평한 먹구름이 희미한 달마저 가려 버렸다. 우유처럼 희멀건 반달. 그 달을 보니 문득 가슴이 뛰기 시작했다. 반은 두려움이고 반은 측은함 같은 느낌이었다.

"아냐, 믿어. 빌어먹을 단어 하나까지 모두 믿어. 사실이 아니

토드 부인의 지름길 359

어도 좋아, 호머. 그건 사실이어야 하니까 말이지."

호머는 한 팔로 내 목을 힘껏 끌어안았다. 난 이 친구가 내게 입맞춤이라도 퍼부을까 봐 덜컥 겁이 나서 웃으며 자리에서 일어섰다.

호머가 말했다.

"아무리 불가능하다고 해도, 그건 사실이야."

호머는 바지에서 시계를 꺼내 보고 말했다.

"스콧 씨 별장을 보러 갈 시간이야. 같이 가겠나?"

"아냐, 난 여기 좀 더 앉아서…… 생각 좀 해야겠네."

호머는 계단 쪽으로 걸어가더니 뒤돌아서 살짝 웃으며 나를 보았다.

"오필리아 말이 맞았어. 자기가 찾아낸 길을 달릴 때면 그 여자는 완전히 달랐어……. 그녀를 건드릴 수 있는 것은 아무것도 없었네. 자네나 나는 건드려도 그녀는 아냐. 그래, 그녀는 젊어진 걸세."

그러고서 호머는 트럭에 올라타 스콧네 별장으로 떠났다.

모두 2년 전 일이다. 그 후로 호머는 버몬트로 이사 갔다. 내가 말하지 않았던가? 어느 날 밤에 호머가 찾아왔는데, 머리도 빗고 면도도 하고 좋은 로션 냄새도 났다. 얼굴은 깨끗했고 눈은 살아 있었다. 그날 밤 호머는 일흔이 아니라 예순으로 보였다. 나는 그 모습에 기쁘면서도 질투가 났고 조금 미워지기도 했다. 관절염은 어느 늙은이고 피해 가는 법이 없는데, 그날 밤 호머는 관절염 따위와는 아무 상관도 없는 사람처럼 보였다.

호머가 말했다.

"난 떠나네."

"정말인가?"

"그래."

"그래. 편지를 그쪽으로 보내 줄까?"

"아니, 그럴 필요 없네. 청구서도 다 지불했다네. 새 출발을 하고 싶어."

"아무튼 주소라도 알려 주게. 가능하다면 가끔 들르겠네."

벌써부터 외로움이 나를 외투처럼 감싸기 시작했다……. 나는 호머를 보았다. 하지만 호머에게서는 전혀 그런 낌새를 느낄 수가 없었다.

"아직 주소 없어."

호머가 말했다.

"그렇군. 그래, 버몬트로 가는 건가?"

"글쎄. 어쨌든 사람들이 물어보면 그렇게 대답할 거야."

나는 물어볼 생각이 없었지만 결국 묻고 말았다.

"그녀는 어떤가?"

"아르테미스처럼 살지. 하지만 그녀가 좀 더 상냥하지."

"부럽군, 호머."

나는 정말로 호머가 부러웠다.

나는 문 앞에 서 있었다. 여름도 무르익은 저녁인지라 들판은 싱그러운 향내로 가득했다. 보름달이 호수면을 가로질러 은빛 발자취를 드리우고 있었다. 호머는 현관을 지나 계단을 내려가기 시작했다. 차는 부드러운 도로 둔덕에 세워져 있었는데 엔진이 가볍게 투덜거리고 있었다. 한시라도 빨리 어뢰처럼 질주하고 싶어 죽겠다는 투정 같았다. 그렇게 생각하니 차도 어뢰처럼 생긴 것 같았다. 무척이나 낡아 보였지만 숨 한 번 헐떡이지 않고 수백 킬로미터는 달릴 것 같았다. 호머는 계단 아래에 멈춰 서서 뭔가를 집어 들었다. 38리터짜리 연료통이었다. 호머는 보도를 지나 자동차 앞자리에 탔다. 그녀가 허리를 굽혀 문을 열어 주었다. 실내등이 비쳐 잠시 여자를 볼 수 있었다. 얼굴로 흘러내리는 붉은 머릿결, 램프처럼 빛나는 이마. 여자는 정말로 달처럼 빛이 났다. 호머가 차에 타자 여자는 차를 몰기 시작했다. 나는 현관 앞에 서서 여자의 작은 수동차가 어둠 속에서 붉은 후미등을 깜빡거리는 것을 지켜보았다……. 차는 점점 더 작아졌고, 이윽고 붉은 사파이어처럼 보이더니 결국 작은 불씨가 되어 사라져 버렸다.

버몬트. 나는 마을 사람들에게 그렇게 말한다. 사람들도 버몬트라고 믿었다. 그건 그들의 머릿속만큼이나 먼 곳이었다. 때때로 나도 그 말을 믿을 때가 있는데 주로 지치고 힘들 때였다. 가끔 두 사람이 생각날 때도 있다. 이번 10월이 그렇다. 아마도 10월이, 머나먼 이국과 길에 대해서 생각하는 때이기 때문일 것이다. 두 사람은 길을 찾아 머나먼 곳으로 떠났다. 나는 벨 슈퍼마켓 앞에 앉아 호머 버클랜드를 생각하고, 호머가 오른손에 38리터짜리 연료통을 들고 차를 향해 다가갈 때 허리를 숙여 문을 열어 준 아름다운 소녀에 대해서도 생각한다. 오필리아는 정말로 열여섯 살도 안 된 여자 애처럼 보였다. 아직 선생님의 꾸중을 들어야 할 나이이지만 정말 끔찍할 정도로 아름다운 소녀처럼 보였다. 하지만 오필리아의 아름다움이 더 이상 사내들을 홀딱 넘어가게 하지는 않을 것이다. 나는 오필리아를 보고도 정신을 잃지 않았다. 비록 내 마음의 일부가 그 여자의 발밑에 무릎을 꿇긴 했지만 말이다.

올림푸스는 사람들의 눈과 영혼을 위해 영예로운 곳으로 남아 있어야 한다. 그곳을 갈망하는 사람도 있고 어쩌면 그곳으로 가는 길을 찾은 사람도 있을 것이다. 하지만 나는 캐슬록을 내 손바닥처럼 알고 있고, 아무리 올림푸스로 가는 지름길이 있다 해도 이곳을 떠날 생각은 없다. 10월이 되면 호수 위의 하늘은 영예는커녕 싸구려 시장 바닥에 가깝다. 느려 터지기만 한 저 커다란 뭉게구름. 나는 이곳 벤치에 앉아 오필리아 토드와 호머 버클랜드를 생각하고 있다. 물론 그 두 사람이 있는 곳에 가고 싶다는 생각을 하는 것은 아니다……. 하지만 여전히 담배 생각이 간절하다.

조 운 트

"조운트 701호 마지막 안내입니다."

여성의 경쾌한 목소리가 뉴욕 우주 터미널의 블루 콩쿠르에 울려 퍼졌다. 우주 터미널은 지난 300여 년 동안 거의 변하지 않았다. 여전히 엉성하고 음산했다. 아마도 녹음된 여자 목소리가 그나마 나은 것이리라.

목소리는 계속되었다.

"화성 화이트헤드행 조운트호에서 알려드립니다. 탑승권을 소지하신 분들은 블루 콩쿠르의 취침실로 와 주시기 바랍니다. 부디 탑승 서류를 빠짐없이 준비하시기 바랍니다. 감사합니다."

위층의 라운지는 나름대로 괜찮았다. 마루 전체를 굴 색처럼 연한 회색 카펫으로 도배를 했고, 달걀 껍데기처럼 하얀 벽에는 가벼운 추상화들이 걸려 있었으며, 은은하고 부드러운 색들이 천장까지 이어져 그곳에서 소용돌이무늬를 만들어 냈다. 거대한 방에 침상 100개가 열 줄로 늘어서 있었다. 조운트 승무원 다섯 명이 돌아다니며, 여성 특유의 부드러운 목소리로 우유를 접대했다. 입구에는 양쪽으로 무장 경비원이 서 있고 조운트 승무원이 늦게 도착한 탑승객의 서류를 점검하고 있었다. 지각생은 지쳐 보이는 사업가였는데 겨드랑이에 《뉴욕 월드 타임스》 한 권을 끼고 있었다. 입구에서 정반대쪽 끝까지는 2미터 넓이에 4미터 정도의 길이의 경사면이었다. 경사는 아이들 썰매장처럼 보였으며 그 끝에 문이 없는 통로가 하나 있었다.

오츠 가족은 취침실 가장자리에 있는 침상 네 개에 나란히 누웠다. 마크 오츠와 아내 마릴리즈 양쪽에 두 아이가 자리를 잡았다.

"아빠, 이제 조운트에 대해 말해 주세요. 약속했잖아요."

리키가 말했다.

"그래요, 아빠. 약속했잖아요."

퍼트리샤도 졸랐는데, 무슨 이유인지 계속 키득거리며 웃었다.

황소처럼 건장한 체구의 사업가가 오츠 가족을 훑어보고는, 다시 천장을 향해 반듯이 누워 서류를 점검하기 시작했다. 나란히 놓여 있는 구두가 파리가 미끄러질 정도로 반질거렸다. 사방에서 낮은 대화 소리가 들렸고 뒤늦게 조운트 침상에 눕는 소리도 들려왔다.

마크는 마릴리즈를 돌아보며 윙크를 했다. 마릴리즈는 맞받아 윙크를 했지만 사실 퍼트리샤만큼 긴장하고 있었다. 마크는 당연하다고 생각했다. 첫째, 세 사람 모두 조운트는 처음이다. 마크와 마릴리즈는 지난 6개월 동안 온 가족이 이주했을 때의 장점과 단점들을 점검했다. 마크가 텍사코 생수 회사에서 화이트헤드로 전

출을 가라는 통지를 받았기 때문이다. 결국 오츠 가족은 2년 동안 마크와 함께 화성에서 살기로 결정을 내렸다. 마크는 마릴리즈의 창백한 얼굴을 보며, 아내가 그 결정을 후회하고 있을지도 모른다는 생각을 했다.

시계를 보니 조운트 시간까지 아직 30분이나 남았다. 이야기를 들려주기엔 충분한 시간이었다……. 어쩌면 아이들의 긴장감을 덜어 줄 수도 있을 것이다. 그리고 어쩌면 마릴리즈를 어느 정도 달래 줄 수도 있지 않을까?

"좋아."

마크가 말했다.

리키와 퍼트리샤가 심각한 표정으로 아빠를 바라보았다. 아들은 열두 살이고 딸은 아홉 살이었다. 지구로 돌아올 때쯤이면 아들은 사춘기의 늪에서 허우적거릴 터이고 딸아이도 봉긋 가슴이 나오기 시작할 것이다. 하지만 실감은 나지 않았다. 아이들은 그곳에 와 있는 기술자와 석유회사 직원 100여 명의 개구쟁이 자식들과 함께 화이트헤드 연합학교에 다니게 될 것이다. 아들은 몇 달 되지 않아 포보스(화성의 제1위성—옮긴이)로 지리 답사를 가게 될 수도 있다. 실감하기는 여전히 어려웠지만…… 사실이다.

마크는 속으로 비꼬듯이 중얼댔다.

'누가 알겠어? 그 이야기가 이놈의 조운트 파견에 대한 부담을 덜어 줄지…….'

마크가 이야기하기 시작했다.

"내가 알기로는…… 조운트는 320여 년 전에, 그러니까 1987년 무렵에 빅토르 카루네라는 친구가 발명한 거야. 정부 지원을 받아

개인적으로 연구를 진행했는데…… 물론 결국엔 정부가 넘겨 받았지. 정부나 석유 회사가 사업을 주도하게 된 거란다. 우리가 정확한 날짜를 모르는 이유는 카루네라는 사람이 워낙에 특이해서……."

"미친 사람이었다는 말인가요, 아빠?"

리키가 물었다.

"특이하다는 건 약간 미쳤다는 말도 된단다."

마릴리즈가 대답해 주었다.

마릴리즈는 마크에게 웃어 보여 주었는데, 어느 정도 긴장이 풀어진 듯해서 마크는 다행이라고 생각했다.

마크가 계속해서 말을 이었다.

"아무튼, 그 사람은 꽤 오랫동안 자신이 무슨 일을 하고 있는지 정부에 보고하지 않은 채 연구를 해 오고 있었어. 하지만 자금이 떨어졌는데 정부에서 추가 지원을 하지 않자 보고하게 되었지."

"내 용돈도 추가 지원이 필요해요."

퍼트리샤가 이렇게 말하고는 키득거렸다.

"그래, 생각해 보마, 팻."

마크가 대답하며 딸의 머리카락을 가볍게 헝클어뜨렸다.

방 끝에서 문이 조용히 열리더니 조운트 회사의 밝은 빨간색 점퍼를 입은 승무원 두 명이 카트를 밀며 들어왔다. 카트 위로 고무호스에 부착된 스테인리스 노즐이 보였다. 마크는 카트 가장자리에 가스 두 병이 숨겨져 있다는 사실을 알고 있었다. 가장자리에 걸린 그물 가방에는 휴대용 마스크 100개가 들어 있다. 마크는 계속해서 말을 해 나갔다. 아이들이 자신들 차례가 되기 전에 준비

과정을 의식하게 하고 싶지 않았다. 이야기를 모두 들려줄 시간이 된다면 가족들도 얼마든지 가스 투여를 환영할 것이다.

마크는 대안을 생각하면서 말했다.

"물론 너희들도 조운트가 일종의 텔레포트라는 것을 알고 있을 거야. 가끔 대학에서는 화학이나 물리학 시간에 카루네 과정이라고 부르기도 하지만, 어쨌든 그건 실제로 텔레포트란다. 그리고 이야기를 들어 보면 알겠지만, 카루네 자신은 그걸 조운트라고 불렀어. 카루네는 공상과학 소설을 좋아했지. 알프레드 베스터라는 사람이 쓴 『행성 여행』이라는 이야기가 있단다. 베스터는 그 이야기에서 텔레포트 현상에 '조운테'라는 이름을 붙였어. 그는 목적지에 정신을 집중함으로써 '조운트'가 가능하다고 주장했지만 사실 그럴 수는 없단다."

승무원들이 강철 노즐에 마스크를 부착한 다음 방 끝에 있는 중년 여자에게 건네고 있었다. 여자는 마스크를 받아 숨을 크게 들이쉬었고 순식간에 잠에 빠져들었다. 스커트 자락이 약간 말려 올라가며, 정맥 핏줄이 마구 얽혀 있는 허벅지가 살짝 드러났다. 한 승무원이 기계를 조절하는 동안, 다른 승무원이 사용한 마스크를 회수하고 새 마스크를 끼우는 식으로 일이 진행되었다. 마크는 이 절차를 보고 모텔 방의 플라스틱 컵을 떠올렸다.

마크는 퍼트리샤가 냉정하기를 빌고 또 빌었다. 고무 마스크가 얼굴을 덮으면 아이들은 비명을 지르기도 했다. 아이들로서는 당연한 반응이지만 그렇다고 보기 편한 장면도 아니었다. 마크는 딸아이가 그러지 않기를 바랐다. 반면 리키는 다소 안심이 되었다.

"조운트가 구현된 순간이야말로 극적이었다고 말할 수 있을 게다."

마크가 다시 말을 이었다. 마크는 리키를 보며 말을 했지만 딸의 손을 잡고 있었다. 딸의 손은 차가웠고 살짝 땀도 배어있었다.

"세계는 기름이 고갈되고 있었고 남아 있는 기름은 중동 사막 사람들 것뿐이었어. 당연히 그들은 석유를 정치적 무기로 사용했고 석유 수출국 기구(OPEC)라는 석유 카르텔을 구성했단다."

"카르텔이 뭐예요, 아빠?"

퍼트리샤가 물었다.

"흠, 독점 같은 거란다."

마크의 대답이었다.

"클럽이라고 해도 될 거야. 그러니까 기름을 많이 가지고 있어야만 가입할 수 있는 클럽 말이다."

마릴리즈가 덧붙여 주었다.

"아."

"아무튼 당시의 혼란을 모두 얘기해 줄 시간은 없을 것 같구나. 학교에서 배우겠지만 정말 아비규환이었지. 이렇게 생각하면 될 거야. 만일 일주일에 이틀을 차를 써야 하는데, 기름 값이 1갤런에 15달러라고 생각해 봐."

마크가 말했다.

"맙소사. 1갤런에 4센트 아니에요?"

리키가 말했다.

마크가 미소 지었다.

"리키, 그래서 지금 우리가 그곳으로 가는 거야. 화성만 해도 1000년은 쓸 수 있는 석유가 매장되어 있고 목성에도 2만 년 정도의 매장량은 되거든. 하지만 중요한 것은 기름이 아니야. 이제 우리한테 필요한 건……."

"물이에요!"

퍼트리샤가 외쳤다.

사업가가 서류에서 눈을 떼고는 잠시 퍼트리샤를 보며 미소지었다.

"그래, 맞았어. 1960년에서 2030년까지 지구상의 거의 모든 물이 오염되어 버렸지. 화성의 빙산에서 최초로 물을 이송한 사건을 뭐라고 부르는지는 알지?"

"스트로 작전!"

리키였다.

"그래, 2045년쯤이었지. 하지만 그보다 오래 전에 조운트는 지구에서 깨끗한 수원을 찾아내는 데 쓰이고 있었어. 그리고 이제 물은 화성에서 가장 중요한 수출품이 된 거란다……. 기름은 부차적인 것이고. 하지만 당시만 해도 기름이 중요했어."

아이들이 고개를 끄덕였다.

"중요한 것은 그 자원들이 항상 그곳에 있다는 사실이야. 우린 가져오기만 하면 되는 거지. 물론 조운트의 덕이란다. 카루네가 연구를 진행하고 있을 때 세계는 어둠 속으로 빠져들고 있었어. 겨울만 되면 에너지가 부족해서 미국에서만도 수만 명의 사람들이 얼어 죽었단다."

"어머나."

퍼트리샤의 반응은 지극히 형식적인 것이었다.

마크가 오른쪽을 돌아보니 승무원들이 겁먹은 남자를 설득하는 중이었다.

마침내 남자는 마스크를 받아들였고 몇 초 안되어 침상에 죽은 듯이 쓰러졌다.

마크는 생각했다.

'처음이로군. 초보자는 언제나 티가 나.'

"카루네는 연필 한 자루로 실험을 시작했어. 그러다가 열쇠 몇 개, 팔목시계, 그 다음엔 쥐 몇 마리로 하게 됐지. 그리고 쥐로 실험을 하다가 문제가 있다는 사실을 알게 됐어."

빅토르 카루네는 날아갈 것 같은 기분으로 연구실로 돌아왔다. 모르스, 알렉산더 그레이엄 벨, 에디슨의 심정을 알 것 같았다……. 하지만 이건 그들 모두를 합친 것보다 더 위대한 발견이었다. 카루네는 뉴펠츠의 애완동물 가게에서 마지막 20달러를 털어 쥐 아홉 마리를 샀다. 어찌나 정신이 없던지, 돌아오는 길에는 두 번씩이나 트럭을 처박을 뻔했다. 이제 남은 것이라고는 오른쪽 앞주머니에 있는 93센트와 은행에 있는 18달러가 고작이었다……. 하지만 그런 건 아무래도 좋았다. 어차피 달라질 것도 없었다.

실험실은 26번 국도에서 더러운 진창길로 1.5킬로미터 정도 떨어진 곳에 있는 헛간을 개조한 것이다. 카루네는 이 진창길로 들어서다가 두 번째로 브라트 픽업트럭을 부술 뻔했다. 기름 탱크는 거의 바닥이 났고 앞으로 열흘에서 2주 동안은 그렇게 지내야 할 것이다. 하지만 카루네는 그 문제 역시 안중에 없었다. 마음이 온통 뒤죽박죽이었다.

전혀 예상치 못한 일이 일어났다. 전혀.

정부가 연간 2만 달러라는 푼돈이나마 카루네에게 지원했던 이유는 미립자 전송 분야에 항존하는 실낱 같은 가능성 때문이었다. 하지만 이런 식으로…… 갑자기…… 나타나다니. 게다가 그건 컬러텔레비전을 켜는 것보다 더 적은 전력이 들었다……. 오, 신이시여!

카루네는 진흙투성이 앞마당에 미끄러지듯 트럭을 세우고는 옆 좌석에 놓인 상자를 집어 들었다.(상자 위에는 개, 고양이, 햄스터, 금붕어 그림과 "우리는 동물의 집에 살아요."라는 광고 글이 씌어 있었다.) 카루네는 커다란 여닫이문을 향해 달려갔다. 상자 안에서 실험 재료들의 끙끙거리는 소리와 바스락거리는 소리가 들렸다.

카루네는 커다란 문을 열어 보려 했지만 꿈쩍도 하지 않았다. 문득 자물쇠로 채워 두었던 기억이 떠올랐다.

"제기럴!"

카루네는 큰소리로 욕설을 내뱉고, 열쇠를 찾았다. 정부는 문을 항상 잠그도록 요구했다. 돈을 내고 있음을 증명하기 위해 정부는 뭐든 조건으로 내걸어야 했다. 하지만 카루네는 문을 잠그는 것을 깜빡하곤 했다. 카루네는 열쇠 꾸러미를 꺼내 잠시 바라보았다. 혼란스러웠다. 카루네는 엄지손가락으로 트럭의 시동키 홈을 만지작거렸다. 자신이 무슨 짓을 하는지조차 판단이 서지 않았다. 이런, 젠장! 카루네는 불현듯 꾸러미에서 예일 열쇠를 찾아 헛간 문을 열었다.

최초의 전화가 우연의 산물인 것처럼(벨은 기겁을 해서 소리쳤었다. "왓슨, 이리 와 보게!") 최초의 텔레포트 역시 우연히 이루어졌다. 빅토르 카루네는 50미터 정도 되는 헛간을 가로질러 왼쪽 손 손가락 두 개를 전송시켜 버렸다.

카루네는 헛간 양 끝에 포털 두 개를 만들었다. 그리고 자신이 서 있는 포털에는 전파상에 가면 5달러도 안 되는 가격에 얼마든지 구할 수 있는 간단한 이온 발사기를 설치해 두었다. 다른 쪽 포털 뒤에는 안개 상자(고속 원자나 원자적 미립자가 지나간 자취를 보는 장치—옮긴이)를 설치했다. 포털은 모두 사각형이고 크기는 문고본만 했다. 그 사이로 납으로 만들어졌다는 것을 빼면 불투명한 샤워 커튼처럼 보이는 물건을 설치했다. 기본 개념은 제1포털을 통해 이온을 쏜 다음 제2포털 뒤로 가서 발사된 이온들이 안개 상자 속을 어떤 식으로 관통하는지 지켜보는 것이었다. 납으로 된 막은 이온이 실제로 전도되고 있음을 증명하기 위한 장치였다. 지난 2년 동안 이 과정이 먹혀 들어간 건 단지 두 번뿐이었다. 하지만 카루네로서는 도무지 그 이유를 이해할 수 없었다.

그날도 이온 발사기를 장착하고 있었는데, 그만 손가락 두 개가 포털 속으로 미끄러져 들어갔다. 평소라면 아무 문제가 없었겠지만, 그날은 엉덩이가 포털 왼쪽의 제어판 스위치를 건드린 것이 문제였다. 카루네는 무슨 일이 일어났는지 의식조차 못 했다. 기계에서 희미한 작동음이 들린 정도였다. 그리고 손가락이 따갑다고 생각했다.

"그건 감전하고는 완전히 달랐다."

정부가 입을 막기 전에 카루네는 이 주제에 관한 자신의 유일한 논문에 이렇게 적었다. 그 논문은 《알기 쉬운 과학》에 수록되었고 누구나 볼 수 있게 되었다. 카루네는 750달러에 원고를 넘겨 버렸는데 그건 조운트를 끝까지 개인적인 프로젝트로 지키기 위한 안간힘 같은 것이었다.

"예를 들어 껍질이 벗겨진 전기코드를 잡았을 때의 짜릿함 같은 것은 없었다. 오히려 열심히 돌아가고 있는 작은 기계 몸체에 손을 올려놓았을 때의 느낌에 가까웠다. 빠르고 가벼운 진동에 간지럽다고 느낄 정도의 감각이 전부였다.

포털을 내려다보았을 때 검지가 가운데 관절에서 사선으로 잘려나가고 중지가 바로 위에서 잘려나간 것이 보였다. 그리고 약지의 손톱 부분도 보이지 않았다."

카루네는 비명을 지르며 반사적으로 손을 빼냈다. 당연히 피가 쏟아져 나올 것이라고 생각했고 순간적으로 엄청난 양의 피를 보았다는 환각에 빠지기도 했다. 카루네는 팔꿈치로 이온발사기를 건드렸고 발사기는 탁자 밑으로 떨어졌다.

카루네는 멍하니 서서 손가락을 입에 물어 보았다. 손가락이 보이지 않는다는 사실은 믿기 어려웠다. 그동안 너무 무리해서 일했다는 생각이 들었다. 그리고 동시에 마지막 수정 과정이 어쩌면…… 어쩌면 새로운 결과를 낳았을지도 모른다는 생각도 들었다.

카루네는 손가락을 다시 집어넣지 않았다. 사실 카루네는 그후로 단 한 번 더 조운트를 했을 뿐이었다.

처음에 카루네는 아무것도 하지 않았다. 헛간 주변을 오랫동안, 목적 없이 어슬렁거리만 했다. 그리고 머리카락을 헤집으며 뉴저지에 있는 카슨과 샬롯에 있는 버핑턴을 부를까 말까 고민했다. 카슨은 수신자 부담 장거리 전화를 받지 않을 것이다. 쫀쫀한 인간 같으니. 버핑턴이라면 받을지도 모른다. 그때 어떤 생각이 떠올라 카루네는 제2포털 쪽으로 달려갔다. 만일 손가락이 전송되었다면 그 흔적이 남아 있을지도 모르지 않는가?

없었다. 제2포털은 차곡차곡 쌓아 둔 세 개의 오렌지 상자 위에 있었다. 여전히 날이 없는 장난감 기요틴 같은 모습이었다. 스테인리스 프레임이 있는 쪽에 플러그인 잭이 있고, 그곳에서 전선이 나와 전송 터미널과 이어졌다. 전송 터미널이래 봐야, 기껏 컴퓨터 케이블에 연결된 미립자 전송기에 지나지 않았다.

문득 어떤 생각이 떠올랐다. 시계를 보니 11시 15분이었다. 정부가 제공하는 것은 쥐꼬리만 한 자금과 컴퓨터를 사용할 수 있는 시간뿐이었다. 물론 말할 수 없이 소중한 것이다. 카루네는 오늘 오후 3시까지 컴퓨터를 사용할 수 있었고, 그러고 나면 월요일까지 쓸 수 없었다. 서둘러야 했다. 무엇이든 해야만 했다.

카루네는 《알기 쉬운 과학》에서 이렇게 쓰고 있다.

"나는 다시 오렌지 상자 더미를 보았다. 그리고 다시 내 손가락 붕대를 보았다. 분명한 증거가 있었다. 하지만 나 말고 누가 그 증거를 믿으려 하겠는가? 물론 가장 먼저 믿게 해야 할 사람은 바로 나 자신이겠지만 말이다."

"아빠, 그게 무슨 뜻이에요?"

리키가 물었다.

"예! 무슨 뜻이에요?"

퍼트리샤도 거들었다.

마크는 씩 하고 웃었다. 이제 모두가 걸려든 것이다. 심지어 마릴리즈까지도 말이다. 가족들은 여기가 어디인지조차 거의 잊고 있었다. 마크는 곁눈질로 조운트 승무원들이 잡담을 나누며 승객들을 재우는 것을 보았다. 군인들과 달리 민간인들을 다룰 때에는 승무원들도 서두르지 않았다. 민간인들은 초조해했고 초조함을 잡담으로 극복하려 한다. 노즐과 고무 마스크는 병원의 수술실을 연상시켰다. 스테인리스 가스통을 밀고 다니는 마취 담당 의사 뒤에 수술 칼을 양손에 든 외과의가 숨어 있는 곳 말이다. 가끔 공포와 히스테리가 보이기도 했다. 의식을 잃는 사람들도 몇몇 있었다. 마크는 아이들에게 이야기하는 도중에도 두 사람이 갑자기 침상에서 일어나더니 아무 표정 없이 입구 쪽으로 걸어가는 것을 보았다. 그 사람들은 양복 깃에 붙은 신분 표찰을 떼어 내 반납하고 아무 말도 없이 나가 버렸다. 조운트 승무원들은 떠나는 승객들과 어떠한 논쟁도 하지 않도록 철저히 교육을 받았다. 어차피 무턱대고 기다리는 대기자들도 40~50명은 되는 터였다. 떠날 용기가 없는 사람들 대신에 그만큼의 대기자들이 표찰을 달고 들어오면 그만인 것이었다.

마크가 아이들에게 말했다.

"카루네는 결국 상자 모퉁이에서 손가락 토막 두 개를 찾아 따로 보관해 놓았지. 지금 하나는 사라졌지만, 하나는 워싱턴 스미소니언 박물관 별관에 보관되어 있단다. 최초의 우주비행사가 위성에서 가져온 운석 알지? 그 옆에 밀봉된 유리 상자 안에 있는 게 바로 그 손가락이야."

"지구 위성 말이에요? 아니면 화성의 위성이요, 아빠?"

리키가 물었다.

"지구 위성이야. 유인 우주선이 화성에 착륙한 건 단 한 번뿐이었어, 리키. 2030년쯤 프랑스 탐사단이었을 거야. 아무튼 오렌지 상자에서 나온 손가락 토막이 스미소니언 박물관에 안치된 이유는 충분한 셈이지. 다른 공간으로 텔레포트된, 그러니까 조운트된 최초의 사물이었으니까 말이다."

마크가 슬쩍 웃으며 말했다.

"그리고 어떻게 되었어요?"

퍼트리샤가 물었다.

"그래, 이야기에 따르면 카루네는……"

카루네는 제1포털로 달려갔다. 심장이 쿵쾅거리고 숨쉬기도 어려웠다. 그는 속으로 중얼거렸다.

'정신 차려야 해. 생각을 해야 한다고. 이렇게 당황하면 아무것도 할 수가 없잖아.'

카루네는 당장 달려가 뭐든지 해야 한다는 충동을 간신히 억눌렀다. 대신에 주머니에서 손톱깎이를 꺼냈고, 손톱다듬기를 펼쳐 손가락 토막들 밑으로 밀어넣었다.

카루네는 토막들을 허쉬 초콜릿바의 하얀 속포장지 위에 떨어뜨렸다. 전송기의 구심성을 확대하는 실험을 하면서 물고 있던 초콜릿바였다.(카루네는 온갖 고생을 거쳐 그 작업에 성공했다.) 토막 하나는 포장지에서 떨어져 소실되었고, 나머지 하나가 스미소니언 박물관 유리 상자에 수감된 후, 두터운 벨벳 띠로 사람들의 접근도 막고 컴퓨터로 모니터되는 감시카메라로 24시간 철저히 감시되고 있다.

토막 채취가 끝나자 마음이 좀 더 안정되었다. 카루네는 연필을 선택했다. 무엇이면 어떠랴? 카루네는 머리 위 선반에 놓인 회람판에서 연필 하나를 꺼내 조심스럽게 제1포털로 가져갔다. 연필은 조금씩, 조금씩 부드럽게 사라졌다. 마치 일류 마법사의 마술이나 환각을 보는 듯했다. 연필 한 면 노란 페인트 위에 '에버하르트 파버 2호'라는 검은 활자가 찍혀 있었다. 카루네는 '에버하' 라는 글자까지만 남겨 둔 채 연필을 밀어 넣고는 제1포털의 반대쪽으로 돌아갔다.

카루네는 연필의 잘린 단면을 보았다. 마치 잘 드는 칼로 산뜻하게 잘라 놓은 것 같았다. 카루네는 나머지 부분이 있어야 할 곳을 손가락으로 만져 보았다. 물론 아무것도 만져지지 않았다. 그러고 나서 카루네는 헛간 맞은편에 있는 제2포털로 달려갔다. 그곳 상자 위에 사라진 나머지 부분이 있었다. 서까래 위에서 잠자던 제비들이 놀라 날아갈 정도로 심장이 쿵쾅쿵쾅 뛰었다.

"성공이야!"

카루네는 이렇게 외치고 다시 제1포털로 달려갔다. 그는 두 팔을 마구 휘둘렀는데 손에는 잘려나간 연필이 들려 있었다.

"성공이야! 성공이라고! 카슨, 이 개자식아, 내 말 들려? 내가 해냈단 말이야!"

"마크, 애들 앞에서 말 좀 조심해요."

마릴리즈가 마크를 나무랐다.

마크가 어깨를 으쓱거렸다.

"그 사람, 분명 그렇게 말했을 거란 말이야."

"아무리 그래도 말 좀 순화해서 쓰면 어디가 덧나요?"
"아빠? 그 연필도 박물관에 있는 거예요?"
퍼트리샤가 물었다.
"그럼, 파리 있는데 파리 똥 없겠냐?"
마크는 이렇게 말하고는 손바닥으로 입을 찰싹 때렸다. 아이들이 못 참겠다는 듯 키득거렸다. 퍼트리샤의 목소리에서도 긴장감이 완연히 줄어들어 마크는 기뻤다. 잠시 후 짐짓 화난 표정을 지었던 마릴리즈도 키득거렸다.

다음에는 열쇠 꾸러미였다. 카루네는 포털 안으로 꾸러미를 던져 넣었다. 카루네는 이제 다시 항적에 대해 생각하기 시작했고 우선 사물이 있는 그대로 전송되는 것인지, 아니면 전송 과정에서 어떤 식으로든 변화가 있는지를 파악해야 했다.

카루네는 열쇠꾸러미가 사라지는 것을 보았다. 동시에 헛간 저편의 상자 위에서 짤랑 하는 소리가 들렸다. 카루네는 달려갔다. 아니, 이번에는 그렇게 서둘지는 않았다. 가는 도중에 납으로 된 샤워 커튼을 원래 자리로 밀어 넣기도 했다. 이제 커튼도 이온 발사기도 필요가 없었다. 이온 발사기는 어차피 수리할 수 없을 만큼 망가진 상태였다.

카루네는 열쇠 꾸러미를 집어 들고는 정부가 반드시 잠그고 다니라고 명령한 자물쇠 쪽으로 갔다. 그리고 예일 열쇠를 넣어 돌려 보았다. 문이 열렸다. 집 열쇠도 써 보았는데, 그것도 마찬가지였다. 카루네는 열쇠 하나 하나를 모두 실험했다. 캐비닛도 모두 열렸고 브라트 픽업트럭도 시동이 걸렸다.

카루네는 열쇠 꾸러미를 주머니에 넣고 시계를 꺼냈다. 디지털 화면 밑에 계산기가 내장되어 있고, 버튼으로 스물네 개로 덧셈, 뺄셈에서 제곱근까지 모든 계산을 할 수 있는 고급 세이코 정밀 시계였다. 카루네는 제1포털 앞에 시계를 내려놓고 연필로 밀어 넣었다.

카루네는 다른 포털로 달려가 시계를 집어 들었다. 포털 안으로 사라질 때 11:31:07이었던 시간이 11:31:49로 바뀌어 있었다. 아주 좋군. 곧바로 돈이 되겠어. 그러려면 반대쪽에서 시간이 지체되지 않는다는 사실을 확인할 보조가 있어야만 했다. 사실 곧 정부에서 보조 요원들을 한 트럭은 쏟아 부을 테니, 걱정할 필요는 없었다.

카루네는 계산기를 작동해 보았다.

2 더하기 2는 여전히 4였다. 8 나누기 4는 2였고, 11의 제곱근은 3.3166247…… 등등등.

이제 쥐 실험을 할 때가 된 것이다.

"아빠, 쥐한테 무슨 일이 일어났어요?"

리키가 물었다.

마크는 잠시 머뭇거렸다. 이제부터가 조심해야 할 부분이다. 까딱 잘못하면 첫 번째 조운트부터 아이들을(아내는 물론이고) 공포의 순간으로 내몰 수 있기 때문이다. 중요한 것은 이제 모든 문제가 해결되었다는 인식을 갖게 해 주는 것이다. 만사가 무사하다는 인식 말이다.

"아까 말한 대로 약간의 문제가 있었어……."

약간? 공포, 광기, 그리고 죽음. 애들아, 그런 것도 사소한 문제가 될 수 있을까?

카루네는 "우리는 동물의 집에 살아요"라는 글이 새겨진 상자를 선반에 올려놓고 시계를 보았다. 맙소사, 카루네는 시계를 거꾸로 차고 있었다. 시계를 돌려 보니 1시 45분이었다. 그러니까 컴퓨터를 쓸 수 있는 시간이 한 시간 십오 분 남은 것이다.

'젠장, 재미 좀 볼라치면 시간은 왜 이렇게 빨리 가는 건지.'

카루네는 이렇게 생각하며 신경질적으로 키득거렸다.

카루네는 상자를 열고, 끽끽거리는 흰쥐의 꼬리를 들어 제1포털 앞에 내려놓았다.

"꼬마야, 어서 가렴."

하지만 생쥐는 오렌지 상자 아래로 뛰어 내려가 도망가 버렸다. 카루네는 욕설을 퍼부으며 놈의 뒤를 쫓았다. 겨우 손에 닿는가 싶었는데, 놈은 벽 틈으로 쏙 하고 들어가 버렸다.

"제기랄!"

카루네는 저주를 퍼부으며 다시 상자 쪽으로 달려왔다. 도착했을 때에는 두 마리가 막 달아나려던 참이었다. 카루네는 두 번째 쥐의 몸통을 잡은 다음(카루네는 본질적으로 물리학자였다. 따라서 흰쥐를 다루는 일이 익숙할 리가 없었다.) 상자의 뚜껑을 다시 닫아 버렸다.

이번 놈은 그럭저럭 다룰 만했다. 놈은 카루네의 손바닥에 찰싹 달라붙었지만 도리가 없었다. 생쥐는 작은 앞발부터 곧장 포털 속으로 들어갔고 동시에 헛간 끝 상자에 떨어지는 소리가 들렸다. 카루네는 첫 번째 쥐한테 속은 생각을 하며 쏜살같이 달려갔다.

하지만 그럴 필요도 없었다. 흰쥐는 상자 위에 잔뜩 웅크리고 있었는데, 눈에는 초점이 없었고 양쪽 옆구리의 호흡도 너무나 미약했다. 카루네는 속도를 늦추며 조심스럽게 다가갔다. 쥐를 다루는 일이 익숙하지는 않았지만, 그렇다고 무언가가 크게 잘못되었음을 알아보는 데 40년 경력의 전문가일 필요는 없었다. ("포털을 통과하면서 쥐는 별로 상태가 좋지 않았어." 마크 오츠는 아이들에게 활짝 웃으며 이렇게 말했는데, 그 웃음이 거짓임을 알아차린 것은 아내뿐이었다.)

카루네는 쥐를 건드려 보았다. 짚더미나 톱밥 같은 마치 생명력이 없는 물건을 만지는 기분이었다. 옆구리는 팔딱거리고 있었지만 말이다. 쥐는 카루네를 쳐다보지도 않고 그저 앞만 바라보았다. 집어넣은 것은 활기찬 작은 생물이었지만, 나온 것은 쥐를 닮은 살아 있는 밀랍 인형 같았다.

카루네는 흰쥐의 분홍 눈 앞에서 손가락을 튕겨 보았다. 쥐는 눈을 깜박였고…… 그대로 죽은 듯이 쓰러져 버렸다.

"그래서 카루네는 다른 쥐로 시험하기로 했지."
마크가 말했다.
"첫 번째 쥐는 어떻게 되었는데요?"
리키가 물었다.
마크가 다시 환하게 웃었다.
"명예훈장을 받고 은퇴를 했을 거야."

카루네는 종이 가방을 찾아 그 생쥐를 집어 넣었다. 저녁 때 수

의사 모스코니에게 보일 생각이었다.

모스코니는 쥐를 해부해 내장이 재배열되었는지를 말해 줄 것이다. 정부가 이 사실을 알게 된다면 당장 일급비밀로 분류하고 이 프로젝트에 민간인을 끌어들이는 것을 반대할 것이다. 몸에 좋은 약은 입에 쓰다. 약을 싫어하는 애들한테도 먹히지 않을 헛소리지만 말이다. 카루네는 워싱턴의 위대한 백악관 주인나리께는 최대한 늦게 알릴 생각이었다. 대통령이 하사할 금일봉이 아쉽기는 하지만, 어떻게든 꾸려나갈 수 있다. 몸에 좋은 약은 쓴 법이니까.

문득 모스코니가 뉴팰츠의 반대쪽에 살고 있다는 생각이 떠올랐다. 너무 먼 거리였다. 돌아오기는커녕…… 채 반도 가기 전에 트럭의 기름이 바닥나고 말 것이다.

2시 3분. 이제 컴퓨터 사용 시간은 한 시간도 남지 않았다. 빌어먹을 해부에 대해서는 나중에 생각해야 했다.

카루네는 제1포털로 이어지는 이동식 투여 장치를 만들었다. (마크가 아이들에게 최초의 조운트 슬라이드였다고 설명했더니 퍼트리샤는 생쥐용 조운트 슬라이드라는 생각에 무척 재미있어 했다.) 그리고 생쥐 한 마리를 그 안에 밀어 넣었다. 카루네가 입구를 커다란 책으로 막아 버렸기 때문에, 생쥐는 잠시 갈 길을 잃고 쫑긋거리다가 결국 포털 속으로 사라졌다.

카루네는 제2포털로 뛰었다.

생쥐는 도착했을 때 이미 죽은 상태였다.

피는 보이지 않았고 몸이 부풀어오르지 않은 것으로 보아 압력의 급격한 변화로 내부 장기가 파열한 것 같지도 않았다. 카루네는 산소 결핍일지도 모른다는 생각을 했다가 거세게 고개를 흔들었다. 흰쥐가 이동하는 데에는 불과 1나노초도 걸리지 않았다. 손목시계의 초침은 거의 움직이지도 않았다.

두 번째 흰 쥐 역시 종이 가방에 던져졌다. 카루네는 세 번째 쥐를 꺼냈다.(구멍 틈으로 달아난 재수 좋은 쥐까지 포함한다면 네 번째이지만.) 문득 어떤 것이 먼저 끝날지 궁금해졌다. 컴퓨터 사용 시간과 남은 쥐, 둘 중에서 말이다.

카루네는 쥐의 몸을 단단히 쥐고는 포털 속으로 다리 부분만 집어넣었다. 반대쪽에서 쥐의 네 다리가 나타났다……. 다리뿐이었다. 잘려 나간 다리들이 조야한 나무 상자 안에서 미친 듯이 퍼덕거렸다.

카루네는 생쥐를 다시 끄집어냈다. 마비 증세는 보이지 않았다. 쥐가 카루네의 엄지와 검지 사이를 무는 바람에 피가 났다. 카루네는 생쥐를 급히 '우리는 동물의 집에 살아요' 상자 안에다 집어넣고는 연구실의 구급상자에서 과산화수소를 꺼냈다. 물린 데가 감염되지 않도록.

카루네는 상처 위에 일회용 밴드를 붙인 다음 두꺼운 작업용 장갑 한 짝을 찾아냈다. 시간이 쏜살같이 빠져나가고 있었다. 벌써 2시 11분이었다.

카루네는 다른 쥐를 꺼내 엉덩이 부분부터 집어넣었다. 그러고서 제2포털로 달려갔다. 쥐는 거의 2분 정도 살았다. 심지어 그럭저럭 걷기도 했다. 하지만 끝내 그 자리에 주저앉고 말았다. 카루네는 쥐의 머리 가까이에서 손을 퉁겨 보았다. 놈은 서너 번 정도 비틀거리다가 옆으로 무너져 내렸다. 그리고 옆구리의 호흡이 잦아들더니…… 잦아들더니…… 멈춰 버렸다. 죽은 것이다.

카루네는 소름이 끼쳤다.

카루네는 자리로 돌아가 쥐를 꺼내 다시 집어넣었다. 이번엔 머리부터 허리까지만 넣었다. 반대쪽에서 먼저 머리가 나타났고, 그리고 목과 가슴이 보였다. 카루네는 조심스럽게 쥐의 몸통을 잡고 있던 손을 놓았다. 놈이 펄떡거리면 언제라도 잡을 수 있도록 자세를 취했으나 그럴 필요는 없었다. 쥐는 그대로 서 있었다. 반은 헛간의 이쪽에 있었고 반은 반대쪽에 있었다.

카루네는 제2포털을 향해 달려갔다.

생쥐는 살아 있었으나 눈의 초점은 흩어졌고 턱을 움직이지도 않았다. 포털의 뒤쪽으로 돌아간 카루네는 놀라운 광경을 보았다. 예상대로 쥐는 잘려나간 연필과 마찬가지였다. 쥐의 작은 척추가 하얀 원 모양으로 산뜻하게 잘려 나간 것이 보였다. 피가 여전히 혈관을 돌고 있었으며 세포들도 근육의 협곡을 휘감은 생명의 물결에 따라 자연스럽게 움직이고 있었다. 다른 조건을 무시한다면 (그는 「알기 쉬운 과학」 논문에서 다음과 같이 쓰고 있다.) 그건 최고의 해부학 자료가 틀림없었다.

그리고 그 순간 세포의 운동이 멈추더니 쥐는 죽어 버렸다.

카루네는 생쥐의 주둥이를 잡아당겼다. 소름이 끼쳤다. 카루네는 죽은 쥐를 쥐 동료들이 있는 종이 가방 안에 집어 던졌다. 그러면서 흰쥐 사냥은 그만두어야겠다고 생각했다.

'쥐는 죽는다. 쥐들은 공간을 통과하는 동안 죽어 버린다. 머리 방향으로 반을 집어넣으면 죽고, 엉덩이부터 반을 집어넣으면 여전히 살아 움직인다. 도대체 저 안에 무엇이 있기에?'

문득 그런 생각이 들었다.

'감각 때문일까? 그 속을 통과하면서 무엇인가를 보거나 듣거나 만지는 걸까? 어쩌면 무슨 냄새를 맡는지도 몰라. 아무튼 그 무언가가 쥐들을 죽인 걸까? 그렇다면, 그게 뭐지?'

알 수가 없었다. 하지만 알아내야만 했다.

컴링크(COMLINK)가 데이터베이스를 차단할 때까지 아직 사십 분 정도가 남았다. 카루네는 부엌 문 옆에서 온도계를 뜯어 다시 헛간으로 돌아왔다. 그리고 온도계를 포털 속에 넣었다. 섭씨 28도를 가리키던 온도계는 똑같이 28도로 나왔다. 카루네는 골방도 뒤져 보았다. 손자들에게 줄 장난감 몇 개를 갖다 둔 여분의 방이었는데 그곳에서 풍선 한 상자를 찾아냈다. 카루네는 풍선을 불어 끝을 묶은 다음 포털 속으로 던져 넣었다. 풍선은 터지지 않고 그대로 나왔다. 이건 조운트 과정에서 급격한 압력 변화가 있을지도 모른다는 질문에 대답해 주는 새로운 결과였다.

마감 시간을 불과 오 분을 남겨 두고 카루네는 집으로 달려가 금붕어 어항을 낚아챘다.(그 안에서는 퍼시와 패트릭이 놀라 꼬리를 흔들며 달아나려 했다.) 그러고서 헛간으로 달려와 어항을 포털 안으로 밀어넣었다.

카루네는 제2포털로 달려갔다. 어항은 상자 위에 얌전히 놓여 있었다. 패트릭은 배를 뒤집은 채 떠 있었고, 퍼시는 당혹스러운 듯 어항 밑바닥을 헤엄치고 있었다. 하지만 잠시 후에는 퍼시도 배를 뒤집은 채 떠올랐다. 그런데 카루네가 손을 내밀자 퍼시는 꼬리를 파닥거리더니 힘없이 다시 헤엄을 치기 시작했다. 어떤 일이 있었는지는 모르겠으나 충격에서 조금씩 벗어나고 있는 것 같았다. 그날 밤 8시에 카루네가 모스코니의 동물병원에서 돌아왔을 때 퍼시는 전처럼 팔팔해 보였다.

패트릭은 끝내 돌아오지 못했다.

카루네는 퍼시에게 물고기 식량을 배로 주었고 패트릭은 정원에 명예로이 안장됐다.

컴퓨터가 끊어진 후 카루네는 차를 얻어 타고 모스코니에게 가기로 했다. 그리고 그날 오후 4시 15분에 26번 국도 옆에 서 있었다. 청바지에 평범한 스포츠 재킷을 걸쳐 입고, 한 손에 종이 가방을 들고 다른 손으로 엄지를 치켜들고서.

마침내 정어리만 한 쉐베트가 카루네를 태워 주었다.

"아저씨, 가방 안에 있는 게 뭐예요?"

"죽은 쥐새끼들이라네."

결국 카루네는 쫓겨나 다른 차를 기다려야 했다. 다시 농가 트럭이 멈춰 섰고 농부가 물었을 때 카루네는 샌드위치 두 개라고 대답해 버렸다.

모스코니는 즉시 쥐 한 마리를 해부했다. 그리고 다른 쥐들도 나중에 해부하기로 동의하고는 결과가 나오는 대로 전화하겠다고 했다. 첫 번째 결과는 그다지 특별할 것이 없었다. 해부된 쥐는 죽었다는 사실 빼고는 모든 것이 너무나도 건강하고 정상이라고 했다.

실망이군.

"빅토르 카루네가 기인이긴 했지만 바보는 아니었어."

마크가 말했다.

조운트 승무원들이 아주 가까이까지 다가왔기 때문에 좀 더 서둘러야만 했다. 그렇지 않으면 화이트헤드 시의 각성실에서 얘기를 마무리 짓게 될 것이다.

"카루네는 그날 밤 집으로 차를 얻어 타고 왔는데, 사실 전하는 얘기에 따르면 거의 걸어서 돌아왔다고 하더구나. 어쨌든 돌아오는 길에 자신이 에너지 위기의 3분의 1을 한 방에 해결했을지도 모른다는 사실을 깨달았어. 기차, 트럭, 배, 비행기로 실어 날랐던 물건들을 그냥 조운트할 수 있으니까 말이다. 런던이나, 로마, 세네갈에 사는 친구한테 편지를 써서 바로 그날 받아 보게 할 수도 있겠지. 물론 기름 한 방울 쓰지 않고 말이다. 우리한테는 당연한 일처럼 들리지만, 당시 카루네에게는 엄청난 일이었어. 아니, 세상이 경악할 일이었지."

"쥐는 어떻게 됐어요, 아빠?"

리키가 물었다.

"카루네 역시 계속해서 그 생각을 했단다. 만일 사람들이 조운트를 이용할 수 있다면 거의 모든 에너지 문제가 해결될 테니까 말이다. 게다가 인간이 공간을 정복한다는 것은 작은 일이 아니야. 카루네는 「알기 쉬운 과학」 논문에 우주 역시 인간의 것이 될 수 있다고 썼지. 구두를 적시지 않고 개울을 건널 수 있다는 비유적인 표현을 써서 말이야. 개울에 커다란 바위를 던져 놓고 다시 첫 번째 바위에 서서 두 번째 바위를 놓는 거야. 그리고 다시 두 번째 바위에서 세 번째 바위를 놓는 거야. 그런 식으로 반복하면 결국 개울을 건널 징검다리가 완성되는 거야. 그렇게 처음에는 태양계, 그 다음엔 은하수…… 이런 식으로 우주를 정복할 수 있지.

"그래도 이해가 안 되는데요?"

퍼트리샤가 말했다.

"누나 머리에 똥만 들어 있어서 그래."

리키가 비아냥거렸다.

"너, 죽을래? 아빠, 리키가……."

"너희들 조용히 안 할래?"

마릴리즈가 조용히 야단을 쳤다.

마크가 다시 이야기를 시작했다.

"카루네는 실제로 나중에 일어난 일을 꽤 많이 예측했어. 무인 우주선이 처음엔 달, 그 다음엔 화성, 수성, 그리고 목성의 위성에 착륙하도록 프로그램 되었고, 무인 우주선은 착륙 직후 단 하나의 일만 하면 되었지."

"우주인을 위한 조운트 우주 정거장 건설."

리키가 말했다.

마크가 고개를 끄덕였다.

"그래, 지금은 태양계 어디에나 과학기지가 있지. 언젠가 우리까지 모두 세상을 뜨고 나면, 인간이 살 수 있는 또 다른 혹성이 생겨날지도 모른단다. 자체의 태양계를 보유한 항성계 네 개에 이미 조운트 우주선을 보냈으니까 말이다……. 하지만 아직은 먼 미래의 일이야. 거기까지 가는 데만도 시간이 오래 걸리니까."

"쥐들이 어떻게 되었는지 알고 싶어요."

퍼트리샤가 초조한 듯 말했다.

"음, 결국 정부가 개입하게 됐어. 카루네는 최대한 막아 보려 했지만, 정부에서 마침내 냄새를 맡았고 카루네를 꼼짝 못하게 만들었지. 카루네는 10년 후 숨을 거둘 때까지 조운트 프로젝트의 명목상 책임자였지만 실제로 프로젝트에 개입하지는 못했어."

"맙소사, 불쌍해요!"

리키가 말했다.

"하지만 영웅이 되었잖아요. 링컨이나 하트 대통령처럼 역사책마다 나오는걸요."

퍼트리샤였다.

'그래, 그게 위안이 될 수도 있겠지……. 사실이야 어떻든.'

마크는 그렇게 생각하고는 이야기를 계속해 나갔다. 물론 껄끄러운 얘기들은 대충 얼버무렸다.

최악의 에너지 위기로 궁지에 몰린 정부는 말 그대로 얼굴에 철판을 깔고 들어왔다. 정부는 가능한 한 빨리 조운트로 돈을 벌기를 원했다. 1990년대는 극심한 경제 혼란과 거의 무정부 상태에 가까운 기근으로 유명한 때인지라, 정부가 조바심을 내는 건 당연했다. 카루네는 겨우 정부를 달래 조운트 관련 논문들을 가까스로 마무리할 수 있었다. 분석이 끝나자(조운트 장치의 외모는 거의 달라지지 않았다.) 정부는 조운트의 존재를 국제적으로 공언하기에 이르렀다. 사안의 중요성에 비추어(결국, 필요는 발명의 어머니가 아니던가?) 미국 정부는 영 앤드 루비컴 사에 프로젝트를 맡겼다.

그리고 신화화 작업이 시작되었다. 영 앤드 루비컴 사와 협력업체들은, 샤워를 일주일에 두 번밖에 하지 않고 어쩔 수 없을 경우가 아니면 옷도 갈아입지 않는 다소 기이한 초로의 남자인 빅토르 카루네를 토머스 에디슨과 엘리 휘트니, 페코스 빌, 그리고 플래시 고든을 함께 버무려 놓은 인물로 바꾸어 버렸다. 이 모든 위장에서 가장 씁쓸한 부분은 그때쯤 빅토르 카루네는 실제로 죽었거나 아니면 미쳤을 것이라는 사실이다.(마크 오츠는 이 이야기는 쏙 빼놓았다.) 예술은 삶을 반영한다고 한다. 카루네는 어쩌면 대중에게 보이기 위해 이중인격을 만들어야 했던, 로버트 하인라인(『스타십 트루퍼스』 등을 쓴 공상 과학 소설 작가—옮긴이)의 소설 주인공 역할을 해야 했을지도 모른다.

빅토르는 그야말로 뜨거운 감자였다. 정부로서는 어떻게 처리해야 할지 암담한 골칫거리였으리라.

그는 말만 번지레한 느림보에다 1960년대 생태학의 낙오자였다. 당시만 해도 에너지가 풍부해 여유가 낭만일 수 있었다. 반면에 지금은 죽음의 1980년대였다. 석탄 구름이 하늘을 덮고 소위 핵의 '이탈'로 인해, 캘리포니아 해안선에 향후 60년 동안 사람이 살지 못하게 된 때인 것이다.

1991년까지 골칫덩이였던 빅토르 카루네는 조용한 미소를 짓는, 착한 할아버지 같은 그림으로 남게 되었고, 영화에서는 강단에 서서 명강연을 펼치는 학자로 그려졌다. 그의 죽음이 공식적으로 기록되기 3년 전인 1993년, 그는 장미 퍼레이드(매년 1월 1일 파사데나에서 벌어지는 풋볼 축하 행진—옮긴이)의 선도차에 등장하기도 했다.

혼란스럽고도 불길한 사건이었다.

1988년 10월 19일 실제로 작동하는 텔레포트인 조운트를 공식 발표하자 전 세계는 충격에 휩싸였고 세계 경제도 큰 변화를 맞았다. 세계 통화시장에서 쓰레기처럼 취급당하던 구 미화가 천정부지로 치솟았고, 온스당 806달러에 금을 사 두었던 사람들은 금 1파운드가 1200달러도 안 된다는 사실에 게거품을 물어야 했다. 조운트의 발표가 있은 후, 뉴욕과 로스앤젤레스 등지에서 최초의 조운트 정거장이 세워지기까지 주가는 1000포인트를 넘어선 반면에 유가는 배럴당 70센트까지 곤두박질쳤다. 1994년에 미국 70개 주요 도시에 조운트 정거장이 건설되었을 무렵에는, 아예 석유수출국 기구도 사라지고 유가는 완전히 걸레 조각이 되어 버렸다. 1998년에는 대부분의 자유세계 도시들에 정거장이 설치되고, 도쿄와 파리, 파리와 런던, 런던과 뉴욕, 뉴욕과 베를린 등지로 화물이 매일 조운트되기 시작했다. 유가는 배럴당 14달러에 불과했다. 2006년 마침내 사람들이 일상적으로 조운트를 사용하는 것이 가능해지자, 주가는 1987년 수준 대비 5000포인트 정도에서 균형을 이루었다. 유가는 배럴당 6달러에 불과했고 결국 과거의 석유 회사들이 이름을 바꾸기 시작했다. 텍사코는 텍사코 석유/생수 회사가 되었고, 모빌은 모빌 에이치투오로 변신했다.

 2045년, 물의 확보가 유망사업이 되고, 기름은 1906년 이전의 사업 규모로 축소되었다.

 "쥐 얘기는 안 해 줄 거예요, 아빠? 쥐는 어떻게 되었어요?"
 퍼트리샤가 집요하게 물었다.
 마크는 지금쯤은 괜찮겠다고 생각하고 아이들의 관심을 조운트 승무원 쪽으로 유도했다. 승무원들은 불과 세 줄 뒤에서 승객들에게 마스크를 건네주고 있었다. 리키는 그저 고개를 끄덕이고 말았지만, 퍼트리샤는 바짝 깎은 머리에 염색을 한 여자가 마스크로 공기를 마시고 의식을 잃게 되자 불안한 표정을 지었다.

"깨어 있으면 조운트 못 하는 건가요?"

리키가 물었다.

마크는 고개를 끄덕이고는 퍼트리샤가 안심하도록 미소를 지어 보였다.

"카루네는 정부가 개입할 것을 이미 알고 있었단다."

마크가 말했다.

"여보, 정부는 어떻게 알게 된 거죠?"

아내가 물었다.

마크가 미소를 지으며 대답했다.

"컴퓨터 시간 때문이지. 데이터베이스는, 카루네가 얻을 수도, 빌릴 수도, 훔칠 수도 없는 유일한 한계였던 거요. 컴퓨터는 실제로 수십억 개의 특정한 정보를 주고받아요. 당신도 알다시피, 우리 머리를 배 속에 케이블로 연결하지 않아도 되는 것은 여전히 컴퓨터 덕이라오."

아내가 몸을 부르르 떨었다.

"걱정할 필요 없어요. 지금껏 그런 오류는 한 번도 없었으니까."

"처음은 항상 있는 법이라고요."

아내가 중얼거렸다.

마크는 리키를 보며 물었다.

"그가 어떻게 알았겠니? 잠들어야 한다는 사실을 카루네가 어떻게 알았을까?"

"쥐를 엉덩이부터 넣었을 때요. 그때 쥐들은 아무 문제가 없었어요. 적어도 온몸을 밀어 넣기 전까지는요. 쥐에게 문제가 생긴 것은, 머리부터 들어갈 때였어요. 맞아요?"

리키가 천천히 말했다.

"그래."

마크가 대답했다.

조운트 승무원들이 조용히 망각의 카트를 밀며 다가오고 있었다. 아무래도 이야기를 끝낼 여유는 없어 보였지만, 별 상관은 없을 것 같았다.

"물론, 현상을 증명하기 위해 엄청난 실험이 필요했던 것도 아냐. 조운트는 운송회사를 모두 문 닫게 했지만 최소한 과학자들에게 실험의 부담을 덜어 줄 수는 있었단다."

사실, 실험은 또다시 1960년대식으로 지지부진해졌다. 카루네가 쥐에게 약을 투여하고 실행했던 최초의 실험에서 의식 없는 동물들은 이른바 '의식 효과', 보다 공식적으로는 '조운트 효과'라는 부작용에서 자유롭다는 사실을 확신했음에도 불구하고, 실험은 향후 20여 년 동안 계속되었다.

카루네와 모스코니는 생쥐 몇 마리를 마취했다. 그러고는 제1포털에 집어넣고 다른 쪽으로 달려가 쥐들이 다시 깨어나기를, 또는 죽기를 초조하게 기다렸다. 쥐들은 다시 깨어났고 잠깐 동안의 회복 과정을 거쳐 먹고, 성교하고, 놀고, 움직이는 원래의 생활을 계속 이어 나갔다. 부작용은 전혀 없었다. 장기 부작용도 보이지 않았고 생명이 줄어들지도 없었다. 새끼들은 머리가 두 개이거나 털이 푸른색으로 나지도 않았으며 나중에도 부작용은 나타나지 않았다.

"사람들로 조운트를 실험한 건 언제예요, 아빠? 그 얘기도 해 줘요."

리키는 학교에서 배웠을 게 분명한 데도 이렇게 물었다.

"아빠, 쥐들한테 어떤 일이 있었는데요!"

퍼트리샤가 다시 물었다.

조운트 승무원들이 이미 자신들이 있는 줄 가장 앞에 와 있었지만(오츠 가족은 맨 끝 쪽에 있었다.) 마크 오츠는 잠시 고민해야 했다. 딸아이는 지식은 부족했지만, 자신의 마음을 정확히 읽고 문제의 본질에 다가선 것이다. 그래서 마크는 아들의 질문에 대답하기로 했다.

최초의 조운터들은 우주인도 시험 비행사도 아니었다. 그들은 자신들의 심리적 안정 여부에 전혀 관심이 없는, 자원 죄수들이었다. 사실 피험자들이 흐리멍텅할수록 좋다는 것이 당시 책임자들의 생각이었다.(카루네는 책임자가 아니었다. 그는 그저 허수아비 대표에 지나지 않았기 때문이다.) 그 덕분에라도 무사히 나올 수만 있다면 제정신이 아닌 것도 고마워해야 할 일이리라. 최소한 들어갈 때보다 더 나빠질 것도 없는 사람들이 아닌가? 어쩌면 그로 인해서 사업가, 정치가, 아니면 유명한 패션모델이 덕을 볼 수도 있으니 말이다.

자원자 여섯 명은 버몬트 지역으로 옮겨졌다.(그 이후로 이 지역은 미 항공모함 키티호크만큼이나 유명해졌다.) 그리고 가스를 흡입하고 한 명씩 차례로 다른 포털로 텔레포트되었다.

마크는 아이들에게 이 이야기는 해 주었다. 왜냐하면 자원자 여섯 명 모두 무사했기 때문이다. 오, 하느님 감사합니다. 마크는 따로 분류된 일곱 번째 지원자에 대해서는 말하지 않았다. 현실이기도 하고 신화이기도 하며 동시에 현실이자 신화인, 그 사람의 이름은 루디 포기아였다. 포기아는 사라소타 브리지 파티에서(유명한 다리의 건축을 기념하기 위해 정기적으로 열리는 파티—옮긴이) 노인 넷을 살해한 죄목으로, 플로리다 주에서 사형선고를 받은 자였다. 소문에 따르면, 중앙정보국(CIA)과 연방수사국(FBI)의 막강한 연합팀이 포기아에게 최후의 선택권을 제시하였다고 한다. 깨어 있는 상태에서 조운트를 통과하라. 일을 마치면 사면 계약서에 투르굿 주지사와 당신이 서명하게 된다. 그 이후엔 하느님의 말씀을 따르든, 노란 바지에 하얀 구두 차림으로 브리지 게임을 하는 노인네들을 몇 명 더 죽이든 네 마음대로 하라. 죽을 수도 있고 미칠 수도 있다. 너희들 말대로 한다면 복골복이지. 어때, 관심 있어?

포기아는 플로리다야말로 사형을 실거래하는 주임을 알고 있었고, 또 변호사마저 결국 낡은 전기의자에 앉게 될 거라고 말했기 때문에 그 제안을 받아들였다.

2007년 여름, 소위 '위대한 희생의 날'은 왔고 배심원석을 채울 만큼의 과학자들이(그 밖에도 네다섯 명의 과학자들이 대기하고 있었다.) 그 광경을 목격했다. 하지만 포기아 이야기가 사실이라면, 마크 오츠는 사실이라고 믿고 있었다, 그 광경을 누설한 것은 과학자는 아니었을 것이다. 아마도 포기아와 함께 라이포드에서 몬트필리어로 날아와, 다시 무장 트럭을 타고 포기아를 버몬트 지역으로 호송한 경비병 중 하나일 것이다.

"만일 내가 살아서 통과한다면, 그 조운트를 폭파하기 전에 치킨부터 먹을 거야."

포기아는 이렇게 말했다고 한다. 그리고 입구 포털로 들어가 그 즉시 출구 포털에 나타났다.

포기아는 살아서 나왔다. 하지만 루디 포기아는 치킨을 먹을 만한 처지가 못 되었다. 약 3킬로미터 떨어진 곳으로 조운트되는 동안(컴퓨터의 시간으로 0.00000000067초에 불과했다.) 포기아의 머리카락은 새하얗게 바뀌어 있었다. 얼굴은 외면상 차이가 없었다. 주름이 늘어난 것도 아니고, 턱이 주글주글해진 것도 아니고, 쇠약해진 것도 아니었다. 하지만 왠지 상상을 초월할 정도로 늙었다는 생각이 들었다. 포기아는 비틀거리며 포털 밖으로 나왔다. 눈은 초점을 잃은 채 툭 튀어나왔고 두 손은 보기 흉하게 앞으로 내밀고 있었다. 포기아는 침을 흘리기 시작했다. 주위에 몰려들었던 과학자들도 주춤주춤 물러서기 시작했다. 그뿐이었다. 마크는 과학자들 중 누구도 말을 붙여 보지 못했을 거라고 생각했다. 그들은 결국 흰쥐에 대해 알고 있었다. 모르모트와 햄스터도 잘 알고 있었다. 아니, 그들은 편충보다 머리가 좋은 모든 동물들의 습성에 대해 알고 있었던 것이다. 하지만 그 순간은 독일 농부의 정자로 유대인 여인들을 임신하게 하려 했던 독일 과학자가 된 기분이었을 것이다.

"무슨 일이 있었소?"

과학자 한 명이 소리쳤다.(소리쳤다는 것이 정확할 것 같다.) 그리고 그 질문은 포기아가 대답할 수 있었던 유일한 질문이었다.

"그곳에 영원이 있더군."

포기아는 그렇게 대답하고 그대로 죽어 버렸다. 과도한 심장발작이었다. 그곳에 모인 과학자들은 포기아의 시체와(그 시체는 중앙정보부와 연방수사국에서 담당하기로 했다.) 마지막 유언을 영원히 잊을 수가 없었다. 그 안에 있는 것이 영원이라고 말했다.

"아빠, 쥐 얘기는 언제 해 줄 거예요?"
퍼트리샤는 포기하지 않았다.
퍼트리샤에게 빌미를 제공한 사람은 화려한 정장에 경박한 백구두를 신은 남자였다. 남자는 가스가 무서웠는지 승무원들에게 이것저것 괜한 트집을 잡기 시작했다. 물론 승무원들은 미소를 지은 채 어르고 달래며 최대한 친절하게 대했지만 아무튼 그로 인해 지체되고 있었다.
마크는 한숨을 쉬었다.
어차피 처음 이 이야기를 꺼낸 건 자신이었다. 아무리 조운트를 준비하는 동안 아이들의 관심을 돌리기 위해서였다지만 말이다. 이제 조심스럽게 이야기를 마쳐야 할 때가 된 것이다. 아이들이 겁먹거나 긴장하지 않아야 할 텐데.
마크는 아이들에게 C. K. 서머스의 『조운트의 정치학』에 대해 말해 줄 생각은 없다. 그 책의 「비밀스러운 조운트」라는 장에는 조운트에 대한 그럴 듯한 소문들이 잔뜩 기록되어 있다. 루디 포기아가 브리지 파티 살인자이고 결국 치킨을 먹지 못했다는 식의 이야기도 그 안에 있었다. 그 장에는 또 지난 300년 동안 깨어 있는 상태에서 조운트를 시도한, 지원자 서른 명의(또는 그 이상일 수도, 그 이하일 수도 있다. 누가 알겠는가?) 이야기도 수록되어 있다.

그들 대부분은 죽은 상태로 나왔고, 나머지도 완전히 미쳐 버렸다. 조운트 자체에 대한 충격으로 즉사한 이들도 있었다.

서머스의 책에 조운트에 관한 소문과 확인되지 않은 이야기들만 수록된 것은 아니다. 예를 들어, 조운트가 살인 무기로 쓰인 적도 여러 번 있었다. 가장 유명한(그리고 유일하게 기록된) 일화는 불과 30년 전의 사건이었는데, 레스터 미켈슨이라는 조운트 연구원이 딸의 등산용 로프로 자기 아내를 묶어 네바다의 실버 시에 있는 조운트 포털로 밀어 버린 것이다. 하지만 그 전에 미켈슨은 조운트 보드 위의 초기화 버튼을 눌러, 미켈슨 부인이 나올 수 있는 수백, 수천의 포털을 모두 막아 버렸다. 제일 가까운 르노에서부터, 목성의 위성 중 하나인 이오의 실험 정거장까지 모두 말이다. 미켈슨 부인은 지금도 오존층 어디에선가 끝없이 조운트되고 있을 것이다. 미켈슨이 정신을 차리고 그 일로 인해 법정에 섰을 때(법의학적인 의미에서야 그가 제정신일지 몰라도, 사실 레스터 미켈슨은 완전히 미쳤다고 보아야 할 것이다.) 미켈슨의 변호사가 펼친 변론은 아직까지도 논란의 대상이 되고 있다. 변호사는 아무도 미켈슨 부인이 죽었음을 입증할 수 없기 때문에 미켈슨을 살인죄로 기소할 수는 없다고 했다.

미켈슨의 부인은 끔찍한 여자 유령의 전형이 되었다. 육신은 없으되 지각은 있는 여성, 비명을 지르며 영원히 연옥으로 뛰어드는 유령……. 미켈슨은 기소되어 사형선고를 받았다.

서머스는 조운트가 얼뜨기 독재자들이 정적들을 제거하는 데 쓰이기도 했다고 주장했다. 마피아가 CIA와의 연줄을 이용해 중앙 조운트 제어기에 연결되어 있는 자신들만의 불법 조운트를 가지고 있다는 주장도 제기되었다. 불쌍한 니켈슨 부인의 경우와는 달리, 마피아는 이미 죽은 시체를 없애기 위해 초기화 버튼을 사용했다. 그런 점에서 볼 때 조운트는 최고 성능의 지미 호퍼 머신(노조위원장 호퍼는 의문의 실종을 당했다.—옮긴이)이라 할 수 있을 것이다. 깊은 늪이나 채석장 따위는 상대도 되지 않는 최고의 증발 기계인 것이다.

이 모든 것은 조운트에 대한 서머스의 결론과 이론들로 이어진다. 그리고 그 결론은 물론, 쥐에 대한 퍼트리샤의 끈질긴 의혹과 연결된다.

"그래."

마크가 천천히 말했다.

아내가 마크에게 조심하라고 눈짓을 보냈다.

"퍼트리샤, 아직 정확히 아는 사람은 아무도 없단다. 하지만 쥐 실험을 포함해서 동물 실험은 모두, 조운트가 물리적으로는 순간에 일어나는 일이지만 정신적으로는 아주 긴 시간 동안 일어나는 과정이라는 것을 보여 주는 듯했지."

"말도 안 돼요. 세상에 그런 게 어디 있어요?"

퍼트리샤가 뚱한 표정을 지었다.

하지만 리키는 심각한 표정으로 아빠를 보고 있었다. 그리고 입을 열었다.

"그 사람들, 무지 고민했을 거예요. 실험용 동물들이 그랬다면…… 만일 우리 인간도 의식을 잃지 않으면 그렇게 되겠죠?"

"그래. 지금은 다들 그렇게 믿고 있지."

마크가 대답했다.

리키의 눈에 어떤 빛이 스쳐 지나갔다. 두려움이었을까? 흥분이었을까?

"단순한 텔레포트가 아닌 거예요, 그죠? 그건 시간여행 같은 거예요."

'그 안에는 영원이 있다.'

마크는 포기아의 말을 되뇌었다.

"어떤 점에서는 그럴 게다. 하지만 그건 만화책에나 나오는 말이지. 그럴 듯하게 들리지만, 실제로 어떤 것을 뜻할 수는 없단다. 시간이란 의식의 관념을 축으로 생성되는 개념이야. 의식을 미립자로 분해할 수는 없단다. 의식은 언제나 항상적이고 전체적이어야 해. 본질적으로 의식은 시간을 왜곡하지. 우리는 순수 의식이 어떤 식으로 시간을 받아들이는지 알지 못한단다. 시간을 왜곡하는 게 순수 의식에 어떤 의미인지도 아직 모르고 있어. 아니, 순수 정신이 뭔지도 모르고 있지."

마크는 입을 닫았다. 아들의 시선이 부담스러워서였다. 아들은 호기심으로 눈이 반짝였다.

'이 녀석은 이해하는 동시에 이해하지 못하고 있다.'

의식은 우리에게 최고의 친구가 될 수 있다. 읽을거리도 놀거리도 없을 때 우리를 지루하지 않게 해 주는 것도 의식이다. 하지만 지나치게 오랜 동안 자극이 없다면, 의식은 우리를 소비하기 시작한다. 말 그대로 우리를 소비하는 것이다. 그 말은 의식이 스스로 깨어나 스스로를 학대하고 어쩌면 가장 끔찍한 방식으로 자기를 파괴하여 스스로를 소멸하게 할 수도 있다는 것이다. 물리적인 개념으로 볼 때, 육신이 조운트하는 데 필요한 시간은 고작

0.000000000067초에 불과하다. 하지만 분해되지 않는 의식의 관점으로 볼 때도 그러할까? 그건 100년, 1000년, 아니 100만 년이나 10억 년일 수도 있다. 완전한 백지의 세계에서 의식이 버틸 수 있는 한계는 어디까지일까? 10억 년 동안의 침묵이 깨지고 빛이 돌아오고 형체와 육신이 돌아온다. 어떻게 맨 정신으로 버틸 수 있겠는가?

"리키……."

마크가 입을 열었다.

하지만 그때 마침 승무원들이 카트를 밀고 들어왔고 한 승무원이 물었다.

"준비되셨습니까?"

마크가 고개를 끄덕였다.

"아빠, 무서워요. 아프지 않나요?"

퍼트리샤가 작은 목소리로 말했다.

"아니, 아냐. 전혀 아프지 않아."

마크의 목소리는 매우 침착했지만, 심장은 다소 빠르게 뛰고 있었다. 이번이 스물다섯 번째 조운트인데도 늘 그랬다.

"내가 먼저 떠날 테니, 얼마나 쉬운지 봐 두렴."

조운트 승무원들이 흥미롭다는 듯 마크를 바라보았다. 마크는 고개를 끄덕이고는 미소를 지어 보였다. 마스크가 내려왔다. 마크는 두 손으로 마스크를 잡아 어둠의 가스를 들이켰다.

마크가 가장 먼저 인식한 것은, 화이트헤드 시를 둘러싸고 있는 돔 지붕 밖으로 보이는 어둡고 딱딱한 화성의 하늘이었다. 이곳은 밤이었고, 지구에서와 달리 별들이 마치 불타듯 타오르고 있었다.

두 번째로 깨달은 것은 회복실에서 뭔가 소동이 벌어졌다는 것이다. 중얼거리는 소리, 고함 소리, 그리고 날카로운 비명 소리…….

'오 맙소사, 마릴리즈!'

마크는 조운트 침상에서 일어나려 했다. 머리가 아직 빙글빙글 돌았다.

또 다른 비명 소리가 들렸다. 마크는 조운트 승무원들이 자신들의 침상으로 달려가는 것을 보았다. 밝은 빨간색의 점퍼가 승무원들의 무릎 주변에서 펄럭거렸다. 마릴리즈가 한 곳을 손가락으로 가리키며 마크를 향해 비틀비틀 걸어왔다. 그러고서 다시 비명을 지르고는 바닥에 쓰러졌다. 마릴리즈가 힘없이 움켜잡은 빈 조운트 침상 하나가 천천히 복도 아래로 미끄러졌다.

하지만 마크는 아내의 손가락이 가리키는 방향을 쫓고 있었다. 그리고 아들의 두 눈을 보았다. 리키의 두 눈에서 본 것은 공포가 아니었다. 그건 흥분이었다. 미리 예상했어야 했다. 리키를 알고 있지 않은가? 리키는 일곱 살 때 쉐넥터디의 집 뒷마당에 있는 나무 꼭대기에서 뛰어내려 팔을 부러뜨린 적이 있는 아이이고,(팔만 부러진 것은 실로 천운이라 할 수 있었다.) 동네의 어느 아이들보다도 슬라이드보드를 타고 더 빨리 더 먼 곳으로 달리곤 했던 아이이고, 뭐든지 닥치는 대로 뛰어들어야 직성이 풀리는 아이였다. 리키와 두려움은 서로 어울리지 않았다.

지금까지는.

리키 옆자리에 있었던 딸아이는 여전히 편안히 잠들어 있었다.

마크의 아들이었던 그것은 조운트 침상 위에서 고통스럽게 몸을 비틀고 있었다. 방금 전만 해도 열두 살에 불과했던 아이는, 머리가 새하얗게 변해 버렸고 눈빛은 영겁을 살아온 노인의 것이었다. 황달에 걸린 듯 각막까지 노랗게 변해 있었다. 시간보다도 더 늙어 버린 아이가 된 것이다. 아이는 침상 위에서 온몸을 퍼덕거렸고 비비 꼬기도 했다. 눈빛은 불쾌하고 퇴폐적이었으며 입에서는 미친 사람에게서나 나올 법한 키득거리는 웃음소리가 간헐적으로 새어나왔다. 조운트 승무원들이 겁에 질려 뒤로 물러났다. 불의의 사고에 대처할 수 있도록 훈련을 받았음에도 몇몇 승무원들은 달아나기도 했다.

늙은 아이의 다리가 부르르 떨리고 있었다. 그는 앞발로 허공을 마구 휘젓더니 갑자기 자신의 얼굴을 할퀴기 시작했다.

"아빠, 아빠가 생각하는 것보다 더 길어요. 훨씬 더 길어요. 가스를 내밀 때 난 숨을 안 쉬었죠! 보고 싶었거든요! 난 봤어요! 봤다고요! 아빠가 생각하는 것보다 훨씬 길어요!"

괴물은 조운트 침상 위에서 빽빽거리더니 급기야 자기 눈을 파내기 시작했다. 피가 솟구쳤다. 회복실은 이제 비명 소리로 아비규환이 되고 말았다.

"아빠 생각보다 더 길었어요! 난 보았죠! 보고 말았어요! 영원의 조운트, 아빠가 생각하는 것보다 더 영원한 조운트를 말이에요!"

괴물은 또 다른 말을 했다. 그리고 조운트 승무원들이 다가가 신속하게 그의 침상을 옮기기 시작했다. 아들은 끌려가는 와중에도 소리를 지르며 이제 다시는 영원히 볼 수 없게 된 눈을 파냈다.

괴물은 뭔가 다른 말을 하다가 소리를 질러 대기 시작했다. 하지만 마크 오츠는 그 말을 듣지 못했다. 그 자신도 비명을 지르고 있었기 때문이다.

결혼 축하 연주

1927년 우리는 일리노이 주의 모건 남쪽의 어느 무허가 술집에서 재즈를 연주하고 있었다. 시카고에서 120여 킬로미터 떨어진 마을이었는데, 20킬로미터 근방에 큰 도시 하나 없는 완전 벽촌이었다. 들판에서 뜨거운 하루를 보낸 청년들은 너나 할 것 없이 보드카보다 강한 자극을 찾아 오고 미래의 재즈 아가씨들은 옷차림만 카우보이인 남자 친구들과 함께 데이트를 하러 오는 곳이었다. 아무도 알아보는 사람 없는 곳까지 원정을 와 아내가 아닌 다른 여자들과 지터벅을 추는 유부남들도 있었다.(그들은 아예 난 이런 놈이요 하고 광고를 하고 다니기 때문에 쉽게 눈에 띈다.)

재즈가 소음이 아니라 재즈인 시대였다. 우리는 드럼, 코넷, 트럼본, 피아노, 트럼펫으로 이루어진 5인조 밴드였고, 꽤 잘하는 편에 속했다. 아직 우리가 첫 앨범을 내기 3년 전이었고 유성 영화가 나오기 4년 전이었다.

하얀 정장 차림에 프랑스 호른보다 더 비틀린 파이프를 문, 덩치 큰 친구가 들어왔을 때 우리는 「밤부 베이」를 연주하고 있었다. 그때쯤 밴드는 꽤나 호흡이 잘 맞았지만, 어차피 손님들은 문외한에 열심히 술잔이나 기울이는 치들이었다. 아직까지는 분위기도 괜찮았다. 밤새 주먹 싸움도 한 번 없었다. 우리 모두 비 오듯이 땀을 흘리고 있었고, 술집 주인인 토미 잉글랜더는 광을 낸 썰매처럼 부드럽게 호밀 위스키를 나르고 있었다. 잉글랜더는 좋은 주인이었고 우리 음악을 좋아했다. 물론 그런 이유로 잉글랜더는 내 책에서 큰 비중을 차지한다.

하얀 정장 차림의 거한은 바에 앉았고, 나는 곧 그 남자를 잊어버렸다. 우리는 「하가르 아주머니의 블루스」로 모든 연주를 끝냈다. 당시의 산간벽지에서는 듣기 어려운 곡이라 많은 박수갈채를 받았다. 마니는 트럼펫을 내려놓으며 만면에 웃음을 머금었고 나는 무대를 내려오며 그 친구의 등을 찰싹 때렸다. 밤새 내 얼굴만 뚫어지게 바라보던 여자가 있었다. 푸른 이브닝드레스를 입고 있었고, 왠지 외로워 보였다. 그리고 빨강 머리였다. 나는 항상 빨강 머리 여자들에게 마음이 끌렸다. 그래서 나는 여자의 눈빛과 비딱하게 기울인 머리에서 신호를 받고 한 잔 하기를 원하는지 물어보려고 사람들을 비집고 들어가기 시작했다.

내가 반쯤 파고들었을 때 하얀 정장의 사내가 앞을 막아섰다. 가까이서 보니 꽤 난폭한 깡패처럼 보였다. 냄새로 보아서는 들장미 크림 오일 한 병을 다 쓴 것 같은데도 뒷머리가 제멋대로 뻗어 있었다. 남자의 눈은 무심하고 기묘한 빛을 뿜어 냈는데 마치 심해어의 눈이라도 보는 듯한 기분이 들었다.

남자가 말했다.

"밖에서 얘기 좀 해야겠소."

빨강 머리는 입을 삐죽거리며 시선을 돌렸다.

"나중에요. 우선 좀 지나갑시다."

"난 스콜레이오. 마이크 스콜레이."

알고 있는 이름이었다. 마이크 스콜레이는 샤이타운 출신의 지저분한 협잡꾼인데 캐나다에서 독주를 밀수해 술과 노름빚을 지불하는 그런 부류였다. 그래봐야 남자들이 치마를 입고 백파이프를 연주하는 곳에서나 어울릴 술이었지만, 어차피 술장사가 불법이던 시대였다. 남자의 사진은 신문에도 몇 번 실린 적이 있었다. 마지막은 어떤 댄스홀이었는데 경찰에 체포당하는 사진이었다.

"시카고에서 멀리도 오셨군요."

내가 말했다.

"애들하고 같이 왔지. 걱정하지 마. 밖으로 나가자고."

빨강 머리가 다시 나를 보았다. 나는 스콜레이를 가리키며 어깨를 으쓱해 보였다. 여자는 콧방귀를 뀌고 등을 돌렸다.

"이런. 당신이 다 망쳐 버렸잖소."

"시카고에선 저런 싸구려 계집은 트럭으로 쏟아 줘도 안 가져."

그의 말에 내가 항변하듯 말했다.

"난 굶었거든."

"나갑시다."

나는 남자를 따라 밖으로 나갔다. 술집의 찌든 담배와 달콤한 마리화나 연기 탓인지 살갗을 매만지는 차가운 공기가 상쾌했다. 벌써 별들이 하나 둘씩 나와 부드럽게 반짝거렸다. 밖에 있는 부하늘은 전혀 부드러워 보이지 않았고 어두운 가운데 담뱃불만 반짝거렸다.

"일거리를 가져왔소."

스콜레이가 말했다.

"그래요?"

"두 장 주겠소. 밴드랑 나눠먹든지 한 장을 챙기든지 맘대로 하시오."

"무슨 일인가요?"

"연주지, 뭐겠소? 내 여동생이 결혼을 할 거야. 결혼 피로연 때 연주 좀 해 줘야겠어. 동생이 딕시랜드를 좋아하는데, 애들 말로는 당신이 딕시를 아주 잘 연주한다더군."

조금 전에 잉글랜더가 같이 일하기 편한 주인이라는 말을 했다. 잉글랜더는 일주일에 80달러를 주는데, 이 친구는 연주 한 번에 그 두 배 이상을 주겠다고 말했다.

"5시에서 8시까지요. 다음주 금요일. 그로버 스트리트에 있는 에린 홀의 선스에서 하오."

스콜레이가 말했다.

"돈이 너무 많군요. 이유가 있나요?"

"두 가지 이유가 있지."

남자는 이렇게 말하고 파이프를 내뿜었다. 좀도둑의 얼굴이 연기에 따라 풀어헤쳐졌다. 아마도 럭키 스트라이크 그린이나 스위트 카포럴일 것이다. 싸구려 담배. 하지만 파이프로 피우니 싸구려 같아 보이지도 않았고 게다가 파이프를 문 사내는 슬프면서도 우스꽝스럽게 보였다.

"두 가지 이유야. 그리스 놈들이 날 박살내려 한다는 얘긴 들었을 거요."

"신문에서 당신 사진을 본 적이 있어요. 당신이 보도에 뻗어 있더군."

내가 말했다.

"똑똑한 사람이군."

남자는 으르렁거리며 말했지만 실제로 화를 내는 것은 아니었다.

"내가 그리스 놈에 비해서 너무 커 가고 있거든. 늙어서 마지막 발악을 하는 게지. 고향으로 돌아가 태평양을 바라보며 올리브유나 마셔야 할 거요."

"에게해겠지요."

"태평양이면 어떻고 휴론 호수(북아메리카의 대호수―옮긴이)면 또 어때. 요점인즉슨, 놈이 늙기를 거부한다는 거지. 아직까지 내 꽁무니를 쫓고 있거든. 후일을 생각하면 그러면 안 되는데 말이야."

"그게 당신이죠."

"똑똑한 친구군."

"그러니까 당신이 두 장을 제시한 이유는, 우리의 마지막 곡이 엔필드총의 반주로 연주될 수도 있기 때문인 거군요."

스콜레이의 얼굴에 화난 기색이 보였지만, 뭔가 다른 것이 또 있었다. 당시는 그것이 무엇인지 몰랐지만 지금은 알 수 있을 것도 같다. 그건 슬픔이었다.

"이보라고, 나한테는 돈으로 살 수 있는 최고의 부하들이 있어.

어떤 자식이든 코를 들이댔다간 다신 코로 냄새를 맡지 못하게 될 거란 말이야."

"두 번째 이유는 뭔가요?"

"동생이 이탈리아 놈하고 결혼해."

남자는 조용한 목소리로 말했다.

"당신처럼 착한 천주교 신자겠군요."

나는 가볍게 놀려 주었다.

스콜레이의 얼굴에 다시 화난 표정이 서렸다. 어쩌면 내가 너무 많이 나갔는지도 모른다는 생각도 들었다.

"재치 있군, 그래! 아주 똑똑한 아일랜드 골통이야! 하하. 이봐, 하지만 입은 함부로 나불대면 안 되는 법이야."

남자는 너무나 작아 거의 들리지 않을 정도의 목소리로 덧붙였다.

"내가 아무리 엿 같아 보여도 아직 죽은 건 아니잖아, 안 그래?"

나는 뭔가를 말하려 했지만 스콜레이는 기회를 주지 않고, 나를 앞뒤로 흔들었고 코가 거의 맞닿을 정도로 얼굴을 바짝 갖다 대기도 했다. 남자의 얼굴에서 그런 분노와 굴욕과 흥분과 단호한 의지를 본 적은 맹세코 없었다. 창백한 얼굴에서 어떻게 그런 표정이 나올 수 있는지! 상처받고 버림받은 표정. 사랑과 증오. 내가 그날 밤 스콜레이의 얼굴에서 본 것은 그런 것들이었다. 아마도 조금 더 입을 놀렸다면 난 그 자리에서 세상을 하직해야 했을 것이다.

"동생 년은 뚱뚱해."

스콜레이가 속삭이듯 말했다. 남자의 호흡에서 백옥나무 향이 났다.

"내가 등만 돌리면 사람들은 나를 비웃지. 하지만, 음악가 양반, 분명히 말해 두겠는데, 내 앞에서는 아무도 비웃지 못해. 아마 그 이탈리아 얼간이가 내 동생한테는 최선일 거야. 하지만 당신들은 나나, 동생 년이나, 처남을 비웃지 않을 거야. 아니, 누구도 그러지 못할 거야. 왜냐하면 당신들이 하늘이 깨질 듯이 크게 연주할 거니까. 아무도 내 동생을 비웃지 못하게 하겠어."

"연주하면서 웃는 건 불가능해요. 볼따구니에 힘이 너무 들어가거든요."

내 말에 분위기는 다소 누그러졌다. 스콜레이는 짧게 내뱉듯 웃었다.

"5시 정각에 연주를 할 수 있게 오시오. 그로버 스트리트, 에린 홀, 선스요. 돈은 오면 주겠소."

남자는 확인조차 하지 않았다. 아직 내가 마음을 정한 것도 아닌데 더 이상 왈가왈부할 필요가 없다는 듯 저쪽으로 성큼성큼 걸어가 버렸다. 부하 하나가 4륜 패커드의 뒷문을 열고 남자를 기다리고 있었다.

그들은 차를 몰고 떠났다. 나는 잠시 그대로 서 있다가 담배를 물었다. 부드럽고 멋진 저녁이었다. 생각하면 생각할수록 스콜레이는 내가 꿈꾸었던 무언가와 닮았다는 생각이 들었다. 주차장에 야외 무대를 만들어 놓고 연주를 했으면 좋겠다는 생각을 하고 있을 때 비프가 내 어깨를 건드렸다.

"시간 됐어."

"알았어."

우리는 다시 안으로 들어갔다. 빨강 머리는 자기보다 두 배는 나이가 많아 보이는 흑백 혼혈 해병을 골라잡았다. 미 해군이 도대체 일리노이에서 뭘 하는 건지는 모르겠지만, 빨강 머리가 취향이 그렇게 형편없는 여자라면 맞는 짝일 수도 있겠다. 기분은 별로였다. 얻어먹은 호밀 위스키로 머리가 어질어질했다. 안으로 들어오자 스콜레이의 위력은 더욱 커졌다. 그와 그의 친구들이 팔아치운 술이 마약처럼 홀 안을 떠돌아다니고 있었다.

"「캠프타운 레이시스」 신청곡이 들어왔어."

찰리가 말했다.

"잊어버려. 한밤중이 아니면 그따위 검둥이 노래는 안 해."

내가 잘라 말했다.

나는 피아노 앞에 앉은 빌리 보이가 움찔하는 것을 보았다. 빌리의 표정은 다시 부드러워졌지만 나는 주둥아리를 벽에다 짓이기고 싶은 심정이었다. 하지만, 젠장, 사내는 입이 무거워야 하는 법이라고……. 조금 잘못했다고 냉큼 가서 빌 수는 없잖아! 검둥이라는 말을 싫어하는데도 요즘 툭하면 입에서 튀어나왔다.

나는 빌리에게 다가갔다.

"미안해, 빌. 오늘 밤 내 정신이 아니라네."

"알겠네."

빌리는 이렇게 대답하긴 했지만 시선이 내 어깨 너머를 향하고 있는 것으로 보아 내 사과를 받아들이지 않은 게 분명했다. 유감이었다. 하지만 더욱 유감인 것은, 빌리가 나한테 실망했다는 사실이다.

나는 다음 휴식 시간에 피로연 연주에 대해 설명했다. 돈에 대해서도 솔직하게 털어놓았고, 스콜레이가 어떤 건달인지도 말했다.(하지만 스콜레이를 잡는 데 혈안이 되어 있는 다른 건달 얘기는 뺐다.) 스콜레이의 여동생이 뚱뚱하다는 사실과 스콜레이가 그 문제에 민감하다는 것도 말했다. 날아다니는 삼겹살이니 뭐니 하고 농담을 쪼개는 자들은 그 자리에서 세 번째 숨구멍을 얻게 될 것이다. 그것도 다른 두 개의 숨구멍 위에 말이다.

나는 말하는 동안 내내 빌리 보이 윌리엄스의 눈치를 살폈지만 시멘트 조각 같은 얼굴에선 아무것도 읽어 낼 수가 없었다. 차라리 껍데기에 있는 주름으로 호두의 생각을 읽는 편이 쉽겠다는 생각이 들었다. 빌리 보이는 최고의 피아노 연주자였다. 때문에 이리저리 옮기면서 빌리가 겪어야 하는 사소한 불편에 대해 우리 모두 신경을 곤두세우고 있었다. 물론 남부가 최악이었다. 짐크로 버스(흑인과 백인의 좌석을 분리해 놓은 버스—옮긴이), 극장의 검둥이 천국(흑인 전용 자리—옮긴이) 같은 것 말이다. 하기야 북쪽이라고 다를 것도 없었다. 하지만 내가 뭘 어떻게 하겠는가? 응? 어디 말해 보시지. 요즘에 그래도 덕분에 잘나가는 것 아냐?

우리는 한 시간 일찍 토요일 4시에 에린 홀에 도착했다. 매니와 함께 조립한 포드 트럭을 몰고 갔다. 트럭 뒤쪽은 캔버스천으로 완전히 막아 버리고 바닥에 침상 두 개를 볼트로 고정시켰다. 심지어 배터리로 작동하는 전열기도 설치했다. 그리고 트럭 밖에는 페인트로 우리 밴드 이름을 써 놓았다.

날씨는 나쁘지 않았다. 글쎄, 살짝 토라진 마누라 기분이 이럴까? 여름날의 하얀 조각 구름이 들판에 그림자를 드리우고 있었다. 하지만 도시로 들어가자 가혹할 정도로 더웠고, 모건 같은 촌구석에서는 상상도 못 했던 소음과 소란으로 가득했다. 홀에 도착할 때쯤 옷이 몸에 달라붙어 끈적거리는 통에 가자마자 화장실을 찾아야 했다. 토미 잉글랜더의 호밀 위스키 한 잔이 간절했다.

에린 홀은 거대한 목재 건물이었는데, 스콜레이의 여동생이 결혼식을 올릴 교회에 별관처럼 붙어 있었다. 만일 영성체를 먹는 사람이라면 내가 어떤 장소를 말하는 것인지 쉽게 알 수 있으리라. 화요일에는 가톨릭 청년회 모임이 있고, 수요일에는 빙고 게임이, 그리고 토요일 밤에는 아이들을 위한 파티가 열리는 곳 말이다.

우리는 한 손에는 자기 악기를 들고 다른 손에는 피프의 드럼 세트를 조금씩 나눠 들고 걸어갔다. 가슴이 절벽인 깡마른 여자가 안에서 상황을 정리하고 있었고 땀에 전 두 남자는 검은 크레이프 상장을 달고 있었다. 무대는 홀 앞에 설치되어 있고, 그 위로 현수막 하나와 커다란 분홍색 종이 벨 두 개가 결혼식이 있음을 알려 주었다. 현수막에는 금박 장식으로 "모린과 리코의 행복을 빕니다"라고 씌어 있었다.

모린과 리코. 스콜레이가 그렇게 불안해할 만하다는 생각이 들었다. 모린과 리코라니, 맙소사!

깡마른 여자가 급히 우리 쪽으로 달려왔다. 여자는 무척이나 할 말이 많아 보였지만 내가 먼저 선수를 쳤다.

"우리는 밴드요."

여자는 믿지 못하겠다는 듯이 악기들을 훑어보았다.

"밴드라고요? 오, 난 출장요리사들인 줄 알았어요."

나는 미소를 지어 보였다. 이런, 드럼에 트럼본 케이스를 들고 다니는 요리사들이라니.

"그럼 당신들은……"

여자가 입을 열었을 때 열아홉 살 정도 되어 보이는 껄렁한 사내가 입언저리로 담배를 씹으며 어슬렁어슬렁 다가왔다. 하지만 담배가 하는 역할이라곤 왼쪽 눈에 눈물을 흘리게 만드는 것밖에는 없는 것 같았다.

"그 걸레통 좀 열어 봐."

사내가 말했다.

찰리와 버프가 나를 바라보았고 나는 어깨를 으쓱해 보였다. 우리가 악기 케이스를 열자 사내는 호른을 뚫어지게 살펴보았다. 그리고 장전이고 발사고 할 건더기가 없는 물건임을 확인하고는 뒤로 물러나 다시 접의자에 앉았다.

깡마른 여자가 아무 방해도 받지 않은 것처럼 말을 이었다.

"짐은 저 곳에 부리면 될 거예요. 옆방에 피아노가 있어요. 장식이 끝나면 그쪽으로 옮기라고 해 뒀어요."

비프는 벌써 무대에 드럼 세트를 부리고 있었다.

여자는 아직도 믿지 못하겠다는 투로 말했다.

"진짜로 출장요리사들인 줄 알았어요. 스콜레이 씨가 웨딩케이크를 주문했거든요. 오르데브르와 로스트 비프랑……"

"곧 도착할 겁니다. 후불이니까 돈 받으러 와야죠."

내가 말했다.

"……돼지고기 요리하고 치킨 스프도 와야 해요. 오지 않으면 스콜레이 씨가 가만……."

여자는 크레이프 상장 밑에서 담뱃불을 붙이는 남자를 발견하고는 빽 소리를 질렀다.

"헨리!"

남자는 총에라도 맞은 듯 펄쩍 뛰었고, 그 사이에 나는 무대로 달아났다.

우리는 5시 15분에 모든 준비를 마쳤다. 트럼본 연주자인 찰리는 약음기를 대고 있었고 비프도 팔목을 가볍게 비틀었다. 요리사들이 도착한 것은 4시 20분이었다. 깁슨 양은(깡마른 여자의 이름이다. 그 여자는 파티 준비를 총괄하고 있었다.) 거의 날듯이 요리사들에게 달려갔다.

기다란 테이블 네 개 위에 하얀 리넨 천을 덮고 모자와 앞치마를 두른 흑인 여자 네 명이 식탁을 차리기 시작했다. 케이크가 방 가운데로 옮겨지자 사람들이 놀라 입을 다물지 못했다. 꼭대기에 신랑 신부가 서 있는 케이크는 자그마치 6단이나 되었다.

나는 밖으로 나가 담배를 꺼내 물었다. 채 반도 피우지 못했는데 신랑 신부가 오는 소리가 들렸다. 경적을 빵빵거리고 온갖 소란을 다 떨면서 말이다. 나는 그 자리에 서서 선두차가 교회 아래 골목 모퉁이를 돌아 나오는 모습을 지켜보았다. 그러고는 담배를 문질러 끄고 안으로 들어갔다.

"도착했군요."

나는 깁슨 양에게 알려 주었다.

깁슨 양은 얼굴이 새하얗게 질렸고 실제로 휘청거리기까지 했다. 아무래도 이 일이 그 여자에게 맞지 않는 것 같았다. 글쎄, 실내 장식 디자이너나 도서관 사서라면 모를까.

집슨 양이 비명을 질렀다.

"토마토 주스! 토마토 주스 들여오세요!"

나는 무대로 돌아가 준비를 했다. 전에도 우리는 이런 식이었다. 소규모 밴드가 다 그렇지 않은가? 이윽고 문이 열렸고 우리는 '웨딩 마치'를 재즈 버전으로 연주했다. 내가 직접 편곡한 것이었다. 나도 그 음악이 레모네이드 칵테일 같다는 생각에 동의한다. 하지만 대부분의 파티는 우리 연주를 홀라당 삼켜버리기 일쑤였다. 물론 이 파티도 예외는 아니었다. 사람들은 박수치고 고함치고 휘파람을 불어 댔고, 급기야 데굴데굴 구르는 놈도 나왔다. 그래도 다행이라면 손님들이 잡담을 하면서도 발장단을 맞추고 있다는 사실이었다. 우리가 잘 해내고 있다는 증거였다. 소위 분위기를 탄 것이다. 우리는 틀림없이 좋은 축하연이 될 것이라고 믿었다. 나는 아일랜드인에 대해 사람들이 뭐라고 말하는지 알고 있었고 또 대부분은 사실이라고 생각한다. 하지만 그 중에서도 제일 큰 문제는 일단 술이 들어가기만 하면 파티는 언제나 개판이 되고 만다는 것이다.

아무튼 신랑과 붉게 상기된 신부가 안으로 들어올 때 하마터면 웨딩마치를 완전히 망쳐 버릴 뻔했다. 예복에 줄무늬 바지를 입은 스콜레이가 나를 무섭게 노려보았다. 스콜레이와 시선이 마주쳤지만 나는 모른 척했다. 다른 멤버들도 마찬가지였다. 다행히 한 음 이상을 놓친 사람은 없었다. 정말 다행한 일이었다. 스콜레이의 졸개들과 정부들만 초대한 것 같은 작은 피로연은 이미 후끈

달아 있었다. 그건 교회에서 했다고 해도 마찬가지였으리라. 그리고 내 귀에 희미한 잡담이 들리기 시작했다. 여기저기서 말이다.

'자네 잭 스프래트와 그자 여편네에 대한 얘기 들었어? 이번에는 완전히 작살이 났더라고.' '여동생은 빨강 머리인데 스콜레이 저 친구는 이제 백발기가 도는군 그래. 여동생 머리가 길고 곱슬이기는 한데 생각만큼 적갈색은 아니네. 카우티 콕(아일랜드의 도시—옮긴이) 토종이라 그런 건가?' '정말로 당근처럼 투박하고 침대 스프링처럼 꼬불거리는 것 같은데?' '지금은 주근깨들이 하나도 안 보이지만 저 여자 원래 얼굴은 완전 깨밭이라고. 완전히 떡칠을 했구먼 그래.' '스콜레이가 자기 동생이 좀 뚱뚱하다고 그랬는데, 그거야말로 완전히 킹콩을 침팬지라 부르는 격이로군. 저 여자는 인간 공룡이라고. 160킬로그램짜리 꼬마 공룡이지. 저 여자, 가슴, 엉덩이, 허벅지, 종아리 좀 봐. 먹은 게 다 저런 데로 갔나 봐. 매력 포인트가 되어야 할 곳들이 도리어 끔찍하게 보이는군 그래.' '왜, 뚱뚱한 여자들 중에도 얼굴은 예쁜 여자들도 있잖아? 그런데 스콜레이 여동생은 얼굴도 안 되는걸? 눈은 가운데로 몰려 있고 입은 거의 아궁이네 그려. 저 두꺼비 같은 귀 좀 봐. 지금은 안 보여도 화장발로 감춘 주근깨는 정말 끔찍할 정도라니까. 아마 저 여잔 살이 빠진다 해도 석상이 먹은 것을 게워 낼 정도로 못생겼을 거야. 와우, 저것 정말 그림 하나는 죽이는구먼.'

완전히 미쳤거나 바보가 아니라면, 그런 정도로 웃지는 않았을 것이다. 하지만 그렇지 않아도 우스운 판에 신랑 리코가 더해지면서 문제는 걷잡을 수 없이 꼬여 나갔다. 신랑은 자신이 쓰고 있는 모자 위에라도 설 수 있을 만큼 깡마른 친구였고 신부의 종아리 그림자로도 충분히 가려질 것 같았다. 물에 빠진 40킬로그램짜리 생쥐라는 표현이 딱 어울릴 것만 같은 남자. 검은 올리브 색 얼굴에 젓가락보다도 말랐으니 왜 아니겠는가? 게다가 저 신경질적인 웃음. 이는 슬럼가에 아무렇게나 박아 넣은 울타리 말뚝 같았다.

우리는 그럭저럭 연주를 해 나갔다.

스콜레이가 으르렁거렸다.

"신랑과 신부에게! 하느님의 축복이 함께하기를!"

만일 하느님인지 뭔지 하는 작자가 축복하지 않겠다면 여기 모인 네놈들이라도 축복해야 할 거다. 적어도 오늘만이라도 말이다! 스콜레이의 찡그린 이마는 이렇게 외치고 있었다.

사람들이 축복을 외쳤고 박수를 쳤다. 우리는 마지막 곡을 화려하게 마무리했고 다시 박수갈채가 쏟아졌다. 스콜레이의 여동생도 미소 지었다. 와, 저 하마 입 좀 보라고! 리코는 억지웃음을 지었다.

한동안 사람들은 주변을 어슬렁거리며, 크래커에 아이스크림을 얹어서 먹거나 스콜레이표 밀주를 퍼마셨다. 나도 연주 사이에 간간이 세 잔을 마셨는데 토미 잉글랜더의 호밀 위스키는 저리 가라였다.

스콜레이도 행복한 표정을 지었다. 적어도 지금은 그렇게 보였다.

스콜레이는 단 한 번 우리 옆을 지나쳤는데, 지나가면서 이렇게 말했다.

"당신들, 연주 죽이는데 그래?"

그 친구처럼 문외한의 칭찬이야말로 진정한 칭찬이었다.

사람들이 식사를 하러 자리에 앉기 바로 전에 모린이 우리 쪽으로 다가왔다. 가까이서 본 신부는 더욱 흉측해 보였다. 하얀 드레스를 입기는 했지만(그 뚱땡이를 휘감으려면 더블침대 침대보 세 개는 족히 필요할 것이다.) 전혀 도움이 되지 않았다. 모린은 우리가 「피카디의 장미」를 '레드 니콜스와 파이브 페니스' 처럼 연주할 수 있는지 물었다. 모린이 제일 좋아하는 노래였다. 하지만 모린은 뚱뚱하고 못생겼을망정 거만하지는 않았다. 적어도 좀 전에 와서 음악 신청을 한 갈보년들하고는 달랐다. 우리는 그 곡을 그다지 잘 연주하지는 못했다. 그래도 모린은 부드러운 미소를 보내 주었고 언뜻 예뻐 보이기까지 했다. 그리고 음악이 끝나자 모린은 박수를 쳐 주었다.

사람들은 6시 15분까지 저녁식사를 했고 깁슨 양의 보조원들이 음식을 날랐다. 다들 거의 짐승 수준으로 나가떨어졌는데, 사실 놀랄 만한 일도 아니었다. 연신 스콜레이표 독주를 휘둘렀으니 말이다. 모린이 먹는 모습은 정말로 장관이었다. 나는 민망해서 눈을 돌리려고 애썼지만 어느새 고개가 다시 돌아가 있곤 했다. 내 눈도 희대의 장관을 놓치고 싶지 않은 모양이었다. 다른 사람들도 아가리에 처넣기는 마찬가지였지만, 모린은 그 사람들마저 찻집에서 차를 마시는 노부인처럼 보이도록 했다. 모린은 더 이상 미소 지을 여유도 없었고 「피카디의 장미」를 감상할 정신도 없었다. 글쎄, 그 여자 앞에다 '나이프와 포크가 필요 없는 숙녀의 초상' 이라는 표지판이나 세울까? 모린에게 필요한 것은 차라리 굴착기와 컨베이어 벨트였다. 그건 참으로 슬픈 광경이었다. 그리고 리코는 (신부 옆에 앉은 신랑은 겨우 턱밖에 보이지 않았다. 아, 사슴 눈처럼 수줍은 갈색 눈동자도 있었다.) 신부에게 끊임없이 먹을 것을 대주고 있었다. 그러면서도 한 번도 빼먹지 않는 저 멍청한 미소라니.

신랑 신부가 케이크를 자르는 동안 우린 20분 동안 휴식을 취했다. 깁슨 양이 부엌으로 불러 먹을 것을 챙겨 주었다. 요리가 난롯불만큼이나 뜨거운 바람에 갑자기 식욕을 잃고 말았지만 말이다. 좋은 기분으로 출발한 연주도 조금씩 일그러져 가는 참이었다. 난 멤버들의 얼굴에서 그 기분을 읽고 있었고…… 결국 깁슨 양에게서도 느껴졌다.

우리가 무대로 돌아갈 즈음 다시 술 파티에 불이 댕겨졌다. 인상 더러운 친구들이 머그잔에 허벌레한 웃음을 흘리며 돌아다니거나, 아니면 모퉁이에 서서 이놈저놈 집적거리기 시작했다. 몇몇 커플이 찰스턴을 듣고 싶다고 해서 우리는 「하가르 아주머니의 블루스」와(건달들은 그 곡은 잡아먹었다.) 「나는야 찰스턴으로 돌아가 찰스턴이 될 거야」 같은 곡들을 몇 곡 연주했다. 여자들이 접은 양말을 차올리며 로큰롤을 흐드러지게 추기 시작했다. 그들은 두 손을 하늘 높이 쳐들며 "오 예, 살리고 살리고."를 외쳐 댔는데, 그 소리만 생각하면 아직까지도 속이 느글거릴 판이다. 밖은 어두워지고 있었다. 몇몇 창문에 방충망이 걷혀 있던 탓에 나방들이 들어와 불빛을 찾아다니며 퍼덕거렸다. 그리고 누군가의 노래가사처럼 연주는 계속되고 있었다. 신랑과 신부는 구석에 서 있었고, 완전히 잊혀졌다. 신랑과 신부는 어느 쪽도 일찍 빠져나갈 생각이 없는 것처럼 보였다. 스콜레이조차 두 사람을 까맣게 잊고 있었다. 완전히 취했으니 말이다.

땅딸막한 사내가 기어들어온 것은 거의 8시가 다 되어서였다. 남자는 술에 취하지도 않았고 잔뜩 긴장된 표정 탓에 쉽게 눈에 떴다. 사내는 밴드 무대 바로 옆에서 매춘부들과 수다를 떨고 있는 스콜레이에게 다가가 어깨를 두드렸다. 스콜레이가 고개를 돌렸고 난 슬프게도 두 사람의 대화를 엿들어야 했다. 젠장, 정말로 듣고 싶지 않은 이야기였다.

"넌 뭐 하는 새끼야?"

스콜레이가 으르렁거렸다.

"내 이름은 데미트리우스입니다. 데미트리우스 카체노스. 그리스에서 왔습니다."

남자가 대답했다.

갑자기 홀 안의 움직임이 죽은 듯이 멈췄다. 여기저기서 재킷 단추가 열리며 사내들의 손이 재킷 안쪽으로 사라졌다. 매니도 초조한 표정이었고, 제기럴, 나도 심장이 떨리기 시작했다. 하지만 연주를 멈출 수는 없지 않은가?

"그렇군."

스콜레이는 조용히 대답하고는 생각에 잠겼다.

사내가 울먹거리며 말했다.

"스콜레이 씨, 전 오고 싶지 않았습니다! 그 그리스 놈, 그놈이 내 아내를 잡아갔어요. 당신한테 말을 전하지 않으면 아내를 죽이겠다고 했어요."

"무슨 말?"

스콜레이가 내뱉었다. 이마의 먹구름이 금방이라도 천둥을 토해낼 것 같았다.

"그자는……."

사내는 잠시 말을 멈추고 고통스러운 표정을 지었다. 해야 할 말이 명태 가시처럼 목을 찔러 대기라도 하는 것 같았다.

"그자는 당신 여동생이 똥돼지라고 전하랬습니다. 그자는……. 그자 말은……."

사내는 눈동자를 데굴데굴 굴리며 스콜레이의 차분한 표정을 살폈다. 나는 얼른 모린을 보았다. 모린은 뺨이라도 한 대 얻어맞은 얼굴이었다.

"당신 여동생한테 가려움증이 있는 걸 안다고 했어요. 돼지 등이 가려우면 효자손을 사야 할 텐데, 남자를 산 걸 보니 거기가 가려운 모양이라고 전하랬습니다."

모린은 엄청나게 커다란 소리로 울먹거리며 밖으로 달려 나갔다. 건물이 무너질 듯 흔들렸다. 리코가 어리둥절한 표정을 지은 채 뒤를 쫓았다. 리코는 두 손을 꽉 쥐고 있었다.

스콜레이의 온몸이 빨갛게 변했다. 어찌나 벌건지 얼굴은 아예 보라색이 되어 있었다. 어쩌면, 어쩌면 진짜로, 스콜레이의 뇌가 귀 밖으로 터져 나올지도 모른다는 생각까지 들었다. 잉글랜더의 술집 밖에서 보았던 분노의 폭주였다. 싸구려 냄비처럼 쉽게 끓어오르는 부류인지는 모르겠지만, 아무튼 동정이 가지 않는 건 아니었다. 아마 누구라도 그랬을 것이다.

"아직 더 있나?"

예상 외로 스콜레이의 목소리는 차분했다. 아니 고요했다.

조그마한 그리스 사내가 움찔했다.

"제발 죽이지는 마십쇼, 스콜레이 씨! 내 아내, 그자가 아내를 잡아갔습니다! 저도 이런 말을 하고 싶지 않습니다. 하지만 놈이 아내를……. 내 아내를……."

사내의 목소리는 고통으로 조각조각 갈라져 있었다.

"자넬 해치지 않을 거야. 그러니까, 나머지 말도 해 봐."

스콜레이가 말했다. 목소리는 더욱 차분했다.

"이런 식으로 망신을 당하느니, 아예 당신이 긁어 주지 그랬냐고 말했습니다요."

마침 연주가 끝난 상태인지라 사위는 쥐 죽은 듯 조용했다. 스콜레이가 천장을 올려다보았다. 앞으로 내민 두 주먹이 부들부들 떨렸다. 손에 어찌나 힘이 들어갔던지 불끈불끈 솟은 핏줄이 셔츠 밖으로도 보일 정도였다.

"그래! 그래, 아주 좋아!"

스콜레이가 소리쳤다.

스콜레이는 문을 향해 달려갔다. 부하 둘이 스콜레이를 말리며, 그건 자살 행위라고, 그거야말로 그리스 놈이 원하는 바라고 말했다. 하지만 이미 스콜레이는 제정신이 아니었다. 스콜레이는 부하들부터 때려눕힌 다음 어두운 여름밤을 뚫고 달려 나갔다.

그러고는 죽음처럼 고요했다. 들리는 소리라고는 사자의 고통스러운 숨소리와, 어딘가에서 들리는 신부의 흐느낌뿐이었다.

처음 이곳에 왔을 때 우리 앞을 막아섰던 철없는 건달이 욕지거리를 내뱉으며 문 쪽으로 달려갔다. 하지만 다른 사람은 꼼짝도 하지 않았다.

그리고 철부지 건달이 미처 로비의 종이 클로버 밑을 지나기도 전에 자동차 바퀴가 포장도로를 찢는 소리가 들렸고 곧이어 엔진이 폭주하는 소리도 들려왔다. 커다란 엔진 소리. 그건 브릭야드 시의 메모리얼 데이를 연상시키는 소리였다.

"오, 이런, 씹할! 함정이에요! 차에서 내려요, 두목! 내려요! 제발……"

철부지 건달이 입구에서 소리쳤다.

그날 밤 기어이 총질이 시작되었다. 1분이나 2분쯤, 밖은 마치 제1차 세계 대전을 방불케 했다. 총알이 열려 있는 홀 문을 훑기도 했고 매달려 있는 전구 하나를 터뜨리기도 했다. 밤하늘은 윈체스터 총알로 불꽃놀이를 하는 듯 밝고 화려했다. 그리고 자동차들이 멀어지는 소리가 들렸다. 한 여자가 많은 머리로 깨진 유리를 쓸고 있었다.

위험이 끝났다고 생각한 건달들이 그제야 일제히 밖으로 뛰쳐나갔다. 부엌문이 우당탕 하고 열리더니 모린도 달려 나왔다. 그녀의 움직임에 세상이 마구 흔들렸고 그 바람에 체구가 더욱 부풀어 오른 듯 보였다. 리코도 겁에 질린 시종처럼 모린의 꽁무니를 따라 밖으로 나갔다.

깁슨 양이 텅 빈 홀에 모습을 나타냈는데 겁에 질려 눈을 똥그랗게 뜨고 있었다. 기상천외한 말을 전해 피로연을 아수라장으로 만든 땅딸보는 얼굴이 새하얬다.

"총소리가 났어요. 무슨 일이죠?"

깁슨 양이 중얼거렸다.

"내 생각엔 그리스 놈들이 우리 돈줄을 날려 버린 것 같소만."

비프가 말했다.

깁슨 양이 당혹스러운 눈으로 나를 보았다. 하지만 내가 설명하기도 전에 빌리 보이가 부드럽고 공손한 어투로 덧붙였다.

"깁슨 양, 저 사람 말은 스콜레이 씨가 당했다는 뜻이라오."

깁슨 양이 빌리 보이를 바라보았는데, 눈이 더욱 더 커지더니 급기야 그 자리에서 혼절하고 말았다. 누가 아니겠는가? 나도 그러고 싶었으니 말이다.

그때 바깥에서 커다란 비명 소리가 들렸다. 맹세코 내 평생 그런 비명 소리는 들은 적이 없었다. 그리고 역겨운 고함 소리가 끊임없이 쏟아져 나왔다. 그날 밤 늦게까지 자기 심장을 발기발기 찢으며, 경찰과 기자들이 오고 있는데도 무릎을 꿇은 채 스콜레이 곁을 떠나지 않은 여자가 누군지는 굳이 보지 않아도 뻔했다.

"가자고. 서둘러."

내가 중얼거렸다.

우리가 짐을 싸는 데는 채 오 분도 안 걸렸다. 갱단 몇 명이 안으로 들어왔으나 술에 떡이 된 데다 겁까지 집어먹은 상태라 우리 같은 악사 나부랭이들을 신경 쓸 여력은 없었다.

우리는 뒷문으로 나갔다. 물론 조금씩 비프의 드럼 세트를 나눠 들었다. 만일 그때 누군가 우리를 보았다면, 대단한 행렬이라고 생각했을 것이다. 선두에 선 나는 호른 케이스를 겨드랑이에 끼고 양손에는 심벌즈를 하나씩 들었다. 우리가 트럭을 향해 돌아가고 있는 동안, 어린 똘마니들이 골목 끝 모퉁이에 서서 우리를 지켜보았다. 경찰들은 아직 보이지 않았다. 마당 한가운데에 오빠의 시체 위에 쓰러져 있는 뚱뚱한 신부의 모습이 보였다. 신부가 공습경보처럼 울부짖는 동안, 땅딸막한 신랑은 목성을 도는 작은 위성처럼 주변을 뛰어다녔다.

트럭이 모퉁이를 내려갈 때쯤에야 똘마니들이 아무거나 집어 던지기 시작했고, 우리는 꽁무니가 빠져라 도망쳤다. 모건까지 돌아오는 동안 우린 시속 75킬로미터의 속도로 아무 길이나 파고들었다. 스콜레이의 부하들이 경찰들에게 우리를 거론하지 않았거나 아니면 경찰들이 개의치 않은 모양이었다. 아무도 우릴 찾아오지 않았다.

물론 200달러도 날아가 버렸다.

검은 상복을 입은 뚱뚱한 아일랜드 여자가 토미 잉글랜더의 술집에 나타난 것은 열흘 후였다. 하지만 하얀 웨딩드레스와 마찬가지로 검은 상복도 별 도움이 되지는 못했다.

잉글랜더도 그 여자가 누군지 알고 있었다.(스콜레이 옆에 앉아 있는 여자의 사진이 시카고 신문에 나온 적이 여러 번 있었다.) 잉글랜더는 직접 여자를 자리로 안내했고, 여자를 보고 키득거리는 주정뱅이 둘의 입을 다물게 했다.

가끔 빌리 보이에게 느끼는 것처럼, 그 여자를 보면서도 안타까운 마음이 들었다. 멸시당하는 건 고통스러운 일이다. 비록 그 기분을 똑같이 느낄 수는 없다고 해도, 그 심정을 이해 못 할 바는 아니지 않는가? 게다가 잠깐 이야기를 나눴을 뿐이지만 모린은 너무나도 친절했다.

휴식 시간이 되자 나는 모린에게 갔다.

"오빠 일은 유감입니다. 정말로 동생을 아꼈는데······."

내가 머쓱하게 말했다.

"오빠는 내가 죽인 거나 다름없어요."

모린이 말했다. 그러면서 자기 두 손을 내려다보았는데 그때서야 난 손이 무척이나 곱다는 사실을 깨달았다. 작고 말쑥한 손이었다.

"그 남자가 말한 건 모두 사실인걸요."

"오, 이런."

나는 이렇게 얼버무리고 말았다. 그건 터무니없는 헛소리였다는 말이 목구멍까지 나왔지만 하지는 못했다. 괜히 찾아왔다는 생각이 들었다. 모린은 무척 이상하게 말했다. 마치 혼자 있는 것처럼, 미친 사람처럼 말했다.

모린이 계속해서 말을 이었다.

"난 이혼하지 않을 거예요. 그러기 전에 먼저 죽고 말 거예요. 하늘을 저주하면서요."

"그런 말 하지 말아요."

"죽고 싶은 적 없었어요?"

모린은 이렇게 물으며 내게 집요한 눈빛을 보냈다.

"사람들이 괴롭히고 조롱하면 죽고 싶지 않아요? 아니, 그런 취급을 받아 본 적이 한 번도 없는 건가요? 그러시겠군요. 먹고 또 먹는 자신이 죽이고 싶도록 혐오스러운 기분이 어떤지 모르실 거예요. 동생이 뚱뚱하다는 이유 때문에 오빠가 죽어야 한다면, 기분이 어떨 것 같아요?"

사람들이 우리를 바라보기 시작했다. 주정뱅이들이 다시 키득거렸다.

"죄송해요."

모린이 조용히 말했다.

나도 미안하다고 말하고 싶었다. 아니 무슨 소리든 하고 싶었다. 무슨 말이든 하기만 하면 모린의 기분이 좋아질 거라는 생각도 들었다. 어디선가 야유 소리가 날아와 모린의 살집에 꽂혔지만 나는 아무 말도 생각해 낼 수가 없었다.

마침내 내가 말했다.

"가야겠군요. 연주할 시간이 됐습니다."

"그러세요. 물론 그러셔야죠……. 아니면 사람들이 당신에게 야유를 보낼 테니까요. 하지만 부탁이 있어요……. 여기 온 이유는 「피카디의 장미」를 다시 듣고 싶어서예요. 그때 보니까 연주가 정말 멋지던데, 연주해 주시겠어요?"

모린이 조용히 말했다.

"물론이죠. 기꺼이."

우리는 연주를 시작했고 모린은 반쯤 듣다가 자리를 떠났다. 잉글랜더 술집에 비해 다소 감상적인 곡이기에 우리도 도중에 연주를 끊고 「대학 축제」의 래그타임 버전을 시작했다. 언제나 사람들을 들썩거리게 만드는 곡이었다. 나는 그날 저녁 떡이 되도록 술을 마셨고, 문을 닫을 때쯤 모린에 대해서도 까맣게 잊었다. 안녕, 뚱땡이.

그날 술집을 떠날 때쯤 하고 싶은 말이 생각났다. 모린에게 이렇게 말해 주었어야 했다. 인생은 다 그런 거라고 말이다. 가까운 사람들이 죽었을 때 다들 그런 식으로 말하지 않던가? 하지만 다시 생각해 보니 안 하길 잘했다는 생각도 들었다. 그 말을 싫어할지도 모르니까 말이다……

물론 지금은 모린 로마노와 남편 리코에 대해 모르는 사람이 없다. 리코는 일리노이 주립 교도소에 갇히게 되었지만 그로써 모린에게서 벗어날 수 있었다. 모린은 스콜레이의 허접한 조직을 떠맡아 카포네 조직에 필적하는 밀주 왕국으로 키웠고, 북쪽 지역의 갱 두목 둘을 쓸어 버린 다음 그 조직까지 삼켜 버렸다. 게다가 그리스 놈을 잡아와 자기 앞에 무릎을 꿇리기까지 했다. 들리는 소문에 의하면, 그가 살려 달라고 애걸복걸하는 동안 모린은 피아노 줄을 남자의 왼쪽 눈에 찔러 넣어 뇌를 꿰맸다고 한다. 어정쩡한 시종 리코는 모린의 오른팔이 되어 직접 조직 십여 개를 치기도 했다.

나는 웨스트코스트에서 꽤 성공적인 음반을 몇 개 내면서 모린의 성공을 따라갔다. 빌리 보이는 없었다. 잉글랜더의 술집을 떠나고 얼마 안 되어 빌리 보이는 자신의 밴드를 만들었다. 모두 흑인이었는데, 나중에 들은 바로는 허구한 날 딕시랜드와 래그타임만 두들겨 댔다고 한다. 그들은 남쪽으로 내려갔다. 현명한 선택이라고 생각했다. 그건 모두에게 좋은 일이었다. 밴드에 흑인이 있다는 이유로 오디션조차 허락하지 않는 술집이 너무나 많았던 것이다.

모린에 대해서는 좀 더 할 말이 있다. 모린은 대단한 뉴스거리였다. 머리 좋은 '마 바커(1930년대 폭력 조직 두목—옮긴이)' 급이기도 했지만, 모린이 엄청나게 크고 엄청나게 뚱뚱하다는 게 더 큰 이유였다. 모든 미국인들이 모린에 대해 묘한 동정을 느꼈다. 모린이 1933년에 심장마비로 숨을 거두었을 때, 몇몇 신문들은 그녀가 250킬로그램은 되었다고 떠들어 댔다. 물론 믿을 수 없는 이야기이다. 어떻게 사람이 그럴 수 있겠는가?

어쨌든 모린의 장례식은 신문 첫 면을 장식했다. 그건 모린의 오빠도 해 보지 못한 위업이었다. 스콜레이는 보잘 것 없는 생애 동안 네 번째 페이지를 넘어 본 적이 한 번도 없었다. 모린의 관을 옮기는 데 열 명이 달라붙었다. 그들이 쩔쩔매는 꼬락서니가 타블로이드판 신문에 소개된 적이 있었다. 정말 목불인견의 사진이었다. 모린의 관은 거의 쇠고기 냉동고만 했다. 솔직히 그건 그럴 수 있다고 생각한다.

리코는 혼자서 그 일들을 감당할 그릇이 못 되었는지 바로 그다음 해 암살되고 말았다.

나는 모린을 잊을 수가 없다. 동생에 대해 말하던 스콜레이의 고통스럽고 위축된 모습도 잊혀지지 않는다. 되돌아보면, 그렇다고 모린을 특별히 동정한 것도 아니었다. 뚱뚱한 사람들도 원하면 그만 먹을 수 있다. 빌리 보이 같은 친구들이 숨쉬기를 그만두는 것처럼 말이다. 내가 둘 중 누군가를 도울 수 있었을까? 그건 아니다. 그런데도 가끔 안타까운 생각이 든다. 이제 늙어서 쉽게 잠을 이루지 못하는 것뿐일까? 단지 그런 걸까? 정말 그것뿐일까?

편집증에 관한 노래

이제 밖으로 나갈 수가 없네.
문밖에 남자가 있네.
레인코트에
담배를 물고 있는 남자가.

하지만

나는 일기에 그 남자 얘기를 적고
침대 위엔
광고 전단이 늘어져 있지.
옆집 네온 불빛에 피 흘리며.

남자는 알고 있어.

만약 내가 죽으면
(또는 갑자기 사라진다면)
일기가 공개되고
CIA가 버지니아에 있음을
모두가 알게 된다는 것을.

500개의 약국에서 가져온
500개의 서로 다른 광고지,
500장이 들어 있는
500개의 공책.

이제 준비가 되었어.

이 위에서는 그가 보이지.
트렌치코트 칼라 위
깜빡이는 담뱃불.
어느 지하철 안 블랙벨벳 광고 아래에 앉아
내 이름을 생각하는 사람이 있어.

구석 방에선 내 문제를 따지는 사람들,
전화벨에서 들리는 역겨운 숨소리.
맞은편 술집 남자 화장실에서는
스너브노즈 리볼버에 총알을 먹이고 있어.
내 이름을 새겨 넣은 총알들.

내 이름을 적어 넣은 부고란.
내 이름을 적어 넣은 시체실.

경찰은 어머니를 심문했고
맙소사, 어머니는 숨을 거두었어.

그들은 내 필체를 알고 있었지.
말려 올라간 P를 알고 있고
T의 십자 문양도 확보했어.

형이 잡혔다고 말했던가?
형수는 러시아 여자이고 형은
내게 서류 작성을 부탁했어.
난 그 얘기도 일기에 썼어.
들어 봐
　들어 봐
　　들어 보라고
　　　들어 보란 말이야.

비 내리는 정류장,
검은 우산을 쓴 검은 까마귀들,
시계를 보는 척하지. 하지만
비는 내리지 않아. 하얀 동전을 닮은 눈동자들.
대부분은 우리 동네에 퍼부어 놓은

외국 놈들이지. 나는 렉스 25번가에서 내려
놈들을 속였어. 신문 너머로
나를 훔쳐보는 택시 기사.

머리 위 이층집
바닥을 훑는 노파.

청소기는 우리 집에 광선을 쏘아 대고
나는 지금 어둠 속에 앉아
술집의 네온 불빛을 받으며 글을 쓴다네.
내가 알고 있다고 말했던가?

그들은 내게 개를 보냈어.
붉은 반점을 새기고 코에는 단파 안테나를 매단 개.
나는 놈을 싱크대에 익사시키고
감마라는 이름의 폴더에 기록해 놓았어.

더 이상 우편함을 뒤지지 않아.
폭탄으로 변한 연하장들.

(꺼져 버려! 개자식들!
꺼져 버려. 나는 키 큰 자들을 알고 있어!
더러운 꺽다리 놈들!)

싸구려 음식점
종업원은 비소를 내려놓으며 소금이라 하더군.
아몬드의 시큼한 악취를 숨기고 있는 노란 맛의 겨자.

하늘에서 이상한 빛을 보았어.
어젯밤 검은 옷의 얼굴 없는 남자가
하수구 10킬로미터를 기어와 내 변기로 빠져나왔지.
크롬가죽 귀로
녹슨 배관의 전화벨 소리를 들어 봐.
이보라고, 들리지 않아?

전화기에 남겨진
더러운 지문들.

이제 전화를 받지 않을 거야.
내가 그 애긴 했던가?

그래, 놈들은 진흙으로 지구를 뒤덮을 계획이지.
그들은 침략을 계획하고 있어.

그들에겐 외과 의사들이 있다네.
변태적인 섹스 체위를 옹호하는 의사들.
중독성의 설사약을 제조하고
불붙는 관장약을 만들어 대는 의사들.

그들은 분무기로
태양을 끄는 방법을 알고 있어.

나는 얼음으로 나를 감쌌어. 내가 말했던가?
초저주파도 얼음은 뚫지 못한대.
나는 주문을 외우고 부적을 달 거야.
너는 나를 잡았다고 생각하겠지만 나는
언제고 너를 파괴할 수 있지.

언제고.

언제고.

커피 한 잔 하겠소, 여보?

내가 나갈 수 없다고 말했던가?
문밖에
레인코트 차림의 남자가 와 있어.

뗏목

 피츠버그 호를릭스 대학에서 캐스케이드 호수까지는 70킬로미터이다. 6시가 넘어서 출발했고 10월이 되면 어둠이 일찍 찾아드는데도 그곳에 도착했을 때 하늘에 밝은 기운이 조금 남아 있었다. 그들은 데크의 카마로를 타고 왔다. 데크는 맨 정신일 때도 폭주를 즐겼는데, 맥주를 두 잔이나 마신 터라 아예 자기 카마로와 경주를 하다시피 했다.

 주차장과 호숫가 사이의 울타리에 차를 세우고 뛰어나가 셔츠를 벗어 던질 때까지 데크는 거의 한 순간도 동작을 멈추지 않았다. 데크는 눈으로 호수 위의 뗏목을 찾았다. 앞자리에 앉은 랜디가 잠시 머뭇거리더니 차에서 내렸다. 처음에 제안을 한 것은 랜디였지만, 설마 데크가 저렇게 심각하게 받아들일 줄은 상상도 못했다. 뒷좌석에 탄 여자 애들도 밖으로 나올 준비를 했다.

 데크는 눈으로 부지런히 호수 양옆을 훑다가(랜디는 살인자의 눈이라고 생각했다.) 드디어 호수 위의 한 점을 찾아냈다.

"저기다!"

데크가 외치며 카마로의 후드를 걷어찼다.

"랜디, 네 말대로야. 죽이는데! 좋아, 맨 끝에 오는 사람 바보!"

"데크!"

랜디가 안경을 추스르며 입을 열었다. 하지만 데크가 벌써 울타리를 넘어 호수 쪽으로 달리고 있었으므로 말을 이을 수 없었다. 데크는 랜디도 레이첼도 라베르네도 외면한 채 오직 호수 위로 50미터쯤 떨어져 있는 뗏목만을 향하고 있었다. 뗏목.

랜디가 이 난감한 상황에 대해 사과할 양으로 여자들을 돌아보았지만 여자들은 데크에게만 관심이 있을 뿐이었다. 레이첼이 데크를 보는 거야 상관없었다. 어차피 데크의 여자 친구니까 말이다. 하지만 라베르네마저 데크를 바라보고 있자 랜디는 울화가 치밀었다. 랜디는 땀에 젖은 셔츠를 벗어 데크 옷 옆에 던져 놓고 울타리를 폴짝 뛰어넘었다.

"랜디!"

라베르네가 불렀다.

랜디는 이런 행동을 하는 자신이 미우면서도 10월의 잿빛 어스름 사이로 한 손을 들어 어서 오라는 시늉을 해 보였다. 라베르네는 이제 불안했다. 여기에서 그만두고 싶은 마음도 들었다. 황량한 호수에서 10월에 수영을 한다는 건, 아파트에서 뱉어 놓은 철없는 객기와는 또 다른 차원의 문제이다. 랜디는 라베르네를 좋아했다. 하지만 데크가 더 매력적이었다. 라베르네는 데크에게 몸이 달아 있었고, 그 바람에 랜디는 더욱 초조해진 것이다.

데크는 달리면서 허리띠를 풀고 바지를 벗어 내렸다. 청바지를 다 벗는 동안 정말로 일각의 멈춤도 보이지 않았는데, 랜디는 백 번을 죽었다 깨어나도 꿈도 꾸지 못할 재주였다. 데크는 계속 달렸다. 이제 손바닥만 한 수영팬티만 걸치고 있는데 등과 엉덩이의 근육이 환상적으로 꿈틀거렸다. 랜디도 리바이스를 벗어 발끝으로 흔들어 보였지만, 그래봐야 자신의 비쩍 마른 정강이만 신경 쓰일 뿐이었다. 데크가 하는 게 발레라면 랜디의 모습은 발악에 가까웠다.

데크가 물속에 뛰어들며 소리를 질렀다.

"세상에! 엄청 차가워!"

랜디는 겁이 났지만 내색할 수도 없었다. 그 순간 마음속에서는 만감이 교차했다. 기껏해야 7도나 10도밖에 더 되겠어? 아냐, 그래도 심장이 멎어 버릴 수 있다고! 랜디는 의예과 학생이라 그 정도는 잘 알고 있었다······. 하지만 겉으로는 조금도 망설이지 않았다. 랜디는 물속에 뛰어들었고 정말로 잠깐 동안 심장이 멈춰 버렸다. 아니면 그렇게 느꼈거나. 랜디는 호흡이 헉 하고 목에 걸리자 억지로 폐 속에 공기를 밀어 넣었다. 살갗의 감각도 점점 느껴지지 않았다. 랜디는 생각했다.

'이건 미친 짓이야! 이 멍청아, 이건 네 생각이었잖아!'

랜디는 데크를 쫓아 헤엄쳤다.

여자들은 잠시 서로를 바라보았다. 결국 라베르네가 어깨를 으쓱하며 말했다.

"쟤네들이 하면 우리도 할 수 있어."

라베르네는 씩 웃으며 라코스테 셔츠를 벗었다. 거의 속이 보일 듯한 브래지어가 드러났다.

"여자들은 남자보다 지방층이 두껍다며?"

그러고 나서 라베르네는 코르덴 바지를 벗으면서 울타리를 넘어 호수를 향해 달렸다. 잠시 후 레이첼도 그 뒤를 쫓았는데, 마치 랜디가 데크를 쫓는 모습처럼 보였다.

여자 아이들이 아파트에 찾아온 것은 화요일 오후 늦게였다. 화요일에는 모두들 수업이 1시에 끝났다. 데크가 매달 받는 특별수당이 들어온 날이었다. 어느 광적인 축구팬 클럽에서(선수들은 그들을 "천사"라고 불렀다.) 매달 현찰로 200달러를 보내 주고 있었다. 그래서 냉장고에는 맥주 한 박스가 채워져 있었고 랜디의 고물 스테레오 위에는 나이트레인저의 신보가 놓여 있었다. 네 사람은 기분 좋게 취하기 시작했다. 길고도 멋진 인디언 서머의 유종의 미를 거두는 문제에 대해 토론 중이었다. 라디오에서 수요일쯤 눈보라를 동반한 돌풍이 닥칠 것이라고 예보했다. 라베르네가 10월에 눈보라를 예보하는 기상청이야말로 죽일 놈들이라고 말해, 모두가 고개를 끄덕였다.

레이첼은 어렸을 땐 여름이 영원한 것 같았다고 말했다. 그런데 어른이 되어 보니 여름이 매년 짧아져 간다는 것이었다.("이런, 열아홉 살짜리 할머니 나셨네."라고 데크가 놀리자 무릎을 걷어찼다.)

"캐스케이드 호수에서 하루 종일 살다시피 했어."

레이첼은 부엌 장판을 밟으며 아이스박스로 갔다. 그 안에는 푸른색 터퍼웨어 플라스틱 용기들이 쌓여 있었다. 플라스틱 용기 안에는 거의 선사시대 공룡 침처럼 보이는 칠리소스가 곰팡이와 함께 엉겨붙어 있었다. 랜디는 우등생이고 데크는 최고의 축구선수였지만, 살림에 관한 한 둘 다 석고상이나 다를 바 없었다. 그리고 용기 바로 뒤에 아이언시티 라이트 맥주가 보였다.

레이첼은 미소를 지으며 말했다.

"처음으로 뗏목까지 헤엄쳐 갔던 때가 생각나. 그 위에서 거의 두 시간이나 묶여 있었어. 다시 헤엄쳐 돌아오려니까 너무 겁이 나더라고."

레이첼이 다가가 앉자 데크는 자연스럽게 어깨에 팔을 둘렀다. 레이첼은 옛생각을 하며 미소를 지었다. 랜디는 뜬금없이 레이첼이 꽤나 유명한 여배우를 닮았다고 생각했지만 그게 누구인지는 떠오르지 않았다. 나중에 좀 불편한 상황에서 떠오르기는 했지만 말이다.

"결국 오빠가 헤엄쳐 와서 날 튜브에 태우고 갔어. 호호, 오빠가 얼마나 길길이 뛰던지. 덕분에 난 숯덩이처럼 까맣게 타고 말았지."

"그 뗏목 아직 거기 있어."

랜디가 중요한 지적이라도 하듯 끼어들었다.

라베르네는 여전히 데크를 바라보고 있었다. 요즘 들어 부쩍 데크만 바라보았다.

라베르네가 오랫만에 랜디를 보고 말했다.

"랜디, 조금 있으면 핼러윈이야. 호수는 노동절부터 폐쇄되잖아."

랜디가 대꾸했다.

"하지만 뗏목은 거기 있을 거야. 3주 전쯤에 호수 맞은편으로 지질학 답사를 갔는데, 그때도 보았는걸. 그건 마치…….”

랜디는 어깨를 으쓱이고 다시 말했다.

"누군가 깨끗하게 씻어서 다음해까지 창고에 넣어 두는 걸 잊어버린 여름의 끝자락처럼 보였어.”

랜디는 친구들이 비웃을 것이라고 생각했는데 아무도 그러지 않았다. 왠일인지 데크마저 조용했다.

라베르네가 말했다.

"작년에 있었다고 올해도 있으란 법은 없잖아.”

랜디가 맥주를 탈탈 털어 넣으며 말했다.

"내 친구한테도 말한 적이 있어. 빌리 들로이즈라고, 너도 알지, 데크?”

데크가 고개를 끄덕이며 말했다.

"부상당하기 전에 후보로 있던 놈이야.”

"그래, 그럴 거야. 아무튼 그 친구가 그 근처에서 살았대. 그 친구 말로는 호숫가 사람들은 호수가 거의 얼 때까지 뗏목을 들여놓지 않는대. 무지 게으른 사람들이라더군. 언젠가 한 번은 뗏목이 호수와 함께 얼어붙은 적도 있다고 하더라고.”

랜디는 잠시 말을 멈추고 그 뗏목을 떠올려 보았다. 호수에 버려진 뗏목, 푸르디 푸른 가을 호수 위에 떠 있는 사각형의 하얀 나뭇조각. 뗏목 아래 매달린 드럼통들이 탈랑탈랑거리는 기분 좋은 소리는 고요한 대기를 타고 부드럽게 호수를 일주하였다. 추수가 끝난 들판에서 깍깍거리는 까마귀 울음소리도 들렸다.

레이첼이 말했다.

"내일, 눈 온대.”

데크의 손이 봉긋한 가슴 위쪽을 슬쩍 더듬자 레이첼은 자리에서 일어났다. 그리고 창가로 다가가 밖을 내다보았다.

"따분해."

"이러면 어때? 캐스케이드 호수로 가서 뗏목까지 헤엄쳐 가는 거야. 그리고 여름한테 작별 인사를 한 다음 돌아오자고."

랜디가 불쑥 말했다.

만일 술이 얼큰하게 취하지만 않았다면 그런 제안은 상상도 못했을 것이다. 게다가 그 말을 심각하게 받아들일 사람이 있을 줄이야! 하지만 데크가 그 말을 덥석 물었다.

"그래, 그거 죽인다, 판초! 정말 끝내 줘! 해 보자."

그 말에 라베르네가 펄쩍 뛰며 맥주를 쏟았다. 하지만 라베르네는 웃고 있었다. 그래서 랜디는 더 불안해졌다.

"데크, 미쳤어?"

레이첼이 말했다.

레이첼 역시 미소를 짓고 있었지만, 다소 망설임과 불안함이 배어 있었다.

"아니. 난 할 거야."

데크는 이렇게 말하며 코트를 찾았다. 랜디는 당혹스러웠고 또 두려웠다. 랜디는 데크의 짓궂은 미소를 보았다. 불안정하면서도 광적인 미소. 둘이 함께 산 지 벌써 3년이었다. 껄떡이와 똘똘이, 시스코와 판초, 배트맨과 로빈. 물론 랜디는 그 웃음을 알고 있었다. 데크는 농담이 아니었다. 아니 벌써 반쯤은 달려가고 있었다.

'농담이야, 시스코, 난 안 가.' 그 말이 목까지 넘어왔다. 하지만 데크가 미처 내뱉기도 전에 라베르네가 일어섰다. 그녀의 눈에도 시스코와 똑같은 광적인 미소가 걸려 있었다.(아니, 술을 너무 많이 마셨기 때문일 수도 있다.)

"나도 갈래."

"그럼, 가자고! 판초, 갈 거지?"

데크가 랜디를 보았다.

랜디는 그때 레이첼의 눈치를 살폈다. 그리고 레이첼의 얼굴에서 홀린 눈빛을 보았다. 데크와 라베르네는 함께 캐스케이드 호수에 가서 둘이서 밤새도록 뒹굴 수도 있었다. 물론 둘이서 그 짓을 했다는 것을 알고서 기쁘지는 않겠지만 놀라지도 않을 것이다. 하지만 저 여자의 눈빛은, 저 홀린 눈빛은…….

"오, 시스코!"

랜디가 말했다.

"오, 판초!"

데크가 큰 소리로 대꾸했다.

두 사람은 손뼉을 마주 쳤다.

뗏목까지 중간쯤 갔을 때 랜디는 물 위에 검은 흔적이 떠 있는 것을 보았다. 흔적은 뗏목 왼쪽 너머에 있었고, 호수 가운데에 더 가까웠다. 5분 정도만 늦게 봤더라도 어두워서 그냥 단순한 그림자로 생각하고 지나쳤을 것이다……. 기름인가? 랜디는 열심히 팔을 내저으며 그렇게 생각했다. 여자들도 바로 뒤에서 물장구를 치며 따라오고 있었다. 하지만 10월에, 그것도 폐쇄된 호수에 웬 기름덩이란 말인가? 게다가 그건 희한하게 둥글었고 작았다. 겨우 지름이 1.5미터 정도 되어 보였다.

"와우!"

데크가 소리치는 바람에 랜디는 시선을 돌렸다. 데크는 개처럼 물을 털면서 뗏목 옆에 매달린 사다리를 오르고 있었다.

"어때, 판초?"

"괜찮아!"

랜디는 이렇게 대답하고는 더 열심히 물을 갈랐다. 사실 생각했던 것만큼 나쁘지는 않았다. 물속에 들어와 움직이는 동안에는 말이다. 몸은 열기로 가득 찼고 에너지도 넘쳐흘렀다. 심장이 열심히 고동치며 안에서부터 자신를 데우고 있는 것도 느낄 수 있었다. 식구들이 케이프코드에 산 적이 있었는데, 그곳 물은 7월 중순에도 이곳보다 더 형편없었다.

"기분 엿 같지, 판초? 밖으로 나오면 더 끝내 줄 게다!"

데크가 신이 나서 외쳤다. 데크는 온몸을 문지르며 깡충깡충 뛰고 있었다. 뗏목이 심하게 흔들렸다.

호숫가를 향해 있는 하얀 나무 사다리에 손이 닿자, 랜디는 기름 덩어리가 다시 생각났다. 기름은 좀 더 가까이 다가와 있었다. 검은색 둥근 유막이 파도를 따라 흔들리고 있었는데, 마치 커다란 사마귀가 춤을 추고 있는 듯했다. 처음 보았을 때는 40미터 정도 떨어져 있는 것 같았는데 지금은 그 반 정도밖에 떨어져 있지 않았다.

'어떻게 그럴 수 있지? 어떻게······.'

그리고 랜디는 물 밖으로 나왔다. 차가운 공기가 살갗을 마구 할퀴었다. 처음 물에 뛰어들었을 때와 비교도 안 되는 끔찍한 추위였다.

"오오오오, 이런 제기랄!"

랜디가 소리를 질렀다. 키득거리고, 수영복 차림으로 부들부들 떨면서 말이다.

"판쪼, 이 비더먹을 개다식. 춥디? 수리 확 깨지 않냐?"

데크가 신이 나서 떠들어 대며 랜디를 꺼내 주었다.

"그래 깼어! 깨고말고!"

랜디는 데크가 했던 대로 깡충거렸고 두 팔로 가슴과 배를 찰싹찰싹 때렸다. 둘은 여자들 쪽을 보았다.

레이첼이 라베르네 앞에서 헤엄치고 있었는데, 라베르네는 물에 빠져 허우적거리는 개처럼 버둥거리고 있었다.

"아가씨들, 어때?"

데크가 외쳤다.

"아가리 닥쳐, 이 날강도야!"

라베르네가 외치는 소리에 데크가 뒤집어질 듯 웃어젖혔다.

랜디가 힐끗 돌아보았을 때 검은 동그라미는 더 가까이 와 있었다. 겨우 10미터. 이쪽으로 접근하고 있는 게 분명했다. 마치 드럼통 꼭대기를 그대로 도려낸 듯한 동그란 모양으로 물 위에 떠 있었지만, 파도와 함께 너울거리는 것으로 보아 표면이 단단한 것은 분명 아니었다. 공포, 뜬금없지만 강렬한 공포가 랜디를 휘어 감았다.

"빨리 헤엄쳐!"

랜디는 여자들에게 소리쳤고, 황급히 팔을 내밀어 사다리에 다다른 레이첼을 끌어당겼다. 갑자기 잡아당기는 바람에 레이첼은 무릎을 세게 부딪치고 말았다. 랜디도 탁 하는 둔탁한 소리를 들었다.
"아야! 야, 너……."
라베르네는 여전히 10미터 떨어져 있었다. 랜디는 다시 돌아보았다. 어느새 그것은 뗏목에 바짝 다가와 있었다. 몸은 기름처럼 시꺼멓지만 분명 기름은 아니었다. 그러기에는 너무나 까맸고, 너무나 진했고, 너무나 매끄러웠다.
"랜디, 아프잖아. 무슨 짓이야, 이것도 장난이라고……."
"라베르네! 빨리!"
이제 그건 단순한 두려움이 아니라 공포였다.
라베르네가 위를 올려다보았다. 직접 공포를 감지한 것은 아니었지만, 적어도 랜디의 목소리에서 위급한 상황임을 직감했다. 라베르네는 당혹스러운 마음에 더 열심히 개헤엄을 쳐서 사다리에 다가갔다.
"랜디, 너 왜 그래?"
데크가 물었다.
랜디가 돌아보니 놈은 뗏목의 모퉁이에서 몸을 접고 있었다. 마치 입을 뻐끔거리며 전자 쿠키를 먹어 대는 팩맨의 모습 같았다. 그 순간 놈이 모퉁이를 돌더니 뗏목을 따라 미끄러지기 시작했다. 한 끝이 뾰족하게 늘어나고 있었다.
"끌어올리게 도와줘! 어서!"
랜디가 데크를 노려보며 라베르네를 향해 팔을 뻗었다.
데크는 알았다는 듯 어깨를 으쓱하고는 라베르네의 다른 손을 잡았다. 두 사람이 라베르네를 뗏목 위로 끌어올리는 순간 검은 물체가 사다리 옆을 스르르 미끄러져 지나갔다. 놈이 사다리의 세로대를 지나며 옆으로 잔물결이 일었다.
"랜디, 너 미쳤냐?"
라베르네는 거칠게 숨을 몰아쉬었는데, 상당히 겁을 먹은 모습이었다. 유두가 브래지어 밖으로 선명하게 비쳤다. 유두가 딱딱하게 곤두 섰기 때문이다.
"저거. 데크, 저게 뭐지?"
랜디가 손으로 가리키며 말했다.
데크도 놈을 보았다. 뗏목 왼쪽 모퉁이에 다다른 물체는 이제 한쪽으로 떨어져나가며 조금씩 제 모습을 되찾기 시작했다. 그러고는 그곳에 그대로 머물렀다. 이제는 네 사람 모두 놈을 보았다.
"기름 같은데?"
데크가 말했다.
"너 때문에 무릎 아파 죽겠어."
레이첼은 물 위의 검은 물체를 보며 이렇게 말하고는 이내 랜디에게 눈을 흘겼다.
"도대체……"
"기름은 아냐. 너, 저렇게 동그란 유막 본 적 있어? 오히려 바둑알 같잖아."
랜디가 말했다.
"유막이고 뭐고 본 적도 없다고."
데크가 대답했다.
사실 데크는 라베르네를 보고 있었다. 라베르네의 팬티도 거의 브래지어만큼이나 투명했다. 금단의 숲이 얇은 헝겊에 그대로 내비쳤고 두 엉덩이도 팽팽한 초승달의 형상을 그렸다.

"난 미주리 출신이야. 그 따위에 관심도 없단 말이다."

"상처가 남으면 어떡해."

레이첼이 투덜댔지만 노여움은 많이 가라앉은 목소리였다. 레이첼은 넋을 잃고 라베르네를 바라보는 데크를 보고 있었다.

"맙소사, 너무 추워."

라베르네가 오들오들 몸을 떨며 말했다.

"저게 여자 애들 쪽으로 다가갔어."

랜디가 말했다.

"이런, 판초. 너 아직 술이 덜 깼구나."

"정말이야, 여자들 쪽으로 갔다니까."

랜디는 고집스럽게 되뇌었다. 문득 이런 생각이 들었다. 아무도 우리가 여기 온 줄 몰라. 아무도.

"너 유막을 본 적이나 있냐?"

데크는 자연스럽게 라베르네의 벗은 어깨에 팔을 둘렀는데 아까도 그런 식으로 레이첼의 가슴을 건드렸다. 아직 라베르네의 가슴을 건드리지는 않았지만 거의 닿을 듯했다. 랜디는 개의치 않았다. 건드리든 말든. 지금 랜디의 머릿속을 떠도는 것은 물 위에 뜬 검은 물체뿐이었다.

랜디가 대답했다.

"4년 전에 케이프에서 봤어. 기름에 떠내려 온 새들을 끌어내 물로 씻고 있었지."

"환경의 파수꾼 판초! 하여간 대단한 놈이라니까."

데크가 놀리듯 말했다.

"굉장히 컸어. 호수를 온통 뒤덮었으니까. 서로 엉겨 붙은 채 길게 늘어서 있었어. 하지만 저런 건 본 적이 없어. 너도 알겠지만 기름은 뭉치지 않는단 말이야."

그러고 나서 랜디는 이렇게 말하고 싶었다.

'그건 사고처럼 보였어. 지금은 달라. 저놈은…… 일부러 다가온 것 같단 말이야.'

"집에 가고 싶어."

레이첼이 말했다.

레이첼은 여전히 데크와 라베르네를 보고 있었다. 랜디는 레이첼의 얼굴에서 상심의 흔적을 보았다. 그리고 자기가 그런 표정을 짓고 있다는 것을 레이첼도 알고 있을까 궁금했다.

"가라."

라베르네였다.

라베르네의 표정에는 승리에 대한 확신이 보였다. 랜디는 그렇다고 생각했다. 물론 개인적인 감정이 작용했겠지만 잘못 본 것 같지는 않았다. 라베르네의 표정은 특별히 레이첼을 겨냥한 것은 아니지만, 그렇다고 레이첼 앞에서 숨기려 하지도 않았다.

라베르네는 데크에게 한 발짝 다가섰다. 사실 한 발짝밖에 다가설 공간이 없었다. 두 사람의 엉덩이가 살짝 달라붙었다. 잠깐 동안 랜디도 물 위에 떠 있는 물체에서 시선을 떼고 묘한 증오심으로 라베르네를 바라보았다. 랜디의 시선엔 묘한 증오가 담겨 있었다. 한 번도 여자를 때려 본 적이 없지만 그 순간만큼은 속이 후련하게 갈겨 주고 싶다는 생각이 들었다. 라베르네를 사랑해서가 아니라(물론 그 여자에게 빠져 있던 것은 사실이다. 그 여자를 보면 슬그머니 뻣뻣해지기도 했고, 데크 방에 들락거릴 때에는 화가 나 미칠 것 같았다. 하지만 정말로 사랑하는 여자였다면 데크 주변 20킬로미터 안으로 데려오지도 않았을 것이다.) 레이첼을 향한 그 여자의 표정을 본 적이 있기 때문이었다. 그 표정의 내면에서 어떤 일이 벌어지고 있는지도.

"무섭단 말이야."

레이첼이 몸을 부르르 떨었다.

"기름 덩어리가?"

라베르네가 믿을 수 없다는 표정을 짓더니 깔깔거리며 웃었다. 라베르네를 패고 싶다는 충동이 다시 랜디를 휩쓸고 지나갔다. 있는 힘껏 휘둘러 저 여자의 오만한 표정에 새빨간 손자국을 영원히 새겨 두고 싶었다.

"그럼, 수영해서 돌아갈 수 있는지 보자."

랜디가 말했다.

"난 아직 돌아갈 준비가 안됐는걸?"

라베르네가 꾸짖는 시선으로 랜디를 보며 말했다. 마치 아이를 달래기라도 하는 투였다. 라베르네는 하늘을 올려다보더니 다시 데크를 보았다.

"별이 나오는 걸 보고 싶어."

레이첼은 자그마하고 예쁘장하지만, 워낙에 제멋대로라 마치 뉴욕의 말괄량이 같았다. 아침이면 앞이나 옆이 트인 세련된 치마를 입고 출근을 서두르는 여자들 말이다. 그런 여자들은 한결같이 '난 얼굴값 할 거야.' 라는 표정을 짓게 마련이다. 레이첼의 눈은 항상 반짝거렸지만, 그런 식의 생생함이 원래의 밝은 성격에서 비롯된 것인지, 아니면 그저 억제되지 않은 갈망 때문인지는 알 수 없었다.

데크는 키가 크고 머리가 검고 졸린 듯한 자두 눈을 한 여자를 더 좋아했다. 랜디는 데크와 레이첼의 관계가 이제 끝났다고 생각했다. 그 둘의 관계가 어떤 것이었든지 말이다. 사실 그동안 데크는 조금 따분해했고 레이첼 쪽에서만 이것저것 괴로워하고 고민하는 눈치였다. 너무나 순식간에 분명하게 끝났다. 랜디는 툭 끊어지는 소리를 들은 것도 같았다. 무릎으로 마른 불쏘시개를 부수는 소리.

랜디는 소심한 성격이었지만 다가가 레이첼을 안아 주었다. 레이첼이 잠시 랜디를 올려다보았다. 내키지는 않지만 그래도 고마워하는 눈치였다. 랜디는 조금이나마 레이첼에게 위로가 되었다는 사실이 기뻤다. 그리고 덕분에 자신도 조금 마음이 편해졌다. 그녀의 표정, 그녀의 태도…….

랜디는 그 모습을 처음에는 텔레비전 게임 쇼와 연결했고, 나중에는 크래커나 웨이퍼 같은 과자 선전을 떠올렸다. 이유는 모르겠지만 레이첼은 그때 샌디 던컨처럼 보였다. 브로드웨이에서 피터 팬을 재공연했을 때 주연을 했던 여배우 말이다.

"저게 뭐지? 랜디, 도대체 저게 뭐야?"

레이첼이 물었다.

"나도 몰라."

랜디는 데크를 보았다. 데크도 미소를 지으며 랜디를 보고 있었다. 경멸 어린 미소가 아니라 흔히 보았던 따스한 우정의 미소였지만…… 그건 동시에 경멸의 미소이기도 했다. 데크의 표정은 이렇게 말하고 있었다. '하, 겁쟁이 기사님 나셨구먼, 그래. 이봐,

팬티에다 오줌이나 지리지 말라고.' 하지만 랜디는 이렇게 중얼거렸다. '그래 아무것도 아냐. 무서워할 것 없어. 곧 가 버릴 거라고.' 랜디는 데크에게 아무 말도 하지 못했고 데크는 계속 비릿한 미소를 흘렸다. 그렇다. 랜디는 물 위에 뜬 검은 덩어리가 무서워 죽을 지경이었다. 그것만은 분명했다.

레이첼은 랜디하고 떨어져 뗏목 가장자리에 놈과 가까운 쪽에 예쁘게 무릎을 꿇고 앉았다. 잠깐 동안 그 모습은 더욱 더 화이트록 라벨에 인쇄된 소녀를 떠오르게 했다. 화이트록의 광고 모델, 샌디 던컨. 랜디는 마음속으로 아멘을 외쳤다. 짧게 자른 머리, 물에 젖은 약간 거친 금발이 예쁘게 생긴 두상에 달라붙어 있었다. 하얀 브래지어 끈 위로 드러난 어깨에 닭살이 돋아나 있었다.

"레이첼, 왜 뛰어내리게?"

라베르네는 이제 노골적으로 비웃었다.

"그만둬, 라베르네."

데크가 말렸지만 미소까지 거두지는 않았다.

두 사람은 뗏목 가운데쯤 서 있었는데, 서로의 허리를 부드럽게 끌어안고 있는 데다 엉덩이까지 딱 달라붙은 모습이었다. 랜디는 시선을 거두어 레이첼을 보았다. 순간 공포가 척추를 훑더니, 마치 불처럼 전신을 휘감았다. 검은 덩어리는 이미 레이첼이 무릎을 꿇고 있는 곳과 거리를 반으로 좁혀 놓고 있었다. 조금 전만 해도 2~3미터는 떨어져 있었는데 이제 1미터 정도밖에 떨어져 있지 않았다. 그리고 레이첼의 이상한 눈빛……. 레이첼의 텅 빈 두 눈은 그 검은 물체를 닮아 가고 있었다!

'화이트록의 샌디 던컨이 나비스코 허니 그래험즈의 풍부한 맛

에 빠져 몽롱한 표정을 짓고 있네.'

문득 바보처럼 이런 생각이 들었다. 그리고 놈의 속도에 비례해 랜디의 심장박동도 빨라졌다.

"거기서 떨어져, 레이첼!"

모든 것이 순식간에 벌어졌다. 순식간에 폭죽이 터져 사라지듯. 하지만 랜디는 모든 것을 똑똑히 보고 들었다. 순간 하나 하나가 캡슐 안에 담겨지듯 너무나도 분명했다.

라베르네는 웃고 있었다. 맑은 오후 시간대의 방송에서 들었으면 여대생의 웃음소리로 들렸을 테지만, 이미 어두워진 그곳에서는 항아리에 독약을 끓여 대는 마녀의 찢어지는 파안대소처럼 들렸다.

"레이첼, 그러다가 너 정말로 떨……."

데크가 말을 끝맺기도 전에 레이첼이 말을 가로막았다. 생애 처음이자 마지막으로 가장 확신 있는 듯 외쳤다.

"색깔이 있어!"

레이첼의 목소리에는 감탄과 경이가 가득 담겨 있었다. 텅 빈 두 눈은 물속의 검은 물체를 홀린 듯이 바라보고 있었다. 랜디도 레이첼이 가리키는 것을 보았다. 색깔, 그렇다, 색깔이었다. 마치 소용돌이처럼 안쪽으로 말려 들어가는……. 그러자 색은 사라지고 다시 단조롭고 무심한 검은색으로 돌아갔다.

"너무나 예뻐……."

"레이첼!"

레이첼이 놈을 향해 손을 내밀었다. 소름으로 가득 덮인 하얀 팔, 그리고 손……. 손을 내밀어 놈을 만지려 하는 것이었다! 이로 물어뜯어 짓물린 손톱이 보였다.

"레……"

데크가 레이첼과 랜디 쪽으로 다가오자 뗏목이 살짝 기우뚱했다. 그때 랜디는 레이첼에게 손을 내밀었다. 레이첼을 잡아당길 셈이었다. 데크에게 기회를 빼앗기고 싶지 않았던 것일까?

레이첼의 손이 물에 닿았다. 그리고 팔목이 호수 표면에 잔잔한 물결을 일으켰다. 곧이어 그 검은 물체가 레이첼의 손을 덮쳤다. 랜디는 레이첼이 헉 하고 놀라는 소리를 들었다. 레이첼의 눈에서 멍한 눈빛이 사라지고 고통이 그 자리를 대신했다.

사악한 덩어리는 진흙처럼 레이첼의 팔을 감쌌고, 랜디는 그 밑으로…… 살갗이 녹아내리는 것을 보았다. 레이첼은 있는 대로 비명을 질렀다. 레이첼의 몸이 물 쪽으로 기울었다. 레이첼은 랜디를 향해 한 팔을 휘저었고 랜디도 그쪽을 향해 팔을 허우적거렸다. 두 손이 스치듯 미끄러졌다. 그 순간 레이첼이 랜디를 보았는데, 빌어먹게도 여전히 샌디 던컨처럼 보였다. 그리고 레이첼은 물 위로 철퍽 떨어졌다.

놈은 레이첼이 떨어진 수면 위를 그대로 덮쳤다.

"도대체 무슨 일이야? 왜 그래, 응? 레이첼이 떨어진 거야? 무슨 일이냐고?"

라베르네가 뒤에서 비명을 질렀다.

"그게 아냐."

데크가 말했지만 전혀 평소의 목소리 같지 않았다.

세 사람은 레이첼이 호수 위에서 허우적거리는 모습을 보았다. 레이첼의 두 팔이, 아니, 한 팔이 솟아오르며 흔들렸다. 다른 팔은 검은 막으로 뒤덮여 있었다. 빨간 로스트비프 덩어리에서 힘줄로 만들어진 듯한 여러 겹의 검은 막이 레이첼을 먹어들고 있었다.

"살려 줘!"

레이첼이 비명을 질렀다.

레이첼의 눈이 친구들을 보다가 멀어지다가 다시 보다가 멀어지기를 반복했다. 누군가가 한밤중에 아무렇게나 흔들어 대는 촛불 같았다. 레이첼이 내동댕이쳐질 때마다 표면에 거품이 가득 일었다.

"살려 줘. 너무 아파. 그만 해, 아프단 말이야!"

랜디는 데크가 미는 바람에 넘어졌다가 다시 일어나, 물속으로 뛰어들 자세를 취했다. 레이첼의 목소리를 도저히 외면할 수가 없어서였다. 하지만 데크가 막아섰다. 데크는 커다란 두 팔로 랜디의 가냘픈 가슴을 끌어안았다.

"안 돼, 이미 죽었어. 이 멍청아, 너 눈 없어? 죽었다고, 판초!"

데크가 거칠게 속삭였다.

검은색의 두꺼운 막이 레이첼의 얼굴을 휘장처럼 감싸는 것이 보였다. 비명 소리가 갑자기 탁해지더니, 잠시 후에는 그마저 들리지 않았다. 검은 물체는 이제 레이첼을 친친 동여매고 강한 황산처럼 살을 파고들었다. 레이첼의 경정맥이 녹아 들어가며 검은 피를 토해 내자, 놈은 그 피를 쫓아 위족을 뻗었다.

랜디는 자신이 보고 있는 것을 믿을 수도, 이해할 수도 없었다. 하지만 분명한 것은, 자신이 정신을 잃은 것도 아니고, 꿈을 꾸고 있거나 환각을 본 것도 아니라는 사실이었다.

라베르네도 비명을 질렀다. 자신의 두 눈을 때리면서. 마치 감상적인 무성영화의 한 장면 같았다. 랜디는 그 사실을 지적하며 깔깔 웃어 대고 싶었다. 하지만 아무 소리도 낼 수가 없었다.

랜디는 다시 레이첼을 돌아보았다. 하지만 이제 레이첼은 거의 남아 있지 않았다.

레이첼의 몸부림은 이제 간헐적인 발작 정도에 지나지 않았다. 검은 괴물은 조용 조용 힘차게 레이첼을 빨아먹고 있었다.

'더 커졌어! 더 커졌어. 분명해!'

랜디는 생각했다.

레이첼은 손으로 그놈을 때렸지만, 손은 당밀이나 파리끈끈이에 붙은 것처럼 딱 달라붙어 끝내 먹혀 들어갔다. 레이첼의 형체는 완전히 검은 물체에 뒤덮여 윤곽만이 남아 있을 뿐이었다. 아직 움직이고는 있으나 그건 스스로의 의지가 아니라 놈에 의해 마구잡이로 뒤집히는 것에 지나지 않았다. 그리고 그 형체마저 점점 모호해지며 놈은 여기저기에서 하얀 조각들을 뱉어 내기 시작했다. 뼈였다. 욕지기가 치밀어 올랐다. 랜디는 몸을 돌려 뗏목 가장자리에 무기력하게 토하기 시작했다.

라베르네는 아직 비명을 지르고 있었다. 그러다 갑자기 철썩하고 둔탁한 소리가 들렸고 라베르네는 비명을 멈추고 흐느껴 울었다.

'데크가 때렸군. 그거 알아? 나도 그러고 싶었다는 거.'

랜디는 생각했다.

랜디는 입을 훔치며 뒷걸음쳤다. 온몸에 힘이 빠지고 욱신거렸다. 그리고 무서웠다. 실오라기밖에 남지 않은 정신이었지만 정말로 무섭다고 생각했다. 곧 랜디도 비명을 지르기 시작할 것이다.

뗏목 459

그러면 데크가 또 뺨을 갈겨야 할 것이다. 데크는 절대 당황하지 않는다. 절대, 그럴 리가 없다. 데크는 영웅 타입이었다.

'예쁜 여자들이랑 놀고 싶다고? 그러면 슈퍼맨이 되라고.'

랜디는 속으로 즐겁게 노래까지 불렀다.

데크가 말을 걸었지만 랜디는 하늘만 바라보았다. 어떻게든 머릿속을 정리해야 했다. 레이첼이 검은 괴물에게 먹혀 사라진 광경을 머릿속에서 지워내야 했고, 라베르네처럼 데크에게 얻어맞고 싶지도 않았다.

하늘에서는 샛별들이 하나 둘씩 모습을 드러내기 시작했다. 마지막 햇살이 서쪽 너머로 사라지며 북두칠성의 모습도 더욱 뚜렷해졌다. 7시 30분이 돼 가고 있었다.

랜디가 가까스로 입을 열었다.

"오, 씨스으으코. 우리 저엉말 큰일 난 거야, 안 그으래?"

"저게 뭐지? 저게 레이첼을 먹었어. 너도 봤지? 레이첼을 먹었다고. 통째로 삼켰단 말이야! 저게 도대체 뭐냐고?"

데크는 랜디의 어깨를 아프게 꽉 쥐었다.

"나도 몰라. 모른다고 했잖아!"

"랜디, 네가 모르면 어떻게 해! 넌, 인마, 넌 빌어먹을 천재잖아, 엉? 과학이란 과학은 모조리 꿰고 다녔잖아, 인마!"

데크는 거의 비명을 지르고 있었다. 데크의 그런 모습을 보니 랜디는 왠지 기운이 나는 것 같았다.

"과학책에 저런 게 어디 있어? 내가 저런 걸 본 건 열두 살 때 리알토에서 본 핼러윈 영화가 마지막이란 말이야."

놈은 다시 둥근 형태로 돌아가고 있었다. 뗏목에서 3미터 정도 떨어진 곳이었다.

"더 커졌어."

라베르네가 신음 소리를 냈다.

랜디가 처음 보았을 때 놈은 지름이 1.5미터 정도였다. 이제 놈은 3미터에 육박했다.

"레이첼을 먹고 커졌어!"

라베르네가 외치더니 다시 비명을 지르기 시작했다.

"입 닥쳐! 안 그러면 턱을 박살내 준다!"

데크가 고함치자 비명을 멈추었지만, 라베르네는 그러고도 한참 동안을 훌쩍거렸다. 누군가가 바늘을 떼지 않고 전축의 전원을 껐을 때 나는 소리 같았다. 라베르네의 눈은 이미 쟁반만 해졌다.

데크가 다시 랜디를 돌아보았다.

"넌 괜찮냐, 판초?"

"글쎄, 아마 그럴 거야."

데크가 미소를 지으려 했는데, 랜디는 그런 모습에 소름이 끼쳤다. 설마 이 지경을 즐기고 있다는 말인가?

"맙소사. 저게 뭔지 짐작도 안 간다는 말이지?"

랜디는 고개를 저었다. 어쩌면 그냥 기름 덩어리인지도 모른다. 아니면 무슨 일이 있기 전까지는 기름 덩어리였을지도……. 어쩌면 우주 광선에 맞았을 수도 있다. 아니면, 아서 고드프리(40년대 유명 쇼 진행자—옮긴이)가 원자 조미료로 비스킷을 만들다 실패한 것일까? 누가 알겠는가?

"저놈 모르게 헤엄쳐 갈 수 있을까?"

데크가 랜디의 어깨를 흔들며 물었다.

뗏목 461

"안 돼!"

라베르네가 앙칼진 목소리로 외쳤다.

"시끄러! 아가리를 찢어 버리기 전에. 거짓말 아냐!"

데크가 다시 목소리를 높였다.

"놈이 얼마나 빠르게 레이첼을 덮쳤는지 봤잖아."

랜디가 말했다.

"그땐 배고팠을지도 모르잖아. 지금은 배부를 거고."

데크가 대꾸했다.

문득 랜디는 뗏목 가장자리에 무릎을 꿇고 있던 레이첼의 모습이 떠올랐다. 브래지어와 팬티만 걸치고 있던, 너무나도 차분하고 예뻤던 그녀. 아랫도리가 다시 뻣뻣해지기 시작했다.

랜디가 덤덤한 목소리로 말했다.

"해 보든지."

데크도 무덤덤하게 랜디의 농담을 받아넘겼다.

"오, 파안초."

"오오, 시이스코."

라베르네가 중얼거렸다.

"집에 가고 싶어. 응?"

아무도 대답하지 않았다.

"그래, 놈이 사라질 때까지 기다리자. 왔으니까 갈 때도 있겠지."

데크가 말했다.

"글쎄."

데크는 랜디를 보았다. 어두웠지만 랜디가 인상을 쓰고 있는 게 보였다.

"글쎄? 야 인마, 글쎄는 뭐가 빌어먹을 글쎄야?"

"우리가 오고 놈이 왔어. 놈이 오는 걸 봤는데, 냄새를 맡는 것 같았어. 네 말대로 배가 찼다면 떠나겠지. 나도 그렇게 생각해. 하지만 아직 씹을 게 필요하다면……."

랜디는 어깨를 으쓱했다.

데크는 고개를 숙인 채 심각한 표정을 지었다. 짧은 머리가 바람에 팔랑거렸다.

"기다리자. 물고기라도 먹고 꺼지겠지."

데크가 체념하듯 내뱉었다.

15분이 지났다. 아무도 입을 열지 않았다. 날은 더욱 추워졌다. 10도 정도 되는 듯했다. 모두가 속옷 차림이었다. 처음 10분이 지나자 랜디의 이가 덜그럭거리는 소리가 나기 시작했다. 라베르네가 옆으로 다가가려 했으나, 데크는 밀어 버렸다. 부드럽지만 매몰찬 동작이었다.

"혼자 있을래."

데크가 말했다.

결국 라베르네는 그 자리에 앉아 덜덜 떨면서 두 팔로 몸을 끌어안은 채 양팔을 문질렀다. 라베르네는 랜디를 보았다. 다시 돌아와 자신을 안아 줄 수 있는지 묻고 있는 듯했다. 지금은 너라도 필요하다고 말이다.

랜디는 시선을 피해 물 위에 떠 있는 검은 동그라미를 보았다. 놈은 다가오지도 않고 그렇다고 떠나지도 않은 채 그 자리에 떠 있었다. 랜디는 해변 쪽을 보았다. 그곳엔 모래사장이 보였고 유령처럼 둥둥 떠다니는 듯한 하얀 초승달이 있었다. 모래사장 뒤편으로 나무들이 어둡고도 짙은 수평선을 그려 냈다. 데크의 카마로가 보이는 것 같기도 했지만 확신이 가지는 않았다.

"우린 충동적으로 떠났어."

데크가 말했다.

"그래."

랜디가 대답했다.

"아무한테도 말하지 않고."

"그래."

"당연히 우리가 여기 있는지 아는 사람이 없겠지."

"그래."

"그만 해! 그만 하라고. 무서워 죽겠어!"

라베르네가 외쳤다.

"입 닥쳐!"

데크가 무심결에 말했다. 랜디는 저도 모르게 웃음이 나왔다. 지금까지는 저 소리를 들을 때마다 오금이 저리곤 했는데.

"여기서 밤을 지새워야 한다면, 그러면 돼. 아침엔 누군가 우리 목소릴 들을 거야. 우리가 어디 호주 오지에 있는 것도 아니잖아. 안 그래, 랜디?"

랜디는 대답하지 않았다.

"안 그래?"

"데크, 우리가 어디 있는지 알잖아. 몰라서 그래? 우린 41번 국도에서 꺾어져 뒷길로 10킬로미터나 들어왔다고."

"20미터마다 별장이 있었어."

"여름 별장이야. 지금은 10월이고. 다 빈집들이란 말이야. 뼈까 뻔쩍한 빈집들이지. 집 앞을 지나갈 때 못 봤니? 20미터마다 출입 금지라고 적혀 있는 빌어먹을 대문들 말이야."

"그래? 그럼 관리인이라도 있겠지."

데크는 다소 당혹스럽고 난감한 표정을 지었다. 설마, 겁먹은 건가? 오늘 밤 처음으로, 아니, 이번 달, 올해, 어쩌면 평생 처음으로? 이제 무시무시한 생각이 들었다. 데크가 두려움 보호막을 잃어버린 거라면? 랜디는 확신할 수는 없지만, 어쩌면 그럴 수도 있다고 생각했다. 그러자 왠지 기분이 좋아지기도 했다.

"데크, 훔칠 것도 없고 부술 것도 없어. 관리인이 있다 해도 기껏 두 달에 한 번이나 들르겠지."

"사냥꾼들은?"

"다음 달에나 오겠지."

랜디가 이렇게 말하고는 입을 닫아 버렸다. 결국 스스로를 겁주는 데도 성공하고 만 것이다.

"어쩌면 우릴 건드리지 않을지도 모르잖아. 어쩌면 말이야. 그냥 떠날 수도……."

라베르네가 동의를 구걸하듯 애매한 미소를 지으며 말했다.

"야, 꿈 깨."

데크가 라베르네의 말을 끊었다.

"놈이 움직여!"

랜디가 외쳤다.

라베르네가 헐레벌떡 자리에서 일어났다. 데크가 랜디 쪽으로 오는 바람에 뗏목이 기울어졌다. 덕분에 랜디의 심장이 조랑말처럼 뛰었고 라베르네도 다시 비명을 질렀다. 데크가 얼른 뒷걸음질 쳐서 뗏목의 균형을 잡았다. 하지만 그 와중에 백사장과 마주 한 왼쪽 모퉁이가 뗏목의 다른 부분보다 깊숙이 가라앉은 것은 어쩔 도리가 없었다.

놈은 놀라운 속도로 미끄러져 왔다. 그리고 랜디는 레이첼이 본 놈의 색깔을 보았다. 검은 표면을 가로질러 소용돌이치는 빨강, 파랑, 노랑의 향연. 그건 마치 광섬유로 빚어낸 빛의 향연과도 같았다. 놈은 파도를 따라 오르락내리락 하면서 빛깔을 바꾸었고 소용돌이쳐 색을 뒤섞어 놓았다. 랜디는 자신이 힘없이 그 위로 떨어지려 한다는 사실을 깨달았다. 랜디는 정말로 앞으로 몸을 기울이고 있었다.

랜디는 안간힘을 다해 오른손 주먹으로 코를 갈겼다. 그건 정신을 놓지 않으려는 최후의 발악 같은 것이었다. 어떻게든 최후의 순간만은 피해야겠다는 의지……. 코가 화끈거렸다. 따뜻한 피가 입술을 타넘는 것도 느낄 수 있었다. 하지만 덕분에 뒤로 물러설 수 있었다. 그리고 외쳤다.

"보지 마, 데크! 절대 보면 안 돼! 색으로 혼을 빼 놓는 놈이야!"
"뗏목 아래로 기어 들어가려 하나 봐. 도대체, 이게 뭘까, 판초?"
데크가 가라앉은 목소리로 말했다.

랜디는 놈을 보았다. 조심스럽게, 신중하게 살펴 나갔다. 놈은 피자를 반으로 자른 듯한 모습으로 바꾸어 뗏목 옆을 파고들려 했다. 한동안은 뗏목 옆에서 쌓이고 뭉치는 것처럼 보였다. 랜디는 순간 놈이 뗏목 위로 타고 올라오고 있다고 생각했다.

하지만 놈은 아래쪽을 파고들었다. 문득 이상한 소음이 들렸다.

거친 캔버스천을 좁은 창문으로 잡아당길 때 나는 소리였다. 환청이었을까?

"밑으로 들어간 거야?"

라베르네가 말했다. 라베르네는 있는 힘을 다해 가까스로 말을 하는 것처럼 어색하지만 차분하게 말하다가 이내 소리치기 시작했다.

"뗏목 아래로 들어갔냐고? 우리 아래 있는 거야?"

"그래."

데크가 대답하고는 다시 랜디를 보고 말했다.

"나 헤엄칠 거야. 놈이 아래에 있으니까 좋은 기회잖아."

"안 돼! 안 돼. 떠나지 마! 제발……."

"나, 수영 잘해. 그러니, 놈이 아래 있을 때 달아날 수 있어."

데크는 여전히 랜디만을 보았다. 라베르네는 안중에도 없는 모양이었다.

랜디는 머리가 엄청난 속도로 빙글빙글 도는 기분이었다. 싸구려 롤러코스터를 탄 것 같았다. 아직은 시간이 있다. 뗏목을 받치고 있는 드럼통들의 텅 빈 소리를 들을 시간이, 백사장 뒤 숲 속 나뭇잎들이 작은 바람에 떨어지며 바르르 떠는 소리를 들을 시간이, 왜 놈이 뗏목 아래로 숨어 들어갔는지 고민할 시간이 있다.

"그럴 수도. 하지만 호숫가에 닿을 수 있을지는……."

랜디가 데크에게 말했다.

"갈 수 있어."

데크가 랜디의 말을 끊고는 뗏목 끝을 향해 움직였다.

데크는 두 발짝을 떼고 멈춰 섰다.

데크의 숨소리가 엄청난 속도로 빨라지기 시작했다. 마치 평생 최고 속도의 50미터 수영을 준비하는 사람 같았다. 그러더니 갑자기 숨소리가 멈췄다. 누군가 호흡의 스위치를 끈 것처럼 그냥 멈춰 버린 것이다. 데크가 고개를 돌리자 목에 잔뜩 생긴 목 힘줄이 먼저 보였다.

"판초……."

데크가 놀라서 메인 목소리로 말했다. 그러고서 마구 비명을 질러 댔다.

데크는 사력을 다해 소리를 질렀다. 커다란 바리톤의 목소리가 어두운 호수면을 질주하더니 이윽고 기이한 불협화음의 메아리가 되어 돌아왔다. 랜디는 그저 비명 소리라고 생각했는데 그건 분명 단어였다. 두 개의 단어를 끊임없이 반복하고 있었던 것이다.

"내 발! 내 발! 내 발! 내 발!"

랜디는 아래쪽을 보았다. 데크의 한 발이 기묘하게 가늘어 보였다. 이유는 분명했지만, 선뜻 그 이유를 받아들일 수가 없었다. 절대 불가능했고 너무나 기괴했기 때문이다. 뗏목의 갑판 역할을 하는 두 널빤지 사이로 데크의 발이 끌려 들어가고 있었다.

그리고 뒤꿈치와 발가락을 감싸고 있는 검은 빛을 보았다. 소용돌이치는 악마의 색을 지닌 살아 있는 검은 빛.

놈이 데크의 발을 잡은 것이다. ("내 발!"이 기초적인 사실을 증명이라도 하듯 데크는 비명을 질러 댔다. "내 발! 내 발! 내에에 바아아알!") 아마도 갑판 틈새에 발을 디딘 순간(얼레리꼴레리, 금 밟았대요. 랜디의 머릿속에서 말도 안 되는 노랫소리가 들렸다.) 놈이 데크의 발을 낚아챈 모양이었다. 놈이…….

"잡아 빼! 잡아 빼, 데크. 젠장, 빼란 말이야!"
랜디가 데크에게 외쳤다.
"무슨 일이야?"
라베르네가 소리를 질렀다. 랜디는 어렴풋이 라베르네가 자신의 어깨를 흔들고 있음을 느꼈다. 사실 날카롭게 다듬은 손톱이 발톱처럼 어깨를 파고들고 있었다. 정말 일생에 도움이 안 되는 여자였다. 랜디가 팔꿈치로 라베르네의 배를 가격했다. 라베르네는 개 짖는 소리를 내며 바닥에 엉덩방아를 찧었다. 랜디는 달려가 데크의 팔을 잡았다.

데크의 팔은 마치 카라라 대리석처럼 단단했고, 모든 근육이 공룡 화석 모형의 갈비뼈처럼 두드러졌다. 데크를 잡아당기는 일은, 말 그대로 로봇이 커다란 나무를 뽑아 내는 것과도 같았다. 데크는 반짝이는 두 눈으로 믿지 못하겠다는 듯 이미 짙은 보랏빛으로 변한 하늘을 바라보며 여전히 비명을 지르고 지르고 또 질렀다.

아래를 내려다보니 데크의 발은 이제 발목까지 보이지 않았다. 불과 2센티미터, 아니 1.5센티미터밖에 되지 않은 틈이건만, 발이 기적처럼 그 틈새로 꺼져 들고 있었다. 검고 짙은 피가 하얀 갑판을 넝쿨손처럼 기어 다니기 시작했다. 놈은 불에 녹은 플라스틱처럼 널빤지의 틈새를 쿨럭거리며 드나들었다. 오르락내리락……. 마치 박동하는 심장 같았다.

'빼내야 해. 어서 빼내야 해. 빨리 빼내지 못하면 다시는 데크를……. 꼭 잡아, 시스코. 제발 꼭 잡으라고…….'

갑판 한가운데 옹이처럼 틀어 박혀 비명을 지르는 데크 나무. 라베르네도 데크에게서 뒷걸음치기 시작했다. 캐스케이드 호수

위 10월의 별들이 반짝거리고 있었다. 라베르네는 랜디에게 얻어맞은 배를 끌어안은 채 하릴없이 고개만 흔들었다.

데크는 안간힘을 다해 랜디의 팔을 붙잡고 몸을 빼내려고 했다. 랜디는 아래를 내려다보았다. 데크의 정강이에서 피가 뿜어져 나오기 시작했는데, 발목 끝이 마치 잘 깎은 연필처럼 날카로웠다. 하지만 그 끝은 까만색이 아니라 흰색이었다. 예리하게 깎여 나간 데크의 뼈였다.

검은 물체가 솟아올라 데크를 먹고…… 빨아 마셨다.

데크가 울부짖었다.

'이제 다시는 그 발로 축구 따위는 하지 못할 거야. 뭐, 발이라고? 하하?'

랜디는 온 힘을 다해 데크를 잡아당겼다. 여전히 나무를 통째로 뽑아 내는 기분이었다.

데크의 몸이 기울어졌다. 데크의 길고 소름끼치는 비명 때문에 랜디는 두 손으로 귀를 틀어막고 뒷걸음질 치며 비명을 지르고 말았다. 이제 정강이가 아니라 장딴지의 땀구멍마다 피가 맺히기 시작했다. 무릎 뼈가 보랏빛을 띠며 잔뜩 부풀어 오른 것으로 보아 그 안으로 엄청난 압력이 가해지는 모양이었다. 놈이 좁은 틈새로 데크의 다리를 끌어당기며 생긴 압력일 것이다.

'안 돼. 놈이 너무 강해. 이제 도리가 없어. 데크, 미안해, 정말 미안해.'

"나 좀 안아 줘, 랜디."

라베르네가 소리를 질렀다. 라베르네는 랜디에게 꽉 달라붙은 채 가슴에 얼굴을 파묻었다. 얼굴이 어찌나 뜨거운지 지글지글 끓는 것 같았다.

"안아 줘, 제발. 나 좀 안아 줘!"

랜디는 라베르네를 안아 주었다.

랜디가 냉혹한 현실을 깨달은 것은 잠시 후였다. 검은 물체가 데크를 먹느라 바쁜 동안, 두 사람은 호숫가까지 헤엄쳐 갈 수도 있었을 것이다. 만일 라베르네가 거부했더라면 랜디는 혼자서라도 그렇게 했을 것이다. 카마로의 열쇠는 벗어 놓은 청바지 주머니에 있었다. 랜디가 그렇게 했더라면……. 하지만 너무 늦게 깨달은 현실은…….

데크는 갑판 틈새로 허벅지까지 빨려 들어갈 때쯤 숨을 거두었다. 비명은 그 전에 끝이 났다. 그 후로는 꺽꺽 거친 소리를 내다가 그마저 없어졌다. 데크가 정신을 잃고 앞으로 고꾸라졌을 때, 데크의 오른발 대퇴부가 수수깡처럼 바스라지는 소리가 들렸다.

잠시 후 데크는 고개를 들어 주변을 둘러보고는 쩍 하고 입을 벌렸다. 랜디는 그가 비명을 지를 거라고 생각했다. 하지만 입에서 나온 것은 진한 핏덩어리였다. 너무나 진득해 끈적거리기까지 한 피. 랜디도 라베르네도 그 피를 뒤집어쓰고 말았다. 라베르네는 다시 비명을 지르기 시작했지만 이제는 그나마도 목이 쉬어 거의 들리지도 않을 정도였다.

"우우욱!우우우, 피야! 피! 피가 묻었어!"

라베르네는 흐느껴 울었다. 얼굴은 역겨움 때문인지 반쯤 일그러져 있었다. 그리고 손으로 피를 닦아 내려 했으나 오히려 여기저기 묻혀 대는 꼴이었다.

데크의 양쪽 눈에서도 피가 터져 나왔다. 얼마나 압력이 세면 우습게도 귀마저 떨어져 나갔다. 그 순간 랜디는 생각했다.

'힘에 대해 얘기해 보라고? 맙소사! 저걸 보라고! 저 정도면 인간 소화전이라고! 오, 하느님! 맙소사! 젠장!'

피는 데크의 두 귀에서도 쏟아졌다. 얼굴은 퉁퉁 불 대로 불어 흡입력이 뛰어난 보라색 배수펌프처럼 보였다. 거대한 괴물 곰에게 안긴 사냥꾼의 얼굴이 저럴까?

그리고 나서 정말로 다행스럽게도, 모든 것이 끝이 났다.

데크는 앞으로 무너져 내렸다. 머리카락이 피로 얼룩진 갑판 위로 흘러내렸다. 랜디는 데크의 머리 가죽에서도 피가 뿜어져 나오는 것을 보았다.

뗏목 아래에서 소리가 들렸다. 쪽쪽 빨아 대는 소리. 헤엄을 치면 어쩌면 호숫가에 닿을지도 모른다는 생각이 든 것은, 바로 그때였다. 하지만 그때는 라베르네가 가슴에 바짝 붙어 있었다. 랜디는 불안한 마음으로 라베르네의 표정을 살폈다. 근육은 풀려 있고 눈동자도 안으로 말려 올라가 흰자위밖에 보이지 않았다. 라베르네는 기절한 것이 아니라, 쇼크에 의한 무의식으로의 퇴행을 겪고 있는 중이었다.

랜디는 갑판을 살펴보았다. 랜디는 라베르네를 내려놓을 수도 있었지만 널빤지는 넓이가 겨우 30센티미터밖에 되지 않았다. 여름에는 뗏목 옆에 다이빙대가 있었는데 지금은 떼어 내 창고에 집어넣은 모양이었다. 지금은 갑판을 이은 널빤지 열네 장이 전부였다. 그리고 널빤지는 모두 넓이 30센티미터에 길이는 7미터 정도였다. 의식이 없는 라베르네를 틈새를 피해 내려놓을 수 있는 방법은 없었다.

'얼레리꼴레리, 금 밟았대요, 금 밟았대요.'
'닥쳐!'
그때 마음속에서 음산한 속삭임이 들렸다.
'아무렴 어때! 그냥 내려놓고 너나 죽어라 도망치면 되잖아!'
하지만 랜디는 그러지 않았다. 아니, 할 수가 없었다. 생각만으로도 죄책감이 들었다. 랜디는 라베르네를 안았다. 팔에 부드럽지만 적지 않은 중량감이 전해졌다. 라베르네는 체격이 큰 편이었다.

데크는 계속 틈새로 빨려들고 있었다.
랜디는 저린 팔로 라베르네를 안고서 그 광경을 보았다. 그러나 보고 싶지 않아서 한참동안, 아마 몇 분 동안 고개를 돌리고 있었다. 그러나 사실은 줄곧 뒤쪽을 살피고 있었다.
데크를 먹은 후 놈은 더 빨라진 것 같았다.
오른쪽 다리가 완전히 사라지고 난 후, 데크는 마치 불가능한 스플릿을 연습하는 외다리 무용수처럼 왼발을 있는 대로 찢고 또 찢었다. 곧이어 골반의 창사뼈가 으깨지는 소리가 들렸고 이번에는 복부가 팽창하기 시작했다. 랜디는 눈을 감은 채 그 축축한 소리를 듣지 않으려 애를 쓰며 팔에 느껴지는 통증에만 온 신경을 집중했다. 라베르네를 돌려 안을 수도 있었지만, 당분간 팔과 어깨를 짓이기는 통증을 감내하는 쪽을 택하기로 했다. 뭔가 신경 쓸 대상이 필요했기 때문이다.
등 뒤에서는 입에 잔뜩 사탕을 물고 으적으적 씹어 대는 소리가 들렸다. 무심코 돌아보니, 이번에는 데크의 갈비뼈가 틈새로 빨려

들고 있었다. 두 팔을 하늘로 내밀고 있는 데크의 모습이, 과거 1960년대와 1970년대에 시위대를 광분하게 만들었던, 리처드 닉슨이 승리의 브이를 만드는 모습을 우스꽝스럽게 패러디한 것처럼 보였다.

데크는 여전히 눈을 뜨고 있었다. 밖으로 비어져 나온 혀가 랜디를 보고 놀려 댔다.

랜디는 다시 시선을 돌려 호수 건너편을 보았다. 랜디는 속으로 중얼거렸다. 불빛이 있을 리 없다는 사실을 알면서도 생각은 멈추지 않았다.

'빛을 찾아보자. 저쪽 어딘가에 불빛이 있을 거야. 누군가 별장에 와 있을지도 모르잖아. 단풍놀이를 놓치면 안 되거든. 어서 어서 니콘을 가져오라고. 돌아가서 사진을 보여 주면 가족들이 좋아할 테니까 말이야.'

다시 돌아보자 데크의 두 팔은 이제 수직으로 뻗어 있었다. 이제 닉슨이 아니라 멋진 골을 터뜨렸을 때 축구 심판이 보내는 사인처럼 보였다.

데크의 머리는 마치 접시에 올려진 바울의 목처럼 보였다.

눈은 여전히 뜨고 있었다.

혓바닥도 불쑥 내밀고 있었다.

"오, 시스코."

랜디는 이렇게 중얼거리고는 다시 시선을 돌렸다. 두 팔과 어깨가 통증으로 비명을 질렀지만 랜디는 라베르네를 그대로 안고 있었다. 다시 호숫가로 고개를 돌렸다. 호숫가는 어두웠고 검은 하늘 점점이 별들이 박혀 있었다. 마치 하늘에 쏟은 우유 같았다.

몇 분이 흘렀다.

'이제 사라졌겠지. 돌아봐도 될 거야. 당연하잖아? 아냐, 돌아보지 마. 그냥, 이대로 있으라고, 알았지? 알았냐고? 대답 안 해? 어서 대답해. 다들, 모두들 대답하란 말이야!'

결국 랜디는 돌아보았다. 이제 막 데크의 손끝이 빨려 들어가는 순간이었다. 손가락이 움직이고 있었다. 아마도 뗏목 아래를 흐르는 물 흐름이 데크를 먹고 있는 놈에게 전해져서 생긴 현상일 것이다. 어쩌면, 어쩌면……. 랜디에게는 데크가 자신을 향해 손을 흔들고 있는 것처럼 비쳐졌다. 시스코가 작별 인사를 하고 있었다. 랜디는 문득 자신의 정신 상태가 상황을 역겨운 쪽으로 몰아가고 있음을 깨달았다. 이건 마치 네 사람 모두가 뗏목 한 끝에 모여 섰을 때 같았다. 세상을 모두 삐딱하게 만들어 버리자는 거라고. 어쩌면, 어쩌면……. 미쳐 버리는 것도, 완전히 맛이 가는 것도, 그리 오래 걸리지 않을지 몰라.

1981년에 올스타전에서 받은 축구 반지가 천천히 데크의 오른손 중지에서 빠져나왔다. 별빛이 금을 훑고 지나며, 붉은 보석 한쪽에 새겨진 19와 81 사이의 작은 사타구니를 드러냈다. 반지는 틈새로 빠져나가기에는 약간 컸다. 그렇다고 쥐어짤 수도 없는 물건이었다.

반지는 갑판 위에 놓여 있었다. 데크는 사라졌고 반지는 남아 있는 유일한 흔적인 셈이다. 자두 눈을 한 검은 머리 여자 애도 샤워를 끝낸 랜디의 엉덩이를 찰싹 갈겨 줄 개구쟁이도, 멋진 돌파력으로 관중석 팬들을 열광하게 만들고, 관중석 앞 관능적인 치어리더들의 시선을 끌던 최고의 풋볼스타는 이제 없다. 신 리지의

「마을로 돌아온 악동들」을 최고 볼륨으로 틀어 놓고 어둠 속을 질주하던 카마로도 없고, 시스코 키드도 없다.

어디선가 버석거리는 소리가 들렸다. 좁은 창문으로 캔버스 천을 천천히 잡아당기는 것 같은 소리.

랜디는 널빤지 두 개에 양 발을 올려놓고 있었는데, 내려다보니 널빤지 틈새가 갑자기 검은 막으로 채워지고 있었다. 랜디는 경악했다. 데크의 입에서 장대처럼 치솟아 오르던 핏줄기가 떠올랐다. 엄청난 압력에 못 이겨 툭 튀어나온 두 눈과, 핏줄기가 주사액처럼 흘러내리던 머리 가죽까지 생각났다.

'놈은 냄새를 맡는 거야. 내가 어디 있는지도 알고 있어. 설마 올라올 수도 있는 건가? 이 틈새로? 그럴까? 그럴 수 있을까?'

랜디는 라베르네의 무거운 몸도 잊은 채 쏟아지는 질문에 압도되어 아래를 내려다보았다. 그리고 데크의 두 발을 덮고 몸속에 촉수를 박았을 때 놈의 기분이 어땠을지 생각해 보았다.

반짝거리는 유막이 거의 틈 끝까지 오르다가(랜디는 자신도 모르게 까치발을 하고 있었다.) 다시 아래로 물러났다. 그러고는 원형의 형체로 돌아가더니 어느새 물 위에 모습을 드러냈다. 이제 거의 5미터에 달하는 거대한 검은 사마귀처럼 보이는 놈은 작은 파도에 따라 편안하게 흔들렸다. 오르락내리락, 오르락내리락. 그리고 랜디의 눈에 화려한 색들이 요동치는 것이 보였다. 랜디는 재빨리 시선을 거두었다.

랜디는 라베르네를 내려놓았다. 근육이 풀리며 두 팔이 사정없이 떨렸다. 랜디는 떨리는 대로 두었다. 그리고 라베르네 옆에 무릎을 꿇고 앉았다. 라베르네의 머리카락이 찢어진 부챗살처럼 하안 갑판을 뒤덮었다. 랜디는 무릎을 꿇은 채로 검은 사마귀를 보았다. 움직이는 기색이라도 보이면 얼른 라베르네를 안아 일으킬 생각이었다.

랜디는 가볍게 라베르네의 볼을 때리기 시작했다. 이쪽, 저쪽, 왼쪽, 오른쪽. 마치 정신을 잃은 권투 선수를 깨우는 심판 같았다. 라베르네는 정신을 차릴 생각이 없어 보였다. "고"를 불러 200달러의 거금을 딸 마음도, 차를 타고 레딩으로 떠날 마음도 없어 보였다. 너무 많은 것을 보고 만 것이다. 그러나 랜디는 놈이 움직일 때마다 가방을 들듯이 라베르네를 들어올려 밤새도록 지킬 여력이 없었다.(그놈을 오랫동안 감시할 수도 없다는 것도 문제였다). 문득 한 가지 속임수가 생각났다. 대학에서 배운 것이 아니라 형의 친구한테 배운 것이었다. 형의 친구는 베트남에서 의료보조원으로 있었고, 별의별 방법을 다 알고 있었다. 예를 들어 사람 머리에서 이를 잡아 성냥곽 안에서 경주를 시키는 방법, 어린이용 하제로 코카인을 끊는 법, 실과 바늘로 심한 상처를 꿰매는 방법 등이 있었다. 어느 날 그들은 취해서 완전히 떡이 된 사람을 옮기는 방법에 대해 얘기한 적이 있었다. 물론 AC/DC의 리드싱어처럼 구토하다 목이 막혀 죽지 않도록 해야 했다.

"누군가를 급히 옮겨야 한다 이거지?"

형의 친구는 흥미진진한 비결 목록을 뒤지기 시작했다.

"이렇게 해 봐."

그리고 랜디는 지금 그 방법을 쓰고 있다.

랜디는 허리를 숙여 있는 힘껏 라베르네의 귓불을 깨물었다.

뜨겁고 쓴 피가 입 안으로 들어왔다. 라베르네의 눈썹이 유리창

차양처럼 위로 올라갔다. 라베르네는 쉰 목소리로 악을 쓰며 랜디를 때리기 시작했다. 랜디가 고개를 들자 놈은 벌써 일부만이 보였다. 나머지는 벌써 뗏목 밑으로 들어가 있었다. 신기하고, 끔찍하고, 믿기 어려운 속도였다.

"그만 해! 그만 하라고, 이 멍청아! 놈이 우리 밑에 와 있어! 가만 안 있으면 던져 버릴 거야! 정말로 집어던지겠다고!"

랜디가 갑판 위에서 이리저리 발을 바꾸어 움직이며 소리쳤다.

라베르네는 순식간에 물에 빠진 사람처럼 랜디의 목을 끌어안았다. 라베르네의 눈이 다시 하얗게 뒤집어지기 시작했다.

"정신 차려! 그만 해, 라베르네. 숨 막히잖아!"

라베르네는 그만두지 않았다. 더욱 꽉 들러붙었다. 문득 두려움이 일었다. 드럼통들이 내는 소리가 둔탁해지고 있었다. 놈이 발밑에 와 있었다.

"숨 막힌단 말이야!"

라베르네의 손아귀 힘이 조금 느슨해졌다.

"잘 들어. 이제 널 내려놓을 거야. 하지만 내 말대로만 하면……."

하지만 라베르네는 내려놓겠다는 말만 들었다. 그리고 두 팔로 죽을힘을 다해 랜디에게 들러붙었다. 랜디는 라베르네의 등 뒤에 가 있는 오른손으로 라베르네를 떼어냈다. 라베르네가 흐느끼며 두 발을 구르는 바람에 까딱하면 랜디도 넘어질 뻔했다. 라베르네도 그걸 느꼈는지 문득 발버둥을 멈췄다. 아파서가 아니라 두려워서였을 것이다.

"갑판 위에 서."

"싫어!"

뺨에 닿은 라베르네의 숨결이 마치 사막의 열풍 같았다.

"갑판만 밟고 있으면 놈도 어쩌지 못한단 말이야."

랜디는 라베르네를 다시 잡아챘다. 라베르네는 분노와 고통과 두려움으로 비명을 질러 댔다.

"내 말대로 해. 아니면 던져 버리겠어, 라베르네."

랜디는 천천히 그리고 조심스럽게 여자를 내려놓았다. 두 사람의 숨소리는 오보에와 플루트의 낮은 울음소리에 가까웠다. 두 발이 갑판에 닿자 라베르네는 마치 뜨거운 양철판이라도 밟은 듯 얼른 두 발을 들었다.

"내려! 난 데크가 아니라고. 널 밤새도록 안고 있을 수 없단 말이야!"

랜디가 으르렁거렸다.

"데크……."

"그 앤 죽었어."

마침내 라베르네는 두 발을 바닥에 댔고 랜디도 조심스럽게 라베르네를 내려놓았다. 두 사람은 무용수처럼 서로를 마주 보았다. 라베르네는 놈이 오기를 기다리는 것인지 두 입술을 금붕어처럼 뻐끔거리며 숨을 쉬었다.

"랜디, 놈이 어디 있어?"

라베르네가 속삭였다.

"발밑에. 내려다봐."

라베르네는 내려다보았다. 랜디도 보았다. 검은 막이 틈을 가득 메우고 있었다. 이제 놈의 크기는 거의 뗏목 전체를 뒤덮을 정도였다. 랜디는 놈의 갈망을 느낄 수 있었다. 물론 라베르네도 느꼈을 것이다.

"랜디, 제발……."

"쉬이."

둘은 가만히 서 있었다.

랜디는 물속에 뛰어들었을 때 시계를 벗어 놓는 것을 깜박했다. 덕분에 15분이라는 시간을 잴 수 있었다. 8시 15분에 놈은 다시 뗏목 아래에서 미끄러져 나가기 시작했다. 그러고는 전처럼 5미터 정도 떨어진 곳에서 멈춰 섰다.

"난 자리에 앉을 거야."

랜디가 말했다.

"안 돼!"

"힘들어서 그래. 난 앉아 있을 테니 이제 네가 지켜봐. 절대 똑바로 보면 안 돼. 조금 쉬었다가 교대해 줄게. 어떻게 하겠어? 이렇게라도 살아남아야지."

랜디는 라베르네에게 시계를 건넸다.

"15분씩 교대야."

"놈이 데크를 먹었어."

라베르네가 속삭였다.

"그래."

"도대체 정체가 뭘까?"

"나도 몰라."

"추워."

"나도 추워."

"그럼 나 좀 안아 줘."

"난 충분히 안아 준 것 같은데?"

라베르네는 더 이상 조르지 않았다.

자리에 앉으니 천국이 따로 없었다. 놈을 보지 않는 것만으로도 축복이었다. 대신 랜디는 라베르네를 보았다. 라베르네가 쉬지 않고 놈을 지켜보고 있는지 확인하면서.

"랜디, 이제 우리 어떻게 해?"

랜디는 잠시 생각해 보고 말했다.

"기다려야지."

15분 후 랜디는 일어나서 라베르네가 30분 정도 누워 있게 해주었다. 그러고 나서 라베르네가 일어나 15분 동안 망을 보았다. 두 사람은 이런 식으로 계속해 나갔다. 10시 15분에 차가운 달무리가 떠오르더니 물 위에 길을 만들어 놓았다. 10시 30분, 어디선가 고독한 울부짖음이 호수를 건너왔고 그에 화답하듯 라베르네도 비명을 질렀다.

"조용히 해. 물새 소리야."

랜디가 말했다.

"추워 죽겠어. 랜디, 몸에 감각이 하나도 없어."

"나보고 어쩌라고?"

"안아 줘. 그래야 해. 둘이 앉아서 끌어안고 감시하면 되잖아."

라베르네가 말했다.

랜디는 고민했지만 살갗을 파고드는 냉기가 이미 뼈까지 얼린 터라, 달리 어쩔 도리가 없었다.

"알았어."

두 사람은 함께 앉아 서로의 몸을 끌어안았다. 그리고 일이 벌어졌다. 의도적이든 아니든 말이다. 랜디의 온몸이 뻣뻣해지더니 축축한 나일론 브래지어에 숨은 라베르네의 가슴을 더듬어 주무르기 시작했다. 라베르네도 짧게 신음을 뱉고는 랜디의 팬티 속으로 손을 집어넣었다.

랜디는 다른 손을 밑으로 내려 그녀의 음소를 찾았다. 그곳엔 아직 온기가 남아 있었다. 랜디는 라베르네를 눕히려 했다.

"안 돼."

라베르네가 말했다. 하지만 랜디의 성기를 쥔 손은 더욱 빠르게 움직였다.

"놈을 볼 수 있어. 볼 수 있다고."

랜디가 말했다.

심장박동이 다시 빨라졌고, 더 빨리 피를 뿜어내며 얼어붙은 맨몸에 열기를 전해 주었다.

라베르네가 뭐라고 중얼거렸다. 랜디는 팬티가 엉덩이를 지나 허벅지로 내려가는 것을 느꼈다. 랜디는 위로 앞으로 미끄러져 이윽고 라베르네의 몸 안으로 들어갔다. 맙소사, 너무 따뜻해. 그녀의 그곳은 따뜻했다. 라베르네는 끙 하고 신음을 내뱉고는 두 손으로 랜디의 차고 단단한 엉덩이를 끌어당겼다.

랜디는 놈을 보았다. 놈은 그 자리에 있었다. 랜디는 놈을 뚫어져라 바라보았다. 몸의 느낌이 놀랍도록 환상적이었다. 랜디는 경험이 많지는 않았으나 그렇다고 동정도 아니었다. 지금까지 세 여자와 관계를 가졌다. 하지만 맹세코 이런 경험은 처음이었다. 라베르네는 신음을 흘리며 엉덩이를 움직이기 시작했다. 뗏목도 조용히 흔들리며 세상에서 가장 딱딱한 침대 노릇을 했다. 뗏목 밑에서 드럼통이 공허하게 울었다.

랜디는 놈을 지켜보았다. 색이 소용돌이치기 시작했다. 천천히, 관능적으로, 하지만 위협은 느껴지지 않았다. 랜디는 놈을 보았고 색깔을 보았다. 랜디의 눈이 커졌다. 랜디의 눈을 색들이 온통 점거했다. 이제 춥지 않았다. 아니 뜨거웠다. 6월 초, 처음 호숫가에 도착했을 때만큼이나 뜨거웠고, 햇살이 얼음처럼 하얀 피부를 태워 벌겋게 만들 때, 그러니까……

(색깔을 입힐 때처럼.)

색깔, 빛깔. 백사장에서의 첫날, 여름의 첫날, 비치보이스의 노래가 흘러나오고 레이먼스의 노래가 흘러나왔다. 레이먼스는 쉬나가 펑크록 가수라고 말했다. 레이먼스는 록어웨이 해변까지 히치하이킹을 할 수 있다고 말해 주었다. 모래밭, 해변, 그리고 색깔.

(움직여. 움직이고 있어.)

여름의 느낌, 감촉. 개리 유에스 본즈. 학교가 파하고 나는 관중석에서 양키스를 응원할 거야. 해변의 비키니 아가씨들, 해변, 해변, 해변, 오 사랑하니 사랑하니.

(사랑.)

해변을 넌 사랑하니.

(사랑 난 사랑해.)

카퍼톤 오일향을 풍기는 탱탱한 유방. 작은 비키니 수영복 아래로 언뜻언뜻 그것도 보이겠지.

(털이, 털이, 그녀의 머리털이, 오 맙소사, 그녀의 머리카락이 물속에 들어가 있어. 그녀의 머리카락이.)

랜디는 화들짝 몸을 일으키며 라베르네를 끌어올리려 했다. 하지만 놈은 미끄러지듯 달려와 검은 접착제처럼 라베르네의 머리카락에 엉겨 붙었다. 라베르네는 이미 비명을 지르기 시작했고, 놈이 달라붙은 탓에 천근처럼 무거웠다. 그리고 놈은 끔찍한 몸을 비틀며, 진주홍, 현란한 에메랄드 빛, 탁한 황토색 등 화려한 색을 내뿜으며 물 밖으로 솟아오르고 있었다.

놈은 순식간에 라베르네의 얼굴을 감싸 버렸다.

라베르네는 두 발을 버둥거렸다. 놈이 조금 꿈틀거리자 핏줄기가 라베르네의 목을 타고 쏟아져 내렸다. 랜디는 무의식적으로 비명을 지르며 달려들어 한 발로 라베르네의 엉덩이를 밀었다. 라베르네가 퍼덕거리며 옆으로 쓰러졌는데 달빛을 받은 두 발이 석고처럼 창백했다. 그러자 뗏목 아래에서 물거품이 일더니 뗏목의 옆을 때리기 시작했다. 뗏목이 세계에서 가장 큰 농어와 사투를 벌이기라도 하는 것 같았다.

랜디는 비명을 질렀다. 비명을 지르고 또 질렀다. 사력을 다해 질렀다.

30분 쯤 후, 끝나지 않을 것 같았던 사투도 막을 내리고 발악도 멈췄다. 물새 소리가 다시 들리기 시작했다.

그날 밤은 영원했다.

4시 45분. 동쪽에서부터 하늘이 밝아지기 시작했다. 천천히, 아주 천천히 랜디는 정신을 차리기 시작했다. 하지만 얼마나 더 버틸 수 있겠는가? 새벽만큼이나 헛된 발악. 랜디는 눈을 반쯤 감고 턱을 가슴에 떨어뜨린 채 갑판 위에 섰다. 랜디는 한 시간 전까지 뗏목 위에 앉아 있다가 갑자기 정신을 차렸다. 끔찍하게도 자신이 잠들어 있었다는 사실조차 모르고 있었다. 랜디를 깨운 것은 예의 캔버스 천이 스치는 소리였다. 랜디는 화들짝 놀라 자리에서 일어났다. 놈이 널빤지 사이로 자신을 빨아 당기기 바로 직전이었다. 랜디는 숨을 가쁘게 몰아쉬고는 입술을 깨물어 피가 나게 했다.

'잠들었어. 어떻게 잠들 수 있어, 이 멍청아!'

놈은 30분쯤 후 다시 빠져나갔으나 랜디는 자리에 앉지 못했다. 앉기가 두려웠다. 잠들까 봐 무서웠다. 다음 번에는 제 시간에 깨지 못할까 봐 두려웠다.

새벽이 오고 아침 햇살이 동녘 하늘을 빨갛게 물들일 때에도, 첫 물새가 울기 시작했을 때에도, 랜디는 두 발로 단단히 버티고 서 있었다. 태양이 떠올랐다. 6시쯤, 호숫가가 보일 정도로 날이 밝아졌다. 밝은 노란색 카마로는 처음 주차한 그곳, 울타리에 코를 박은 모습 그대로였다. 셔츠와 스웨터와 청바지 네 벌이 백사장을 따라 여기저기 버려져 있었다. 그 광경에 다시 공포가 밀려들었다. 이제 공포에 대한 인식 능력도 바닥이 났다고 생각했는데……. 랜디의 청바지도 보였는데 한쪽 다리가 뒤집어져 있었고 주머니도 밖으로 비어져 나와 있었다. 모래밭에 누워 있는 청바지는 너무나도 안전하고 편안해 보였다. 그저 가만히 앉아 주인을 기다리고 있으면 그만인 것이다. 어서 와서 두 다리를 집어넣고, 잔돈을 흘리지 않도록 주머니를 제대로 해 주기만을 바라면 되는 것이다. 랜디는 청바지가 속삭이는 소리를 들을 수 있었고, 청동 앞단추의 감촉도 느낄 수 있었다.

(사랑하니 그래 사랑해.)

왼쪽을 보니 놈은 아직도 그 자리에 있었다. 바둑알처럼 검고 둥근 모습으로 종이처럼 가볍게 떠 있었다. 색깔이 소용돌이치기 시작하자 랜디는 얼른 시선을 돌렸다.

"가 버려. 집으로 가든 캘리포니아로 가서 로저 콜마의 오디션을 받든, 어디든 제발 가 버리란 말이야."

랜디가 개구리 우는 소리를 냈다.

아득히 멀리 비행기 소리가 들렸고 랜디는 다시 환각에 빠지기 시작했다.

'지금쯤 우리가 없어진 걸 알았을 거야. 넷 모두. 수색대가 홀릭스 외곽으로 급파되었겠지. '지옥의 박쥐처럼' 질주하는 노란 카마로 한 대를 보았다는 농부의 증언이 있고 결국 수색은 캐스케이드 호수 지역으로 좁혀질 거야. 개인 비행기를 가지고 있는 사람들이 항공수색을 자원하고 나서고, 비치크래프트 보난자 쌍발기를 모는 사내가 제일 먼저 뗏목 위에 벌거벗은 채 서 있는 남자 한 명을 발견하는 거야. 한 명, 유일한 생존자.'

랜디는 거의 쓰러질 지경이 되어서야 겨우 정신을 차렸고 다시 주먹으로 코를 갈겼다. 코에서 불이 났다.

놈은 재빨리 뗏목으로 달려와 밑으로 숨어들었다. 놈은 들을 수도 있어! 아니, 느끼는 건가?…… 무엇을?

랜디는 기다렸다.

이번에는 놈이 빠져나가기까지 45분이나 걸렸다.

점차 밝아지는 햇살에 머릿속이 빙빙 돌기 시작했다.

(사랑해 그래 사랑해 양키스를 사랑하고 메기를 사랑하고 메기를 사랑하니 그래 사랑해 그리고

66번 국도 코베트에 타고 있는 코베트의 마틴 밀너를 타고 있는 코베트의 조지 마하리스를 기억하니 코베트를 사랑하니

그래 코베트를 사랑해

사랑해 너도 사랑하니

햇살이 너무 뜨거워 불타는 유리 같아 그녀의 머리카락에 있었지 내가 기억하는 것은 빛이야 빛 여름날의 햇살

여름날의)

오후.

랜디는 울고 있었다.

새로 보태진 상황 때문에 울고 있었다. 랜디가 앉으려 할 때마다 놈이 뗏목 밑으로 미끄러져 들어왔다. 놈은 바보가 아니었다. 랜디가 앉아 있으면 잡을 수 있다는 사실을 느끼거나, 파악하고 있는 것이 분명했다.

"가 버리란 말이야."

랜디는 물 위에 뜬 검은 바둑돌을 보며 흐느꼈다. 50미터 저편에서는 다람쥐 한 마리가 조롱하듯 데코의 카마로 후드 위를 짓밟고 있었다.

"가 버려, 제발. 가 버리라고. 나 좀 내버려 두라고. 네가 싫단 말이야."

놈은 꼼짝도 않았다. 표면 위에서 색깔들이 소용돌이치기 시작했다.

(너는 너는 나를 사랑하니.)

랜디가 눈을 돌려 백사장을 보았다. 구조대를 찾았지만 아무도 없었다. 말 그대로 아무도 없었다. 청바지는 그 자리에서 한 발을 든 채 주머니 안감을 뒤집고 있었다. 이제는 더 이상 주인이 있는 옷가지 같지도 않았다. 이제는…… 유물처럼 보였다.

총이라도 있으면, 당장 자살하고 말겠어.

랜디는 뗏목 위에 섰다.

태양이 졌다.

세 시간 후, 달이 떴다.

잠시 후, 물새들이 울기 시작했다.

잠시 후, 랜디는 물 위의 검은 괴물을 보았다. 랜디는 자살할 수도 없었다. 어쩌면 저놈이 해결해 줄지도 모르겠다. 어쩌면 고통이 없을지도 모를 일이다. 어쩌면 그게 저 색깔의 역할일지도 모른다.

(너는 너는 너는 사랑하니.)

랜디는 놈을 찾아 시선을 돌렸고, 놈이 보였다. 그 자리에서 파도에 흔들리고 있었다.

"나하고 노래할래?"

랜디가 새된 목소리로 말했다.

"야구장에 가서 양키스나 응원하자……. 선생님을 걱정할 필요는 없어……. 학교가 끝나면 그만이지……. 이제 노래하고 고함치는 거야."

색이 모이더니 다시 소용돌이치기 시작했다. 랜디는 고개를 돌리지 않았다.

랜디가 속삭였다.
"사랑하니?"
어딘가에서, 텅 빈 호수 아득한 곳에서, 물새 한 마리가 비명을 질렀다.

〈하권으로 이어집니다.〉

 밀리언셀러 클럽을 펴내면서

지난 수백 년 동안 소설은 기묘하면서도 교양 넘치고, 자유로우면서도 현실에 뿌리 박고 있으며, 흥미진진하면서도 감동적인 이야기로 독자들의 사랑을 독차지해 왔다.
민담이나 전설 등에 비해 비교적 최근에 탄생한 이야기 형식인 소설이 순식간에 이야기 왕국의 제왕으로 올라선 것은 현대인들이 살아가면서 느끼는 희망과 절망, 불안과 평화 등 온갖 삶의 양상들을 허구 속에 온전히 녹여 내어 재창조함으로써 이야기를 읽는 기쁨과 더불어 삶을 재발견하는 즐거움을 주어 온 까닭이다.
사실 이야기를 읽음으로써 삶을 다시 생각하고, 삶을 생각함으로써 이야기를 다시 만들어 온 것은 인간이라면 피할 수 없는 숙명이다.
그런데도 최근 이야기의 제왕이라는 소설의 위기를 말하는 목소리가 점점 늘어나고 있다. 만약에 이 말이 사실이라면, 그리하여 사람들이 소설을 점차 외면하고 있다면, 핏속에 스며들어 있으며 뼛속에 들어박힌 이야기 본능이 무언가 다른 것에 홀려 있음에 틀림없다.
사람들은 이제 이야기를 소설이 아니라 거리에서, 인터넷에서, 영화에서, 드라마에서, 광고에서, 대중가요에서 즐기고 있는 것이다.
'밀리언셀러 클럽'은 이러한 소설의 위기를 넘어서려는 마음에서 기획되었다. 국내뿐만 아니라 전 세계 각국에서 독자들의 사랑을 한껏 받은 작품들을 가려 뽑아 사람들 마음을 다시 소설로 되돌리고 이야기를 한껏 즐길 수 있도록 배려하였다.
'밀리언셀러'라는 이름을 단 것은 소설이 다시 사람들의 마음을 끌어 널리 읽히기를 바라기 때문이고, '클럽'이라는 이름을 단 것은 소설을 사랑하는 독자들이 이 작품들을 가운데 놓고 오랫동안 이야기를 나누기를 바라기 때문이다.
앞으로 '밀리언셀러 클럽'에는 예로부터 오늘날까지, 동양에서 서양까지 시대와 장소를 가리지 않고 널리 독자들의 사랑을 받아 온 작품들 중에서 이야기로서 재미에 충실할 뿐만 아니라 인간 본연의 모습을 확인시켜 줄 수 있는 소설들이 엄선되어 수록될 것이다.
이 작품들이 부디 독자들을 소설의 바다로 끌어들여 읽기의 즐거움을 극대화함으로써 이야기 본능을 되살려 주어 새로운 독서 세대를 창출하기를 바라는 마음 간절하다.

옮긴이 | 조영학

한양대 영문학 박사 수료 후 한양대 등에서 영어와 영문학 관련 강좌를 맡고 있다.
역서로는 『고스트 스토리』, 『나는 전설이다』, 『히스토리언』 등이 있다.

스티븐 킹 단편집 스켈레톤 크루 (상)

1판 1쇄 펴냄 2006년 5월 15일
1판 15쇄 펴냄 2022년 7월 22일

지은이 | 스티븐 킹
옮긴이 | 조영학
발행인 | 박근섭
편집인 | 김준혁
펴낸곳 | 황금가지

출판등록 | 2009. 10. 8 (제2009-000273호)
주소 | 06027 서울 강남구 도산대로 1길 62 강남출판문화센터 5층
전화 | 영업부 515-2000 편집부 3446-8774 팩시밀리 515-2007
홈페이지 | www.goldenbough.co.kr

도서 파본 등의 이유로 반송이 필요할 경우에는 구매처에서 교환하시고
출판사 교환이 필요할 경우에는 아래 주소로 반송 사유를 적어 도서와 함께 보내주세요.
06027 서울 강남구 도산대로 1길 62 강남출판문화센터 6층 민음인 마케팅부

ⓒ 황금가지, 2006. Printed in Seoul, Korea

ISBN 978-89-8273-985-9 04840
ISBN 978-89-8273-984-2 (세트)

㈜민음인은 민음사 출판 그룹의 자회사입니다.
황금가지는 ㈜민음인의 픽션 전문 출간 브랜드입니다.

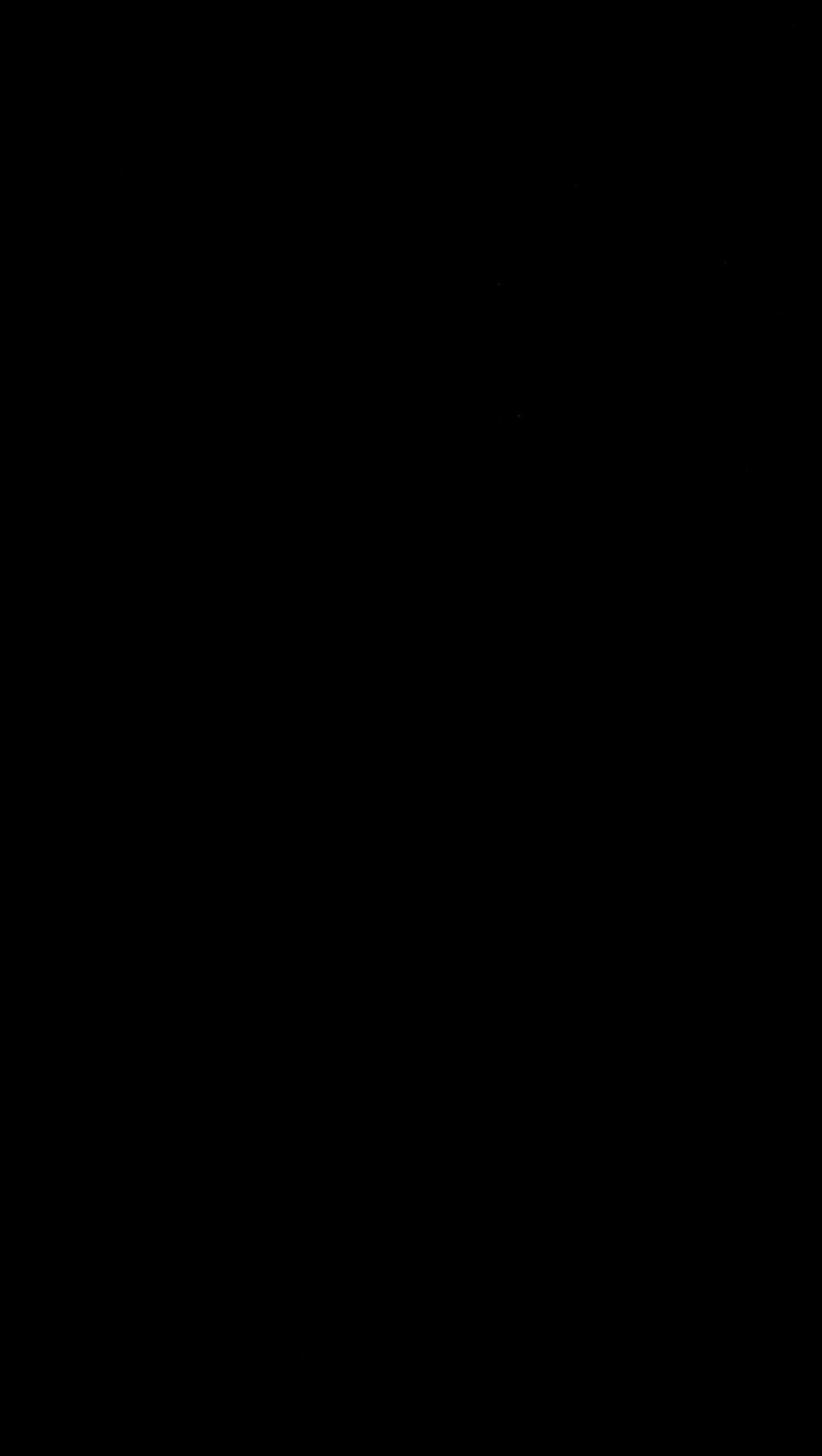